Frerich Pohl
Das Zweite Erwachen der Königin

Viel Zeit ist vergangen, seit die Prinzessin von ihrem Fluch erlöst wurde.

Verlag
Frerich Pohl
c/o autorenglück.de
Franz-Mehring-Str. 15
01237 Dresden
frerichpohl@gmx.de

Druck: epubli – ein Service der neopubli GmbH, Berlin

Die Vorgeschichte

König Kornelius hatte Mist gebaut!

Er selbst hielt sich zwar nicht nur für den großartigsten aller Könige, die jemals gelebt hatten und die jemals leben würden, sondern auch für den klügsten Menschen, den es gab, gibt und geben würde.

Aber seine Großartigkeit wurde von nicht wenigen arg in Zweifel gezogen. Dies geschah freilich nur hinter vorgehaltener Hand, denn öffentlich wagte es niemand, sich abfällig über den König zu äußern. Aber es waren doch Einige, die die Auswirkungen seiner Entscheidungen zu spüren bekamen und darunter zu leiden hatten.

Und was seine Klugheit anging, nun ja.... Ein kluger König hätte mit Sicherheit etwas länger nachgedacht, bevor er handelte, wie er handelte. Ein kluger König wäre überhaupt nicht auf die Idee gekommen, auf die König Kornelius gekommen war. Und ein kluger König hätte sich bestimmt mit seinen Beratern beraten, bevor er einen so schwerwiegenden Entschluss gefasst hätte. Aber vielleicht hatte sich König Kornelius ja auch beraten lassen. Aber selbst, wenn er kluge und weise Berater gehabt haben sollte, so hätte doch keiner von ihnen es gewagt, Ideen des Königs zu hinterfragen oder zu verbessern. Ein solches Unterfangen führte schnell dazu, sich in äußerst unangenehmen Situationen wiederzufinden.

Kurz gesagt: König Kornelius war ein König, wie die meisten Könige es waren.

König Kornelius hatte eine Gemahlin, Königin Arabella, eine Frau von unbeschreiblicher Schönheit, die ihrem Mann in seinen schlechten Eigenschaften in Nichts nachstand. Sie ergänzten und verstärkten sich auf eine schon unheimliche Weise und bildeten eine Verbindung, welcher sich niemand zu widersetzen wagte.

Sie waren nur mit einem Makel behaftet. Einem Makel, der ganze Königreiche in den Abgrund stürzen konnte. Sie blieben lange Zeit kinderlos. Und ein König ohne Thronfolger verliert mehr und mehr an Ansehen und Durchsetzungskraft. Eine Vorstellung, die König Kornelius und Königin Arabella mit Grauen erfüllte.

Doch just, als ihre Macht zu bröckeln begann, wurde die Königin schwanger. Erleichterung durchströmte nicht nur das Königspaar, sondern weite Teile des Landes, das sich allmählich auf grausame und blutige Nachfolgekämpfe einzustellen begonnen hatte.

Und dann gebar die Königin ausgerechnet ein Mädchen.

Prinzessinnen waren zwar etwas, womit sich jedes Königshaus gerne schmückte, aber sie waren nicht als Thronfolgerin vorgesehen. König Kornelius wusste, dass er schnell handeln musste, denn er wusste, dass er nicht mehr mit einer großen Kinderschar gesegnet sein würde. Ja, vielleicht würde die Königin wieder schwanger und sie dann vielleicht Eltern eines Prinzen werden, aber sie hatten so lange auf dieses eine Kind gewartet, dass er sich darauf besser nicht verlassen wollte. Die kleine Prinzessin musste zur Thronfolgerin werden.

Es war ein unfassbarer Akt und der Bruch mit einer jahrhundertealten Tradition, als der König wenige Stunden nach der Geburt verkündete, dass von nun an auch die Töchter der Könige den Thron besteigen sollten, wenn es keine männlichen Nachfahren gab.

Die Fürsten grummelten zwar, aber sie wagten es nicht, sich gegen den König und seinen Entschluss zu erheben. Vermutlich dachten auch einige, dass sie mit einer Königin, deren Geschlecht schon alleine für Schwäche stand, leichteres Spiel haben würden als mit einem König.

Mit einem anderen alten Brauch brach der König hingegen nicht, mit der Ausrichtung eines pompösen Festes anlässlich der Geburt königlicher Nachkommen.

Und dieses Fest sollte nach seinem und dem Willen der Königin größer, glänzender und prachtvoller werden, als alle Feste zuvor, hofften sie doch, auf diesem Wege den Makel einer Prinzessin für das Erste etwas wettmachen zu können.

Und so fassten sie einen Entschluss, der sich als fatal herausstellen sollte.

Es gehört zur Tradition der Geburtsfeste von adligen Sprösslingen, dass zumindest eine Fee eingeladen wird, um dem Kinde mit einem Wunsch den Weg ins Leben zu erleichtern. Das gelingt nicht immer gleich gut, weil Feenwünsche durchaus etwas Heikles und Risikobehaftetes haben. Wünscht die Fee dem Kind zum Beispiel Klugheit, kann dieses an sich nicht schaden, es sei denn, das Kind bringt schon alle Anlagen mit, zu einem außerordentlich klugen Menschen heranzuwachsen. Dann kann die zusätzlich gewünschte Klugheit im schlimmsten Fall zum Gegenteil führen.

Daher laden die meisten Fürsten zwei oder drei, diejenigen, die sich für besonders wichtig halten und besonders wohlhabend sind, auch gerne mal vier oder fünf Feen ein, in der Hoffnung, dass zumindest ein Teil der Wünsche in Erfüllung gehen möge. König Kornelius und Königin Arabella empfanden die Anwesenheit von fünf Feen als keineswegs ausreichend. Vielleicht wäre es das gewesen, wenn sie einen Sohn bekommen hätten, aber die einzige Tochter, die später auch noch Königin werden sollte, brauchte mehr Unterstützung: die Wünsche aller bekannten Feen.

Feen kommen jedoch nicht jeder Einladung nach. Zum einen erwarten sie eine Entlohnung für ihre Wünsche, und dabei nicht einfach ein Beutel mit Geld oder Gold, sondern so schwierig zu beschaffene Dinge, wie eine Tüte Froschküsse oder das Schulterzucken eines fliegenden Fisches. Und zum anderen wollen sie in angemessener Form bewirtet werden. Goldene Teller sind dabei unerlässlich.

Und hier begann die Geschichte anders zu verlaufen, als das Königspaar sie geplant hatte.

Es ließen sich im Schloss nur zwölf goldenen Teller finden, aber es gab dreizehn Feen. Sicher hätte es die Möglichkeit gegeben, einen Goldschmied mit der Anfertigung eines weiteren Tellers zu beauftragen, oder bei einem Fürsten nachzufragen, ob sie sich einen Teller leihen könnten, aber das Erste würde zusätzliche Kosten verursachen, und die beiden waren nicht nur sonderlich sparsam, sondern ausgemacht geizig, und das Zweite kam nicht in Frage, da eine solche Bitte dem königlichen Ansehen beträchtlichen Schaden zufügen konnte.

Es konnten also nur zwölf Feen eingeladen werden.

Feen sind jedoch charakterlich ziemlich schwierige Wesen, großzügig und liebevoll, aber auch sehr schnell beleidigt und über allen Maßen nachtragend.

Vielleicht hätte vieles verhindert werden können, wenn die königliche Familie sich dazu durchgerungen hätte, statt zwölf nur acht oder neun Feen einzuladen. Dann wären die anderen drei oder vier Feen sicherlich enttäuscht und verärgert gewesen, aber dieser Ärger wäre irgendwann verflogen, wenn diese bei der nächsten Gelegenheit eine Einladung bei einem der mächtigen Fürsten erhalten hätten.

Es gab aber zwölf goldene Teller. Also luden König und Königin zwölf Feen ein. Eine Handlung, die nicht überheblicher und dümmer sein konnte. Denn nur eine Fee nicht einzuladen bedeutete, dieser eine grenzenlose Beleidigung zuzufügen. Und das sollte man niemals, niemals, niemals tun.

Dass die beiden es dennoch taten, lag entweder daran, dass sie nicht gründlich nachgedacht hatten, oder dass sie sich als Herrscherpaar für absolut unangreifbar hielten.

Wahrscheinlich waren König Kornelius und auch Königin Arabella doch noch etwas größenwahnsinniger, machtbesessener und von der eigenen Unfehlbarkeit überzeugter als andere Könige.

Das Geburtsfest fand jedenfalls statt. Es wurde ein großartiges und rauschendes Fest. Zwölf Feen waren geladen und alle zwölf eingeladenen Feen waren gekommen.

Auf dem Höhepunkt traten die Feen einzeln an das Bettchen der kleinen Prinzessin, um ihr ihre Wünsche mitzugeben. Sie wünschten Dinge wie Schönheit, Klugheit, Liebe, Glück und so weiter, also Dinge, die man üblicherweise wünscht.

Die elfte Fee hatte gerade ihren Wunsch ausgesprochen und die Zwölfte wollte an die Wiege treten, als die Türen zum Festsaal mit einem lauten Knall aufgestoßen wurden. Herein schwebte, in einen tiefschwarzen Umhang gehüllt, die dreizehnte Fee. Ein eisiger Luftzug folgte ihr.

„Was hast du hier zu suchen? Du bist nicht zu diesem Fest geladen“, herrschte der König sie an.

„Das soll deine Sorge nicht sein“, antwortete sie kühl. „Ihr bekommt meinen Wunsch auch völlig umsonst.“ Sie trat neben die Wiege, ohne die Anwesenden zu beachten, betrachtete die Prinzessin mit einem nicht enträtselbaren Lächeln und sagte: „Was ich dir wünsche, ist nicht weniger als der Tod an deinem sechzehnten Geburtstag. Er wird dich und all jene die sich bei dir aufhalten ereilen, nachdem du dich an etwas Spitzem gestochen und einer deiner Blutstropfen den Boden berührt hat.“ Ihre Stimme war hart und mitleidlos, aber sie verzichtete darauf, sich an dem Entsetzen zu weiden, sondern verließ ebenso schnell, wie sie zuvor gekommen war, das Schloss.

Hundertfünfzig Jahre später,
vielleicht ein paar mehr, vielleicht ein paar weniger.

Das Zweite Erwachen der Königin

Frerich Pohl

Tag 1
Im Schloss

Die Königin stand am Fenster der Bibliothek und ließ ihre Blicke über die unter ihr liegende Stadt schweifen. Sie konnte sich nicht erinnern, jemals durch deren Gassen gelaufen zu sein, sie konnte sich nicht einmal erinnern, jemals woanders als im Schloss gewesen zu sein.

Sie fühlte sich unbehaglich. Eigentlich schon ihr ganzes Leben. Wozu war das gut, dieses Leben?, fragte sie sich. Ihre Blicke wanderten über die langen Reihen der Regale voller Bücher, vollgestopft mit Wissen, von dem sie keine Ahnung hatte. Sie hatte in ihrem Leben nie ein Buch gelesen. Sicher, sie hatte als Kind natürlich das Lesen lernen müssen und es war ihr schwergefallen. Ständig waren ihr, von ihrem strengen Erzieher Texte vorgelegt worden, die sie bis zur Erschöpfung immer und immer wieder vorlesen musste und deren Sinn sich ihr nicht erschloss. Jedes Stottern, Zögern, jeder vergessene Buchstabe, jedes falsch ausgesprochene Wort, jede falsche Betonung wurden von ihm mit unbarmherzigem Blick bedacht und sie musste die einzelnen Wörter und Sätze so lange wiederholen, bis er zufrieden war.

Sie hasste Bücher. Und sie hasste diesen Raum. Hier war ihr immer noch etwas unbehaglicher als anderswo. Aber dennoch kam sie immer wieder hierher, immer wenn er kam. Es war besser sich schon so unbehaglich wie möglich zu fühlen, bevor er da war.

Die Königin dachte nach. Auch etwas, das ihr schwerfiel. Denken hatten immer andere gemacht, genauso wie Entscheidungen treffen. Und das war gut so, bis vor wenigen Nächten, als ihr im Traum eine alte Frau erschienen war, die nur eine einzige Frage stellte und wieder verschwand. Aber sie kam wieder und wieder und wieder. HAST DU JEMALS DAS RICHTIGE GETAN?

Die Frage dröhnte auch jetzt wieder in ihrem Kopf. Hatte sie überhaupt jemals etwas getan? Oder hatten nicht immer andere für sie entschieden? Eigentlich wollte sie nicht darüber nachdenken, es strengte sie zu sehr an. Aber sie hatte auch Angst vor der alten Frau aus ihren Träumen. Vielleicht würde sie wieder verschwinden, wenn sie ihr antworten könnte. Aber wenn sie nichts getan hatte, konnte sie auch nichts Richtiges getan haben.

Die Tür wurde aufgestoßen und noch bevor er eintrat, erfüllte sein Gestank den Raum. Sie rümpfte die Nase, dass er auch nichts dagegen unternahm. Sie nahm einen Zerstäuber von einem neben ihr stehenden Tischchen und verteilte großzügig Duftwasser, um den Geruch etwas erträglicher zu machen.
„Majestät“, er verneigte sich knapp. „Die Rodung schreitet gut voran. Ich denke wir werden in Kürze vor der Vollendung stehen.“
„Ja“, sie winkte ab.
„Das sind gute Neuigkeiten“, sagte er triumphierend und verteilte noch etwas mehr seines bestialisch stinkenden Atems im Raum. Unwillkürlich wich sie einen Schritt zurück und sprühte noch mehr Parfum in seine Richtung.
„Aber meinst du, dass es das Richtige ist, was wir tun, Johannes?“
Er sah sie erstaunt an. Sie hatte seine Entscheidungen noch nie in Frage gestellt. „Es ist immer das Richtige was Ihr tut Majestät“, versicherte er, „aber wenn Ihr Zweifel habt, dann beenden wir unsere Arbeiten. Aber bedenkt, wie viel dann umsonst geschehen ist. Und bedenkt, dass Euer Volk Euch dann für eine schwache Königin halten könnte. Eine Königin, die eine ihr übertragene Aufgabe nicht erfüllt, die zögert und zweifelt. Und vergesst nicht, mit welch abschätzigem Blick ausländische Mächte auf Euch schauen werden. Vor allem

jene, die nach dem Reichtum Eures Landes trachten. Nun, und wenn diese in Euch eine schwache Regentin meinen zu erkennen..." Er sprach nicht weiter, sondern fixierte sie mit festem Blick. Immer wieder gab er ihr Gelegenheiten, Schlussfolgerungen zu ziehen, die er ihr auf dem Silbertablett präsentierte. Doch nie kam sie von sich aus zu dem vorbereiteten Ergebnis. Nicht einmal das bekommt sie hin, dachte er und begann innerlich zu grinsen. Besser war das so! Und um sie nicht doch noch zum Denken zu veranlassen, brachte er seine Gedanken selber zu Ende. „Diese Mächte könnten annehmen, dass es ein Leichtes sei Ihre Majestät zu bezwingen. Ja Hoheit, ich bin sicher, sie würden Krieg gegen Euch führen. Und dies ist gewiss das Letzte, das Ihr für Euer Volk wollt!"

Sie nickte müde. Und sie fühlte sich schwach und doch noch unbehaglicher als zuvor. Der Gestank, den er verströmte, tat sein Übriges. Nichts gab es, um diesen gut zu übertünchen. Ihr wurde leicht übel und sie wollte, dass er geht. „Du hast recht, Johannes", sagte sie matt, „und bitte erstatte mir weiterhin regelmäßig Bericht", sie wandte sich wieder dem Fenster zu.

„Sehr wohl Majestät." Zufrieden grinsend verließ er den Raum.

Ihr Gesicht spiegelte sich in dem schon etwas matten Glas. Seltsam, dachte sie, als sie sich selbst betrachtete. Ihre verblühende Schönheit war noch zu erkennen, aber sie war unzweifelhaft eine alte Frau. Und er? Er war schon damals kein junger Mann, als er an den Hof kam und schnell zum wichtigsten Berater ihres Vaters aufstieg. Aber er hatte sich nicht verändert. Vielleicht war er etwas hagerer geworden, aber man sah ihm sein Alter nicht an. Dabei musste er inzwischen uralt sein. Also noch eine Frage. Sie bekam Kopfschmerzen. In den letzten Tagen hatte sie sich mehr Fragen gestellt als in ihrem gesamten, bisherigen Leben.

Erschöpft ließ sie sich in einem Sessel, der einzigen Sitzgelegenheit im Raum nieder, schloss die Augen, presste die Hände auf die Ohren und hoffte so, alle Gedanken aus ihrem Kopf vertreiben zu können. Allein es wollte nicht gelingen.

An sich hatte es das Leben gut mit ihr gemeint. Geboren als einziges Kind des Königs und ausgestattet mit blendender Schönheit, jedoch leider nicht mit dem Willen ihre sonstigen Gaben auch zu nutzen. Dennoch hätte alles gut werden können, wenn es nicht diesen Fluch gegeben hätte. Ihre Eltern hatten alles versucht sie davor zu beschützen, wenn auch vergeblich. Aber hatten sie das wirklich? Oder hatten sie dies alles nur getan, um sich selbst und ihre Macht zu schützen?

Die Königin seufzte verzweifelt. Sie wollte nicht, aber sie schaffte es nicht, sich dagegen zu wehren, einen Blick zurückzuwerfen, auf all die Dinge, die in ihrem Leben geschehen waren. Hatte sie überhaupt jemals eines gehabt, ein eigenes Leben?

Wie sie sich als Kind zu verhalten hatte, ob und was sie spielte, alles hatten andere entschieden.

Und danach, als sie eine junge Frau war? Wieder hatten andere ihr keine Wahl gelassen. Und sie hatte nicht aufbegehrt.

Ob und wen sie heiratete, wie sie diese Ehen führte und auch das Ende der Ersten, hatten ihre Eltern bestimmt.

Sie dachte über ihre Männer nach. Der Erste war der, der sie von dem Fluch erlöste. Sie wusste nichts über ihn. Er war ihr von Beginn an fremd und auch ein bisschen unheimlich. Aber er besaß eine Stärke, die ihn zu etwas Besonderen machte. Vielleicht hätte sie ihn irgendwann lieben können, wenn sie ihn besser kennengelernt hätte, aber ihr Vater hatte ihn in den Krieg geschickt und als er zurückkehrte, war der König den Einflüsterungen von Johannes erlegen und schickte ihren Gemahl wieder fort, auf eine geheime, gefährliche Mission, von der er nicht zurückkehrte. Sie hatte es damals nicht bereut.

Ihre zweite Ehe wurde geschlossen, um eine politische Allianz zu schmieden und die Macht des Königshauses zu stärken und zu schützen. Er war der Spross einer mächtigen Adelsfamilie, aber er war schwach, und genauso wie ihr, waren ihm sämtliche Entscheidungen abgenommen worden. Sie beide hatten es nie gelernt für sich selbst zu denken und zu handeln.

Solange ihr Vater, König Kornelius lebte, war alles gut, aber als dann alle Verantwortung auf ihren Schultern lastete, wurde offenbar, dass er ihr keine Stütze sein würde. Aber zum Glück war Johannes immer da. Aber war dies wirklich ein Glück? Ihm gegenüber fühlte sich ihr Gemahl immer noch ein wenig kleiner und schwächer, und nie versuchte er eigene Ansichten zu vertreten.

Zu keinem Zeitpunkt wusste sie, was ihr Angetrauter dachte und daher natürlich auch nicht, was ihn dazu bewogen hatte auszuziehen, um Drachen zu jagen. Dabei gab es längst keine Drachen mehr. Dämlicher Narr! Auch er kehrte nicht zurück und auch diesmal zeigte sie kein Bedauern. Das einzige Bedauern, welches sich hin und wieder in ihre Seele kroch, war, dass sie keine Kinder hatte.

Sie öffnete die Augen und hatte das Gefühl, dass die Bücherregale in die Höhe wuchsen und sich auf sie zubewegten. Vielleicht wäre es nicht das schlechteste Schicksal, dachte sie, wenn diese auf sie stürzen und unter sich begraben würden. Sie wäre frei von all den quälenden Gedanken. Aber die Regale taten ihr den Gefallen nicht, stattdessen verflog der Eindruck, sie würden größer werden und näherkommen, sie waren einfach nur die Regale, die sie immer waren.

Mühsam stand sie auf und läutete als Zeichen, dass sie die Bibliothek verlassen wollte. Die Tür wurde von einem Wachsoldaten geöffnet. Langsam schritt sie auf sie zu, doch ihr Blick wurde abgelenkt zu einem Buch, welches scheinbar aus dem Regal gefallen und zur Hälfte unter dieses gerutscht war. Im selben Moment entdeckte auch der Soldat das Buch und lief, sich dabei beständig verbeugend darauf zu, um es aufzuheben und zurückzustellen, aber die Königin war eher an der Stelle und ohne darüber nachzudenken, dass es sich nicht geziemte, beugte sie sich hinunter und ergriff das Buch. Sie drehte es mehrfach in den Händen, bevor sie es genauer betrachtete und den Titel las. Sie wurde bleich und ihre Beine wurden schwach. Glücklicherweise war der Soldat jetzt nahe genug, um sie zu stützen und vor einem Sturz zu bewahren.

HAST DU JEMALS DAS RICHTIGE GETAN?, stand in dicken Lettern auf dem ledernen Einband.

Später am Abend, nachdem der Soldat ihre Zofe angewiesen hatte, ihren Leibarzt zu rufen, welcher ihr nichts anderes attestierte, als dass sie überarbeitet sei und ihr Ruhe und ein leichtes Nachtmahl verordnet hatte, wagte sie es endlich das Buch aufzuschlagen. Zu ihrem Überraschen und Entsetzen waren die Seiten leer. Zuerst dachte sie an eine Geheimschrift, die nur durch einen Zauber sichtbar wurde, aber kurz darauf ergriff sie eine unsagbare Beklemmung. Dieses Buch war das ihre und es war an ihr, seine Seiten mit Leben zu füllen. Eine Mischung aus Zorn und Angst stieg in ihr auf und sie warf es mit aller Kraft gegen die Wand ihres Schlafgemaches.

Am nächsten Morgen legte es die Zofe wortlos auf das Nachttischchen neben ihrem Bett und die Königin versuchte ihm keine Beachtung zu schenken.

Tag 6
Immer noch im Schloss.

Johannes lief durch die Gänge und Säle des Schlosses. Er fühlte sich müde und seine Gelenke und sein Rücken schmerzten. Für seinen Geschmack war er viel zu lange geblieben. Drängendere Aufgaben warteten, als sich um die Belanglosigkeiten des höfischen Lebens zu kümmern, aber als Erster Berater wusste er auch, dass er eine angemessene Zeit bei der Königin verbringen musste, wenn er nicht den Argwohn ihres Haushaltes auf sich ziehen wollte. Er war sich dessen bewusst, dass er von vielen nicht gemocht wurde.

Vor einer niedrigen Tür blieb er stehen. Mit zittrigen Fingern zog er einen Schlüssel aus dem Hosenbund. Bevor er die Tür öffnete, blickte er den Gang hinunter. Es war niemand da. Gut.

Mühsam stieg er die schmale Wendeltreppe hinauf zu seinem geheimen Kabinett. Es war spärlich eingerichtet, ein schmales Bett, ein Stuhl, ein kleiner Tisch und eine wacklige Kommode. Johannes legte keinen Wert auf Luxus, nein, er verachtete ihn.

Der gesamte Raum war von einer dicken Staubschicht überzogen. Er hatte hier lange nicht mehr geputzt, denn er hatte Wichtigeres zu tun. Und niemand sonst durfte diesen Raum betreten.

Er zog die mittlere Schublade der Kommode heraus, tastete nach der verschiebbaren Leiste und drückte vorsichtig den darunter liegenden Knopf. Mit einem leisen Klick öffnete sich eine kleine Tür an der Außenwand, die geschlossen nicht zu erkennen war. Dahinter war ein kleines Fach. Er entnahm ihm ein kleines braunes Fläschchen, setzte sich auf den Stuhl und atmete erleichtert auf. Vorsichtig entkorkte er die Flasche, um einen Schluck daraus zu trinken. Nur wenige Tropfen waren noch in ihr, dann war sie leer. Verdammt! Ein eisiger Schauer durchströmte ihn. Er musste wieder zu ihr, dieser unheimlichen Alten. Aber er hatte keine Wahl.

Die Königin las. Nachdem ihre Zofe vor wenigen Tagen das Buch auf den Nachttisch gelegt und ihr danach beim Ankleiden geholfen hatte und dann gegangen war, hatte sie eine starke Erschöpfung und tiefe Leere empfunden. Es war ihr nicht gelungen, dem Buch keine Beachtung zu schenken, so sehr sie es auch versucht hatte. Schließlich hatte sie es doch genommen und aufgeschlagen und die Seiten waren immer noch leer. Ratlosigkeit hatte sich ihrer ermächtigt. Und sie kannte niemanden, den sie um Rat hätte fragen können. Der einzige Gedanke, der ihr ein wenig Zuversicht verlieh, war, dass sie Antworten in anderen Büchern finden könnte. Also war sie in die Bibliothek gegangen. Sofort hatte sich das altbekannte Unbehagen eingestellt und sie war unruhig vor den Regalen auf und ab gelaufen. Schließlich gelang es ihr dann doch stehenzubleiben. Sie hatte eine Weile die Buchrücken betrachtet und gedacht: Warum nicht?

Dann hatte sie ein dünnes Büchlein herausgezogen und angefangen darin zu lesen. Es war eine ausführliche Abhandlung über den besten Neigungswinkel einer Gießkanne beim Wässern eines einzelnen Radieschens. Worüber Menschen sich Gedanken machten, hatte sie sich gewundert, aber sie hatte das Büchlein bis zum Ende gelesen. Sie war danach immer noch erschöpft, aber irgendwie hatte sich ihre Leere ein Stück weit gefüllt. Vielleicht mit unnützem Wissen, aber es fühlte sich gut an.

Und sie las weiter. Sie nutzte jede Gelegenheit die Bibliothek aufzusuchen, zog wahllos Bücher aus den Regalen und las diese von der ersten bis zur letzten Seite. Und sie hatte viele Gelegenheiten, sie war zwar die Königin, aber zu tun hatte sie wenig.

Sie las alles. Hundertstrophige Liebesgedichte, die Aufzeichnungen eines Holzfällers über seine Gefühle beim Holzhacken, eine wissenschaftliche Abhandlung über die Fortpflanzung von Borkenmaden, die mehr Quellenangaben als

Text enthielt, Ratgeber zum Feilen von Fingernägeln, erfundene und vielleicht auch einmal tatsächlich stattgefundene Hexengeschichten, die Beobachtungen eines längst vergessenen Astronomen während seines Stuhlganges, und mit jedem Buch füllte sich ihre Leere mehr und mehr und sie begann eigene Überlegungen über den Zusammenhang der Dinge anzustellen.

Schließlich wagte sie sich an die Encyclopedia Historica. Eine fünfunddreißig Bände umfassende Abhandlung über nahezu alles, was in ihrem Land jemals geschehen war, geschehen würde oder geschehen könnte von K. Strudel-Kirsch. Vieles erschien ihr derart unglaubwürdig, dass es nur ausgedacht sein konnte. Aber selbst wenn, dann hatte der Autor immerhin eine beneidenswerte Phantasie.

Als sie ein Kapitel las, in dem am Rande die sagenumwobenen Inseln im Kleinen See Frikka gestreift wurden, flammte etwas in ihr auf. Sie konnte es noch nicht richtig greifen, aber vor ihr erschien ein noch unscharfes Bild, wie eine Königin sein konnte.

In der Nacht schlief sie schlecht. Immer wieder wachte sie auf, dachte über das Gelesene nach und betrauerte ihr verpasstes Leben.

All diese Geschichten hatten ihr vor Augen geführt, dass sie Zeit ihres Lebens eine Gefangene war. Ja, sie war die Königin, aber was bedeutete das schon, sie hatte das Gefühl, dass jeder Hausierer mehr Möglichkeiten hatte als sie.

Verbitterung stieg in ihr auf. Sie war doch die Königin! Ihr sollte das Vorrecht zustehen ein glückliches und erfülltes Leben zu führen!

Ihre Gedanken wanderten zurück zu dem Moment, bevor sie das unbeschriebene Buch aufgehoben hatte. Hätte sie dies doch nie getan, sondern es dem Soldaten überlassen. Diese quälenden Gedanken wären ihr erspart geblieben und sie hätte ihr Leben der jahrzehntelangen Gleichgültigkeit fortführen können. Aber jetzt? Diese Qual würde bleiben und sie war sich der Tatsache bewusst, dass ihr nicht mehr viel Zeit blieb.

„HAST DU JEMALS DAS RICHTIGE GETAN?" Aus dem Nichts heraus war die alte Frau erschienen und stand vor dem Bett der Königin. Die hatte ihr gerade noch gefehlt, Wut kochte in ihr auf.

„Was willst du von mir?", schrie sie die Alte an.

Die antwortete nicht, sondern sah nachdenklich auf die Königin herab.

„Was willst du von mir?", wiederholte die Königin nur unwesentlich leiser.

„Kein Grund mich anzuschreien", sagte die Alte ruhig.

Die Augen der Königin verengten sich zu schmalen Schlitzen. „Ich habe keinen Grund dich anzuschreien? Du dringst in mein Schloss ein und belästigst mich. Weißt du gar nicht, wer ich bin?"

„Selbstverständlich weiß ich, wer du bist. Gerade weil du bist, wer du bist, bin ich ja hier."

„Was willst du von mir?", fragte die Königin, jetzt mit Erschöpfung in der Stimme.

„Die Frage ist viel eher, was willst du von dir?"

„Was will ich von mir?" Der Königin fehlte jegliches Verständnis für solch eine Frage. „Ich bin die Königin. Was soll ich von mir wollen?"

Die Alte lächelte. „Darüber solltest du vielleicht einmal nachdenken. Wir sehen uns wieder", verabschiedete sie sich.

„Wer bist du?", fragte die Königin. Aber die Alte war verschwunden. „Wer bist du?", rief sie noch einmal.

„Es ist noch nicht die Zeit über mich zu reden." Die Alte war wieder da. „Wir sehen uns wieder", verabschiedete sie sich zum zweiten Mal.

Tag 7
Und immer noch im Schloss

Johannes hasste es zu ihr zu müssen. Gerade jetzt, als er eigentlich dringend zum Blaubäumer Forst musste. Aber was hasste er nicht? Im Schlosshof griff er sich einen Jungen, der die Gefahr nicht hatte schnell genug kommen sehen. In dessen schreckgeweiteten Augen konnte er Furcht lesen. Gut so, man hatte noch Angst vor ihm.

Er packte ihn fest am Kinn und zog ihn nahe an sein Gesicht heran. Der Junge stand kurz vor der Ohnmacht. Die Mischung aus Panik und der Gestank nach Pestilenz und Verwesung, die dieser Mann verströmte, ließ ihn in eine Schockstarre fallen.

„Hör mir jetzt gut zu“, zischte Johannes gefährlich.

Der Junge versuchte die Übelkeit herunterzuschlucken, aber es gelang ihm nicht ganz. Er wandte all seine Kraft auf, sich nicht auf diesen Mann zu übergeben.

„Leider habe ich dringende Angelegenheiten, die mich daran hindern, andere wichtige Aufgaben zu erledigen, aber wie ich sehe, frönst du hier dem Müßiggang, also wirst du für mich eine wichtige Sendung überbringen. Du wirst dich augenblicklich auf den Weg machen. Geh zum Hauptmann, der die Rodungen am Blaubäumer Forst überwacht und gib ihm das hier.“ Er drückte dem Jungen einen prall gefüllten Weinschlauch in die Hand. „Und sag ihm, dass ich Verzögerungen nicht dulden werde. Hast du das verstanden?“ Ohne eine Antwort abzuwarten, umfasste er den dünnen Arm des Jungen und zog ihn hinter sich her, in Richtung der Stallungen. „Du kannst doch reiten?“

Ängstlich schüttelte der Junge seinen Kopf.

Der Schlag traf ihn unvermittelt und hart im Gesicht und schleuderte ihn krachend gegen die Mauer.

„Nutzloser Bastard“, fauchte Johannes. „Dann wirst du eben laufen. Und wage es ja nicht langsamer als ein Pferd zu sein!“ Er ließ den Jungen liegen und schritt die Pferdeboxen ab, bis er das schnellste und ausdauerndste meinte gefunden zu haben. Er wartete nicht auf den Stallknecht, sondern sattelte selbst und stieg auf. Und vom ersten Moment an trieb er das arme Tier über dessen Grenzen hinaus.

Drei Tage, drei verdammte Tage würde er brauchen, bis er bei der Alten war. Und das nur, wenn er nicht aufgehalten würde. Es gab einfach noch zu viel Unberechenbares im Land. Seine Aufgabe war noch lange nicht erfüllt. Er brauchte Zeit. Viel mehr Zeit.

Der Junge übergab sich. Mehrfach. Immer wieder überkam ihn Angst und Übelkeit und er kotzte alles aus sich heraus. Kraftlos blieb er im eigenen Erbrochenen liegen, bis ihn zwei kräftige Hände griffen und hochzogen. „Da warst du wohl zur falschen Zeit am falschen Ort“. Er blickte in das narbige, faltige Gesicht eines alten Soldaten. „Ich würde mich schnell auf den Weg machen“, sagte der.

„Aber der Koch...“, stammelte der Junge.

„Der Koch?“, fragte der Soldat stirnrunzelnd und sah ihn nicht unfreundlich an. „Das, was der Koch mit dir anstellt, das wirst du überleben. Bei Herrn Johannes wäre ich mir da nicht so sicher. An deiner Stelle würde ich mich beeilen.“ Er gab ihm einen freundschaftlichen Klaps auf den Rücken. „Und nimm ein Stück Käse mit!“

„Käse?“, der Junge sah den alten Soldaten verwirrt an. „Wofür das denn? Ich hasse Käse!“

„Dann besteht wenigstens keine Gefahr, dass du ihn unterwegs aufisst. Du wirst ihn brauchen. Glaub mir Kleiner.“

Was willst du von dir?

Was für eine unverschämte Frage!

Sie grenzte ja schon an Majestätsbeleidigung!

Nein! Sie grenzte nicht daran!

Sie war eine Majestätsbeleidigung!

Sie war die Königin!

Einer Königin stellt man nicht solche Fragen!

Eine Königin fragt man, was sie von einem will!

Nein, eine Königin fragt man danach, wie man ihr dienen darf!

Eine Königin wollte nichts von sich selbst, denn sie war die Königin!

Eine Königin musste auch nichts von sich selbst wollen, denn eine Königin hatte alles!

Es stand ihr einfach alles zu!

So dachte die Königin.

Bis vor Kurzem.

Bis ihr die Alte erschienen war.

Bis sie angefangen hatte selbst zu denken

und

bis sie angefangen hatte zu lesen.

Und bis sie erkannt hatte, dass sie nicht nur nicht alles, sondern eigentlich nichts hatte.

Sie saß schwermütig in ihrem Bett und beobachtete die Zofe, die ihr das Frühstück gebracht hatte, Butterbrote und warme Milch.

Gewiss, es ist ungewöhnlich für eine Königin, aber sie liebte Butterbrote seit ihrer Kindheit. Es erinnerte sie an irgendetwas. Doch heute schmeckten sie nicht wie gewohnt. Früher hätte sie wahrscheinlich den Teller nach der Zofe geworfen, jetzt drängte sich ihr die Frage auf, woran es liegen mochte, dass die Butterbrote nicht mehr so köstlich waren.

Die Zofe war damit beschäftigt, ihre Kleider zurechtzulegen. Sie war ein dünnes, blasses Mädchen mit einem straff nach hinten zusammengebundenem Zopf. Der Königin ging auf, dass sie nicht einmal den Namen des Mädchens wusste.

„Wie heißt du, Kind?“, fragte sie.

Die Kleine erstarrte und wurde tatsächlich noch blasser. Noch nie hatte die Königin ein Wort an sie gerichtet. Seit einem Jahr brachte sie ihr das Frühstück und kleidete sie an und während dieser ganzen Zeit, hatte sie niemals das Gefühl, beachtet zu werden. Niemand im Schloss wurde von der Königin beachtet, jedenfalls niemand, den sie kannte.

„Nun, wie heißt du?“, wiederholte die Königin ihre Frage, als die Antwort ausblieb.

Die Zofe senkte den Kopf und starrte auf ihre Fußspitzen. „Therese“, sagte sie leise.

„Aha“, sagte die Königin und heftete ihren Blick auf Therese. Dieser lief kalter Schweiß den Rücken hinunter. Sie wagte es nicht aufzuschauen und strich fahrig über das bereit gelegte Kleid der Königin.

„Ich möchte dir eine Frage stellen“, sagte die Königin.

„Was immer ich Euch beantworten darf“, erwiderte Therese zaghaft mit weiterhin gesenktem Blick.

„Was willst du von dir selbst?“

Therese war gut genug erzogen, um zu wissen, dass man eine Frage nicht mit einer Gegenfrage beantwortete und vor allem, dass man der Königin keine Fragen zu stellen hatte. Aber sie steckte in einem riesigen Dilemma, denn sie hatte die Frage der Königin nicht verstanden. Was wollte die Königin von ihr wissen?

„Nun?“

Therese meinte Wohlwollen aus der Stimme der Königin herausgehört zu haben, aber sie war sich immer noch im Unklaren darüber, was diese Frage bedeuten sollte, also schwieg sie weiter.

„Hast du Angst vor mir?“, fragte die Königin, die spürte, dass sie auf ihre erste Frage keine befriedigende Antwort erhalten würde.

„Ihr seid die Königin“, antwortete Therese.

„Ich weiß, dass ich die Königin bin. Aber hast du Angst vor mir?“, versuchte sie so wenig wie möglich, ungehalten zu klingen.

„Ich...“ Therese zögerte mit einer Antwort. „Ich glaube, Ihr könnt tun, was Ihr wollt“, rang sie sich schließlich durch, zu sagen. „Ihr könnt über mich bestimmen.“

„Das ist wohl wahr, beantwortet aber nicht meine Fragen.“

„Nein Majestät.“

„Aber ich möchte eine Antwort von dir“, sagte die Königin streng.

Therese überlegte. Was wäre eine Antwort, die vor der Königin Gefallen finden würde? „Ihr flößt mir Ehrfurcht ein“, fand sie schließlich etwas, das ihr passend erschien.

„Und was willst du von dir?“, beharrte die Königin auf ihre erste Frage. Diese schien ihr weitaus wichtiger als die andere zu sein.

„Ich bin nur eine kleine Zofe. Wünsche stehen mir nicht zu“, suchte Therese eine Ausflucht.

„Ich glaube, das kann ich nicht gelten lassen“, machte die Königin die Hoffnung zunichte. „Ich frage nicht, um dich zu quälen, sondern weil ich wahrlich wissen will, was man von sich selbst wollen, von sich selbst wünschen kann“, fügte sie versöhnlich hinzu.

„Ich wünsche mir einen kleinen Zipfel Glück“, sagte Therese leise, nach einem ausgedehnten Moment des Überlegens.

„Ein kleiner Zipfel Glück? Was ist das? Ein kleiner Zipfel Glück?“ Ein kleines Bisschen von irgendetwas erschien der Königin zu wenig. Es musste mehr sein, etwas Großes. Sie war unzufrieden mit der Antwort.

„Es ist etwas Leuchtendes, etwas Warmes, etwas, das ein schönes Gefühl macht", flüsterte Therese, verängstigt auf ihre Fußspitzen schauend.

„Was soll das denn sein?", fragte die Königin, der solche Gedanken noch nie gekommen waren.

Therese wusste es ganz genau. Sie dachte an den Küchenjungen und an sein Lächeln, wenn er ihr das Frühstück für die Königin reichte. Aber es fiel ihr schwer, es zu beschreiben. Angestrengt suchte sie nach den passenden Worten „Etwas das fehlt, wenn es nicht mehr da ist", sagte sie schließlich.

Der kleine Zipfel Glück ist etwas, das fehlt, wenn es nicht mehr da ist. Die Königin fühlte die Schönheit dieses Satzes, ohne ihn in seiner Gänze zu begreifen. Es gab in ihrem Leben einfach nichts, das fehlte, weil es nicht mehr da war. Es war ihr rätselhaft, aber es machte sie unfassbar traurig. Sie hatte alles. Und wenn sie etwas nicht hatte, würde sie es bekommen können. Alles, außer diesem kleinen Zipfel.

Therese stand unentschlossen vor dem Bett der Königin. Eigentlich wäre es ihre Aufgabe, ihr jetzt beim Ankleiden zu helfen, aber die Königin machte nicht den Eindruck, als würde sie den morgendlichen Ritualen folgen wollen. Vielleicht sollte sie sich einfach leise zurückziehen. Aber durfte sie das?

„Therese", sagte die Königin nach einer langen Weile des Schweigens. „Ich möchte, dass du heute den Tag mit mir verbringst und mir zeigst, wo dieser kleine Zipfel Glück zu finden ist."

Therese erschrak. Den ganzen Tag mit der Königin? „Verzeiht Majestät", brachte sie zaghaft hervor. „Ich habe so viele Dinge zu tun."

Widerspruch? Wagte es diese kleine unbedeutende Zofe tatsächlich, sich ihren Wünschen zu widersetzen? Unbändiger Zorn brauste in der Königin heran. Du kleines nichtsnutziges Ding, lag es ihr auf der Zunge, aber sie konnte es nicht mehr aussprechen, als sie dieses verzweifelte, kleine Elend von Zofe vor ihrem Bett stehen sah. Etwas Unbekanntes machte sich in ihr breit, etwas, das sie noch nicht kannte, etwas, das andere Menschen als Milde bezeichnen würden.

Ich bin die Königin, sagte sie zu sich selbst.

„Ich bin die Königin“, sagte sie zu Therese. „Was auch immer du zu tun hast, es kann warten.“

„Aber der Haushofmeister...“, wagte Therese einen Einwand.

„Der Haushofmeister?“, unterbrach sie die Königin. Sie musste überlegen. Genauso wenig, wie sie sich bisher für ihre Zofe interessiert hatte, hatte sie dem Haushofmeister Aufmerksamkeit geschenkt. In Gedanken ging sie ihre Bediensteten durch. Der Haushofmeister konnte nur dieser dürre, stets sauertöpfisch dreinblickende Mann sein, der ihr fast mehr noch als Johannes schlechte Laune bescherte, wenn er sie mit seiner Anwesenheit belästigte.

„Ich bin die Königin“, wiederholte sie. „Und du bist meine Zofe, nicht die des Haushofmeisters.“ Bei dem Gedanken ihm Schwierigkeiten zu bereiten, bekam sie fast so etwas wie gute Laune.

Auf einem Berg

Der Staub wirbelte auf und tanzte in den einfallenden Sonnenstrahlen. Es war eine unsinnige Arbeit, der sich Krakel hingab, denn sobald er am Ende des Raumes angelangt sein würde, würde sich der Staub legen und wieder eine Schicht auf dem Boden bilden. Und dennoch fegte er hier immer wieder. So hatte er wenigstens etwas zu tun, auch wenn es nicht das war, was ein Geschichtenkobold zu tun haben sollte.

Es gab eine Zeit, an die sich Krakel nicht erinnerte, denn dafür war er zu jung, in der die Geschichtenkobolde im Land unterwegs waren und die Geschichten, welche hier ihren Ursprung nahmen, zu den Menschen brachten.

Krakel war noch nie woanders gewesen, als hier am Berg und in dessen kuppelförmiger, saalartiger Höhle, an deren Ende der riesige Steinthron aufragte, auf dem der Große Afigidis saß. Eigentlich wäre es dessen Aufgabe, Geschichten zu erzählen, die dann Krakel und die anderen Geschichtenkobolde in die Welt brachten. Dies hatte er auch lange Zeit getan, aber seit vielen Jahren schwieg er.

Krakel wäre gerne hinausgegangen, aber als er geboren wurde, erzählte der Große Afigidis nur noch wenig und als er alt genug war, war er gänzlich verstummt.

Die anderen Geschichtenkobolde schienen sich nicht daran zu stören, hatten sich in ihrem sesshaften Leben eingerichtet und machten sich gar immer wieder lustig, wenn Krakel ungeduldig um den Berg und durch die Höhle lief.

Krakel lehnte seinen Besen an die Felswand und rieb sich die Augen, in die ihm wieder mal einzelne Staubkörner geflogen waren. Er blickte in Richtung des steinernen Throns. Von hier vorne war nicht mehr zu erkennen als der flackernde Lichtschein der Fackeln, welche die Höhle erleuchteten. Zu weit hinten erhob er sich.

Krakel schnäuzte sich. Er hatte keine Lust mehr zu fegen. Langsam lief er tiefer in die Höhle hinein. Kurz vor dem Großen Afigidis blieb er stehen und schaute sehnsuchtsvoll zu ihm auf.

Erzähl was!, forderte er in Gedanken. Aber der Große Afigidis schwieg. Krakel war enttäuscht. Und er war wütend. Warum blieb er stumm? Warum erzählte er nicht endlich eine Geschichte, die Krakel in die Welt bringen konnte? Immer nur fegen war ein blöder Lebensinhalt. Verärgert stapfte er um den Thron.

Und von ihm unbemerkt öffnete der Große Afigidis einen Spalt breit ein Auge und beobachtete den jungen Kobold. Er mochte den kleinen Kerl mit seinen großen schwarzen Augen voller Sehnsucht. Er war wie alle Geschichtenkobolde nur halb so groß wie ein durchschnittlicher Mensch, dafür aber mit großen Händen, großen Füßen und großen Ohren ausgestattet, und wie alle Geschichtenkobolde mit dichtem schwarzem Haar, welches wild in alle Richtungen abstand. Äußerlich unterschied er sich kaum von allen anderen, außer durch seine Jugend. Aber in ihm schlummerte etwas Besonderes, was der Große Afigidis am Glanz der Augen erkannte.

„Du bist Krakel, nicht wahr?“, sagte er mit seiner dunklen, warmen Stimme. Krakel zuckte erschrocken zusammen und blieb stehen. Ungläubig sah er die große Gestalt an. Er konnte sich kaum daran erinnern, den Großen Afigidis jemals sprechen gehört zu haben, geschweige denn, dass er von ihm persönlich angesprochen worden wäre.

„Du brauchst keine Angst zu haben.“

„Angst? Ich? Woher denn?“, versuchte Krakel seiner Stimme einen festen Klang zu geben, merkte aber selbst, wie brüchig sie war.

Der Große Afigidis lächelte. „Ich freue mich immer, wenn du mich besuchen kommst. Ich bekomme in letzter Zeit nur wenig Besuch.“

Krakel trat verlegen von einem Fuß auf den anderen. „Naja“, murmelte er. „Du erzählst ja auch nichts mehr.“

„Da hast du wohl recht.“ Er strich sich langsam eine lange, graue Haarsträhne aus dem Gesicht.

„Aber warum nicht? Warum erzählst du keine Geschichten mehr?“

„Es sind keine mehr da. Früher, als ihr sie zu den Menschen brachtet, habt ihr immer auch welche zurückgebracht, die ich dann erzählen konnte. Aber jetzt...“

Krakel kaute auf seiner Unterlippe und überlegte. „Ich dachte, du erfindest die Geschichten?“

„Einige ja, aber viele kamen von den Menschen und ich habe sie neu erzählt.“

„Aber kannst du dann nicht eine neue Geschichte erfinden?“

„Nein. Meine Geschichten sind alle erzählt.“

„Und wenn ich gehe und neue Geschichten hole?“, fragte Krakel mit einem Hoffnungsschimmer in der Stimme.

„Es tut mir leid, aber das wird nicht gehen. Meine Geschichten sind aufgebraucht. Alle außer einer. Es wird jemand anderes kommen müssen, um neue Geschichten zu erzählen.“

Krakel horchte auf. Es gab noch eine Geschichte. Vielleicht würde er diese ja zu den Menschen bringen können. „Erzählst du mir die letzte Geschichte?“, fragte er fast flehentlich.

„Nein, das geht nicht.“

Krakel ließ enttäuscht die Schultern hängen.

„Weißt du, diese Geschichte ist für jemanden Besonderen bestimmt. Und nur ihm kann ich sie erzählen“, sagte der Große Afigidis mit Bestimmtheit.

„Aber der ist nicht hier, oder?“

„Nein, noch nicht. Aber er ist auf dem Weg hierher.“

„Woher weißt du denn, dass jemand kommt?“, fragte Krakel erstaunt. „Es war doch schon so lange niemand hier.“ Wenn niemand von hier fortging oder herkam, konnte doch auch niemand die Kunde von jemandem, der hierher unterwegs war, bringen.

„Ich weiß es nicht, aber ich spüre das ganz genau“, war sich der Große Afigidis sicher.

„Und wenn du ihm die letzte Geschichte erzählt hast, wird er dann der neue Große Afigidis?“, fragte Krakel.

„Das weiß ich nicht. Auch wenn ich mir sicher bin, dass er viele Geschichten zu erzählen hat.“

„Aber wenn nicht er, wer wird es dann?“ Krakel stampfte auf. Es musste doch endlich jemanden geben, der wieder Geschichten erzählte.

„Mach dir keine Sorgen Krakel. Es wird einen neuen Großen Afigidis geben. Auch, wenn wir noch nicht wissen, wann und wer es sein wird.“

Krakel lief aufgeregt mit kleinen Schritten vor dem Thron auf und ab. Es würde jemand kommen, und auch wenn dieser nicht der neue Große Afigidis werden würde, so würde doch eine Geschichte erzählt werden und vielleicht würde er dabei ein klein wenig lauschen können.

„Krakel.“ Die Stimme des Großen Afigidis riss ihn aus seinen Gedanken. „Es tut mir leid, aber du wirst diese Geschichte nicht zu hören bekommen. Jedenfalls nicht von mir.“

Krakel blieb wie angewurzelt stehen. Es war ihm als würde das kleine Fünkchen Hoffnung, welches in ihm aufflammte, zertreten.

„Sei nicht zu betrübt“, sagte der Große Afigidis. „Ich hatte dir doch gesagt, dass es einen nach mir geben wird. Wenn du magst, kannst du ihm entgegengehen.“

„Wem?“ Jetzt begann die Hoffnung wieder zu leuchten.

Der Große Afigidis lächelte. „Wen auch immer du triffst. Ich bin mir sicher, du wirst niemand Falsches herbringen.“

Im Schloss

Wer sind deine Eltern? Hast du Geschwister? Wie lange dienst du mir schon? Wann stehst du am Morgen auf und wann gehst du wieder zu Bett? Was tust du, nachdem du mir das Frühstück gebracht hast? Hast du schon einen Verehrer? Wie alt bist du? Kannst du tanzen? Wie viele Kleider sind dein eigen? Was denkt das Volk über mich? Hat dir jemand lesen beigebracht? Wovor hast du Angst?

Die Königin fragte und fragte, während sie ihr Butterbrot aß und Therese hatte Mühe zu antworten, bevor ihr die nächste Frage gestellt wurde.

Es war erschreckend, ihre Majestät so verändert zu erleben. Die Königin war ihr gegenüber bisher stets reserviert und schweigsam gewesen und nun war sie auf eine schon unangenehme Weise neugierig. Das machte ihr Angst. Aber das konnte sie ihr doch unmöglich sagen. Sie war schließlich die Königin.

„Was ist eigentlich in der Küche los?“ Die Königin legte ihr nur halb aufgegessenes Brot auf den Teller. „Diese Brote schmecken nicht mehr.“

„Der Küchenjunge, der sie für gewöhnlich zubereitet, ist fort.“

Die Königin runzelte vorwurfsvoll die Stirn. „Wo ist er denn hin? Wer hat ihm denn erlaubt wegzugehen?“

„Das weiß ich nicht“, sagte Therese furchtsam.

„Und wer weiß darüber Bescheid?“

„Das weiß ich leider auch nicht. Vielleicht der Koch.“

„Dann gehen wir ihn fragen.“ Die Königin stand auf und schickte sich an, ihr Schlafgemach zu verlassen. „Worauf wartest du?“, fragte sie ungeduldig.

„Darf ich Eurer Hoheit vorher beim Ankleiden behilflich sein?“

„Warum hat das so lange gedauert?“, schimpfte der Koch, als sich die Tür zur Küche öffnete. „Der Haushofmeister hat schon dreimal nach dir schicken lassen. Du sollst seine Betten aufschütteln.“ Er war in das Putzen von Möhren vertieft und erst als er keine Antwort erhielt, hob er den Kopf mit strengem Blick und erstarrte. „Verzeiht Hoheit, ich wusste ja nicht...ich konnte doch auch nicht...“, begann er zu stottern, als er die Königin erblickte.

„Warum verlangt der Haushofmeister, dass meine Zofe seine Betten aufschüttelt?“, fragte sie.

„Ich...keine Ahnung...ich bin nur der Koch.“ Dieser große, sonst furchteinflößende Mann sackte in sich zusammen. Noch nie war er der Königin persönlich begegnet. Er hatte oft gewünscht, dass sie ihn rufen ließ und ihn für seine Speisen lobte, und er hatte sich ausgemalt, mit welch Bescheidenheit er ihr Lob entgegennehmen würde und dass sie sich, ob seiner Leistungen vor ihm verbeugen würde. Und jetzt stand sie vor ihm, kein Lob war zu spüren und verbeugen würde sie sich gewiss auch nicht vor ihm.

„Wo ist der Küchenjunge?“, fragte sie stattdessen, als wenn es nichts Wichtigeres gäbe.

„Welchen meint ihr?“, fragte er verwundert. „Wir haben mehrere.“

„Der, der mir üblicherweise die Butterbrote zubereitet.“

„Der?“ Was kümmerte sie denn ausgerechnet der? „Er ist fort“, sagte er beinahe gleichgültig.

„Das weiß ich. Aber wo ist er?“, bohrte sie nach.

„So viel ich von einem der Wachsoldaten erfahren habe, hat Herr Johannes ihn fortgeschickt. Er hatte eine wichtige Aufgabe für ihn“, sagte er, in der Hoffnung, dass sie sich damit zufriedengeben und wieder gehen würde.

„Johannes?“ Sie hob fragend die rechte Augenbraue.

„Mehr weiß ich leider nicht“, sagte er unterwürfig.

„Wenn er zurück ist, dann schick ihn zu mir“, bestimmte sie. „Therese, wir gehen.“ Sie wandte sich um, die Küche wieder zu verlassen.

Der Koch ließ ein gequältes Ächzen hören.

„Hat er noch irgendetwas zu sagen?“ Sie warf ihm über die Schulter einen herunterschauenden Blick zu.

„Nein,...nur,...also,...der...Haushofmeister...“, stammelte er.

„Wenn er noch einmal nach ihr fragt und die Dienste meiner Zofe wünscht, dann richte er ihm aus, dass er sich an mich zu wenden hat.“ Die Königin stieß die Tür auf und verließ die Küche.

Therese warf dem Koch einen entschuldigenden Blick zu und folgte ihr.

„Das hat Spaß gemacht“, sagte die Königin und kicherte.

Auf einer Insel im Kleinen See Frikka

Mia war wütend. Der See war krank und niemand tat etwas. Ihre Mutter nicht, ihre Schwester und ihr Bruder nicht und nicht einmal ihr Vater. Von allen anderen hätte sie nichts anderes erwartet. Aber die Familie der Königin musste doch etwas unternehmen. Oder sahen sie die Gefahr nicht? Dabei war es nicht zu übersehen. Das Wasser des Sees wurde immer trüber und kälter und seine Bewohner begannen langsam zu sterben. Immer häufiger wurden verendete Tiere – Fische, Muscheln, Krebse, Vögel, Schlangen – an die Ufer der Inseln gespült. Und auch wenn die Menschen dies mit Besorgnis zur Kenntnis nahmen, blieben sie doch erschreckend tatenlos.

Immer wieder hatte sie versucht ihre Familie und ihre Freunde dazu zu bewegen, der Ursache auf den Grund zu gehen. Die einhellige Meinung aber war, dass der See sie immer beschützt hätte und dies auch weiterhin tun werde. Derzeit reinige er sich wohl selbst und bald würde alles wieder so werden, wie es immer war. Aber das wurde es nicht. Es wurde schlimmer. Doch immer noch war niemand bereit etwas zu tun.

Einst schafften es vereinzelte Menschen noch, von den Ufern des Sees bis auf die Inseln zu gelangen und brachten Nachrichten mit von diesem unbekannten Ende der Welt. Die hätte man fragen können. Aber es war lange her, dass jemand gekommen war. Sehr lange. Der Letzte war ihr Vater.

Mia war wütend! Wütend vor allem auf ihn, der doch wusste und erlebt hatte, zu welch grausamen und törichten Taten die Menschen außerhalb der Inseln in der Lage waren. Und welch unbekannten, unbeherrschbaren und unerklärlichen Mächte dort noch ihr Unwesen treiben konnten. Oder waren die Geschichten einfach nicht wahr? Er hatte ihr von Dingen, Geschehnissen und Orten berichtet, die so unglaublich und fast nicht vorstellbar waren, dass es ihr nahezu jedes Mal den

Atem verschlug, wenn sie nur daran dachte. Und sie hatte sie sich immer und immer wieder angehört. Was wenn es das alles gar nicht gab, sondern nur seiner Phantasie entsprungen war? Aber konnte ein Mensch sich das alles ausdenken?

Sie dachte an ihren Onkel. Auch er war vom Festland gekommen. Damals, noch vor ihrem Vater, mit einer Gruppe von Menschen, die hier ihr Glück suchten und fanden. Vielleicht sollte sie ihn fragen, sicher wüsste er die Wahrheit, aber was würde das nutzen? Auch er war voller absonderlicher Geschichten. Anders als ihr Vater behauptete er zwar nie, dass diese Wort für Wort der Wahrheit entsprachen, dass sie erfunden waren, hatte er aber auch nie zugegeben. Und immer wenn ihr Vater begann, eine seiner Geschichten zu erzählen, hatte er sich alle Mühe gegeben, diese mit den unglaublichsten Einzelheiten auszuschmücken.

Mia wusste, dass etwas geschehen musste. Irgendjemand musste sich aufmachen, um den Grund für die Veränderungen des Sees herauszufinden. Aber wenn sich niemand fand, gab es wohl nur einen Ausweg. Und morgen würde Neumond sein.

Im Schloss

Dieser Tag wurde wahrlich mehr und mehr zu einer Zumutung. Erst musste er ungebührlich lange auf sein Frühstück warten und dann brachte es ihm dieser ungeschickte, pausbäckige Page und nicht wie er es gewohnt war die kleine Zofe der Königin.

Sicher, es stand ihm eigentlich nicht zu, ihre Dienste in Anspruch zu nehmen, aber sie wusste schließlich nicht, dass es nicht zu ihren Aufgaben gehörte, auch ihm die Wünsche zu erfüllen. Dabei war sie nur so ein kleines unscheinbares Ding, nicht einmal etwas fürs Auge. Aber es verschaffte ihm eine wohlverdiente Genugtuung, von sich sagen zu können, dass immerhin die Zofe der Königin seine Betten aufschüttelte, wenn er schon nicht in den ihm zustehenden Rang aufstieg.

Er war in der sechsten Generation Haushofmeister des Königshauses und eigentlich hätte er es schon lange verdient gehabt, wenn nicht zum Herzog, dann doch mindestens zum Grafen ernannt zu werden. Aber er war weiterhin nur Eugen Freiherr von Domus, nichts weiter als ein kleiner Baron. Sein Amt erhob ihn zwar über weite Teile des Adels, aber es war eben nur sein Amt und nicht sein Titel.

Den Pagen hatte er wieder fortgeschickt und nach der Zofe rufen lassen. Doch er hatte vergeblich gewartet.

Der Page konnte oder wollte nicht Auskunft geben, warum sie nicht kam. Er hatte angeboten, ihm beim Ankleiden behilflich zu sein, dieses jedoch kam für ihn, den Freiherren von Domus und Haushofmeister der Königin nicht in Betracht. Er bestand darauf, dass seine Anweisungen von denen ausgeführt wurden, die er dazu bestimmt hatte.

Und dann hatte die Königin nach ihm rufen lassen. Etwas, das sie für gewöhnlich nicht nur nicht tat, sondern was in den vielen Jahren, die er dieses Amt ausfüllte, auch noch nie vorgekommen war.

Üblicherweise war er es, der sie an ihre Aufgaben erinnerte, sie über etwaige Besucher und den Ablauf der Besuche in Kenntnis setzte, ihr die entsprechende Kleiderordnung und Verhaltensregeln vermittelte und dann für einen reibungslosen Ablauf sorgte.

Was konnte sie von ihm wollen? Und viel wichtiger, wie sollte er ihr, ohne angemessen angekleidet worden zu sein, gegenübertreten?

Natürlich verfügte er über alle Fähigkeiten, sich selbst anzuziehen, aber es widerstrebte ihm. Er war doch kein Bauer!

Und mit dem gleichen Unwillen, wollte er sich nicht von diesem Pagen, dessen eigentliche Aufgabe es war, ihn zu versorgen, zur Hand gehen lassen. Es war ausgeschlossen, sich diese Blöße zu geben. Also schlüpfte er schließlich doch alleine in seine Beinkleider, zog seinen Wams an und warf sich seinen Umhang um.

Der Blick in den Spiegel verriet ihm, dass er zwar anständig, aber nicht respektabel angezogen war. Zumal seine wenigen, dünnen Haare, unfrisiert seinen Kopf missstalteten.

So schritt er schließlich schlecht gelaunt durch die Gänge des Schlosses und grübelte darüber nach, was das Ausbleiben der Zofe und die Aufforderung der Königin, sie aufzusuchen, bedeuten könnten.

Vor dem Thronsaal standen zwei Soldaten, die ihn darüber unterrichteten, dass die Königin sich bereits vor einiger Zeit in ihre Gemächer zurückgezogen hatte und ihn dort erwarten würde.

Die Türen der königlichen Gemächer standen weit offen, aber die Königin war nicht dort. Nur eine kleine Armee Bediensteter, die fegte, wischte und wienerte. Nach ihrem Wissen befände sich die Königin gerade in der Bibliothek.

Freiherr von Domus schnaubte wütend. Unfassbar, was sie sich ihm gegenüber herauszunehmen wagte.

Gleich darauf aber erschrak er über sich selbst. Auch wenn sie in seinen Augen eine äußerst dumme Person war, so war sie dennoch die Königin und er hatte ihr zu Diensten zu sein. Seine Stimmung hellte sich durch diesen Gedanken jedoch kaum auf. Zu tief saß der Stachel, nicht in angemessener Form gewürdigt zu werden.

In der Bibliothek war nur ein Page, der scheinbar wahllos aus den Regalen herausgezogene Bücher, die auf der Fensterbank, dem Lesepult und sogar auf dem Boden verteilt lagen, wieder an ihre Plätze sortierte. „Die Königin?“, fragte er, ohne seine Tätigkeit zu unterbrechen. „Ich glaube, sie wollte in die Schlossküche.“

Sie behandelt mich wie einen kleinen, dummen Jungen, grollte der Haushofmeister.

Was will sie denn in der Küche?, fragte er sich gleich darauf mit Sorge. Schon in den letzten Tagen hatten sich leichte Veränderungen im Verhalten der Königin gezeigt, denen er versucht hatte, keine sonderliche Bedeutung beizumessen.

Aber der heutige Tag deutete auf Bedenkliches hin. Nicht dass er der Königin sonderlich zugetan wäre, aber wenn sie jetzt dem Irrsinn verfiel, war das Königreich in Gefahr. Sie hatte keine Kinder und bisher keinen Thronfolger bestimmt. Die hochadligen Fürsten würden bestimmt bald damit anfangen, sich gegenseitig die Köpfe einzuschlagen und dann war da noch dieser unerträgliche Berater Johannes, dem es gelungen war, eine schier unfassbare Machtfülle auf sich zu vereinen und dessen Pläne so unheimlich wie undurchsichtig waren und gewiss nicht dem Fortbestand des Königshauses dienten.

Im Grunde war ihm das ziemlich egal, aber er war sich dessen bewusst, dass sein eigenes Schicksal und das seiner Familie eng mit dem der Königin verwoben war.

Vielleicht ist es an mir, das Schlimmste zu verhindern, dachte er und ein bedeutungsschwangerer Schauer durchströmte seinen Körper.

Mit eiligen Schritten lief er durch die Gänge und Treppen hinunter zur Küche.

Sprachlosigkeit war noch ein viel zu harmloser Begriff für das, was er empfand, als er die Tür zur Schlossküche aufstieß.

Die Königin saß in der Mitte des Raumes an einem Tisch, neben ihr die kleine Zofe, die schuldbewusst den Blick senkte, als er eintrat.

Um den Tisch herum standen der Koch und seine Gehilfen und Gehilfinnen und beobachteten neugierig das Treiben ihrer Hoheit. Auf dem Tisch stand ein großer Teller, auf dem sich eine riesige Anzahl angebissener Butterbrote befand und direkt vor der Königin lag ein Brettchen mit einer Scheibe Brot, auf das sie angestrengt etwas Butter schmierte.

Die Königin hob kurz den Kopf, als er eintrat und nickte ihm zu. Dann widmete sie sich wieder ihrer Tätigkeit, legte das Buttermesser beiseite und betrachtete das fertige Butterbrot. Sie nahm es in beide Hände und begutachtete es von allen Seiten. Sie legte nachdenklich ihre Stirn in Falten und biss schließlich hinein.

Sie kaute mit geschlossenen Augen und legte es zu den anderen auf den Teller. „Das ist es auch nicht“, stellte sie ernüchtert fest. Die Enttäuschung der Umstehenden war fast greifbar.

„Der Küchenjunge, der mir die Butterbrote zubereitet, ist verschwunden“, sagte sie und nahm ihren Haushofmeister fest in den Blick.

„Ich habe davon gehört“, musste er eingestehen.

„Und es gibt niemanden, der sie so zubereiten kann. Versucht gerne eines“, forderte sie ihn auf.

Er zögerte. Es war ihm eine unangenehme Vorstellung, von einem angebissenen Brot zu kosten. „Ich habe keinen Hunger“, versuchte er eine Ausflucht.

„Hunger habe ich auch nicht“, sagte sie. „Aber es verdirbt mir den Tag, wenn mir das morgendliche Brot nicht so schmeckt, wie ich es gewohnt bin.“

„Ich weiß nicht, wie ich Euch in der Angelegenheit behilflich sein kann“, gab er zu. „Wenn es um die Aufspürung des Küchenjungen geht, würde ich Euch raten, den Hauptmann der Schlosswache zu fragen. Ich wüsste nicht, was ich in der Angelegenheit ausrichten kann.“

Sie schüttelte verständnislos den Kopf. „Wie kommt Ihr darauf, dass ich Euch deswegen zu sprechen wünschte?“

„Ich…, nun…, also…, ich weiß nicht, was Ihr von mir wünscht“, stotterte er.

„Ich habe es Euch ja auch noch gar nicht gesagt“, belehrte sie ihn. „Aber vielleicht gehen wir dafür besser an einen anderen Ort. Die Bibliothek scheint mir dafür geeignet zu sein.“ Sie stand auf und bedeutete Therese ihr zu folgen.

„Ich habe beschlossen, zukünftig Audienzen für das Volk abzuhalten“, klärte sie ihn auf. „Und Euch als meinem Haushofmeister kommt die Aufgabe zu, diese vorzubereiten und ihnen einen würdigen Rahmen zu verleihen.“

„Audienzen? Für das Volk? Das hat selbst Euer Vater nie getan. Darf ich fragen, wie Ihr auf diesen Gedanken gekommen seid?“ Seine Befürchtungen schienen sich zu bestätigen. Sie war verrückt geworden, oder zumindest auf dem besten Weg dorthin.

„Ich muss herausfinden, was das Richtige ist. Und ich habe über Audienzen gelesen in einem der Bücher hier. Und nachdem ich mich ein wenig mit meiner Zofe unterhalten habe, denke ich, dass es vielleicht einen nicht zu verachtenden Wert haben könnte, zu wissen, was das Volk denkt.“

Der Freiherr von Domus presste die Lippen aufeinander und warf Therese einen halb neugierigen, halb feindseligen Blick zu.

„Ihr scheint davon nicht sonderlich angetan zu sein“, sagte die Königin.

„Das würde ich so nicht sagen wollen“, erwiderte er. „Es ist nur sehr überraschend“ Und es ist eine äußerst alberne und lächerliche Idee, fügte er in Gedanken an.

„Dann steht dem ja wohl nichts im Wege“, bemerkte die Königin zufrieden.

„Wohl kaum“, räumte er ein. Auch wenn er ihr viel lieber gesagt hätte, was er in Wahrheit von ihrem Vorhaben hielt.

Das Volk zu befragen, konnte kein gutes Unterfangen sein. Das Volk war dumm und daher voller unsinniger, abwegiger und bisweilen gefährlicher Ideen. Es war allemal besser, diesem ungebildeten Pack klare Regeln vorzugeben, an die es sich zu halten hatte, statt ihm das Gefühl zu vermitteln, dass seine Meinungen und Ansichten auch nur die geringste Bedeutung hätten. Aber dies wagte er nicht. Denn immerhin war sie die Königin und er war nicht in der Position, sich ihren Unmut leisten zu können.

Einige Stunden später, nachdem er ausführlich über den königlichen Wunsch nachgedacht hatte, begann er, diesem gute Seiten abzugewinnen.

Sie hatte ihn mit der Durchführung beauftragt. Dies verschaffte ihm die Möglichkeit, Einfluss auf den Inhalt und den Ablauf zu nehmen. Es sollte doch ein Leichtes sein, die Verrücktesten von den Audienzen fernzuhalten und nur diejenigen zur Königin vorzulassen, die mit harmlosen und langweiligen Anliegen kamen.

So würde sie vielleicht bald die Lust daran verlieren. Und er selbst könnte, wenn es sich bis dahin zur Zufriedenheit der Königin gestaltete, seine eigene Position stärken und sie vielleicht sogar dazu bewegen, ihn in einen höheren Stand zu berufen, vielleicht sogar mit einer eigenen kleinen Herrschaft, die ihm eine gewisse Unabhängigkeit verschaffen würde.

Was ihm aber am meisten gefiel war, dass dieser furchtbare königliche Berater Johannes bei dieser ganzen Unternehmung ungefragt blieb. Wenn er es nur geschickt genug anstellte, konnte es sogar gelingen, dass dessen Einfluss mehr und mehr an Bedeutung verlor. Denn jemand von so niedrigem Stand sollte nichts am Hofe zu sagen haben.

Tag 8
In der Stadt Wiolan

Gernot öffnete das Fenster seiner kleinen Stube und ließ die kühle Abendluft herein. Vom Hof drangen die Stimmen der spielenden Kinder herauf.

Die Stadt hatte sich verändert. Von dem einst mächtigen und reichen Handelszentrum war nichts geblieben. Wenn man es genau betrachtete, war es zu einem kleinen unbedeutenden und langsam verfallenden Küstenstädtchen geschrumpft, dessen Bewohner in ständiger Angst lebten und von längst vergangenem Ruhm träumten, statt ihre Geschicke selbst in die Hand zu nehmen. Der Name Wiolan flößte heute niemandem mehr Ehrfurcht und Respekt ein.

Er konnte sich noch gut an die damaligen Ereignisse erinnern, zu denen er einen nicht geringen Teil selbst beigetragen hatte.

Und es hatte einen Moment gegeben, an dem es an ihm gewesen wäre, die Führung der Stadt zu übernehmen und ihre Zukunft zu gestalten. Aber er konnte nicht. Zu sehr hatte die Trauer sein Denken und Handeln bestimmt und seine Seele verschleiert.

Giselle, die Frau, welche er über alles liebte, war von einem seltsamen Fieber befallen worden und nichts und niemand vermochte sie zu retten.

Und er verfiel in einen Zustand tiefster Lethargie. Er konnte nur zuschauen, was geschah und obwohl er ahnte, wohin es sich entwickeln würde, war er doch nicht imstande handelnd einzugreifen.

Die einzige Kraft, die er schließlich aufbrachte, war es fortzugehen. Lange Jahre war er ziellos durch das Land gestreift und nur sehr langsam ließ ihn die feste Umklammerung seiner Trauer los. Aber selbst dann brachte er nicht den Mut auf, zurückzukehren, sondern suchte Zuflucht am Ufer des Kleinen

Sees Frikka, auf dessen Inseln sich das Paradies befinden sollte. Aber auch dorthin traute er sich nicht. Gewiss, der Weg dorthin war gefährlich und viele hatten es nicht geschafft. Er aber verfügte über ein geheimes Wissen, welches ihn sicher hinübergeleitet hätte.

Und dennoch blieb er auf der anderen Seite. Er lebte lange dort ein einsames Leben und erst als er das Alter spürte, entschloss er sich zurückzukehren in die Stadt, in der er geboren wurde, um dort auch zu sterben. Aber der Tod ließ auf sich warten. Und so sah er der Stadt bei ihrem jetzt wohl endgültigen Niedergang zu.

Niemand hatte ihn bei seiner Rückkehr erkannt. Man sah in ihm nichts als einen kauzigen Alten, der er in den Jahren der Einsamkeit geworden war.

Er hatte vieles gesehen und gehört und einiges erlebt. Und so hätte er es sich durchaus vorstellen können, dass auf der Insel vor der Stadt unheimliche Dinge vorgingen, die eine Bedrohung darstellten, wenn er es nicht besser wüsste.

Die Bürger der Stadt glaubten, dass dort ein Ungeheuer hauste, welches sie vernichten würde, sollte ihm nicht jedes Jahr ein Opfer dargebracht werden.

Und statt die Gefahren zu erkunden und sich ihnen zu stellen, wie es die Bewohner in alten Zeiten getan hätten, war man darauf verfallen, dem, was auch immer dort war, auch zu opfern.

Es hatte viele lange und hitzige Diskussionen gegeben, was ein angemessenes Opfer sei. Schließlich hatten sich jene durchgesetzt, die der Meinung waren, dass Ungeheuer welcher Art auch immer am ehesten durch Jungfrauen zu besänftigen seien. Und diese Strategie schien aufzugehen. Die Gefahr war jedenfalls nicht größer geworden.

Und so wurde jedes Jahr eine Jungfrau aus einem der umliegenden Dörfer entführt, um sie auf die Insel zu bringen. Dieses wurde jedoch von Jahr zu Jahr schwieriger. Die Bauern versteckten beizeiten ihre Töchter und leisteten zunehmend Widerstand.

Derzeit herrschte einige Unruhe in der Stadt. Der Tag, an dem das Opfer erbracht werden musste, rückte immer näher und noch immer war es nicht gelungen, eine Jungfrau aufzutreiben. Unter den Familien der Stadt ging die Angst um, dass dieses Jahr eine ihrer Töchter geopfert werden müsste.

Gernot sah dem Treiben verständnislos zu, aber er fühlte sich nicht berufen einzugreifen.

Auf einer Insel im Kleinen See Frikka

Karl schlief unruhig. Immer wieder wachte er auf und hatte Mühe, wieder in den Schlaf zu finden. Er hatte immer geahnt, dass sich seine Vergangenheit wieder bei ihm melden würde. Zu viele Fragen waren offen geblieben und einen Teil von sich selbst hatte er zurückgelassen. Aber jetzt? So spät? Er hatte inzwischen wahrlich nicht mehr damit gerechnet und sich damit abgefunden, wichtige Antworten nicht erhalten zu haben.

Dabei hätte er es wissen müssen. Er ahnte und fürchtete, dass die Ursache für das Sterben im See in Verbindung zu seiner Vergangenheit stand. Karl wusste, dass etwas getan werden musste. Und wer außer ihm sollte dies tun? Niemand kannte die andere Seite des Sees so gut wie er. Und dennoch hatte er bisher zu allem beharrlich geschwiegen. Denn er war ein alter Mann, den die Abenteuerlust nur noch in seinen Träumen und Gedanken packte.

Als er wieder einmal erwachte, spürte er sofort die Veränderung. Er sah hinaus auf die schmale Sichel des Neumondes. Mai lag neben ihm und atmete ruhig. Das Alter hatte ihrer Schönheit keinen Abbruch getan und manchmal hatte er den Eindruck, dass nicht nur ihre Schönheit, sondern auch ihre Vitalität und Gesundheit erhalten geblieben waren. Anders als bei ihm. Er spürte längst nicht mehr die Kraft und Schnelligkeit, welche ihm einst zu eigen war. Und auch seine Augen waren trübe geworden.

In seiner Jugend war er mit vielen außergewöhnlichen Fähigkeiten gesegnet. Einige hatten im Laufe der Jahre nachgelassen, aber andere waren erhalten geblieben, ja sogar stärker geworden.

Schon immer spürte er dieses Band, welches ihn mit seiner Familie verband. Mit seinem Vater, seinem Bruder und seinen Kindern. Und je älter er wurde, desto stärker spürte er diese Verbindung. Aber sie reichte nicht bis in die Unendlichkeit.

Das Band zu seinem Vater war unterbrochen, seit er ihn in den Wirren seiner Jugend verloren hatte. Und jetzt war ein weiteres zerschnitten.

Er liebte alle seine Kinder.

Die majestätische, grazile, scheinbar immer leicht über dem Boden schwebende Juno, die ihrer Mutter als Königin nachfolgen würde. Es war mitnichten eine Selbstverständlichkeit, dass eine Tochter der Königin nach ihr zur Königin wurde. Es wurde stets die Frau, in der sich Weisheit, Mitgefühl und Weitsicht am besten vereinten. So war es schon bei Mai, die ihrer Mutter folgte und so würde es, da waren sich die Menschen der Inseln schon lange einig, auch bei Juno sein.

Königin bedeutete hier auch nicht Macht, sondern vielmehr Verantwortung, nicht die eigene Macht und den eigenen Reichtum zu mehren, sondern dafür Sorge zu tragen, dass alle gleich und gerecht behandelt werden. Vielleicht hätte dies auch ein Mann tun können, aber da die Menschen hier Frauen als diejenigen verehrten, die neues Leben schenkten, kam ihnen diese Position zu.

Er hatte sich anfangs darüber gewundert und gefragt, warum hier alle Menschen schön waren, bis er erkannte, dass sie glücklich waren. Deshalb waren sie schön.

Und Flieder, dessen Anmut und Eleganz, gemischt mit einer großen Portion Müßiggang betörend wirkte. Er lebte dieses Leben aus Sorglosigkeit und Leichtigkeit, welches Karl lange selbst versagt geblieben war.

Aber das stärkste Band verband ihn mit Mia, seiner jüngsten Tochter, geboren, als er schon längst nicht mehr damit rechnete, noch einmal Vater zu werden.

Mia war anders. Sie war ein Kind der Inseln, wie die anderen auch, aber genauso war sie ein Kind dieser anderen Welt, aus der er stammte.

Hier auf diesen Inseln gab es keine Kriege und keine Abenteuer zu bestehen. Es war ein kleines Fleckchen Erde, auf dem

die Menschen es gelernt hatten, friedlich und voller Liebe miteinander zu leben.
Und Mia lebte hier ein glückliches Leben, aber wann immer er von der anderen Seite erzählte, sprühte sie vor Sehnsucht, diese selbst einmal kennenzulernen.
Sie war wild. Kein Baum war ihr zu hoch, ihn zu erklimmen und keine Welle zu mächtig, sich nicht in sie zu stürzen. Aber sie war auch still und nachdenklich. Manchmal strahlte sie eine unbezähmbare Ruhe aus. Und dann konnte sie aufbrausend und konnte wütend werden. Sie war neugierig, wissbegierig und klug. Ihre wilden kastanienbraunen Locken ließen sich nicht bändigen und ihre blauen Augen strahlten vor Lebensfreude.
Sie hatte ihm Vorwürfe gemacht. Sie hatte allen Vorwürfe gemacht, aber ihm besonders. Und sie hatte Recht. Er war es, der wusste, dass Gefahren oftmals nicht einfach wieder vorübergingen. Aber er hatte geschwiegen und nichts getan. Denn er hatte Angst vor dem, was er hätte tun müssen.
Und nun spürte er das Band zwischen ihr und sich nicht mehr.

Mai wachte auf und setzte sich neben ihn. „Kannst du nicht schlafen?“
Stumm sah er zu der schmalen Mondsichel herauf. Eine Weile betrachtete sie ihn schweigend von der Seite, bis sie ihre schmale Hand auf seinen Arm legte und ihn leicht drückte. Auch zwischen ihnen bestand ein Band, aber ein anderes. Sie spürte, dass etwas geschehen war.
Karl brauchte eine Weile, um sich zu sammeln. Nun war es also geschehen. Er hatte zu lange gewartet, um es zu verhindern. Aber hätte er es auch verhindern können? Hätte er es verhindern müssen? Mia war ein Kind der Inseln, ja. Aber sie hatte mehr von ihm, von seinem Leben vor und zwischen den Inseln geerbt, als ihre Geschwister. Sie gehörte hierher. Aber auch dorthin. Genau wie er. Längst hätte er ihr diese andere

Welt zeigen müssen. Oft genug hatte sie ihn darum gebeten, ja angefleht. Aber er hatte es nicht getan. Er hatte Angst gehabt und er hatte sie jetzt mehr denn je.

„Mia ist fort“, sagte er mehr zur Sichel des Mondes als zu Mai oder sich selbst.

Mai schwieg.

„Und ich hätte es wissen müssen!“

Mai schwieg weiter und ihr Schweigen breitete sich schwer lastend im Raum aus.

Der neue Tag schickte seine ersten Sonnenstrahlen und Mai schwieg. Und das zerschnittene Band zu seiner Tochter verstellte sein Gefühl für seine Geliebte.

Der Verlust und das schlechte Gewissen ließen ihn einen Entschluss fassen, vor dem er sich fürchtete, von dem er aber wusste, dass er unausweichlich war.

„Du wirst ihr folgen“, stellte Mai fast sachlich fest.

„Es ist das Einzige, das ich tun kann.“

„Ich weiß.“ Und wieder breitete sich das Schweigen aus. Aber diesmal konnte er sie fühlen und sie ihn.

Sie sahen sich lange in die Augen. Und sie erkannte seine Angst. „Was auch immer geschieht, ein Teil von dir wird immer hier sein“, sagte sie.

„Ich werde sie zurückbringen“, versprach er.

„Ja, du wirst sie dorthin bringen, wohin sie gehört.“

Tag 9
Am Ufer des Kleinen See Frikka

Jahreszeiten. Ihr Vater hatte ihr davon erzählt. Vom ewigen Kreislauf der Natur, vom Erwachen und Erblühen der Pflanzen und Tiere im Frühling, von sengender Hitze und Trockenheit im Sommer, von wilden Stürmen und heftigem Regen im Herbst und von eisiger Kälte und Schnee im Winter.

Sie kam von den Inseln des ewigen Frühlings inmitten des Kleinen See Frikka und kannte diese Wechselspiele nicht.

Ein wenig hatte sie gehofft, dass eine andere Jahreszeit herrschen würde, aber als sie jetzt am Strand erwachte, war sie doch froh, dass auch hier scheinbar Frühling war. Sie hatte versucht, während der Überfahrt wach zu bleiben, aber es war, so rätselhaft es auch sein mochte, ihr genauso wenig gelungen wie allen anderen, die jemals den Weg in die eine oder andere Richtung genommen hatten.

Ein Stück von ihr entfernt standen in vielfältigen Farben blühende Blumen, Schmetterlinge schwirrten durch die Luft und von weiter weg war der liebliche Gesang von Vögeln zu hören. Aber all dem schenkte sie nur flüchtige Aufmerksamkeit.

Das Wasser des Sees war hier noch trüber und überall entdeckte sie, im krassen Gegensatz zur sonstigen Idylle, faulende Tierkadaver. Wie es schien, war sie der Ursache ein Stück nähergekommen.

Sie sah auf den See hinaus. Die Inseln waren von hier aus nicht einmal zu erahnen. Und mit einem Mal fühlte sie sich einsam und alleine und verlassen. All ihrem Mut und ihrer Zuversicht waren Angst und Zweifel gewichen. Sie war gelandet in einer fremden Welt. Einer fremden Welt, die sie schon immer hatte kennenlernen wollen. Aber jetzt, wo sie die Gelegenheit dazu hatte, fühlte sie sich schutz- und wehrlos. Wo war die Hand, die sie bei ihren ersten Schritten hinein ins

Unbekannte führte? Sie weinte leise. Vielleicht hätte sie doch nicht herkommen sollen? Vielleicht sollte sie zurückkehren?

Lange saß sie am Strand und verfolgte die Sonne auf ihrer Wanderung über den Himmel, ohne sich entschließen zu können aufzustehen. Gegen Abend, als die ersten Sterne leuchteten, die Sonne nur noch ein schwaches Licht von unterhalb des Horizonts schickte und ein kühler Wind aufzog, erhob sie sich endlich. Der nächste Vollmond ließ noch eine ganze Weile auf sich warten. Und bis dahin konnte sie getrost versuchen, dem Grund für all das noch ein Stück näherzukommen.

Weit kam sie nicht mehr, bis die Nacht hereinbrach, und trotz der unzähligen Sterne, die Umgebung in Dunkelheit tauchte, sodass kaum noch etwas zu erkennen war. Sie legte sich an den Strand und fröstelte leicht. Sie würde wärmere Kleidung brauchen. Der dünne, helle Stoff ihres luftigen Kleides war nicht in der Lage sie zu wärmen. Sie zog es enger um sich und war dennoch bald eingeschlafen.

Tag 10
Am Ufer des Kleinen See Frikka

Am nächsten Morgen folgte sie dem Strand in Richtung des immer trüber werdenden Wassers. Die Vegetation wurde immer spärlicher und sie entdeckte immer mehr tote Tiere, bis schließlich nur noch abgestorbene Bäume ihre toten Arme in den Himmel streckten. Und obwohl die Sonne hoch am Himmel stand, war es kühler geworden. Der See verströmte hier einen leicht süßlichen Geruch und sein Wasser wirkte fast dickflüssig. Auch die Luft wurde immer schwerer und je weiter sie ging, desto tiefer lief sie in einen grauen, immer dichter werdenden Nebel hinein, der sich pelzig auf die Zunge legte und stechend in die Nase kroch. Das Atmen fiel ihr zunehmend schwerer. Und es lag eine tonnenschwere Stille über allem.

„He da, nichtsnutziges Dreckspack, kommt raus, es gibt Arbeit für euch!"

Blitzartig ließ sie sich zu Boden fallen und suchte Schutz hinter einem Baumstumpf. Ängstlich schaute sie um sich und wagte kaum zu atmen, um nur ja kein Geräusch zu verursachen. Aber ihr Herz schlug so laut und heftig, dass sie fürchtete, es würde bis zu den Inseln zu hören sein.

„Wo bleibt ihr denn, ihr missratenen Ausgeburten der Unterwelt? Hier ist Arbeit und ich habe nicht ewig Zeit!", wieder erklang die donnernde, tiefe Stimme, die weit über Ufer und See hallte.

Vorsichtig wagte sie einen Blick hinter ihrem Versteck hervor. Nur schemenhaft konnte sie einen weit überladenen Wagen erkennen, auf dessen Kutschbock eine massige Gestalt stand.

„Ihr verblödeten, verdammten Rattenärsche, kommt endlich…." Weiter kam er nicht, denn sein Brüllen ging in einen schmerzhaft klingenden, harten Husten über. Die Gestalt begann zu würgen und zu röcheln und sackte leicht vornüber.

Schließlich schälten sich weitere Gestalten aus dem Nebel, die langsam schlurfend auf den Wagen zugingen und gruß- und wortlos begannen ihn zu entladen.

„Das wurde auch Zeit", war die jetzt heisere Stimme des Dicken zu vernehmen. „Wie haltet ihr das hier nur aus? Das kann doch kein normaler Mensch überleben!"

Er erhielt keine Antwort. Die anderen arbeiteten schweigend und in bedächtigem, aber bestimmtem Tempo.

Sie beobachtete, wie ein Feuer entzündet wurde, in welches Äste und Baumstämme hineingeworfen wurden. Schwarzer, dichter Nebel stieg auf. Und sie spürte, hier brannten nicht nur Bäume, es war noch etwas anderes.

„He, damit hättet ihr warten können, bis ich wieder weg bin", rief der Dicke und trieb seine Pferde an, den Wagen zu wenden, umso schnell wie möglich das Weite zu suchen.

Mia blieb noch in ihrem Versteck.

Nachdem das Feuer heruntergebrannt war, begannen die Schatten die Asche in den See zu schaufeln. Und als auch dies geschehen war, verschwanden sie wieder im Nebel.

Mia hatte hier genug gesehen und sie beschloss dem Wagen zu folgen. Aus Angst entdeckt zu werden, schlug sie einen weiten Bogen, um die Stelle, an welcher er gestanden hatte. Sie lief fort vom See, in einen immer dichter werdenden Wald hinein, in die Richtung, in der sie den Weg, auf dem der Wagen unterwegs war, vermutete.

Aber Stille und Nebel machten es ihr schwer, sich zu orientieren. Und als sie endlich wieder Geräusche, die von Leben im Wald zeugten, wahrnahm und der Blick freier wurde, fand sie die Spuren des Wagens nicht mehr. Sie hatte sich verlaufen.

Bei einem Haus

Das Haus der Alten lag in einer fast schon lieblich zu nennenden Hügellandschaft, welche von mehreren kleinen Bachläufen durchzogen wurde. Jetzt im Frühling erstrahlte die gesamte Gegend in einem von bunten Blüten besprenkelten, frischen Grün. Auf der Wiese vor dem Haus tummelten sich Kaninchen und alles wirkte auf eine absurde Art harmonisch, wenn man sich sie inmitten dessen vorstellte.

Das Haus selbst bildete jedoch den stärksten Gegensatz zu seiner Bewohnerin. Es war zierlich und wirkte fast zerbrechlich. An Tür- und Fensterrahmen fanden sich unzählige, kunstvoll und sehr detailliert gearbeitete Schnitzereien von Pflanzen und Tieren. Die Terrasse wurde bevölkert von einer schier unglaublichen Anzahl tönerner, fröhlicher Gartenzwerge und auf dem geschwungenen Dachgiebel saß in friedlicher Eintracht ein Paar weißer Tauben. Und das Ganze in hellblau und rosa.

Das alles war so grauenhaft süßlich und kitschig, dass es Johannes ekelte. Stets war er versucht seine Besuche auf das Nötigste zu beschränken und am liebsten wäre er gar nicht hergekommen. Aber er war sehr zu seinem Leidwesen auf die schreckliche Alte angewiesen.

Normalerweise fand er sie in ihrem Haus, welches nur aus einem einzigen Raum zu bestehen schien. In dessen Mitte prangte ein Herd, auf dessen Feuern ständig diverse Töpfe standen, in denen geheimnisvolle Tränke vor sich hin brodelten. Die Wände waren vollgestellt mit Regalen, in denen sich eine Vielzahl verschiedener Gefäße befanden, in denen wiederum die seltsamsten Ingredienzien waren, die sie für ihre Tränke verwendete.

Heute aber saß sie in einem alten, klapprigen Schaukelstuhl auf der Terrasse mit einer kalten Pfeife im fast zahnlosen Mund, wippte hin und her und lächelte beseelt. Im Licht der

Frühlingssonne sah sie noch unansehnlicher aus, als in ihrer düsteren Küche. Das Gesicht breit und breiig und voller Altersflecken und Warzen, aus dem jedoch zwei stahlblaue, wache Augen herausstachen. Die wenigen Haare klebten fettig an der Kopfhaut. Und darunter steckte ihr massiger, unförmiger Körper, wie üblich in einem weiten, graubraunen Umhang.

„Du kommst oft in letzter Zeit“, sagte sie zur Begrüßung, ohne ihn jedoch eines Blickes zu würdigen.

„Ich brauche mehr von dem Trank“, erwiderte er, ohne auf ihre Bemerkung einzugehen.

„Warum auch sonst solltest du hier sein“, stellte sie fest, machte aber keine Anstalten aufzustehen, sondern wippte in ihrem Stuhl unbeirrt weiter vor und zurück.

Normalerweise führten die Leute seine Wünsche, Anweisungen und Befehle sofort aus. Er hatte Macht und er verbreitete Angst. Aber sie war für all das vollkommen unempfänglich. Er hasste es, ihr immer wieder als Bittsteller gegenübertreten zu müssen.

Er trommelte ungeduldig mit den Fingern auf seinen Oberschenkeln. Er wollte so schnell wie möglich wieder weg. Er hatte keine Zeit, diese hier zu verplempern. Aber sie war die Ruhe selbst, beachtete ihn nicht, sondern beobachtete das Treiben der Kaninchen auf der Wiese.

Nun mach schon, du alte Hexe!, dachte er und mahlte angestrengt mit den Kiefern.

Unbeeindruckt von seiner Unruhe wippte sie.

Wenn er nur könnte, wie er wollte. Er würde ihr Haus niederreißen und anzünden lassen und die Alte mit einem Stein um den Hals und gefesselten Armen und Beinen in einen dieser beschissenen Bäche werfen. Aber hier war er vollkommen machtlos. Nur sie kannte das Geheimnis des Trankes, welcher ihn nicht altern ließ. Und es war vollkommen aussichtslos, dass sie dieses irgendwann preisgab.

Bei all seinen Bemühungen, das Unerklärliche und Unkontrollierbare auszurotten, würde er hier an seine Grenzen stoßen. Aber später, wenn alles getan war, wenn der Wald weg war und der See tot, er seine Aufgabe erledigt hatte, konnte er immer noch überlegen, ob er seinen eigenen Schlusspunkt setzte, indem er sie vernichtete.

Aber bis dahin musste er sich in Geduld üben. Doch der Moment würde kommen. Er wandte sich von ihr ab, betrachtete kurz die Kaninchen und ließ seinen Blick über die Hügel schweifen. An dem am weitesten entfernten blieb er hängen. Er war zugleich der höchste und eigentlich kein Hügel mehr, sondern ein beachtlicher Berg. Und obwohl er wie alle anderen auch von der Sonne beschienen wurde, wirkte er düsterer.

„Dein Pferd sieht erschöpft aus", sagte sie hinter ihm. „Du solltest es abtrocknen und ihm etwas zu trinken geben, wenn es dich wieder zurücktragen soll."

Widerwillig ging er zu dem Gaul. Sie würde ihm nicht geben, was er wollte, ohne dass er sich zuvor um ihn kümmerte. Er sattelte ihn ab, rieb ihn trocken und führte ihn schließlich zu dem nächsten Bachlauf, damit das Vieh dort trinken konnte.

Als er zurückkam, saß sie noch immer in ihrem Schaukelstuhl und fixierte ihn mit durchdringendem Blick. „Du solltest vorsichtiger sein", sagte sie.

„Was meinst du?"

„Der Trank. Er gibt dir zwar Zeit und Kraft, aber je öfter du ihn nimmst, desto schneller verliert er seine Wirkung."

„Dann gib mir mehr davon!", forderte er.

„Das würde dir nichts nutzen", sagte sie genussvoll auf der Pfeife kauend.

„Warum?"

„Du würdest nur noch mehr Kraft vergeuden und noch mehr davon nehmen. Und außerdem mag ich es, wenn du mich ab und zu besuchst", sagte sie und verzog dabei ihren Mund zu einem Grinsen, welches er nicht zu deuten wusste.

„Ich vergeude keine Kraft. Was getan werden muss, muss getan werden.“

„Glaubst du das wirklich?“

„Oh ja!“, versicherte er. „Und wenn du das nicht auch glauben würdest, wärst du nicht zu mir gekommen und würdest mir nicht immer neuen Trank geben“, beharrte er, aber seiner Stimme war eine leichte Unsicherheit anzumerken.

„Über das, was ich denke und glaube, solltest du dir nicht allzu viele Gedanken machen“, sagte sie und dachte: Das wirst du zu gegebener Zeit vielleicht noch erfahren.

Schließlich stand sie auf und ging langsam ins Haus. Er folgte ihr. Es lag ein eigenartiger, würziger Duft im Raum, der seinen eigenen Gestank verschluckte.

„Möchtest du etwas essen?“, fragte sie, griff nach einer Kelle und schöpfte aus einem der Töpfe etwas Rötliches, Schleimiges, Dampfendes in eine Schale und hielt sie ihm hin.

„Was ist das?“

„Ein Experiment.“

Sollte er jetzt für sie das Versuchskaninchen spielen? Nein danke! Er wehrte ab.

Sie zuckte mit den Schultern und schüttete den Inhalt der Schale wieder zurück in den Topf.

„Es hätte dir gefallen und dir möglicherweise einiges erspart.“ Sie ging um den Herd herum und zog unter einem der Regale eine kleine Truhe hervor. Aus ihrem Ausschnitt zog sie ein Lederband, an dem sich ein Schlüssel befand, mit welchem sie das Schloss an der Truhe öffnete. Ihr entnahm sie eine Flasche mit dem von ihm gewünschten Inhalt.

Sie hatte ihm den Rücken zugekehrt, aber seine Gedanken längst erkannt. „Du brauchst nicht weiter darüber nachzudenken. Mehr als diese eine ist nicht da. Es würde dir also nichts nutzen, mich niederzuschlagen“, sagte sie, während sie sich, ihm immer noch den Rücken zukehrend, langsam erhob.

„Hatte ich nicht vor“, log er und dachte dabei: Ich verfluche dich, du alte Hexe.

Sie drehte sich um und sah ihm fest in die Augen. „Mit Flüchen solltest du vorsichtig sein. Sie wenden sich meist gegen einen selbst.“ Und wer sollte das besser wissen als ich, dachte sie.

Eine ihm unerträglich lang erschienene Zeit später saß er wieder im Sattel und hing seinen Gedanken nach.

Die Welt ist kein schöner Ort und das Leben ist kein Kuchenessen. Zwei Dinge, die er schon in früher Kindheit erfahren hatte. Aufgewachsen in Armut und Verwahrlosung, mit einem ständig betrunkenen Vater, der nie zur Ruhe kam und mit seiner Familie immerzu von Ort zu Ort zog, in der trügerischen Hoffnung irgendwo ein besseres Leben finden zu können und einer Mutter, die durch die ständig wachsende Kinderschar und die harte körperliche Arbeit auf den Feldern der Gutsherren, keinem ihrer Kinder ein Fünkchen Zuneigung hatte geben können.

So hatte er schnell begriffen, dass es besser war, sich in das Schicksal zu fügen, statt immer wieder vergebens dagegen aufzubegehren.

Mit einer gewissen Herablassung hatte er das stete Bemühen und Scheitern, erst seines Vaters, dann seiner Geschwister beobachtet.

Diese Narren, die nicht begriffen, dass für ihresgleichen nichts anderes vorgesehen war als Armut, Elend und Gewalt. Er hatte dies früh für sich erkannt und akzeptiert und konnte nicht verstehen, dass ihm die anderen nicht auf diesem Weg folgten. Sicher, es machte das Leben nicht besser, sich abzufinden, aber es machte es doch um einiges einfacher. Gib dich keiner Hoffnung hin, so kannst du nicht enttäuscht werden!

Daher kam er auch später, nachdem seine Eltern gestorben waren, besser in der Welt und im Leben zurecht als seine Geschwister, von denen er weder ihre Zahl wusste noch sich an ihre Namen erinnern konnte oder wollte. Er hatte sie auch bald verlassen, da ihm deren Unwillen sich in das Leben, so wie es war, zu fügen, zuwider war. Dabei hatten sie doch alle gesehen, wohin ständiges Aufbegehren führte. Keineswegs in ein besseres Leben, sondern vielmehr immer tiefer hinein ins Elend.

Die Vorsehung, jedenfalls war er dieser Ansicht, hatte ihm auf der Suche nach einem Ort, an dem er sein Leben fristen konnte, die Begegnung mit einem Mönch verschafft, der Vorsteher eines Waisenheimes für Jungen war, dem Heim der Liebenden Brüder.

Den Kindern dort war ein noch elenderes Leben als ihm selbst beschienen. Denn wer wollte sich schon mit Waisen abgeben, wenn er selbst kaum genug hatte?

Er hatte sich entschieden, das Angebot des Mönchs anzunehmen und ihn in das Heim zu begleiten und dort bei der Erziehung der Jungen zu helfen.

Eine Weile beobachtete er argwöhnisch die Versuche der Brüder, den Kindern einen Funken Hoffnung für ihr Leben zu geben und sie zu rechtschaffenen Menschen in einer grausamen, hoffnungslosen Welt zu erziehen. Er aber erkannte, dass sich all diese Bemühungen am Ende nicht auszahlen würden. Niemand konnte seinem Schicksal entrinnen.

Als der alte Vorsteher starb, begriff er, dass es nun seine Aufgabe war, die Jungen auf das, was sie erwartete, vorzubereiten. Und je eher sie die Grausamkeiten des Lebens kennenlernten und akzeptierten, umso besser war es. Für die Kinder und für die Ordnung.

Ja, er beging viele Grausamkeiten. Aber er tat dies nicht, um grausam zu sein, sondern weil es nicht anders ging. Wer mit Liebe und Hoffnung aufwuchs, konnte später nur scheitern.

Womit er jedoch nicht gerechnet hatte, war das, womit nicht zu rechnen war. Dass man die Hoffnung nicht einfach ausschließen und abschaffen konnte, solange es noch Geschichten gab, in denen sich am Ende alles zum Besseren wendete. Solange es noch Orte gab, die die Phantasie der Menschen beflügelten, wie dieser geheimnisvolle Blaubäumer Forst oder die Inseln im Kleinen See Frikka oder auch die Freie Stadt Wiolan. Und solange die Menschen immer noch daran glaubten, dass der König eines Tages, befreit vom Fluch des hundertjährigen Schlafes, zurückkehren und dem Land Frieden und Wohlstand bescheren würde.

Und vor allem, dass es da jemanden gab, der sich nicht damit abfinden wollte, dass sein Sohn ein elendes Leben zu führen hatte.

Bei diesem Gedanken durchfuhr Johannes ein heftiger Schauer aus Abscheu, Wut und Hass. Immer wieder musste er an den Moment seiner größten Schmach denken. An damals, als er noch der uneingeschränkte Herr im Heim der Liebenden Brüder war und der Vater eines der Jungen auftauchte, diesen mit Gewalt der Obhut der Brüder entriss und damit das Tor, das den Zugang zu einem besseren Leben bedeutete, einen Spalt breit aufstieß.

Und dann waren die Dinge in Bewegung geraten und er konnte sie nicht mehr kontrollieren. Erst die Rebellion seiner Mitbrüder gegen seine Führung und später dann die Rückkehr des Königs, ausgerechnet durch den entführten Jungen aus seinem Heim, die den Menschen Hoffnung gab auf ein Leben, das ihnen nicht zustand.

Hundert Jahre hatte dieser verfluchte König Kornelius geschlafen. Wegen eines Fluches, den er aus eigener Überheblichkeit auf sich gezogen hatte. Wer war denn so vermessen, alle Feen zum Geburtsfest seiner Tochter einzuladen? Alle außer einer. Das konnte doch nur schiefgehen. Für diese Blödheit hätte er es verdient gehabt, nicht wieder aufzuwachen.

Und für eine Zeit sah es dafür auch recht gut aus. Hundert Jahre sind eine lange Zeit und niemand wusste, wo die königliche Familie schlief, und die Fürsten des Landes waren gewillt, seine Rückkehr zu verhindern, wenn denn an dieser alten Geschichte tatsächlich etwas Wahres wäre. Dass an dieser Geschichte sehr wohl sehr viel Wahres war und das die Rückkehr des Königs nicht verhindert werden konnte, hatten die damaligen Ereignisse bewiesen.

Mit einem grimmig-zufriedenen Grinsen dachte er an König Kornelius. Wenn die Menschen geahnt hätten, was für ein König er war, hätten sie sich seine Rückkehr sicher nicht so sehnlich gewünscht. Er hatte dem Land den ersehnten Frieden gebracht, aber es hatte sich dadurch das Leben der meisten nicht im Geringsten verbessert. König Kornelius war ein harter und grausamer Herrscher. Seine Grausamkeit ging gar so weit, dass er den Menschen ihre Hoffnungen ließ, aber zu keinem Zeitpunkt einen Gedanken daran verschwendete, diese auch zu erfüllen.

Johannes fühlte sich, solange er für den König arbeitete, von dessen Stärke und Entschlusskraft angezogen, seine Grausamkeiten stießen ihn jedoch immer wieder ab.

Nach seinem Empfinden waren diese nötig, um den Menschen ihren Platz zu zeigen, nicht aber um ihrer selbst willen. Daher versuchte er auch immer wieder den König von der Notwendigkeit, den Menschen ihre Hoffnungen zu nehmen, indem er die Orte der Sehnsucht und Magie zerstörte und die Verbreitung unseliger Geschichten und Legenden unterband, zu überzeugen.

Leider war König Kornelius diesen Ratschlägen nicht gefolgt. „Johannes“, hatte er gesagt, „es wäre unklug, sich mit Mächten anzulegen, die wir nicht verstehen und beherrschen können. Und außerdem macht es vielmehr Spaß in ihre Augen zu schauen, wenn sich mal wieder die Aussicht auf eine Verbesserung ihres Elends zerschlagen hat.“

Nicht einmal gegen Feen vorzugehen war er bereit. Dabei hatte er dafür doch nun wirklich ausreichend Gründe.

Feen! Johannes war noch nie einer begegnet. Das sollten diese auch besser vermeiden. Standen sie doch ziemlich weit oben auf der Liste derer, die noch zu verschwinden hatten. Aus der Welt und aus den Gedanken und Geschichten der Menschen.

Nur dieser arroganten Stadt Wiolan war der König bereit gewesen, nach und nach alle Privilegien zu nehmen und sie so zu einem bedeutungslosen Provinznest zu machen.

Er dachte an die Königin und Ärger stieg in ihm auf. Jahrelang war sie bedenkenlos seinen Ratschlägen gefolgt, hatte der Rodung des Blaubäumer Forstes ohne Zögern zugestimmt, nachdem er endlich einen Weg gefunden hatte, dieses Vorhaben umzusetzen, froh darüber, sich keine eigenen Gedanken machen zu müssen. Bis vor Kurzem, als sie begann Fragen zu stellen.

Johannes geriet ins Grübeln. Was hatte diesen Wandel bewirkt? Und wie weit war die Königin noch lenkbar? Würde sie irgendwann anfangen, seine Entscheidungen in Frage zu stellen? Diese möglicherweise sogar rückgängig machen? Schwer vorstellbar, so wie er sie kannte. Aber so wie er sie bisher kannte, hätte sie auch niemals Fragen gestellt. Er wusste, er hatte keine Zeit zu verlieren. Und jetzt machte auch noch die Alte Schwierigkeiten. Konnte sie ihn nicht wie bisher mit größeren Mengen ihres Tranks versorgen? Warum zwang sie ihn, sie öfter als bisher aufzusuchen? Sie musste doch wissen, dass er ein vielbeschäftigter Mann war.

Sie war ihm von Beginn an etwas unheimlich gewesen. Und er hatte es nie geschafft zu ergründen, warum sie ausgerechnet ihn mit ihrem geheimnisvollen Trank beglückte.

Ein seltsamer Gedanke flog heran, aber noch bevor er sich in seinem Kopf festsetzen konnte, wischte er ihn wieder fort.

Für Zweifel hatte er keine Zeit und überhaupt gehörten Zweifel nur zu den Schwachen.

Und er hatte auch keine Zeit, sich weiter darüber Gedanken zu machen, warum die Alte zu ihm gekommen war. Ausgerechnet in einem Moment, in dem er überlegte, den königlichen Hof wieder zu verlassen. Er hatte erkannt, dass der König niemals dazu bereit war, alles Erforderliche zu tun, um den Menschen zu zeigen, wo ihr Platz war und dass sie nichts im Leben zu erwarten hatten.

Sie hatte in seiner Kammer gestanden mit ihrem zahnlosen Grinsen. Er hatte sie nicht kommen sehen und nicht kommen gehört. „Du musst Geduld haben und warten können. Dann wird der Augenblick kommen, in dem alles zu seiner Ordnung finden wird", hatte sie ihn aus seinen finsteren Gedanken gerissen.

Er hatte sie nur angestarrt und schließlich genickt. Sie hatte mit einer tiefen Überzeugung gesprochen. Gleich darauf war sie wieder verschwunden, ohne dass er eine Ahnung bekam, wie und wohin.

Seitdem waren viele Jahre vergangen, in denen sie sich immer wieder begegneten. Und als dann endlich der König seinen Vorfahren ins Reich der Toten folgte, sah er den richtigen Moment gekommen. Dieser dauerte jetzt nur schon viel zu lange.

Er spürte, dass etwas in Bewegung gekommen war. Etwas, dass er noch nicht kannte und von dem er nicht wusste, ob es beherrschbar war. Er musste schneller sein als dieses Etwas. Er nahm die Gerte und schlug auf das arme Pferd ein, damit es schneller laufe.

Im Schloss

Es begann wie üblich mit dem Jucken der Narben. Rupert kannte dies schon. Zuerst war es nur ein leichtes Missempfinden im Gesicht, dass sich schnell ins Unerträgliche steigerte und auf seinem Höhepunkt schlagartig von großer Besorgnis abgelöst wurde, die sich tief in seinen Eingeweiden festsetzte.

Es war ein furchtbares, aber untrügliches Zeichen. Immer wenn dieses über ihn kam, geschah in den folgenden Tagen oder Wochen Furchtbares.

So war es kurz vor dem Unfalltod seiner Mutter, vor der dritten Fehlgeburt seiner Frau, vor dem letzten Stadtbrand und vor der letzten großen Krankheitswelle, der viele Kinder zum Opfer gefallen waren. Und so war es jetzt auch wieder.

Anfänglich hatte er noch versucht, dieses Gefühl nicht zu bemerken, aber nachdem der ungehaltene Herr Johannes den Küchenjungen losgeschickt hatte, wusste er, dass es wieder so weit war. Er wusste, dass etwas geschehen würde, er wusste nur nicht, was und wann. Und sehr zu seinem Leidwesen wusste er auch, dass ihm niemand glauben würde. Er hatte es ja immer wieder mit Warnungen versucht und war doch bloß ausgelacht worden.

Ich kann nur tun, was man mich lässt, dachte er, während er durch die dunklen Gänge des Schlosskellers lief.

Hier unten kannten sich nur wenige aus und niemand besser als er. Ob es außer ihm überhaupt jemanden gab, der diesen einen Gang mit der schmalen Pforte nach draußen kannte, wusste er nicht, konnte es sich aber nicht vorstellen.

Der Eingang lag verborgen hinter einem Mauervorsprung, der als solcher nur zu erkennen war, wenn man es wusste, eine bauliche Meisterleistung.

Rupert leuchtete mit der Fackel in den Gang hinein. Er war wie jedes Mal mit dichten Spinnweben verhangen und es waren nicht die kleinsten Anzeichen, dass er in letzter Zeit benutzt worden war, erkennbar. Dennoch, er wollte, nein er musste sich versichern.

Rupert lief den Gang bis zu dessen Ende. Er war gerade breit genug, dass ein Mann seiner Statur, ohne an den Wänden hängenzubleiben hindurchgehen konnte. König Kornelius hatte ihn einst als Fluchtweg anlegen lassen, benutzt worden war er aber nie.

Die Tür war aus massivem Eichenholz, welches mit eng beieinander liegenden Eisenbändern verstärkt war. Verschlossen war sie mit jeweils vier langen Riegeln, die in Wand, Boden und Decke eingeschoben wurden und zwei übereinander liegenden Querbalken.

Wenn man sich die Mühe machte, sie zu öffnen, trat man heraus auf einen schmalen Pfad, der von der Stadt aus, durch eine dichte Dornenhecke, den Blicken verborgen blieb. Er führte halb um das Schloss herum, zu der dem Berg gegenüberliegenden Seite des Schlosses. Diese Mühe machte sich Rupert aber nicht. Es genügte ihm zu wissen, dass sich hier unten niemand zu schaffen gemacht hatte. Er kehrte um und stieg aus dem Kellergewölbe hinauf in die oberirdisch liegenden Stockwerke.

Bevor er einen der Gänge betrat, in der es, trotz der schon weit fortgeschrittenen Stunde, nicht ausgeschlossen war, auf jemand anderes zu treffen, versuchte er, so gut es eben ging, seine Uniform und seine Haare von Staub und Spinnweben zu befreien.

Niemand begegnete ihm, bis er sein Ziel erreicht hatte. Er lauschte an einer Tür. Es waren die gleichmäßigen Atemzüge einer schlafenden Person zu vernehmen. Er lächelte selig, setzte sich auf einen neben der Tür stehenden Schemel und lehnte sich mit dem Rücken an die Wand.

Tag 13
In einem Wald

Ihre Landung war nicht hart, aber nass. Es hatte drei Tage ohne Unterlass geregnet und bei dem Versuch einen Abhang herunterzusteigen, war sie auf der aufgeweichten Erde ins Rutschen gekommen und hatte den Halt verloren. Jetzt saß sie in einer tiefen schlammigen Pfütze.

Tagelang war sie durch den Wald geirrt, ohne auf den Weg zu stoßen, auf dem der Pferdewagen unterwegs war. Und einen anderen Weg hatte sie auch nicht gefunden.

Ihr Kleid war zerrissen, hängengeblieben an einem dornigen Strauch. Sie war schmutzig, hungrig und müde.

Und dann hatte sie etwas unterhalb dieses Abhanges das kleine Haus auf einer Lichtung entdeckt. Sie war erleichtert, das Haus sah bewohnt aus. Und wenn es bewohnt war, konnte der oder die Bewohner ihr vielleicht helfen, den Weg zurück zum See zu finden. In den letzten Tagen war ihre Hoffnung geschwunden und Verzweiflung hatte sich in ihr breit gemacht. Vielleicht war diese Unternehmung doch etwas zu groß für sie alleine.

Mia stand langsam auf. Bei dem Sturz hatte sie sich den Knöchel verstaucht. Humpelnd, mit einem Anflug von Angst, ging sie auf das Haus zu. Erst jetzt kam ihr der Gedanke, dass die Bewohner des Hauses ihr vielleicht nicht wohlgesonnen sein könnten.

Sie nahm eine flüchtige Bewegung wahr. Etwas verschwand im Unterholz. Aber sie war zu schwach und zu müde, um dem eine Bedeutung beizumessen und lief weiter auf das Haus zu. Ihr Herz klopfte wild, aber sie hatte sich entschieden nicht umzukehren. Sie sah keine andere Möglichkeit. Alleine würde sie nicht zurückfinden.

Die Tür war verschlossen und auf ihr Klopfen reagierte niemand.

Erschöpft lehnte sie sich an die Tür und schloss die Augen. Sie fühlte sich kraftloser als jemals zuvor.

„BROOOUUUAAAHHHHRRRR!!!!“

Sie zuckte zusammen.

„BROOOUUUAAAHHHHHRRR!!!!“

Wenn sie so etwas wie ein schnell aufziehendes Gewitter gekannt hätte, hätte sie vielleicht genau daran gedacht und Schutz davor gesucht.

„BROOOUUUAAAHHHRRR!!!!“

Aber sie kannte keine schnell aufziehenden Gewitter. Sie kannte überhaupt nichts, was solche Geräusche von sich geben konnte.

„BROOOUUUAAAHHHRRR!!!!“

Die Angst ließ sie erstarren und kalter Schweiß floss aus ihren Poren.

„BRRROOOUUUAAAHHHRRR!!!

Etwas Großes schob sich vor die Sonne und warf einen breiten Schatten auf sie.

„BRRRRRROOOOOOUUUAAAHHHRRR!!!!!“

Sie wollte die Augen nicht öffnen. Sie wollte nicht wissen, wer oder was diese unheimlichen Laute von sich gab.

„BRRRRRRRROOOOOOUUUUUUAAAAAAHHHHHH RRR!!!!!!!

Aber sie schaffte es nicht, die Augen geschlossen zu halten.

Vor ihr stand ein riesengroßes, zerzaustes Untier mit ausgefransten Ohren und blutunterlaufenen Augen. Der Mund, oder besser das Maul war zu einem breiten Grinsen verzogen und ließ den Blick frei auf zwei Reihen gelber spitzer Zähne, Speichel hing in langen Fäden vom Kinn herab. An den Pfoten blitzten lange scharfe Krallen auf, die sich langsam und gefährlich auf sie zubewegten.

„BRRRRRROOOOOUUUUUAAAAAHHHHRRR!!!!“

Das Untier riss das Maul weiter auf. Dicke Spucketropfen trafen Mia.

Ich hätte nicht herkommen sollen. Zumindest nicht alleine. Ich hätte noch einmal mit meinem Vater reden sollen. Vielleicht hätte ich ihn doch noch davon überzeugen können, mit mir zu gehen. Warum bin ich nicht auf die Insel zurückgekehrt, als ich die Ursache für die Vergiftung des Sees entdeckt hatte? Spätestens dann hätte mein Vater und auch alle anderen gewusst, dass etwas unternommen werden muss. Und mein Vater hätte bestimmt gewusst was. Denn er kannte diese Welt hier. Vielleicht hätte sie dies alles gedacht, wenn sie noch in der Lage gewesen wäre, überhaupt noch etwas zu denken. Aber ihr Kopf war leer.

Vielleicht hätte sie auch versuchen können wegzulaufen, aber auch dieser Gedanke kam ihr nicht, und wenn er doch gekommen wäre, hätte sie es nicht gekonnt, denn in ihren Beinen war nicht mal mehr Kraft für einen einzigen Schritt.

Und genauso wie sie es kurz zuvor nicht geschafft hatte, ihre Augen geschlossen zu halten, schaffte sie es jetzt nicht, sie geöffnet zu lassen. Es war alles umsonst, zuckte es kurz in der Leere ihres Kopfes auf.

„BRRRROOOOUUUUAAAAHHHHRRR!!!!!“

Sie sackte in sich zusammen, bevor der erste Schlag des Untiers sie treffen konnte.

Es war finster. Und es war still. Langsam und bruchstückhaft kehrte die Erinnerung zurück. Bilder einer fröhlichen, unbeschwerten Kindheit. Sie sah sich selbst, wie sie als kleines Mädchen am Strand spielte, auf den Schultern ihrer Mutter über die Insel wanderte und mit ihrem Vater Blumen pflückte und Kränze daraus flocht. Sie sah tanzende, glückliche Menschen, welche sorgenfrei das Leben genossen. Irgendetwas geschah. Es wurde kälter und dunkler. Tote Fische und Vögel lagen auf dem Strand, der See verströmte einen giftigen Geruch.... brennende Bäume und Asche.... sie atmete schwer.... ein Wagen, der im Wald verschwand,...Regen....ein Haus auf einer Lichtung... ... .BRRRROOOUUUAAAHHHRRR....sie schreckte auf. Es war finster. Sie meinte Fetzen eines Gespräches zu hören, zu leise, um es zu verstehen. Sie sank zurück.

Er wusste es noch nicht, aber sein Leben war aus den Fugen geraten.

Hagen betrachtete die junge Frau, die vollkommen entkräftet und bewusstlos auf der Schwelle seines Hauses gelegen hatte. Es war nicht richtig, dass sie hier war. Es war nicht richtig, dass überhaupt jemand hier war. Er hatte nicht vorgesehen, dass ihn hier jemand besuchte.

Besuche bargen die Gefahr der Veränderung. Und Veränderungen waren etwas, dass er nicht nur nicht brauchte, viel zu gut hatte er es sich eingerichtet, um Wandlungen, welche auch immer es sein mochten, gute Seiten abgewinnen zu können.

Und schon gar nicht sollte sie hier sein. Er wusste zwar nicht, wer sie war, woher sie kam und was sie hierher verschlagen hatte, aber es war nicht zu übersehen, dass es mit ihr etwas Besonderes auf sich hatte. Etwas, das ihn überforderte.

Er kannte drei Arten von Frauen. Da waren die Bauersfrauen, sie waren, ob nun schon verheiratet oder nicht, auf eine ängstliche Art abweisend. Sie wagten es kaum ihn anzusehen, aus Furcht vor ihren Männern oder Vätern.

Und da waren die Frauen und Töchter der Händler und Handwerker, die sich selbst schon für etwas Besseres hielten und ihn dieses auch immer wieder spüren ließen.

Und es gab noch die Dirnen, die in den gewissen Häusern ihre Dienste anboten. Sie benahmen sich ihm gegenüber oft aufreizend und vulgär.

Aber diese junge Frau gehörte zu keiner der drei Gruppen. Dies konnte er erkennen, obwohl sie ohnmächtig vor ihm lag. Keine von ihnen hätte sich so tief in den Wald gewagt und schon gar nicht in einem Kleid, welches einem Nachthemd ähnelte. Vielleicht deshalb spürte er, dass etwas Bedrohliches von ihr ausging.

Seit er sie gefunden hatte, hatte er fieberhaft überlegt, was er mit ihr machen sollte. Es gab nur eine Lösung. Er musste sie wieder loswerden.

Am besten trage ich sie zum Waldrand, solange sie noch ohnmächtig ist, dachte er. Das hätte ich gleich tun sollen, statt sie ins Haus zu bringen.

Er beugte sich über sie, um sie aufzuheben. Mist! Sie öffnete die Augen. Ihre Blicke trafen sich.

Mia schaute in das Gesicht eines jungen, schwarzhaarigen, unrasierten Mannes. Er roch nach Leder, Knoblauch und Moos. In seinen dunklen Augen meinte sie eine Mischung aus Erschrockenheit, Neugier und Feindseligkeit zu erkennen. Sie versuchte sich zu erklären, was geschehen war, aber sie fand nichts, das einen Sinn ergab. „Was?" Mehr brachte sie nicht zustande.

Das Gesicht verschwand aus ihrem Blickfeld. Hagen vergrößerte den Abstand zu ihr so weit wie möglich. Etwas lag in ihrem Blick, das ihn tief, bis in sein Innerstes zu berühren in der Lage schien. Seine Absicht, ihr mit entschiedener Ablehnung zu begegnen bröckelte, ohne dass er es wollte.

„Du musst dich verlaufen haben", sagte er. „Ich bringe dich zurück zum Waldrand."

Mia setzte sich auf. Sie war immer noch erschöpft und hungrig und durstig, aber schneller als vermutet konnte sie wieder klare Gedanken fassen.

„Ich will nicht zum Waldrand“, sagte sie erstaunt über seine eigentümliche Begrüßung. Auch wenn sie die Gepflogenheiten in diesem Teil der Erde nicht kannte, war sie doch davon ausgegangen, dass man sich einander vorstellte. „Ich bin Mia“, sagte sie.

Wortlos legte er ein Stück Brot und etwas Käse neben sie.

„Iss“, forderte er sie auf und sah angestrengt an ihr vorbei. „Und dann gehen wir. Dies hier ist kein Ort für eine Frau.“

Mia sah zwischen Brot, Käse und Hagen hin und her. Sie war sich nicht sicher, was sie denken oder fühlen sollte. Sollte sie sich wundern, dass er nicht sagte, wie er hieß, oder sollte sie wütend darüber sein, dass er beschlossen hatte, sie, ohne sie zu fragen zum Waldrand zu bringen oder mehr noch darüber, dass er ihr das Recht absprach, hier an diesem Ort zu sein, weil sie eine Frau war? Oder sollte sie enttäuscht sein, dass er nicht danach fragte, wer sie war und wonach sie suchte? Oder sollte sie sich zuerst nur darüber wundern, dass sie hier im Haus war und nicht erschlagen von diesem Tier davor?

„Iss“, wiederholte Hagen.

Mia nahm das Brot und brach ein Stück ab. Nachdenklich begann sie zu kauen. „Wo bin ich hier?“, fragte sie.

Hagen antwortete nicht. Er ärgerte sich noch immer, sie nicht gleich weggebracht zu haben.

Kauend beobachtete sie ihn, was in ihm eine unbestimmte Beklemmung auslöste.

Sie hatte sich bisher keine Gedanken darüber gemacht, aber sie konnte sich jetzt der Erkenntnis nicht erwehren, dass die Menschen hier einfach anders waren, als sie es gewohnt war. Ja sicher, es gab auch auf den Inseln zurückhaltende und schweigsame Leute, aber dass jemand Fragen nicht beantwortete und versuchte, den Blicken der anderen zu entfliehen, war ihr doch fremd.

„Du bist im Trollwald“, sagte er nach einer endlosen Weile. „Und du hast Glück, dass ich rechtzeitig gekommen bin. Der Troll hätte dich sonst in viele, kleine Stücke zerrissen. Du solltest nicht hier sein, das ist ein wirklich gefährlicher Ort.“

„Ich wollte auch gar nicht hierher.“

„Nun denn, iss auf und ich bringe dich aus dem Wald hinaus“, sagte er erleichtert. Er würde sie früher loswerden, als er befürchtet hatte.

„Ich will zurück zum See“, erwiderte sie, ohne auf sein Angebot einzugehen.

„Es gibt hier keinen See“, belehrte er sie. Vermutlich stand sie noch unter Schock und wusste nicht so recht, was sie sagte.

„Aber ich komme von dort“, beharrte sie.

„Was soll das für ein See sein?“, fragte er vorsichtig, so wie man es gemeinhin bei Verrückten machte.

„Der Kleine See Frikka.“

„Der Kleine See Frikka“, wiederholte er höhnisch, sie nicht ernst nehmend. „Das ist ziemlich weit. Was willst du denn da?“

„Ich lebe dort“, antwortete sie zwischen zwei Bissen, sich über sein Gehabe wundernd.

„Am Kleinen See Frikka?“, fragte er ungläubig. Niemand lebte dort außer ein paar Fischern. Und sie sah nun wirklich nicht aus wie eine Fischersfrau. Ihre Haut und Hände waren viel zu glatt und weich, als würde sie körperliche Arbeit verrichten. Und Fischersfrauen würden auch bestimmt nicht in einem dünnen Kleidchen durch den Wald spazieren. Offenbar war sie eine Lügnerin oder Schlimmeres. Keinesfalls würde er sich auf ihre erfundene Geschichte einlassen. Er schnaubte verächtlich. Er hatte eine dumpfe Ahnung, dass dies nur Ärger mit sich bringen würde.

„Nicht am, sondern im See", verbesserte sie ihn.

Er verzog das Gesicht zu einem spöttischen Lächeln. Im See? Hielt sie sich für einen Fisch oder für eine Seejungfrau?

„Natürlich nicht im Wasser", fügte sie an, als sie seinen zweifelnden Blick bemerkte. „Ich komme von den Inseln im Kleinen See Frikka." Eigentlich hatte sie nicht vorgehabt, ihre Herkunft dem Erstbesten zu offenbaren, aber sie sah keine andere Möglichkeit, ihn vielleicht doch dazu zu bewegen, ihr zu helfen, den Weg zurückzufinden.

Sein Gesicht verfinsterte sich. „Wenn du aufgegessen hast, brechen wir auf. Bis zum Abend sollten wir dann im nächsten Dorf sein." Sie war entweder sehr verrückt oder sehr verlogen. Mit beidem wollte er nichts zu schaffen haben.

„Hast du mir nicht zugehört?", fragte sie. „Ich will nicht ins nächste Dorf, ich muss zurück zum See."

Er schüttelte langsam den Kopf. „Nicht mit mir", sagte er. „Da musst du dir einen anderen Dummen suchen."

„Einen anderen Dummen?" Sie würde wirklich gerne versuchen, ihn zu verstehen.

„Ja, iss auf und dann gehen wir."

Sie legte das Brot zurück auf den Teller und sah ihn auffordernd an.

„Diese Inseln gibt es nicht", erklärte er. „Sie sind nichts weiter als eine Legende. Also wer du bist und woher du kommst, ganz sicher nicht von dort."

Sie stand auf. Dieses kurze Gespräch hatte sie beinahe mehr angestrengt als die Tage und die Begegnung mit dem Troll zuvor. Dieser Mensch, dessen Namen sie nicht wusste, zerrte an ihren verbliebenen Kräften. Ihr Kleid rutschte ihr über die Schulter. Die Risse gaben den Blick frei auf Teile ihres Bauches und ihrer Hüfte. Hagen zuckte verstört.

„Ich würde mich gerne vorher irgendwo waschen", sagte sie in einem Tonfall, der keinen Zweifel daran ließ, dass sie andernfalls nicht mit ihm gehen würde.

„Hinter den Birken ist ein kleiner Bach“, sagte er und zeigte in die Richtung.

„Du bist in Schwierigkeiten.“

Hagen verdrehte die Augen. Ein kleines, an einen Bären erinnerndes Wesen hatte das Haus betreten, kurz nachdem Mia es verlassen hatte.

„Nein“, antwortete Hagen.

„Doch.“

„Lass mich in Ruhe, Pavarotti.“

„Du weißt, dass ich das nicht kann“, erwiderte Pavarotti mit einem breiten Grinsen.

„Wenn sie zurück ist, bringe ich sie in die Nähe des nächsten Dorfes.“

„Wie du meinst“, kicherte Pavarotti. „Aber du würdest es hinterher bereuen“, sagte er nach einer kleinen Pause.

Hagen brummte missmutig. „Wieso sollte ich?“

„Sag du es mir. Ich habe nur gesehen, wie du verzweifelt versucht hast, sie nicht anzusehen.“

„Was willst du mir damit sagen?“, entfuhr es Hagen verärgert. War es wirklich so offensichtlich, dass es ihm schwerfiel, seine Augen von ihr zu lassen?

„Was ich dir damit sagen will, ist doch unerheblich. Entscheidend ist es, was es dir sagt.“

„Ich werde dir sagen, was es mir sagt“, er fuhr herum und warf Pavarotti wütende Blicke zu. „Es sagt mir, dass sie stört und dass es mich unnötig ablenken würde, würde ich mich auf sie und ihre erfundene Geschichte einlassen.“

„Wie du meinst“, Pavarotti hob abwehrend die Pfoten und lächelte, dabei blitzten zwei Reihen spitzer, scharfer Zähne auf. „Aber frag dich mal, wovon sie dich ablenken würde.“

„Hör auf!“, forderte Hagen nachdrücklich. „Ich muss nachdenken.“

„Nun gut. Ich gehe so lange runter zum Bach.“ Pavarotti ließ ein breites Grinsen sehen.

„Untersteh dich!“

„Keine Sorge“, beschwichtigte Pavarotti. „Ich werde nichts tun, was es für dich noch schwieriger macht.“ Noch nicht.

Das Bad im Bach hatte gut getan. Er war zwar um einiges kälter als der Kleine See Frikka und es hatte sie einige Überwindungen gekostet hineinzutauchen, aber nachdem sie von dem kühlen Nass umflutet war, floss auch Zuversicht und Kraft in sie zurück. Sie war am und im Wasser groß geworden. Es fühlte sich fast wie ein kleines Stück Heimat an.

Sie stand nackt am Ufer und ließ sich von der Sonne trocknen. Und fast gelang es ihr für einen Moment, die Inseln, den See und vor allem den jungen Mann zu vergessen. Doch sie drängten alle schnell wieder zurück. Nun gut, wenigstens würde sie mit Hilfe des Mannes aus dem Wald herausfinden und vielleicht würde sie jemanden treffen, der oder die nicht so abweisend war. Sie streifte sich ihr zerrissenes Kleid über und ging langsam zurück.

Hagen stand vor dem Haus. Ihr Haar und ihr Kleid flatterten leicht im Wind. Er kam nicht umhin festzustellen, dass ihre Bewegungen eine betörende Leichtigkeit hatten. Ganz anders als die Frauen aus den Dörfern rund um den Wald. Diese bewegten sich schwerfällig, als würde die Erde sie nach unten ziehen. Pavarotti hatte recht. Er hatte sie zu lange angesehen. Sie war hübsch. Nein, eigentlich war sie das nicht. Sie war schön. Aber das war es nicht. Es war das, was er nicht beschreiben konnte und was sie, in seinen Augen so unheimlich machte. Später erkannte er, dass es ihre Haltung war, die ihn derart verunsicherte.

„Ich wusste gar nicht, dass du Besuch hast“, sagte Pavarotti mit einem schelmischen Grinsen, als Mia am Haus angekommen war. Er war auf einen Baum geklettert und schaute neugierig, auf einem dicken Ast sitzend, herab.

Hagen schnaubte verärgert. Mia sah Pavarotti verwundert an. Sie hatte ihn von Weitem nicht gesehen. Was war das? Ein kleiner Bär, der sprechen konnte? Pavarotti schmunzelte Hagen zu, aber der schwieg wütend.

„Dann darf ich mich vielleicht selbst vorstellen. Ich bin Pavarotti. Hagen und ich sind sehr alte Freunde.“ Er sprang von seinem Ast herunter, ging auf Mia zu und hielt ihr seine kleine Pfote zur Begrüßung entgegen. Er reichte ihr gerade bis zur Hüfte. Zögernd ergriff sie die Pfote und fragte sich gleichzeitig, ob sie sich die Stimme nur einbildete.

„Ich bin Mia“, sagte sie.

„Schön dich kennen zu lernen, Mia.“ Nein, die Stimme kam nicht aus ihrem Kopf. Der kleine Bär sprach wirklich.

„Es kommen selten Fremde hierher. Was hat dich in diese Gegend verschlagen?“, fragte Pavarotti.

„Ich hab mich wohl verlaufen“, antwortete Mia ein wenig an sich selbst zweifelnd. Vielleicht ist an den Geschichten meines Vaters doch mehr Wahres, als ich dachte, dachte sie.

„Aha. Und wo wolltest du hin?“ Pavarotti verstand es, Mias erstaunten Gesichtsausdruck nicht zu beachten.

„Wenn ich das so genau wüsste. Ich bin einem Wagen gefolgt, der gefällte Bäume zum Kleinen See Frikka gebracht hatte. Ich wollte wissen, woher er kam.“

„Und? Woher kam er?“

„Das weiß ich leider nicht. Ich habe seine Spur verloren.“

„Oh, wie ist das denn passiert?“

„Wie auch immer“, warf Hagen ein. „Hier kannst du nicht bleiben.“

„Ich hatte nicht vor zu bleiben“, sagte Mia verdrossen. Hier sind ein Mann und ein Bär, oder so etwas Ähnliches. Und es ist leichter, sich mit dem Bären zu unterhalten. Hier stimmt doch irgendetwas nicht, dachte sie.

„Dann ist es ja gut“, presste er hervor und versuchte an ihr vorbeizusehen.

„Was war denn das Besondere an dem Wagen?“, fragte Pavarotti, das Ungesagte missachtend.

„An dem Wagen? Weiß ich nicht“, antwortete Mia. „Die Bäume wurden abgeladen und verbrannt und die Asche in den See gestreut. Das macht den See krank. Ich wollte wissen, woher die Bäume kommen.“

Pavarotti ging zu einem Baumstumpf, und kletterte hinauf. „Was denkst du, woher die Bäume kommen, Hagen?“

„Was kümmert mich das?“ Er starrte Pavarotti eindringlich an. Was sollte das? Auch für ihn wäre es das Beste, wenn Mia so schnell wie möglich wieder verschwand.

Pavarotti scherte sich nicht um Hagens stumme Einwürfe. „Und was kümmert es dich?“, fragte er Mia.

„Ich komme von den Inseln im See. Und wenn der See krank ist, werden auch die Inseln krank.“

Hagen lachte übellaunig auf. „Bleibst du wirklich dabei, von dort zu kommen? Ich sage es dir noch einmal, diese Inseln gibt es nicht!“

„Ich habe mein ganzes Leben dort verbracht. Wie sollte das gehen, wenn es sie nicht gibt?“, sagte sie verständnislos. Sie wusste nicht, womit sie gerechnet hatte, dass jemand die Existenz ihrer Heimat anzweifelte aber keineswegs.

Hagen winkte ab. Er glaubte ihr kein Wort. Diese geheimnisvollen Inseln waren seit langer Zeit immer wieder Teil der unmöglichsten Erzählungen. Aber niemand war jemals dort gewesen. Solche Inseln konnte es auch einfach nicht geben. Es war schlicht nicht möglich.

Ja, der Kleine See Frikka war groß. Vielleicht war er sogar so groß, dass es nicht möglich war, Inseln, welche sich in seiner Mitte befanden, vom Ufer aus zu sehen. Aber es war schon sehr unwahrscheinlich. Nein, eigentlich war es unmöglich. Ein See solcher Größe war einfach unvorstellbar. Es musste einen Ort geben, von dem aus die Inseln zu sehen waren.

Aber selbst, wenn der See so groß war, wie er sein musste, damit die Inseln von keiner einzigen Stelle des Festlandes zu sehen waren, und es sie also gab, so war das, was über die Inseln erzählt wurde, doch an Unglaubwürdigkeit nicht mehr zu überbieten. Und damit gab es keinen Zweifel daran, dass es die Inseln nicht geben konnte.

Eine Gesellschaft, die von Frauen regiert wurde und in der die Männer damit glücklich waren. Niemals würde ein Mann ein solches Leben führen wollen! Und niemals wäre eine Frau in der Lage, die wirklich wichtigen Entscheidungen zu treffen.

Zum Glück wussten die meisten Frauen das, wie zum Beispiel die Königin, die in allen wichtigen Dingen einen Berater an ihrer Seite hatte. Wohlgemerkt einen männlichen.

„Du glaubst mir nicht?“, fragte Mia und sah ihn forschend an.

Hagen blieb stumm. Natürlich nicht. Was auch immer sie mit dieser Lüge erreichen wollte. Er würde nicht auf sie hereinfallen.

„Schade. Ich könnte es dir zeigen.“

Hagen atmete angestrengt ein und aus. Er versuchte ihrem Blick zu entfliehen. Nein, er wollte sich nichts zeigen lassen. Was auch immer sie versuchte, er würde ihr nicht erliegen. Er sah zu Pavarotti in der Hoffnung, dass er ihn unterstützte. Aber der formte stumm mit seinem Maul ein einziges Wort: Feigling.

„Ach, lasst mich doch in Ruhe“, schimpfte Hagen und ging ins Haus.

Mia sah ihm nach. Was für ein seltsamer Mensch, dachte sie, aber wenn man alleine im Wald lebt, wird man wahrscheinlich wunderlich.

„Hagen ist eigentlich ein sehr angenehmer Zeitgenosse, er hat es nur noch nicht gelernt, sich immer anständig zu benehmen“, sagte Pavarotti, „Es wäre für ihn bestimmt besser, wenn er mehr die Gesellschaft anderer Menschen suchen würde.“

„Und warum macht er das nicht?“, fragte Mia. Sie setzte sich neben Pavarotti auf den Baumstumpf.

„Dafür müsste er unser kleines Geschäft aufgeben. Aber das ist nicht der wahre Grund“, antwortete Pavarotti unerwartet ernsthaft.

„Und was ist der wahre Grund?“

„Da musst du ihn schon selbst fragen.“

„Und was habt ihr für ein Geschäft? Hier im Wald?“ Von ihrem Vater wusste sie, dass ein Wald alles zum Leben bereithielt. Dass man darin, solange man alleine war, geschäftliches erledigen konnte, war für sie hingegen nicht vorstellbar.

„Auch das verrate ich dir lieber nicht. Hagen würde dann wirklich böse werden.“

„Und davor hast du Angst?“, fragte sie erstaunt. Er machte nicht den Eindruck furchtsam zu sein.

„Davor, dass Hagen böse wird? Nein, aber ich fürchte, er könnte dann irgendwelche Dummheiten machen.“

„Welche Dummheiten lassen sich denn hier anstellen?“

„Du bist ziemlich neugierig“, stellte Pavarotti fest. „Das kann eine ganze Menge Ärger mit sich bringen.“

Mia zuckte mit den Schultern. „Was ist an Fragen so schlimm?“

„Kommt auf die Fragen an. Die Menschen mögen es nicht sonderlich, wenn man ihnen die falschen Fragen stellt.“

„Und Bären?“

„Ich bin kein Bär!“, empörte er sich und seine Augen bekamen einen gefährlichen Glanz.

„Verzeih! Was bist du dann?“

„Das willst du gar nicht wissen“, sagte er lang gedehnt.

„Woher willst du wissen, was ich wissen will?“

„Guter Einwand, aber ich werde es dir trotzdem nicht verraten. Jedenfalls noch nicht. Aber ich glaube dir“, sagte er. „Ich glaube, dass es deine Inseln gibt.“

„Das ist schön.“

„Und ich habe eine Idee, wie ich dir helfen kann.“

Mia horchte auf. „Du wirst mir den Weg zum See zeigen?“

„Das könnte ich“, sagte er, „aber ich weiß etwas Besseres.

„Und was?“ Verlorengegangene Hoffnung kehrte zu ihr zurück.

„Das kann ich dir leider nicht verraten.“

„Warum nicht?“

„Weil es dann weniger Spaß machen würde.“ Er hob die Augenbrauen. Ja, er hatte tatsächlich welche.

Ernüchterung machte sich in ihr breit. Pavarotti war also, wenn auch auf eine andere Art, doch genauso undurchsichtig wie Hagen.

Er sprang vom Baumstumpf. „Ich sollte vielleicht einmal mit Hagen reden“, sagte er und ging in Richtung des Hauses.

„Was willst du von mir?“, brummte Hagen missmutig. Er war immer noch wütend auf Pavarotti und er war wütend auf Mia. Und ja, vor allem war er wütend auf sich selbst. Warum hatte er seiner ersten Eingebung nicht nachgegeben und sie nicht gleich weggebracht, als sie noch bewusstlos war? Warum hatte er sie erst ins Haus getragen statt sofort zum nächsten Dorf? Hätten sich die Leute dort doch um sie kümmern sollen. Warum hatte er nicht geschafft, was er eigentlich wollte? Weil sie schön war? Nein! Wenn es ihm nach schönen Frauen gelüstete, ging er nach Braken. Einer kleinen Stadt am Rand des Waldes, in der es zwei Häuser gab, in denen schöne Frauen ihre Dienste anboten. Weil sie so hilflos wirkte? Frauen wirken immer hilflos! Weil…verdammt, er wusste es nicht.

„Geht das nicht ein kleines bisschen freundlicher?“, fragte Pavarotti, kletterte auf den Tisch, an dem Hagen grübelnd saß und setzte sich ihm gegenüber.

„Nein!“

„Nun, denn halt nicht.“ Pavarotti blieb sitzen und untersuchte aufmerksam seine Krallen. Hagen beobachtete ihn dabei. Er wusste, dass er dieses Gespräch führen musste. Pavarotti konnte äußerst hartnäckig sein. Also lieber es gleich hinter sich bringen, dachte er.

„Was willst du von mir?“, wiederholte Hagen betont freundlich.

„Ach, eigentlich wollte ich dir nur sagen, dass du zu viel Zeit verplempert hast. Heute wirst du sie wohl nicht mehr aus dem Wald bringen können, ohne in der Nacht unterwegs sein zu müssen.“

„Das wäre dann ja wohl deine Schuld“, motzte Hagen. „Was musstest du sie auch in so ein unsinniges Gespräch verwickeln.“

„Du wolltest sie doch aus dem Wald schaffen, nicht ich“, verteidigte sich Pavarotti lasch.

„Und das aus gutem Grund. Und genau aus diesem Grund solltest auch du wollen, dass sie so schnell wie möglich wieder von hier verschwindet.“ Hagen stand hastig auf und schlug auf den Tisch. Der Stuhl kippte mit einem lauten Knall nach hinten.

„Oder genau deswegen nicht“, blieb Pavarotti unbeeindruckt.

Hagen sah ihm forschend ins Gesicht. „Wie meinst du das?“

„Überleg doch mal. Was geschieht, wenn du sie ins nächste Dorf bringst und sie den Leuten erzählt, dass sie hier bei dir war?“, konnte sich Pavarotti einer Belehrung nicht erwehren.

„Was soll dann geschehen? Die Leute wissen, dass ich im Wald lebe.“ Meistens überraschte Pavarotti ihn, indem er unerwartet kluge Dinge sagte. Aber diesmal war das nicht nur wenig hilfreich, sondern mehr, noch dummes Zeug.

„Ja, aber was ist, wenn sie alles erzählt?“, überging Pavarotti die Abfälligkeit, mit der Hagen gesprochen hatte.

„Du meinst ihre komische Geschichte von den Inseln? Die würde ihr doch keiner glauben“, weigerte sich Hagen zu verstehen. Er hob den Stuhl auf und setzte sich wieder hin.

„Vielleicht, vielleicht auch nicht. Aber dass ihr irgendein Bauerntölpel gefallen möchte und ihr deshalb Hilfe anbietet, ist durchaus möglich. Aber das meinte ich noch nicht. Sondern was geschieht, wenn sie alles erzählt, was sie hier erlebt und gesehen hat?“ Er zeigte auf sich selbst.

Hagen sah Pavarotti nachdenklich an. Ja, das könnte sich dann in der Tat wenig vorteilhaft entwickeln. Aber was konnte er tun? Sie hierbehalten? Wohl eher nicht. Sie hatte sich ihre Geschichte zurechtgelegt und wollte ja aus dem Wald wieder heraus. Und sie mit Gewalt halten? Nein, das kam nicht in Frage. In seinem Innersten lehnte Hagen Gewalt ab, wenn sie nicht absolut unumgänglich war. Vielleicht würde sie bleiben, wenn er ihr alles erzählen würde? Oder vielleicht würde sie es wenigstens nicht weitererzählen? Nein, auch das Risiko war zu groß, er kannte sie ja im Grunde nicht. Wie er es auch wendete, er fand keine vernünftige Lösung. Habe ich wirklich gerade daran gedacht sie hierzubehalten?, schloss er seine Gedanken erschrocken ab.

„Bring sie zu deiner Tante“, sagte Pavarotti.

Hagen verzog unwillig das Gesicht.

An einem Teich

Üblicherweise ist es so, dass Geschichtenkobolde von den Menschen nicht bemerkt werden. Sie setzen sich einfach neben oder zwischen sie und lauschen deren Geschichten. Oder sie flüstern einem von ihnen eine Geschichte ins Ohr. Sie flüstern natürlich nicht im eigentlichen Sinne. Vielmehr ist es so, dass sie die Geschichte an jemanden weitergeben, ohne dass sie oder er es bemerkt. Die Geschichte ist dann einfach da. Und auch der Geschichtenkobold bemerkt nicht, wie und dass er eine Geschichte weitergibt. Er stellt nur irgendwann fest, dass er keine mehr hat und es Zeit ist, zum Großen Afigidis zurückzukehren.

Tomas wusste nichts davon. Er wusste nichts vom Großen Afigidis und er wusste nichts von Geschichtenkobolden. Und selbst wenn er dieses Wissen gehabt hätte, hätte er sich darum keinerlei Gedanken gemacht. Diese schwebten seit einigen Tagen einzig darum, ob er den Befehl des königlichen Beraters ausführen und zum Blaubäumer Forst gehen sollte, oder ob er dies lieber nicht tat. Und wenn er es nicht tat, wo er sich verstecken könnte, bis an das Ende seines Lebens, um der Strafe, die gewiss hart und grausam werden würde, zu entgehen.

Er saß auf einem umgekippten Baumstamm am Ufer eines kleinen Sees. Missmutig warf er Steine ins Wasser und beobachtete, wie die kreisförmigen Wellen, die sie verursachten, sich immer weiter ausbreiteten.

Krakel wusste zwar, dass es Geschichtenkobolde gibt, er war ja schließlich selber einer, und er wusste auch, wer der Große Afigidis war, der hatte ihn ja losgeschickt, jemanden zu finden. Was Krakel jedoch nicht wusste, war, wie sich ein Geschichtenkobold in Gegenwart von Menschen verhält. Und wenn er es gewusst hätte, hätte es ihm nichts genutzt. Denn er sollte ja keine Geschichten unter die Leute bringen und auch keine neuen holen.

Er war bereits fünf Tage unterwegs, als er den blonden, dünnen, ungelenken Jungen auf einem Baumstamm sitzen und Steine ins Wasser werfen sah. Er setzte sich neben ihn und betrachtete ihn neugierig. Tomas bemerkte den kleinen Geschichtenkobold nicht.

Der Junge war nicht der, den Krakel sich gewünscht hatte zu treffen. Er wollte einen neuen Großen Afigidis finden, kein Kind. Kurz überlegte er wieder zu gehen, aber dann siegte seine Neugier. Und es konnte ja nicht schaden, sich ein bisschen zu unterhalten.

„Warum wirfst du Steine ins Wasser?“, fragte er.

Tomas zuckte erschrocken zusammen, sprang vom Baumstamm und rannte schnell ein paar Schritte fort. Hinter einem Gebüsch blieb er kurz stehen. Sein Herz schlug so wild, dass es in seinen Ohren rauschte. Hektisch suchend blickte er sich um nach etwas, womit er sich verteidigen könnte. Er fand einen armlangen Stock. Als er ihn in der Hand hielt, begann er sich sicherer zu fühlen. Sein Herzschlag beruhigte sich langsam und das Rauschen in den Ohren ließ nach. Er konnte keine ihn verfolgenden Schritte hören.

Stattdessen rief ihn jemand. „Warum läufst du weg?“

Tomas warf einen vorsichtigen Blick durch die Blätter des Gebüsches in Richtung des Baumstammes, auf dem er, zu seiner Verwunderung, einen kleinen Kobold mit großen Händen und großen Füßen und wild abstehenden schwarzen Haaren sitzen sah.

Tomas hatte fast sein gesamtes Leben im Königsschloss verbracht. Er kannte nichts Wunderliches, Unerklärliches oder Magisches. Und schon gar nicht wusste er von der Vielfalt des Lebens. In seiner Vorstellung existierte bis vor Kurzem nichts anderes als das, was er sehen konnte.

Bis der alte Soldat ihm von den unheimlichen Riesen, die den Blaubäumer Forst fällten, erzählt hatte. Er mochte das nicht wirklich glauben, auch oder gerade, weil es ihm eine riesige Angst machte. Und jetzt saß da ein Kobold. Er nannte ihn in Gedanken einfach Kobold, auch wenn er nicht wusste, dass Krakel tatsächlich ein Kobold war.

Eigentlich sah er harmlos und ungefährlich aus. Aber so genau wissen konnte man das natürlich nicht.

Tomas überlegte. Sollte er einfach weglaufen? Sollte er zurückgehen? Oder? Aber mehr fiel ihm nicht ein. Und dann erschrak er. Er sah, dass sein Tornister noch an den Baumstamm gelehnt stand. Er besaß nicht viel, aber das Wenige, das er besaß, war da drin. Ein bisschen Proviant, eine warme Jacke, ein paar Kupfermünzen, die er sich zusammengespart hatte und ein Stück Käse. Nein, seine wenige Habe konnte er nicht dem Kobold überlassen.

Mit all seiner Kraft umfasste er den Knüppel, sodass seine Fingerknöchel weiß hervortraten und atmete mehrmals tief durch. Er presste die Lippen zusammen, schob das Kinn hervor und versuchte entschlossen und mutig zu wirken, als er hinter dem Gebüsch hervorstapfte.

Krakel sah dem Jungen gespannt zu, wie der sich ihm langsam und in einem seltsam verkrampften Gang näherte. „Was machst du mit dem Stock?“, fragte er.

Tomas blieb stehen. „Ich hab auch noch ein Stück Käse“, rief er, wohl wissend, dass sich dieses, für ihn unerreichbar, in seinem Tornister befand. Aber vielleicht würde ja schon die Erwähnung Eindruck machen.

Krakel kratzte sich am Kinn. „Und was machst du mit dem Käse?“

„Ich, ich, ich…ich hab keine Angst.“ Tomas nahm den Stock in beide Hände und zeigte damit drohend in Richtung des Kobolds.

„Aha“, sagte der. Krakel war das Verhalten des Jungen unverständlich. Ob sich die Menschen immer so benahmen?

„Was willst du von mir?“, fragte Tomas und kam langsam näher.

Ja, was wollte er von dem Jungen? Das wusste er auch nicht so genau. Aber vielleicht könnte er ja versuchen herauszufinden, was er von ihm wollen könnte. „Warum hast du Steine ins Wasser geworfen?“, wiederholte er seine erste Frage.

Tomas schaute den Kobold verwundert an. „Weiß nicht.“ Mit kleinen, vorsichtigen Schritten näherte es sich seinem Tornister.

„Tut dir etwas weh?“

„Nein, wieso?“

„Du läufst so komisch verbogen.“

Tomas blieb stehen. „Ich…., stimmt doch gar nicht.“ Seine Hand umfasste noch immer angestrengt den Knüppel.

„Vor mir musst du keine Angst haben“, sagte Krakel und lächelte Tomas freundlich an.

„Ich habe keine Angst“, log Tomas.

„Das ist gut. Dann können wir uns ja ein bisschen unterhalten“, sagte Krakel erfreut.

„Du willst dich mit mir unterhalten?“, fragte Tomas ungläubig.

„Ja.“

Tomas entspannte sich etwas. Vielleicht war der kleine Kobold tatsächlich harmlos. „Aber ich habe ein Stück Käse“, sagte er sicherheitshalber.

„Was hast du eigentlich immerzu mit Käse?“

„Du hast keine Angst vor Käse?“ Tomas war enttäuscht. So wie er den alten Soldaten verstanden hatte, würde der Käse ihm vielleicht in höchster Not helfen können. Andererseits hatte er inzwischen ein bisschen das Gefühl, sich hier und durch den Kobold nicht in höchster Not zu befinden.

„Ich mag Käse nicht, aber Angst habe ich nicht davor.“

„Ich mag Käse auch nicht.“ Über Tomas´ Gesicht huschte ein Lächeln. Und Krakel lächelte zurück. Jetzt erschien er ihm nicht nur ungefährlich, sondern sogar freundlich.

Tomas lockerte den Griff um den Knüppel. „Worüber willst du dich mit mir unterhalten?“

„Kennst du den Großen Afigidis?“

„Wen?“

„Na, den Großen Afigidis?“

„Nein, wer ist das?“

Krakel sah den Jungen an. Er gefiel ihm irgendwie. Aber ein neuer Großer Afigidis war er nicht. Und das, so dachte er, würde er auch nicht werden. „Ach, ist nicht so wichtig.“

Tomas hatte sich langsam dem Baumstamm genähert und ohne es selber zu bemerken, setzte er sich neben den Kobold. Wie konnte er überhaupt nur eine klitzekleine Angst vor ihm gehabt haben. „Wie heißt du eigentlich?“, fragte er.

„Ich bin Krakel“, sagte Krakel und schlug sich dabei selbst leicht auf die Schulter.

„Komischer Name“, antwortete Tomas. „Hab ich noch nie gehört.“

„Komisch? Wieso komisch? Wie heißt du denn?“

„Tomas.“

„Seltsamer Name“, sagte Krakel. „Hab ich noch nie gehört.“

Und dann mussten beide lachen. Und für die Dauer eines Augenaufschlags vergaß Tomas seine Angst vor dem, was kommen könnte. Aber gleich danach war sie wieder da. Er sah den kleinen Kobold an und eine Welle des Vertrauens erfasste ihn. „Ich habe Angst“, gab er zu.

„Wovor hast du Angst? Ich tu dir bestimmt nichts.“

Tomas griff nach einem kleinen Stein und warf ihn in hohem Bogen in den kleinen See. „Vor dir hab ich keine Angst. Aber davor dahin zu gehen, wohin ich gehen soll.“

Krakel nahm einen Stein und warf ihn ins Wasser. „Dann geh nicht dahin.“ Es war doch ganz einfach.

Tomas warf einen Stein. „Ich trau mich aber nicht, nicht hinzugehen."

Krakel warf verwundert einen Stein ins Wasser. „Wohin sollst du denn gehen?"

„In den Blaubäumer Forst." Ein Stein flog ins Wasser.

Ein weiterer folgte. „Da war ich noch nie. Was macht dir da denn so eine große Angst?"

„Das weißt du nicht? Da gibt es unheimliche und gefährliche Pflanzen, Tiere, Monster und Geister." Der nächste Stein fand seinen Weg in den See.

Und noch einer flog. „Ja, und?" Krakel konnte daran wirklich nichts Angstmachendes erkennen.

Tomas hielt in seiner Wurfbewegung inne. „Du hast keine Angst vor dem Blaubäumer Forst?", fragte er erstaunt.

Krakel antwortete nicht, sondern sah Tomas nur abwartend an. „Du hast den Stein nicht geworfen", sagte er nach einer kleinen Weile.

Tomas betrachtete den Stein in seiner Hand. Krakel war ein wunderlicher Kerl. Dann warf er ihn mit großer Entschlossenheit in den See. Er flog weiter als alle anderen zuvor.

„Warum sollte ich Angst vor dem Blaubäumer Forst haben?", fragte Krakel und warf einen Stein.

„Es sollen auch Riesen da sein", antwortete Tomas und warf lustlos. Allmählich hatte er genug von der Steinewerferei.

„Die machen mir auch keine Angst." Krakel warf, er war des Spiels noch lange nicht überdrüssig.

„Hast du denn vor gar nichts Angst?", fragte Tomas erstaunt.

Krakel sah ihn auffordernd an. Tomas nahm einen Stein und warf diesen, ohne hinzusehen in Richtung des Sees.

„Doch", antwortete Krakel. „Davor, dass kein neuer Großer Afigidis kommt."

„Wer ist denn dieser Große Afigidis?", fragte Tomas und seine Angst verlor augenblicklich an Bedeutung.

„Der Große Afigidis ist der Ursprung und Anfang der größten Abenteuer. Bei ihm sammeln sich und beginnen die unglaublichsten Geschichten. Ohne ihn verschwinden die Träumereien und die Hoffnung. Und ihr Menschen verliert den Glauben daran, dass möglich ist, was unmöglich erscheint.“

„Hm“, Tomas dachte nach. In seinem Leben hatten Träumereien keinen Platz und er kannte auch niemanden, der sich diesen hingab. Dafür gab es einfach nicht ausreichend Zeit. Und der einzige Wunsch, den er hatte, war es einmal ein richtiger Koch zu werden. Und das war, wenn er sich nur ausreichend anstrengte, vielleicht auch irgendwann möglich. Jedenfalls war es das bis vor Kurzem. Denn jetzt stand er vor der Wahl, in diesen unheimlichen Wald zu gehen und von den Riesen gefressen zu werden oder nicht dahin zu gehen und sein Leben auf der Flucht zu verbringen. Denn einfach so zurück ins Schloss konnte er auch nicht. Da war dieser grausame, stinkende Mann und der Soldat hatte ihm gesagt, dass es besser wäre, zu tun, was dieser von einem verlangte.

„Was kümmert es dich, wenn die Menschen aufhören zu träumen und ihre Hoffnung verlieren? Ist doch sowieso fast überall schon so.“ Er schnippte einen Stein, der nur knapp in den See platschte.

„Wenn der Große Afigidis geht und kein neuer kommt, dann bin ich vollkommen nutzlos“, sagte Krakel und sah den Jungen traurig an. Dann saßen sie eine Weile einfach schweigend nebeneinander.

Der Erste der aufstand, war Krakel. „Ich muss dann mal weiter“, sagte er.

„Wo gehst du denn hin?“

„Das weiß ich nicht. Ich suche jemanden, der vielleicht der neue Große Afigidis werden kann.“

„Schade“, sagte Tomas. „Dann bin ich wieder alleine.“ Die Angst bemächtigte sich wieder seiner.

Krakel zupfte gedankenverloren an seinem Ohrläppchen. Der Junge tat ihm leid. „Und wo willst du jetzt hingehen?"

„Vielleicht habe ich ja Glück und die Riesen fressen mich nicht." Er spürte, dass ihm nichts anderes bleiben würde, als den Befehl des königlichen Beraters auszuführen. Und dann kam ihm eine Idee. „Wir können doch gemeinsam gehen, wenn du noch nicht weißt, wo du suchen sollst."

Krakel musste nicht lange überlegen. Ja, das könnten sie tatsächlich tun. Dann wäre die weitere Reise auch nicht mehr so langweilig. Und Riesen hatte er schließlich auch noch nicht gesehen. „Aber erst morgen", sagte er.

Die Sonne stand schon tief und auch wenn er selbst keine Schwierigkeiten hatte nachts unterwegs zu sein, wusste er doch, dass die Menschen sich in der unbekannten Dunkelheit meist fürchteten.

Tag 14
Auf einem Weg

Sie waren seit dem Morgengrauen unterwegs. Inzwischen war es Mittag geworden und Mia wusste immer noch nicht, wo Hagen mit ihr hinwollte.

„Wir müssen los“, hatte er sie schroff geweckt und sie dachte, er würde sie einfach aus dem Wald herausführen und sie dann sich selbst überlassen. Aber er war, nachdem sie den Wald verlassen hatten, einfach weitergelaufen, ohne mit ihr zu reden. Sie hatte mehrfach zaghafte Versuche unternommen, eine vernünftige Erklärung von ihm zu bekommen, aber jedes Mal hatte er ihr nur kurz angebunden geantwortet, dass sie einfach mitkommen solle.

Es reichte! Mia blieb stehen und setzte sich auf einen Feldstein am Wegrand.

Hagen bemerkte erst hundert Schritte später, dass sie ihm nicht mehr folgte. Er blies verärgert die Backen auf und drehte sich zu ihr um. Sie saß da und schaute stumm in seine Richtung.

Was soll das werden?, fragte er sich. Kann sie nicht einfach machen, was man ihr sagt? „Komm weiter!“, rief er.

Aber sie blieb einfach sitzen. Sie wirkte verloren und zerbrechlich.

Ich werde nicht zu ihr gehen, nahm er sich vor. Eher lasse ich sie hier alleine zurück. Wenn sie nicht kommt, dann soll sie sich jemanden anderen suchen.

Aber sie stand nicht auf.

Verflixtes Weib, dachte er, ich weiß schon, warum ich mir ein Leben ausgesucht habe, in dem ich mich nicht mit denen abgeben muss.

Er wollte einfach weitergehen. Aber sie waren noch nicht weit genug von seinem Refugium entfernt, als dass er sie bedenkenlos alleine lassen konnte. Wer konnte schon wissen, wem sie als Nächstes über den Weg lief.

Und er würde sich zweifelsohne Schwierigkeiten mit Pavarotti einhandeln. Sein Ärger richtete sich jetzt in dessen Richtung. Der war ja überhaupt schuld an allem. Und er musste das jetzt ausbaden.

Langsam ging er auf Mia zu. Und je näher er ihr kam, desto weniger verloren und zerbrechlich wirkte sie, sondern eher eine von innen unbändige Kraft ausstrahlend. Das Ganze wird mir noch ziemlich leidtun, war er sich sicher.

„Was ist los? Wir müssen weiter", sagte er.

Sie sah ihn stumm an. Ihre Augen hatten einen gefährlichen Glanz. Er versuchte ihren Blick zu meiden.

„Wo gehen wir denn hin?", fragte sie schließlich.

„Zu meiner Tante", rang er sich durch zu antworten und stellte dabei fest, dass es ihm viel weniger unerfreulich war, Mia zu seiner Tante zu bringen, als selbst zu ihr zu müssen.

„Was soll ich denn bei deiner Tante?" Auch wenn Mia nicht unfroh darüber war, dass Hagen ihr doch noch irgendwie helfen wollte, konnte sie seiner Idee nicht viel abgewinnen.

„Keine Ahnung", antwortete Hagen in dem Wissen, dass er es eigentlich besser wusste.

„Und warum gehen wir dann zu ihr?"

„Weil.....", er überlegte, ob er ihr von seiner Tante erzählen oder sie vorerst besser etwas im Unklaren über die Alte lassen sollte. Nicht dass sie beschloss, nicht zu der Verrückten zu gehen. Dann wären seine Schwierigkeiten um einiges größer, als sie es jetzt schon waren.

Mia sah ihn auffordernd an.

„Weil sie viele Dinge weiß. Und auch wenn ich dir deine Geschichte nicht glaube, dann ist sie doch ver….., ähh, eigenwillig genug, dir vielleicht zu glauben und kann dir vielleicht sagen, was du tun musst.“ Vielleicht gibt sie dir aber auch einen von ihren seltsamen Tränken und treibt dir damit deine Lügengeschichte aus, dachte er. Der Gedanke erheiterte ihn zumindest ein wenig.

Mia überlegte. Hagen schien nicht sonderlich glücklich zu sein, seine Tante zu besuchen. Dann war sie vielleicht das Gegenteil von ihm. Vielleicht würde sie ja wirklich helfen können. Und vielleicht würde es ja sogar amüsant werden, wenn er scheinbar irgendeine Angst vor ihr hatte. Und vielleicht war es auch genau das, was Pavarotti gemeint hatte, als er verkündet hatte, ihr helfen zu können. Sie hatte ihn nach ihrem Gespräch nicht mehr gesehen und als Hagen sie zum Aufbruch drängte, geglaubt, dass er seine Idee dann doch nicht als gut befunden hatte. „Gut“, sagte sie und stand auf.

Auf einem anderen Weg

„Was machst du, wenn du nicht gerade auf dem Weg zum Blaubäumer Forst bist?“ Krakel versuchte, seitdem sie aufgebrochen waren, ein Gespräch in Gang zu bringen, in der Hoffnung, dass Tomas ihm vielleicht doch eine Geschichte erzählen würde, die er zum Großen Afigidis bringen könnte.

Aber der Junge war in seinen Antworten einsilbig. Zu sehr hatte die Angst vor dem, was da auf ihn wartete, wieder Besitz von ihm ergriffen. Er war zwar froh über die Begleitung, sich aber auch sehr sicher, dass der Kobold ihm in der Not keine Hilfe sein würde.

„Ich bin Küchenjunge im Schloss“, antwortete er und hoffte, dass das Gespräch damit wieder beendet war.

„Und was hat ein Küchenjunge zu tun?“, fragte Krakel und begrub damit Tomas` Hoffnung.

„In der Küche helfen“, antwortete er widerwillig.

„Und was hilfst du in der Küche?“

„Ich bin für die Zubereitung der Butterbrote zuständig“, sagte Tomas jetzt nicht ohne Stolz.

„Butterbrote? Das klingt einfach“, sagte Krakel, ohne zu wissen, was Butterbrote sind.

Tomas blieb stehen. „Du hast doch keine Ahnung!“

„Stimmt“, gab Krakel zu. „Was sind Butterbrote?“

„Du weißt nicht, was Butterbrote sind?“ Tomas war ehrlich erstaunt.

„Natürlich weiß ich, was Butterbrote sind“, beeilte sich Krakel zu schwindeln. „Wie machst du sie denn?“

„Oh, dabei muss man schon sehr sorgfältig sein und sich gut vorbereiten. Man kann nicht einfach die Butter auf ein Brot streichen. Zuerst einmal ist es wichtig zu wissen, zu welcher Tageszeit und zu welchem Anlass das Butterbrot gegessen werden soll. Und dann muss man auch bedenken, wer das

Butterbrot essen möchte. Es macht nämlich einen Riesenunterschied, ob es für die Königin ist oder für einen Grafen, der gerade zu Gast ist oder für die Gräfin. Und natürlich kann man den Kindern des Grafen und der Gräfin nicht das gleiche Butterbrot anbieten, wie den Erwachsenen", sagte Tomas mit zaghafter Begeisterung.

„Aha." Noch klang das für Krakel nicht sonderlich spannend.

„Ja. Und wenn man das dann alles weiß, muss man zuerst das richtige Brot aussuchen. Zum Beispiel darf man für das Frühstück kein Roggenbrot verwenden, es sei denn, am Abend vorher gab es gegrillten Fisch. Dann ist Roggenbrot in Ordnung, aber nur, wenn man es genau sieben Millimeter breit schneidet und mild gesalzene Schafsbutter darauf streicht. Überhaupt ist es auch sehr wichtig, genau zu wissen, welche Butter zu welchem Brot passt. Ziegenbutter passt nur zu Haferbrot, aber nur am Nachmittag und nur, wenn keine Gäste im Schloss sind. Und besondere Vorsicht ist bei Eselsbutter geraten. Die darf man weder zu dick noch darf man sie zu dünn auf das Brot schmieren…." Tomas redete und redete und vergaß darüber seine Angst. Und Krakel hörte zu. Nicht dass er sich sonderlich für Butterbrote interessierte, aber es war einfach schön dem Jungen zuzuhören. Er sprach mit einer zunehmenden Leidenschaft, der man sich nicht entziehen konnte.

„….und irgendwann, wenn ich alles über Butterbrote weiß und sie alle richtig zubereiten kann, darf ich vielleicht auch anfangen Suppen zu kochen und irgendwann werde ich dann vielleicht auch ein richtiger Koch." Tomas lächelte bei der Aussicht darauf, irgendwann einmal mit einer weißen Jacke und einer großen Kochmütze in der Küche zu stehen und eigene Gerichte zu kreieren.

Dann fiel sein Blick auf Krakel und sofort war sämtliche Freude verflogen. Er hatte ja diesen furchtbaren Auftrag, und selbst wenn er diesen überleben und rechtzeitig erfüllen würde, so würde ihn der Koch doch nur fortjagen, da er seinen Aufgaben in der Küche nicht nachgekommen war. Aber was konnte er denn dafür? Das Leben war einfach furchtbar ungerecht.

„Warum bist du jetzt traurig?“, fragte Krakel.

Tomas kämpfte gegen seine Tränen. „Bin ich nicht“, presste er hervor. „Das verstehst du nicht.“

In der Stadt Wiolan

Es gab Zeiten, in denen es mir leichter gefallen ist, auf ein Pferd aufzusteigen, bedauerte Gernot sein Alter, als es ihm ächzend gelungen war. Er konnte den Wahnsinn, der in der Stadt mehr und mehr um sich griff, immer weniger ertragen. Und er haderte mit seinem Entschluss, wieder zurückgekehrt zu sein.

Wiolan war schon immer ein Ausbund an Verrücktheiten. Diese brachten im Wechsel stets Gutes oder Schlechtes hervor. Doch immer getrieben von Entdeckergeist und Forscherdrang. Aber was er jetzt beobachten musste, war nichts anderes als kleinmütige Feigheit.

Er hatte genug. Die Versuche, eine junge Frau zu finden, die sie zum Wohle der Stadt opfern könnten, widerten ihn an.

Und ja, er selbst verachtete sich dafür, dass er nichts dagegen unternahm. Aber er brachte die Kraft dafür einfach nicht mehr auf.

Vielleicht war es doch an der Zeit, seiner Heimat endgültig den Rücken zu kehren und vielleicht sollte er es doch wagen, den Weg über den Kleinen See Frikka auf die Inseln zu nehmen.

Er beklagte, dass sein Leben aus zu vielen Vielleichts bestanden hatte. Aber vielleicht war auch das zu irgendetwas gut. Da war es wieder und er wurde es nicht los, das Vielleicht.

Tag 15
Auf einem Feld

In der Ferne war Hundegebell zu hören.

Mia saß an einen alten Baum gelehnt und wartete auf Hagen. Die Nacht hatten sie auf einer kleinen Bauminsel inmitten eines frisch bestellten Feldes verbracht.

Hagen hatte nur ein sehr kleines Feuer entfacht, damit sie möglichst nicht entdeckt würden. Die Nacht war kalt und sie hatte sehr gefroren. Deshalb hatte er sich am Morgen aufgemacht. Er wollte im nächstgelegenen Dorf wärmere Kleidung für sie besorgen. Leider war er entschieden dagegen, dass sie ihn begleitete.

„Dein Aufzug könnte für einigen Aufruhr sorgen“, hatte er ihr erklärt. „Die Bauern haben oft sehr genaue Vorstellungen, wie sich eine Frau zu kleiden und zu benehmen hat.“ Er hatte es zwar nicht ausgesprochen, aber es war dennoch unüberhörbar, dass ihr Benehmen und ihre Bekleidung nicht dazu gehörten.

Was er ihr noch verschwieg, war, dass es für ihn eine große Herausforderung darstellte, sie ständig fast unbekleidet bei sich zu haben. Er war schließlich ein Mann und sie eine Frau. Eine Frau in einem fast durchsichtigen Kleid.

Inzwischen war er bestimmt schon zwei Stunden fort. Mia kam der Verdacht, dass er sie einfach zurückgelassen haben könnte. Sonderlich erfreut war er weder über ihr Zusammentreffen noch über die Aussicht seine Tante zu besuchen, gewesen.

Das Hundegebell kam näher, es klang aufgeregt und ein wenig bedrohlich. Sie stand auf und schaute in die Richtung, aus der es kam. Es waren keine Hunde zu sehen, aber sie waren nicht zu überhören. Und das Bellen bewegte sich auf sie zu.

Besser vielleicht es nicht auf eine Begegnung ankommen zu lassen. Sie sah nach oben. Ja, sie sollte es schaffen, auf den Baum zu klettern.

Neben dem Schutz vor den Hunden bot ihre erhöhte Position einen weiteren Vorteil. Sie konnte sehen, wer und was sich näherte.

Sie sah Hagen, der über das Feld rannte, ein Stück dahinter ein Rudel Hunde und noch etwas weiter weg eine Gruppe Männer, die wütend Hacken, Harken und Sensen schwangen.

„Lauf!“, rief Hagen, als er die Bauminsel erreichte und blieb verwundert stehen. Mia war nicht da. Er blickte sich hektisch um. Die Hunde waren nicht mehr weit. Er rannte weiter.

Die Hunde brachen schnell in großen Sprüngen zwischen den Bäumen durch. Sie witterten eine neue Spur und stoppten unter dem Baum, auf dem Mia saß. Ihre Köpfe hoben sich. Unter den hochgezogenen Lefzen blitzen gefährliche Zähne hervor.

Die Männer waren noch weit zurück.

Mia war sicher vor den Hunden, aber spätestens, wenn die Männer sie erreicht haben würden, würde sie auch entdeckt werden. Nach ihrem Verständnis dürfte dies nicht zu Schwierigkeiten für sie führen, aber wer wusste schon, was Hagen angestellt hatte und wofür man sie zur Verantwortung ziehen würde.

Hunde sind nichts anderes als zahme Wölfe, entschied sie und kletterte langsam den Baum hinunter in der Hoffnung, dass sie die Gabe ihres Vaters geerbt hatte. Tiere waren Zeit seines Lebens seine Freunde.

Sie blieb ruhig stehen, als sie den Boden erreicht hatte. Die Hunde knurrten gefährlich und näherten sich ihr. Vielleicht war das doch keine gute Idee, dachte sie und kniff die Augen fest zu, in Erwartung dessen, was auch immer geschehen würde.

Das Knurren wurde zu einem mehrstimmigen Brummen.
Sie ging auf die Knie und wartete.
Auf den ersten Biss.
Aber der kam nicht.
Stattdessen spürte sie etwas Feuchtes an ihrer Hand, dann an der anderen Hand und schließlich in ihrem Gesicht.
Sie öffnete die Augen. Die Hunde umstanden sie mit wedelnden Schwänzen und leckten an ihren Händen und über ihr Gesicht.
Sie lächelte beseelt und sank langsam zurück, bis sie auf dem Rücken lag.
Danke!, schickte sie eine stumme Nachricht.
Sie konnte nicht sehen und wusste nicht, wie nah die Männer gekommen waren, aber die Hunde spürten die Nähe ihrer Herren. Sie ließen von Mia ab und verließen die kleine Bauminsel. Bellend rannten sie in die entgegengesetzte Richtung, in die Hagen geflüchtet war.

Das Hundegebell verstummte. Trotzdem rannte er weiter. Weiter, bis er Schutz hinter einem dichten Walnussstrauch, der am Feldrand wuchs, fand.
Er konnte sehen, wie die Hunde aus dem Dickicht hervorkamen. Sie entfernten sich schnell. Dann hörte er die aufgeregten Stimmen der Männer, die versuchten ihre Tiere einzuholen.
Er kroch hinter dem Strauch hervor. Was war denn das? Und wo war Mia? Ihm wurde gleichzeitig heiß und kalt. Es musste etwas Furchtbares geschehen sein. Er rannte los.

Es war nicht der grauenhafte Anblick, mit dem er gerechnet hatte. Keine Spuren eines Gemetzels. Stattdessen lag sie friedlich im Gras und lächelte. Er war erleichtert, aber es überstieg seinen Verstand. Die Hunde waren keine Kuscheltiere. Was hatte sie daran gehindert, Mia in Stücke zu reißen?

„Habe ich dir schon von meinem Vater erzählt?“, fragte sie, nachdem sie seiner gewahr wurde.
„Dafür ist keine Zeit“, antwortete er schroffer als beabsichtigt und zog ein graues Kleid unter seiner Jacke hervor. „Hier, zieh das an. Wir müssen weiter.“
Das Kleid war scheußlich. Nicht wegen der Farbe und der Form. Und auch nicht, weil es ihr zu groß war und fast bis auf den Boden reichte, sondern weil der Stoff furchtbar kratzte. Wer zog so etwas freiwillig an? Mia sah unglücklich aus. Hagen war zufrieden.
„Du hast es gestohlen, nicht wahr?“, stellte sie missmutig fest.
„Ja“, gab er unumwunden zu.
„Warum?“
„Weil du in deinem Kleid ein bisschen zu viel Aufsehen erregen würdest. Und weil du gefroren hast.“
„Aber warum hast du es gestohlen? Hättest du es nicht gegen etwas anderes eintauschen können?“ Dieses kratzige Ding allein war schon schlimm genug, zu wissen, dass es die Beute eines Diebstahls war, war kaum erträglich für sie.
Er sah sie zweifelnd an. So naiv konnte sie doch nicht sein und so undankbar. „Natürlich“, sagte er spöttisch. „Und wenn man mich gefragt hätte, wozu ich ein Kleid brauche, hätte ich gesagt, ich ziehe halt gerne Kleider an, oder was?“
Mia konnte sich bei der Vorstellung Hagen in einem Kleid zu sehen, ein Grinsen nicht verkneifen.
„Du hättest auch einfach sagen können, dass du auf dem Weg zu deiner Tante bist und ihr als Geschenk ein neues Kleid mitbringen möchtest.“
„Und um dieses Kleid zu besorgen, gehe ich in ein kleines, verdrecktes Dorf? So dumm sind nicht mal die Bauern.“ Und da wusste er wirklich, wovon er sprach.
„Du hättest es doch wenigstens versuchen können.“ Sie fühlte sich in einem gestohlenen Kleid sehr unwohl.

Hagen schüttelte verzweifelt den Kopf. „Ich glaube, du hast nicht den Hauch einer Ahnung, wie es in der Welt zugeht.“

„In dieser Welt hier? Nein, woher?“

Er verdrehte die Augen. Bitte nicht wieder diese Geschichte von den Inseln, dachte er. „Wir sollten uns auf den Weg machen, falls die Bauern mit ihren Hunden wiederkommen“, drängte er zum Aufbruch.

„Die werden nicht wiederkommen“, war Mia sicher.

Auf einem Weg

Riesen sind eigenartige Gesellen. Groß, kraftstrotzend, rau und unbeherrscht und sich jeder Autorität widersetzend. Aber auch so dumm, einfältig und phantasielos, dass es seinesgleichen sucht. Letzteres macht sie vollkommen unempfänglich für jegliche Art der Magie.

In ihrer Vorstellung existiert nur das, was sie gerade sehen. Ein Vogel, der direkt vor ihren Gesichtern herumfliegt, den gibt es für Riesen. Ist er jedoch aus dem Blickfeld verschwunden, ist es für sie so, als wäre er nie dagewesen.

Ihr Lebensinhalt besteht aus nichts anderem als Fressen und Saufen und hin und wieder, wenn sie auf eine Riesin treffen, für den Fortbestand ihrer Art zu sorgen.

Riesen sind harmlos, solange man ihnen nicht begegnet. Wenn man sie aber trifft, sind sie tödlich. Es sei denn, man hat ein Stück Käse dabei. Denn Riesen haben Angst vor Käse.

Und Tomas hatte ein Stück Käse dabei. Mag sein, dass die Riesen ihm und Krakel deshalb nicht nahe kamen, als die beiden sich dem Blaubäumer Forst näherten. Möglicherweise waren sie aber auch gerade mit anderen Dingen beschäftigt.

Wovor sie keinen Abstand hielten, war der Blaubäumer Forst. Von sich aus wären sie nie auf die Idee gekommen, die Bäume und Pflanzen herauszureißen, aber dieser übelriechende Mann hatte ihnen versprochen, Käse für alle Zeiten zu verbieten, wenn der Wald in seiner Gänze vernichtet war.

Johannes hatte lange nach einem verlässlichen Weg gesucht, den Wald zu roden. Und lange schien es, dass er nicht die richtigen Mittel finden würde. Denn wer wäre schon bereit, sich den Gefahren des Waldes auszusetzen? Man konnte die Bäume ja nicht aus sicherer Entfernung fällen.

Bis er in der Bibliothek auf das eigentlich unbedeutende Tagebuch eines unbekannten Schneiders stieß.

Die ersten beiden Kapitel waren angereichert mit einem Unsinn, der Johannes beim Lesen fast körperliche Schmerzen bereitete: *Wie man Einhörner fängt* und *Wie man Wildschweine überlistet.*

Einhörner sind nun wirklich reine Phantasiegeschöpfe, genauso wie Drachen und warum sollte man Wildschweine überlisten, dachte Johannes bei der Lektüre. Wildschweine jagt man, erlegt sie und dann isst man sie auf.

Seine Aufmerksamkeit erregte dann aber das dritte Kapitel: *Wie man Riesen besiegt.*

Eigentlich strotzte auch dieses Kapitel voller Dummheiten, was war von einem Schneider auch anderes zu erwarten, aber es gab diesen einen Hinweis auf die größte Angst der Riesen: Käse.

Natürlich war es irrsinnig anzunehmen, dass dieses Schneidertagebuch auch nur ein kleines Stück Wahrheit beinhaltete, aber es war Johannes letztlich egal. Er war zwar der wichtigste Berater des Königshauses und dennoch unzufrieden. Seiner wirklich wichtigen Idee, die Menschen von ihren Illusionen zu befreien, wollte niemand folgen.

Seinetwegen sollten ihn die Riesen töten und fressen, wenn es sie denn gab. Aber niemand sollte jemals von ihm behaupten, dass er nicht alles getan hatte, um seine Mission zu erfüllen.

Es war nicht leicht die Riesen zu finden, denn solange er Käse bei sich trug, hielten sie sich vor ihm versteckt, aber ohne Käse war die Gefahr für ihn einfach zu groß. Er musste also eine Möglichkeit ersinnen, gleichzeitig mit und ohne Käse unterwegs sein zu können.

Die Königin hatte ihn schließlich, ohne es zu wissen, auf die Idee gebracht. Sie hatte die furchtbare Angewohnheit immerzu Duftwässerchen zu versprühen, wenn er in ihrer Nähe war. Wenn es ihm gelingen würde, den Geruch von Käse in einer Parfümflasche einzufangen, konnte er sich den Riesen nähern und hätte für den Notfall ein hoffentlich wirksames Mittel dabei.

Er legte ein besonders würziges Stück Käse in ein Glas, füllte es mit Wasser auf und verschloss es. Dann ließ er es vier Wochen stehen.

Der Geruch, der dem Glas entströmte, als er es wieder öffnete, war selbst für ihn fast zu viel.

Er goss das Wasser in eine Flasche, wickelte den Käse in ein Tuch und presste ihn aus. Die austretende Flüssigkeit fing er auf und goss sie ebenfalls in die Flasche und verschloss sie mit dem Sprühaufsatz.

Nachdem er gründlich gelüftet und sich der Geruch nach Käse verflüchtigt hatte, versprühte er etwas von dem Käseparfüm. Und ja, es roch eindeutig nach Käse.

Der Erfolg war noch größer, als er es sich erhofft hatte. Natürlich war es immer noch nicht leicht, Riesen zu finden. Meist stieß man auf sie, wenn man sie am wenigsten brauchte, aber natürlich gab es Gegenden, die von den Menschen gemieden worden, weil dort Riesen hausen sollten. Eine dieser Gegenden waren die Schluchten des Porg, eines mittelgroßen, zerklüfteten Gebirges. Dorthin ging Johannes. Was er nicht fand, waren Riesen.

Zwei Wochen streifte er durch die Schluchten, ohne auf ihre Spur zu stoßen. In seiner aufwallenden Wut wollte er die Flasche gegen den nächsten Felsen schleudern, besann sich aber noch rechtzeitig. Was wäre, wenn dann doch noch ein Riese auftauchen würde? Er wäre diesem gänzlich schutzlos ausgeliefert.

Aber ein wenig Käseduft konnte er den Riesen, ob es nun welche gab oder nicht, hinterlassen. Also begann er auf seinem Weg aus den Schluchten heraus sein Parfum zu versprühen. Der Wind verteilte den Duft im gesamten Gebirge. Und als Johannes den letzten Abstieg hinter sich gelassen hatte, stieß er auf eine Gruppe Riesen, die benommen und jammernd auf einer Wiese saßen. Er schickte zwei Sprühstöße in ihre Richtung.

„AOUUUUUUUHHHHHHHH", erhielt er eine vielstimmige Antwort.

Johannes grinste zufrieden. „Ich hätte euch da ein Geschäft vorzuschlagen."

Den Riesen zu erklären, was er von ihnen wollte, war ein anstrengendes und langwieriges Unterfangen. Riesen haben von Natur aus schon Schwierigkeiten, einfachste Zusammenhänge zu verstehen und die Käsewolke, in der sie saßen, trug auch noch dazu bei, dass sich ihre Denkfähigkeit in noch tiefere Abgründe stürzte. Aber schließlich brachte er sie doch dazu, zu machen, was er wollte. Er war sich nur nicht sicher, ob es die Aussicht auf ein allgemeines Käseverbot war, oder ob sie doch eher Angst vor ihm und seiner Sprühflasche hatten.

Zur Sicherheit hatte er stets ausreichend Käsesaft bei sich.

Mistvieh, verdammtes! Nur unter großen Schmerzen gelang es ihm, sein Bein unter dem Pferd hervorzuziehen. Der Gaul war einfach stehengeblieben und zusammengebrochen und hatte ihn halb unter sich begraben.

Was konnte denn noch alles falsch laufen, dachte er übelgelaunt. Erst diese einfältige Königin, die anfängt Fragen zu stellen, dann die verrückte Alte, die sich weigerte, ihn mit ausreichend Trank zu versorgen und jetzt das, ein totes Pferd.

Wütend schlug er auf den leblosen Körper ein. Es war, als würde ihm jemand unsichtbare Steine in den Weg legen, die er erst bemerkte, wenn er darüber stolperte.

Er spürte eine zunehmende Erschöpfung. War es das alles wert? Natürlich war es das!

Er stand langsam auf und versuchte vorsichtig aufzutreten. Ein stechender Schmerz zuckte durch seinen Fuß. Aber es würde gehen. Es musste gehen. Es würde gehen müssen. Langsam humpelnd setzte er sich in Bewegung. Zum Glück war es nicht mehr allzu weit.

Tomas atmete erleichtert auf. Der stinkende Mann hatte ihn nicht bemerkt. Zum Glück hatte er ihn aber rechtzeitig gesehen und konnte sich in einem Gebüsch verstecken.

Je näher sie dem Blaubäumer Forst gekommen waren, umso größer war Tomas` Angst angewachsen. Beständig hatte er sich umgesehen.

Krakel hatte ihn halb mitleidig, halb amüsiert beobachtet. Die Furcht des Jungen war für ihn zwar spürbar, aber verstehen konnte er sie nicht, auch wenn Tomas ihm immer wieder sein Leid geklagt hatte. Er war sehr überrascht, als der Junge hastig vom Weg in ein dichtes Gebüsch sprang. Und dann hatte er ihn auch gesehen, den Reiter, der schnell näherkam.

„Komm“, hatte Tomas ihm zugeflüstert. Aber Krakel hatte sich einfach ins Gras gesetzt.

Was macht der denn?, hatte Tomas panisch gedacht und sich so klein wie möglich gemacht. Und dann war der Reiter direkt neben ihnen stehen geblieben. Tomas konnte ihn zwar nicht richtig sehen, aber am Gestank hatte er ihn erkannt.

Bitte reite weiter!, hatte er stumm gefleht und die Augen zugekniffen. Sein Herz hatte wild galoppiert und es hatte begonnen in seinen Ohren zu rauschen. Als er es endlich gewagt hatte, seine Augen wieder zu öffnen, sah er zwischen den Blättern hindurch, wie Johannes versuchte, sich von dem schweren Pferdekörper zu befreien.

Krakel war einfach im Gras sitzengeblieben und hatte neugierig die verzweifelten Versuche des Mannes beobachtet. Er war kurz am Überlegen, ob der vielleicht ein neuer Großer

Afigidis werden könnte, aber jemanden, der auf ein sterbendes Tier einschlug, wollte er niemals auf dem steinernen Thron sitzen sehen.

Als Johannes hinter einer Wegbiegung verschwunden war, kroch Tomas aus seinem Versteck heraus. Er war erleichtert, aber gleich wieder angsterfüllt.

Johannes war auf dem Weg zum Blaubäumer Forst und er würde dort feststellen, dass er noch nicht da gewesen war. Ihm fiel der alte Soldat im Schloss ein, der ihm vorausgesagt hatte, dass er das, was Johannes mit ihm anstellen würde, vielleicht nicht überleben würde. Er wurde blass und begann vor Furcht zu zittern.

„Geht es dir nicht gut?", fragte Krakel.

„Das...das...das war er", brachte Tomas stockend hervor.

„Was war er?"

„Der Mann, der mich zum Blaubäumer Forst geschickt hat."

„Das ist doch gut. Dann brauchst du nicht mehr hinzugehen, wenn er das selber macht."

„Nein, das ist gar nicht gut." Tomas Stimme überschlug sich aus Angst. „Er wird dann wissen, dass ich noch nicht da war. Er wird mir schlimme Dinge antun." Er begann zu weinen.

„Dann musst du vor ihm da sein."

Tomas schluchzte.

„Das ist ganz einfach. Er kann nur langsam laufen. Wir sind viel schneller."

Tomas blickte auf. Tränen liefen ihm über das Gesicht. Ja vielleicht. Wenn sie sich beeilen würden, könnten sie vor ihm da sein. Er könnte dem Hauptmann den Weinschlauch geben und würde es vielleicht sogar schaffen, wieder weg zu sein, bevor Johannes ankam. Er sprang auf und wollte loslaufen. Aber.....der Weinschlauch, er war nicht da. Er hatte ihn an dem kleinen See vergessen, an dem er Krakel getroffen hatte. Er fiel auf die Knie und begann wieder zu weinen.

„Was hast du?“, fragte Krakel erstaunt.
Tomas wimmerte.
Krakel setzte sich neben ihn.
„Ich kann nicht zum Wald gehen“, murmelte Tomas mit tränenerstickter Stimme. „Ich habe den Weinschlauch verloren.“
„Wozu brauchst du ihn denn?“
„Ich sollte ihn doch zum Hauptmann bringen“, fuhr Tomas den Geschichtenkobold wütend an.
„Dann gehen wir ihn halt suchen.“
„Dann schaffe ich es aber nicht mehr vor Johannes im Blaubäumer Forst zu sein. Er wird mich furchtbar bestrafen.“
„Hmm, dann geh nicht zum Wald.“
„Aber wo soll ich denn hin? Ich kann doch auch nicht zurück zum Schloss.“ Jede Faser seines Körpers war mit bitterer Verzweiflung gefüllt.
Krakel überlegte. Und Tomas weinte. Und Krakel überlegte weiter. Und Tomas weinte weiter.
Er hatte es sich doch so ganz anders vorgestellt. Dass er jemanden treffen würde, der der neue Große Afigidis werden und den er zum Berg bringen würde. Und jetzt saß er hier und hatte nur einen Jungen getroffen, der nicht mehr wusste, wohin er gehen sollte.
Krakel wäre gerne aufgestanden und fortgegangen, aber er konnte es nicht. Was würde der Große Afigidis sagen, wenn er ihm diese Geschichte erzählen würde? Es wäre keine schöne Geschichte. Und vor allem, was würde aus Tomas werden? Diese Geschichte hatte ja noch gar kein Ende. *Du wirst niemand Falsches herbringen*, hatte der Große Afigidis zu ihm gesagt. Vielleicht war Tomas nicht der neue Große Afigidis. Nicht nur vielleicht, er war es ganz bestimmt nicht. Aber vielleicht war er ja doch irgendwie richtig. „Du kannst mit zu mir kommen“, sagte Krakel. „Vielleicht weiß der Große Afigidis, was zu tun ist.“

In einer Schenke

„Wie viel?"

„Was?"

„Du hast mich schon verstanden. Wie viel willst du für die Kleine?"

„Was?"

„Die Dirne, mit der du unterwegs bist, was willst du für sie?"

Wollte dieser fette Kerl ihm Mia abkaufen? Hagen schüttelte ungläubig den Kopf. „Sie ist nicht zu verkaufen", sagte er und versuchte ihm entschlossen in die kalten, fast farblosen Augen zu schauen.

„Wie du meinst", sagte dieser. „Aber ich fürchte für dich, dass du einen Fehler machst." Er stand langsam auf und grinste gefährlich. „Wir sehen uns."

Hagen sah ihm mit vernebeltem Blick nach. Er hatte zu viel. Nach der ersten Karaffe Wein hätte er Schluss machen und schlafen gehen sollen. Und obwohl er es wusste, hatte er weiter getrunken. Der Wein versprach eine angenehme Schwere, die er meinte, nach den letzten Tagen verdient zu haben.

Er folgte dem Dicken mit seinen Blicken. Er verschwand zwischen den anderen Gästen, tauchte kurz wieder auf, drehte sich zu Hagen um und grinste schmierig. Er war auf dem Weg zu den Unterkünften. Zähflüssig wie tropfender Honig begann Hagen zu ahnen, was der Dicke im Sinn hatte. Das konnte er jetzt doch nicht zulassen.

Mia war anstrengend. Und nach dem verunglückten Morgen umso mehr. Ihre vorwurfsvollen Blicke wegen seines Diebstahls waren kaum zu ertragen. Und das Ganze gepaart mit ihrer Fröhlichkeit über dieses rätselhafte Hundeereignis, war mehr als ein Mann von einer Frau erdulden konnte.

Sie waren den ganzen Tag fast ohne Pause unterwegs gewesen. Hagen war müde und meinte etwas Ruhe von ihr zu brauchen, auch wenn sie nicht mehr als fünf Sätze miteinander gesprochen hatten.

Die schäbige Herberge erschien ihm gerade recht. Sie waren weit genug, dass man ihn hier nicht kannte und es war verlottert genug, dass niemand unangenehme Fragen stellen würde. Und es gab tatsächlich noch eine freie Schlafkammer. Sie hatten noch gemeinsam etwas gegessen, dann war Mia gegangen. Er brauchte noch ein bisschen mehr.

Es hatten sich ein paar Männer, die er nach ihrem Äußeren für Tagelöhner hielt, zu ihm gesetzt und zum Trinken eingeladen, als er eigentlich schon Schluss machen wollte. Aber mal etwas handfeste Gesellschaft war ihm sehr willkommen.

Ich kann sie trotzdem nicht diesem Kerl überlassen. Hagen versuchte aufzustehen, aber ein paar kräftige Hände legten sich auf seine Schultern. „Du hast noch nicht ausgetrunken", sagte der linker Hand zu ihm sitzende Mann. Von der rechten Seite wurde ihm ein voller Becher Wein hingehalten.

„Ich hab was zu erledigen", sagte Hagen mit schwerer Zunge.

„Ja, austrinken", hörte er von rechts.

„Nein, ich muss…." Ein harter Faustschlag traf ihn unterhalb der Rippen und nahm ihm den Atem.

„Du musst einfach hier sitzen bleiben und austrinken", sagte die Stimme zu seiner linken Seite.

„Ich…"

„Halt deine Fresse, wenn du morgen noch mit Zähnen aufwachen möchtest."

Hagen sah den ihm hingehaltenen Becher Wein. „Trink!", wurde er barsch aufgefordert.

Und er trank. Und es wurde dunkel.

Es ging zu schnell, als dass sie sich hätte wehren können. Aber selbst wenn sie noch die Gelegenheit dazu gehabt hätte, wäre das Ergebnis dasselbe gewesen.

Zwei großen, kräftigen Männern, die sie entschlossen packten, ihr einen Sack überstülpten und sie mit festen Seilen um Brust, Hüfte und Beine fesselten, hatte Mia nichts entgegenzusetzen. Sie strampelte verzweifelt, als die Männer sie aufhoben und forttrugen.

„Halt still und gib Ruhe!", sagte eine heisere, leise, entschieden und gefährlich klingende Stimme. „Glaub mir, es ist besser für dich."

Ein kalter Schauer durchlief ihren Körper und Mia erstarrte.

„Kluges Kind", sagte der Fremde und tätschelte fast zärtlich ihren Kopf.

Mia konnte nichts sehen, aber hören und riechen. Sie hörte die schweren Schritte, die knirschende Geräusche auf dem erdigen Boden verursachten. Dann spürte sie die kühle Nachtluft an ihren Füßen, die unten aus dem Sack herausragten. Und schließlich nahm sie den Geruch von Tieren wahr. Sie schnaubten.

Unsanft wurde sie auf etwas Harten, Glatten abgelegt. Und noch während sie überlegte, wo sie war und was die fremden Männer mit ihr im Sinn hatten, setzte sich die harte Unterlage mit ihr langsam in Bewegung.

„Versuch ein bisschen zu schlafen, Mädchen", sagte die heisere Stimme jetzt nicht mehr ganz so leise und bedrohlich. „Es wird einige Zeit dauern, bis wir am Ziel sind."

Tag 16
Bei einer Schenke

Der Tag ließ noch auf sich warten, als das Bewusstsein langsam wieder zu ihm zurückzukehren begann. Er wusste nicht, wo er sich befand und natürlich auch nicht, wie er dorthin gekommen war. In seinem Kopf pochte es wild, so als würde in dessen Mitte ein Schmied stehen, der mit schnellen, kraftvollen Schlägen einen schweren Hammer auf einen Amboss niederprasseln ließ. Seine Kehle war trocken wie ein versiegtes Flussbett im Hochsommer und seine Zunge fühlte sich geschwollen und schwer an. Unterhalb der Rippen spürte er einen starken, dumpfen Schmerz.

Hagen setzte sich langsam auf und blinzelte. Er konnte seine Umgebung nicht erkennen. Es war zu dunkel und er hatte einen dichten grauen Schleier vor den Augen. Vielleicht überlegte er, was geschehen war. Aber wahrscheinlicher ist, dass er einfach nur dumpf dasaß und sich nicht einmal daran erinnern konnte, was und wer er war.

Zeit war für ihn etwas nicht Verständliches. Es war ihm auch später nicht möglich einzuschätzen, wie lange er dort, vor sich hinstierend, gesessen hatte.

Die Sonne ging auf und brannte in seinen Augen. Angestrengt kniff er sie zusammen.

Einzelheiten zeigten sich nicht, aber schemenhaft entstand ein fahles Bild der vergangenen Nacht. Klarheit kehrte langsam in seinen Kopf zurück. Aber je deutlicher es wurde, desto mehr hatte er das Gefühl, dass ein wild rotierendes Mühlrad in seinem Bauch sein Unwesen trieb. Er musste angestrengt schlucken, um den Inhalt seines Magens bei sich zu behalten.

„Müsst ihr denn immer bei mir euren Rausch ausschlafen?“, hörte er eine wütend, grollende Stimme und im selben Moment traf ihn ein Schwall kalten Wassers.

Langsam öffnete er die Augen. Vor ihm stand ein großer Mann, an dessen rechter Hand ein zerbeulter Eimer hin- und herschaukelte. „Sieh zu, dass du fortkommst“, brummte er, „oder ich vergesse mich.“ Er ging mit schweren, langsamen Schritten an Hagen vorbei.

Hagen sah sich um. Er saß in einer Schweinesuhle. Um ihn herum standen und lagen Sauen mit ihren Ferkeln. Er erkannte ein flaches, strohgedecktes Bauernhaus, das links und rechts von Stallungen gesäumt war. Wo war er?

Mühsam gelang es ihm aufzustehen. Nicht nur sein Kopf schien mit nichts anderem als Brei gefüllt zu sein, sondern auch seine Arme und Beine.

„Raus jetzt hier!“, brüllte ihn der Bauer an.

Hagen lief, nein er torkelte langsam los, auf das offenstehende Tor zu, welches zum Dorfplatz führte. Gegenüber des Hofes erkannte er die Wirtschaft.

Ich muss noch schlafen, dachte er, als er den Gastraum betrat. Es roch nach Schweiß, verschüttetem Bier und fettigem Essen. Ihm wurde noch etwas übler.

Hinter dem Tresen stand der dicke Wirt und wischte flüchtig über die benutzten Teller und Becher. Er hob kurz den Kopf und warf Hagen einen verächtlichen Blick zu, den dieser kaum wahrnahm.

Hagen schleppte sich die Stufen zu den Gästezimmern hinauf. Er brauchte etwas Zeit, um die richtige Tür zu finden.

Das Fenster der Schlafkammer war offen. Frische Luft. Hagen sog sie ein. Es war eine Befreiung für seine Lungen nach dem Gestank des Schankraumes. Er ließ sich auf das Bett fallen.

Gut, dass Mia nicht da war. Sehr gut, er hatte noch etwas Ruhe. Er schloss die Augen. Und Mia sah ihn unumwunden an. Aber sie war ja gar nicht da.

Mia war nicht da! Hagen richtete sich blitzartig auf. Sie war nicht da. Verdammt. Vor seinem inneren Auge erschien dieser fette Kerl mit den kalten, fast farblosen Augen. Hagen sprang auf und rannte hinunter. Auf der letzten Stufe stolperte er und konnte seinen Sturz nur mit letzter Kraft verhindern.

„Wo ist sie?“, schrie er den Wirt, der in stoischer Ruhe seine Becher putze, an.

„Wo ist wer?“, fragte der gelangweilt.

„Die junge Frau, mit der ich gekommen bin, meine Begleiterin.“

Der Wirt hob die Augenbrauen. „Ach die. Keine Ahnung“, antwortete er und sortierte die Becher in ein Regal.

„Sie ist nicht oben. Du musst sie doch gesehen haben“, brüllte Hagen und stützte sich herausfordernd auf dem Tresen ab.

„Ich muss gar nichts“, erwiderte der Wirt unbeeindruckt.

„Du Scheißkerl, sag mir was du weißt!“, steigerte Hagen noch einmal seine Lautstärke.

„Du überleg dir lieber, was du sagst“, sagte der Wirt und griff nach einem schweren, dicken Knüppel, der auf dem Tresen lag.

Hagen gelang es innezuhalten und ein paar Mal langsam ein- und auszuatmen. Eine Prügelei mit dem Wirt wäre selbst dann nicht hilfreich, wenn er die Oberhand gewinnen würde, was angesichts des Knüppels mehr als fraglich war.

„Entschuldige“, sagte er. „Ich mache mir einfach Sorgen.“

Der Wirt brummte und legte den Knüppel zurück auf den Tresen. „Den Eindruck konnte man gestern Abend schwerlich bekommen.“

„Ich weiß. Sie ist eine äußerst herausfordernde Person. Dennoch bin ich ihr verpflichtet und fühle mich für ihr Wohlergehen verantwortlich.“

„Tja." Der Wirt kratzte sich die Wange. „Daran hättest du gestern Abend denken sollen. Wenn du Verantwortung für jemanden übernehmen möchtest, würde ich dir raten, dir jemand anderen zu suchen."

„Was soll das heißen?", fragte Hagen wieder aufgebrachter.

„Dass du nicht versuchen solltest, sie zu suchen. Ihr Schicksal ist besiegelt", antwortete der Wirt gleichgültig.

„Und was soll das jetzt heißen?" Hagen schlug mit der Faust auf den Tresen. Der Schmerz durchzuckte seinen ganzen Körper.

Der Wirt legte seine Stirn in Falten und schüttelte den Kopf. „Das, was ich weiß, würde dir nichts nutzen und mir schaden. Ich bin nicht so verrückt, mich mit diesen Leuten anzulegen. Und du solltest das auch nicht sein. Geh nach Hause und vergiss sie."

Hagen hatte keine Mühe zu verstehen, was er gesagt hatte, aber Schwierigkeiten zu entscheiden, was das Folgerichtige wäre. Er könnte sich befreit fühlen. Mia war nicht mehr seine Sorge. Aber es ging nicht. Jetzt, da sie weg war, war sie zu einer noch größeren Schwierigkeit geworden, in seinem Kopf.

Er spürte eine Wut in sich aufsteigen, die er bisher nicht von sich kannte. „Vielleicht solltest du dich auch nicht mit mir anlegen", brachte er zischend hervor.

Der Wirt lachte kurz höhnisch auf. „Sollte ich Angst vor dir haben? Ich glaube nicht. Verschwinde einfach."

Hagen ballte die Fäuste. Nur zu gerne hätte er diesem widerlichen Kerl in die Fresse gehauen.

„Du bist einfach nicht der Typ dafür", sagte der Wirt mit aufreizender Ruhe. „Such deinen Kram zusammen und geh einfach, bevor du in noch größere Schwierigkeiten gerätst. Und das ist ein freundschaftlicher Rat."

Hagen presste die Lippen aufeinander. Nur zu gerne würde er…, aber er wusste, dass er nicht weit genug gehen würde, den Wirt zum Reden zu bringen. Mit ein paar Fausthieben wäre es nicht getan. „Ich…“, stieß er hervor.

„Lass es gut sein. Nicht jeder ist zum Helden geboren oder dazu, jeden Skrupel zu überwinden. Und weil ich beides nicht bin, kann und werde ich dir nichts sagen. Und weil du beides nicht bist, wirst du mich nicht dazu zwingen.“ Seine Augen hatten einen fast traurigen, fast mitfühlenden Ausdruck bekommen.

Hagen nickte langsam. Wenn nur Pavarotti hier wäre, dachte er. Ich bin wirklich nicht viel wert ohne ihn, kam ihm eine bittere Erkenntnis. Er hob die Hände. „Es tut mir leid.“

„Nichts für ungut. Du schuldest mir fünf Silberlinge für die Übernachtung und euer Gelage.“

„Fünf Silberlinge?“

„Ja. Überleg dir das nächste Mal vorher, wen du alles einlädst.“

Hagen kramte seine Münzen hervor. Fünf Silberlinge waren fast alles, was er hatte. Verärgert warf er das Geld auf den Tresen.

Als er wenig später die Herberge verließ, wusste er, dass ihm noch weit unangenehmeres bevorstand.

Am Blaubäumer Forst

Mit grimmiger Zufriedenheit betrachtete Johannes die, sich vor ihm erstreckende freie Fläche. Der Blaubäumer Forst war auf ein Drittel seiner ursprünglichen Größe geschrumpft. Es war ein erhebender Anblick. Aber so sehr ihn der Fortschritt auch freute, so sehr ärgerte er sich auch darüber, dass er noch nicht weiter war.

„Herr Johannes“, sagte der Hauptmann, der ihn bei seinem Rundgang begleitete. „Meine Männer werden langsam nervös. Unsere Vorräte an Riesenwasser sind fast aufgebraucht.“

„Das kann nicht sein. Ich habe euch einen Boten geschickt mit Nachschub.“

„Der ist hier nicht angekommen.“

Verfluchter kleiner Bastard! Du solltest mir lieber nicht mehr über den Weg laufen, dachte Johannes und setzte sich humpelnd in Bewegung.

Er hatte gehofft, ein oder zwei Tage Ruhe zu finden, um sein Bein auszukurieren, aber ohne sein Käsewasser, war die gesamte Unternehmung in Gefahr. Wenn die Riesen nicht regelmäßig an seine Macht erinnert werden würden, könnten sie vergessen, dass er diese Macht hatte und wer weiß, was sie dann anstellten.

Vermutlich würden ihnen zuerst der Hauptmann und seine Soldaten zum Opfer fallen. Nicht dass diese nicht zu ersetzen wären, aber viel schlimmer wäre es, wenn die Riesen aufhören würden, die Bäume und Sträucher herauszureißen. Möglicherweise würden sie einfach weggehen und die nächsten Dörfer überfallen, weil sie einfach gar nicht wussten, warum sie taten, was sie taten. Und das würde ihn in seinen Bestrebungen, sein Werk und seine Aufgabe zu beenden, weit zurückwerfen. Das konnte er nicht zulassen.

„Gebt mir euer bestes Pferd“, forderte er vom Hauptmann. „Ich bin so bald wie möglich zurück.“

Um alles musste er sich selbst kümmern. Sicher, er könnte den Hauptmann in die Herstellung einweihen oder ihm einfach sagen, dass er und seine Soldaten sich mit ausreichend Käse versorgen sollten, aber er war sich sicher, dass das Geheimnis der Schwachstelle der Riesen am besten nur bei ihm bleiben sollte. Er konnte schließlich niemandem vertrauen, nicht einmal dem Hauptmann.

Gut möglich, dass dieser oder einer der Soldaten das Wissen für eigene Zwecke verwenden würde. Wissen macht mächtig. Und je weniger Mitwisser es gab, umso mächtiger machte das Wissen. Nicht, dass es ihm an Macht um der Macht willen liegen würde. Nein. Diesen Gedanken würde er weit von sich weisen. Es ging einzig um seine Aufgabe.

Tag 17
Auf einem Weg

Krakel hatte nicht die Absicht, den schnellsten Weg zum Berg des Großen Afigidis zu nehmen. Und er hatte auch nicht die Absicht, Tomas zu erzählen, dass er noch den einen oder anderen Umweg gedachte einzuschlagen. Er tat dies nicht aus bösem Willen, sondern weil er schlichtweg nicht daran dachte.

Wenn ich schon einmal unterwegs bin, kann ich mich auch noch ein bisschen umsehen, war sein Gedanke. Und außerdem habe ich ja auch noch keinen neuen Großen Afigidis gefunden.

Voller Neugierde suchte er immer wieder die Nähe menschlicher Siedlungen. Irgendwo musste es doch jemanden geben, der seinen Vorstellungen entsprach. Oder vielleicht würde er wenigstens die eine oder andere Geschichte zu hören bekommen. Dass Tomas dabei immer ängstlicher wurde, nahm er kaum wahr. Auch nicht, dass der Junge stets zurückblieb, wenn er beschloss, ein Dorf oder eine Stadt zu besuchen.

Tomas selbst wäre bei jedem Stopp liebend gerne weitergelaufen, aber er wusste doch leider nicht wohin. Und er wagte es auch nicht, Krakel von seiner zunehmenden Furcht zu erzählen. Möglicherweise würde der Kobold ihn dann einfach zurücklassen, da er ihm zu sehr zur Last fiel.

So suchte Tomas jedes Mal, wenn Krakel sich aufmachte, in ein Dorf oder in eine Stadt zu gehen, einen Platz, an dem er sich vor neugierigen Blicken gut geschützt fühlte, um auf den Kobold zu warten. Oft genug war ihm zum Heulen zumute und viel zu oft gelang es ihm nicht, seine Tränen zu unterdrücken.

SSSSSSSSSSSSSSSSSSSSSSSST, zischte die Rute knapp an Tomas` Ohr vorbei und traf seine Schulter. Vor Überraschung und Schmerz schrie er auf.

SSSSSSSSSSSSSSSSSSSSSST, der nächste Schlag traf ihn am Hinterkopf. Er drehte sich ruckartig um und

SSSSSSSSSSSSSSSSSSSSSST, traf es seine Hände, die er schützend vor sein Gesicht gehalten hatte.

„Hab ich dich erwischt!", brüllte ihn ein wütender Mann mit hochrotem Gesicht an und ließ den Stock wieder auf ihn niederprasseln.

Tomas sprang zur Seite, um dem Schlag zu entgehen, wurde aber trotzdem noch am Rücken getroffen.

„Verdammter kleiner Dieb. Hast wohl gedacht uns bestehlen zu können. Aber nicht mit mir!"

Tomas krümmte sich zusammen und die Schläge trafen ihn hart an Beinen und Rücken.

SSSSSSSSSSSSSSSSSSSSSST,

SSSSSSSSSSSSSSSSSSSSSST,

SSSSSSSSSSSSSSSSSSSSSST.

Krakel war in ein nahegelegenes Dorf gegangen und Tomas hatte sich einen Platz in einem Graben neben dem Weg dorthin gesucht, um auf ihn zu warten.

SSSSSSSSSSSSSSSSSSSSSST,

SSSSSSSSSSSSSSSSSSSSSST,

SSSSSSSSSSSSSSSSSSSSSST.

„Du kleiner nichtsnutziger Rumtreiber", brüllte der Mann. „Ich werde dir deine diebischen Gedanken ausprügeln!"

SSSSSSSSSSSSSSSSSSSSSST.

Tomas hatte das Gefühl, dass die Haut seines Rückens aufplatzte. Er wollte gerne rufen: Ich bin kein Dieb! Aber die Schmerzen lähmten nicht nur seine Glieder, sondern auch seine Stimme. Mehr als ein klägliches Jammern und Stöhnen brachte er nicht zustande.

SSSSSSSSSSSSSSSSSSSSSSSST, traf ihn ein weiterer Schlag.

„Kleiner Mistkerl, du!"

Ein gellender Pfiff übertönte die Schreie des Mannes, das Zischen der Rute und das Jammern von Tomas. Ein Moment der Ruhe trat ein.

„Was glaubst du, was der Junge hier stehlen wollte?“ Auf dem Weg oberhalb des Grabens war ein schwarzgekleideter Reiter. Er saß aufrecht auf seinem Pferd und hatte seine rechte Hand an den Griff eines Schwertes gelegt.

„Was kümmert es Euch?“, fragte der Schläger feindselig. „Ich kenne diese Burschen, die nichts Besseres zu tun haben, als sich an der Früchte Arbeit anderer zu bedienen.“

„Ach, und welche sollen das sein? Ich sehe hier noch keine Früchte.“

„Wie auch, es ist Frühling“, belehrte der Mann.

„Und du glaubst, er hätte hier gesessen bis zur Ernte?“, fragte Gernot spöttisch.

„Ihr habt gut reden. So wie Ihr ausseht, musstet ihr Euch gewiss noch nie Gedanken darüber machen, wie ihr durch den nächsten Winter kommt“, blaffte der Mann feindselig.

„Da hast du recht“, sagte Gernot und stieg von seinem Pferd. „Und genauso wenig wirst du wissen, wie es ist, in seinem Alter ganz allein auf sich gestellt zu sein.“ Er streckte Tomas seine Hand entgegen und zog ihn aus dem Graben. „Ich bin mir sicher, dass er dir und deinen Leuten nichts Böses wollte.“

„So kann nur jemand reden, der sein Leben lang in Watte gepackt wurde“, sagte der Bauer verächtlich und spuckte aus.

„Geh einfach zurück in dein Dorf. Ich bin mir sicher, dass er euch nicht mehr behelligen wird“, erwiderte Gernot und stellte sich vor Tomas.

„Wer seid Ihr, dass Ihr glaubt, so mit mir reden zu dürfen? Ich bin ein freier Mann und einem Fremden nicht zu Gehorsam verpflichtet.“ Der Bauer hob seine Rute und zeigte mit ihr angriffslustig auf Gernot.

„Ich habe dir nicht gesagt, was du tun sollst, sondern was du tun könntest. Es wäre für alle die friedlichste Lösung. Ich suche keinen Streit mit dir und der Junge ganz sicher auch nicht. Also lass uns einfach im Frieden auseinandergehen."

Der Bauer war nicht zufrieden. Aber was konnte er tun? Der Reiter hatte ein Schwert. Ja, er war alt, aber er machte nicht den Eindruck, nicht mit seinem Schwert umgehen zu können. Und mit einem Stock gegen ein Schwert? So verrückt war er nicht. Er nickte.

„Also gut, verschwindet hier." Ich werde wieder hierherkommen und das nicht allein, dachte er. Und dann wird dir dein Schwert nicht viel nützen, wenn du noch da bist.

„Zieh dein Hemd aus", sagte Gernot. „Und lass mich sehen, wie dein Rücken aussieht."

Zögernd kam Tomas der Aufforderung nach.

„Ich denke, dass es sich schlimmer anfühlt, als es ist", meinte Gernot. Der Rücken des Jungen war übersät mit roten Striemen, aber sie waren glücklicherweise nicht blutig. „Zieh dich wieder an und dann sollten wir fort von hier."

Tomas hielt erstaunt inne. Warum wollte dieser Fremde ihn mit sich nehmen? „Ich kann nicht", sagte er.

„Du musst vor mir keine Angst haben", sagte Gernot. „Wenn du willst, begleite ich dich nur ein Stück und du kannst dann tun, was du willst. Aber hier solltest du nicht bleiben. Er wird wiederkommen und das nicht alleine und ich werde nicht darauf warten."

„Ich habe keine Angst vor Euch", sagte Tomas und tatsächlich spürte er Gernot gegenüber nicht einmal den leisesten Anflug von Furcht. „Aber ich warte hier auf jemanden."

„Aha. Hatte der Bauer doch irgendwie recht?" Es lag kein Vorwurf in Gernots Stimme.

„Nein!", empörte sich Tomas dennoch. „Wir stehlen nicht!"

„Und was macht dieser Jemand dann?"

„Das würdet Ihr mir sowieso nicht glauben.“ Tomas glaubte es ja selbst nicht.
„Vielleicht versuchst du es einfach. Ich habe schon eine Menge unglaublicher Geschichten gehört.“
„Aber bestimmt nicht so eine.“
Gernot setzte sich ins Gras. „Ich glaube, einen Moment haben wir noch Zeit.“
Tomas überlegte, aber nur für die Dauer eines Augenaufschlags. Er musste ja nicht alles erzählen. „Krakel sucht nach Geschichten“, sagte er und hoffte, damit wäre schon alles gesagt.
„Krakel?“, fragte Gernot verwundert.
„Ja.“
„Seltsamer Name.“
„Für einen wie ihn wahrscheinlich nicht.“ Tomas setzte sich neben Gernot.
„Und warum sucht Krakel nach Geschichten?“
„Er will sie zu einem Großen.....bringen.“ Tomas wollte einfach nicht der Name einfallen.
„Einem großen Was?“
„Ich weiß nicht mehr, wie er hieß.“
„Und wenn er die Geschichten dorthin gebracht hat?“
„Dann erzählt der Große.....“
„Afigidis!“ Krakel saß zwischen den beiden, ohne dass sie seine Ankunft bemerkt hatten. „Er erzählt sie weiter.“
„Aber es gibt keine neuen Geschichten“, sagte Tomas augenrollend.
„Irgendwo bestimmt“, verkündete Krakel mit großer Gewissheit. „Kennst du nicht eine Geschichte?“, fragte er Gernot, der nachdenklich den Kobold betrachtete. Erst wenn ein Geschichtenkobold einen Menschen ansprach, konnte der ihn in seltenen Fällen sehen. Er kam ihm bekannt vor und auch wieder nicht.
„Mag sein“, antwortete er ohne Zögern.

„Würdest du sie mir erzählen?“ Krakels Augen begannen aufgeregt zu leuchten.
„Nur wenn ihr mir eure Geschichte erzählt. Aber das sollten wir unterwegs tun. Ich denke, es wird nicht sehr lange dauern, bis die Bauern kommen. Und ich fürchte, sie wollen weder die eine noch die andere Geschichte hören.“ Er stand auf und hob erst Tomas, dann Krakel auf sein Pferd, bevor er selbst in den Sattel stieg. Er fühlte sich so gut wie lange nicht mehr.

„Die Geschichte von Hans beginnt, als er ungefähr so alt war, wie Tomas es jetzt ist“, begann Gernot, als das Pferd mit seinen drei Reitern langsam lostrabte. Gernot ließ die Zügel locker und legte sie in die Hände des Kobolds. Er hatte so eine Ahnung, dass dieser am ehesten den Weg wusste.
Krakel durchfuhr eine Welle des Stolzes. Nicht nur, dass er auf einem Pferd saß, was vor ihm gewiss noch kein anderer Geschichtenkobold getan hatte, er war es auch, der das Pferd in die richtige Richtung lenken würde. Und außerdem würde er jetzt eine Geschichte hören, vielleicht eine ganz Neue.
„Hans war also ungefähr zwölf oder dreizehn Jahre alt“, fuhr Gernot fort. „Seine Eltern waren arme Leute und mühten sich jeden Tag auf ihrem kleinen Hof. Aber es reichte niemals aus, um im Sommer und Herbst ausreichend Vorräte für den Winter anzulegen. Also verdingte sich Hans` Vater zusätzlich beim Grafen ihres Dorfes als Stallknecht. Aber auch damit verdiente er noch nicht genug, um die Fron, die der Graf verlangte, zu begleichen.
Der Graf war ein überaus geiziger und gieriger Mensch. Und Hans` Vater arbeitete und arbeitete jeden Tag, bis er abends erschöpft ins Bett fiel. Und eines Morgens stand er nicht mehr auf. Die viele Arbeit und die vielen Sorgen hatten ihn im Schlaf einfach umgebracht.
Dem Grafen fehlte jedes Mitgefühl und so ging er am Tag nach der Beerdigung zu Hans` Mutter und forderte von ihr die

Schulden ihres Mannes ein. Freilich war es ihr unmöglich, diese zu bezahlen. Und der Graf tat etwas, was er nicht nur für sein gutes Recht hielt, sondern was auch sein Recht war.

Er nahm ihr und Hans den kleinen Hof und zwang sie als Leibeigene in seinen Dienst zu treten, bis die Schuld beglichen war.

Die beiden mussten eine kleine Kammer im Gesindehaus beziehen und arbeiteten fortan jeden Tag für den Grafen.

Die Mutter putzte, kochte, nähte und wusch und während der Erntezeit half sie zudem auf den Feldern.

Hans half dem Stallmeister, ging dem Schmied zur Hand, grub die Felder um, fällte Bäume, brachte das Korn zur Mühle und holte von dort das Mehl.

Und dennoch wurden ihre Schulden nicht kleiner, sondern immer größer. Denn der Graf stellte ihnen die Unterkunft und das Essen in Rechnung. Und diese Rechnung war stets höher als das, was er ihnen als Verdienst zubilligte.

Nach sieben Jahren waren die Schulden auf ein Vielfaches gestiegen und der Graf machte von seinem Recht Gebrauch, Hans` und seine Mutter und all ihre zukünftigen Kinder zu seinen Leibeigenen auf Lebenszeit zu erklären. Sie hätten schließlich ausreichend Zeit gehabt, sich ihrer Verbindlichkeiten zu entledigen.

Zu der Zeit hatte Hans eine Freundin im Dorf. Sie war die Tochter einfacher Bauern. Die beiden mussten sich aber heimlich treffen, da für ihre Eltern eine Verbindung zu einem Leibeigenen unter ihrer Würde war. Ich muss euch wohl nicht sagen, womit verliebte junge Menschen ihre Zeit verbringen.

Der Graf selbst war zwar geizig, wenn es darum ging zu teilen, aber für sich selbst ein äußerst verschwenderischer Mensch. Und so gab er für seine Vergnügungen und für seinen Prunk mehr aus, als er durch die Erträge seiner Ländereien einnahm. Daher hatte auch der Graf nicht unerhebliche Schulden. Den Großteil davon bei einem Herzog, der zunehmend und sehr nachdrücklich auf eine Begleichung der Außenstände bestand.

Der Graf war nicht in der Lage und selbst wenn er es gewesen wäre, nicht willens, seine Schuld zu tilgen. Daher ersann er einen hinterhältigen Plan.

Er verfasste eine Nachricht, in der er einen Boten ankündigte, der die geforderte Summe überbringen würde. Wenig später befahl er Hans zu sich und übergab ihm eine Kiste mit der Anordnung, diese dem Herzog zu überbringen. Es wurde Hans aufs Ausdrücklichste verboten, die Kiste zu öffnen.

Und Hans führte seinen Auftrag aus.

Jedoch fand der Herzog darin nur wertlose Steine.

Als erstes ließ er Hans in den Kerker werfen und verfasste dann seinerseits einen bösen Brief an den Grafen und drohte ihm mit roher Gewalt für diesen Betrug.

Der Graf zeigte sich in seiner Antwort erschüttert und empört über den Verrat, den Hans an ihm begangen hatte. Und er bot dem Herzog an, ihm zusätzlich noch einmal denselben Betrag zu zahlen, wenn dieser Hans dazu bringen würde, zu gestehen, wo das unterschlagene Geld war.

Und der Herzog willigte ein. Er verfügte über eine reiche Auswahl an Befragungsinstrumenten und einen Kerkermeister, der erfahren und geschickt in deren Anwendung war. Niemand hatte bisher geschwiegen.

Doch er kam nicht dazu, auch nur eine einzige Frage zu stellen. Der Graf hatte nämlich nicht das geringste Interesse daran, dass Hans einem Verhör unterzogen wurde. Wer konnte schon wissen, ob der Herzog ihm am Ende nicht doch Glauben schenken würde.

Deshalb hatte er einen Wächter des Herzogs bestochen, damit dieser Hans zur Flucht verhalf. Und dieser tat es, kurz bevor die Befragung stattfinden sollte. Er befreite Hans aus seiner Zelle und brachte ihn hinaus aus der Burg. Und nicht nur das, er übergab Hans ein Pferd des Herzogs, um die Aussichten auf eine erfolgreiche Flucht zu erhöhen. Danach kehrte er in Hans` Zelle zurück und schlug sich selbst mit einem Stein auf den Kopf, um behaupten zu können niedergeschlagen worden zu sein.

Hans wunderte sich sehr über diese unerwartete Hilfe, erfuhr von dem Wachmann aber nicht, in wessen Auftrag er handelte. Aber er wusste, dass es allemal besser war, die Fluchtmöglichkeit zu ergreifen, statt darauf zu hoffen, das Verhör glimpflich zu überstehen.

Hans war kein sonderlich guter Reiter und er ahnte, dass er schnell in den Verdacht geraten würde, das Pferd gestohlen zu haben. Es war ein schönes Tier und es war nicht zu übersehen, dass sein Besitzer ein edler und sehr wohlhabender Mann sein musste. Etwas, das auf ihn überhaupt nicht zutraf. Also beschloss er, nachdem er sich weit genug von der Burg des Herzogs entfernt hatte, seinen Weg zu Fuß fortzusetzen und ließ das Pferd frei. Er wusste, dass er weit fortgehen musste, denn er war jetzt nicht nur ein entflohener Leibeigener, sondern galt auch noch als Dieb.

Der Herzog ließ alsbald die Verfolgung aufnehmen, fand zwar sein Pferd wieder, aber keine Spur mehr von Hans.

Stattdessen mehrten sich Diebstähle an den unterschiedlichsten Orten. Es verschwanden Kühe, Schweine und Gänse aus weit voneinander entfernten Dörfern und jedes Mal hieß es, dass der Dieb Hans wieder zugeschlagen hätte.

Und jedes Mal schickte der Herzog seine Leute los, um diesen schändlichen Dieb endlich dingfest zu machen. Er konnte nicht wissen, dass dies nicht gelingen konnte. Denn Hans war es nicht, der die Diebstähle beging. Sondern der Graf, beziehungsweise seine Leute, die damit immer wieder falsche Fährten legten.

Die Bauern wurden immer wachsamer und es wurde immer schwerer, sie zu bestehlen, ohne Gefahr zu laufen, erwischt zu werden. Also begann der Graf fahrende Händler und Handwerker zu überfallen, aber auch hierbei hatte er zunehmend weniger Erfolg.

„Und was ist aus Hans geworden?“, fragte Tomas. „Er hat ziemlich viel Pech gehabt.“

„Das kann man so nicht sagen. Er konnte zwar nicht zurück zu seiner Mutter und seiner Freundin, aber er konnte durch die Welt reisen. Und das hat er getan. Er war an den geheimnisvollsten Orten, die man sich nur vorstellen kann und er lernte die unterschiedlichsten Leute kennen. Und er verliebte sich immer wieder. Genauso wie sich viele Menschen, denen er begegnete, in ihn verliebten.

Es mag mit Sicherheit viele Leute geben, die ihn dafür verurteilen, dass er nicht bei der Einen blieb, aber zum einen konnte er dies nicht, denn er war ja immer noch auf der Flucht und zum anderen war es einfach nicht seine Natur. Er war im Geben und im Nehmen der Liebe ein äußerst großzügiger Mensch. Kein Wunder also, dass aus einer seiner Liebschaften ein Sohn hervorging. Alles in allem war er freier als die meisten anderen Menschen.“

„Und was hat der Herzog getan?“

„Er musste irgendwann einsehen, dass er Hans nicht mehr würde einfangen können und hat die Suche aufgegeben. Aber er war natürlich sehr wütend. Und er hätte den Grafen nur allzu gerne vor ein Gericht gezerrt, weil dieser ihm ja immer noch einen großen Batzen Geld schuldete. Aber es gab einfach kein Gericht dafür.

Der König war seit vielen Jahren spurlos verschwunden. Ein Fluch sollte ihn und seine Familie zu einem hundertjährigen Schlaf verdammt haben. Und jemand anders als ein König konnte und durfte nicht über einen Grafen richten.

Also beschloss der Herzog die Sache selbst in die Hand zu nehmen, stellte eine Armee auf und zog gegen den Grafen aus.

Der beteuerte zwar vehement seine Unschuld, aber das kümmerte den Herzog reichlich wenig. Er verwüstete die Ländereien und zerstörte die Burg des Grafen. Er hatte damit zwar nichts gewonnen, aber wenigstens hatte der Graf alles verloren, dachte er.

Aber der Graf wäre nicht der Graf gewesen, hätte er nicht auf Rache gesonnen. Er verfügte zwar nicht über die Mittel, es dem Herzog mit gleicher Münze heimzuzahlen, aber er hatte noch immer einen Spion in dessen Diensten. Und mit diesem gelang es ihm, den Herzog zu vergiften.

Und jetzt sann der Sohn des Herzogs auf Rache. Er setzte alles daran, den Grafen zu finden. Und es gelang ihm und er erschlug ihn mit den eigenen Händen. Ich glaube, die beiden haben sehr viel mehr Pech gehabt als Hans."

„Das ist eine doofe Geschichte", maulte Krakel. „Am Ende sind alle tot oder verschwunden."

„Sie geht noch weiter", sagte Gernot. „Hans war verschwunden. Niemand wusste, wo er war und kaum jemand dachte noch an ihn. Bis er sieben Jahre später wieder auftauchte. Vermutlich hatte er vom Tod des Herzogs und des Grafen gehört und dachte, dass er dann seine Mutter und seine Freundin ohne große Gefahr besuchen könnte.

Seine Mutter freute sich sehr, ihn wiederzusehen und er hätte sie gerne an einen Ort gebracht, an dem sie ein glückliches Leben führen könnte, aber sie wollte nicht. „Ich bin eine alte Frau", sagte sie. „Und selbst wenn man mich eine Leibeigene nennt, so bin ich doch nicht unzufrieden mit meinem Leben. Die neue Herrschaft behandelt mich anständig, ich muss nicht hungern und nicht frieren und jetzt, da ich weiß, dass es dir gut geht, geht es mir umso besser. Statt dich um mich zu kümmern, solltest du deinen Sohn suchen."

Seinen Sohn suchen? Er sah seine Mutter fragend an. Er wusste doch, wo sein Sohn war. Der war bei dessen Mutter in einem kleinen Dorf in der Nähe des Blaubäumer Forstes.

Hans` Mutter sah ihn traurig an.
„Du weißt es noch nicht“, stellte sie fest. „Anne“, so hieß seine Freundin, „hat ein paar Monate nachdem du fort warst einen Sohn geboren. Es tut mir leid mein Junge, sie ist im Kindbett gestorben. Ihre Eltern haben ihn fortgegeben, weil er, nun ja, ein Bastard ist.“
Es mag vielleicht etwas herzlos klingen, wie sie es sagte, aber sie wusste, dass schlechte Nachrichten durch lange Erzählungen nicht besser wurden. Sie stand auf und legte ihre Arme um ihren Sohn, dem sie gerade bis zur Schulter reichte.
Und Hans? Er wollte lachen und sich freuen und gleichzeitig musste er weinen.
„Du solltest wieder gehen“, sagte seine Mutter recht bald. „Auch wenn es lange her ist, wirst du immer noch als Dieb gesucht. Und geh auch nicht zu Annes Familie. Sie hegen noch immer einen großen Groll gegen dich und du würdest von ihnen bestimmt nicht erfahren, wo sich Karl befindet.“
Nun, um es kurz zu machen. Hans fand Karl in einem Waisenheim, welches von grausamen Mönchen geleitet wurde. Ich möchte euch gerne ersparen, welche Gräueltaten die Kinder dort erleiden mussten.
Und sie wollten Karl natürlich nicht freiwillig herausgeben. Letztlich blieb ihnen dann doch nichts anderes übrig, denn Hans war ein riesiger Mann und er konnte furchtbar furchteinflößend sein.“

Es war Abend geworden und die Sonne schickte nur noch wenige ihrer Strahlen über den Horizont.
„Wir sollten rasten“, legte Gernot fest, nahm Krakel die Zügel aus der Hand und brachte das Pferd zum Stehen.
Sie hatten eine hügelige Landschaft voller saftiger Wiesen erreicht. Nicht fern vom Weg war ein kleiner Bach, an dessen Ufer sie sich niederließen.

„Wie ging es weiter?“, wollten Tomas und Krakel fast einstimmig wissen. Krakel war aufgeregt, denn dies war eine Geschichte, die er vielleicht dem Großen Afigidis erzählen konnte und Tomas hatte während der Erzählung fast seine eigenen Sorgen vergessen.

„Ich bin müde“, antwortete Gernot. „Lasst uns erst ein wenig schlafen.“ Er zog aus einer Satteltasche eine große Decke, die er um sie drei legte.

Im Schloss

Der Mond war riesig, warf sein fahles Licht in ihr Gemach und ließ sie nicht schlafen. Vielleicht, wenn sie die Vorhänge wieder schließen würde. Aber sie tat es nicht, denn insgeheim wusste sie, dass es nicht der Mond war, der sie vom Schlaf abhielt. Es waren ihre Gedanken. Sie wusste immer noch nicht, was das Richtige war und niemand war da, der ihr helfen konnte.

Gewiss, seit sie begonnen hatte mit Therese zu reden, hatte sie einiges über das Leben der Menschen inner- und außerhalb des Schlosses erfahren. Etwas, das ihre Suche vereinfachen konnte, hatte sie aber nicht entdecken können. Und Therese war, nachdem sie mehr und mehr ihre Scheu abgelegt hatte, zwar eine angenehme Gesellschafterin, aber als Beraterin taugte sie kaum. Dazu war sie dann doch zu jung und unerfahren und zu ängstlich.

Der Haushofmeister war mit der Vorbereitung der ersten königlichen Audienz beschäftigt und immer wieder präsentierte er ihr neue Schwierigkeiten. So war er der Ansicht, dass man ja nicht einfach in die Stadt gehen und alle und jeden zu ihr einladen konnte. Was wäre, wenn dies einen Ansturm auslösen würde? Wer sollte für Sicherheit sorgen? Und was, wenn die vorgebrachten Anliegen unlösbar waren? Und nicht zu vergessen, wie sollte vor den Fürsten der Eindruck vermieden werden, dass die Königin sich mehr um die Belange des einfachen Volkes kümmerte als um das Wohlergehen ihres Adels? Sie hatte sich das sehr viel einfacher vorgestellt.

Johannes war seit längerer Zeit nicht mehr bei ihr gewesen, aber selbst wenn er es wäre, sie würde ihn nicht um Rat fragen. Seine Antworten kannte sie nun schon zur Genüge und daher war sie froh, dass er nicht da war.

Und auch die Alte hatte sie nicht mehr besucht. Doch gerade die war es, auf die die Königin am meisten wartete. Sie hatte sie aus ihrem königlichen Nichtstun gestoßen und dann damit allein gelassen, ohne eine Andeutung über das Warum und wer sie war. Sie hatte Fragen und sie brauchte Antworten.

„Wo bist du?“, rief sie und erschrak über die Lautstärke ihrer Stimme. „Wo bist du?“ Aber niemand kam.

Sie warf sich auf ihr Bett und drückte das Gesicht in die Kissen und begann leise zu weinen. Sie war eine einsame, alte Frau, die sich ihr ganzes Leben dahinter versteckt hatte, die Königin zu sein. Jeden Vorteil, der daraus erwuchs, hatte sie als selbstverständlich erachtet, ohne sich der damit einhergehenden Bürde bewusst zu sein. Und ebendiese Bürde begann immer schwerer auf ihr zu lasten.

Tag 18
Auf einem Weg

„Nun, Hans hatte seinen Sohn Karl gefunden und ihn aus den Klauen der Mönche befreit“, begann Gernot weiterzuerzählen, nachdem sie in den frühen Morgenstunden aufgewacht und die wenige Wegzehrung, die er mit sich trug, geteilt hatten. Sie saßen wieder zu dritt auf dem Rücken des Pferdes und wieder hielt der Kobold die Zügel voller Stolz in seinen Händen.

„Er wusste nur zu gut, dass er von seinem bisherigen Leben Abschied nehmen musste, doch er wusste auch, dass er mit seinem Sohn kein normales Leben würde führen können. Er wurde ja immer noch gesucht und auch Karl war in gewisser Weise ein Flüchtling. Es gab nur einen Ort, an dem sie in ziemlicher Sicherheit bleiben konnten, den Blaubäumer Forst, diesen unheimlichen Wald voller Gefahren.“

„Das war aber ganz schön mutig“, stellte Tomas fest.

„Ja, aber noch mutiger wäre es gewesen, wenn Hans nicht schon mehrfach dort gewesen wäre. Er kannte den Wald und er hatte dort einen Freund. Viele Jahre lebten sie dort glücklich. Wenn man einmal davon absieht, dass Hans doch nie ganz von seinem alten Leben lassen konnte und hin und wieder einfach verschwand und Karl bei seinem Freund zurückließ.“

„Wer war denn dieser Freund?“, fragte Krakel.

„Der Wald selbst war es. Hans hatte sich mit dem Wald angefreundet.“

„Man kann sich doch nicht mit einem Wald anfreunden.“ Jetzt fing es an unsinnig zu werden, dachte Tomas.

Gernot nickte. „Ja, das erscheint mir auch seltsam. Aber dieser ganze Wald ist einfach seltsam.“

„Dann wäre Hans jetzt ganz bestimmt traurig, wenn er wüsste, dass Riesen den Blaubäumer Forst roden“, sagte Tomas.

„Was?“ Gernot entglitten die Gesichtszüge.

„Ja, Herr Johannes lässt den Wald roden. Er hat mich dorthin geschickt, dem Hauptmann etwas zu bringen, aber ich habe es verloren und mich dann nicht dorthin getraut.“

„Herr Johannes?“ Der Name kam Gernot bekannt vor.

„Ja, der Berater der Königin. Ein furchtbarer, furchtbarer Mensch.“

„Halt“, rief Gernot und griff nach den Zügeln. Er erkannte, dass es vielleicht ein Fehler gewesen war, sich in den letzten Jahren für nichts als sein eigenes Ende interessiert zu haben.

„Habe ich etwas Falsches gesagt?“, fragte Tomas ängstlich.

„Nein“, beruhigte ihn Gernot. „Aber ich will genau wissen, was du weißt.“

„Nur das, was ich gesagt habe. Herr Johannes lässt die Riesen die Bäume des Waldes ausreißen. Mehr weiß ich auch nicht.“

Verdammt!, dachte Gernot. Es war nicht nur vielleicht ein Fehler, sondern es war bestimmt einer, dass er sich zu sehr mit sich selbst beschäftigt hatte, als zu erkennen, was in der Welt geschieht.

„Was hast du?“, fragte Tomas besorgt, als er Gernots finsteren Gesichtsausdruck wahrnahm.

„Ist es noch weit?“ Gernot antwortete Tomas nicht, sondern wandte sich an Krakel, der mehr über die Unterbrechung der Erzählung enttäuscht war, als dass er sich über Gernots Stimmungsumschwung Gedanken machte.

„Nicht sehr. Auf dem großen Berg dort vorne wohnt der Große Afigidis“, sagte der Kobold enttäuscht.

„Gut, ich bringe euch bis dorthin, den Aufstieg schafft ihr dann alleine. Und du“, er sah Tomas eindringlich an, „bleibst dort, bis ich komme und dich hole.“

„Was ist denn los?“, fragte Tomas, den eine mächtige Angst begann zu umklammern.

„Das weiß ich noch nicht so genau. Aber wenn dieser Herr Johannes sich daran wagt, den Blaubäumer Forst zu roden….“ Mehr wusste er auch nicht zu sagen, weil er es sich einfach nicht vorstellen konnte.

Er nahm die Zügel fest in die eigenen Hände. Mit einem Mal hatte er es sehr eilig.

„Und wie geht die Geschichte zu Ende?“, fragte Krakel, der doch so dringend etwas zu erzählen brauchte.

„Also gut.“ Eigentlich war Gernot nicht mehr danach weiterzuerzählen, aber ein kleines Stück Weg lag noch vor ihnen. „Im ganzen Land herrschte eine zunehmende Unruhe. Die Legende besagte, dass der König einhundert Jahre schlafen würde und dann sollte ein Prinz kommen, der die Prinzessin und damit auch alle, die bei ihr waren, von dem Fluch befreite. Die hundert Jahre waren fast vorbei und es gab nicht wenige Edelleute, die eine Rückkehr des Königs nicht willkommen heißen würden. Entweder hatten sie Angst, einen Teil ihrer eigenen Macht verlustig zu gehen oder sie wollten selber König an Stelle des Königs werden. Es wurden große Armeen aufgestellt und die Fürsten begannen Kriege gegeneinander zu führen.

Von all dem bekamen Hans und Karl in ihrer Zuflucht wenig mit, bis immer mehr Männer auf der Flucht vor den Anwerbern der Heere Schutz im Blaubäumer Forst suchten.

Und dann kam dieser eine schicksalhafte Tag. Es hatte sich herumgesprochen, dass sich viele Männer im Blaubäumer Forst versteckten, um dem Eintritt in eine der Armeen zu entgehen. Ein gewisser Johannes wagte sich mit einer Gruppe Söldner in den Wald und sie nahmen jeden, den sie ergreifen konnten, mit sich.

Hans konnte kurz zuvor seiner Natur nicht widerstehen und hatte den Wald verlassen. Karl war inzwischen vierzehn Jahre alt und kannte dies nur allzu gut und dennoch war er bitterlich enttäuscht. Deshalb hatte er sich in seinem Ärger an einen einsamen Ort zurückgezogen, an dem er von den Häschern nicht gefunden wurde.

Und damit endet die Geschichte von Hans. Er ist danach nie wieder irgendwo gesehen worden."

„Das ist doch ein blödes Ende", maulte Krakel. „Wer will so etwas schon hören?"

„Die Geschichte ist noch nicht zu Ende", bemerkte Tomas. „Was ist aus Karl geworden?"

„Du hast recht. Die Geschichte ist noch nicht zu Ende", sagte Gernot. „Karl hat kurz darauf auch den Wald verlassen. Er kam in das Dorf, in dem sein Bruder lebte, von dem er bis dahin nichts wusste. Dort blieb er eine Weile, bis bekannt wurde, dass er der Sohn eines flüchtigen Leibeigenen und selbst ein Flüchtling aus einem Waisenheim war. Die beiden Brüder begaben sich gemeinsam, wie ihr Vater zuvor auf eine lange Reise durch die Welt."

„Sind die etwa auch noch verschwunden?" Krakel fand, dass das Ende der Geschichte einfach nicht besser wurde.

„Noch nicht", sagte Gernot. „Nachdem sie an vielen wundersamen Orten gewesen waren, fanden sie schließlich das Schloss, in welches sich der König zurückgezogen hatte, um entweder dem Fluch zu entgehen oder um von dort zurückzukehren, falls das Entgehen ihm nicht gelingen sollte. Und Karl küsste die schlafende Prinzessin und sie erwachte und sie heirateten."

„Jetzt flunkerst du aber", beschwerte sich Tomas.

„Wie kommst du denn darauf?"

„Die Prinzessin hat den jungen Herzog von Steintaler geheiratet und keinen Karl. Das weiß doch nun wirklich jeder."

„Das stimmt", gab Gernot zu. „Sie hat den Herzog geheiratet, aber erst, nachdem Karl für den König die aufmüpfigen Adligen besiegt hatte. Und nachdem der König erfahren hatte, dass Karl kein spanischer Edelmann war, wie er irrtümlich glaubte und er ihn deshalb in das Verlies von Wiolan einsperren ließ. Und auch erst, nachdem der König alles daran gesetzt hatte, die Erwähnung Karls und des Don Fernando La Redondela, für den er ihn gehalten hatte, zu unterbinden."

„Das ist immer noch eine blöde Geschichte", meldete sich Krakel. „Alle sind tot, verschwunden oder eingesperrt. Wo bleibt denn da der Spaß?"

„Das Leben ist oft nicht sonderlich spaßig", sagte Gernot. „Aber das Ende ist, dass Karl die Flucht gelang, er seinen Bruder wiederfand, einen neuen alten Freund kennenlernte und an einen Ort ging, an dem er die Liebe gefunden hatte und glücklich sein konnte."

„Und wo soll das sein?", fragte Tomas, dem bei dem Gedanken, dass das Leben nicht spaßig war, sein eigenes Schicksal wieder einfiel.

„Die Inseln im Kleinen See Frikka."

„Die gibt es doch gar nicht."

„Ich bin mir ziemlich sicher, dass es sie gibt."

„Warst du denn einmal dort?"

„Nein. Aber ihr müsst wissen, Karl ist ein Freund von mir und er hat mir davon erzählt."

Sie hatten den Fuß des Berges erreicht.

„Hier werden wir uns trennen", sagte Gernot und half Tomas und Krakel vom Pferd.

„Die Geschichte war doch nicht so blöd", grinste Krakel. „Am Ende haben Hans und Karl doch immer wieder Glück gehabt, doof ist aber, dass du nicht weißt, was aus Hans geworden ist."

„Vielleicht findest du es ja irgendwann heraus."

„Ich? Bestimmt nicht. Ich gebe nur Geschichten weiter." Sein Grinsen wurde immer breiter. Er hatte eine Geschichte, die er zum Großen Afigidis bringen konnte, auch wenn ihm diese noch nicht ganz zu Ende erzählt zu sein schien.

Gernot beugte sich zu Tomas herunter. „Ich weiß nicht, wer dieser Große Afigidis ist und ich weiß nicht viel von dir, aber ich glaube schon, dass dies der beste Ort ist, an dem du zurzeit sein kannst. Irgendwann, da bin ich mir sicher, wird es dir wie Hans und Karl gehen und dir das Glück zuwinken. Dann musst du mutig genug sein, nicht nur zurückzuwinken, sondern darauf zuzulaufen."

„Und du kommst bestimmt wieder hierher?", fragte Tomas mit banger Stimme. Er würde sich sehr viel besser fühlen, wenn Gernot in seiner Nähe bliebe. Der alte Mann war der erste Erwachsene, der freundlich zu Tomas gewesen war, wenn man einmal von dem alten Soldaten absah. Aber der zählte kaum, viel zu kurz war ihre Begegnung gewesen.

„Ja, wenn das, was ich zu erledigen habe, getan ist. Dann werde ich kommen oder du wirst wissen, dass es an der Zeit für dich ist, wieder von hier fortzugehen." Gernot stieg wieder auf das Pferd und hob zum Abschied seine Hand, dann ritt er den Gaul zur Eile treibend fort.

Er haderte mit sich. Hatte er doch Tomas Hoffnung gemacht, die wahrscheinlich doch nur enttäuscht werden würde.

Bei einem Haus

Er kannte nur eine Person, die er um Hilfe bitten konnte. Zurück in seinen Wald zu gehen war ausgeschlossen. Pavarotti würde ihm dieses gewiss nicht so einfach durchgehen lassen. Aber ohne ihn war der Wald nicht derselbe. So unerfreulich er es auch empfand. Er musste versuchen, Mia wiederzufinden. Und dabei konnte ihm nur eine helfen, seine Tante. Er war ja bereits auf dem Weg zu ihr, als Mia noch bei ihm war. Auch das nur mit einem großen Unbehagen. Ohne sie, ahnte er, würde es unerträglich werden. Aber er sah keinen anderen Ausweg.

Eigentlich war sie nicht seine richtige Tante. Kurz nachdem er als Halbwüchsiger von zu Hause weggelaufen war, weil er nicht wie seine Eltern ein Leben als Bauer führen wollte, hatte sie sich seiner angenommen.

Er hatte sein Elternhaus ohne Abschied verlassen und ohne einen Plan, wohin er gehen, noch was er aus seinem Leben machen wollte. Er wollte nur heraus aus der Enge und der Mühsal eines bäuerlichen Lebens.

Er wusste nicht viel von der Welt, aber er glaubte, dass es einen einfacheren Weg geben musste, seinen Lebensunterhalt zu bestreiten, als durch die tägliche harte Arbeit auf den Feldern und in den Ställen.

Drei Tage lief er, bevor er sich in die Nähe einer Stadt wagte. Nicht dass er Angst vor einer Stadt gehabt hätte, er wollte nur in der Nähe seines Heimatdorfes nicht gesehen werden, falls die Eltern nach ihm suchen würden.

An den Namen der Stadt konnte er sich nicht erinnern. Aber daran, dass man ihn nicht willkommen geheißen hatte. Man hatte ihn auch nicht fortgejagt, man hatte sich nur einfach nicht um ihn gekümmert.

Die Stadt war voll von Jungen wie ihm, die entweder hergekommen waren, um ihr Glück zu versuchen, oder die in der Stadt geboren waren und bereits wussten, dass auch hier das Glück nicht so leicht zu finden war.

Eine Woche hielt er es aus. Schlief in einer Nische in der Stadtmauer und versuchte sich mit kleinen Diebstählen über Wasser zu halten. Dann wusste er, dass die Welt nicht auf ihn gewartet hatte.

Er wusste nicht, was er wollte, dafür wusste er sehr genau, was er nicht wollte. Er wollte nicht zurück ins Dorf und er wollte nicht als Bettler in der Stadt enden. Also lief er weiter, immer noch ohne Ziel.

Nach drei Tagen war er an der Grenze seiner Kräfte angelangt. Er hatte kaum gegessen und wenig geschlafen. Die wenigen Dörfer, an denen er vorbeikam, machten allesamt den Eindruck gut bewacht zu sein, sodass er besser auf den Versuch verzichtete, dort Essbares zu stehlen. Die Früchte auf den Feldern waren noch nicht reif und die Nächte waren recht kühl.

Und dann stand er, inmitten einer von mehreren Bachläufen durchzogenen Hügellandschaft, vor ihrem Haus.

Nicht nur, dass das Haus mit all seinen Verschnörkelungen und Verzierungen und seinem blau-rosa Anstrich außergewöhnlich war und auch etwas unpassend wirkte, es war, dessen war er sich sicher, einfach erschienen.

„Du warst übermüdet und ausgehungert, da kommen die Sinne gerne einmal durcheinander“, hatte sie ihm zu erklären versucht, als er sie später einmal darauf ansprach. Und so sehr er auch an diese Sinnestäuschung glauben wollte, Zweifel blieben.

Sie war eine alte, beleibte Frau, die auf den ersten Blick etwas abschreckend wirkte, aber sie nahm ihn freundlich auf. Gab ihm zu essen und bot ihm einen Schlafplatz für die Nacht an.

„Du kannst gerne bleiben", sagte sie ihm am nächsten Morgen. Und er blieb. Wo hätte er auch hingehen sollen?

Die Alte oder seine Tante, wie sie sich selbst scherzhaft nannte, bis er sie schließlich mit Tante ansprach, war seltsam und sehr bald beschlich ihn das Gefühl, dass sie von einem oder sogar mehreren Geheimnissen umgeben war.

Sie war zwar ständig damit beschäftigt irgendetwas zu kochen, meistens Tränke, die sie in Flaschen abfüllte und ins Regal stellte, um sich danach nicht mehr darum zu kümmern, aber wo die Zutaten dafür herkamen, war für ihn nicht zu erkennen.

Auch nicht, woher das Essen kam, welches sie ihm jeden Tag auftischte und auch nicht, wie das Haus so sauber sein konnte, wenn niemand putzte.

Und dann die ganzen Kaninchen. Überall auf der Wiese vor, neben und hinter dem Haus waren weiße Kaninchen. Manchmal saß sie auf der Terrasse mit einem Kaninchen auf dem Schoß und Hagen glaubte, sie würde mit ihm reden.

Das Absonderlichste aber waren die Besucher, die ab und an zu ihr kamen.

Zum Beispiel dieses kleine Männlein in seinem erdbraunen Anzug und mit furchtbar haarigen Ohren und traurigen Augen. Man sah ihn nie kommen oder gehen. „Frag ihn ja nie nach seinem Namen", hatte sie Hagen eingeschärft. „Das mag er überhaupt nicht."

Oder diese andere, dürre, alte Frau, die stets in Begleitung einer Katze war und Hagen hungrige Blicke zuwarf.

Einmal kam sogar ein Wolf, welcher sich anders als es seine Natur war, in keiner Weise um die Kaninchen scherte und sie sich nicht um ihn. Er kam auf die Terrasse, sah der Alten in die Augen und sie ihm und so verharrten sie bestimmt eine halbe Stunde, bevor er einfach wieder ging.

Hier lernte er auch Pavarotti kennen. Nur war der kein Besucher, sondern wie Hagen ein Dauergast. Die Alte hatte ihn, als er noch sehr jung und sehr klein war, alleine gelassen im Wald gefunden und sich seiner angenommen. Sie war sich nicht ganz sicher, was er war, hatte aber so eine Ahnung und dachte, dass sein Wesen ihr vielleicht noch einmal nützlich sein könnte.

Einer der häufigsten Besucher aber war ein großer, stets schlecht gelaunter Mann. Und immer, wenn dieser kam, schickte sie Hagen und Pavarotti fort.

Hagen gewann mehr und mehr den Eindruck, dass das Haus seiner neuen Tante der Treffpunkt der Einsamen und Ausgestoßenen war.

Er hatte nicht viel zu tun, außer ihr Gesellschaft zu leisten. Er fand, er hatte es nicht so schlecht getroffen.

Drei Jahre blieb er bei ihr und so wenig anstrengend das Leben in dieser Zeit auch war, wurde ihm doch zusehends langweilig. Immer nur die Gesellschaft dieser seltsamen Gestalten befand er auf Dauer dann doch als zu wenig. Dies war aber noch nicht der Grund, weshalb er sie verließ.

Dass sie etwas Geheimnisvolles umgab, hatte er ja schon recht bald festgestellt. Er hatte dem aber nicht viel Bedeutung beigemessen. Und er erachtete sie auch lange als harmlos. Mit der Zeit jedoch, durch Gespräche, die er mitgehört hatte, gewann er mehr und mehr den Eindruck, dass sie, einer Spinne gleich, dabei war ein Netz zu spinnen, in dem sich ihre Besucher verfingen und an dessen Fäden sie beliebig ziehen konnte und alle, die sich darin verfangen hatten, wie Marionetten, ihrem Willen folgten.

Hagen hatte nicht die Moral, sie dafür zu verurteilen. Was auch immer sie für einen Plan entwarf und in die Tat umsetzte, war ihm gleichgültig. Zu ihm war sie gut und er hatte nichts auszustehen.

Aber er wollte nicht Teil ihres Plans werden, fürchtete aber, dass sie ihn genauso wie die anderen für ihre Sache einspannen könnte. Auch dagegen hätte er an sich noch nichts gehabt. Er hatte nur beobachtet, dass die Besucher scheinbar überhaupt nicht bemerkten, dass sie zu einem Teil eines geheimen Plans wurden. Und das war es, was er auf keinen Fall wollte.

Also verließ er sie genauso wie er seine Eltern verlassen hatte, mitten in der Nacht und ohne Abschied. Und er nahm Pavarotti mit oder Pavarotti begleitete ihn. So ganz war er sich nicht sicher. Sie hatten irgendeinen Gefallen aneinander gefunden und festgestellt, dass sie miteinander einer fruchtbaren Zukunft entgegensehen konnten.

Hagen war niemand, dem sonderlich viel am Wohlergehen seiner Mitmenschen lag. Man konnte aber auch nicht behaupten, dass er einen bösartigen Charakter hätte. Er hatte einen Weg gesucht und gefunden, mit kleinem Aufwand ein möglichst sorgenfreies Leben führen zu können.

„Du kommst spät“, begrüßte ihn die Tante, in dem Schaukelstuhl auf der Terrasse ihres Hauses sitzend, mit der Pfeife im Mundwinkel.

Hagen seufzte. Warum muss sie jetzt so tun, als ob sie gewusst hätte, dass ich komme, dachte er.

„Es ist schon erstaunlich“, sagte sie. „Da versuchst du einmal ein kleines bisschen Verantwortung zu übernehmen und schaffst es, das Ganze in atemberaubender Geschwindigkeit zu vermasseln.“

„Ich,…was meinst du?“, fragte er argwöhnisch. Sie konnte ja wohl kaum wissen, was geschehen war.

„Zu deinem Glück gibt es andere, die in der Lage sind, deine Torheiten zu bereinigen.“ Sie schaukelte, genussvoll auf der Pfeife schmatzend.

„Muss ich wissen, wovon du da redest?“, fragte er gereizt.

„Wir wissen beide, wovon ich rede. Du steckst bis zum Hals in Schwierigkeiten. Sonst wärst du wohl kaum hier."

Ja, genau, dachte er. Sie hat einfach eins und eins zusammengezählt. Ich wäre nicht zu ihr gekommen, wenn ich einen anderen Ausweg gesehen hätte. Das hat sie gewusst und mich mit ein paar vagen Andeutungen versucht aus der Fassung zu bringen. Das ist so wenig überraschend. Er atmete erleichtert auf.

„Möchtest du mir nicht erzählen, was geschehen ist?", forderte sie ihn auf.

Er nickte und überlegte, wo und wie er anfangen sollte.

„Oder soll ich es dir erzählen", unterbrach sie seinen noch stockenden Gedankenfluss.

„Was?"

„Also gut", überging sie seine Frage. „Vielleicht kommt dir das bekannt vor: Eine junge Frau verlässt ihre Heimat, die in Not geraten ist. Auf der Suche nach dem Grund dafür verirrt sie sich im Wald, in dem sie auf einen eigenbrötlerischen jungen Mann trifft. Der findet sich nach einiger Überlegung dazu bereit, ihr zu helfen und sie zu seiner Tante zu bringen, einer alten, weisen Frau. Auf dem Weg dorthin betrinkt sich der junge Mann in Gesellschaft zwielichtiger Gesellen und als er am nächsten Morgen aufwacht, ist die junge Frau verschwunden. Vermutlich entführt von seinen Saufkumpanen."

„Was….? Woher….?", stotterte er.

Die Alte lächelte. Die Tür zum Haus öffnete sich und eine kleine, pelzige Gestalt erschien auf der Terrasse.

„Pavarotti", stieß Hagen hervor. „Das hätte ich mir denken sollen."

„He, sei nicht beleidigt", sagte der Kleine. „Wir kennen uns einfach zu gut, als dass ich hätte nicht ahnen können, dass irgendwas schieflaufen würde."

„Schönen Dank für dein Vertrauen", sagte Hagen verärgert.

„Wie gesagt, wir kennen uns zu gut."

„Wenn du dich fragst, wo Mia ist“, unterbrach die Tante die beiden, die ihr Gespräch auf diese Weise sonst sicherlich noch eine Weile fortgesetzt hätten. „Sie ist unten am Bach. Vielleicht ist es besser für dich, du gehst zu ihr, bevor sie zu dir kommt.“

Hagen blickte zwischen der Alten und Pavarotti hin und her. Ihn beschlich ein ungutes Gefühl. War er jetzt doch noch zu einer willenlosen Figur in einem ihrer undurchschaubaren Spiele geworden?

„Das ist kein Spiel“, sagte sie. „Im Spiel darf man Fehler machen. Bei dem, worum es hierbei geht, nicht.“

„Ich verstehe gar nichts mehr“, gab Hagen zu.

„Das wirst du, wenn du am Bach warst und wenn du anfängst richtig zuzuhören.“

Er war überhaupt nicht davon begeistert, zum Bach zu gehen und Mia dort zu treffen. Er war schließlich nur hierhergekommen, weil ihn das schlechte Gewissen geplagt und er gehofft hatte.... ja, was hatte er eigentlich gehofft?

Er musste sich eingestehen, dass er das so genau gar nicht wusste. Jedenfalls nicht das, was es geworden war. Auch wenn er natürlich erleichtert war, dass Mia mit Pavarottis Hilfe ihren Entführern entkommen war.

Am liebsten wäre er wieder fortgelaufen. Zurück in seinen Wald. Aber es deutete alles darauf hin, dass Pavarotti dieses Mal nicht mit ihm gehen würde. Und damit hatte sein altes Leben sein Ende gefunden.

Mia saß am Ufer des Baches. Sie trug nicht mehr das Kleid, das er für sie gestohlen hatte, sondern eine rote Jacke, die zwischen dem saftig grünen, hochgewachsenen Gras leuchtete. Ihre Haare waren zu einem Zopf geflochten, der lang über ihre Schultern bis weit auf ihren Rücken hinunterreichte.

Er blieb wenigstens zehn Fuß von ihr entfernt stehen. Er wünschte sich die Augen schließen zu können und nachdem er sie wieder geöffnet haben würde, nur noch die Uferböschung zu sehen und Mia aus seinem Leben verschwunden zu wissen und gleichzeitig wünschte er sich, einfach zu ihr gehen zu können, seinen Arm um sie zu legen und von ihrem Geruch eingefangen zu werden.

Er schloss seine Augen. Als er sie wieder öffnete, saß sie immer noch da und er wusste immer noch nicht, ob, was und wie er es sagen sollte.

„Ich weiß, dass du hinter mir stehst“, sagte sie, ohne sich zu ihm umzudrehen.

„Ja, ich wollte…“

Sie hob langsam die Hand, stand auf und kam auf ihn zu. Nicht zum ersten Mal kam er nicht umhin zu bemerken, dass sie sich mit einer unfassbaren Leichtigkeit bewegte. Sie blieb einen halben Schritt vor ihm stehen und sah ihm unverblümt in die Augen. Er hatte sich noch nie so entlarvt gefühlt. Ohne noch etwas zu sagen, ging sie an ihm vorbei.

„Wie soll ich denn zuhören, wenn sie nicht mit mir redet?“, klagte Hagen Pavarotti. Er hatte bis zur Dämmerung gebraucht, um zum Haus seiner Tante zurückzukehren. Die beiden Frauen waren nicht da, nur Pavarotti saß im Schaukelstuhl und grinste ihn hintergründig an.

„Vielleicht solltest du vielmehr darauf hören, was nicht gesagt wird.“

„Jetzt werd nicht philosophisch“, schimpfte Hagen. „Das hilft mir nicht weiter.“

„Dann fang an, dir selber zuzuhören.“

„Das ist nicht besser.“

„Dann wirst du einen Weg finden müssen, dir selber zu helfen.“

„Den weiß ich schon. Ich verschwinde einfach.“

„Dann wünsche ich dir viel Glück.“

„Du bist ein kleiner Mistkerl, weißt du das?“, sagte Hagen. „Du weißt genau, dass ich nicht weiter weiß und du lässt mich einfach so hängen.“

„Ich habe dir doch gesagt, was du tun kannst“, erwiderte Pavarotti und hüpfte aus dem Schaukelstuhl. „Der Mistkerl bist übrigens du, weil du für alles, was nicht so läuft, wie du es dir denkst, einen Schuldigen suchst, statt über dich selber mal nachzudenken.“ Er ging langsam, mit kleinen Schritten zur Tür und verschwand im Haus.

Auf einem Berg

„Ich habe eine Geschichte! Ich habe eine Geschichte!“, rief Krakel aufgeregt, während er den Berg so schnell hinaufrannte, dass Tomas Mühe hatte ihm zu folgen.

Oben angekommen stieß Krakel mit einem anderen Geschichtenkobold zusammen und beide fielen hin.

„Was soll denn das Geschrei?“, beschwerte sich der Geschichtenkobold.

„Ich habe eine Geschichte!“, wiederholte Krakel, rappelte sich auf und lief weiter auf den Eingang der Höhle zu. „Ich habe eine Geschichte!“ Und seine Stimme hallte von den Wänden wider.

Er lief auf den Thron des Großen Afigidis zu. Dieser schien zu schlafen oder wenigstens zu dösen. „Ich habe eine Geschichte mitgebracht“, rief Krakel aufgeregt.

Der Große Afigidis hob den Kopf und öffnete die Augen. „Ahh Krakel“, sagte er langsam. „Du bist zurück. Schön.“

„Ja, und ich habe eine Geschichte. Ich werde sie dir gleich einmal erzählen. Also die Geschichte handelt von einem Hans, der ganz arm war und deshalb für einen Grafen arbeiten musste. Und der Graf hatte Schulden bei einem Herzog. Und der Herzog wollte sein Geld zurück und deshalb hat der Graf den Hans dorthin geschickt, hat ihm aber kein Geld mitgegeben, sondern nur eine Kiste voller Steine und….“

„Krakel“, unterbrach ihn der Große Afigidis. „Diese Geschichte kenne ich schon.“

„Och.“ Krakel schob enttäuscht seine Unterlippe vor. „Woher denn?“

„Das ist eine alte Geschichte. Woher kennst du sie denn?“

„Von einem alten Mann, der mich hat auf seinem Pferd reiten lassen.“

Der Blick des Großen Afigidis wanderte vorbei an Krakel hin zum Höhleneingang. „Der sieht aber gar nicht aus wie ein alter Mann.“

Krakel drehte sich um. Tomas war inzwischen völlig außer Atem auch angekommen und wurde umringt von einer Schar neugieriger Kobolde.

„Ne, das ist ja auch Tomas. Der war auch dabei.“

„Du hast also wirklich jemanden mitgebracht?“

„Ja, aber Tomas will Koch werden und nicht Großer Afigidis.“

„Dann sollte er das auch machen.“ Er winkte Tomas zu, näherzukommen. „Und wo ist der alte Mann?“

„Der ist fort. Als wir ihm erzählten, dass die Riesen die Bäume im Blaubäumer Forst ausreißen, bekam er schlechte Laune und musste dringend etwas erledigen.“

„Die Riesen sind im Blaubäumer Forst?“ Die Stimme des Großen Afigidis hatte einen sorgenvollen Klang. „Ich hoffe, diese Geschichte findet ein gutes Ende. Wer war denn dieser alte Mann?“

„Er sagte, er wäre ein Freund von Hans` Sohn.“

„Ach? Und wusste er etwas über den Sohn von Hans?“, fragte der Große Afigidis sehr wach.

„Nur dass er auf einer Insel sein soll, im Kleinen See Frikka.“

Ein zufriedenes Lächeln huschte über das Gesicht des Großen Afigidis. „Da hat er eine sehr gute Idee gehabt, dorthin zu gehen.“

„Dann ist das jetzt eine neue Geschichte?“, fragte Krakel hoffnungsvoll.

„Nein. Es ist immer noch die alte Geschichte. Nur scheint sie noch nicht zu Ende erzählt zu sein.“

„Kannst du sie nicht zu Ende erzählen?“

„Ach Krakel, ich kann doch keine Geschichte erzählen, die gerade eben passiert. Hab einfach noch ein bisschen Geduld.“

„Das sagst du so einfach“, maulte der Kobold.

„Erzählt mir doch derweil, wie ihr euch kennengelernt habt“, forderte der Große Afigidis Krakel und Tomas auf.

Tag 19
Bei einem Haus

„Du bist ja noch da“, stellte die Alte fest, als sie am Morgen auf die Terrasse trat und Hagen im Schaukelstuhl sitzen sah.
„Ja“, brummte er.
„Es ist übrigens unhöflich, einer älteren Frau nicht den Platz anzubieten.“
Hagen verdrehte die Augen, stand aber auf. Sie ließ sich langsam nieder und schaukelte gemächlich hin und her.
„Was wirst du jetzt tun?“, fragte sie.
„Ich weiß es nicht“, gab er zu. Er hatte die ganze Nacht Zeit gehabt, darüber nachzudenken, aber zu einem ihn selbst überzeugenden Ergebnis war er nicht gelangt. Zurück in sein altes Leben konnte er nicht. Ohne Pavarotti ergab das keinen Sinn und schmerzhaft hatte er sich eingestehen müssen, dass nicht er, sondern der Troll der wichtigere Teil ihrer Verbindung war. Und eine andere Idee hatte er nicht.
Er hatte sich nie Gedanken darüber gemacht, wie sein Leben sein könnte und was es dafür brauchte. Das Einzige, das ihm während des langen, nächtlichen Grübelns in den Sinn gekommen war, war Mia bei ihrer wahnwitzigen Unternehmung zu begleiten.
Ein Gedanke, der ihn gleichermaßen ärgerte, weil er würde zugeben müssen, sich geirrt zu haben und anzog, weil er dann in ihrer Nähe bleiben könnte. Und dass er das wollte, ärgerte ihn wiederum. Aber sie würde ihn ohnehin nicht bei sich haben wollen, nachdem es zwischen ihnen die gesamte Zeit so schlecht gelaufen war.
„Du weißt, dass du keine Wahl hast“, sagte die Alte.
„Hör auf in meinen Gedanken zu lesen“, beschwerte er sich.
„Ha“, lachte sie kurz auf. „Darüber hast du dich früher auch schon immer beschwert. Aber zum einen kann ich so etwas

gar nicht und zum anderen brauche ich das auch gar nicht. Du schreibst deine Gedanken nämlich selbst in dein Gesicht.“

„Ach, lass mich doch!“

„Das kann und werde ich gerne tun. Aber du bist hierhergekommen. Und du weißt auch warum.“

„Ja“, musste er zugeben.

„Dann wirst du das, was ich dir jetzt sage, ertragen müssen.“

„Ich weiß.“

Sie nestelte in einer Tasche ihres Kleides, zog die Pfeife hervor, aus einer anderen Tasche eine Schachtel Zündhölzer, riss eines am rauen Boden der Terrasse an und entzündete mit schmatzenden Geräuschen die Pfeife. Genussvoll verbreitete sie Rauchwolken um sich herum. Er sah sie wartend an.

„Du weißt selber, was du tun musst“, sagte sie. „Und wenn du das getan hast, dann werde ich dir sagen, was du tun musst.“

Er schüttelte verzweifelnd den Kopf.

„Ich weiß“, kicherte sie. „Ich bin ein verrücktes altes Weib.“

Mia versuchte Hagen in die Augen zu schauen, was alles andere als leicht war, da er angespannt und nervös seinen Kopf immer wieder in eine andere Richtung drehte. Er war zu ihr gegangen, kurz nachdem sie auf die Terrasse gekommen war und hatte angefangen zu reden. Sie hatte nichts von dem verstanden, was er sagte, es war einfach nur ein verklemmtes Stammeln. Sie wurde einfach nicht schlau aus ihm.

Von ihrem Vater wusste sie, dass die Beziehungen zwischen Männern und Frauen in dieser Welt, die sie betreten hatte, mitunter sehr schwierig und seltsamen Regeln unterworfen waren. Wenn er ihr davon erzählte, hatte sie oft lachen müssen darüber, wie schwer es sich die Menschen miteinander machen konnten. Dass es so schwer war, hatte sie nicht vermutet. Zumal er bei ihrem ersten Aufeinandertreffen zwar schleierhaft, aber keineswegs gehemmt gewirkt hatte.

Er hatte aufgehört zu reden und sah sie erwartungsvoll an. Und endlich hatte er auch aufgehört mit seinem Kopf zu wackeln, und so konnte sie ihm endlich in die Augen schauen.

„Und?“, fragte er, nachdem sie nichts gesagt hatte.

„Ich habe leider nichts von dem verstanden, was du gesagt hast“, antwortete sie entschuldigend.

„Ich,…es tut mir leid.“ Es kostete ihm Mühe, ihrem Blick standzuhalten.

„Was tut dir leid?“

„Das alles. Dass ich dir nicht geglaubt habe und dass ich dich loswerden wollte und dass ich es nicht verhindert habe, dass du entführt wurdest.“ Er atmete erleichtert aus. Er hatte seinen Teil getan, sollte sie damit jetzt machen, was sie wollte.

Aber sie tat nichts, sondern sah ihn nur weiter forschend an. Er war ein Rätsel, das sie noch nicht entschlüsseln konnte.

Sag etwas, forderte er sie wortlos auf, aber sie blieb still.

Später einmal behauptete er, sie hätten den halben Tag so gegenübergestanden. Die Wahrheit ist, dass es keine fünf Minuten dauerte, bis er es nicht mehr aushielt. „Ich werde dich begleiten", verkündete er.

„Aha, und wohin?"

„Da, wo du halt hinmusst", sagte er bemüht ruhig zu bleiben. Sie musste doch merken, dass ihm das wahrlich schwerfiel. Nach seinem Dafürhalten war es an ihr, es ihm leichter zu machen.

„Ich danke dir dafür, aber ich glaube, Pavarotti wäre der bessere Begleiter", lehnte sie ab. Wenn es nicht so dringlich wäre und sie mehr Zeit hätte, würde sie vielleicht versuchen ihn zu verstehen.

„Pavarotti?", fragte er entsetzt. „Du weißt doch gar nicht, was er ist."

„Ist es wichtig, was er ist? Mir ist nur wichtig, wer er ist."

„Pavarotti kann dich nicht begleiten", mischte sich die Alte ein, die die beiden mit einem amüsierten Lächeln beobachtet hatte.

„Warum nicht?", fragte Mia enttäuscht. Sie war bei der Vorstellung, mit ihm unterwegs zu sein, schon sehr hoffnungsvoll gewesen. Pavarotti war ein geistreicher Gesprächspartner und in schwierigen Situationen wusste sie sich auf ihn verlassen zu können.

„Weil du alleine schon auffällig genug bist", erklärte die Alte. „Auch wenn du es noch nicht erkannt hast, aber die Wirkung, die du zumindest auf einen gewissen Teil der Menschen hast." Sie warf Hagen einen vielsagenden Blick zu, „ist dir bei dem, was du zu tun hast, eher hinderlich, denn hilfreich. Und wenn du dann noch mit einem kleinen Troll unterwegs bist, glaub mir, so sehr Pavarotti dich auch beschützen könnte, es würde nicht reichen."

Mia schaute zwischen der Alten und Hagen hin und her. „Ich brauche niemanden, der mich beschützt", sagte sie trotzig.

„Nein, das brauchst du nicht", sagte sie beruhigend. „Und Hagen könnte das auch gar nicht."

„Was?", brauste Hagen auf, aber die Alte schnitt ihm mit einer knappen Handbewegung das Wort ab.

„Eine junge Frau, die alleine unterwegs ist, erregt nun einmal einiges an Aufsehen, zumal dann, wenn die Häscher Wiolans unterwegs sind. Eine junge Frau, die mit einem jungen Mann unterwegs ist, mit dem sie kürzlich in den Stand der Ehe eingetreten ist, erregt vielleicht immer noch Aufsehen, ist aber für die meisten uninteressant geworden."

„Ich soll sie heiraten?", entfuhr es Hagen mit eisigem Entsetzen.

Die Alte lachte erheitert auf. „Nein", sagte sie glucksend. „Ihr müsst nur den Leuten Glauben machen, ihr wärt ein frisch vermähltes Paar."

Mia sah die Alte grübelnd an. Sie wusste wohl, dass ihr Vater für eine kurze Zeit mit der Königin, damals noch eine Prinzessin, verheiratet gewesen war, aber verstanden, was dies bedeutete, hatte sie nie. In ihrer Welt liebte man sich, vielleicht mehr als in dieser hier, aber man verpflichtete sich doch nicht einem anderen Menschen.

„Ich kann dir das leider nicht erklären", sagte die Alte. „Vielleicht findest du es heraus, wenn du lange genug hier bist."

„Und dann? Wir sollen doch sicher nicht ziellos durch die Gegend laufen?", fragte Hagen, dem ein unerfreulicher Gedanke gekommen war.

„Natürlich nicht", sagte die Alte. „Mia will ihre Heimat retten. Soweit ich es weiß, wird der See vergiftet. Vergiftet durch die Asche der Pflanzen des Blaubäumer Forstes. Wusstet ihr eigentlich, dass alles mit allem zusammenhängt?", warf sie eine Frage ein.

Hagen schüttelte resignierend den Kopf. Er ahnte, worauf dies alles hinauslaufen würde, und meinte zu erkennen, dass er sich längst in ihrem Netz verfangen hatte.

Und Mias Neugier war geweckt.
„Der See wird sterben“, erklärte die Alte, „wenn die letzte Pflanze des Waldes verbrannt und in ihm begraben wurde. Solange auch nur ein Samen des Blaubäumer Forstes weiterlebt, wird der Kleine See Frikka sich von seiner Vergiftung erholen können.“
„Wir müssen also ein kleines Stück des Waldes retten?“, fragte Mia.
„Ja, ihr müsst in den Wald gehen und einen Samen holen. Besser ein paar mehr und am besten ein paar des Mestimistrauches, denn in ihnen stecken alle Geheimnisse des Waldes. Also vielleicht nicht alle, aber ich glaube schon eine ganze Menge.“
„Und wie sieht dieser Strauch aus?“, fragte Mia.
„Tja, das weiß niemand so genau. Es ist unglücklicherweise der Strauch, der stets übersehen wird.“
„Aber wie soll ich ihn dann erkennen?“, rätselte Mia, deren aufkeimende Zuversicht in Enttäuschung umzuschlagen begann.
„Du musst Ausschau halten nach dem, was nicht gesehen werden will.“
Mia seufzte. Das alles erschien schwieriger, als sie es sich erhofft hatte.
„Wir sollen also in diesen verrückten Wald gehen, in dem schon unter normalen Umständen unberechenbare Dinge vor sich gehen und der von wem auch immer derzeit abgeholzt und verbrannt wird, um den Kleinen See Frikka zu vergiften? Das ist doch verrückt!“, schimpfte Hagen.
„Ja und nein“, erwiderte die Alte. „Nein, weil es keinen anderen Weg gibt, den Wald, den See, die Inseln und wahrscheinlich das ganze Königreich zu retten und ja, weil ihr alleine wohl keine Aussicht auf Erfolg haben würdet. Bevor ihr euch dem Wald nähert, geht zu Herrn Schmidt. Er ist der wis-

sendste Zauberer, den es jemals gab und geben wird. Ihr werdet seine Hilfe brauchen können in einem Wald, der von einer unerklärlichen Magie durchzogen ist und von einer Kraft zerstört wird, die gegen diese unempfänglich ist."

„Wo finden wir diesen Herrn Schmidt?", fragte Mia, die aus den letzten Worten wieder etwas mehr Hoffnung geschöpft hatte.

„Geht nach Burg Purk und dort in den Letzten Winkel", antwortete die Alte. „Im blauen Haus hat er zuletzt gewohnt."

„Und wirst du uns auch noch erzählen, welche unheimliche Kraft den Wald zerstört?", schob Hagen nach. Ich bin in ihre Falle getappt, dachte er. Ich habe mich in ihrem verfluchten Netz verfangen. Seine Miene verfinsterte sich unübersehbar.

„Riesen." Die Alte lächelte ihn an. „Ich weiß nichts über sie, außer dass es sie gibt."

Hagen hob abwehrend die Hände und schüttelte den Kopf. Wortlos verließ er die Terrasse und lief über die Wiese in Richtung des Baches. Das war einfach zu viel. Diese Geschichte würde ohne ihn weitergehen müssen.

Auf einer Insel im Kleinen See Frikka

Sie waren jeden Morgen, seit ihre Tochter aufgebrochen war, an den Strand gegangen. Hatten meist schweigend nebeneinandergesessen und hinaus auf den See gesehen. Fast hätte man denken können, sie warteten darauf, dass Mia dem Wasser entsteigen würde. Aber Mai und Karl wussten es besser.

Die Inseln konnte man nur in Neumondnächten verlassen und nur in Vollmondnächten konnte man sie erreichen. Es hatte irgendetwas mit den Strömungen im See zu tun, die unter dem Einfluss des Mondes standen. Dass dies so war und vor allem, dass nur wenige Menschen dieses Geheimnis kannten, hatte die Gesellschaft auf den Inseln viele Jahre geschützt.

Sie hatten nicht gewartet, sondern Abschied voneinander genommen, in der Hoffnung, doch nicht Abschied nehmen zu müssen. Aber selbst wenn Mia in der nächsten Vollmondnacht zurückkehren sollte, wäre der See noch nicht gerettet. Andererseits gab es wenig, dass sie ihrer Tochter nicht zutrauen würden.

Sie saßen nebeneinander am Strand und sahen auf die seichten Wellen. Karl legte seinen Kopf auf ihre Schulter. Obwohl er es war, der sich immer wieder den Gefahren der Welt stellte, hatte er sie doch stets als die Stärkere empfunden.

Ihre Selbstgewissheit, die sie schon hatte, als sie sich in ihrer Jugend kennenlernten, war für ihn unerreichbar geblieben. So sehr er es sich auch immer wieder wünschte und versuchte, es gelang ihm nicht, den Zweifler, der er war, hinter sich zu lassen.

„Es tut mir so leid“, sagte er.

„Das soll es nicht.“ Sie legte ihren Arm um ihn.

„Ich wäre für dich und unsere Kinder gerne ein anderer, besserer gewesen, jemand, der die Probleme von dort nicht hierher bringt.“

„Ich habe dich nie anders gewollt, als du bist", versuchte sie ihn von seinen Selbstvorwürfen zu befreien.
„Auch wenn du es einfacher hättest haben können?"
„Dann wäre mir doch bloß langweilig geworden", lachte sie.
„Aber es hätte das hier vielleicht verhindert." Er zeigte müde auf das zunehmend ungesund aussehende Wasser. In den letzten Tagen hatte er viel über sich und seine Vergangenheit nachgedacht. Und je länger er dies tat, umso mehr verfestigte sich der Glaube daran, dass der Grund für all das in seiner Vergangenheit zu suchen sei. Mag sein, dass er sich zu wichtig nahm, aber zu viele Dinge hatte er nicht zu Ende gebracht.
Er konnte ihr Lächeln spüren, ohne es zu sehen. „Die Geschichte beginnt nicht bei dir. Du hast sie vielleicht beschleunigt, aber dass es nicht allen gefällt, wie wir hier leben, haben wir immer gewusst."
Er griff nach ihrer Hand. Wärme floss von der einen zur anderen und wieder zurück und durchflutete nach und nach beider ganze Körper. Und das Wenige an Zeit, das ihnen blieb, war nicht mehr von Bedeutung. Sie hatten einander und das würde bleiben, egal was auch immer geschah.
Karl stand auf. „Ich muss ein Floß bauen", sagte er. Das Einzige, das es auf den Inseln gab, hatte Mia genommen. „Besser ich fange gleich damit an."
„Wird Edelbert dich begleiten?", fragte sie ebenfalls aufstehend.
„Nein. Wir haben entschieden, dass es besser ist, dass er bleibt, falls ich keinen Erfolg haben sollte und ihr die Inseln verlassen müsst."
Sie sah ihn fragend an.
„Niemand weiß, was geschieht, wenn der See wirklich stirbt. Vielleicht ist dann ein Leben hier auch nicht mehr möglich. Und dann ist es sicher nicht verkehrt, wenn jemand bei euch ist, der diese Welt dort drüben kennt."

Sie erschrak, an eine solche Möglichkeit hatte sie bisher nicht gedacht und Karl hatte diese Befürchtung ihr gegenüber auch noch nicht geäußert.

„Es tut mir leid", sagte er noch einmal, ihre Gedanken erfühlend. „Aber ich wollte dich nicht beunruhigen."

Sie strich ihm sanft über die Wange. „Dass du auch immer denkst, alle anderen beschützen zu müssen."

„Ich…", er stockte. Nur zu gut kannte es das Gefühl, dem Schicksal schutzlos ausgeliefert zu sein. Genauso gut wie er wusste, was es bedeutete, wenn da jemand war, der seine Hand über einen hielt.

„Ich weiß", sagte sie. Sie kannte seine Vergangenheit im Heim der Liebenden Brüder und seine daraus folgenden Fluchten. Sie legte ihre Arme um ihn. So eng beieinander fühlte es sich immer noch an, wie an ihrem ersten gemeinsamen Tag.

„Ich glaube, es reicht, wenn ich morgen mit dem Bau anfange", sagte er und legte seinerseits die Arme um sie. Und wenn er nicht gefürchtet hätte, dass sein Rücken ihn dabei nicht unterstützen würde, hätte er sie bis zu ihrer Hütte getragen.

Bei einem Haus

„Es tut mir leid, aber ich kann dich doch nicht begleiten“, sagte Hagen aus dem Haus tretend. Er hatte eine Weile damit verbracht, die Ereignisse der letzten Tage und Stunden in seinem Kopf abzuwägen und war zu dem Schluss gekommen, dass das, was auf ihn wartete, sollte er bei seinem Entschluss bleiben, seine Sache nicht war.

Ja, da war diese Unwägbarkeiten der Gefahren durch den Blaubäumer Forst und durch die Riesen, aber diese waren es letztlich nicht, die ihn abhielten. Sondern das Gefühl, in einem ihm unbekannten Plan eine vorgedachte Rolle spielen zu sollen. Er war damals nicht fortgegangen, um sich jetzt doch in der Falle der Alten zu verfangen.

„Schade“, sagte Mia. Sie saß auf den Stufen der Terrasse, Pavarotti und die Tante waren nicht zu sehen. Es war Abend geworden und in der Dämmerung leuchteten ihre Augen, die Hagen in seiner Entschlusskraft für einen Moment ins Wanken geraten ließen. Auch sie hatte nachgedacht und es hatte etwas gedauert, bis sie sich damit angefreundet hatte, mit Hagen unterwegs zu sein. Vermutlich hatte die Alte recht, wenn sie sagte, dass sie alleine zu viel Aufmerksamkeit auf sich ziehen würde. Bedeutsamer für sie jedoch war, dass sie sich hier einfach nicht auskannte und jemanden bei sich zu wissen, der zumindest ein klein wenig Ahnung mehr hatte, würde diese Unternehmung doch etwas vereinfachen. Hagen war zwar immer noch niemand, dem ihr Herz zuflog, aber er hatte immerhin versucht sich zu entschuldigen.

„Du weißt nicht, worauf du dich einlässt“, sagte er warnend und setzte sich neben sie.

„Das stimmt. Aber das wusste ich schon nicht, als ich die Inseln verließ. Und dies hier ist die einzige Möglichkeit, die ich habe, etwas zu tun, was meine Heimat retten kann.“ Zumal ich den Zeitpunkt, auf die Insel zurückkehren zu können, vorerst verpasst habe, dachte sie mit aufsteigender Beklemmung. Bis zum nächsten Vollmond waren zwar noch ein paar Tage Zeit, aber sie war viel zu weit vom See entfernt, um es rechtzeitig bis dorthin zu schaffen. Die Gesichter ihrer Eltern und Geschwister erschienen vor ihrem inneren Auge, was ihre Entschlossenheit nur noch bestärkte.

„Vielleicht ist das so, vielleicht gibt es aber auch noch etwas anderes. Ich kann dir nur sagen, dass meine Tante ein ganz eigenes Ziel verfolgt. Ich weiß nicht, welches das ist, aber ich bin mir sicher, dass sie dich und mich dafür benutzen will."

„Und warum wolltest du mich dann hierher bringen?"

„Weil…" Ihm fiel die Antwort schwer, aber sie brach dennoch aus ihm heraus. „Weil ich nicht wusste, was ich mit dir anfangen sollte und weil ich dich loswerden wollte, weil ich dich für eine verrückte Lügnerin gehalten habe und weil du meine Lüge hättest aufdecken können."

Sie nahm das Gesagte scheinbar unbeeindruckt auf. Es war erst wenige Stunden her, dass er schon einmal ähnliches gesagt hatte. „Und was wirst du nun tun?", fragte sie.

„Ich habe keine Ahnung", gab er leise zu.

„Dann komm mit", sagte sie und in ihrer Stimme lag etwas unwiderstehlich Eindringliches. „Was auch immer deine Tante für einen Plan hat, ich habe meinen eigenen und du kannst dem deinigen folgen. Was ist so schlimm daran, wenn der eine Plan dem anderen Plan dazu verhilft, umgesetzt zu werden?"

„Das Ziel. Was ist, wenn das Ziel, das sie verfolgt, von mir nicht nur nicht gewollt, sondern vollkommen abgelehnt wird?" Zum ersten Mal in seinem Leben hatte er das Gefühl, dass seine Entscheidungen wichtig waren und dass er sie später vor sich selbst würde verantworten müssen.

„Solange du ihr Ziel nicht kennst, kannst du dies nicht wissen. Und je näher du an dem Geschehen bist, umso eher wirst du ihr Ziel vielleicht erkennen und kannst deren Erreichen verhindern, wenn es dir nicht behagt."

Hagen kniff die Augen zusammen. Ihre Klugheit machte ihm Angst. Und er war misstrauisch. „Hat sie dir gesagt, dass du das sagen sollst?"

„Wofür hältst du mich?", brauste sie auf und ihre Augen funkelten gefährlich.

„Äh...für eine...junge Frau!?"

„Und deshalb glaubst du, ich könnte nicht selber denken?" Was für ein Idiot!

„Nein, das wollte ich nicht.... aber du kennst meine Tante nicht...."

„Dich kenne ich genauso wenig." Mia stand auf und streckte sich. Ihr Anblick im aufgehenden Mondlicht ließ Hagen erschauern.

„Ich werde morgen früh aufbrechen", sagte sie. „Gute Nacht."

„Warte", rief er, als sie sich abwandte, um ins Haus zu gehen. „Es ist ein weiter Weg nach Burg Purk. Lass mich dich begleiten", sagte er ungewollt und sich selbst überraschend. Er wollte auf keinen Fall der Idiot sein, den der Blick, den sie ihm zugeworfen hatte, bedeutete.

„Du musst dich nicht verantwortlich fühlen, nur weil ich zufällig in deinen Gefilden gelandet bin. Ich kann schon auf mich selber aufpassen", sagte sie über ihre Schulter hinweg.

„Und wenn ich es nicht für dich tue, sondern weil ich herausfinden muss, in welchen Verstrickungen ich mich befinde?", fragte er eilig und ohne zu wissen, warum er es tat. Auch sehr viel später, als er es schließlich wusste, vermied er es, sich darauf die Antwort zu geben.

Sie blieb im Türrahmen stehen. Ihr Gesicht war nicht zu sehen, aber er konnte sich des Eindrucks nicht erwehren, dass sie lächelte.

„Dann bis morgen früh."

Tag 20
Bei einem Haus

In aller Frühe wollte Mia aufbrechen. Es war noch kühl und sie fröstelte leicht trotz der warmen Kleidung, die ihr die Alte gegeben hatte.

Nach dem Gespräch mit Hagen, war sie ins Grübeln geraten und hatte begonnen sich darüber zu wundern, dass die Alte Rock, Jacke und Schuhe hatte, die ihr passten, als wären sie für sie gemacht worden. Vielleicht hatte er nicht gänzlich Unrecht. Sie nahm sich vor, vorsichtig und misstrauisch zu sein.

„Ihr werdet wenigstens vier Tage brauchen, bis ihr Burg Purk erreicht."

Mia zuckte erschrocken. Die Alte war lautlos neben ihr auf der Terrasse erschienen.

„Aber es gibt einen schnelleren Weg." Sie legte einen alten, zusammengerollten Teppich auf den Boden. „Ich habe es nie ausprobiert", sagte sie. „Aber der, von dem ich ihn habe, behauptete, dass das Ding fliegen kann."

„Fliegen?" Es war ein schier unvorstellbarer Gedanke, sich in die Lüfte erheben zu können. Vögel konnten so etwas und Fliegen und Bienen und Libellen und Mücken. Aber Menschen waren dafür nicht gemacht und schon gar nicht ein alter Teppich.

Die Alte rollte den Teppich aus. Er war in einem nicht sonderlich guten Zustand, löchrig und zerfranst, aber in seltsamen, ineinander verschlungenen Mustern gewebt.

„Wenn man sich auf ihn setzt, die vordere Kante in die Hände nimmt, leicht nach oben zieht und Udana sagt, soll er langsam aufsteigen. Durch vor, zurück, nach rechts und nach links beugen, lässt er sich in die Richtung steuern, in die man will."

„Das kann nicht dein Ernst sein", sagte Hagen mehr ungläubig als entsetzt. Er hatte kaum geschlafen, weshalb er in der

Nacht rastlos herumgelaufen und sich erst auf den Rückweg zum Haus gemacht hatte, als er aus der Ferne Mias Silhouette auf der Terrasse erkannte. Gerade als die Alte den Teppich präsentierte, hatte er sie erreicht.

„Ihr könnt auch laufen, aber das dauert, wie gesagt, mindestens vier Tage. Und wie mir scheint, habt ihr nicht allzu viel Zeit."

Das ist doch jetzt schon wieder eine deiner kleinen Manipulationen, dachte er noch, während sich Mia schon im Schneidersitz auf den Teppich setze, dessen Kante in die Hände nahm und zaghaft Udana sagte. Der Teppich hob langsam ab und schwebte über den Köpfen von Hagen und der Alten.

„Wie komme ich hier eigentlich wieder runter?", fragte Mia leicht beklommen.

„Bhoomi", sagte die Alte.

„Bhoomi", wiederholte Mia und der Teppich landete sanft auf der Terrasse. „Kommst du?", fragte sie Hagen.

„Das ist doch total irre", antwortete er. Einen Zauberer zu suchen, in den Blaubäumer Forst zu gehen und dort möglicherweise auf Riesen zu treffen, war eine verrückte Sache. Aber sich auf ein mottenzerfressenes Stück Stoff zu setzen und damit fliegen zu wollen, war etwas ganz anderes. Das grenzte nicht nur an Wahnsinn, sondern war schon deutlich darüber hinaus.

Du musst dich entscheiden, konnte er im Gesicht seiner Tante lesen.

Ich weiß nicht, ob ich das will, dachte er, setzte sich aber hinter Mia.

„Udana."

Der Teppich erhob sich, Mia beugte sich nach vorne und sie rasten durch die Luft. Hagen wurde schlecht.

Glücklicherweise war sie entschlossen genug, vorher nicht über diese Art der Fortbewegung nachzudenken. Andernfalls hätte sie es sich vielleicht anders überlegt.

Es war beängstigend, beinahe hundert Fuß über der Erde auf einem zugegebenermaßen dicken Stück Stoff, das allerdings schon etwas mürbe war, in atemberaubender Geschwindigkeit durch die Luft zu jagen. Doch genauso wie es beängstigend war, war es auch erhebend.

Noch nie hatte sie die Welt von oben gesehen. Zumindest nicht aus dieser Höhe. Auf den einen oder anderen Baum war sie immerhin schon geklettert.

Unter ihnen breiteten sich die unterschiedlichsten Landschaften aus. Wälder, Felder, Seen, Berge, Dörfer und Städte zogen an ihnen vorbei. Sie sahen von oben so vollkommen anders aus, als wenn man sich inmitten von ihnen befand.

Dieser Anblick und dazu der Flugwind, der ihr Gesicht kühlte, ihre Kleidung aufplusterte und durch ihre Haare wirbelte, waren wie ein Rausch voller Glückseligkeit.

Hagen teilte diese Empfindung nicht, sondern kämpfte angestrengt gegen seine Übelkeit.

Als Burg Purk am Horizont erschien, verlangsamte Mia durch leichtes Zurücklehnen den Flug. In einem kleinen Wäldchen in einer ihrer Ansicht nach ausreichenden Entfernung zur Stadt ließ sie den Teppich langsam landen.

„Nie wieder!“ Hagen war noch bevor sie den Boden erreicht hatten, abgesprungen und mit wackligen Beinen zum nächsten Baum gestolpert, an dem er sich mit beiden Armen abstützte.

Der Weg bis zur Stadt war länger als sie es angenommen hatten und es war Nachmittag geworden, bis sie vor ihren Toren angelangt waren.

Es war die erste Stadt, die Mia zu Gesicht bekam. Sie war nicht sonderlich groß, aber Mia hatte das Gefühl, sie wäre riesig. Staunend betrachtete sie die hohen Mauern, die sie umschlossen. Trotz deren Höhe konnte sie eine schnörkellose und finstere Burg erkennen, die sich in der Mitte der Stadt erhob.

„Das sieht gruselig aus", sagte sie mehr zu sich als zu Hagen.

„Ja", antwortete er. „Ich war noch nie hier, aber bei allem, was man so hört, ist Burg Purk kein freundlicher Ort. Falls uns jemand anspricht, lass mich reden, bitte! Vorlaute Frauen können schnell in Schwierigkeiten geraten." Es hatte etwas gedauert, bis er seine Übelkeit und weichen Beine überwunden hatte, aber es war ihm gelungen. Anders als bei seinem verletzten Stolz. Den trug er noch mit sich herum.

Mia blieb stehen und sah ihn verärgert an. „Was denkst du dir denn?"

„Hier hat einfach der Mann das Sagen. Wenn wir einen anderen Eindruck vermitteln, könnte es alles unnötig erschweren. Tut mir leid, wenn es anders ist, als du es gerne hättest", sagte er gröber als er wollte.

In ihrem Gesicht spiegelte sich Entsetzen, aber sie sagte nichts.

Es gab nicht viele, die in die Stadt wollten. Ein paar Händler, ein paar Bauern und ein paar Stadtbewohner, die von auswärtigen Verrichtungen nach Hause kamen. Dennoch erregten Mia und Hagen nicht die Aufmerksamkeit der Wachen.

Sie tauchten ein in ein Gewirr enger, verwinkelter Gassen, in dem es unmöglich war, sich als Ortsunkundige zurechtzufinden.

„Wir werden jemanden fragen müssen", erkannte Hagen bald.

Sie standen auf einem Platz, auf den drei Wege zuliefen. Es waren wenige Menschen unterwegs. Auffällig wenige, wie er befand. Er selbst hatte auch noch nicht allzu viele Städte kennengelernt und die wenigen, die es waren, waren noch sehr viel kleiner als Burg Purk. Aber sie alle waren um einiges lebendiger.

Wenige Schritte in eine der Gassen hinein konnte er ein Schild an einem Haus erkennen, welches auf ein Gasthaus hindeutete.
„Komm, dort vorne könnten wir Glück haben", sagte er, nahm ihre Hand und zog sie mit sich.

Das Gasthaus bestand nur aus einem kleinen, schmutzigen Schankraum mit drei Tischen und einem kurzen Tresen. Der Wirt, ein hagerer, kahlköpfiger Kerl schaute erstaunt, als die beiden seine Lokalität betraten.
Die Tische waren unbesetzt, nur am Tresen stand ein einsamer Gast, der geistesabwesend in sein fast leeres Glas Bier stierte.
Hagen rückte einen Stuhl an einem der Tische zurecht und bedeutete Mia mit einer stummen Geste, sich zu setzen. Er selbst ließ sich geräuschvoll auf einem zweiten Stuhl ihr gegenüber nieder.
Der Wirt kam hinter seinem Tresen hervor und langsam auf die Neuankömmlinge zu. „Was wünscht ihr?", fragte er eher ablehnend als an Kundschaft interessiert.
„Für mich einen Krug Bier und für meine Frau etwas frisches Wasser", bestellte Hagen.
Der Wirt nickte und schlurfte zum Tresen zurück.
„Was soll das?", fauchte Mia Hagen an. „Ich kann doch..."
„Ja, aber du solltest nicht", flüsterte er zufrieden damit, hier der Stärkere sein zu können. „Das läuft hier anders als auf deinen Inseln."
Der Wirt hatte sie währenddessen nicht aus den Augen gelassen. Er kam zurück und stellte einen Krug Bier und einen Krug Wasser auf den Tisch.
„Ihr seid nicht von hier", bemerkte er. „Was verschlägt euch in unsere Stadt?"
Bevor er antwortete, griff Hagen den Krug und nahm einen kräftigen Schluck Bier. Es schmeckte widerlich, lauwarm,

fade und abgestanden. Wenn er gekonnt, wie er es gewollt hatte, hätte er es wieder ausgespuckt.

„Stimmt etwas nicht?“, fragte der Wirt leicht feindselig.

„Alles bestens“, beeilte sich Hagen zu versichern. „Nur zu viel Staub in der Kehle.“

Und um zu bekräftigen, dass es kein Problem gab, trank Hagen erstmal weiter, also er schluckte es herunter, so schnell es ging, um so wenig wie möglich von der ekelhaften Brühe zu schmecken.

„Wir sind nur auf der Durchreise“, sagte er, als er den nur noch halbvollen Krug abstellte. „Wir sind auf dem Weg zur Hochzeit meiner Schwester.“

„Aha.“ Das war genauso wenig überzeugend, wie sein Bier schmeckte.

„Wir sind viel besser vorangekommen als geplant und da haben wir gedacht, wir schauen uns die Stadt einmal an. Vielleicht bleiben wir auch für eine Nacht. Ihr kennt nicht vielleicht eine günstige Herberge?“ Hagen griff wieder nach dem Krug, zögerte aber zu trinken, sondern sah den Wirt erwartungsvoll an.

Der stützte sich mit ausgestreckten Armen auf dem Tisch auf. Er sah aufmerksam um sich und nahm dann Hagen fest in den Blick. „Das solltet ihr nicht tun“, sagte er ernst. „Ihr solltet austrinken und dann die Stadt schnell wieder verlassen.“

„Warum das?“, versuchte Hagen sich unbedarft zu geben.

„Fremde sind hier nicht gerne gesehen. Und schon gar nicht solche, denen man so offensichtlich ansieht, dass sie nichts weiter sind als Rumtreiber.“ Der Wirt richtete sich wieder auf und sah abfällig auf Mia und Hagen herab.

„Wie kannst du so etwas über uns sagen?“, empörte sich Hagen und wollte aufstehen.

Der Wirt legte ihm seine Hand auf die Schulter und drückte ihn leicht nach unten. „Ich habe doch Augen im Kopf. Ich weiß nicht, was ihr seid und was ihr im Schilde führt, aber dass ihr nicht so harmlos seid, wie ihr mir zu glauben machen wollt, das erkenne ich."

„Du irrst dich, Mann."

„Ist das so?" Er nahm seine Hand von Hagens Schulter und grinste wissend.

Mia, die bisher den Kopf gesenkt gehalten hatte, um ihrer Rolle als Frau, so wie sie hier erwartet wurde gerecht zu werden, wenn sie Hagens Worten glauben sollte, sah den Wirt jetzt geradeheraus an. Ihre großen, strahlenden Augen trafen ihn an einer Stelle, die er noch nicht von sich kannte. Sie ist ja ein wahrlich zauberhaftes Wesen, stellte er zu seiner eigenen Überraschung fest. Schade, dass sie auf einen Hallodri, wie ihren Begleiter hereingefallen zu sein scheint. „Du solltest besser auswählen, mit wem du dich einlässt", sagte er freundlicher, als er es sich selbst zugetraut hätte, zu ihr.

„Ich weiß", gab sie zu und lächelte ihn an.

Auch ihm huschte ein Lächeln über das Gesicht und eine kaum wahrnehmbare, sanfte Wärme breitete sich in seinem Bauch aus.

„Du hast recht", sagte sie. „Wir sind nicht einfach auf der Durchreise. Wir suchen jemanden."

„Hör nicht auf sie", warf Hagen eilends ein. „Sie redet mal wieder dummes Zeug." Er warf ihr einen bösen Blick zu.

Der Wirt schaute zwischen den beiden hin und her. „Nein, ich glaube, sie sagt die Wahrheit."

„Und selbst wenn. Das soll deine Sorge nicht sein", sagte Hagen und stand auf, warf ein paar kleine Münzen auf den Tisch und wandte sich Mia zu. „Wir gehen."

Mia hob fragend die Augenbrauen und blieb sitzen.

Der Wirt grinste jetzt belustigt. Hagens Augen verengten sich zu zwei schmalen, wütenden Schlitzen.

„Vielleicht kannst du uns ja helfen", sagte Mia, ohne der Belustigung des Wirtes und der Wut Hagens Aufmerksamkeit zu schenken. „Wir suchen jemanden, der im Letzten Winkel wohnen soll.“

„Im Letzten Winkel?“ Der Argwohn in der Stimme des Wirtes war zurück. „Niemand sucht jemanden, der im Letzten Winkel wohnt.“

„Du willst uns also nicht den Weg dorthin zeigen?“ Mia klang enttäuscht.

„Nein, will ich nicht. Und weißt du warum? Der Letzte Winkel ist keine gute Gegend. Schon gar nicht für eine junge Frau. Und ich habe meine Zweifel, ob dein Freund zu deinem Schutz taugt“, erwiderte der Wirt mit einer abfälligen Geste in Hagens Richtung.

„Ich kann schon auf mich selbst aufpassen“, sagte sie leicht verärgert darüber, dass ihr als Frau schon wieder etwas abgesprochen wurde. „Bitte, es ist wirklich wichtig.“

Der Wirt zupfte nachdenklich an seiner Unterlippe. „Ich weiß nicht, was ihr vorhabt, und ich will es auch gar nicht wissen. Aber ich fürchte, ihr werdet nicht unerledigter Dinge die Stadt verlassen. Ihr müsst mir versprechen, dass ihr hier in der Stadt keine, auch nur im Entferntesten an Unrecht erinnernde Sachen macht.“ Auch wenn ihn die unrechten Sachen nicht störten, so wollte er doch nicht mit ihnen in einen Zusammenhang gebracht werden. Und die Gefahr bestand durchaus, wenn jemand sehen oder bezeugen würde, dass das fremde Pärchen bei ihm war.

„Wir haben nichts Unrechtes im Sinn“, versicherte Mia. „Es ist nur außerordentlich wichtig, dass wir diese bestimmte Person treffen.“

Hagen schaute missmutig drein.

„Auch wenn es mir schwerfällt zu glauben, dass es im Letzten Winkel jemanden geben soll, der für irgendjemanden auch nur ein klein wenig wichtig ist, hoffe ich, dass ihr wisst, was ihr macht. Der Letzte Winkel ist gar nicht weit. Geht einfach die Gasse weiter, bis zum Ende. Dort nach rechts und dann weiter, bis es nicht mehr weiter geradeaus geht. Von dort nach links kommt ihr direkt in den Letzten Winkel."

„Danke", Mia lächelte ihn an.

„Pass auf dich auf Mädchen", sagte er und reichte ihr die Hand, um ihr beim Aufstehen behilflich zu sein. Mia ergriff sie, ohne den Grund zu verstehen.

„Man merkt, dass du mit keinem vornehmen Mann unterwegs bist", sagte er erklärend zum Abschied und versuchte noch einmal einen Blick in ihre Augen zu erhaschen.

„Was sollte das?", fragte Hagen gereizt, als sie die Wirtschaft verlassen hatten und die Gasse entlangliefen.

„Was sollte was?", erwiderte sie und versuchte mit seiner Geschwindigkeit Schritt zu halten.

„Du hast dich nicht an unsere Absprache gehalten", schimpfte er und beschleunigte noch einmal seinen Gang.

„Was meinst du?", fragte sie, wohl wissend, worüber er sich ärgerte.

„Wir hatten verabredet, dass ich rede und du den Mund hältst", sagte er bösartig.

„Was?", Mia blieb stehen. Ihr Blick verfinsterte sich. Auch wenn sie um seine Verstimmung wusste, war sie von der Aggressivität doch überrascht.

„Ich hatte dir gesagt, dass es besser ist, wenn ich rede. Versteh mich nicht falsch, aber…"

„….Frauen haben still zu sein", beendete sie seinen Satz.

„Du weißt, dass ich das so nicht meine", versuchte er glaubwürdig zu versichern, was zumindest in diesem Moment nicht zutreffend war. Er hatte die Schmach seiner Schwäche beim Flug immer noch nicht verwunden und sie hatte ihn ein zweites Mal wie einen dummen Jungen aussehen lassen, „aber hier ist einfach vieles anders als auf deinen wunderbaren Inseln", spottete er.

„Ach so“, sagte sie mit gespieltem Verständnis. „In meiner Erinnerung hat der Wirt aber mir den Weg erklärt.“

„Pah, das war einfach nur Glück. Hätte auch anders kommen können.“ Wenn ich so einen treuherzigen Blick hätte, sagte er nicht.

„Und wäre es auch, wenn ich dir alles überlassen hätte“, sagte sie ruhig.

„Dann hätte ich jemand anderes gefunden, der uns weiterhilft“, schimpfte er.

„Oder auch nicht“, beendete Mia die Auseinandersetzung, indem sie, ohne eine weitere Antwort von ihm abzuwarten, weiterging.

Oh doch, das hätte ich, wollte er sagen, aber sie hörte ihm nicht mehr zu.

Sie liefen schweigend nebeneinander. Beide ihren jeweiligen Gedanken nachhängend.

Es begegneten ihnen nur wenige Menschen. Und die, die ihnen begegneten, zeigten offensichtlich wenig Interesse an ihnen. Einem Eindruck, dem sie sich aber unabhängig voneinander nicht entziehen konnten, war, dass sie dennoch beobachtet wurden.

Am Ende der Gasse bogen sie nach rechts ab. Die Häuser wurden kleiner und schäbiger und es lag zunehmend mehr Unrat auf der Erde.

Als es nicht mehr weiter geradeaus ging, führte ein schmaler, unbefestigter Weg nach links. Der Boden war schlammig und von großen, schmutzigen Pfützen durchzogen. Obwohl die Sonne noch hoch stand, fand sie nicht bis hierher. Schummerig und grau war das Licht, das zwischen die Häuser, welche deutliche Anzeichen des Verfalls boten, hineinfiel.

„Hier ist alles nur grau“, stellte Mia fest. „Wie sollen wir da ein blaues Haus finden?“

„Vielleicht solltest du zurückgehen und deinen Freund nach dem blauen Haus fragen“, schlug Hagen voller Genugtuung vor.

Sie sah ihn zweifelnd an. Was bewog ihn dazu, so einen Unsinn von sich zu geben? Langsam ging sie in die Gasse hinein und strengte ihre Augen an, bis diese schmerzten.

Der Letzte Winkel war nicht sonderlich lang und an seinem Ende ging es nicht weiter. Sie hatten beide Häuserreihen abgesucht, aber kein blaues Haus entdecken können. Sie waren alle einfach nur grau und aus keinem drang auch nur das leiseste Geräusch heraus oder fiel ein noch so schwacher Lichtschein ins Freie. Man konnte meinen, dass sie allesamt unbewohnt waren.

„Wir können irgendwo klopfen“, schlug Hagen, wissend, dass dies Unfug war, vor.

„Warum nicht?“ sagte Mia enttäuscht und wollte langsam auf die nächstgelegene Tür zugehen.

„Weil der Wirt eindringlich vor den Bewohnern der Gasse gewarnt hat“, hielt Hagen sie zurück. Gerne hätte er darauf verzichtet, dessen Aussagen zu Hilfe zu ziehen, aber er traute Mia durchaus diese Dummheit zu.

„Aber wie sollen wir sonst das richtige Haus finden? Keines von ihnen ist blau“, sagte sie ernüchtert.

„Lass uns noch einmal alle Häuser genau ansehen, vielleicht finden wir ja irgendetwas Blaues.“ Hagen betrachtete eindringlich das Haus, vor welchem sie standen.

Es ist schon sehr seltsam, dass es hier so ausgestorben wirkt, dachte er. Es war eine beklemmende Stimmung, die vom Letzten Winkel ausging.

„Ich nehme an, du bist noch nie einem Zauberer begegnet“, sagte er, um die Anspannung zwischen ihnen etwas zu lösen. Diese seltsame Stimmung aus Stille und fahlem Licht ließ ihn fast vergessen, dass er immer noch wütend auf sie war.

„Nein, woher? Die Inseln sind zwar zauberhaft, aber, ohne dass es dafür einen Zauberer braucht. Hast du jemals einen getroffen?“, fragte sie, sein unausgesprochenes Angebot annehmend.

Sie gingen weiter zum nächsten Haus, da sie nichts, was an blau erinnern würde, erkennen konnten.

„Ich würde nicht sagen, dass es ein Zauberer war. Aber als ich noch ein Junge war, war ich ein paar Tage in einer Stadt, in der einer, der sich als Zauberer ausgab, auf dem Marktplatz ein paar Tricks vorführte. Wenn ich jetzt daran denke, fällt mir ein, dass er einen blauen Umhang trug und einen blauen Hut auf dem Kopf hatte.“ Es war zu der Zeit, als er schon von seinen Eltern fortgegangen, aber noch nicht bei der Alten angekommen war. Also etwas, das er gerne vergessen haben würde.

„Vielleicht ist Blau ja die Farbe der Zauberer“, sagte sie ohne Überzeugung.

„Das könnte sogar sein, weil der Wagen, mit dem er unterwegs war, war auch blau angestrichen und sein Pferd hatte eine blaue Decke“, erinnerte er sich.

„Nur hilft uns das nicht weiter. Ich kann auch hier nichts Blaues sehen. Was hat er denn für Zaubereien gezeigt?“

„Hauptsächlich hat er die Leute Karten ziehen lassen und ihnen dann gesagt, welche es waren, ohne dass sie, sie ihm gezeigt hätten. Und Kaninchen hat er aus seinem Hut gezogen.“

„Kaninchen?“, fragte Mia mit plötzlicher Aufregung.

„Ja, Kaninchen“ wunderte er sich.

„Bist du dir sicher, dass es Kaninchen waren?“, fragte sie, als würde davon ihr Überleben abhängen.

„Ja, da bin ich mir sicher. Warum?“, fragte er verständnislos. Zauberkünstler zogen Kaninchen aus dem Hut, das wusste doch jeder und daran war nichts Ungewöhnliches.

„Komm mit“, forderte Mia ihn auf.

„Was ist denn los?“, fragte Hagen nichtsahnend und lief ihr nach.

Auf der Hälfte der Länge des Letzten Winkels blieb sie stehen und zeigte auf eine Haustür. „Da, sieh“, sagte sie.

„Was soll da sein?“ Er konnte nichts erkennen.

„Das Kaninchen. In die Tür ist ein Kaninchen geschnitzt.“

Hagen betrachtete die Tür. Sie war alt und verwittert, aber es stimmte, an ihrem unteren Ende war eine Schnitzerei zu erkennen, die an ein Kaninchen erinnerte.

„Das muss es sein“, sagte Mia, jetzt sehr viel frohgemuter. „Lass uns klopfen.“

„Moment“, stoppte Hagen ihren Eifer. „Lass diesmal wirklich mich reden“, forderte er.

„Warum? Weil du bei dem Wirt so viel Erfolg hattest?“ Ihr fast vergessener Ärger kroch wieder ein bisschen hoch.

„Ich würde sagen, da hattest du Glück“, sagte er mit ebenfalls wieder ansteigendem Verdruss, den er versuchte zu unterdrücken. „Aber das hier ist etwas anderes. Wir wissen nicht, ob es wirklich das richtige Haus ist. Nur weil da ein Kaninchen ist, heißt das noch nicht, dass es etwas zu bedeuten hat. Bei meiner Tante tummeln sich jede Menge Kaninchen und sie ist gewiss einiges, aber bestimmt keine Zauberin. Und der Zauberer damals war sicher auch kein Zauberer, sondern nur jemand, der ein paar ganz gute Tricks kannte. Und außerdem sind Zauberer furchtbar empfindlich und reden lieber mit Männern als mit Frauen.“

Sie sah ihn spöttisch an. „Und woher willst du das wissen, wenn du bisher nur einem falschen Zauberer begegnet bist?“

„Jedenfalls weiß ich das besser als du, da es bei euch ja nun mal gar keine Zauberer gibt“, sagte er barsch und ging, um jede weitere Diskussion zu vermeiden, auf die Tür zu und klopfte.

Es kam keine Antwort. Sie warteten und Hagen klopfte wieder. Und wieder keine Antwort.

„Und nun?“, fragte Hagen.
„Klopf weiter.“ Sie hätte es ja selbst getan, aber er wollte ja unbedingt der Macher sein.
Und Hagen klopfte.
„Was wollt ihr hier?“ Eine kleine Klappe in der Tür hatte sich geöffnet, durch die sie ein blaues Augenpaar fixierte.
„Wir suchen Herrn Schmidt in einer sehr wichtigen Angelegenheit“, sagte Hagen.
„Der ist nicht da.“ Die Klappe schloss sich wieder.
Mia und Hagen warteten, aber es geschah nichts. Er klopfte noch einmal.
„Ich habe euch doch gesagt, Herr Schmidt ist nicht da.“ Die blauen Augen schauten verärgert.
„Es ist wirklich sehr wichtig“, sagte Hagen. „Wann wird denn Herr Schmidt wieder zurück sein?“
„Keine Ahnung, aber gewiss nicht in nächster Zeit.“ Die Klappe wurde wieder geschlossen.
Hagen schlug wütend gegen die Tür. Was bildete sich dieser Kerl da drinnen ein? Ein bisschen mehr Höflichkeit konnten sie wohl erwarten.
„Verschwindet!“, erklang die Stimme hinter der Tür, diesmal ohne, dass die Klappe geöffnet wurde.
„Jedenfalls scheint es das richtige Haus zu sein“, bemerkte Mia.
„Was uns aber nicht viel nutzt.“
„Lass uns einfach noch mal klopfen“, sagte sie, da sie nicht einfach aufgeben wollte. Selbst wenn Herr Schmidt nicht da war und demnächst auch nicht kommen würde, so konnte derjenige, der im Haus war, ihnen vielleicht wenigstens sagen, wo sie ihn finden könnten.
„Wie du meinst“, erwiderte Hagen, dem auch kein anderer Gedanke kam, außer auf die Hilfe des Zauberers zu verzichten. Er hämmerte noch kräftiger als zuvor gegen die Tür.

„Seid ihr von Sinnen, hier einen solchen Lärm zu machen?“ Die Klappe war wieder offen und die Augen warfen ihnen grimmige Blicke zu.
„Bitte, wir haben nur ein paar Fragen“, sagte Mia.
„Und danach verschwindet ihr wieder?“
„Ja, wir haben nicht vor länger zu bleiben als nötig.“
Sie hörten, wie innen ein Riegel zurückgezogen wurde und die Tür schwang lautlos zur Hälfte auf. „Kommt rein.“
Hagen schnaufte. Wieder war es Mia, die es letztlich geschafft hatte.

Sie standen in einem in warmes, gelbes Licht, dessen Quelle nicht auszumachen war, getauchten leeren Raum. Gegenüber der Eingangstür führte eine Treppe nach oben.
„Also, was wollt ihr?“, fragte der Mann, der eher noch ein Junge war. Er war beinahe so groß wie Hagen, aber viel dünner und ausgesprochen schlaksig. Sein Gesicht war blass, seine Haare feuerrot, sein Mund breit mit einer großen Lücke zwischen seinen mittleren, oberen Zähnen und seine Augen leuchteten unnatürlich blau.
Seltsamer Vogel, dachte Hagen.
„Wie schon gesagt, wir suchen Herrn Schmidt“, erklärte Mia.
„Das haben wir anders abgesprochen“, zischte Hagen.
„Was?“, zischte sie zurück.
„Ich sollte reden“, dozierte er. „Also, wir suchen Herrn Schmidt“, wandte er sich an den Jungen.
Der blickte verwundert zwischen den Eindringlingen hin und her. Warum fingen die an sich zu streiten? „Und ich habe euch schon gesagt, dass Herr Schmidt nicht da ist“, sagte er.
„Das schon, aber nicht, wo er ist und wann er wiederkommt“, kam es ungeduldig von Hagen.
Der Junge sah Hagen an. Er beschloss, dass dieser ihm unangenehm war. Menschen wie Hagen wollten von allem einfach zu viel sein. Vor allem größer, stärker und klüger sein,

als sie waren, urteilte er. „Ich habe euch schon gesagt, dass er in nächster Zeit nicht wiederkommt."

„Und wo ist er?", fragte Hagen ungeduldig.

„Das weiß ich nicht." Und wenn ich es wüsste, würdest du es nicht von mir erfahren, dachte der Jüngling. „Mehr kann ich euch nicht sagen." Er wies mit der Hand auf die Tür.

„Aber vielleicht kannst du uns helfen", warf Mia ein. Ihr war der Gedanke gekommen, dass der Junge vielleicht auch ein Zauberer sein könnte, wenn auch noch nicht so ein großer und mächtiger, wie Herr Schmidt es sein sollte.

Hagen atmete hörbar verärgert aus.

„Ich?" Der Junge nahm Mia genauer als zuvor in Augenschein. Ihre Blicke trafen sich und seine Hände, Füße und in seinem Bauch begann es zu kribbeln und von seinen Haarwurzeln ausgehend lief ein unbekannter Schauer über seinen Körper. Ich habe mich verliebt, stellte er fest. Es war etwas, das er nicht für möglich gehalten hatte. „Ich wüsste nicht wie", sagte er sehr zu seinem Bedauern.

„Weil wir dir noch nicht erzählen konnten, worum es geht", sagte Mia, die die Schwingung des Jungen auffing.

„Das kann nicht dein Ernst sein", flüsterte Hagen ihr erschrocken zu. „Wie soll uns so ein Bürschlein helfen?"

„Bisher warst du auch noch keine sehr große Hilfe", gab sie zurück.

„Ich habe dich immerhin zu meiner Tante gebracht", beharrte er.

„Nein, das war Pavarotti", verbesserte sie ihn.

„Aber mir ist das mit den Kaninchen eingefallen", versuchte er seine Wichtigkeit hervorzuheben und kam sich dabei selbst lächerlich vor.

„Ja, dir ist eine Geschichte aus deiner Kindheit eingefallen, der du aber eigentlich keine Bedeutung gegeben hast."

Der Junge räusperte sich. Die beiden benahmen sich sehr rätselhaft. „Ich kann gut verstehen, was ihr sagt, auch wenn ihr flüstert."

„Entschuldigung", sagte Mia. „Vielleicht weißt du, ob du uns helfen kannst, wenn du weißt, worum es geht."

Der Junge kaute nachdenklich auf seiner Unterlippe. Er wusste nicht, ob es ihm erlaubt war, aber Herr Schmidt hatte ihm auch nicht verboten Fremde anzuhören.

„Ich habe Tee gekocht. Vielleicht wollt ihr einen Becher." Er wandte sich von den beiden ab und ging die Treppe hinauf.

Das Licht im Raum des Obergeschosses war ebenso wie unten gelb und warm und auch hier war nicht zu erkennen, woher es kam. Aber es gab drei Stühle und einen Tisch, auf dem eine Kanne und drei Becher standen.

„Also habe ich das richtig verstanden? Du kommst von den Inseln im Kleinen See Frikka?"

Mia nickte. Das Kribbeln auf und in seinem Körper wurde heftiger. Es hatte nicht aufgehört, aber jedes Mal, wenn er sie ansah oder sie ihn ansah und besonders wenn sie lächelte, liefen größer werdende Wellen über und durch ihn hindurch.

„Und der See wird vergiftet durch die Asche der Bäume des Blaubäumer Forstes. Und um beide zu retten, wollt ihr in den Wald gehen, um Samen des Mestimistrauches zu holen, weil Forst und See erst dann endgültig sterben, wenn alles verbrannt ist und in den See geschüttet wurde. Und weil der Blaubäumer Forst ein unheimlicher Wald ist, in dem unerklärliche Kräfte herrschen, braucht ihr einen Zauberer, der euch hilft, solltet ihr in Not geraten."

„Ja, so ungefähr", sagte Mia.

„Ich bin leider kein Zauberer", musste er zugeben.

„Ha, hab ich doch gewusst, dass der uns nicht helfen kann", triumphierte Hagen.

„Ich heiße übrigens Mikkel. Und ich bin Lehrling bei Herrn Schmidt.“

„Das heißt, du bist Zauberlehrling?“, fragte sie erwartungsvoll.

„Ich hoffe zumindest einmal das zu werden, was Herr Schmidt schon ist.“ Mikkel vermied es, das Ganze beim Namen zu nennen. Zu schnell könnte ihn dies in eine ausweglose Lage versetzen.

„Aber dann hat er dir doch bestimmt schon einiges beigebracht.“ Mia wollte noch nicht aufgeben. Ein Zauberer war zwar besser als ein Zauberlehrling, aber ein Zauberlehrling war doch um einiges besser als nichts.

Außerdem fühlte sie sich in Mikkels Gesellschaft wohl und diese verhieß ein wenig Abwechslung von der Hagens, die bisher mehr anstrengende Momente als hilfreiche hatte.

„Eigentlich nur eine Sache. Und die darf ich auch nicht machen, außer im allergrößten Notfall. Aber ich glaube kaum, dass die bei einem Notfall etwas ausrichten könnte.“

„Was für eine Zeitverschwendung“, maulte Hagen.

„Und du kannst uns wirklich nicht sagen, wann Herr Schmidt zurück ist oder wo wir ihn finden können?“, fragte Mia. So ungern sie es auch tat, aber sie musste Hagen zustimmen, dass ein Zauberlehrling ohne Zauberkenntnisse ihnen nicht weiterhelfen konnte.

„Nein, leider. Er bekam vor wenigen Tagen Besuch und danach sagte er, er müsse dringend für eine unbestimmte Zeit verreisen. Er hat mir nicht gesagt wohin.“ Mikkel nahm einen Becher, bevor er trank, betrachtete er sein verschwommenes Spiegelbild auf der Teeoberfläche. Es war ihm noch nie aufgefallen, dass es da war.

„Der Ausflug war also umsonst“, nörgelte Hagen und stand auf. „Lass uns gehen.“

Mia blieb unschlüssig sitzen. Mikkel verzog den Mund zu einem bedauernden Lächeln. Aber besser war es, wenn die beiden schnell wieder gehen würden. Dann könnte er gleich versuchen zu ergründen, warum er sich im Tee spiegelte und Mia und ihre Augen darüber vergessen.

„Kannst du uns in der Stadt eine Herberge empfehlen, in der wir die Nacht verbringen können?“, fragte sie. Sie fühlte sich zu kraftlos, gleich weiterzuziehen.

„Bleibt nicht in Burg Purk“, riet Mikkel. „Das ist keine gastfreundliche Stadt. Zwei Meilen ostwärts ist ein Dorf mit einem kleinen Gasthaus. Geht dorthin.“

„Danke“, sagte sie und stand jetzt auch auf. Wenn sie den Gepflogenheiten ihrer Heimat gefolgt wäre, hätte sie ihn gewiss umarmt, aber sie hatte schon gelernt, dass dieses Verhalten hier nicht unbedingt gut angesehen war.

Mikkel folgte ihnen die Treppe hinunter.

„Wo kommt eigentlich das Licht her?“, fragte Mia, der die Neugierde trotz der Enttäuschung nicht abhandengekommen war.

„Holzglühwürmchen.“

„Holzglühwürmchen?“

„Ja, kleine, leuchtende Würmchen, die in den Holzwänden leben. Wenn man dagegen klopft, kriechen sie alle zu einer bestimmten Stelle. Sieh.“ Er schlug dreimal leicht gegen die Wand und das Licht zog sich aus den Wänden zurück und sammelte sich in einem kleinen Viereck, das dafür umso heller leuchtete. „Und wenn man über die Wand streicht, verteilen sie sich wieder.“ Er tat genau dieses und in kurzer Zeit strahlten die Wände wieder ihr warmes, gelbes Licht in den Raum.

Mikkel öffnete die Klappe in der Tür und sah hinaus.

„Tut mir einen Gefallen“, bat er. „Redet mit niemandem darüber, dass ihr hier wart.“

„Warum nicht?“, fragte Hagen, dem es nicht in den Sinn gekommen wäre, dies zu tun. Aber einer Bitte von Mikkel konnte er nicht einfach nachkommen, ohne dazu etwas zu sagen.

„Wo hast du denn die letzte Zeit verbracht? Mein zukünftiger Berufsstand ist derzeit nicht gerade sehr angesehen. Schon gar nicht hier in Burg Purk“, erwiderte Mikkel verärgert.

„Ach so.“ Mehr an Erwiderung war es Hagen nicht wert. Es genügte ihm, Mikkel zum Abschied ein klein wenig aufgeregt zu haben.

„Ihr habt doch niemandem erzählt, wohin ihr wolltet?“, stellte Mikkel eine bange Frage.

„Wir haben nur den Wirt, zwei Gassen weiter, nach dem Weg zum Letzten Winkel gefragt?“, sagte Mia ahnend, dass Mikkel darüber nicht erfreut sein würde.

Dessen Augen weiteten sich aufs Unnatürlichste und er wurde noch blasser als er es ohnehin schon war. „Oh nein“, stöhnte er. „Was habt ihr ihm gesagt?“

„Nur dass wir jemanden suchen, der im Letzten Winkel wohnt.“

„Ihr Unglücksvögel“, brach es aus Mikkel heraus und er stürmte die Treppe hinauf.

Mia und Hagen sahen sich verständnislos an. Von oben war Mikkels Schimpfen zu hören, ohne dass sie verstanden, was genau er sagte.

„Wir sollten mal nach ihm sehen“, schlug Mia vor, die sich Vorwürfe machte, Mikkel scheinbar in Bedrängnis gebracht zu haben.

Tisch und Stühle, Kanne und Becher waren aus dem Obergeschoss verschwunden. Dafür stand in der Mitte des Raumes ein Tornister, in dem Mikkel alles Mögliche verstaute, das er aus den Schubläden einer Kommode holte, die jetzt ebenfalls anstatt der anderen Möbel mitten im Raum stand.

„Wisst ihr, was ihr angerichtet habt?“, fragte er gehetzt, als sie oben angekommen waren.

„Nein, wie sollten wir?“, antwortete Mia. „Aber was es auch ist, es tut mir sehr leid.“

„Ich habe keine Zeit euch das jetzt zu erklären“, redete Mikkel hastig, sprang auf, griff den Tornister und jagte die Treppe wieder hinunter.

Unten klopfte er gegen die Wand, die Holzglühwürmchen zogen sich auf das Viereck zurück. Er drückte kräftig dagegen, sodass es sich aus der Verkleidung löste und steckte es zu den anderen Sachen in den Tornister. Der Raum versank in Dunkelheit.

„Wir müssen hier verschwinden“, sagte er entschieden, nachdem Mia und Hagen ihm wieder nach unten gefolgt waren.

Er öffnete die Luke in der Tür und spähte angestrengt nach draußen. „Gut“, flüsterte er erleichtert. „Ich hoffe, es ist nicht zu spät.“

„Zu spät wofür?“, wollte Mia wissen. Dass ihn allein die Tatsache, dass sie den Wirt nach dem Weg gefragt hatten, derart in Panik versetzte, musste einen sehr gewichtigen Grund haben.

„Nicht jetzt.“ Mikkel öffnete die Tür einen Spalt breit und mit einem geschickten Griff löste er die Kaninchenschnitzerei aus ihr. Sobald er die Tür wieder geschlossen hatte, zerfiel diese in seiner Hand zu Staub.

Er ging zur Treppe und zog zwei übereinanderliegende Stufen nach vorne aus ihr heraus. Durch die Öffnung führte ein schmaler Gang nach unten.

„Los, rein da“, forderte er sie auf.

Er stieg als Letzter in das Loch und zog von dort die Stufen wieder an ihren Platz.

Es war finster. Und es war eng. Mikkel drängte sich an Hagen vorbei.

„Was soll das werden?“, fragte dieser gereizt.

„Lass mich durch, ich werde vorausgehen“, sagte Mikkel zu seiner eigenen Überraschung keinen Widerspruch duldend.
„Pfff“, atmete Hagen unzufrieden aus, aber er presste sich so dicht es ging gegen die Wand.
An Mia kam Mikkel leichter vorbei. Er sog ihren Geruch ein, ihr Haar kitzelte in seinem Gesicht und er spürte die Wärme ihres Körpers. Das Kribbeln war wieder da.
Ich bin ja immer noch verliebt, stellte er erstaunt fest. Und das trotz des Schlamassels, in den sie mich gestürzt hat. Er zog das leuchtende Brett aus dem Tornister. Ein heller Lichtstrahl erleuchtete den Gang.

In gebückter Haltung liefen sie durch die Enge, bis diese sich vor ihnen zu einem kleinen unterirdischen Saal ausweitete.
„Wir warten hier, bis es Abend geworden ist“, entschied Mikkel.
„Wo sind wir?“, fragte Mia.
„Unter der Stadtmauer“, antwortete er und setzte sich auf den Boden.
„Und was sollen wir hier?“, beschwerte sich Hagen, einfach um sich zu beschweren.
„Erstmal abwarten.“ Mikkel kratzte sich nachdenklich am Kinn. Es war schon seltsam, dass erst sein Lehrmeister ohne große Erklärungen verschwand und kurz darauf diese unerwarteten Besucher auftauchten.
„Und worauf warten wir?“, wollte Mia wissen.
„Auf den Abend. Am Tage würden wir zu leicht entdeckt werden“, erklärte Mikkel.
„Aber warum?“ Wenn es in der Stadt bestimmte Gefahren für sie gab, wäre es besser zu wissen, wovor sie sich in Acht nehmen sollten.
Mikkel sah sie an. Er wollte ihr sehr böse sein, aber er konnte es nur ein kleines Bisschen. „Weil eure Unbedachtheit Herrn Schmidt und mich in Gefahr gebracht hat. Ihr hättet niemals

nach dem Weg fragen dürfen. Im Letzten Winkel wohnt niemand, der jemals Besuch bekommt. Und wenn dies doch einmal geschieht, so machen sich der Besuchte und der Besucher äußerst verdächtig." Er redete schnell und das Bösesein gelang ihm jetzt doch.

„Das verstehe ich nicht", gab sie zu. Es war ihr unverständlich, dass allein ein Besuch gefährlich sein konnte.

„Ich weiß", räumte er wieder versöhnlicher werdend ein. Wahrscheinlich war es einfach dieses Kribbeln, das immer stärker wurde, welches ihn davon abhielt wütend zu bleiben.

„Und wirst du uns jetzt langsam mal aufklären", mischte sich Hagen ein. Er konnte, anders als Mia kein Mitleid für Mikkel aufbringen. Ja, ein klein wenig freute er sich sogar über dessen Not und hätte sich bestimmt noch eine Weile an dieser geweidet, aber er begann sich Gedanken darüber zu machen, warum ihnen die Alte wichtige Auskünfte vorenthalten hatte.

„Es ist nicht nur der Blaubäumer Forst, den die Königin roden und nicht nur der Kleine See Frikka, den sie vergiften lässt. Es geschieht vieles mehr. Und diese Stadt ist so etwas wie ein Brennglas für die Vorgänge im ganzen Land", sagte Mikkel.

Mia und Hagen sahen ihn fragend an.

„Alles, was sich ihrer Vorstellungskraft entzieht, hat sie beschlossen zu verfolgen, zu vernichten und den Menschen einen Abscheu dagegen einzupflanzen. Also gegen Zauberer, Elfen, Zwerge, Hexen, Feen und so weiter. Und Burg Purk ist die Stadt, in der ihre Bemühungen bisher die größten Früchte tragen", fuhr er fort.

„Aber warum tut sie das?", fragte Mia, der ein solches Benehmen unverständlich war.

„Ich könnte mir vorstellen, dass es mit diesem alten Fluch zu tun hat, den eine Fee über sie gelegt hatte. Und auch, wenn dieser längst aufgehoben wurde, ist sie zeitlebens unglücklich geblieben, so viel wie man von ihr weiß“, gab Mikkel wieder, was Herr Schmidt ihm dazu gesagt hatte.

„Und was hat es mit dieser Stadt auf sich?“, erkundigte sich Hagen, der an ihr nichts Außergewöhnliches hatte feststellen können, außer dass sie etwas leblos wirkte.

„Das ist eine wirklich schreckliche Geschichte“, begann Mikkel diese wie einen auswendig gelernten Text zu erzählen. „Das Geschlecht der Grafen Purk war immer ein fröhliches, spielsüchtiges und verschwenderisches. Leider von allem ein wenig zu viel. Irgendwann waren die Kassen leer und die Schuldenberge ins Unermessliche gewachsen.

Die einzige Lösung, die dem damaligen Grafen einfiel, war es, seinen Sohn mit der Tochter eines reichen Kaufmannes zu verheiraten, eines sehr, sehr reichen.

Dieser tilgte sämtliche Schulden, dafür konnte er sich fortan mit einem altehrwürdigen Adelstitel schmücken, was seinen Geschäften noch einmal einen ungeheuren Auftrieb verlieh.

Verlierer dieser Vereinbarung waren der Sohn des Grafen und die Tochter des Kaufmanns. Denn die beiden konnten sich nicht nur nicht leiden, sondern empfanden eine abgrundtiefe Abneigung zueinander. Trotzdem schafften sie es irgendwie, eine Tochter zu zeugen.

Als der alte Graf starb und sein Sohn Titel und Ländereien erbte, dachte er, sich von der Bevormundung freimachen zu können.

Bis er Einblick in seine Vermögensverhältnisse erhielt. Im Grunde besaß er nichts außer seinem Namen und seinem Titel. Alles andere hatte sein Schwiegervater geschafft, an sich zu bringen.

Der junge Graf versank mehr und mehr in Schwermut, machte seine Frau für sein Unglück verantwortlich und erschwerte ihr das Leben, wo immer er konnte.

Aber auch sie fand in ihrem Gemahl den Schuldigen für ihr unglückliches Leben und vermieste ihm das seine, so gut es ihr gelang. Und es gelang ihr sehr gut.

Und die Tochter konnten beide nicht leiden, da sie das Kind des jeweils anderen war.

Die schlechte Stimmung, die in der gräflichen Familie vorherrschte, übertrug sich rasend schnell auf die Stadt. Da der Graf kaum noch Freude an seinem Leben hatte, duldete er es auch nicht, wenn diese bei einem seiner Untertanen sichtbar wurde.

Er ertrug die Schmach und Abhängigkeit, die sich so gar nicht mit seinem Stand vertrug über viele Jahre. Bis eines Nachts seine Gemahlin und seine Tochter im Abstand weniger Minuten dieselbe Treppe in der Burg hinunterstürzten und sich den Hals brachen.

Und wenige Tage später stürzte auch noch sein Schwiegervater ebendiese Treppe hinunter, der zu seinem Schwiegersohn gekommen war und Aufklärung über diese seltsamen Unfälle forderte und teilte somit das Schicksal seiner Tochter und seiner Enkelin.

Es gab nie eine Untersuchung dieser Unfälle, aber ihr könnt euch sicher denken, was die Leute dachten.

Aber auch danach kam die Fröhlichkeit nicht zu ihm zurück. Was man ihm durchaus zugutehalten kann bei den Taten, die er anscheinend verübt hatte.

Der Graf starb nur wenige Jahre später als einsamer, unglücklicher Mann. Und er hinterließ keine Erben.

In einem solchen Fall ist es an der Königin, einen neuen Grafen einzusetzen oder zu ernennen, oder wie immer das auch heißt. Aber sie tat es nicht, sondern setzte ihren Berater Johannes als Statthalter ein, bis sie einen geeigneten Nachfolger für die Herrschaft über die Grafschaft gefunden hatte. Hat sie bis heute nicht.

Und dieser Berater hat immer noch schlechtere Laune als der Graf jemals hätte haben können und er verfolgt und versucht alles zu vernichten, was seinen Geist übersteigt."

Bei der Erwähnung des Namens Johannes versteifte sich Mias gesamter Körper. Sie kannte diesen Namen und er verschaffte ihr jedes Mal, wenn sie ihn hörte, ein unermessliches Unbehagen.

„Er ist nicht oft in der Stadt", fuhr Mikkel fort, „aber er hat es geschafft, dass der Verrat unter Nachbarn und zwischen Freunden und in Familien zum Selbstverständlichen wurde. Und wenn er in der Stadt ist, ist alles noch viel schlimmer als sonst. Und jetzt gerade ist er hier."

„Seltsam, dass sich jemand wie Herr Schmidt ausgerechnet in dieser Stadt niederlässt", warf Hagen ein. Es war ausgeschlossen, dass die Alte von all dem nichts wusste. Es war also geschehen, er hing in ihrem Netz und konnte sich daraus nicht befreien, wenn er Mia nicht diesem albernen Bürschchen überlassen wollte. Denn sie würde ihr Ziel weiterverfolgen, auch wenn er sie doch noch davon überzeugen könnte, dass die Alte ein undurchsichtiges Spiel trieb.

„Das stimmt, aber wer vermutet schon einen Herrn Schmidt in einer Stadt wie Burg Purk", sagte Mikkel und stand auf. „Wir sollten uns jetzt auf den Weg machen."

Er verstaute das leuchtende Brett in seinem Tornister und Dunkelheit umhüllte sie.

„Folgt mir", forderte er Mia und Hagen auf.

Seine Schritte entfernten sich eilends. Sie mussten sich beeilen, ihm zu folgen und es war für sie nicht zu erkennen, wohin sie liefen, nur dass sie einem fahlen Lichtschein entgegensteuerten.

„Was ist das?", fragte Hagen verwundert.

„Der Ausgang", flüsterte Mikkel. „Wir müssen durch das Loch."

Und tatsächlich dehnte sich die Öffnung, durch die das Mondlicht hereinfiel, immer mehr aus, je näher sie ihr kamen. Als sie kurz darauf, wenige Meter vor der Stadtmauer standen, war nicht mehr zu erkennen, woher sie gekommen waren.

„Was für ein seltsamer Weg“, sagte Mia.

„Ich weiß“, gab Mikkel zu. „Es ist das Erste, was mir Herr Schmidt gezeigt hat. Für genau diesen Moment. Ich bin mir sicher, dass das Ganze meine erste Prüfung ist.“ Er war zu der Überzeugung gelangt, dass weder die Abreise von Herrn Schmidt noch die Ankunft von Mia und Hagen Zufälle waren.

„Was für eine Prüfung?“, fragte sie.

„Nicht jetzt“, sagte Mikkel entschieden. „Wir müssen uns beeilen.“ Er schulterte den Tornister und lief mit weit ausladenden Schritten los.

„Findest du nicht, dass er aussieht wie eine große Heuschrecke?“, flüstere Hagen Mia zu.

„Ich kann euch ganz gut hören“, rief Mikkel mit unterdrückter Stimme.

Tag 21
In einer Scheune

Unterschlupf für die Nacht fanden sie in einer alten, halbverfallenen Scheune am Rande eines verlassenen Dorfes.

Mikkel hatte die Richtung vorgegeben und erst haltgemacht, als sie sich seiner Ansicht nach weit genug von der Stadt entfernt hatten. Die aufkeimenden Proteste Hagens gegen seine Führung waren von ihm unkommentiert geblieben. Er war einfach weitergelaufen und hatte es Mia und Hagen überlassen, ihm zu folgen.

In der Scheune hatten sie sich wortlos Schlafplätze gesucht und nur wenige Augenblicke später, erfüllte Hagens Schnarchen den Raum.

Bei einsetzender Morgendämmerung wurde Mia wach. Sie fröstelte und zog die Jacke enger um sich.

„Verdammt, verdammt, verdammt", vernahm sie ein leises Flüstern. Sie konnte Mikkel erkennen, der im halbgeöffneten Scheunentor stand und nach draußen blickte. Leise stand sie auf und stellte sich neben ihn.

„Was hast du?", fragte sie.

„Oh, ich habe dich nicht kommen hören. Habe ich dich geweckt?" Er zuckte erschrocken zusammen, hoffend, dass sie nicht zu viel von dem mitbekommen, was er vor sich hingeredet hatte.

„Nein", beruhigte sie ihn. „Aber ich habe dich gehört."

„Ach", sagte er und sah sie an. Sie machte nicht den Eindruck, mehr zu wissen als ihm lieb war. Aber warum konnte dieses verdammte Kribbeln nicht einfach wieder verschwinden?

„Ich fürchte, ich habe zur Hälfte schon versagt", gestand er mehr sich selbst als ihr.

„Was meinst du?" Es fiel ihr schwer, klug aus ihm zu werden.

Er biss sich auf die Unterlippe. Das konnte er ihr unmöglich sagen. Er hatte wenig Ahnung von diesen Dingen, war sich aber sicher, dass es von ihr keineswegs gut aufgenommen werden würde, würde er ihr gestehen, sich in sie verliebt zu haben, dies aber eine Sache der Unmöglichkeit war, wollte er eines Tages ein ähnlich guter Zauberer wie Herr Schmidt werden. Auf dem Weg dorthin durfte es keine Ablenkung geben. Das hatte ihm sein Lehrmeister vom ersten Tag an immer und immer wieder gesagt.

Ein verliebter Zauberer ist wie ein verliebter Koch. Der jedoch versalzt nur das Essen, ein misslungener Zauber hingegen kann furchtbare, nicht wieder gutzumachende Folgen haben. Und ausgerechnet diese Prüfung war ihm auferlegt worden.

„Ich fürchte zu versagen“, erklärte er. „Ich fürchte nicht nur, euch keine große Hilfe sein zu können, sondern euer Vorhaben durch meine Fehler zu gefährden. Und dennoch muss ich euch begleiten.“

„Du sprichst ein kleines bisschen in Rätseln“, sagte sie.

„Ich weiß“, gab er zu. „Aber ich kann dir nicht alles sagen.“

„Dann sag mir das, was du kannst“, forderte sie ihn auf.

„Ich bin nur ein Zauberlehrling. Und ich glaube, nicht mal ein besonders guter“, räumte er ein. „Um ein richtiger Zauberer zu werden, braucht es sehr viel Zeit. Und es werden einem immer wieder Prüfungen auferlegt. Dass Herr Schmidt auf Reisen gegangen ist und ihr gekommen seid, ist meine allererste Prüfung. Und das Einzige, was ich bisher wirklich gelernt habe, ist ein Zauber, den ich nur im größten Notfall anwenden darf, weil er furchtbare Folgen haben kann. Und noch ist nicht einmal sicher, ob meine Kräfte für diesen Zauber überhaupt schon ausreichen.“ Die körperlichen bestimmt, wusste er, aber nur ein einziges falsch ausgesprochenes Wort konnte fatale Folgen haben.

„Es ist erst wenige Tage her, dass ich meine Heimat verlassen habe“, sagte Mia. „Ich habe mich seitdem im Wald verirrt, bin von Hunden gejagt und entführt worden. Jetzt bin ich auf dem Weg in einen unheimlichen Wald, der voller unbekannter Gefahren ist, um dort Samen einer Pflanze zu holen, die nicht gesehen werden will.

Dabei werde ich begleitet von einem Trolljäger, der noch nicht einen einzigen Troll zur Strecke gebracht hat, sich nur sehr widerwillig darauf eingelassen hat, mit mir zu kommen und mich bei jeder Gelegenheit auffordert, still zu sein, weil ich eine Frau bin.

Und seit kurzem auch von einem Zauberlehrling, der riesige Zweifel an seinen Fähigkeiten hat. Ich habe immer wieder Glück gehabt, sonst wäre ich nicht hier. Wenn diese Unternehmung nicht gelingt, dann weil mir das Glück abhanden kommt. Nicht weil du nicht den richtigen Zauber kannst oder den, den du kannst, im falschen Moment aussprichst. Ich bin froh, dich getroffen zu haben.“ Sie griff nach seiner Hand und drückte sie sanft.

Verdammtes Kribbeln, dachte er.

Seine Hand fühlt sich gut an, dachte sie.

„Und geht es weiter?“, fragte Hagen. Er war zwischenzeitlich wachgeworden und hatte die beiden still beobachtet. Die Berührung ihrer Hände hatte ihm einen Stich versetzt. Ist mir vollkommen egal, hatte er versucht sich einzureden.

„Du hast recht“, sagte Mikkel. „Es ist ein weiter Weg.“

„Wir könnten den Teppich nehmen“, schlug Mia vor.

„Auf gar keinen Fall“, protestierte Hagen entschieden. Es war schon schlimm genug, dass er vor Mia hatte Schwäche zeigen müssen, vor Mikkel wollte er sich keinesfalls dieselbe Blöße geben.

„Den Teppich?“, fragte Mikkel erstaunt. „Ihr habt einen fliegenden Teppich?“ Diese Dinger waren zwar keine Zauberei im eigentlichen Sinne, aber einmal einen solchen zu benutzen, war schon lange ein Wunsch von ihm. „Was ist es denn für einer?“

„Gibt es da Unterschiede?“, erkundigte sich Mia.

„Oh ja, die gibt es. Wo habt ihr ihn denn?“, fragte Mikkel aufgeregt.

„Versteckt in einem hohlen Baumstamm auf der anderen Seite der Stadt.“

„Schade“, konnte er seine Enttäuschung nicht verbergen. „Ich hätte ihn mir gerne angeschaut. Ich habe noch nie einen gesehen.“

„Dann gehen wir ihn holen“, schlug Mia vor. „Auf ihm sind wir bedeutend schneller.“

„Nur wenn er auch drei Leute tragen kann“, gab Mikkel zu bedenken. „Deshalb wäre es vorher wichtig zu wissen, woher er kommt und ob sich der Umweg auch lohnt.“

„Ich setze mich da bestimmt nicht wieder rauf“, mischte sich Hagen ein.

„Womit bringt ihr ihn denn zu fliegen?“, überging Mikkel Hagens Einwand. Auch wenn er ihn etwas weniger nicht gemocht hätte, hätte er nicht auf ihn gehört. Die Aussicht einen fliegenden Teppich zu Gesicht zu bekommen und darauf vielleicht auch noch zu fliegen, war zu verlockend, als sich mit fremden Befindlichkeiten zu befassen.

„Udana heißt das Wort“, sagte Mia. „Ich weiß nicht, was es bedeutet.“

„Das weiß ich auch nicht, aber dann ist es ein indischer Teppich, die sind leichter und schneller als die persischen. Dafür können auf persischen mehr Leute fliegen, auf den indischen leider höchstens zwei. Wir werden also leider laufen müssen“, erkannte er ärgerlich.

In einer Gruft

Trauer konnte Chlodwig beim Anblick des Sarges seines Vaters in der Familiengruft nicht empfinden.

Dabei hatte er ihm nichts vorzuwerfen, außer dass er sich nie darum bemüht hatte, den Titel seines verschollenen Bruders und damit auch die wahre Herrschaft über dessen Herzogtum zu übernehmen, sondern sich Jahrzehnte damit begnügte, Statthalter und Verwalter zu sein.

Dies allerdings hatte er sehr gut getan. Es war ihm nicht nur gelungen, Reichtum und Einfluss zu erhalten, sondern beides auch noch zu mehren.

Aber Chlodwig reichte das nicht. Er fühlte sich nicht zum Verwalter berufen. Er war für Größeres geboren. Und dieses beabsichtigte er auch zu erlangen. Zuerst den Titel und die Ländereien seines Onkels und dann noch sehr viel mehr.

Er legte seine Hand auf die glatte Steinplatte, die das Grab seines Vaters verschloss. Ich werde mir holen, was du dich nicht getraut hast, versprach er mehr sich selbst als dem Verstorbenen.

Vor der Gruft wartete Bruno, sein Knappe, mit zwei Pferden. Seinem ihm zustehenden Rang zufolge wäre eine große Eskorte angemessen gewesen, aber er verzichtete darauf.

Wenn sein Anliegen sich darauf beschränkt hätte, zum Herzog ernannt zu werden, hätte er dieses Privileg vermutlich in Anspruch genommen, aber es ging ihm um weit mehr. Und deshalb wollte er auf seiner Reise so wenig wie möglich Aufsehen erregen. Es gab einfach viel zu viel Verlogenheit und reichlich Neider unter seinesgleichen.

Kraftvoll schwang er sich in den Sattel.

Tag 24
Beim Blaubäumer Forst

Lässt man außer Acht, dass Hagen keine Gelegenheit verstreichen ließ, Mikkel daran zu erinnern, dass er nur ein Lehrling war, der ihnen deshalb kaum von Nutze sein würde, und Mikkel die Sticheleien widerspruchslos ertrug, da er sie für einen Teil seiner Prüfung hielt, und Mia mehr und mehr von diesem seltsamen Hahnenkampf genervt war, kann man sagen, dass die nächsten drei Tage, bis sie die ersten Ausläufer des Blaubäumer Forstes erreichten, ereignislos verliefen.

Wenn sie jemals vorher hier gewesen wären, hätten sie gewusst, wie sehr der Wald bereits geschrumpft war. Aber in ihren Augen schien er unendliche Ausmaße zu haben.

„Und nun?“, fragte Hagen. Ihm war es nicht geheuer in diesen Wald zu gehen.

„Du bist doch derjenige, der im Wald lebt. Dann sollte es für dich doch ein Leichtes sein, dich dort zurechtzufinden“, sagte Mikkel mit unverstecktem Hohn und zeigte auf die Bäume, die dort, wo sie waren, noch in großen Abständen zueinander standen, aber schon wenige Schritte weiter zu einem engen Dickicht verschmolzen. Er war froh darüber, einmal Hagen Vorhaltungen machen zu können, aber es fühlte sich weniger gut an, als er zuvor dachte.

„Du hältst dich wohl für besonders klug, was? Dabei bist du doch der Zauberer, oh entschuldige, der Zauberlehrling, der sich mit unheimlicher Magie auskennt“, gab Hagen nicht minder spöttisch zurück.

„Das habe ich nie behauptet“, sagte Mikkel kopfschüttelnd. Diese Auseinandersetzung mit Hagen machte ihm einfach keinen Spaß.

„Genau, du hast immer wieder betont, dass du nichts außer einem einzigen Zaubertrick kannst, der uns auch nicht helfen wird.“ Hagen hatte auch keinen Spaß daran, fühlte sich aber besser, wenn er sich über Mikkel erhob.

„Das ist kein Trick. Sondern echter Zauber“, verteidigte sich Mikkel nicht zum ersten Mal, verärgert über sich selbst, dass es ihm nicht gelang, Hagen mit Nichtachtung zu bedenken. „Ein Trick ist es, Kaninchen aus einem Hut zu ziehen.“

„Was du bestimmt besonders gut kannst“, grinste Hagen.

„Nein, überhaupt nicht. Ich will ein echter Zauberer werden, nicht so ein Jahrmarktscharlatan.“ Es gelang ihm einfach nicht, auf Hagens Beleidigungen nichts mehr zu antworten.

„Dann kannst du jetzt ja mal damit anfangen.“ Hagen stemmte die Arme in die Hüften und sah ihn auffordernd an.

„Du hast doch keine Ahnung“, sagte Mikkel abwinkend. „Oder denkst du, ich sag einmal HokusPokus und wir haben, was wir wollen? So funktioniert Zauberei nicht.“

„Woher soll ich das denn wissen? Du bist der Zauberer, oh entschuldige, der Zauberlehrling.“ Hagen lachte gehässig auf.

„Ja, ich bin nur ein Zauberlehrling“, sagte Mikkel noch immer unfähig, nichts zu sagen. „Aber anders als andere habe ich nie behauptet, etwas zu sein, was ich nicht bin.“

„Was willst du damit sagen?“, brauste Hagen auf und kniff die Augen zusammen.

„Dass ein Trolljäger, der nur so tut, als würde er Trolle jagen, kein Trolljäger ist, sondern nur ein kleiner Gauner.“ Eigentlich wollte er das nicht sagen und eigentlich durfte er das auch nicht. Für einen Zauberer war nicht nur die Liebe verboten, sondern auch die Selbstkontrolle zu verlieren. Aber Mikkel hatte endgültig genug davon, Hagens Gemeinheiten zu ertragen.

„Ich vergrößer gleich deine Zahnlücke“, drohte der und ballte die Fäuste. Seit dieses rothaarige Gerippe bei ihnen war, hatte Mia sich mehr und mehr diesem zugewandt. Nicht dass er sie besonders...also irgendwie...naja, halt gut fand. Nein!

Das nun überhaupt nicht. Aber wenn dann, sollte sie einen anderen, einen besseren finden als diesen Hungerhaken.
„Wo ist eigentlich Mia?“, fragte Mikkel.

Es fühlte sich an wie eine Umarmung nach einer langen Reise, wie das Eintreten in einen warmen, wohlbekannten Raum. Sie spürte eine tiefe Verbindung zu diesem Ort, obwohl sie selbst noch nicht hier gewesen war. Aber die Jahre, die ihr Vater und dessen Vater in diesem Wald verbracht hatten, die Verbindung, die diese beiden hierher hatten, hatten sie scheinbar an sie vererbt.

Mia war nicht weit in den Wald hineingegangen. Nur so weit, dass sie die streitenden Männer nicht mehr hören konnte und musste und sie von ihnen nicht mehr gesehen wurde.

Trotz der Vertrautheit, die sie empfand, wusste sie doch, dass sie an einem der gefährlichsten Orte war, den es geben konnte.

Waren Wälder an sich schon voller Gefahren, wie leicht konnte man einem Wolf oder einem Bären zum Opfer fallen oder von giftigen Schlangen oder Spinnen gebissen werden, waren sie doch harmlos gegenüber dem, was einem im Blaubäumer Forst ereilen konnte.

Denn hier gab es nicht nur wilde Tiere, von denen es zudem mehr und gefährlichere gab, wie den Kleinen Waldgeier, der seine Opfer in die Sümpfe lockte, die es auch in diesem Wald gab, um sich an den Moorleichen gütlich zu tun oder die Graue Grinskröte, deren Anblick zu unkontrollierten Lachanfällen führte, bis schließlich Milz und Galle platzten, was unweigerlich zu einer inneren Vergiftung führte.

Hier waren Wesen, wie Elfen und Waldgeister zu Hause, die über Kräfte verfügten, gegen die man sich kaum zur Wehr setzen konnte. Und es waren auch noch die Pflanzen, jedenfalls einige von ihnen, die tödlich sein konnten. Und das, ohne sie zu essen.

Da gab es die Felder des Vergessens, bewachsen mit einer Art Farn, der ein kaum wahrnehmbares Gas verströmte, welches über den Geruchssinn des Menschen zu Vergesslichkeit bis hin zu einem vollumfänglichen Gedächtnisverlust führte. Oder Bäume, die in einer atemberaubenden Geschwindigkeit um ihre Opfer herum wuchsen. So ganz genau weiß es niemand, aber es ist sehr wahrscheinlich, dass die Ärmsten, denen dieses Schicksal widerfahren ist, nicht einfach gestorben sind, sondern ihr Leben auf engstem Raum innerhalb des Baumstammes fortführen mussten.

Es gab endlos viele Gefahren in diesem Wald. Das wusste Mia nur zu gut. Aber sie wusste auch, dass er Schutz bieten konnte. Jedenfalls denen, die, und sei es nur für eine kurze Zeit, in die Gemeinschaft des Waldes aufgenommen wurden.

Über viele Generationen war dieser Wald ein unantastbarer Ort, in dem jene, die sie anderswo nicht fanden, Sicherheit erfahren konnten. Dies war nicht jedem, der hierherkam, vergönnt, denn der Wald und seine Gemeinschaft leben nach strengen Regeln, derer sich viele, die seine Zuflucht suchten, nicht bewusst waren oder sie wissentlich missachteten.

Und dieser mächtige Wald stand vor seiner Vernichtung.

Aus der Richtung, aus der sich Mia, Hagen und Mikkel genähert hatten, war die Zerstörung noch nicht zu erkennen. Und auch an der Stelle, an der Mia gerade stand und sich langsam in das beinahe hüfthohe Gras setzte, konnte man den Eindruck gewinnen, dass es um diesen Wald zum Besten stände.

Um sie herum schwirrte, summte und knackte es, Laub raschelte bei jedem Windstoß und Vögel sangen in ihr unbekannten Melodien. Es roch wild und frisch und würzig.

Sie wäre gerne tagelang hier sitzen geblieben.

BRrrssss

BBRRrrrsssss

BBBRRRrrrrssssss

BBBBRRRRrrrrrsssssss

BBBBBRRRRRrrrrrsssssss
BBBBBBRRRRRRrrrrrrssssssss
Es war ein seltsames Geräusch. Irgendetwas zwischen Summen und Brummen, aber auch drohend und klagend. Und es brachte einen unangenehmen leicht säuerlichen bis fauligen Geruch mit sich. Mia gab sich nicht der Illusion hin, erkennen zu können, woher dieses Geräusch kam, aber sie war sich sicher, dass es sich auf sie zubewegte. Vielleicht hätte sie Angst haben sollen, aber sie fühlte sich auf eine unbeschreibliche Art mit dem Wald verbunden, sodass ihr dieser Gedanke einfach nicht kommen konnte.
FLAP
FLAP
FLAP
Das Summbrummen wurde durch etwas abgelöst, das wie langsames, kräftiges, aber leises Flügelschlagen klang.
FLAP
FLAP
FLAP
Mia konnte ein nur wenige Zentimeter vor ihrem Gesicht schwebendes Insekt erkennen.
FLAP
FLAP
FLAP
Es war ungefähr so groß wie ein großer Schmetterling und hatte die gelb-schwarze Musterung einer Biene, aber den Körperbau einer Grille, der Kopf war verziert mit einem Geweih, ähnlich dem eines Hirschkäfers. Und das Gesicht war das Gesicht einer jungen Frau.
FLAP
FLAP
FLAP
An einem anderen Ort und zu einer anderen Zeit wäre Mia sicherlich erstaunt gewesen. Aber hier und jetzt und bei allem,

was sie bisher erlebt hatte, und über den Wald wusste, konnte sich so etwas wie Überraschung bei ihr einfach nicht einstellen.

FLAP

FLAP

FLAP

„Wir haben nicht auf dich gewartet“, surrte das Insekt oder was auch immer es war mit einer leisen, feinen Stimme.

„Wie auch? Ich habe mich auch nicht angemeldet“, erwiderte Mia, der es überhaupt nicht in den Sinn kam, es seltsam zu finden, sich mit einem gehörnten Schmetterling zu unterhalten.

„Ich meine, wir haben nicht auf dich gewartet.“

FLAP

FLAP

FLAP

„Das sagtest du schon.“

„Ich meinte“, das Insekt rollte genervt mit den Augen. „Auf dich haben wir nicht gewartet. Es hätte jemand anderes kommen sollen.“

„Ach so.“

„Du solltest wieder fortgehen. Dieser Wald ist dem Untergang geweiht. Und wenn du bleibst, wird dich auch dieses Schicksal ereilen.“

FLAP

FLAP

FLAP

„Aber deshalb bin ich doch hier. Um den Wald zu retten“, rechtfertigte Mia ihre Anwesenheit. Es durfte nicht sein, dass der Wald sie als ungebetenen Eindringling betrachtete.

„Du?“ Das Insekt lachte belustigt auf. „Ich glaube kaum, dass dir das gelingt.“

„Lass mich raten. Du denkst, dass eine Frau dazu nicht in der Lage ist“, sagte Mia grollend und enttäuscht.

„Unsinn! Was hat das denn damit zu tun? Du bist einfach zu jung und zu unerfahren und kennst dich hier nicht aus. Und du weißt nicht, wer deine Gegner sind“, belehrte das Insekt.

FLAP

FLAP

FLAP

„Aber ich muss es versuchen. Und ich weiß, dass Riesen hier sind“, beharrte sie in der Hoffnung von diesem kleinen, seltsamen Wesen vielleicht doch etwas Nützliches zu erfahren.

„Ich wünschte, dass es dir gelingen könnte“, sagte es traurig. „Aber das wird es nicht. Ich kann dir nur raten, so schnell es geht, wieder von hier zu verschwinden.“

„Das kann ich nicht. Nicht bevor ich etwas gefunden habe. Etwas, das den Wald wahrscheinlich retten kann.“

„Und was soll das sein?“ Das Insekt flog sehr nah an Mias Gesicht heran, sodass sie Schwierigkeiten hatte, es deutlich zu erkennen.

FLAP

FLAP

FLAP

„Ein paar Samen des Mestimistrauches.“

„Also wenn es nur das ist…“, das Insekt entfernte sich wieder ein wenig.

„Dann kannst du mir helfen, sie zu finden?“, fragte Mia hoffnungsvoll.

„Natürlich nicht. Wenn du mich hättest ausreden lassen, hätte ich dir gesagt, dass sich dieser Strauch auch vor uns verbirgt. Er zeigt sich nur denen, die nicht nach ihm suchen. Und wer nicht nach ihm sucht, wird ihn nicht finden.“ Das Insekt verschränkte tatsächlich seine Arme und hob die nicht vorhandenen Augenbrauen in Oberlehrermanier.

FLAP

FLAP

FLAP

„Aber dann kann er gar nicht gefunden werden", erkannte Mia mit Entsetzen. Auch wenn die Alte schon Ähnliches gesagt hatte, hatte sie bisher geglaubt, dass sie sie nicht herschicken würde, wenn es vollkommen sinnlos war.

„So ist es. Und wenn das der einzige Plan ist, den du hattest, solltest du wirklich ganz schnell wieder gehen."

„Aber wenn der Wald nicht gerettet wird, dann stirbt auch der See und damit meine Heimat." Verzweiflung kroch in sie hinein.

„Ja, das ist leider so. Aber du kannst dir eine neue Heimat suchen. Für uns sieht das leider gar nicht so gut aus", sagte das Insekt mitfühlend, obwohl es selbst einer tödlichen Zukunft entgegensah.

„Dann hilf mir!", bat Mia.

„Das kann ich nicht. Aber du kannst dich wenigstens retten. Lauf fort!" Es entfernte sich mit dem summbrummenden Geräusch.

„Und was ist mit dem, auf den ihr gewartet habt?", rief Mia hinterher. „Hättest du ihm helfen können?"

Das Brummen kam wieder näher, aber Mia erhielt keine Antwort mehr. Zwei kräftige Hände packten sie und verdrehten ihre Arme schmerzhaft hinter ihrem Rücken.

„Was hast du hier zu suchen?", blaffte sie eine tiefe, raue Stimme an.

„Wir haben noch eine.“ Der Hauptmann blieb in der Tür von Johannes` Baracke stehen. Es war weniger Respekt als vielmehr der furchtbare Gestank, den der Berater der Königin verströmte, der ihn stets einen gehörigen Abstand einhalten ließ.

„Eine?“ Johannes blickte nicht auf. Er stand, sich auf der Tischplatte aufstützend und eine Landkarte betrachtend, in der Mitte des Raumes.

„Ja, eine junge Frau. Sie saß im Wald im Gras.“ Der Hauptmann drehte seinen Kopf seitlich, um so wenig wie möglich der Ausdünstungen zu riechen.

„Und warum war sie dort?“, fragte Johannes immer noch mit zur Schau getragener Gleichgültigkeit. Man durfte den Menschen, welchen Stand sie auch bekleideten, niemals das Gefühl geben, dass sie etwas wirklich Wichtiges mitzuteilen hatten. Wer wusste schon, was sie sich dann einzubilden vermochten.

„Das wissen wir noch nicht“, sagte der Hauptmann, der Johannes gut genug kannte, um zu erkennen, dass er Bedeutendes überbrachte. „Sie redet nicht und ich wollte Euch die Befragung überlassen. Aber Ihr solltet es nicht zu lange aufschieben.“

Johannes schaute unwirsch auf. Er war es nicht gewohnt, zu irgendetwas aufgefordert zu werden.

„Sie ist eine Frau“, sagte der Hauptmann entschuldigend. „Das macht die Männer unruhig. Es fällt einigen schwer, sich nicht auf sie zu stürzen.“

Johannes schnaubte verächtlich. Er hatte diese Schwäche für das andere Geschlecht nie verstanden. Es hatte etwas Abstoßendes. Und es verleitete Männer wie auch Frauen immer wieder zu irrsinnigem Verhalten. Es machte die Menschen angreifbar und verletzlich.

Eigentlich war dies gut für ihn. Denn je verletzlicher und angreifbarer die Menschen waren, umso leichter ließen sie sich beeinflussen und steuern. Von ihm aus konnten die Männer sich bei ihr ruhig etwas austoben. Andererseits war es unmöglich vorherzusagen, ob sie noch in der Lage wäre, einen vernünftigen Satz hervorzubringen, nachdem ein halbes Dutzend ausgehungerter und grober Soldaten ihren Spaß mit ihr gehabt hatten. „Bring sie her.“ Die Soldaten mussten noch warten.

Als ihr Vater ihr das erste Mal von seiner ersten Begegnung mit dem stinkenden Mönch Johannes im Waisenheim der Liebenden Brüder, in welchem er bis zur Befreiung durch seinen Vater gelebt hatte, erzählte, war sie noch ein kleines Mädchen. Die Beschreibung ihres Vaters war jedoch so eindringlich und lebensecht, dass sie ein sehr genaues Bild von diesem furchtbaren Mann hatte. Sie hatte sogar diesen grauenhaften Gestank in der Nase.

Als ihr Vater ihr kurze Zeit später seine Geschichte weitererzählte und es sich anbahnte, dass er wieder von Bruder Johannes berichten würde, verschloss sie einfach ihre Nase von innen. Sie wusste zwar nicht, wie dies gelang, aber es ging ganz einfach. Und danach konnte sie es bei jeder Gelegenheit, in der ihr ein Geruch unangenehm war.

Der Hauptmann stieß sie unsanft in die Mitte der Baracke. Sie stolperte und hatte Mühe, sich auf den Beinen zu halten. Aber sie konnte diesen furchtbaren Mann erkennen. Seinen Geruch hatte sie schon ein paar Schritte vorher wahrgenommen. Ihre Nase hatte sich in genau diesem Moment schon geschlossen. Den Gestank, den er verströmte, nahm sie nicht mehr wahr.

Er sah genau so aus, wie sie ihn sich vorgestellt hatte. Und dennoch war sie erstaunt. Denn sie hatte es nicht für möglich gehalten, ihn zu treffen.

Er war eine Person aus der Vergangenheit ihres Vaters und müsste eigentlich uralt sein, wenn nicht eigentlich schon tot. So lange konnte ein Mensch eigentlich nicht leben. Jedenfalls nicht, ohne dass die Zahl der Jahre ihre Spuren in seinem Gesicht und an seinem Körper hinterließ. Aber er sah genau so aus, wie ihr Vater ihn immer beschrieben hatte.

„Wer bist du und was suchst du hier?“, fragte er und wunderte sich über die Haltung dieser jungen Frau. Er war es gewohnt, dass die Menschen vor ihm zurückwichen, aber sie richtete sich kraftvoll auf und suchte den Augenkontakt mit ihm.

Er war furchterregend mit seiner Größe von gut sechs Fuß und seinem kalten Gesichtsausdruck. Ja, das war er und dem konnte sich Mia auch nicht entziehen. Aber er war eine mindestens genauso jämmerliche Gestalt. Sie konnte nicht erklären, woran sie dieses festmachte, aber sie konnte sein Elend ungefiltert spüren. Wahrscheinlich lag es daran, dass sie seinen Geruch nicht wahrnahm. Ohne diesen versprühte er immer noch eine außergewöhnliche Grausamkeit, aber es offenbarte sich ihr eine ebenso große Verletzlichkeit.

„Ich habe mich verlaufen“, sagte sie.

Seine Augen verengten sich und er ging einen Schritt auf sie zu. Aber statt den Versuch zu unternehmen, ihm auszuweichen, blieb sie in unveränderter Position stehen. Er kam ins Stocken. Normalerweise nahmen die Menschen ihm gegenüber, spätestens wenn er sich entschlossen auf sie zu bewegte, eine unterwürfige Haltung ein.

Es hatte nur wenige Ausnahmen gegeben. König Kornelius natürlich und die alte Frau, aber die konnte er nicht zählen, denn sie umgab etwas, das mit Menschen nicht vereinbar war. Ja, und dieser hünenhafte Mann, der vor so vielen Jahren seinen Sohn aus der Obhut der Liebenden Brüder geholt hatte. Den Tritt, den dieser Kerl ihm versetzt hatte, hatte er nie verwunden. Und er spürte ihn wieder, gerade so, als ob es erst kürzlich geschehen war.

Er musterte die junge Frau vor sich eindringlicher als er es vorgehabt hatte. Er war sich sicher, dass sie log. Niemand verirrte sich hierher. Aber seltsamerweise war es gar nicht das, was ihn beschäftigte. Sondern er fragte sich tatsächlich, wie sich ihr Haar anfühlte. Er versuchte diesen Gedanken in sich auszulöschen, aber statt, dass dieser verschwand, gesellte sich der Wunsch hinzu, sie zu berühren. Nicht auf die grobe Art, um sie zum Reden zu bringen, sondern so, wie ein Mann eine Frau berühren möchte, die er begehrt.

Es war ein Verlangen, das ihm fremd war. Für einen Moment stürzte es ihn in ein gefühlsmäßiges und gedankliches Durcheinander. Er hatte Frauen nie sonderliche Beachtung geschenkt. Es hatte sich auch nie die Notwendigkeit ergeben. Frauen standen in der Regel hinter ihren Männern zurück. Mit Ausnahme der Königin, aber die war eine dumme Gans, die er zum Werkzeug seiner Pläne hatte machen können.

Ansonsten suchte er nicht ihren Kontakt und sie nicht den seinen. Er war tatsächlich das erste Mal in seinem Leben mit einer Frau konfrontiert, die nicht die Königin, seine Mutter oder eine seiner Schwestern war. Diese junge Frau stand für etwas, dass er in seinem Leben immer unterdrückt und versäumt hatte.

Und sie war so sehr herausfordernd mit ihrem schönen Gesicht und den langen Locken und ihrem weiblichen Körper und ihrem offenen Blick und nicht zuletzt durch ihren Stolz.

Etwas Seltsames und Unbekanntes breitete sich in ihm aus. Etwas, das ihm sagte, Bedeutendes in seinem Leben verpasst zu haben. Und dieses Etwas in ihm forderte, dieses nachzuholen. Jetzt! Sofort! Aber gleich darauf meldete sich eine andere Stimme, die ihn davor warnte, schwach zu werden. Diesem Wunsch nachzugeben würde bedeuten, dass all das, was er in seinem Leben erstrebt und verfolgt hatte, unsinnig werden würde. Es würde zur Lüge werden. Und das konnte er keinesfalls zulassen.

„Bring sie weg!“, forderte er den Hauptmann auf, ohne ihr weitere Fragen zu stellen.

„Was soll mit ihr geschehen?“, fragte dieser, sich seine Verwunderung nicht anmerken lassend. Auch wenn es Johannes gelungen war, seine Gefühlswallungen gut zu verbergen, war das Ausbleiben einer für sie unangenehmen Befragung mehr als überraschend.

„Das weiß ich noch nicht“, sagte Johannes und er versuchte seine Erschöpfung unsichtbar zu halten. „Aber niemand rührt sie an. Und wenn es doch jemand wagen sollte, schneide ich ihm persönlich sein Gehänge ab und lasse es ihn vor versammelter Mannschaft aufessen.“

Der Hauptmann nickte. Er wusste nur zu gut, dass dies keine leere Drohung war. Zum Glück für die Kleine wussten dies auch seine Männer. Er packte sie unsanft am Arm und zog sie aus der Baracke.

Johannes ließ sich auf seine Pritsche fallen. Nicht zum ersten Mal spürte er eine tiefe Müdigkeit. Und er musste nachdenken.

Sobald sie aus seinem Blickfeld verschwunden war, begannen sich seine Gedanken zu klären. Er war sich sicher, dass sie nicht zufällig hier war, sondern dass sie eine bestimmte Absicht verfolgte.

Und wahrscheinlich gehörten die beiden Trottel, die sie am Waldrand aufgegriffen hatten, zu ihr.

Und es gab nur eine Erklärung, woher sie kommen konnte. Die Vergiftung des Sees musste Wirkung gezeigt haben. Er war davon ausgegangen, dass es diese sagenumwobenen Inseln gab, ohne jedoch jemals einen Beweis dafür gefunden zu haben. Aber diese junge Frau, die ihn derart wusste zu verwirren, konnte nur von dort kommen.

Sie konnte einfach nicht aus einem ihm bekannten Teil der Welt stammen. Sie war keine Bauerntochter und auch keine eines Handwerkers oder Händlers. Diese hatten einfach nicht ihren Stolz. Und die Tochter eines Edelmannes konnte sie auch nicht sein, denn diese würden sich niemals aus den Annehmlichkeiten, die ihr Stand ihnen bot, herausbewegen.

Er hatte also einen Erfolg erzielt, indem er jemanden aus diesem unerforschten Gebiet hervorgelockt hatte. Aber er hatte auch eine große Gefahr herbeigerufen. Denn was konnte sie und was konnten all die anderen, die noch auf den Inseln waren, wenn sie überhaupt noch dort waren und sich nicht schon längst im ganzen Land verbreiteten, anrichten, wenn diese eine schon eine solch fatale Wirkung auf ihn ausübte? Auf ihn, der es besser als jeder andere verstand, Verlockungen zu widerstehen.

Es wäre ein Leichtes sie loszuwerden. Die Soldaten wären nur allzu dankbar, wenn er ihnen gestatten würde, sie für ihre schnelle Befriedigung zu benutzen. Aber solange er nicht wusste, wer oder was nach ihr kommen würde, oder vielleicht schon da war, und solange er nicht wusste, was sie wusste und wie wichtig sie für die Menschen auf den Inseln war, war es vielleicht besser, sie unversehrt zu lassen. Sie könnte für ihn noch zu einem wichtigen Pfand werden.

Hier konnte sie aber nicht bleiben. Auch wenn er sich sicher war, dass ihr aufgrund seiner Drohung, seitens der Soldaten keine unmittelbare Gefahr drohte, so konnte ihre pure Anwesenheit die Männer von ihren eigentlichen Aufgaben ablenken.

Im schlimmsten Fall schaffte sie es, einige, wenn nicht gar alle, für ihre Sache einzuspannen. Beim Anblick einer Frau war schon so manchem wackeren Recken der Wille in die Hose gerutscht. Und die, die hier waren, waren keine tugendhaften Ritter, sondern bis auf wenige Ausnahmen einfach nur Abschaum.

Er musste einen Ort finden, an den er sie verbringen und an dem sie keinen Schaden anrichten konnte. Er grinste zufrieden. Es gab diesen Ort. Es brauchte nur einen kleinen Umweg dorthin.

Im Schloss

„Du siehst müde aus."

Die Königin schreckte auf. Sie saß auf ihrem Bett und hatte vor sich hingedöst in der Hoffnung, dass der Schlaf über sie kommen würde. Vor ihr stand die alte Frau und lächelte.

„Ich weiß", sagte die Königin erschöpft. „Ich habe schon lange nicht mehr richtig geschlafen."

„Das solltest du aber tun. Schlaf ist für die Gesundheit ungemein wichtig."

Die Königin meinte echte Sorgen aus dem Klang der Stimme herauszuhören. „Ich würde ja so gerne, aber ich kann nicht."

„Und was hält dich wach?" Die Alte setzte sich ungefragt auf die Bettkante.

„Ich weiß immer noch nicht, was das Richtige ist. Und niemand kann es mir sagen." Ihre Verzweiflung waberte vom Bett ausgehend durch den gesamten Raum.

„Das musst du ja auch selbst herausfinden", sagte die Alte und strich bedächtig über das Laken.

Enttäuschung machte sich auf dem Gesicht der Königin breit. Dann würden die Audienzen sie auch nicht weiterbringen.

„Sich mit den Menschen zu unterhalten, schadet nie", sagte die Alte, als hätte sie die Gedanken der Königin erraten. „Aber deine Schlüsse musst du selbst daraus ziehen."

„Aber was ist, wenn ich das Richtige nicht finde?" Es war für sie zu einer furchtbaren Vorstellung geworden, endlich etwas zu tun und dann feststellen zu müssen, dass es das Falsche war.

„Ich bin mir sicher, dass du das wirst", sagte die Alte beruhigend.

„Wie kannst du dir da so sicher sein?"

„Weil ich dich schon ziemlich lange kenne. Genaugenommen dein ganzes Leben." Die Alte veränderte sich. Nicht stark, aber spürbar. Eine ungewohnte Anspannung ging von ihr aus.

Die Königin sah sie zweifelnd an. „Und warum kommst du mir dann nicht im Geringsten bekannt vor?“

„Nun, wir sind uns nicht so oft begegnet. Und ich sah damals noch ein klein wenig anders aus als heute.“ In ihren Augen war Schmerz zu lesen.

„Wer bist du?“, fragte die Königin beklommen. Bisher war ihr die Alte immer selbstgewiss erschienen, dass aber auch sie Zweifel in sich trug, bedeutete, dass am Ende nicht der Verlass auf sie war, den die Königin sich in ihrer eigenen Unsicherheit wünschte.

„Ich hatte gehofft, dass du selbst darauf kommst.“ Sie legte ihre Hände auf die Oberschenkel und begann sich angestrengt zu massieren.

„Ich habe aber keine Ahnung“, sagte die Königin, sich mit einem Mal daran störend, dass die Alte sich gesetzt hatte.

„Hm, dann denk an diejenige, von der du meinst, sie hätte den schlechtesten Einfluss auf dein Leben gehabt. Und nein, ich bin nicht deine Mutter.“

Es wurde still, beängstigend still. Und es schien, als würde die Zeit nicht weiterlaufen. Die Luft wurde dick und schwer, die Wände wurden erst dunkel, bevor sie sich genau wie der Boden auflösten. Das Bett, auf dem die Königin und die Alte saßen, schwebte und drohte in die Tiefe zu stürzen. Zwischen ihnen glimmte ein feines Netz.

Die Königin lachte kurz auf, aber gleich darauf verfinsterte sich ihre Miene. „Du bist das?“, rief sie entsetzt.

„Ja“, antwortete die Alte.

„Reicht es dir nicht, was du mir in meiner Kindheit und Jugend angetan hast? Musst du mich auch jetzt noch quälen?“, schimpfte die Königin entrüstet.

Die Alte neigte bedachtsam den Kopf. „Habe ich dir wirklich so viel angetan? Was wäre denn anders gewesen, wenn ich nicht gewesen wäre?“

„Ich hätte....“ Mehr Worte fand sie nicht.

„Ja, genau. Gar nichts hättest du. Deine Eltern hätten dir gesagt, was du tun sollst und deine Eltern hätten bestimmt, wen du heiratest. Und später hätten deine Berater entschieden, was wichtig ist und was nicht. Nur halt hundert Jahre früher“, rechtfertigte sich die Alte.

„Trotzdem!“, beharrte die Königin.

„Meinst du, du wärst glücklicher geworden?“

Die Königin überlegte. „Vielleicht“, sagte sie. „Vielleicht wäre alles anders gekommen.“

„Ja, vielleicht“, räumte die Alte ein. „Aber es hätte auch schlimmer kommen können.“

Die Königin stieß hörbar die Luft aus. „Schlimmer? Wohl kaum!“

„Das werden wir wohl nicht mehr herausfinden“, sagte die Alte. Es war nicht erkennbar, ob sie das bedauerte. „Die Zeit zurückzudrehen ist für niemanden möglich.“

„Was willst du von mir?“, fragte die Königin erschöpft. Sie fühlte sich verlorener und hilfloser als jemals zuvor.

„Ich will dich endlich aufwecken“, sagte die Alte.

„Ich bin schon viel zu lange wach. Es wäre mir lieber, wenn du mir Schlaf geben könntest“, sagte die Königin versöhnlicher, als ihr zumute war.

„Hast du das nicht lange genug getan?“ Die Alte nahm die Königin fest in den Blick. „Und ich meine jetzt nicht die hundert Jahre. Und bist du wirklich wach?“

„Natürlich bin ich das! Ich weiß doch, wie ich mich fühle“, sagte die Königin verblüfft. Es war doch nun wirklich nicht zu übersehen, dass sie nicht schlief.

„Ja, dein Körper schläft nicht. Aber was ist mit deinem Geist?“, ließ die Alte nicht locker.

„Ich bin zu müde, um zu verstehen, was du meinst“, sagte die Königin in einer erschöpften Langsamkeit, die sie selber quälte.

„Dann ruh dich aus“, empfahl die Alte wohlwollend.

„Ich würde gerne, aber ich kann nicht.“ Die Königin sprach leise, fast nicht hörbar.

„Weil du dabei bist aufzuwachen.“

„Aber ich bin doch schon wach“, murmelte sie ohne jedes Verständnis.

„Noch nicht ganz.“

Die Königin konnte die Alte kaum noch erkennen. Sie wurde immer blasser und durchscheinender. „Warum bist du gekommen? Warum willst du, dass ich nicht mehr schlafe? Warum quälst du mich so?“

„Weil........“ Die Alte war fort.

Das Bett senkte sich langsam auf den Boden herab, die Wände fanden ihre ursprüngliche Farbe wieder, die Luft wurde leichter und die Zeit nahm wieder ihren Gang auf. Die Königin sank zurück in ihre Kissen und schlief ein.

Tag 25
Beim Blaubäumer Forst

Der Wagen ruckelte langsam los. Es war ein geschlossener Kasten mit hölzernen Bänken an den Längsseiten, in die Eisenringe eingelassen waren, an denen Gefangene gekettet werden konnten. Es fiel nur wenig Morgenlicht durch ein kleines, vergittertes Fenster ins Innere.

Mia saß auf einer der Bänke, eine Hand und ein Fuß waren mit einer Kette verbunden, die durch einen der Ringe führte. Ihr gegenüber saß ein älterer, runder Soldat, der sie durch halb geschlossene Augen beobachtete. Neben sich hatte er eine hölzerne Schale zu stehen, in die er immer wieder hineingriff, ein paar Nüsse oder Kerne herausnahm, sie sich in den Mund steckte und geräuschvoll zerkaute.

Niemand mehr hatte mit Mia gesprochen. Sie wusste weder wohin noch wie lange sie unterwegs sein würden. Sie wusste natürlich auch nicht, was sie erwartete. Aber dass sie sich die Mühe machten, sie fortzubringen, wertete sie im Moment als gutes Zeichen. Es verschaffte ihr zumindest etwas Zeit, wenn sie auch nicht wusste, wie sie diese nutzen konnte.

„Was soll mit den anderen geschehen?“, fragte der Hauptmann, nachdem er die Abfahrt seiner Ansicht nach lange genug verfolgt hatte.

„Sollen die Riesen ihren Spaß mit ihnen haben“, verkündete Johannes. Er hatte über die beiden nachgedacht. Er war sich zwar sicher, dass sie irgendeine Verbindung zu der Frau hatten, auch wenn sie es leugneten. Aber etwas Vernünftiges war aus ihnen nicht herauszubekommen.

Natürlich gab es Methoden, jemanden zum Reden zu bringen. Aber er glaubte zu wissen, was er wissen musste. Und das war, dass sie sehr wohl von den Inseln im Kleinen See Frikka kommen müsste, die beiden Männer aber keineswegs.

Sie waren zwar, jeder für sich, absonderliche Gestalten, aber doch irgendwie auch nur gewöhnlich. Vermutlich war sie den beiden irgendwo begegnet und diese waren ihrem Zauber erlegen, ohne wirklich zu wissen, worauf sie sich einließen.

Und schließlich war er kein grausamer Mensch. Auch, wenn er grausame Taten beging. Aber niemals um der Grausamkeit willen, sondern nur weil es unausweichlich war. So wie sie den Riesen zum Fraß vorzuwerfen.

Er hatte diese zwar unter Kontrolle, aber es war auch äußerst hilfreich, ihnen immer wieder etwas Vergnügen zukommen zu lassen. Sicher, es war ein abstoßendes Vergnügen, aber es sorgte für gute Laune unter ihnen. Und gutgelaunte Riesen sorgten dafür, dass dieser vermaledeite Wald schneller verschwand als schlechtgelaunte Riesen dies tun würden.

„Ich habe noch einige andere Aufgaben, die auf ihre Erledigung warten“, sagte er zum Hauptmann und winkte einen Soldaten herbei, ihm ein Pferd zu bringen. „Ich verlasse mich auf dich.“

Es waren Schwierigkeiten eingetreten, die er nicht erwartet hatte. Bisher nichts, was sich nicht in seinem Interesse regeln ließe. Aber mehr davon konnte er keineswegs gebrauchen.

Und ihm war die Königin eingefallen. Sie hatte sich in letzter Zeit auch seltsam benommen. Er musste unbedingt zu ihr, um sie von Dummheiten abzuhalten.

Im Schloss

Therese hatte die Königin noch nie so übelgelaunt erlebt wie an diesem Morgen. Es war schlimmer als in der Zeit, in der sie von ihr nicht beachtet wurde.

An allem hatte sie etwas auszusetzen. Der Tee war erst zu kalt, dann war er zu heiß, die Brote waren entweder zu klein oder zu groß und mit zu viel oder zu wenig Butter bestrichen. Die von ihr selbst ausgesuchten Kleider waren zu lang, zu kurz, zu bunt, zu eng und zu weit.

Therese war erst zu langsam, dann hatte sie es zu eilig, sie trampelte wie ein Rindvieh oder bewegte sich so leise, dass sie die Königin erschreckte, wenn sie ihr näher kam. Es war ein furchtbarer Morgen. Am liebsten hätte sie sich unsichtbar gemacht.

„Was stehst du da so faul herum?“, schimpfte die Königin. „Siehst du nicht, dass ich noch nicht frisiert bin?“

„Ich wusste nicht…“, sagte Therese leise.

„Was wusstest du nicht? Du bist doch nicht dazu da, etwas nicht zu wissen!“

„Es tut mir leid.“ Therese hatte Mühe ihre Tränen zu unterdrücken.

„Fängst du jetzt etwa an zu heulen? Dafür gibt es doch nun wirklich keinen Grund.“ Wenn es jemanden gab, der schlechte Laune zustand, war sie es, die Königin. Vor allem nach dieser Nacht.

„Ihr habt recht, Majestät“, beeilte sich Therese zu sagen und griff nach einem Kamm und den Haarspangen.

„Pass doch auf, du dummes Ding“, ereiferte sich die Königin, als Therese mit dem Kamm ihre Haare berührte und sie ein sanftes Ziepen spürte.

„Es tut mir so leid, wenn ich etwas falsch gemacht habe.“ Therese ließ verzweifelt die Hände sinken.

„Dann mach es doch einfach richtig! Es ist ja wohl nicht das erste Mal!“, maulte die Königin ihre Unzufriedenheit heraus.
„Ich will mich ja bemühen“, sagte Therese mit zittriger Stimme. „Aber Ihr seid heute so anders“, wagte sie anzufügen und erschrak gleich darauf über ihren ungewohnten Mut.
„Ich bin anders?“, fragte die Königin erstaunt. Sie hatte sich nie viele Gedanken über sich selbst gemacht und auch nicht, was ihre Bediensteten über sie dachten. Sie wollte dies auch jetzt nicht, konnte es aber nicht verhindern.
Therese senkte schweigend den Blick. Sie traute sich nicht zu antworten. Ihr gesamter Mut war durch diesen einen Satz aufgebraucht.
„Was ist anders?“ Früher hätte sie ihre Zofe einfach fortgejagt, aber sie brauchte dringend Antworten.
Therese trat unruhig von einem Fuß auf den anderen.
„Ich habe das Recht auf eine Antwort“, verkündete die Königin streng. „Du weißt, wer ich bin, und du weißt, was du bist“, blitzte ihre königliche Abfälligkeit auf.
„Das ist anders“, flüsterte Therese ängstlich.
„Was?“, fragte die Königin lauernd. Ihr war die Antwort unverständlich.
„Ihr wart freundlich in letzter Zeit.“ Thereses Stimme hatte an Ängstlichkeit noch zugenommen.
„Und das bin ich jetzt nicht mehr?“ Sie konnte und sie wollte nicht erkennen, dass Thereses Tölpelhaftigkeit an ihr lag.
Sie war die Königin, also traf sie keine Schuld.
Niemals!
„Nicht so wie in den letzten Tagen“, brachte Therese zaghaft hervor, obwohl ihr danach war zu einem Stein zu erstarren. „Aber ihr seid die Königin. Ihr könnt sein, wie ihr wollt.“
„Was weißt du denn, wie ich sein will? Was weißt du denn, wie ich mich fühle? Du unverschämte dumme Gans!“ Die Stimme der Königin überschlug sich. „Geh mir aus den Augen!“

Wenn sie noch Farbe in ihrem Gesicht gehabt hätte, wäre diese jetzt mit Sicherheit aus ihm entwichen. Da dies nicht mehr möglich war, gefror das Blut in ihren Adern und lähmte sie.

„Verschwinde!“, kreischte die Königin.

„Binden wir sie los oder legen wir sie einfach ab?“

„Wir binden sie los, jedenfalls ein bisschen. Riesen sind in der Hinsicht wie Katzen. Sie spielen gerne mit ihrer Beute.“

„Aber wenn wir sie losbinden, könnten sie davonlaufen.“

„Hast du schon einmal versucht, vor einer Horde Riesen davonzulaufen?“

Die beiden brachen in Gelächter aus.

Hagen und Mikkel lagen mit verbundenen Augen und an Händen und Füßen gefesselt auf einem Karren, der über die unebene, staubige Erde holperte, die bis vor Kurzem noch fruchtbar und mit einer Vielzahl unterschiedlichster Pflanzen bewachsen war. Das Gespräch ihrer Wärter war nicht dazu angetan, Zuversicht in ihnen wachsen zu lassen.

Der Karren stoppte. Die Wärter rollten ihre Gefangenen von der Ladefläche und durchschnitten ihre Handfesseln.

„Und du meinst, die Riesen finden sie hier?“, fragte einer der beiden Wärter besorgt. „Der Hauptmann lässt sie doch inzwischen ganz woanders schuften.“ Sie würden wirklich unaussprechliche Schwierigkeiten bekommen, wenn die beiden Trottel entkommen sollten.

„Ganz bestimmt, diese Kerle haben zwar nicht viel Grips, aber ein untrügliches Gespür dafür, Beute zu finden. Lass uns verschwinden“, sagte der andere Wärter.

„Ich würde mir das gerne ansehen.“

„Ja, das wäre lustig. Aber ohne mich. Ich will so weit wie möglich weg sein, wenn sie hier auftauchen.“ Er versetzte Mikkel einen unsanften Tritt gegen die Schulter und kletterte auf den Kutschbock. „Los komm“, forderte er seinen Kameraden auf.

„Hast recht“, sagte der. „Nicht dass sie einen zu großen Appetit haben.“

Sie saßen am Rande der Rodung, hinter sich trauriges Ödland, vor sich ein spärlicher Bewuchs, der mehr und mehr zu einem dichten Dickicht wurde. Sie mussten blinzeln, nachdem sie ihre Augenbinden abgenommen hatten und die Sonne sie blendete. Hektisch versuchten sie ihre Fußfesseln aufzuknoten.

„Bist du schon einmal einem Riesen begegnet?“, fragte Mikkel, um sich von seiner Angst abzulenken, was natürlich nicht gelingen konnte, indem er ausgerechnet nach dem Ursprung der Angst fragte. Aber andere Gedanken als der an Riesen waren in seinem Gehirn gerade nicht auffindbar.

„Wohl kaum, sonst gäbe es mich nicht mehr in einem Stück.“ Hagen sprang auf. Es war ihm überraschend schnell gelungen, sich zu befreien. „Komm!“, rief er und rannte los.

„Ich schaffe es nicht“, klagte Mikkel mit Verzweiflung in der Stimme.

Ich lass ihn einfach hier, schoss es Hagen durch den Kopf. Er konnte den Zauberlehrling immer noch nicht leiden und dieser hatte sich bisher auch als nicht nützlich erwiesen. Vielleicht begnügen sich die Riesen mit ihm. Er war schon ein paar Meter gelaufen.

„Scheißkerl!“, brüllte Mikkel ihm hinterher. Aber was hatte er von einem kleinen Betrüger wie Hagen, anderes zu erwarten?

Der wollte nicht, hielt aber dennoch inne. Auch das wird mir noch leidtun, dachte er in der Gewissheit, dass Weiterlaufen ihn später ebenso plagen würde und eilte zurück.

Die Knoten um Mikkels Füße waren fester zusammengezogen und ließen sich nur schwer lösen. Der Herzschlag der beiden beschleunigte sich mit jeder Sekunde bis zur Raserei. Aber dann war es doch geschafft.

Mikkel kam in dem Moment auf die Beine, als zwischen den Bäumen drei riesige Gestalten hervortraten. Sie sahen nicht viel anders aus als Menschen. Sie waren nur dreimal so groß und dreimal so breit und bestimmt dreimal so dreckig.

„Ich dachte, es wären mehr und dass sie größer wären", sagte Mikkel fast ein wenig enttäuscht.

„Du kannst ja warten, bis sie wachsen. Und vielleicht kommen ja auch noch ein paar." Hagen rannte los.

Mikkel rannte hinterher.

Und die Riesen freuten sich auf eine lustige Jagd.

Das wird nicht gut für uns ausgehen, war sich Hagen sicher. Solche Angst hatte er noch nie in seinem Leben gespürt. Sein Herz pumpte so stark, dass er glaubte, es könnte aus seiner Brust springen und seine Lunge begann zu brennen. Obwohl er bewusst keine Gedanken an ihn verschwendete, drehte er leicht den Kopf, um nach Mikkel zu schauen. Der rannte einen halben Schritt hinter ihm, zu Hagens Überraschung machte es den Anschein, dass die wilde Hatz für ihn keine sonderliche Anstrengung darstellte. Er schien sogar zu lächeln.

Mikkel verstand Hagens Blick als Aufforderung, doch schneller zu laufen. Viel schneller konnte er nicht, aber er konnte es ja wenigstens versuchen. Und er übernahm sich dabei.

Er achtete nicht ausreichend darauf, wohin er trat. Ein Erdloch brachte ihn ins Stolpern, er stieß gegen den vor ihm laufenden Hagen und beide stürzten übereinander.

Sie schafften es zwar, sich schnell wieder aufzurappeln, aber die Riesen waren schon sehr nahe. Bevor sie wieder losrennen konnten, hatten die drei sie umringt und starrten sie gierig und hungrig an.

„Wie wäre es jetzt mit deinem Notfallzauber?", brüllte Hagen Mikkel zornig an. Wenn der hinfallen wollte, hätte er das gefälligst alleine machen sollen.

„Das kann ich nicht", erklärte Mikkel seltsam ruhig. Auch er rechnete mit dem Schlimmsten, aber anders als Hagen war er bereit sich in das Unvermeidliche zu fügen. Wenn man bei einer Prüfung versagte, konnte es einem das Leben kosten, das wusste jeder Zauberlehrling.

„Warum kannst du das nicht?“

Die Riesen bleckten ihre Zähne. Einem lief ein breiter Speichelfaden aus dem Mundwinkel und hinterließ eine feuchte Spur, bevor sich ein Tropfen von seinem Kinn löste.

„Ich kann das nur einmal.“ Mikkel überlegte, ob er versuchen sollte wegzulaufen, oder einfach stehen bleiben sollte. Letztlich würde es wohl keinen Unterschied mehr machen.

„Und worauf wartest du? Ist das hier nicht Notfall genug?“, brüllte Hagen. „Wenn du es nicht jetzt tust, wirst du keine Gelegenheit mehr dazu bekommen“

Die Riesen begannen zu grunzen und aufzustampfen.

„Du hast recht.“ Mikkel sah sich um. „Ich brauche dafür meinen Tornister“, sagte er entsetzt.

„Du Idiot! Du…“ Zu mehr kam er nicht.

Einer der Riesen brüllte etwas Unverständliches. Es war ein beängstigender und grauenvoller Ton. Er riss den Mund auf, ließ riesige gelblich-schwarze Zähne sehen und sank auf seine Knie. Kurz darauf kippte er ohnmächtig nach vorne.

Hagen und Mikkel schafften es knapp zur Seite zu springen, bevor er sie unter sich begraben konnte.

Die beiden anderen Riesen sahen ihren Kumpanen verständnislos an und schnauften belustigt. Da würde mehr für sie bleiben.

Etwas Pelziges sprang einem von ihnen ins Gesicht und warf ihn um. Der Riese begann zu röcheln und zu zucken.

Statt ihm zu Hilfe zu eilen, blieb der dritte Riese einfach stehen und beobachtete neugierig diese unwillkürlichen Bewegungen. Als sie verebbten, ertönte ein markerschütternder Schrei.

Der übriggebliebene Riese machte kehrt und rannte auf die Ausläufer des Waldes zu. Das pelzige Etwas raste hinterher. Der Riese verschwand zwischen den Bäumen. Gleich darauf war wütendes Fauchen zu hören, das sich immer weiter entfernte.

„Was war das denn?“, fragte Mikkel. Sein Gesicht war farbloser, als es eigentlich möglich war. Sein wahrscheinliches Ende hatte ihn weit weniger erschreckt als das, was geschehen war.

„Keine Zeit für Erklärungen“, hechelte Hagen und rannte in Richtung der Schreie.

Ich habe geahnt, dass es nicht leicht wird, aber mit einer solchen Prüfung habe ich nicht gerechnet, dachte Mikkel.

Sie folgten den Spuren des Kampfes. Er hatte eine Schneise der Zerstörung hinterlassen. Zuerst nur niedergewalztes Gras, dann ausgerissene Sträucher und schließlich umgestürzte Bäume. Immer tiefer drangen sie in den Wald ein und immer weniger war zu erkennen, in welche Richtung sich der Kampf bewegt hatte.

Es war nichts mehr zu hören außer dem Rascheln der Blätter, dem Summen, Brummen und Zirpen von Insekten und dem entfernten Gezwitscher von Vögeln.

„Hältst du das für eine gute Idee?“, flüsterte Mikkel. Er war mehr als nur ein wenig erstaunt darüber, dass Hagen sich offensichtlich gedankenlos in den Wald begeben hatte. Noch erstaunter war er über sich, da er ihm genauso bedenkenlos folgte.

„Sei still!“, forderte Hagen ebenso leise. Er stand wie eingefroren da und versuchte die Stimmungen des Waldes aufzunehmen. Die Geräusche und Gerüche unterschieden sich nicht von denen in anderen Wäldern, aber es lag etwas Unbekanntes über allem.

„Da lang“, sagte er schließlich und lief entschlossen in Richtung des dichtesten Dickichts.

Sie fanden den Riesen. Er lag schwer atmend in einer Bodenwelle. Hagen suchte und fand einen schweren Knüppel.

Mit aller Kraft schlug er zu. Der Riese stöhnte ohnmächtig auf.

„Ich hoffe, er braucht noch eine Weile, bis er wieder auf die Beine kommt", sagte Hagen und ließ den Knüppel fallen.

Wenige Meter weiter fanden sie einen kleinen, zerzausten und blutenden Bären. Hagen fiel neben ihm auf die Knie. „Es tut mir so leid mein Freund."

„Diese Riesen sind ganz schön zäh", sagte Pavarotti mit schwacher Stimme.

„Nicht zäh genug", sagte Hagen und hob ihn auf.

„Lass mich hier", forderte Pavarotti. „Ihr müsst hier verschwinden. Es dauert sicher nicht lange, bis noch mehr von ihnen kommen."

„Nein", sagte Hagen entschlossen.

„Ihr seid schneller ohne mich. Mit ein bisschen Glück werden sie mich nicht finden", hauchte er schwach.

„Du bist mein einziger Freund", brachte Hagen mit erstickender Stimme hervor.

„Ich bin ein Troll. Und Trolle sind niemandes Freund. Sieh zu, dass du Freunde unter deinesgleichen findest." Pavarotti versuchte vergeblich sich aufzusetzen.

„Es ist mir vollkommen gleichgültig, was du bist. Ich kann dich nicht alleine hierlassen." Nicht, nachdem er sogar zu Mikkel zurückgelaufen war.

„Du musst."

FLAP

FLAP

FLAP

Vor Mikkels Gesicht flatterte ein seltsames Insekt, begleitet von einem unangenehmen Geruch. Es sah aus wie ein Schmetterling in den Farben einer Biene, mit einem Frauenkopf, an dem das Geweih eines Hirschkäfers wuchs.

„Hört auf den Troll", sagte es. „Ihr könnt hier nichts ausrichten."

„Was?...ähh,…wer bist du?“, fragte Mikkel.
„Das tut eigentlich nichts zur Sache, aber weil ausgerechnet du fragst, werde ich es dir sagen. Ich könnte irgendwann, nach einer Menge an Verwandlungen, eine Waldelfe sein. Genauso wie du ein richtiger Zauberer und dein Freund ein richtiger Jäger. Ihr beide könnt das schaffen, ich wohl eher nicht, denn wenn der Wald sein Leben aushaucht, beendet es auch das meine. Aber dazu müsst ihr gehen“, sagte die Beinaheelfe mit trauriger Entschlossenheit.
„Wir wollten den Wald eigentlich retten“, sagte Mikkel.
„Ihr?“, die Beinaheelfe kicherte amüsiert. „Ihr habt es ja nicht einmal geschafft, bei eurer Freundin zu bleiben.“
„Du weißt, wo Mia ist?“ Sie hatten nichts davon mitbekommen, dass sie für kurze Zeit ganz in ihrer Nähe im Soldatenlager gewesen war.
„Ich weiß, dass sie dort war, wo ihr auch wart. Aber sie wurde fortgebracht. Wohin weiß ich nicht. Aber was ich weiß, ist, dass Riesen näherkommen.“ Sie redete immer schneller und eindringlicher auf Mikkel und Hagen ein.
„Ich habe euch doch gesagt, ihr sollt verschwinden“, meldete sich Pavarotti.
„Ich lasse dich nicht hier!“, beharrte Hagen.
„Ach verdammt“, sagte die Beinaheelfe. „Dabei kann ich Trolle gar nicht leiden.“
Sie flog eine Runde über Pavarotti und ließ dabei ein gelbliches Pulver fallen. „Es wirkt nicht sehr lange, weil ihr wisst schon, ich bin noch keine richtige Elfe.“
„Ich fühle mich so unfassbar, unglaublich leicht“, jubelte Pavarotti, machte einen großen Sprung und lief los.
Hagen und Mikkel sahen ihm ungläubig nach, dann rannten sie, ohne sich von der Beinaheelfe zu verabschieden, ihm nach.
„Versucht eure Freundin zu retten“, rief sie den dreien hinterher.

Sie flog tiefer in den Wald hinein. Dorthin, wo die Riesen noch nicht vorgedrungen waren. Am Ufer eines kleinen, dunklen Tümpels setzte sie sich auf die Schulter eines untersetzten, älteren, bärtigen Mannes. Sie summte ihm etwas ins Ohr. Er brummte eine Antwort.

Was weder Hagen noch Mikkel noch Pavarotti wussten oder ahnten, war, dass die kleine Beinaheelfe nicht nur eine Beinaheelfe, sondern auch die beste Freundin der Seele des Waldes war. Und diese hatte gehofft, dass ein alter Freund ihr zu Hilfe eilen würde. Und dann kam dessen Tochter, ein Zauberlehrling, ein falscher Trolljäger und ein echter Troll. Über das bärtige Gesicht der Seele huschte ein Lächeln. Es war aussichtslos, aber noch waren sie nicht untergegangen.

„Ich muss meinen Tornister holen“, rief Mikkel atemlos. Er und Hagen hatten Mühe Pavarotti zu folgen, dem der Beinaheelfenstaub eine fast uneinholbare Kraft verliehen hatte. Sie hatten wieder das Ödland, in dem Hagen und Mikkel von den Soldaten zurückgelassen wurden, erreicht und hielten kurz inne.

„Vergiss es“, japste Hagen. „Nochmal in die Nähe des Soldatenlagers gehe ich nicht.“

„Das müssen wir auch nicht. Ich habe ihn an der Stelle, an der sie uns gefangen genommen haben, in ein Gebüsch geworfen“, schnaufte Mikkel angestrengt.

„Dann hoffe ich, dass du noch weißt, wo das ist.“ Hagen wollte eilends weiter.

„Wartet“, keuchte Pavarotti. „Ich kann nicht mehr so schnell. Dieses Wunderpulver hört auf zu wirken.“ Er atmete schwer und langsam.

In nicht allzu weiter Entfernung waren die beiden Riesen, die zu den ersten Opfern des Trolls geworden waren, zu sehen. Sie waren noch benommen, aber an ihren Bewegungen war zu erkennen, dass dieser Zustand nicht mehr allzu lange anhalten würde.

„Kümmer dich um sie“, verlangte Hagen von Mikkel und ging in die Hocke. „Komm mein Freund“, sagte er zu Pavarotti. „Dann werde ich dich tragen.“

Der Troll mühte sich auf den Rücken Hagens und krallte sich an dessen Schultern fest.

„Wir sehen uns gleich“, rief Hagen Mikkel zu und lief gebeugt weiter.

Wie soll ich mich denn um Riesen kümmern?, überlegte der. Der spinnt doch und die Riesen lachen mich aus. Er wollte Hagen und Pavarotti nachlaufen, aber einer der Riesen kam langsam auf die Beine und sah benommen um sich. Sein immer noch vernebelter Blick schien Hagen und Pavarotti zu erkennen, denn er taumelte in deren Richtung.

Wenn ich doch nur noch mehr aufgepasst hätte, verfluchte sich Mikkel, dann wüsste ich jetzt vielleicht einen Zauber, der helfen könnte.

Aber auch wenn er mehr aufgepasst hätte bei all dem, was Herr Schmidt ihm beibringen könnte, es hätte ihm nicht geholfen, denn mehr als diesen einen Zauber, von dem er nicht glaubte, dass er überhaupt etwas bewirken könnte, hatte Herr Schmidt ihm noch nicht gezeigt. Nun gut, er kannte noch ein paar billige Taschenspielertricks. Aber er hatte weder ein Kartenspiel noch einen Hut noch ein Kaninchen bei sich. Und selbst wenn, hätte es die Riesen wohl kaum beeindruckt.

Er sah sich um, auf der Suche nach einem Knüppel, wohl wissend, dass er damit nicht viel würde ausrichten können. Deshalb verwarf er diese Idee sehr schnell. Wenn er ein Zauberer werden wollte, musste er eine andere Lösung finden. Hektisch durchsuchte er seine Erinnerungen, ohne auf etwas Brauchbares zu stoßen. Dann durchwühlte er die Taschen seiner Hosen mit dem gleichen unbefriedigenden Ergebnis.

Der Riese stolperte immer schneller den beiden hinterher. Und auch der andere Riese schien allmählich sein Bewusstsein wiederzuerlangen.

Ich könnte jetzt wirklich Hilfe gebrauchen, flehte Mikkel alle bekannten und unbekannten Geister, Götter und Helden an und es entfuhr ihm ein angsterfüllter Schrei. Er presste vor Schreck seine Hände auf den Mund, aus Angst, nun auch entdeckt zu werden. Aber die beiden Ungeheuer hatten ausschließlich Hagen und Pavarotti im Blick, denen sie Schritt für Schritt zielgerichteter folgten.

Ich werde nie, nie, nie, niemals ein Zauberer, jammerte Mikkel innerlich. Er griff nach einem am Boden liegenden Stein und warf ihn mit all seiner Kraft in Richtung der Riesen. Und zu seiner eigenen Überraschung traf er einen von ihnen am Kopf.

Es war ein Glückstreffer. Für den Riesen hingegen war es ein unsagbarer Unglückstreffer.

Auch wenn man meinen könnte, dass Riesen ohne Gehirn geboren werden angesichts ihrer offenkundigen Dummheit, so haben sie doch eines, wenn auch nicht das Allerbeste.

Der Angriff von Pavarotti hatte dem Riesen das Gehirn schon etwas anschwellen lassen. Und dieser Stein hatte es zum Platzen gebracht.

Er spürte noch, wie alles schwammig und unscharf wurde und dann kippte er einfach um. Direkt auf seinen Riesenkumpanen, der sich bei dem Aufprall mehrere Rippen brach, von denen sich eine so unglücklich nach innen verbog, dass sie seine Eingeweide einfach durchstach und er innerhalb weniger Sekunden innerlich verblutete.

Im Schloss

Es war kein gutes Zeichen, dass die Königin hatte nach ihm rufen lassen. Noch immer hatte er ihr keinen Plan für die Durchführung der Audienzen vorgelegt. Dabei wollte er diese gar nicht herauszögern oder gar verhindern, auch wenn er sie immer noch für eine lächerliche Idee hielt. Tatsächlich war er an einem Erfolg sehr interessiert, hoffte er doch, in ihrer Gunst aufzusteigen.

Allein eine gute Idee für einen erfolgversprechenden Ablauf war ihm nicht gekommen. Wie ließ es sich einrichten, dass nur solche Anliegen vorgetragen wurden, die harmlos waren und den doch arg beschränkten Geist der Königin nicht überforderten? Es musste ihm irgendwie gelingen, eine Vorauswahl zu treffen, ohne dabei die abgelehnten Bittsteller zu sehr vor den Kopf zu stoßen.

Auf dem Weg in die Bibliothek versuchte er sich eine plausible Erklärung zurechtzulegen, warum er in der Angelegenheit noch nicht vorangekommen war, ohne dass sein Versagen dabei zur Sprache kam.

Dabei kam er jedoch nicht umhin, sich mehr Gedanken darüber zu machen, was sie seit einiger Zeit an diesem Raum fand. Die Bibliothek war bis vor Kurzem ein Ort, von dem sie nicht einmal wusste, dass es ihn gab, bildete er sich jedenfalls ein.

Sie stand mit dem Rücken zum Fenster und blätterte in einem Buch. Als er eintrat, hob sie kurz den Kopf und nickte ihm zu. Er blieb in respektvollem Abstand stehen und verneigte sich.

„Ihr wünschtet mich zu sprechen.“

Sie hob kurz die Hand als Zeichen, noch nicht unterbrochen werden zu wollen und widmete sich weiter ihrer Lektüre. Es vergingen mehr als nur wenige Momente, in denen sie ihm keine Beachtung schenkte.

Ich habe es nicht verdient, so von ihr behandelt zu werden, dachte er mit leicht aufsteigendem Groll. Auch wenn sie die Königin ist.

Schließlich schlug sie das Buch zu und stellte es zurück in das Regal. „Baron“, sagte sie. „Ich hätte eine Frage an Euch.“

„Wenn es um die Vorbereitung Eurer ersten Audienz geht“, beeilte er sich zu sagen, „bin ich dabei, die Sicherheitslage mit der Schlosswache zu erörtern. Wir wollen ja nicht, dass es zu unerfreulichen Ereignissen kommt.“

„Es freut mich, dass Ihr diese Ernsthaftigkeit besitzt. Ihr müsst wissen, dass es ein wirklich wichtiges Anliegen für mich ist“, sagte sie beiläufig, ohne seinem Gesagten viel Bedeutung beizumessen.

„Ich werde Euch gerne jederzeit über den Fortgang unterrichten“, antwortete er erleichtert aber auch verwundert über ihre Gleichgültigkeit.

„Schön. Aber nun zu meiner Frage“, sagte sie mit sehr viel mehr Wichtigkeit.

Das war sie also nicht. Ihn überkam eine undeutliche Beklemmung. Auf was für eine dumme Idee konnte sie denn noch gekommen sein?

„Hattet Ihr schon einmal das Gefühl, einem Untergebenen Unrecht angetan zu haben?“ Es fiel ihr schwer, diese Frage zu stellen. Nachdem sie Therese am Morgen fortgejagt hatte, hatte sie sich zunächst besser gefühlt. Es war ihr gelungen, ihren Ärger auf das Mädchen abzuwälzen. Sie hatte solches bestimmt schon viele Male getan, ohne wirklich zu bemerken, was genau sie da tat.

Aber diesmal war es anders. Ihre Laune hellte sich nur für kurze Zeit auf. Und bald darauf war ihr alter Ärger zurück und zu diesem gesellte sich auch noch ein neuer, den sie nicht zu verstehen in der Lage war.

Wäre sie nicht die Königin gewesen, hätte sie vielleicht erkannt, dass sie Therese ungerecht behandelt hatte, aber als Königin kam es ihr überhaupt nicht in den Sinn, ungerecht sein zu können. Dennoch war da dieses seltsame schwere Gefühl, welches sie nicht losließ.

Früher hätte sie ein solches einfach abgestreift, aber sie konnte es nicht verhindern, sich einzugestehen, dass sie angefangen hatte ihre Zofe zu mögen. Sie genoss die stille, höfliche Art und die wohlüberlegten Antworten, die das Mädchen ihr auf ihre Fragen gab.

Und als sie dieses erkannte, empfand sie bei der Erinnerung an das blasse, verängstigte Gesicht, als sie sie angefahren hatte, Mitleid mit ihr. Dass sie selbst der Ursprung des Kummers ihrer Zofe war, wollte und konnte sie sich jedoch noch nicht eingestehen. Dies dauerte noch bis in die frühen Abendstunden.

Therese war den ganzen Tag nicht mehr zu ihr gekommen, stattdessen servierte ihr ein ungelenker Page die Mahlzeiten.

„Wo ist Therese?“, hatte sie ihn gefragt.

„Die ist in ihrer Kammer und heult“, hatte er unberührt geantwortet.

„Warum das denn?“, schwankte sie zwischen Unverständnis und Sorge.

„Keine Ahnung. Weiber halt“, hatte er herabwürdigend geantwortet.

„Er sollte sich etwas mäßigen, wenn er über meine Zofe spricht“, hatte sie ihn verärgert abgekanzelt.

Der Junge war bleich geworden, nicht ganz so bleich wie Therese am Morgen, aber ausreichend, um zu erkennen, dass er sich seiner Unverschämtheit bewusst wurde. Er stotterte eine unverständliche Entschuldigung.

„Sprich deutlich!“, hatte sie ihn mit unnachgiebiger Strenge ermahnt.

„Ich habe keine Ahnung, was sie hat“, hatte er hektisch hervorgebracht. „In letzter Zeit war sie viel fröhlicher als sonst, aber seit heute Vormittag viel betrübter. Sie hat nicht gesagt, was sie hat. Darf ich jetzt gehen?“, sprach er hastig und kratzte sich angestrengt am Kopf.

„Ja“, hatte sie bloß gesagt, erleichtert von seiner Anwesenheit befreit zu werden.

Und dann begann es langsam in sie hineinzurieseln. Wenn Therese seit dem Vormittag traurig war, musste der Grund dafür kurz davor zu finden sein.

Aber sie war den ganzen Morgen bei ihr. Sie vermochte es noch nicht, es sich einzugestehen, aber es war dann doch zu übermächtig. Sie selbst war der Grund für Thereses Kummer.

Und sie wollte nicht, dass Therese Kummer hatte und schon gar nicht wollte sie schuld an diesem sein. Seltsame Regungen waren es, die sich ihrer bemächtigten, aber wie konnte sie diese aus der Welt schaffen? Als Königin konnte sie doch nicht zu einer einfachen Zofe gehen und sich entschuldigen.

Die Bücher gaben ihr zwar Antworten, aber leider auch nicht die gewünschten, also ließ sie, wenn auch mit etwas Widerwillen, nach dem einzigen Menschen rufen, von dem sie glaubte, er könne ihr vielleicht eine Antwort geben, ihrem Haushofmeister, den Baron von Domus.

Sie mochte ihn immer noch nicht sonderlich und das würde sich vermutlich auch nicht mehr ändern, aber sehr zu ihrem Bedauern war er der einzige Mensch im Schloss, der auch nur annähernd den Rang hatte, heikle Fragen mit ihr zu besprechen.

Johannes war ja nicht da und in dieser Angelegenheit wäre er auch keine Hilfe gewesen. Sie wusste, dass er Entschuldigungen für eine, wenn nicht gar schädliche, dann wenigstens überflüssige Erfindung hielt. Jedenfalls dann, wenn sie von einer höhergestellten Person an eine untergebene gerichtet war.

Baron von Domus war überrascht von ihrer Frage und auch wieder nicht. Es war niemandem im Schloss entgangen, dass sich zwischen der Königin und ihrer Zofe in der letzten Zeit so etwas Ähnliches wie ein freundschaftliches Verhältnis entwickelt hatte. Und ebenso war es nicht verborgen geblieben, dass etwas geschehen sein musste, was dieses Verhältnis beschwerte. Die Königin war launisch und Therese begann ständig grundlos zu heulen.

„Ich glaube“, sagte der Baron nachdenklich, „dass es schwerlich möglich ist, seinen Untertanen Unrecht anzutun.“ Tatsächlich vertrat er die Ansicht, dass Forderungen und Anweisungen der Herrschaft klaglos auszuführen waren und ein Knecht oder eine Magd oder auch eine Zofe nicht das Recht hatten, diese zu hinterfragen oder sich gar darüber zu beschweren.

Aber er machte sich auch Gedanken über die Königin. Allein, dass sie diese Frage stellte, bedeutete, dass mit ihr etwas geschehen war. Etwas, das er nicht wusste und auch nicht verstand. Was er aber erkannte war, dass im Umgang mit ihr eine weit größere Vorsicht geboten war als bisher.

„Tatsächlich?“, fragte die Königin.

„Wo kämen wir denn hin, wenn dem so wäre?“ Dass sich die Königin Gedanken um das Wohlergehen ihrer Zofe machte, war für ihn kein gutes Zeichen. Am Ende würde es noch so weit kommen, dass die Kleine mehr Einfluss auf ihre Majestät erlangte, als es ihm zustand.

„Ich bin also frei von Fehlern?“, fragte sie ungläubig. Nur allzu gerne würde sie solches weiterhin glauben.

„Ihr seid die Königin!“, antwortete er und hoffte, damit wäre alles gesagt.

„Und das bedeutet, ich kann niemandem Unrecht tun?“, hakte sie nach.

Er spürte, dass er in eine Falle tappte, aber er konnte es auch nicht mehr verhindern. „Wenn Ihr es als Königin tut, dann gewiss nicht."

„Aber was wäre, wenn ich Euch von Euren Aufgaben entbinden und fortschicken würde? Würdet Ihr das als gerecht empfinden?" Sie hatte geahnt, dass es nicht leicht werden würde, eine aufrichtige und vor allem hilfreiche Antwort von ihm zu erhalten. Also hatte sie sich ein paar Fragen überlegt, mit denen sie ihn hervorlocken konnte.

Verglich sie ihn jetzt wirklich mit einer Zofe? Er hatte Mühe seinen Zorn zu unterdrücken. „Ich würde mich natürlich in Euren Entschluss fügen", presste er hervor.

„Aber wäre es nicht ungerecht, wenn Ihr doch keinen Fehler begangen habt?", ließ sie nicht locker.

„Darüber habe ich nicht zu entscheiden", sagte er mit Bedacht und Überlegung.

Die Königin kratzte sich am Kinn. Sie war unzufrieden mit dem Verlauf des Gesprächs trotz ihrer guten Vorbereitung. Ihr Haushofmeister wand sich wie ein Aal vor einer ehrlichen Antwort. Seine Ausflüchte konnte sie nicht gebrauchen.

„Angenommen, ich würde Euch von Euren Ämtern entbinden, später aber feststellen, dass Ihr doch der Beste für diese Dienste seid. Was müsste ich tun, damit Ihr zurückkehrt?", unternahm sie einen erneuten Versuch. Sie wusste einfach nicht, an wen sie sich sonst wenden konnte.

Ihr scheint wirklich verdammt viel an dieser Zofe zu liegen, dachte er. Sie wird diese Angelegenheit gewiss nicht einfach ruhen lassen. „Hoheit", fasste er seinen Mut zusammen. „Ich bitte ehrlich reden zu dürfen."

Na endlich, dachte sie und nickte ihm auffordernd zu.

„Ich glaube zu wissen, dass Ihr mir diese Fragen wegen einer bestimmten Person stellt. Aber so leid es mir tut, eine Entschuldigung Eurerseits gegenüber dieser Person ist vollkommen ausgeschlossen. Eine Person Eures Standes kann sich einfach nicht bei einer so weit unter ihr stehenden Person entschuldigen.“ Er konnte die Enttäuschung in ihrem Gesicht lesen. „Aber“, fuhr er nach einer kurzen Pause fort. „Sie kann diese Person zu sich rufen und loben. Damit gibt sie ihr das Gefühl, dass das Ungemach vorbei ist.“

„Oh.“ Ein zufriedenes Lächeln huschte über das Gesicht der Königin. „Das ist in der Tat aufschlussreich.“

Er atmete erleichtert auf. War es ihm doch noch gelungen, sie bei Laune zu halten. „Das erfüllt mich mit Freude“, sagte er selbst für seinen Geschmack ein bisschen zu einschleimend. „Darf ich Euch sonst noch zu Diensten sein?“

„Für den Moment nicht. Ihr dürft gehen“, sagte sie mit einer winkenden Handbewegung.

Er verneigte sich und lief leicht gebeugt rückwärts zur Tür.

„Ihr habt eine sehr seltsame Körperhaltung, Herr Graf“, beschied sie ihm.

Graf? Hat sie mich gerade Graf genannt? Er erstarrte vor Schreck und Freude zugleich, richtete sich auf, grinste verlegen, verbeugte sich noch einmal umständlich und beeilte sich die Bibliothek zu verlassen. Er rannte fast durch die Gänge.

Er musste dringend an einen Ort, an dem man ihn nicht hören konnte. Dieser Schrei musste aus ihm heraus.

Später beschlichen ihn Zweifel. Vielleicht hatte er sich nur verhört oder möglicherweise hatte sie sich auch nur versprochen. Diese plagten ihn die ganze Nacht, bis er am nächsten Morgen wieder zur Königin gerufen wurde, um seine Ernennungsurkunde in Empfang zu nehmen.

Die Königin schaute ihm weniger erstaunt hinterher, als er es vielleicht vermutet hätte.

Als sie darüber nachgedacht hatte, wen sie ins Vertrauen ziehen könnte, kam ihr ein Baron eigentlich nicht angemessen vor. Zu niedrig war dessen Rang in ihren Augen. Um zukünftig nicht mit sich hadern zu müssen, wenn sie wieder gezwungen sein sollte, seinen Rat zu erbitten, musste sie aus ihm mindestens einen Grafen machen.

In einem Wagen

Die Fahrt wurde zu einer unerwarteten Anstrengung. Es war natürlich nicht davon auszugehen, dass sie eine Spazierfahrt werden würde, aber das, was kam, konnte sie unmöglich erahnen.

Der rundliche Soldat, der mit ihr im Wagen saß, kaute ununterbrochen die Nüsse oder Kerne aus seiner Schale. Und er tat dies auf eine grauenvoll aufdringliche und laute Art. Und als ob dies, gerade auch in Hinsicht darauf, dass sie nicht wusste, wohin sie unterwegs waren und was sie erwartete, nicht schon nervend genug wäre, begann nach einer kurzen Zeit auch noch sein Bauch laute, blubbernde und zischende Geräusche von sich zu geben. Mia konnte beobachten, wie dieser sich immer wieder unnatürlich aufblähte und der Soldat unruhig auf seinem Platz hin und her rutschte. Er wurde blass und begann zu schwitzen. Trotzdem steckte er sich immer wieder Kerne in den Mund. Bis er es nicht mehr aushielt und dringlich gegen die Wand klopfte. Der Wagen hielt an und kurz darauf erschien das Gesicht eines anderen Soldaten in dem kleinen Fenster der Tür.

„Was gibt's?", fragte der.

„Ich muss ganz kurz in die Büsche!", hechelte der Dicke.

„Hättest du nicht vorher mal gehen können?", wollte der andere das Ansinnen am liebsten verweigern. Ihm war zuerst daran gelegen, diesen Auftrag so bald wie möglich hinter sich zu bringen.

„War ich doch, aber es ist wirklich dringend", bettelte der Dicke.

„Na gut." Er öffnete die Tür und Mias Wärter stürmte nach draußen.

Als er zurückkam, sah er erleichtert aus, setzte sich Mia gegenüber und steckte sich eine Handvoll Nüsse in den Mund. Der Wagen setzte sich wieder in Bewegung.

Es dauerte gar nicht lange, bis er wieder blass wurde, sein Bauch sich wieder aufblähte und er wieder gegen die Wagenwand klopfte.

Nach dem vierten Mal kehrte er nicht zurück. Er hatte sich gerade mit heruntergelassener Hose hingehockt, als wichtige Funktionen seines Körpers ihren Dienst versagten und er leblos nach vorne kippte.

Seine Kameraden fanden ihn wenig später in ebendieser beschämenden Stellung.

„Armer Kerl“, sagte der eine. „Gestern war er noch das blühende Leben und wir haben darüber gesprochen, wie wir das kleine Flittchen richtig rannehmen würden.“

„Das war er heute früh noch“, sagte der andere. „Es kann einen schon nachdenklich machen, wie schnell es vorbei sein kann.“

„Ja, so vollkommen unerwartet und aus dem Nichts. Dann wirst du dich jetzt wohl zu ihr setzen müssen.“ Er wandte sich von dem Toten ab, um zum Wagen zurückzukehren.

„Ich? Bestimmt setze ich mich nicht den Rest des Weges in diesen dunklen Kasten“, rief der andere und lief seinem Kameraden hinterher. „Jedenfalls nicht, ohne meinen Spaß mit ihr zu haben“, lachte er hässlich. „Aber darauf will ich gerne verzichten bei dem, was der königliche Berater uns angedroht hat.“

„Da hast du wohl recht“, sagte der erste Soldat, stieg auf den Kutschbock und griff nach der Peitsche als Zeichen, sich diesen Platz nicht streitig machen zu lassen, „aber auch ohne würde ich die Finger von ihr lassen.“

„Wieso das denn? Die sieht doch wirklich lecker aus.“ Wieder ließ der andere sein hässliches Lachen hören und wollte sich ebenfalls auf den Kutschbock setzen.

„Mit der stimmt doch irgendetwas nicht. Oder hast du schon mal jemanden so schnell abkratzen sehen?“ Der eine zeigte mit der Peitsche auf das Gebüsch, hinter dem sie den Verblichenen hatten liegen lassen. „Ich will ihr jedenfalls nicht zu nahe kommen."

„Du meinst, sie hat etwas damit zu tun?", fragte der andere in der Ungewissheit, ob sein Kumpan dies ernst meinte, oder ihn nur etwas foppen wollte.

„Könnte schon sein. Erst will Herr Johannes sie so schnell wie möglich loswerden, aber niemand darf sie anrühren, wir sollen sie dorthin bringen, wo man sie am wenigsten vermutet und nur wenige Stunden später ist der arme Thorben tot. Für mich sind das ein bisschen zu viele Zufälle." Er nickte dem zweiten Soldaten auffordernd zu, endlich aufzusteigen.

„Du meinst, sie ist eine…." Das Entsetzen in seiner Stimme war unüberhörbar.

„….Hexe? Ja, oder etwas Ähnliches." Er schwang die Peitsche über die Köpfe der Pferde, die sich langsam in Bewegung setzen.

„Dann sollten wir sie so schnell wie möglich loswerden. Ich hab gehört, dass man Hexen am besten verbrennt", sagte der zweite Soldat gehetzt und sprang auf die anfahrende Kutsche.

„Und danach lässt uns Herr Johannes unsere Pimmel essen. Nein danke", sagte der eine und trieb die Pferde zur Eile. „Wir müssen sie so schnell wie möglich nach Wiolan bringen. Sollen die sich mit ihr herumplagen."

„Und was machen wir, wenn sie einfach davonfliegt?", fragte der andere bange.

„Wie soll sie denn da rauskommen?", erwiderte der eine mit verständnislosem Kopfschütteln. „Außerdem hat sie doch gar keinen Besen dabei."

„Bei Hexen kann man sich nie sicher sein", sagte der andere und dachte über Desertion nach.

„Ich habe zwei Riesen getötet“, jammerte Mikkel.

Es war Nacht geworden. Sie waren so lange gelaufen, wie es ihre Kräfte zuließen. Erst zu der Stelle, an der Mikkel seinen Tornister vermutete. Und tatsächlich war er noch dort. Dann so schnell sie konnten vom Blaubäumer Forst fort.

Als die Sonne unterging, waren sie im Niemandsland zwischen Wald und einem sich in der Ferne auftürmenden Gebirge. Unter einer Weide, die ihre Äste tief in einen Bach hineinhängen ließ, schlugen sie ihr Nachtlager auf.

„Und?“, fragte Hagen gereizt. Die ganze Zeit über hatte Mikkel sich schon ausführlich über sein schlechtes Gewissen geäußert.

„Ich wollte nie jemanden töten“, klagte Mikkel und lief unruhig hin und her.

Hagen saß neben Pavarotti an den Baum gelehnt. „Und jetzt ist es passiert“, sagte er überdrüssig und verdrehte die Augen. „Es waren nur Riesen.“ Wie konnte man darüber solch einen Aufriss machen.

„Du verstehst das nicht. Ein Zauberer muss andere Lösungen finden als die pure Gewalt.“ Mikkel blieb kurz stehen, sah Hagen entgeistert an und setzte seinen Gang fort. Es war einer der hehren Grundsätze der Zaubererschaft. Das hatte er nun schon mehrfach zu erklären versucht. Warum konnte Hagen das nicht verstehen?

„Du bist aber kein Zauberer. Und jede andere Lösung hätte dich und uns den Weg in die Mägen der Riesen finden lassen“, versuchte Hagen zu beruhigen. Ein kleiner Anflug von Mitleid für Mikkel hatte sich ungewollt und ungefragt bei ihm eingeschlichen. Was auf keinen Fall bedeutete, dass sie jetzt Freunde werden könnten. „Du solltest stolz auf dich sein, wenn du auch eigentlich nur Glück hattest.“

„Aber so kann ich niemals ein Zauberer werden!“, schrie Mikkel und erschrak über die Lautstärke seiner Stimme.

Hagen sprang auf. „Schrei doch bitte noch ein bisschen lauter!“, zischte er bedrohlich. Sein kurzzeitig aufgeflammtes Wohlwollen begann sich in das Gegenteil zu verkehren. Wie konnte man so bekloppt sein, in einer gänzlich fremden Umgebung so einen Lärm zu machen?

„Wenn du mich fragst, klingt Mikkel, der Riesentöter gar nicht schlecht“, mischte sich Pavarotti ein. „Also ich hätte Angst vor dir, wenn ich dich nicht kennen würde. Und ich bin ein Troll.“ Er war zu müde, um diesen schon viel zu lange dauernden Streit weiter zu ertragen. „Setz dich wieder hin Hagen. Und du auch“, forderte er die beiden auf. „Du kannst nicht ungeschehen machen, was geschehen ist. Und wenn dein Lehrmeister dafür kein Verständnis hat, würde ich mir an deiner Stelle einen anderen suchen.“

„Genau“, stimmte Hagen zu und erntete von Pavarotti einen bösen Blick.

Mikkel, der Riesentöter, das hörte sich in der Tat nicht schlecht an, dachte Mikkel und setzte sich hin. Das würde vielleicht sogar Mia beeindrucken. Andererseits, Zauberer Mikkel wäre ihm immer noch sehr viel lieber. „Wir müssen Mia retten“, sagte er, als das schaurig-schöne Kribbeln bei dem Gedanken an sie wieder durch ihn hindurchwanderte.

„Wir wissen doch gar nicht, wohin sie gebracht wurde“, wandte Hagen ein. Und setzte sich ebenfalls. Er würde Mikkel gerne Recht geben, aber er konnte es nicht. Denn er hätte es doch sein sollen, der dies vorschlug.

„Und deshalb sollten wir jemanden fragen, die mehr weiß als wir alle“, warf Pavarotti ein. „Deine Tante“, sagte er und nahm Hagen fest in den Blick.

„Auf gar keinen Fall“, antwortete der. „Ich habe den Mann erkannt, der die Rodung befehligt. Und du kennst ihn auch. Er war oft bei ihr zu Besuch und immer, wenn er kam, schickte sie uns fort. Sie weiß gewiss viel und mehr als sie uns sagen würde, denn ich glaube, dass sie eine bestimmte Absicht verfolgt, über die sie uns im Unklaren lässt. Ich bin mir auch sicher, dass sie wusste, dass wir nur auf einen Zauberlehrling statt auf einen richtigen Zauberer treffen würden." Er sah Mikkel mehr spöttisch als entschuldigend an. „Ich werde mich nicht mehr an ihrem Spiel beteiligen." Eigentlich hatte er nicht vorgehabt, auch Mikkel an diesen Erkenntnissen teilhaben zu lassen, sondern nur dem Troll in einem geeigneten Moment von seinen Beobachtungen und Schlussfolgerungen zu berichten, aber er kannte Pavarotti gut genug, um zu wissen, dass er die Möglichkeit, die Alte aufzusuchen, jetzt nicht ruhen lassen würde, bis sie zu einer Entscheidung gelangt wären. Und Mikkel hätte sich bestimmt nicht einfach wegschicken lassen.

Pavarotti drehte seinen Kopf zur Seite, sodass Hagen und Mikkel nicht sehen konnten, dass er zufrieden lächelte. „Dann brauchen wir einen anderen Plan", sagte er.

„Wer ist denn dieser Mann?", fragte Mikkel. Die Erinnerung an Johannes jagte einen eisigen Schauer über seine Haut und verdrängte für einen Moment das Kribbeln.

„Der Erste Berater der Königin", entfuhr es Pavarotti.

„Der was....?", fragte Hagen mit skeptischem Unbehagen. „Woher weißt du das?" Sollte auch der Troll ihn über wichtige Dinge im Unklaren gelassen haben?

„Da könntest du doch selbst draufkommen", sagte der. „Die Königin hat die Rodung des Blaubäumer Forstes zu ihrem wichtigsten Ziel erklärt. Wem außer ihrem wichtigsten Berater würde sie diese Aufgabe übertragen?"

Hagen brummte unzufrieden. Er wusste nicht, ob darüber, nicht selbst zu diesem Schluss gekommen zu sein oder weil ein Körnchen Misstrauen gegenüber Pavarotti in ihm gesät war. Vermutlich beides.

„Und nun? Gehen wir zur Königin und bringen sie von ihrem Plan ab“, schlug Mikkel bitter lachend und voller Ratlosigkeit vor. Sie waren gescheitert und daran ließ sich auch nichts mehr ändern, da konnte er jetzt auch etwas vollkommen Dummes von sich geben, auch wenn er meinte, dass das besser zu Hagen passen würde.

„Du bist doch total bescheuert“, sagte der verachtungsvoll.

„Ich finde die Idee gar nicht so schlecht“, mischte sich Pavarotti ein, bevor die beiden wieder die Gelegenheit hatten, sich gegenseitig anzugehen. „Ein Troll, ein Trolljäger und ein Riesentöter verlangen die Königin zu sprechen. Wenn sie uns dann anhört, ist sie verrückt genug für dieses Land und wenn sie uns nicht anhört, ist dieses Land für sie zu verrückt und muss untergehen.“ Er streckte seine Arme und Beine weit von sich. „Aber jetzt bin ich müde und noch ein kleines bisschen geschafft von diesen Riesen. Ich brauch mal eine Schlafpause.“

Tag 26
Im Schloss

Therese war angespannt, als sie das Schlafgemach der Königin betrat. Nur allzu gerne wäre sie in ihrem Bett liegengeblieben und hätte sich unpässlich gemeldet. Das ihr anerzogene Pflichtbewusstsein verschaffte ihr jedoch schon wegen der am Vortag vorgeschobenen Übelkeit ein furchtbar schlechtes Gewissen. Es gehörte sich einfach nicht, sich ihrer Aufgaben zu entziehen.

„Es scheint ein schöner Tag zu werden“, begrüßte die Königin sie, welche schon selbst die Bettvorhänge geöffnet hatte.

„Ja Majestät“, erwiderte Therese leise mit gesenktem Blick. Sie stellte das Tablett mit dem Tee und den Butterbroten auf einen kleinen Tisch. „Welches Gewand darf ich für Euch herauslegen?“

„Da vertraue ich vollkommen auf dich.“ Die Königin griff nach dem Tee und nippte bedächtig an der Tasse.

„Aber ich…“, stammelte Therese, die halb erschrocken und halb erstaunt darüber war, die Garderobe der Königin aussuchen zu sollen. Solches war bisher noch nie geschehen.

„Aber du was?“, fragte die Königin zwischen zwei Schlucken, stellte die Tasse ab und nahm sich eines der Butterbrote.

Therese schwieg mit gesenktem Blick.

„Aber du was?“, wiederholte die Königin und biss genüsslich in das Brot. Zu ihrem Bedauern, war es nicht besser geworden, aber es gelang ihr, ihren Ärger darüber herunterzuschlucken.

„Ich fürchte, nicht das Richtige auszuwählen und dass Ihr dann wieder unzufrieden mit mir seid“, sagte Therese zaghaft und ohne aufzublicken.

Die Königin betrachtete ihre Zofe. Eine Welle des Mitleids durchströmte sie. Das Mädchen zitterte. Sie hatte offensichtlich große Angst.

Eigentlich sollte mir das egal sein, dachte die Königin mit einem Anflug der Erinnerung an gar nicht so weit zurückliegende Zeiten. Sich zu entschuldigen, vor allem auf eine so umständliche Art, war schwieriger als gedacht. Sie kaute verbissen, das Brot wurde einfach nicht besser.

Und Therese stand wie ein Opferlamm mit gesenkten Schultern und Kopf vor ihr.

Was ist richtig?, waberte es durch die Gedanken der Königin. Weitermachen wie bisher bestimmt nicht, gab sie sich selbst eine Antwort.

„Schieb doch einmal den Spiegel herüber", forderte sie Therese auf. „Wir machen es gemeinsam und irgendwann wirst du dann wissen, welche Kleider wann angemessen sind. Du bist gewiss gescheit genug, dieses und noch anderes zu lernen."

„Und?“, fragte die Alte. Sie saß wieder auf der Bettkante und schaute der Königin auffordernd in die Augen.

„Was?“, erwiderte diese verwundert. Wie bei jedem Mal zuvor hatte sie sie nicht kommen sehen und dennoch war sie immer wieder darüber erstaunt. Leichter Groll wollte in ihr aufkommen, aber sie schaffte es ihn zu unterdrücken. Nicht weil sie die Alte nicht allzu gerne angeschrien und unflätig beschimpft hätte, sondern weil sie ahnte, dass sie dann nicht die Antworten erhalten würde. Sie fürchtete, die Alte würde einfach wieder verschwinden.

„Geht es dir besser?“, fragte diese mit sorgenvollem Blick.

Die Königin horchte in sich hinein. Ja, es ging ihr besser. Der Tag war einer der schöneren in der letzten Zeit gewesen, vielleicht sogar einer der schönsten ihres bisherigen Lebens. Und dabei war gar nicht viel geschehen.

Sie hatte gemeinsam mit Therese ein Kleid für sich herausgesucht, wobei das Mädchen zwar immer noch verunsichert gezittert, sich mit der Zeit aber immer mehr beruhigt hatte.

Danach war sie in die Bibliothek gegangen, um sich von ihrer Zofe ein paar Gedichte vorlesen zu lassen.

„Das hast du sehr schön gemacht“, hatte sie sie gelobt, worauf ein schüchternes Lächeln über das Gesicht der errötenden Therese gelaufen war. Dieser Anblick hatte die Königin sehr angerührt. Fast hätte sie sich für ihren Ausbruch am vorigen Tag entschuldigt, aber in ihrem Kopf klang noch der Hinweis des Haushofmeisters nach, dass es nicht angemessen sei, bei Untergebenen um Verzeihung zu bitten. „Du solltest ein hübscheres Kleid haben“, hatte sie stattdessen gesagt.

„Ich bin doch nur eine einfache Zofe“, hatte Therese leise geantwortet, die den Stimmungsumschwung der Königin noch nicht recht begreifen konnte.

„Oh nein. Du bist meine Zofe und damit alles andere als gewöhnlich. Und ich wünsche mir für dich ein hübsches Kleid.“ Und sie hatte wirklich ernst gemeint, was sie gesagt hatte, dass sie ihr ein hübsches Kleid wünschte, aber vielmehr noch, dass sie nicht gewöhnlich sei.

Also waren sie in die königlichen Gemächer zurückgekehrt und sie hatte nach ihrem Schneider rufen lassen.

Der Nachmittag war damit vergangen, dass dieser gewissenhaft Maß nahm und sie Stoffe für Thereses neues Kleid aussuchten.

Am Abend waren sie wieder in der Bibliothek. Diesmal jedoch las die Königin selbst. Therese hatte stumm dabeigesessen und leise vor sich hin gegrübelt.

„Was hast du?“, hatte die Königin gefragt, die spürte, dass dem Mädchen etwas auf der Brust lag.

„Darf ich Euch eine Frage stellen?“ Thereses Stimme hatte ängstlich geklungen.

„Ja.“ Die Königin hatte das Buch beiseite gelegt und Therese auffordernd angesehen.

„Warum lasst Ihr ein neues Kleid für mich nähen?“, hatte Therese schüchtern gefragt und es gewagt, für einen Augenaufschlag den Kopf zu heben und der Königin in die Augen zu schauen.

„Als kleine Belohnung“, hatte die Königin geantwortet „ich weiß, dass es nicht leicht ist, einer Königin zu dienen“, und damit sogar eine Entschuldigung zustande gebracht, ohne um Verzeihung zu bitten.

„Ich weiß nicht, was ich sagen soll“, hatte Therese fast lautlos geflüstert. Sie spürte die Anerkennung, wusste aber nicht so recht, ob sie sich darüber freuen durfte.

„Gar nichts“, hatte die Königin das Gespräch beendet und wieder nach ihrem Buch gegriffen.

Es war nicht viel geschehen an diesem Tag, aber das, was geschehen war, war schön gewesen.

„Ja“, sagte die Königin. „Es geht mir besser.“

„Das ist erfreulich.“ Aus dem Lächeln der Alten war nicht zu lesen, ob sie sich über das Wohlbefinden der Königin freute oder über etwas anderes.

„Ja, ich fühle mich so gut wie schon lange nicht mehr“, bestätigte die Königin.

„Dann ist es jetzt also so weit.“ Das Gesicht der Alten bekam etwas Feierliches.

„Was?“ Die Alte konnte sie mit ihren Aussagen doch immer wieder in Verwunderung stürzen. Dabei hatte sie gedacht, dass sie nach ihrem letzten Treffen kaum noch etwas überraschen könnte.

„Du hast etwas getan“, stellte die Alte nüchtern fest.

Die Königin überlegte kurz. „Ja, das stimmt.“ Sie hatte etwas getan. Und sich mit Therese zu versöhnen, wenn auch auf eine etwas umständliche Art, konnte nicht verkehrt sein. Was die Beförderung des Haushofmeisters anging, war sie sich indes nicht mehr ganz so sicher. Er war doch etwas zu sehr davon eingenommen, ein Edelmann zu sein. Seltsam, dass sie sich plötzlich daran störte. „Aber ich bin mir immer noch nicht sicher, ob es das Richtige war“, sagte sie deshalb.

„Wie fühlt es sich denn an?“,

Sie kratzte sich am Kinn. Zumindest war sie überzeugt, keinen Schaden angerichtet zu haben. „Insgesamt ganz gut.“

„Dann wird es zumindest nicht falsch gewesen sein“, beruhigte die Alte.

„Aber kann sich nicht auch das Falsche gut anfühlen?“

Die Alte nickte. „Doch, kann es. Und ich weiß, wovon ich rede.“

„Und woran erkenne ich dann, ob es wirklich richtig war?“ Sie stellte diese Frage nicht nur wegen des Gewesenen, sondern auch wegen dem, was vielleicht noch kommen würde. Auch wenn sie noch davor zurückschreckte, so würde sie doch andere, wichtigere Entscheidungen treffen müssen.

„Du merkst es daran, ob es sich gutgut anfühlt oder schlechtgut anfühlt“, erwiderte die Alte nach kurzem Überlegen.

„Das verstehe ich nicht“, gestand die Königin.

„Wenn du darüber nachdenkst, wirst du das irgendwann. Aber es ist jetzt an der Zeit, sich zu verabschieden.“ Die Alte stand auf und lächelte die Königin an.

„Das heißt, du wirst nicht mehr kommen?“, schwankte die zwischen Erleichterung und Enttäuschung.

„Vermutlich nicht.“ Die Alte wurde langsam immer durchscheinender.

„Du bist mir aber noch ein paar Antworten schuldig“, forderte die Königin und richtete sich in ihrem Bett auf.

„Gleich ein paar?“, die Alte grinste und wurde wieder deutlicher sichtbar.

„Ja“, ließ die Königin keine Zweifel aufkommen. Sie meinte ein Recht darauf zu haben. „Warum hast du mich damals verflucht?“ Sie konnte ihren Ärger darüber nur mit Mühe unterdrücken. „Und warum bist du nach so langer Zeit zu mir gekommen?“

„Du hast recht. Ich schulde dir diese Antworten“, räumte die Alte ein. „Auch wenn sie dir und auch mir selbst vielleicht nicht gefallen. Im Grunde ist es so, dass mein Fluch harmlos war. Er war auch nicht gegen dich gerichtet, er hat dich getroffen, weil ich wusste, dass ich damit nicht nur dich, sondern auch deine Eltern treffe.“

„Harmlos? Du hast mir den Tod gewünscht. Und warum?“ Die Königin schüttelte den Kopf. Dass ihr Leben ohne den Fluch vielleicht nicht besser verlaufen wäre, hatte sie, wenn auch widerstrebend, anerkennen müssen, aber einen Todeswunsch als harmlos zu bezeichnen, ging ihr trotz all der Gleichgültigkeit, mit der sie ihr bisheriges Leben verbracht hatte, doch über das Erträgliche hinaus.

„Es klingt banal, aber viel mehr als gekränkte Eitelkeit war es nicht. Ich hielt mich für die klügste und kundigste Fee. Und ausgerechnet ich war nicht zu deinem Fest eingeladen, aber alle anderen.“ Ihren Worten war anzuhören, dass sie diese Schmach trotz all der vergangenen Zeit noch nicht vollends überwunden hatte.

„Jemandem den Tod zu wünschen wegen einer nicht erfolgten Einladung…“ Die Königin spürte Wut aufsteigen.

„So weit wäre ich doch niemals gegangen“, beschwichtigte die Alte. „Ich wusste doch, dass nach mir noch eine meiner Schwestern einen Wunsch für dich hatte und den meinigen abändern würde. Ich hätte ihr nur mehr zugetraut als aus dem Tod einen hundertjährigen Schlaf zu machen.“ Sie hatte sich in der gesamten vergangenen Zeit immer wieder darüber geärgert, dass ausgerechnet die phantasieloseste ihrer Schwestern als Letzte an der Reihe war.

Die Königin sah sie schweigend an.

„Da gibt es viele Möglichkeiten“, sagte die Alte. „Den Ausfall von hundert Haaren zum Beispiel. Aber meine dumme kleine Schwester musste natürlich ein Drama veranstalten.“

Die Königin fasste sich erschrocken an den Kopf. Sie hatte keine Ahnung, wie viele Haare sie hatte, aber hundert waren schon nicht wenige.

„Hundert Haare fallen nicht auf“, erklärte die Alte, „aber deine Eltern hätten in beständiger Angst vor einer kahlköpfigen Tochter gelebt und ob sie dich dann noch angemessen verheiraten könnten.“ Die Alte kicherte bei dem Gedanken.

„Aber wenn du meinen Tod nicht wolltest, hättest du mich doch auch mit etwas so harmlosen verfluchen können.“ Allmählich bekam die Königin Kopfschmerzen, es waren zu viele und zu schreckliche Offenbarungen, die sie in letzter Zeit verkraften musste.

„Da hast du recht, aber auch ich wollte ein wenig Drama machen“, sagte die Alte entschuldigend.

Die Königin sackte erschöpft zusammen. Bisher hatte sie stets geglaubt, dass es mit diesem Fluch etwas Besonderes auf sich hatte. Dabei wollte die Fee ihre Eltern nur erschrecken. „Das ist ja dann mal ganz schön schiefgegangen“, stellte sie fest.

„Du lebst doch noch.“

„Ja, ich lebe noch.“ Es war eigentümlich, aber ihr eigenes Schicksal war ihr diesmal nicht das Wichtigste. Je länger sie nachgedacht hatte, war in ihr die Erkenntnis gereift, dass der Fluch sie und ihre Eltern viel weniger getroffen hatte als viele andere. „Aber was ist mit all den Menschen, die wegen unserer Abwesenheit Krieg und Hunger leiden mussten?“, fragte sie deshalb.

„Das ist ein guter Einwand“, sagte die Alte ohne Reue, „aber seien wir einmal ehrlich. Ihr Menschen habt es immer geschafft, einen Grund zu finden, euch gegenseitig die Köpfe einzuschlagen. Das wäre irgendwann auch diesmal passiert.“

Zerknirscht musste die Königin zugeben, dass die Alte recht hatte. Die Geschichte der Menschheit war übervoll mit unsinnigen Kriegen. „Du hältst nicht sonderlich viel von uns“, bemerkte sie.

„Von einigen schon. Sehr viel sogar. Nur hört diesen leider nur selten jemand zu.“

Die Königin nickte. Sie wollte zuhören und fieberte ihrer ersten Audienz entgegen. „Und warum bist du jetzt zu mir gekommen?“, fragte sie.

„Das habe ich dir schon einmal gesagt. Weil ich dich endlich aufwecken möchte“, antwortete die Alte, sie wurde allmählich blasser und hob zum Abschied die Hand. „Den Rest wirst du alleine schaffen.“

„Wir sind hier noch nicht fertig!“, rief die Königin energisch.

„Sind wir nicht?“, fragte die Alte belustigt, ohne wieder sichtbarer zu werden.

„Nein, das sind wir nicht! Du hast mir nämlich nicht gesagt, warum du mich aufwecken willst? Was auch immer du damit meinst.“

„Weil.....“ Es war das erste Mal, dass die Königin die Alte nach Worten ringen sah. Dabei hatte sie gewusst, dass auch diese Frage nicht ungestellt bleiben würde, wenn sie es nicht schaffen würde beizeiten zu gehen. Den richtigen Zeitpunkt dafür hatte sie verpasst. „Da gibt es mehrere Gründe.“

„Und?“, blieb die Königin beharrlich.

„Weil ich glaube, dass ich trotz meiner damaligen an sich harmlosen Absichten an dir etwas gutzumachen habe.“ Jetzt war sie doch wieder deutlich sichtbar.

„Wie meinst du das?“

Die Alte atmete schwer. Es hat sich gedreht, stellte sie fest. Sie war nicht mehr diejenige, die die Fäden in der Hand hielt.

„Hast du dich jemals gefragt, warum du trotz all der guten Wünsche von all den Feen ein so beschwerliches Leben hattest?“ Sie wollte dieses Gespräch eigentlich nicht fortführen, aber sie wusste, dass es ihr unmöglich war, es einfach zu beenden, ohne Folgen heraufzubeschwören, die sie dann nicht mehr beeinflussen konnte. „Warum es dir so schwergefallen ist, zu lernen und zu begreifen?“

„Ehrlich gesagt nicht“, antwortete die Königin, der jetzt wieder die vielen qualvollen Stunden mit ihren Lehrern und Erziehern einfielen und das spöttische Getuschel unter den Bediensteten, wenn sie einen Raum betrat.

„Der Grund dafür ist, dass der letzte Wunsch fehlte. Mit diesem wäre dir vieles leichter gefallen. Aber er musste ja dafür verwendet werden, dich vor dem Tod zu bewahren. Ohne diesen arbeiteten die anderen Wünsche immerzu gegeneinander.“

„Dann hast du mich also angelogen und mein Leben doch schlecht werden lassen“, sagte die Königin enttäuscht. Fast hatte sie gehofft, die Alte und sie könnten etwas Ähnliches wie Freunde werden.

„Leider ja“, gab sie zu. „Ich habe meinen Anteil daran. Aber ohne den Größenwahn deiner Eltern wäre es auch nicht dazu gekommen. Wer ist denn so vermessen und lädt zwölf Feen ein? All die Wünsche in Einklang zu bekommen ist fast aussichtslos. Dümmer geht es wohl kaum“, brachte sie als Entschuldigung hervor.

„Ich hätte ohne dich also doch ein anderes Leben haben können“, folgerte die Königin mit Bitterkeit.

„Vielleicht ja, aber vielleicht wäre alles auch so oder so ähnlich gekommen. Denn niemand weiß, ob du dich hättest gegen die Erwartungen an eine Prinzessin und Thronfolgerin zur Wehr setzen können. Aber das Ganze hatten wir schon einmal.“ Es wurde allmählich wirklich Zeit, zum Ende zu kommen.

Die Königin begann in einen Zustand des Bedauerns verpasster Gelegenheiten zu versinken.

„Du hast noch Zeit“, zog die Alte sie aus dem abwärts gerichteten Strudel. Sie legte eine kleine Flasche mit einer braunen Flüssigkeit auf das Bett. „Nutze sie.“ Sie wurde wieder durchscheinender und verschwand jetzt wirklich.

Zeit, dachte die Königin. Was ist das überhaupt?

Am Morgen war das Gespräch für sie nichts weiter als eine unwirkliche Erinnerung und sie fragte sich, ob die alte Frau jemals wirklich bei ihr gewesen war. Bis sie eine kleine Flasche zwischen ihren Laken hervorzog.

Tag 29
In der Stadt Wiolan

Der Rest des Weges, der um ein Vielfaches länger war als der erste Teil, wurde für Mia zu einer fast unerträglichen Tortur. Sie saß angekettet im Inneren des Wagens. Sie konnte sich kaum bewegen und die Soldaten dachten nicht daran, ihr etwas zu essen oder zu trinken zu bringen, aus Angst, sie könnte sie auf eine ähnliche Art verhexen, wie sie es mit ihrem unglücklichen Kameraden getan haben musste. Sie legten nur dann kurze Pausen ein, wenn die beiden Pferde, die den Wagen zogen, kurz davor waren, vor Erschöpfung zusammenzubrechen.

Immer wieder dämmerte Mia vor sich hin, ohne wirklich in den Schlaf zu finden. Hunger, Durst und Erschöpfung zehrten sie langsam auf. Sie verlor mehr und mehr ihr Gefühl für Zeit und Raum. Lebte zu Beginn der Fahrt noch eine gewisse Zuversicht in ihr, verlor sie diese im Laufe der Reise fast vollends. Nach einer Phase der Bitterkeit und Enttäuschung über das eigene Versagen machte sich eine befreiende Gleichgültigkeit in ihr breit.

Der Wagen hielt an. Wie durch einen Nebel nahm sie ein Stimmengewirr wahr.

„Wenn ich es doch aber sage. Wir bringen eine persönliche Gefangene von Herrn Johannes. In dem Begleitbrief steht alles drin“, sagte der erste Soldat mit Nachdruck.

„Aber warum bringt er seine Gefangene ausgerechnet hierher?“ Der Torwächter hatte schlechte Laune. Er war alleine und es war der erste Tag, an dem er wieder Dienst tat, nachdem er in eine sehr einseitige Prügelei geraten war. Die Spuren dieser waren noch deutlich in seinem Gesicht abzulesen.

„Das darfst du uns nicht fragen. Wir hatten nur die Order, sie hier abzuliefern. Was wir hiermit gerade tun. Unterschreib mir einfach den Wisch, dass du sie übernommen hast." Der Soldat drückte dem verdutzten Wächter einen Brief in die Hand.

„Das kann ich nicht. Das kann nur ein Mitglied des Stadtrates machen", protestierte er.

„Dann hol jemanden", forderte der Soldat gereizt.

„Das geht aber nicht", erwiderte der Wächter abweisend. „Der Stadtrat tagt gerade und es werden keine Störungen geduldet. Ihr müsst also warten." Er versuchte vergeblich dem Soldaten den Brief zurückzugeben.

„Und wann ist diese Sitzung beendet?", fragte der Soldat angriffslustig und winkte dem anderen Soldaten unauffällig zu.

„Keine Ahnung. Sie hat vor vier Tagen begonnen und es ist kein Ende in Sicht." Der Wächter drehte sich um und wollte den Soldaten einfach stehen lassen. Auf keinen Fall würde er sich mit ihm auf weitere Diskussionen einlassen.

Der Soldat packte ihn an der Schulter und hielt ihn fest. „Nein, nein, nein. Wir werden nicht so lange bleiben. Wir lassen sie hier und wenn es Schwierigkeiten geben sollte, soll sich euer Stadtrat an Herrn Johannes wenden."

Der Wächter riss sich los und stieß den Soldaten von sich. „Ihr lasst sie nicht hier. Jedenfalls nicht, ohne dass ihr auch bleibt." Er legte seine Hand an sein Schwert.

Inzwischen hatte der andere Soldat die Pferde ausgespannt. „Ich bin so weit", sagte er und stieg auf.

„Versuch doch uns aufzuhalten", lachte der erste Soldat den Wächter an und drehte sich jetzt seinerseits um. „Also wie gesagt, sie ist eine persönliche Gefangene von Herrn Johannes. Gebt gut auf sie Acht. Er könnte ziemlich ungehalten werden, wenn er sie nicht in dem Zustand vorfindet, den er sich erwünscht", sagte er im Fortgehen. „Deine Unterschrift ist nicht nötig. Wir bezeugen gegenseitig, dass wir sie dir übergeben haben."

„So geht das aber nicht!", rief der Wächter und zog sein Schwert.

„Doch“, sagte der Soldat und schwang sich auf den Rücken eines Pferdes. „Wer hat dir eigentlich dein Gesicht so verbeult?“, fragte er. „Wenn du weiter darum bettelst, sorgen wir da gerne für eine kleine Auffrischung.“

„Fahrt doch zur Hölle“, brüllte der Torwächter.

„Ganz sicher. Wir sehen uns dann dort.“ Die Soldaten ritten los. Nicht so schnell, wie sie es gewollt hatten, denn die Pferde waren nicht mehr in bester Verfassung.

„Verdammter Drecksmist“, fluchte der Torwächter. Ausgerechnet jetzt mussten sie kommen. Üblicherweise waren sie wenigstens zu zweit oder zu dritt am Stadttor, aber die Stimmung in der Stadt war derart angespannt, dass die Stadtwache vorwiegend zum Schutz des Stadtrates gebraucht wurde.

Aber was half es? Er würde die Gefangene erst einmal in die Arrestzelle im Stadttor bringen. Sollten sich später die Stadtoberen mit dem Problem befassen.

Er stieg auf den Tritt des Wagens, um die Tür zu öffnen. Vorher warf er noch einen Blick ins Innere. Er wurde blass und seine blauen Flecken und Schwellungen begannen schmerzhaft zu pochen.

„Niemals!“, brüllte Theobald Magnusson mit hochrotem Kopf. „Auf keinen Fall wird es eine meiner Töchter!“

„Aber wir haben nun schon lange genug darüber gesprochen“, versuchte Bürgermeister Brandschuh die Ruhe zu bewahren. „Und wir sind nach reiflicher Überlegung zu diesem Entschluss gekommen. Der im Übrigen von allen Anwesenden hier mitgetragen wird.“

„Von mir nicht!“, begehrte Magnusson auf.

„Aber doch nur, weil du das Ganze nur von deinem Gefühl her betrachtest und dich daher der Richtigkeit unserer Entscheidung verweigerst. Wir müssen nun einmal dieses Opfer bringen“, dozierte der Bürgermeister und traf auf ein zustimmendes Nicken der Anwesenden.

Die Luft im großen Saal des Stadtpalastes war stickig. Sie alle waren erschöpft und müde und sehnten ein Ende der Versammlung herbei. Daher stimmten inzwischen selbst diejenigen dem Vorschlag des Bürgermeisters zu, die üblicherweise auf der Seite Magnussons zu finden waren.

„Und warum nicht eine deiner Töchter?“, fragte der im Laufe der letzten Tage nicht zum ersten Mal. „Immerhin hast du auch drei. Oder eine von Schlachtersen oder die Hässliche von Sprungstein?“

„Wir sind das Ganze doch nun schon mehrfach durchgegangen.“ Der Bürgermeister rollte mit den Augen. „Die Tochter von Sprungstein ist zu hässlich, die Töchter von Riebenspieter sind zu jung, die von Tretensteiger zu alt und so weiter.“

„Aber was ist mit deinen Töchtern?“, hakte Magnusson nach und zeigte mit ausgestrecktem Arm auf den Bürgermeister.

„So leid es mir tut, Magnusson, aber die kommen leider auch nicht in Betracht. Aber für dich wiederhole ich mich natürlich gerne“, antwortete er süffisant. „Die beiden Jüngeren sind bei ihrer Tante in Zuckelfingen. Und die Älteste, nun ja, es ist mir leider nicht gelungen, sie so tugendhaft zu erziehen, wie es dir mit deinen Töchtern gelungen ist. Meine große Hochachtung dafür."

„Ob tugendhaft oder nicht, darauf kommt es doch nicht an", schimpfte Magnusson.

„So sehr es mich schmerzt es zuzugeben, aber meine Tochter ist nicht nur nicht tugendhaft, sondern sogar ausgesprochen lasterhaft", er verzog sein Gesicht zu einem verkniffenen Grinsen. „Sie ist keine Jungfrau mehr", sagte er gequält.

„Was bist denn du für ein jämmerlicher Bürgermeister!", brüllte Magnusson aufgebracht. „Du hast ja nicht einmal deinen eigenen Haushalt im Griff!"

Auch die anderen Vertreter der Stadtversammlung erhoben lautstark und empört ihre Stimmen. Es war nicht das erste Mal, dass diese Zusammenkunft in einem Tumult unterzugehen drohte.

Aus der aufgebrachten Menge löste sich ein schwarz gekleideter, alter Mann und ging ruhig zum Ausgang des Versammlungssaales. Er nickte den beiden Wachen freundlich zu und startete eine längere Wanderung durch die verschlungenen Gänge des Palastes. Eigentlich hätte er gar nicht hier sein dürfen. Er gehörte nicht zum Stadtrat, aber von einem alten Freund hatte er gelernt, einfach nicht aufzufallen.

Diese Stadt war schon immer verrückt, dachte Gernot. Schon in meiner Kindheit und wahrscheinlich auch schon davor, aber inzwischen herrscht hier nichts als der nackte Wahnsinn.

Ursprünglich wollte er, nachdem er Tomas und Krakel abgesetzt hatte, auf dem kürzesten Weg zum Kleinen See Frikka reiten, um Karl auf den Inseln aufzusuchen. Er entschied jedoch zuvor nach Wiolan zurückzukehren, um ein zweites Pferd zu mieten und einige Vorräte für das, was da kommen sollte, zu erstehen. Seine Erfahrung sagte ihm, dass eine gute Vorbereitung elementar für eine erfolgreiche Unternehmung ist.

Als er alles beisammen hatte, fiel es ihm überraschend schwer, die Stadt zu verlassen. Nicht aus Angst vor dem, was auf ihn wartete, sondern weil er fürchtete, nicht wieder zurückzukehren.

So sehr er diese Stadt auch verachtete, war sie doch seine Heimat und mit unzähligen Erinnerungen verknüpft. Also zögerte er seine Abreise immer weiter hinaus, bis es unmöglich geworden war, die Inseln vor dem nächsten Vollmond zu erreichen. Er verfluchte sich und seine Unentschlossenheit. Warum hatte er nicht rechtzeitig aufbrechen können? Vermutlich aus demselben Grund, aus dem er nie die Inseln besucht hatte.

Nachdenklich stieg er Treppen hinauf und hinab, lief durch Säle und kleine Kammern oder eine der vielen Küchen. Dieser Palast, in dem er aufgewachsen war, war eine Absurdität. Er war Wohnsitz jedes Bürgermeisters, den die Stadt jemals hatte. Und jeder von ihnen hatte unnütze Anbauten vornehmen lassen, um seine Bedeutung und seine Großartigkeit, die all seine Vorgänger überstrahlen sollte, öffentlich darzustellen.

Dadurch war er viel zu groß geraten und der überwiegende Teil wurde nicht genutzt, sondern dem Verfall preisgegeben. Außer ihm fand sich wohl niemand mehr in den verlassenen Bereichen zurecht.

Sein eigener Vater war der Schlimmste von allen. Aber vielleicht war er in der Tat auch der Größte von ihnen. Denn nie war die Stadt reicher und wichtiger als zu seiner Zeit und nach ihm begann der unaufhaltsame Abstieg. Vielleicht waren es aber auch einfach die damaligen Umstände, die sein Vater geschickt zu nutzen wusste.

Er trat durch eine kleine versteckte Pforte ins Freie und sog die kühle Abendluft ein. Über den Vorplatz rannte ein Junge auf das Hauptportal zu.

Gernot konnte erkennen, wie er auf die dort postierten Wachen einredete. Was auch immer er wollte, er hatte bei ihnen keinen Erfolg, denn wenig später trottete er über den Platz wieder zurück.

„He du“, rief Gernot ihm zu.

Der Junge blieb stehen und betrachtete den alten Mann argwöhnisch.

„Was willst du denn im Palast?“

„Das geht dich nichts an, Opa“, sagte er und ging weiter.

„Bestimmt nicht“, sagte Gernot mit gedämpfter Stimme, während er dem Jungen nachlief. „Aber es muss wichtig sein, so eilig wie du es hattest.“ Er hatte noch immer ein untrügliches Gefühl, an Kleinigkeiten zu erkennen, wenn etwas Bedeutsames geschah.

„Kann sein. Oder auch nicht.“ Der Junge beschleunigte seine Schritte.

„Es ist schon ärgerlich, wenn man eine solch wichtige Nachricht hat und sie nicht überbringen kann“, sagte Gernot, der keine Mühe hatte, dem Tempo des Jungen zu folgen.

„Ach was, so wichtig ist es nicht“, sagte der und bog in eine enge Gasse ab.

„Manchmal kann man ziemlichen Ärger vom Absender bekommen“, überging Gernot die Ausflucht des Jungen. „Kommt die Nachricht von deinem Vater oder deinem Bruder, oder wurdest du dafür bezahlt?“

„Was kümmert es dich?“ Der Junge blieb stehen und ballte die Fäuste. „Lass mich in Ruhe, alter Mann.“

„Ich tippe darauf, dass dich jemand bezahlt hat“, zeigte sich Gernot unbeeindruckt. „Denn warum sollte dein Vater oder dein Bruder dich schicken? Die wichtigen Brüder und Väter sind da schon drin und es wird ja wohl niemand dem Stadtrat melden, dass seine Tochter oder Schwester das Opfer auf sich nimmt.“

„Keine Ahnung“, zeterte der Junge. „Ich habe keinen Vater, Bruder oder Schwester. Ich lebe mit meiner Mutter alleine.“ Er schob seine Hände in die weiten Taschen seiner zerflickten Hose und lief wieder los.

„Das kann Glück oder Pech sein“, sagte Gernot und setzte seinen Weg an der Seite des Jungen fort.

„Wie meinst du das?“ Der Junge sah Gernot neugierig an. Was wollte dieser seltsame alte Kauz bloß von ihm?

„Nur so“, überging Gernot die Frage. „Aber ich nehme an, du würdest das Geld ungern zurückgeben wollen, weil du die Nachricht nicht überbringen konntest.“

„Natürlich nicht.“ Wie konnte man einen so dummen Gedanken haben?

„Dann lass uns einen kleinen Handel abschließen“, schlug Gernot vor und legte ihm die Hand auf die Schulter.

Der Junge ließ es widerwillig zu. „Was für einen Handel?“, fragte er, versuchend sein Interesse zu verbergen.

„Ich bringe dich bis vor den Versammlungssaal. Ich glaube, du bist geschickt genug, dort an den Wachen vorbeizuschlüpfen. Dafür erzählst du mir, welche wichtige Kunde du bringst“, schlug Gernot vor.

„Das darf ich aber nicht“, sagte der Junge und strich Gernots Hand von seiner Schulter.

„Dann kann ich dir leider auch nicht helfen. Aber ich könnte mir vorstellen, dass sich deine Mutter über jeden Groschen freut, der unerwartet ins Haus kommt.“ Gernot hob wissend die Augenbrauen.

„Ich bekomme einen Riesenärger, wenn ich dir die Nachricht verrate“, sagte der Junge, schon halb entschlossen, auf den Handel einzugehen.

„Das glaube ich nicht“, beruhigte Gernot. „Weil außer mir niemand davon erfahren wird. Und außerdem erfahre nicht nur ich ein Geheimnis von dir, sondern du auch eines von mir.“

Die Neugier des Jungen war geweckt.
„Ich komme auch nicht einfach an den Wachen vorbei. Aber es gibt andere Wege in den Palast hinein und wieder hinaus. Es ist für dich bestimmt nicht unnütz, diese zu kennen.“ Er hielt dem Jungen seine offene, ausgestreckte Hand entgegen.
Der beschloss nicht viel zu verlieren zu haben und schlug ein.

Der Junge zupfte Theobald Magnusson am Ärmel. Er hatte es tatsächlich an den Wachen vorbei geschafft, nachdem Gernot ihn durch die geheime Pforte und die verschlungenen Gänge geführt hatte. Die Männer im Saal brüllten und schrien sich noch immer gegenseitig an, vereinzelt kam es auch schon zu Handgemengen, die leicht in eine zünftige Prügelei münden konnten.
„Was willst du?“, knurrte Magnusson, der es geschafft hatte, den Tumult zu entfesseln, sich aus dem Auge des Sturmes aber geschickt hinaushielt.
„Der Wächter am südlichen Tor schickt mich. Er hat eine wichtige Nachricht“, rief der Junge gegen den Lärm an.
„Und welche?“, raunzte Magnusson drohend.
„Es ist eine Gefangene gebracht worden und Ihr sollt sie euch unbedingt ansehen“, brachte der Junge ängstlich hervor.
„Kann das nicht warten?“, fragte Magnusson ahnend, dass es das nicht konnte, wenn der Blödmann am Tor es wagte ihn zu stören.
Der Junge zuckte unwissend mit den Schultern.
„Besser für dich, es ist wichtig“, sagte Magnusson und packte den Jungen am Genick. Er schleifte ihn zum Ausgang des Saales.
„Könnt ihr nicht aufpassen“, fuhr er die Wachen an. „Der Bengel hat hier nichts zu suchen.“
Erst als sie den Palast verlassen hatten, ließ Magnusson den Jungen los.

„Du wartest hier“, befahl er. „Wenn du nachher nicht mehr hier bist, lasse ich euer Haus niederreißen.“ Er lief so schnell es seine Leibesfülle zuließ, los.

Gernot trat aus einer im Dunklen liegenden Nische hervor. Noch bevor der Junge überlegen konnte, ob er warten, oder doch einfach abhauen sollte, in der Hoffnung, dass Magnusson nicht wusste, wer er war und wo er wohnte, drückte Gernot ihm einen Stein in die Hand.

„Geh nach Hause“, sagte er. „Falls er euer Haus zerstören sollte, ist der Stein wertvoll genug, um ein neues zu bauen oder zu kaufen. Ansonsten nutzt ihn gut für die Zukunft.“

„Was fällt dir ein, mich in einer so wichtigen Angelegenheit zu behelligen?“, fuhr Magnusson den Torwächter an, noch bevor dieser überhaupt etwas sagen konnte.

„Es tut mir leid mein Herr, ich dachte nur…“, versuchte er in seiner Hilflosigkeit eine Erklärung.

„Denken ist nicht jedermanns Sache“, unterbrach ihn Magnusson barsch. „Also, was hat es mit dieser Gefangenen auf sich, was nicht warten kann?“

„Am besten, Ihr seht sie euch selber an“, sagte der Wächter, immer noch erschüttert.

Mia saß noch immer in dem von den Soldaten abgestellten Wagen. Sie hatte nichts von dem mitbekommen, was um sie herum geschehen war. Viel war dies ja auch nicht, außer dass der Torwächter zu ihr hineingeschaut und gleich darauf erschrocken wieder verschwunden war. Jetzt war es Magnussons Gesicht, das in dem kleinen Türfenster erschien. Auch er wurde blass und auch seine noch nicht verheilten Beulen und blauen Flecken begannen zu schmerzen.

„Was zum Teufel“, fluchte er. „Wie konntest du zulassen, dass sie sie hierlassen?“ Er sah sich ängstlich um.

„Ich hatte keine Wahl“, rechtfertigte sich der Torwächter. „Sie sind einfach wieder fortgeritten. Aber seitdem ist nichts geschehen. Dieses Untier scheint nicht in der Nähe zu sein.“

„Das wäre dir wohl auch nicht sonderlich gut bekommen“, stellte Magnusson erstaunlich sachlich fest und zupfte sich am Ohrläppchen. „Und du sagst, Herr Johannes schickt sie?“, fragte er.

„Ja, die Soldaten haben einen Brief mit übergeben. Ich habe ihn hier.“ Er reichte Magnusson den versiegelten Umschlag. Der scherte sich nicht darum, dass er an den Bürgermeister adressiert war und erbrach das Siegel. Er las den Brief zweimal aufmerksam durch.

„Wie es scheint, ist ihr unheimlicher Beschützer schon länger fort“, murmelte er leise vor sich hin. „Aber ich will sie trotzdem nicht in der Stadt haben. Wenn Herr Johannes sie hierher bringen lässt statt in das Gefängnis in der Königsstadt oder wenigstens nach Burg Purk, dann ist sie keine gewöhnliche Gefangene und dieses Biest womöglich noch harmlos.“ Er rieb angestrengt seinen Nasenrücken. „Wir müssen sie wieder loswerden.“

„Aber was sollen wir denn mit ihr tun?“, fragte der Torwächter erschrocken, dem es niemals in den Sinn gekommen wäre, dass man den Anordnungen des königlichen Beraters nicht Folge leisten könnte.

„Mit wem?“ Magnusson sah ihn schwankend zwischen Verwunderung und Erschrecken an. Er hatte nicht bemerkt, dass ihm zugehört worden war.

„Na mit ihr?“ Der Torwächter zeigte ängstlich auf den Wagen. Er befand sich in einer äußerst unerfreulichen Lage. Konnte er doch nicht gegen den Befehl von Herrn Johannes handeln, sich den scheinbar gegenteiligen Plänen Magnussons aber auch nicht widersetzen.

„Die ist die Lösung unserer Probleme." Magnusson hatte seine Fassung schnell wiedererlangt. Wenn er eine herausstechende Charaktereigenschaft hatte, dann war es die, schnelle Entschlüsse zu fassen und diese ebenso schnell umzusetzen. „Und deshalb ist sie nie hier angekommen", erklärte er ruhig.

„Aber sie ist doch…", stammelte der Torwächter beunruhigt.

„Nein, ist sie nicht." Magnusson legte ihm beruhigend seine schwere Hand auf die Schulter.

„Aber die Soldaten können bezeugen, dass sie sie hergebracht haben", ereiferte sich der Torwächter und versuchte vergeblich Magnussons Hand durch eine leichte Drehung abzuschütteln. Es war das eine, junge Frauen zum Wohle der Stadt zu entführen, aber sich gegen die Autorität des Beraters und damit auch gegen die der Königin aufzulehnen, widerstrebte ihm nicht nur, weil es nach seinem Verständnis falsch war, es war auch noch gefährlich.

„Können die das? Hast du ihnen irgendetwas unterschrieben?", fragte Magnusson selbstgefällig und erhöhte den Druck auf die Schulter des Wächters.

„Nein, das nicht, aber sie könnten doch genau beschreiben, dass sie sie mir übergeben haben." Ihm war gleichzeitig heiß und kalt. Von der auf seiner Schulter liegenden Hand ging eine unausgesprochene Warnung aus, weshalb er bereute Magnusson geholt zu haben.

„Darum mach dir mal keine Sorgen", sagte der fast väterlich. „Zum einen würden sie dich kaum mehr wiedererkennen, wenn dein Gesicht wieder etwas gesünder aussieht und zum anderen läuft in zwei Tagen eines meiner Schiffe nach Spanien aus. Zu deiner eigenen Sicherheit mit dir an Bord." Er grinste zufrieden.

„Ich will aber nicht nach Spanien", versuchte der Wächter sich halbherzig zu wehren.

„Ich könnte natürlich auch Herrn Johannes sagen, dass du seine Gefangene hast laufen lassen." Magnussons Stimme hatte alles Väterliche und Zugeneigte verloren. Er klang kalt und ließ keinen Zweifel aufkommen, dass es ihn nicht die geringste Überwindung kosten würde, den Torwächter ans Messer oder an den Galgen zu liefern. Er löste seinen Griff und wischte seine Hand am Ärmel des Wächters ab.

Der nickte zerknirscht und verfluchte den Tag, an dem er sich mit dem fetten Händler eingelassen hatte.

„Jetzt hol sie aus dem Wagen. Wir haben die Jungfrau, die wir brauchen“, befahl Magnusson und gab ihm einen unsanften Stoß in den Rücken.

Der Torwächter taumelte leicht nach vorne.

„Aber was ist, wenn sie gar keine Jungfrau mehr ist?“, fragte er vage hoffend, Magnusson von seinem Plan doch noch abbringen zu können. „Immerhin trägt sie kein Jungfrauenkleid mehr.“

Magnusson rieb sich überrascht das Kinn. Der Torwächter hatte Gedanken, die man ihm nicht unbedingt zutrauen würde. Gut, dass er in zwei Tagen auf dem Weg nach Spanien sein würde und diese in der Stadt nicht mehr verbreiten konnte. „Kleider kann man wechseln“, sagte er gelassen. „Außerdem weiß man das mit der Jungfräulichkeit sowieso nie so genau. Und wenn man das überprüft, dann war es das mit ebendieser.“

Der Torwächter öffnete widerstrebend die Wagentür und schloss die Ketten, mit denen Mia an die Bank gekettet war, auf. Sie hob kurz ihren Kopf und sah ihn an. Es war schummrig im Wageninneren, trotzdem fühlte er sich von ihrem Blick bis ins Innerste getroffen. Und auf einmal war er froh, in zwei Tagen nach Spanien zu segeln. Nicht nur, weil er damit einer möglichen Verfolgung durch Herrn Johannes entgehen würde, sondern auch weil er spürte, dass die Anwesenheit dieser Frau nichts Gutes bedeutete, auch wenn das Untier weit weg war.

Magnusson packte Mia unsanft am Arm. „Komm mit und lass dir keine Dummheiten einfallen“, knurrte er. Die Stimme kam ihr auf eine unheimliche Art bekannt vor. „Und du sieh zu, dass der Wagen hier verschwindet“, rief er dem Torwächter zu, als er mit Mia schon fast durch das Tor in die Stadt gegangen war.

Aus dem Schatten der Mauer trat eine dunkle Gestalt hervor, die von den beiden Männern nicht bemerkt worden war.

Gernot hatte die junge Frau nicht gut erkennen können, aber ihre Haltung und ihre Bewegungen erinnerten ihn an jemanden aus seiner Vergangenheit. Nach dem Vater werde ich mich jetzt wohl um die Tochter kümmern müssen, dachte er und das Gesicht von Giselle, seiner einzigen Liebe, erschien ihm im Geiste. Sie lächelte. Wie lange schon, glaubte er dieses verloren zu haben. Wehmut erfüllte ihn, aber auch ein fast jugendlicher Tatendrang. Fast fühlte er sich in seine jungen Jahre zurückgeworfen, nur mit der bitteren Gewissheit, dass sie am Ende nicht auf ihn warten würde.

Magnusson brachte Mia zu einem schmalen, unscheinbaren Haus in einer schmalen, unscheinbaren Gasse. Sie hatte versucht sich den Weg vom Stadttor einzuprägen, aber schon nach wenigen Richtungswechseln musste sie einsehen, dass dies ein erfolgloses Unterfangen war. Die Verwinkelungen der Stadt waren für Ortsunkundige einfach nicht zu entschlüsseln.

Sie hatte auch keinen Versuch unternommen, sich von ihm loszureißen und zu flüchten. Der feste Griff um ihren Oberarm ließ sie die Unmöglichkeit einer solchen Unternehmung spüren.

Sie wusste nicht, was sie erwartete, denn Magnusson richtete nicht ein einziges Wort an sie, aber sie war sich gewiss, dass der Plan, den er verfolgte, nicht dazu gedacht war, ihr Annehmlichkeiten zukommen zu lassen. Aber ebenso wenig zielte er auf etwas ab, dass sie in kürzester Zeit in eine ausweglose Situation bringen würde. Jedenfalls klammerte sie sich an diesen Gedanken.

Was immer er auch mit ihr vorhatte, er hatte sie immerhin aus der drohenden Gewalt des stinkenden Mannes befreit. Es gab noch Hoffnung und bisher hatte sie immer Glück gehabt. Sie wollte einfach nicht daran glauben, dass dieses nun aufgebraucht sei.

Magnusson klopfte an die Tür des Hauses. Es war mehr als ein Klopfen. Es war eine Abfolge mehrerer Klopfer in einem bestimmten Tempo mit unterschiedlichen Pausen. Gleich darauf öffnete sich die Tür.

„Du warst lange nicht mehr da“, begrüßte ihn eine raue Frauenstimme.

„Viel zu tun in letzter Zeit“, antwortete er bedeutungsschwanger. „Aber jetzt habe ich einen Auftrag für dich.“

„Viel zu tun habe ich auch“, sagte sie abweisend. „Du musst dich gedulden.“

„Das ist ausgeschlossen.“ Er zog Mia in den herausfallenden Lichtschein. „Sie ist die diesjährige Lösung“, verkündete er. „Aber du musst sie ein bisschen herrichten.“

„Ich will mit eurem Unfug nichts zu tun haben“, sagte sie ohne Mia näher in Augenschein zu nehmen.

„Was du willst, interessiert mich nicht“, zischte er sie an und streckte das Kinn hervor. „Ich nehme dir das Haus weg und lasse dich aus der Stadt jagen, wenn es mir nicht einfallen sollte, dafür zu sorgen, dass du im Verlies landest, falls du nicht machst, was ich will.“

„Komm rein“, gab sie zähneknirschend nach.

„Wie heißt du?“, fragte sie mit mitleidigem Unterton, nachdem Magnusson ihr seine Wünsche aufgetragen hatte und gegangen war, immer noch ohne ihr viel Aufmerksamkeit zuteil werden zu lassen.

„Mia“, antwortete Mia ratlos. Sie hatte das kurze Gespräch zwischen Magnusson und der Frau verfolgt und versucht daraus zu erahnen, was sie erwartete. Leider war sie zu keinem schlüssigen Ergebnis gekommen.

„Ich bin Gerda. Und ich würde gerne sagen, dass es mich freut, dich kennenzulernen“, sagte die Frau, „aber das tut es nicht. Nicht um meinetwillen, sondern um deinetwillen.“ Sie versuchte nicht abweisend und auch nicht zuneigend, sondern gleichgültig zu klingen, wodurch zwar der Inhalt verständlich, das Wie aber diffus wurde. „Komm, wir haben nicht allzu viel Zeit.“ Sie winkte Mia tiefer in das Haus hinein und führte sie in einen Raum, in dem ein großer Bottich mit warmem Wasser stand.

Gerda war nicht mehr ganz jung, aber sie war auch noch lange nicht alt. Sie war weder sonderlich dünn noch war sie dick. Sie war keine oberflächliche Schönheit, aber sie hatte etwas an sich, das sie schön erscheinen ließ.

Sie begann Mia auszuziehen. Es fühlte sich eigenartig an, aber Mia ließ es geschehen. Es war ein bisschen so, als beobachtete sie sich selber, gespannt darauf, was geschehen würde. Sie ahnte, dass eine große Gefahr auf sie lauerte, aber war sich sicher, dass diese noch nicht jetzt und nicht von ihrer Gastgeberin ausging. Und Nacktheit war für sie noch nie etwas Beschämendes.

„Du bist so schön“, sagte Gerda, die sich erst jetzt dazu durchgerungen hatte, Mia genauer anzusehen. „Es ist wirklich eine Schande.“ Sie zuckte kurz zusammen und versuchte Mias Blick zu entgehen. Aber es war zu spät. Sie hatten sich, wenn auch nur kurz in die Augen geschaut und Gerda wusste, dass sie Mias Augen niemals würde vergessen können.

Diese sah sie offenherzig an.

„Du weißt noch gar nicht, was dich erwartet?“ Gerda kniff verbittert den Mund zusammen.

„Nein.“

„Armes Kind“, trauerte Gerda nicht zum ersten Mal. „Aber geh erst einmal ins Bad. Das Wasser ist frisch. Ich hole dir etwas zu essen und zu trinken.“

Vor dem Baderaum blieb sie kurz stehen und kniff sich in die Arme, bis der Schmerz in ihren Kopf stieg.

Gerda stammte nicht aus Wiolan. Sie war zehn Jahre zuvor von Magnusson aus ihrem Dorf entführt worden, als er das erste Mal fürchtete, dass eine seiner Töchter das nächste Opfer werden könnte.

Sie war damals ein junges, reizendes Mädchen. Zu reizend für ihn mit ihren strohblonden Zöpfen und der fast noch knabenhaften Figur. Und die Fahrt von ihrem Dorf hin zur Stadt dauerte einfach zu lange, als dass er ihr widerstehen konnte. Dabei hatte sie nichts unternommen, um ihn zu reizen. Aber wahrscheinlich hatte genau das ihn herausgefordert.

Jedenfalls knöpfte er irgendwann seine Hose auf und präsentierte ihr seine angeschwollene Männlichkeit. Und sie ließ bereitwillig zu, was er mit dieser anzufangen gedachte. Es machte beiden keinen Spaß.

„Ich bin jetzt keine Jungfrau mehr“, hatte sie hinterher nüchtern festgestellt. „Also tauge ich nicht mehr für euer Opfer.“

„Halt den Mund“, hatte er gemurrt und sein noch tropfendes Glied in der Hose verstaut. Er hatte gewusst, dass er sich selbst in große Schwierigkeiten gebracht hatte. Denn niemals würde diese kleine Schlampe behaupten noch eine Jungfrau zu sein. Und dann wäre sein guter Ruf, den er sich über viele Jahre erarbeitet hatte, in ernsthafter Gefahr.

Er konnte sie aber auch nicht einfach aussetzen. Sie könnte zurück zu ihren Leuten laufen, ihnen berichten, was geschehen war, oder ihnen eine abenteuerliche Geschichte vortragen, die ihn in einem äußerst schlechten Licht erscheinen ließe. Im schlimmsten Fall war sie in der Lage, einen Aufruhr gegen die

Stadt anzuzetteln. Sie war zwar nur ein einfaches Bauernmädchen, aber so wie er ihr für kurze Zeit verfallen war, konnte sie bestimmt auch die Landtölpel für sich gewinnen.

Aber noch etwas anderes hatte ihn bewogen, sie nicht zurückzulassen. Sie war trotz der ernüchternden Erfahrung, die er mit ihr gemacht hatte, eine aufreizende Person für ihn und er dachte, wenn er sie nur oft genug besteigen würde, würde sie irgendwann auch Freude daran empfinden und es lernen, ihn so zu befriedigen, wie er es verdiente.

Dazu kam es jedoch nicht. Denn obwohl er sie in einem kürzlich erworbenen und leerstehenden Haus in Wiolan unterbrachte, von dem seine Familie nichts wusste und er sie häufiger dort besuchte, stellte sich nie wieder die Begierde ein, die er anfangs empfunden hatte. Dabei musste sie ihn nie wirklich abwehren, es reichte ihre desinteressierte Haltung, die seine Lust im Keim ersticken ließ.

Es zeigte sich jedoch, dass sie andere Vorzüge hatte. Sie hatte heilende Hände und noch einiges mehr.

Sein Leben verlangte ihm zu der Zeit einiges ab. Das Geschäftliche als Händler, das Familiäre, mit einer Frau, in die er nicht mehr verliebt war, sechs Töchtern und keinem Sohn und einem Vater, der es nicht unterlassen konnte, sich in das Geschäft einzumischen, obwohl er schon lange verkündet hatte, sich zurückzuziehen und schließlich das Gesellschaftliche, in dem er ständig um sein Ansehen und seinen Einfluss im Stadtrat kämpfen musste.

Da wäre ihm so eine kleine, willige Mätresse zur Entspannung gerade recht gekommen. Aber seit er Gerda in seinem heimlichen Haus untergebracht hatte, verspürte er nicht einmal die Lust, sie sich mit Gewalt zu nehmen. Ja, sie war immer noch reizend, aber nicht mehr reizvoll. Sie zeigte ihm gegenüber eine unfassbare Gleichgültigkeit, die ihn glauben ließ, dass, wenn er sie zwingen würde, ihre einzige Reaktion ein gelangweiltes Schulterzucken und ein Satz wie: War das schon alles?, sein würde. Und diese Demütigung wollte er sich unbedingt ersparen.

Dennoch suchte er sie häufig auf. In der Hoffnung, dass sie sich seinen Gelüsten doch noch öffnen würde, aber viel mehr noch, weil er oft nicht nach Hause gehen wollte, es seinem Stand als Stadtrat jedoch geschadet hätte, wenn er seine Zeit in einer Taverne oder einem Freudenhaus verbracht hätte. Zumal die Kunde davon gewiss irgendwann bei seiner Gemahlin und seinem Vater angekommen wäre, was ohne Zweifel für reichlich Ungemach gesorgt hätte.

Er hatte irgendwann nachdenklich in der Stube des Hauses gesessen und fühlte sich schwer, verspannt und ausgelaugt. Er war ein erfolgreicher Händler, der drei Schiffe besaß. Und neben seinem eigenen noch ein paar Häuser, die er an die Familien seiner Schiffsbesatzungen und seiner Handelsgehilfen vermietete. Aber diese dumpfe Unzufriedenheit, die ihn seit Jahren begleitete, breitete sich mehr und mehr in ihm aus. Und Gerdas Unwillen verstärkte nur noch seine finstere Grundstimmung.

Er hatte schon mehrfach daran gedacht, sie wieder fortzujagen, aber da schwebte immer noch die Gefahr über ihm, dass es ruchbar werden könnte, dass er eine opferwürdige Jungfrau entjungfert hatte. Er sah keinen Ausweg, als sie noch für einen doch recht langen Zeitraum in diesem Haus, das er eigentlich als Zufluchtsort für geheime Treffen mit willigeren Damen oder auch zarten Knaben gedacht hatte, wohnen zu lassen.

Er wollte, wie so oft, noch nicht nach Hause gehen zu Frau und Töchtern und Vater. Aber eigentlich wollte er auch nicht bleiben. Gerda würde keine willfährige Geliebte werden und sie war nicht einmal eine geistreiche Unterhalterin. Sie redete nur, wenn er sie etwas fragte und auch dann nur sehr einsilbig.

Wenn er den Mut dazu gehabt hätte, hätte er wahrscheinlich alles kurz und klein geschlagen. Aber tief in seinem Inneren war er ein Feigling. Er bestand zwar sehr darauf, der Admiral einer erfolgreichen, wenn auch nicht sehr großen Flotte zu sein, aber selbst war er nie zur See gefahren, sondern hatte seine Geschäfte stets aus seinem sicheren Kontor heraus geführt.

Immer erst dann, wenn er befürchten musste, dass eine seiner Töchter als Opfer ausgewählt werden könnte, begab er sich selbst auf die Jagd nach einer anderen geeigneten Jungfrau. Und das war beide Male wenig erfolgreich gewesen.

So saß er in der Stube und haderte mit sich und seinem Leben. Gerda stand schräg hinter ihm und hatte sich, nicht zum ersten Mal seine Jammerei angehört. Sie verabscheute ihn und das nicht nur, weil er sie missbraucht hatte, auch wenn sie es hatte geschehen lassen, ohne sich zu wehren. Sie hatte gewusst, dass es geschehen würde und dass Widerstand es nur noch umso schlimmer gemacht hätte.

Auf dem Tisch lag ein Messer, mit dem sie kurz bevor er gekommen war, Brot geschnitten hatte. Es wäre ein Leichtes gewesen und es war auch verlockend, es ihm mit aller Kraft in den Nacken zu rammen.

Aber sie tat etwas anderes. Sie war eine kluge, junge Frau, die wusste, dass ihr dieser Mord vielleicht kurzzeitige Befriedigung verschaffen würde, aber dass es ihr weiteres Leben zerstört oder gar beendet hätte. Nicht wegen aufkeimender Gewissensbisse, die hätte sie nicht gehabt. Magnusson war ein widerlicher Mensch, dessen Tod sie nicht bereuen würde, sondern weil sie nicht in Wiolan bleiben könnte.

An sich lag ihr nichts daran hier zu sein, aber der Mord an Magnusson würde Flucht bedeuten und er war leider ein zu einflussreicher Mann, als dass die Oberen der Stadt die Tat nicht gründlich untersuchen lassen würden.

Also erstach sie ihn nicht. Sondern griff beherzt mit Daumen und Mittelfinger um seinen Hals und drückte kräftig zu. Er schrie vor Schmerzen auf, wollte aufstehen und sie von sich stoßen, aber bevor er dazu kam, drückte sie ihm ihre Daumen unter die Schulterblätter. Und das erste Mal seit vielen Jahren konnte er tief durchatmen. Sie verpasste ihm ein paar leichte, gezielte Schläge neben die Wirbelsäule, um gleich darauf mit dem Fingerknöchel leichte, kreisende Bewegungen an bestimmten Stellen seines Rückens auszuführen.

Er entspannte sich sichtlich. Nicht nur sein Körper, sondern auch sein Geist.

Sie ging dazu über, seinen Rücken mit den Fingerspitzen abzutasten und übte dabei hin und wieder einen leichten Druck aus. Sie verharrte mit ihren Händen für einen Moment auf einer Stelle. Dann zog sie sie schnell weg und entfernte sich einen Schritt von ihm.

„Was war das denn?“, hatte er erstaunt gefragt. Die Verspannungen waren aus seinem Rücken verschwunden. Er fühlte sich beinahe wie ein Jüngling.

„Die Schmerzen werden wiederkommen. Dein Bauch ist zu schwer für deinen Rücken und dein Leben bringt zu wenig Entlastung“, war ihre beiläufige Antwort.

„Dummes Zeug.“ Nicht im Geringsten dachte er daran, an seinen Gewohnheiten etwas zu ändern. „Ich hab dich nicht gefragt, was kommen wird, sondern was du gerade gemacht hast.“

„Ich habe deine Blockaden gelöst, aber wie gesagt, sie werden wiederkommen“, hatte sie nach dem Messer greifend geantwortet.

„Dann werde ich wieder zu dir kommen“, war seine von Selbstgefälligkeit triefende Antwort. Wenn auch anders als gedacht, hast du dich doch noch als nützlich erwiesen, dachte er damals beim Verlassen des Hauses.

Das Ganze lag lange zurück und Magnusson hatte in der Zeit oft Gerdas Hilfe in Anspruch genommen. Aber nicht nur er, sondern viele der vornehmen Damen und Herren der Stadt, die sich mit körperlichen Gebrechen herumschlugen, kamen im Laufe der Zeit immer wieder zu ihr.

Magnusson hatte in seinen Kreisen ihre Fähigkeiten nicht verschwiegen, wohl wissend, dass sie damit ein einträgliches Geschäft betreiben konnte, an welchem er gedachte zu profitieren, denn schließlich wohnte sie in einem seiner Häuser und schuldete ihm einen angemessenen Mietzins, wenn sie schon nicht die Beine für ihn breit machte.

Im Laufe der Jahre wurde das kleine, unscheinbare Haus zu einem gefragten Ort für all jene, die ein wenig Entspannung und Ausgleich von ihrem, mit gesellschaftlichen und geschäftlichen Verpflichtungen überladenen Leben suchten.

Was Gerda getan hatte, hatte sie von ihrer Mutter gelernt und diese von deren Mutter und so weiter. Es war eine alte Kunst, die jedoch aus mehr bestand als den Menschen die Hände auf die besonders beanspruchten Körperregionen zu legen.

Da die Leute der Stadt ihr aber nicht geneigt waren zuzuhören, sondern ausschließlich an ihren Behandlungen interessiert waren und auch die Bereitschaft zeigten, nicht unbescheidene Beträge dafür zu entrichten, begann sie ihrerseits die Wünsche ihrer Kundinnen und Kunden zu ihrem Vorteil auszunutzen und ihnen eine möglichst üppige Entlohnung abzuverlangen.

Dazu gehörte zuerst ein großer Bottich als Entspannungsbad vor oder nach den eigentlichen Behandlungen. Später auch die Entfernung unerwünschter Körperhaare, von der sie eigentlich keine Ahnung hatte, sich diese aber im Selbstversuch aneignete und die Pflege und Verjüngung der Haut. Auch das war etwas, das sie nicht gelernt hatte, sie hatte durch ihre Tätigkeit jedoch festgestellt, dass eine gute Durchblutung einen frischeren Ausdruck verlieh. Das schmerzte ihre Kunden mitunter, aber da sie sich nach einem Besuch bei ihr stets besser und aufgefrischter fühlten als zuvor, nahmen sie diese Unannehmlichkeiten nur zu gerne in Kauf.

Kaum jemand aus der so genannten besseren Gesellschaft der Stadt wollte auf Gerdas Dienste verzichten. Aber dennoch wurde sie nie zu einem gleichgestellten Mitglied ebendieser. Nicht dass sie dieses angestrebt hätte, aber es vergrämte sie doch hin und wieder, nicht in gleichem Maße anerkannt zu sein wie ein dummer, unwissender Sohn eines angesehenen Kaufmanns, der in seinem Leben bisher nicht mehr zustande gebracht hatte als Sohn zu sein.

Sie hatte es geschafft, sich eine eigene kleine Existenz aufzubauen. Dennoch schwebte über ihr stets die Gefahr, dass Magnusson ihrer müde werden würde und sie aus seinem Haus vertrieb. Er hatte viele Möglichkeiten und sie blieb von ihm abhängig. Und er nutzte diesen Umstand immer wieder aus, indem er junge verängstigte Frauen und hin und wieder auch ebensolche Knaben zu ihr brachte, damit sie sie nach seinen Wünschen und zu seinem Vergnügen herrichtete. Und noch mehr zu ihrem Leidwesen verlustierte er sich mit ihnen auch noch oft in ihrem Haus. Er besaß jedenfalls keine Scheu, sie daran akustisch teilhaben zu lassen.

Die Verachtung, die sie für ihn empfand, konnte nicht mehr größer werden. Und zunehmend begann sie auch sich selbst zu verachten dafür, dass sie nicht versuchte, seinem Treiben Einhalt zu gebieten oder wenigstens ihm nicht mehr dabei behilflich zu sein. Doch hatte sie es bisher nicht geschafft, sich seinen Wünschen zu widersetzen. Sie hatte sich schon oft gefragt, warum. Denn es war ihr gelungen, ein kleines Guthaben anzusparen, mit dem sie sich in jeder anderen Stadt einen guten Start ermöglichen konnte.

Nun würde es ein Ende finden, beschloss sie, als sie für Mia etwas Brot und Käse und kalten Braten anrichtete und etwas Wein in einen Krug goss.

Die bittere Wahrheit überkam sie, dass Magnusson sie zwar nur einmal körperlich missbraucht hatte, aber sie ihn danach einen Weg hatte einschlagen lassen, sie auf eine andere, mindestens genauso grausame Weise zu missbrauchen, schlimmer noch sie zur Komplizin zu machen.

Sie würde diesem armen Mädchen gerne helfen, dessen Augen für immer in ihrer Erinnerung eingebrannt waren, wusste aber nicht wie. Magnusson war so argwöhnisch, dass er ihr Haus gewiss überwachen ließ, um eine mögliche Flucht zu verhindern.

Aber sie würde ihre Tätigkeit in Wiolan beenden. Auch wenn sie noch nicht wusste, was dann geschehen sollte. Hier hatte sie mehr getan als sie es hätte tun sollen.

Mia saß im Badebottich. Die Kerzen im Raum flackerten und sorgten für langsam tanzende Schatten. Gerda blieb in der Tür stehen und betrachtete die junge Frau, die ihre Anwesenheit scheinbar noch nicht bemerkt hatte.

Sie kannte viele Jungfern. Die wohlhabenden Familien brachten ihre Töchter gerne zu ihr, damit sie sie aufhübschte, um bessere Aussichten auf dem Heiratsmarkt zu haben. Die meisten von ihnen waren albern oder verklemmt.

Und sie hatte auch noch die Erinnerung an die jungen Frauen aus ihrem Dorf, die sich kaum Gedanken machen konnten um ihr Aussehen, sondern darum, die viele Arbeit, die sie zu bewältigen hatten, auch zu schaffen.

Für keine von ihnen hatte sie bisher sonderlich freundschaftliche Gefühle entwickelt. Umso erstaunter war sie über die Wallungen, die sie bei dem Anblick von Mia überkamen. Sie strahlte eine innere Ruhe und Sicherheit aus, die ihr noch nicht begegnet waren.

Mia hob den Kopf und sah Gerda in die Augen. Ihre Nacktheit schien sie nicht zu beschämen, mehr noch, sie schien für sie etwas ganz Natürliches zu sein. Gerda senkte die Lider, nicht weil sie es unschicklich fand, eine andere Frau unbekleidet zu sehen, sondern weil Mias Blick kaum zu ertragen war.

„Du hast sicher Hunger", sagte sie und stellte das Brett mit dem Essen auf dem Rand des Bottichs ab. „Woher kommst du?", fragte sie Mia.

„Zuletzt war ich im Blaubäumer Forst, davor bei einer seltsamen alten Frau und davor hatte ich mich in einem Wald verlaufen, aber meine Heimat sind die Inseln im Kleinen See Frikka." Mia sprach, als wenn all dies etwas Alltägliches wäre, und Gerda konnte es nicht verhindern, sie erstaunt mit großen Augen anzusehen. So unglaublich das alles auch klang, sie hatte nicht den geringsten Zweifel, dass Mia die Wahrheit sagte. Und da sie glaubte, was sie hörte, bedauerte sie umso mehr das Schicksal, welches Magnusson und die anderen furchtbaren Stadtoberen ihr zugedacht hatten und sie verspürte den dringenden Wunsch, sie in den Arm zu nehmen.

„Was ist?", fragte Mia, der das Minenspiel in Gerdas Gesicht nicht verborgen geblieben war.

Statt einer Antwort stieg Gerda in den Bottich und legte ihre Arme um sie. Sie hatte nicht darüber nachgedacht und wenn sie es getan hätte, hätte sie es vermutlich nicht gewagt. Es war ein nur kurzer Moment, in dem es ihr als das genau Richtige erschien, als etwas, das nicht nur Mia guttun sollte, sondern was sie mehr noch für sich selber tat. Sie konnte es sich selbst nicht erklären, war solches doch so weit entfernt von ihrem eigentlichen Wesen. Es kribbelte mehr noch als die offenherzigen Blicke Mias durch sie hindurch. Nie zuvor hatte sie die Berührung eines anderen Körpers so sehr genossen.

Mia wehrte sich nicht, dennoch fühlte sich Gerda recht bald unwohl dabei. Nicht wegen der Nähe an sich, auch wenn sie solche noch nicht erfahren hatte, sondern weil ihr bewusst wurde, Mia ungefragt zu nahe gekommen zu sein. Etwas, von dem sie glaubte, bei sich selbst nicht ertragen und zulassen zu können. Sie löste sich abrupt und sah Mia entschuldigend an. „Es tut mir sehr leid", sagte sie und hätte am liebsten die Arme wieder um Mia gelegt.

„Was?"

„Ich wollte nicht, also..." Jetzt kamen die Gedanken, die durch ihren schnellen Entschluss keine Zeit gehabt hatten, ihren Impuls zu unterdrücken. Es war nicht richtig, was sie getan hatte, auch wenn es sich richtig angefühlt hatte.

„Es ist schon ein bisschen her, dass mir jemand so nahe war", sagte Mia, für Gerda überraschend gelöst. Sie dachte an die behütenden Umarmungen ihrer Eltern und ihrer Geschwister, an die kameradschaftlichen ihrer Freundinnen und Freunde und an die begehrenden ihrer Liebhaber. Der Austausch von Zärtlichkeiten und körperliche Nähe war für sie eine Normalität, die ihr in der letzten Zeit sehr gefehlt hatte. Deshalb hatte sie es auch einfach geschehen lassen, obwohl sie bisher kaum miteinander gesprochen hatten und nichts voneinander wussten.

Aber es war nicht nur das, was sie Gerdas Umarmung so genießen hatte lassen. Diese hatte alles. Sie war behütend und freundschaftlich, sinnlich und auch begehrend. „Es ist schön, so umarmt zu werden", sagte sie mit einem Lächeln, dass Gerda bis in den Bauch hineinkroch. „Dein Kleid ist ganz nass."

„Ich weiß", sagte Gerda. „Ich sollte aus dem Bad herausgehen und etwas Trockenes anziehen."

„Oder dein Kleid ausziehen." Jetzt war es Mia, die Gerda ungefragt umarmte mehr noch ihr half, sich aus der nassen Bekleidung zu befreien. Und dann war es Gerda, die es geschehen ließ, obwohl sie wenige Augenblicke zuvor noch gedacht hatte, dass sie niemand ungefragt berühren durfte.

Sie blieben lange im Wasser und hielten einander fest. Sie kannten sich nicht, aber die kurze Zeit hatte ihnen gereicht, sich zu erkennen. Sie fühlten sich auf eine sehr tiefe Art miteinander verbunden. Sie streichelten sich und fanden schließlich zu einem zaghaften ersten Kuss. Als sich ihre Lippen berührten, zuckte Gerda kurz zurück. Das ist so falsch, dachte sie, aber es fühlt sich so richtig an.

Auch für Mia war es der erste Kuss von einer Frau, sieht man einmal von den rein freundschaftlichen ab. Bisher hatte sie auch noch nie das Verlangen nach einem solchen gehabt.

Aber in ihrer Welt war die Liebe frei und machte nicht halt vor dem eigenen Geschlecht. Sie war damit aufgewachsen, dass es richtig war, dem Verlangen nach Berührungen und Vereinigung nachzugeben, statt es aus Vorschriften und Regeln, die andere gemacht hatten, zu unterdrücken. Und sei es nur für diesen einen Moment.

Erst als sie sich kurz voneinander lösten und sich nicht mehr gegenseitig wärmten, bemerkten sie, dass sich das Wasser empfindlich abgekühlt hatte.

Sie sahen sich in die Augen. Gerda jetzt wieder etwas verstört über das, was geschehen war, aber Mia schaffte es, dieses aufkeimende ungute Gefühl, etwas Verbotenes getan zu haben, einfach wegzulächeln.

„Meine Haut ist schon ganz schrumpelig“, sagte sie belustigt.

„Und jetzt wird mir doch ein bisschen kalt“, antwortete Gerda. „Lass uns aus dem Wasser gehen und etwas Warmes anziehen.“ Das Gefühl, etwas Verbotenes getan zu haben, war nicht verschwunden, aber es wurde für den Moment von der Schönheit des Erlebten verdrängt. Leider hielt dieses nicht lange an und das Wissen etwas Falsches getan zu haben machte sich immer breiter.

Nachdem sie sich dieses eine Mal Magnusson hingegeben hatte, aus kühler Berechnung, hatte sie für sich beschlossen, dieses nie wieder geschehen zu lassen. Und doch war es gerade passiert. Und es war schön gewesen. Aber es war mit einer Frau. So etwas gehörte sich nicht nur nicht, es war einfach gegen die Natur! Diese hatte schließlich Männlein und Weiblein hervorgebracht und füreinander vorgesehen. Nicht Frau und Frau, um sich miteinander zu vergnügen. Es war ein unverzeihliches Verbrechen, sich solch widernatürlichen Gelüsten hinzugeben. Und dass sie es trotzdem getan hatte, begann schwer auf ihrem Gewissen zu lasten.

Mia legte ein Handtuch über Gerdas Schultern und begann sie langsam trocken zu reiben. Auch sie war verwundert über das Geschehene, aber sie konnte, auch wenn es vielleicht ungewöhnlich war, nichts Verwerfliches darin entdecken. Sie suchte auch nicht danach, sondern nahm es einfach als das, was es war. Eine liebevolle, zärtliche Begegnung zweier Menschen.

„Lass mich", wollte Gerda sie abwehren.

Mia legte ihre Arme von hinten um sie und spürte ihre Verunsicherung.

„Das hätte niemals passieren dürfen", sagte Gerda zweifelnd, ob sie dies auch so meinte oder nicht. Sie wollte, aber wollte dann auch wieder nicht sich aus der Umarmung lösen. Sie spürte die wohlige Wärme, welche Mias Körper ausstrahlte und eine mutmachende Kraft, die ihr aus den sie festhaltenden Armen zufloss. Sie begann leise zu weinen.

Mia hätte sie gerne nach ihrem Kummer gefragt, aber sie hatte ein sicheres Gespür dafür, wann Fragen angebracht waren und wann man sie lieber ungestellt ließ.

Wenig später lagen sie eng beieinander in Gerdas Bett.

Sie wusste, dass die Zeit für Entscheidungen gekommen war, fühlte sich aber noch nicht in der Lage, diese zu treffen. Also hatte sie beschlossen, schlafen zu gehen. Und sie konnte Mia ja unmöglich im Bad stehen lassen. So hatte sie sie mitgenommen. Sie hätte ihr einen anderen Schlafplatz geben können, aber sie musste sich eingestehen, dass sie ihre Nähe noch spüren wollte. Am nächsten Tag würde es damit sowieso vorbei sein. Denn dann würde Magnusson kommen, um Mia abzuholen, sie als die auserwählte Jungfrau präsentieren und sie auf dieser geheimnisvollen Insel aussetzen lassen. Und keines der Mädchen, welches aus dieser furchtbaren Stadt dorthin gebracht worden war, war jemals wieder aufgetaucht.

Gerda betrachtete das Gesicht der schlafenden Mia und sie begann wieder leise zu weinen. Diesmal nicht, weil sie mit sich selbst haderte, sondern weil das Schicksal ihrer Freundin ein so grausames war. Habe ich gerade an sie, als meine Freundin gedacht?, fragte sie sich und musste lächeln. Und je mehr sie den Gedanken zuließ, umso mehr musste sie auch weinen.

Tag 30
In der Stadt Wiolan

Als Mia wach wurde, lag Gerda nicht mehr neben ihr im Bett, sondern war trotz des noch nicht anbrechenden Morgens bereits angezogen. Sie stellte ein Tablett mit etwas Brot und Milch neben sie. „Iss und trink“, forderte sie sie auf. „Und dann zieh dich an. Wir müssen fort.“

Mia setzte sich noch etwas schlaftrunken auf.

„Ich erkläre es dir unterwegs. Je früher wir hier wegkommen, umso besser.“ Sie hatte eine fast schlaflose, gedankenvolle Nacht hinter sich, in der sich die Erkenntnis in ihr festgesetzt hatte, dass es an der Zeit war, sich aus der sie festhaltenden Umklammerung aus Angst, schlechtem Gewissen und Selbstvorwürfen zu befreien. Und nicht nur, indem sie stillschweigend fortging.

Nachdem sich der Schleier der Nacht gelüftet hatte, gingen in Mias Kopf einige Fragen umher. Sie hatte vergessen können, über das, was sie erwartete, nachzudenken. Dieses wurde langsam wieder präsent und bekam durch das überraschend entschlossene Auftreten von Gerda eine ungeahnte Gedankenspirale.

Sie hätte ihre Fragen nur zu gerne gestellt. Gerdas Dringlichkeit und ihre eigenen Erlebnisse, seit sie von den Inseln aufgebrochen war, hielten sie jedoch davon ab. Sie hatte erfahren, dass es mitunter nicht verkehrt war, sich einfach auf das Ungewisse einzulassen. Bisher war dies stets gut gegangen.

Gerda öffnete die Haustür einen Spalt und lugte hinaus. Die Gasse war noch unbelebt. Sie zog sich ein Kopftuch bis über die Stirn und bedeutete Mia es ihr gleichzutun. Sie öffnete die Tür etwas weiter, um hinausschlüpfen zu können.

„Ihr geht nirgendwo hin“, polterte eine dunkle, männliche Stimme. Gerda zuckte angstvoll zusammen.

Aus der Dunkelheit trat Magnusson hervor, begleitet von zwei finster dreinschauenden Stadtwachen.

„Hab ich mir doch gedacht, dass du auf dumme Gedanken kommst", sagte er und schob Gerda zurück ins Haus. Er musterte sie abschätzig. Sie wurde zunehmend zu einer Gefahr für ihn und seine Pläne. Aber jetzt war keine Zeit, sich um sie zu kümmern. Er musste eine elegante Lösung finden, sich ihrer zu entledigen. Eine, die ihn nicht in Zusammenhang mit ihrem Verschwinden bringen würde.

Sein Blick wanderte von Gerda zu Mia. Sie war ein reizendes Geschöpf. Wie viel lieber würde er Gerda opfern und versuchen herauszufinden, ob Mia seinen Wünschen etwas zugetaner war. Aber leider war Gerda in den guten Kreisen nicht nur bekannt, sondern genoss auch einen guten Ruf.

„Ich habe dir etwas mitgebracht", sagte er zu Mia und schnippte einem der Soldaten zu. Dieser trat vor und reichte ihr ein einfaches, graues Kleid, welches dem sehr ähnelte, das Hagen für sie gestohlen hatte.

„Zieh das an", forderte Magnusson. „Und dann wird es Zeit zu gehen."

„Warum sollte ich das anziehen?", fragte Mia widerstrebend. Wenn sie anfänglich noch unsicher war, erkannte sie jetzt doch seine Stimme und erinnerte sich daran, wie erbärmlich er gewinselt hatte, als Pavarotti sich ihm und seiner Schergen angenommen hatte.

Magnusson vorzog sein feistes Gesicht zu einem hässlichen Grinsen. „Weil du dir in deinen schlimmsten Träumen nicht ausmalen kannst, was ich mit deiner Freundin anstellen lasse, wenn du mir nicht Folge leistest", drohte er.

Statt entsetzt zu sein, lächelte sie ihn zu seiner Überraschung an. „Gut", sagte sie. „Ich hatte schon einmal so ein ähnliches Kleid. Und als ich es trug, wurde ich entführt. Aber ein guter Freund hatte etwas dagegen. Vielleicht ist er ja wieder ganz in der Nähe." Der Blick, den sie Magnusson dabei zuwarf, sagte ihm, dass sie sehr genau wusste, wer er war.

„Was auch immer du mit dieser kleinen Geschichte sagen willst", versuchte er um Fassung zu ringen. Auch wenn er sich sicher sein wollte, dass das Monster nicht in der Nähe war, eine leichte Verängstigung konnte er vor sich selbst doch nicht verbergen. „Es kümmert mich nicht."

Er packte sie unsanft am Arm, als sie sich umgezogen hatte und zerrte sie aus dem Haus.

„Du da bleibst hier und passt auf, dass die da keinen Ärger macht oder verschwindet", befahl er einem der Soldaten und zeigte auf Gerda. „Aber du rührst sie nicht an, verstanden?" Er betrachtete sie immer noch als seinen Besitz. Auch wenn er wusste, dass er sie nie besessen hatte, durfte doch niemand außer ihm in die Nähe des Gefühls kommen, sie zu besitzen.

„Wird er auch irgendwann wieder wach?“ Mikkel beugte sich über Pavarotti. Es war der fünfte Tag, seitdem er sich zum Schlafen hingelegt hatte. Nicht ein einziges Mal war er zwischendurch aufgewacht.

„Das fragst du mich jetzt jeden Tag“, antwortete Hagen, vor sich hindösend an den Stamm der Weide gelehnt. „Und wie jeden anderen Tag lautet meine Antwort: Ja. Ich weiß nur immer noch nicht wann.“

Er hoffte wenigstens, dass die Antwort schlussendlich Ja lauten würde. Solange wie jetzt, hatte Pavarotti noch nie geschlafen, auch wenn es früher schon solche Phasen gab. Länger als zwei Tage hatten diese aber nie gedauert. Und Hagen begann sich Sorgen zu machen. Was wenn er diesmal nicht wieder aus dem Schlaf finden würde?

„Könnten wir ihn nicht einfach Huckepack nehmen? In seiner derzeitigen Größe könnte auch ich ihn eine Weile tragen.“ Mikkel machte diese erzwungene Untätigkeit zusehends rastloser. Er hatte viel Geduld und konnte lange abwarten, nur leider nicht, wenn er wusste, dass irgendwo noch eine wichtige Aufgabe auf ihn wartete. Und, musste er sich eingestehen, auch so lange nicht, wie er nicht wusste, was mit Mia geschehen war. Dieses verdammte Kribbeln kam doch immer wieder, wenn er kurz an sie dachte. Und meistens war es nicht mal kurz.

„Auf gar keinen Fall!“ Hagen stand auf und ging die wenigen Schritte zu Mikkel und dem im Gras liegenden Pavarotti. Der Trollschlaf durfte nicht gestört werden, wusste er. Jedenfalls hatte die Alte dies stets behauptet. Er sei wichtig für die Entwicklung und das innere Gleichgewicht. Wurde der Schlaf unnatürlich unterbrochen, werden sie zu dem, wofür sie berüchtigt sind, skrupellose, gewalttätige und blutrünstige Kreaturen. Lässt man ihren Schlaf unberührt, können sie sich zu intelligenten und mitfühlenden Geschöpfen entwickeln. Und Pavarotti schien ihrer Ansicht Recht zu geben. Solange Hagen ihn kannte, war sein Schlaf nie gestört worden und nach jedem Aufwachen war er noch etwas geistreicher als zuvor.

Aber fünf Tage waren eine verdammt lange Zeit und auch Hagens Ungeduld wuchs mehr und mehr. Und auch seine Gedanken wanderten immer wieder zu Mia.

Auf einer anderen Insel

Es war ein wahrlich unwirtlicher Ort, an den sie gebracht wurde. Die Insel, die der Stadt vorgelagert im Meer lag, war felsig und karg und wurde von einem böigen, rauen Wind umtost, der mal klagende, mal grollende Laute von sich gab. Über den Felsen kreisten graue und weiße Vögel, deren schrille Schreie das Brüllen des Meeres übertönten. Auf dem Uferstreifen, an dem das Boot anlegte, der schmal und steinig war, waren zwei Pfähle in den Sand getrieben, von deren oberen Enden feste Seile, die nach unten hin ausgefranst waren, herabhingen.

Einer der Männer legte eine mitgebrachte Leiter erst an einen der Pfähle, danach an den anderen, schnitt die Seile ab und verknotete neue, die in Schlaufen endeten. Durch diese zwangen die Soldaten Mias Hände und zogen sie fest um die Handgelenke, sodass sie sich nicht mehr aus ihnen befreien konnte. Sie stand mit nach oben ausgestreckten Armen zwischen den Pfählen.

„Es hat mich gefreut dich kennenzulernen", schmatzte Magnusson und tätschelte ihre Wange. „Unter anderen Umständen, hätte ich eine andere Verwendung für dich gehabt." Er drehte sich schwerfällig um und ging zurück zum Boot, in dem seine Begleiter schon angespannt darauf warteten, diesen unheimlichen Ort wieder zu verlassen. Er drehte sich noch einmal kurz zu ihr um. „Schade für dich, dass dein Freund nicht in der Nähe war", lachte er höhnisch.

„Ah, die Neue", vernahm sie hinter sich eine Stimme, gleich nachdem das Boot ihr Sichtfeld verlassen hatte. Jemand trat von hinten an sie heran, streckte sich nach oben und durchschnitt ihre Fesseln. Mia drehte sich überrascht um. Vor ihr stand eine etwa dreißigjährige Frau mit einem wind- und wettergegerbten Gesicht.

„Was? Wer? Wie?....“, fragte Mia überrascht. Sie sah nicht im Geringsten aus wie ein Ungeheuer.

„Ich bin Helga, eine deiner Vorgängerinnen. Komm, wir müssen auf die andere Seite der Insel.“ Sie wandte sich um und lief auf die Felsen, die die kleine Bucht umrahmten zu und begann diese geschickt hinaufzuklettern. „Worauf wartest du denn?“, rief sie Mia zu, die ihr nicht gleich gefolgt war. Sie wartete keine Antwort ab, sondern setzte ihren Aufstieg fort.

Mia lachte innerlich auf. Bis eben noch hatte sie verzweifelt gehofft, dass Pavarotti sie doch noch aus ihrer misslichen Lage befreien würde. Und jetzt hatte sich eine vollkommen andere, unerwartete Wendung ergeben. Sie wusste zwar nicht, was sie hier erwartete, aber sie kam mehr und mehr zu der Überzeugung, dass irgendjemand oder irgendetwas ihr stets aus sich auftürmenden Schwierigkeiten helfen würde. Man konnte fast den Eindruck gewinnen, dass es jemanden gab, der oder die unbedingt wollte, dass sie nicht scheiterte.

„Nun komm schon!“, forderte Helga, welche fast schon auf dem Gipfel der Felsen angelangt war.

Der Aufstieg war mühsamer und gefährlicher als er bei Helga ausgesehen hatte. Der Fels bot kaum Vertiefungen, Risse oder Absätze, an denen Mia Halt finden konnte. Mehrfach fürchtete sie abzustürzen, was sie demütig erkennen ließ, dass ihr nicht alles in den Schoß fallen würde.

„Beim ersten Mal hat es bei mir auch länger gedauert“, begrüßte sie Helga, die oben auf sie gewartet hatte. Es wehte ein kräftiger, aber nicht mehr so böiger Wind wie unten in der Bucht. Das Festland war am Horizont nur als fingerbreiter Streifen zu erkennen.

„Verzeih, wenn ich nicht gleich nach deinem Namen gefragt habe, aber wenn du es nicht hierher geschafft hättest, hätte ich ihn mir umsonst gemerkt. Also, wie heißt du?“, fragte Helga.

„Mia“, antwortete Mia erstaunt über die scheinbare Gleichgültigkeit, mit der Helga mit ihr sprach.

„Der Abstieg ist nicht ganz so gefährlich. Aber halt trotzdem etwas Abstand zu mir. Ist ja nicht unbedingt nötig, dass du mich mitreißt, falls du doch ins Fallen kommst."

Kaum hatten sie den Gipfel verlassen, ebbte der Wind zu einer sanften Brise ab. Auf dieser Seite gab es auch etwas Bewuchs am Felsen und weiter unten waren ein paar kleine verkrüppelte Bäume zu erkennen, dahinter ein flach ins Meer abfallender Strand, der links und rechts von Felsen, die ins Meer hineinragten, umsäumt wurde.

An einer Felsspalte blieb Helga stehen und wartete, bis Mia zu ihr aufgeschlossen hatte.

„Wir sind fast da", sagte sie und ging durch die Spalte in den Berg hinein. Mia folgte ihr in eine kuppelförmige Höhle, von der ein Gang tiefer in den Felsen hineinführte, an dessen Ende ein schwaches, flackerndes Licht leuchtete.

Helga betrat ohne weitere Erklärung den Gang und lief auf das Licht zu. Eigentümlicherweise schienen sie diesem, soweit sie auch liefen, nicht näherzukommen. Sie kamen an eine Stelle, an der ein schmalerer Gang nach rechts abging. Mit einer leichten Kopfbewegung bedeutete Helga, dass sie nun in diese Richtung weitergehen würden. Nach wenigen Schritten waren sie in Dunkelheit gehüllt und Mia konnte sich nur noch an den Geräuschen der Schritte der vor ihr laufenden Helga orientieren.

Aber nach wenigen Metern schon knickte der Gang nach links ab und gab den Blick frei auf einen großen unterirdischen Raum. Beleuchtet wurde er durch zahlreiche Fackeln, die in den Wänden steckten und durch die Sonne, die durch eine Öffnung in der Decke hineinschien. Der Raum war fast rund mit einem Durchmesser von beinahe fünfzig Metern und einer ebensolchen Höhe. Fast mutete es an, als wäre das Innere der Insel größer als das Äußere.

Die Wände waren nicht glatt, sondern von unzähligen Ausbuchtungen übersät, die teils groß genug waren, dass ein oder auch mehrere Menschen darin Platz finden konnten. Und tatsächlich entdeckte Mia in einigen von ihnen liegende oder sitzende Frauen.

„Die Neue ist da“, rief Helga und ihre Stimme hallte mehrfach von den Höhlenwänden zurück.

Die Frauen standen auf und näherten sich den Neuankömmlingen.

„Das ist Mia, wenn ich es mir richtig gemerkt habe“, erklärte Helga. „Sie ist eben gebracht worden und die Blödmänner sind wieder weg. Wir können also wieder nach draußen.“

„Guten Tag“, versuchte Mia eine Begrüßung, sich immer noch über die schroffe Art Helgas wundernd und jetzt auch über diese eigentümliche Gesellschaft.

Helga sah sie abschätzig an. „Sibella, oder wie du heißt“, sprach sie eine junge Frau an, „zeig und erklär Mia, wie das hier so läuft. Und alle anderen können sich ein bisschen nützlich machen.“

„Wann wirst du es endlich gelernt haben, Helga?“ Eine zierliche Frau trat hervor und bedachte sie mit einem strengen Blick. „Jede, die hier neu ist, steht unter Schock und braucht ein bisschen liebevolle Zuwendung.“

„Du hast recht. Es tut mir leid“, gab Helga kleinlaut zu.

„Aber ich danke dir, dass du Mia von ihren Fesseln befreit und zu uns gebracht hast. Es ist schön, dass wir uns da auf dich verlassen können.“

Ein zufriedenes Lächeln huschte über Helgas Gesicht.

„Ich denke, Mia wird viele Fragen haben. Und ich glaube, es ist am besten, wenn ich ihr diese beantworte. Ihr alle werdet ausreichend Zeit haben, sie kennenzulernen.“ Mit einer nur angedeuteten Handbewegung schickte sie die anderen fort.

„Entschuldige bitte, aber ich habe mich noch gar nicht vorgestellt. Ich bin Gudrun.“ Sie sah Mia aus fast schwarzen Augen mit einem freundlichen und doch distanzierten Lächeln an und reichte ihr zur Begrüßung die Hand. Ihr schmales Gesicht war umrahmt von dunklen Haaren, welches von ersten grauen Strähnen durchzogen war.

Auch wenn ihr das Händeschütteln immer noch befremdlich war, ergriff Mia die ihr dargebotene Hand. „Ich bin Mia, aber das weißt du ja wohl schon“, sagte sie.

„Allerdings. Und ich kann mir vorstellen, dass du einige Fragen haben wirst.“ Gudrun zwinkerte ihr geheimnisvoll zu.

„Du meinst eine Insel, auf der junge Frauen einem Ungeheuer geopfert werden, die Frauen sich aber Jahre später noch bester Gesundheit erfreuen?“ Es war nur allzu offensichtlich, dass die in der Stadt kursierende Legende auf einem ausgemachten Unsinn beruhte.

„So in etwa“, Gudrun zog Mia mit sich. „Komm mit, ich werde dir die Geschichte erzählen.“

Sie schickte sich an, die Höhle wieder zu verlassen. Als sie ins Freie traten, stieg Gudrun den Fels wieder hinauf bis zu einem Punkt, von dem die gesamte Insel zu übersehen war. Also beinahe die gesamte Insel. Es gab immer noch einige kleine Buchten, die durch schroffe Felsformationen ihren Blicken verborgen blieben. Gudrun setzte sich in eine kleine Senke und forderte Mia mit einer einladenden Geste auf, es ihr gleichzutun.

„Ich war die Erste, die auf diese Insel gebracht wurde“, begann sie. „Sie hatten mich gefesselt und an den Strand gesetzt und ich musste zusehen, wie sie die Pfähle in die Erde rammten, an denen sie mich gleich darauf banden.

Die Männer, die mich brachten, spielten sich mir gegenüber auf, als könnte sie nichts aufhalten, aber ich konnte ihre Feigheit riechen. Sie wollten so schnell wie möglich wieder fort von hier. Ich sah ihrem Boot hinterher, das schnell immer kleiner wurde.

Und ich hatte Angst. Wahnsinnige Angst. Ich wusste nicht, was mich hier erwarten würde. Wenige Tage vorher noch lebte ich im Kreis meiner Familie. Meine ältere Schwester sollte heiraten und meine Eltern hatten mich geschickt, Blumen für einen Kranz zu pflücken. Doch kaum hatte ich den elterlichen Hof verlassen, wurde mir ein Sack über den Kopf gestülpt und ich auf einen Karren geworfen, der sich gleich darauf mit großer Geschwindigkeit fortbewegte. Ich war danach zwei Tage in einem kleinen Zimmer ohne Fenster eingesperrt, ohne dass mir jemand gesagt hat, wo ich war, noch was sie mit mir vorhatten. Dann wurde ich hierher gebracht. Und immer noch hatte mir niemand gesagt, warum.

Ich dachte, ich würde hier sterben. Aber nicht sehr lange. Kurz nachdem das Boot nicht mehr zu sehen war, wurde ich losgeschnitten. Von einem wütend schimpfenden Mann.

„Ihr Idioten, ihr begreift auch gar nichts!“, brüllte er dem längst verschwundenen Boot hinterher. „Wie kann man denn so blöd sein und eine verlangte Opfergabe so falsch verstehen?“ Er warf wütend Steine ins Meer.

„Es tut mir leid“, sagte er zu mir, als er sich etwas beruhigt hatte. „Du solltest nicht hier sein. Aber diese bekloppten Wiolaner haben einfach nicht begriffen, dass Gold das Opfer sein sollte und keine Jungfer.“

Du kannst dir bestimmt vorstellen, dass mich eine gewisse Ratlosigkeit erfasst hatte. Ich war im Leben noch sehr unerfahren. Ich wusste nicht, wo ich war und nicht warum. Und vor mir wütete dieser nicht mehr junge Mann in vornehmen, aber doch schon recht abgenutzten Kleidern.

Er stellte sich mir als Fürst Boris aus Bulgarien vor, dessen Familie von Wiolaner Händlern betrogen und um ihren Wohlstand gebracht worden war. Sie lebten jetzt seit vielen Jahren in bitterer Armut und deshalb hatte er sich dazu entschlossen, die Wiolaner um einen Teil ihrer Schätze zu erleichtern.

Er hatte es geschafft, ihnen einzureden, dass auf dieser Insel hier ein Ungeheuer hauste, welches ihre Schiffe versenken würde, sollten sie ihm nicht jedes Jahr ein angemessenes Opfer bringen.

Was er versäumt hatte ihnen zu sagen, war, dass es sich dabei um Gold oder sonstige Wertgegenstände handeln sollte.

Die Bürger Wiolans hingegen beschlossen, jedes Jahr eine Jungfrau zu opfern. Wenn möglich eine, die sie aus einer anderen Stadt oder einem anderen Dorf entführten.

Fürst Boris versuchte mich zu überreden, mit ihm zurückzukehren und den Leuten in der Stadt von diesem unheimlichen Ungeheuer zu berichten und dass es statt Jungfrauen eben Gold verlangte.

Ich hätte dies tun können, aber das erste Mal in meinem Leben konnte ich eine eigene Entscheidung treffen. Wäre ich zurückgekehrt, hätte mich genau das Leben erwartet, das meine Eltern für mich vorgesehen hatten.

Ich wäre kurz nach der Hochzeit meiner Schwester in einen klösterlichen Orden eingetreten, denn es war Tradition in unserer Familie, dass die zweite Tochter dies tat. Und dort hätte ich ein Leben in Folgsamkeit und Abgeschiedenheit verbracht. Seit meiner Geburt bin ich genau darauf vorbereitet worden und ich hätte mich niemals dagegen aufgelehnt, aber auf einmal hatte ich eine Wahl.

Fürst Boris‘ Nöte kümmerten mich nicht, denn ich habe nicht einen Augenblick geglaubt, dass er ein bulgarischer Fürst ist. Er war und sollte er heute noch leben, ein notorischer Lügner und Hochstapler. Dabei fand ich ihn gar nicht unsympathisch. Nur waren seine Anliegen einfach nicht meine.

Er redete auf mich ein, er flehte mich an, doch mit ihm zu kommen. Doch je mehr er dies tat, umso weniger war ich dazu bereit. Er verschwand und kam wieder, denn er kannte einen Weg, diese Insel zu verlassen ohne die gefahrvolle Überfahrt. Die Strömungen und Winde hier erfordern ein hohes Maß an

Erfahrung und seemännischer Fähigkeiten, um nicht zu zerschellen oder zu kentern. Beides Dinge, über die er nicht verfügte, wie er selbst einräumte.

Ich habe oft und lange darüber nachgedacht, ob ich nicht doch mit ihm gehen sollte. Aber noch bevor ich zu einem endgültigen Entschluss kam, kam er nicht mehr wieder.

Es war ein Jahr vergangen. Ich hatte in dem Höhlenlabyrinth einen unterirdischen See entdeckt, überall dort unten wachsen auch essbare Pilze, in den Felsen nisten Vögel, aus deren Nestern ich Eier stibitzen konnte, auch wenn es nicht ganz ungefährlich ist, dort herumzuklettern. Es gibt ein paar Beerensträucher, die reichlich Früchte tragen und mit der Zeit habe ich es gelernt, Fische mit der Hand zu fangen. Ich habe hier überlebt. Mehr noch, ich habe hier gelebt.

Und dann brachten sie Helga. Sie wurde genauso wie ich an den Pfählen festgebunden und zurückgelassen. Ich hatte dies beobachtet und war versucht mich bemerkbar zu machen, aber fragte mich gleich darauf, warum ich das tun sollte. Dann hätte ich auch gleich mit Fürst Boris zurückgehen können.

Helga war natürlich alles andere als glücklich darüber, dass ich gewartet hatte, sie zu befreien, bis das Boot, das sie gebracht hatte, verschwunden war. Ehrlich gesagt war sie sogar außerordentlich wütend. Sie suchte nach Wegen und Möglichkeiten, die Insel wieder zu verlassen. Aber zum Schwimmen ist es zu weit und aus dem, was hier wächst, lässt sich nichts Floßähnliches zusammenbauen. Und selbst wenn dies möglich wäre, die Strömungen und Winde erfordern mehr Kraft und Erfahrung, heil von hier fortzukommen, als wir sie hatten.

Als sie die Nächste brachten, wollte auch Helga nicht mehr zurück in ihr altes Leben. Und so ging es allen von uns. Es ist gewiss nicht leicht für dich, sich damit abzufinden. Aber das eine Jahr wirst du mindestens bleiben müssen. Und glaub mir, du wirst nicht wieder zurück in dein altes fremdbestimmtes Leben wollen.“

Mia hatte Gudrun schweigend zugehört. Sie stand auf. „So viel Zeit habe ich nicht“, sagte sie.

Gudrun sah sie von unten an. „Es tut mir leid für dich, aber früher werden sie nicht wiederkommen.“

„Das wohl nicht, aber es gibt den Weg, auf dem Fürst Boris hierher und auch wieder zurückkonnte“, sagte Mia. Es war ausgeschlossen, dass sie hierbleiben konnte. Denn bei allem, was Gudrun berichtet hatte, hatte sie doch eines nur beiläufig erwähnt. Diese Frauen hier vermissten ihr altes Leben nicht. Etwas, das auf sie nun keineswegs zutraf. Und sie hatte immer noch nicht aufgegeben, den Wald und die Inseln zu retten.

„Du bist eine gute Zuhörerin.“ Gudrun stand ebenfalls auf. „Und ja, es gibt diesen Weg. Aber er ist nicht umsonst. Wir alle haben überlegt, ihn zu gehen, doch der Preis war uns allen zu hoch.“

„Und was ist der Preis?“

„Du hast doch das Leuchten gesehen am Ende des Tunnels“, antwortete Gudrun nicht auf die Frage.

„Ja. Was ist dort?“, bohrte Mia nach.

„Dort haust es, das Ungeheuer dieser Insel. Und von dort führen mehrere Gänge weiter, aber nur einer bringt dich hinüber aufs Festland. Du kannst gerne dein Glück versuchen. Er wird dir nichts antun. Aber er verlangt einen hohen Preis dafür, dass er dir den richtigen Gang zeigt und glaub mir, dieser Preis ist es nicht wert. Das Leben hier ist manchmal nicht leicht. Aber es ist zumindest frei von den Bevormundungen durch Väter, Brüder und Ehemänner und auch frei von den Belästigungen durch all die anderen Kerle. Keine von uns wusste, wie befreiend es ohne das alles ist, bevor sie nicht ein paar Wochen hier war.“ Gudrun lächelte wissend.

„Dort, wo ich herkomme, gibt es diese Bevormundung nicht.“

„Red dir das gerne ein“, sagte Gudrun. „Das haben viele geglaubt. Aber erst die Erfahrung hier hat sie klug gemacht.“

„Ich muss mir nichts einreden. Ich muss nur einen Weg finden, meine Inseln zu retten. Und das kann ich nicht, wenn ich hierbleibe." Vielleicht würde sie einiges lernen und erfahren, wie es in der Welt, die sie noch nicht gut kannte, zuging, wenn sie blieb. Etwas, das ihr Vater ihr nicht beibringen konnte, aber dafür hatte sie nicht die Zeit.

„Es ist alleine deine Wahl. Aber vielleicht wartest du ein paar Wochen. Dann wirst du zu schätzen wissen, was du hier hast", versuchte Gudrun sie zu überreden.

„Warum machst du dir die Mühe, es mir auszureden, wenn du doch sicher bist, dass auch mir der Preis viel zu hoch sein wird?", fragte Mia

Gudrun überlegte einen Augenblick, bevor sie sich entschloss zu antworten.

„Ich habe hier viele junge Frauen kommen sehen", sagte sie. „Und so unterschiedlich sie auch waren und noch sind, eines hatten sie alle gemeinsam: Sie alle waren zutiefst verängstigt und unsicher. Das erkenne ich beides nicht in dir. Und deshalb fürchte ich, dass du diejenige bist, die bereit ist den Preis zu bezahlen, in der Hoffnung am Ende doch irgendwie darum herumzukommen. Ich bin mir sehr sicher, dass dies für dich nur Unglück bedeuten würde."

Mia schüttelte den Kopf. Auch wenn Gudruns Sorge aufrichtig gemeint war, glaubte sie dahinter doch mehr die Angst zu erkennen, dass ihr Fortgehen diese ganze Gesellschaft langsam zum Einstürzen bringen könnte. Nicht zum ersten Mal, seit sie aufgebrochen war, musste sie an ihre Eltern, Geschwister und Freunde denken und jetzt auch noch an Gerda. „Das größere Unglück wäre es, es nicht zu versuchen", sagte sie sich wieder hinsetzend und diesmal Gudrun auffordernd, es ihr gleichzutun.

„Los geht's!", verkündete Pavarotti den erstaunten Hagen und Mikkel. Er war aufgewacht, ohne dass die beiden es bemerkt hatten.

„Schön, dass du wieder wach bist", freute sich Hagen und stand auf. Er hatte mit Mikkel am Bach gesessen und sie hatten auf das Ende des Tages gewartet.

„Ja", sagte Pavarotti knapp. „Packt euren Kram zusammen."

„Sollen wir nicht erstmal….?"

„Nein. Wir können unterwegs reden." Sagte Pavarotti eindringlich.

„Aber wo….?" Hagen hatte sich keine Gedanken darüber gemacht, was sie unternehmen sollten, wenn der Troll wieder wach war und fühlte sich von dessen Entschlusskraft übertölpelt.

Mikkel konnte sich ein leicht hämisches Grinsen nicht verkneifen und begann das bisschen, von dem er glaubte, es noch brauchen zu können, in seinem Tornister zu verstauen.

„Zur Königin, wohin sonst", sagte Pavarotti. „Und jetzt tu nicht so, als ob wir nicht darüber gesprochen hätten." Er lief los, ohne einen weiteren Einwand abzuwarten.

Tag 31
Auf einer anderen Insel

„Die kommt wieder“, war sich Helga sicher.

Die Frauen standen im Gang und schauten Mia hinterher, die auf das Leuchten zulief.

„Da bin ich mir nicht so sicher“, erwiderte Gudrun.

„Du glaubst doch nicht etwa…?“ Es war unvorstellbar, dass es eine geben konnte, die auf die Forderungen des Ungeheuers eingehen würde.

„Nein, das nicht. Aber ihr traue ich es zu, ihn zu überlisten.“ Gudrun drehte sich um, um die Höhle zu verlassen. Seit dem vorigen Abend spürte sie mehr denn je die Enge, die sie auch hier umgab.

„Dann hättest du sie aufhalten müssen“, schimpfte Helga und hielt sie an der Schulter fest. „Was ist, wenn sie unser Geheimnis verrät?“

„Das wird sie nicht.“ Gudrun legte ihre Hand beruhigend auf die auf ihrer Schulter liegende Hand und streichelte sie sanft. „Jedenfalls dann nicht, wenn es stimmt, woher sie behauptet zu sein.“

Mia und Gudrun hatten sich noch lange miteinander unterhalten und letztlich hatte Gudrun erkennen müssen, dass Mia diesen Weg gehen musste. „Ich erzähle es euch später“, sagte sie müde.

„Und du vertraust ihr?“, fragte Helga misstrauisch, ohne ihren Griff von Gudruns Schulter zu lösen. Bisher war Gudrun ein Fels der Gewissheit gewesen und hatte alle anderen stets darin bestärkt, dass es für sie alle fatale Folgen hätte, wenn auch nur eine die Insel wieder verlassen würde.

„Entweder es stimmt, was sie sagt, oder sie ist die überzeugendste Lügnerin, die es jemals gegeben hat“, sagte Gudrun. „Und lass mich jetzt bitte los“, forderte sie.

„Aber was ist, wenn das Zweite stimmt? Und was soll das Erste bedeuten?“, ging Helga nicht auf Gudruns Aufforderung ein, sondern verstärkte noch ihren Griff. Sie fürchtete mehr als alle anderen, dass sich ihr Leben wieder verändern würde müssen.

„Wie es auch sei“, versuchte Gudrun zu beruhigen. „Sie hat keinen Grund uns zu verraten. Macht euch keine Sorgen. Wenn es ihr gelingt, ihre Angelegenheiten zu regeln, wird es am Ende vielleicht auch zu unserem Vorteil sein.“

„Was macht dich so sicher?“, blieb Helga skeptisch. „Und warum sagst du uns nicht, was du weißt?“

Gudrun sah Helga lange und tief in die Augen. Sie umfasste ihren Kopf und zog ihn ganz nahe zu sich heran. „Weil ich dieselbe Angst habe wie du“, flüsterte sie.

Der Weg bis zum Leuchten war weiter, als es anfangs den Anschein machte. Mia wandte sich mehrfach um. Zuerst konnte sie noch die Umrisse der Frauen erkennen, die von dem Tageslicht, welches durch den Höhleneingang einfiel, angestrahlt wurden, dann war nur noch ein fahles Licht am Ende des Tunnels auszumachen und schließlich in diese Richtung die absolute Finsternis.

Und sie hatte eine lange Weile nicht das Gefühl, dem Leuchten näherzukommen. Aber dann wurde es doch größer und heller und der Gang breiter und ein großer Höhlenraum eröffnete sich vor ihr. In den Wänden steckten eine Vielzahl Fackeln und in der Mitte loderte ein großes Feuer, auf dem ein schmutziger Kessel stand. Dies also war der Ursprung des Leuchtens.

An der ihr gegenüberliegenden Seite war eine große Zahl Öffnungen zu erkennen, die weiter in die Erde hineinführten. Eine von diesen würde also aufs Festland führen, wenn es stimmte, was Gudrun ihr erzählt hatte.

Überall auf dem Boden lagen unterschiedliche Werkzeuge verteilt: Hämmer, Hacken und Schaufeln. An einer der Wände befand sich eine grob gezimmerte Pritsche mit einer verdreckten Decke. Es roch nach Schweiß und allen sonstigen Ausdünstungen, die ein Körper von sich geben konnte. Neben dem Feuer kauerte eine magere Gestalt in zerschlissener Kleidung und mit schütterem Haar. Sollte das etwa das Ungeheuer sein?

„Sei gegrüßt“, sagte Mia freundlich und zaghaft zugleich.

Die Gestalt hob den Kopf und sah sie mit leeren Augen an.

„Welches ist der Weg nach draußen und was ist der Preis es zu erfahren?“, fragte sie ohne Umschweife, hielt aber vorsichtshalber ausreichend Abstand, um sich wieder in den Tunnel flüchten zu können, falls das Ungeheuer, welches eigentlich keinen gefährlichen Eindruck vermittelte, doch zu einem solchen werden würde.

Die Gestalt brabbelte Unverständliches und ein dicker Speichelfaden lief aus ihrem Mundwinkel über die Wange. Nichts deutete darauf hin, dass dieses elende Geschöpf zu einer anderen Reaktion fähig wäre. Es war ein armseliger Anblick.

Du hättest mir ruhig sagen können, dass es unmöglich ist, eine Antwort zu erhalten, Gudrun, dachte Mia enttäuscht. Wenn dieses Lebewesen wirklich einmal unerfüllbare Forderungen gestellt hatte, musste das lange her sein und sich in der Zeit einiges ereignet haben. Mia sah sich um. Es war nicht erkennbar, welcher der vielen Gänge möglicherweise von der Insel herunterführte. Es würde viel Glück und Geduld brauchen, den Richtigen zu finden.

„Ha, ist es mal wieder so weit“, tönte es unfreundlich aus einer der Öffnungen. „Mit dem Trottel da brauchst du gar nicht versuchen zu reden.“ Ein kleiner, muskelbepackter Mann mit verfilzten Haaren und einem Bart, der ihm fast bis zu den Knien reichte, trat hervor. In der einen Hand hielt er eine Spitzhacke, in der anderen einen Spaten. „Ich nehme an, du suchst mich“, maulte er unfreundlich.

„Das kommt darauf an, wer du bist“, antwortete Mia, nachdem sie den ersten Schreck überwunden hatte.

„Wer sollte ich denn sein, deiner Meinung nach?“, brummte er unwirsch und warf Hacke und Spaten achtlos auf den Boden.

„Ich suche denjenigen, der mir sagen kann, welcher Weg fort von dieser Insel führt.“ Mia wich einen Schritt weiter zurück in Richtung des ihr bekannten Tunnels. Der Neuankömmling wirkte doch um einiges gefährlicher als die armselige, sabbernde Figur.

„Das sollte dann wohl tatsächlich ich sein“, sagte er selbstgefällig und nahm einen angeschlagenen Becher vom Boden, schöpfte sich damit etwas graue, breiige Flüssigkeit aus dem Kessel, um sie laut schlürfend zu trinken.

„Und, würdest du mir den Weg zeigen?“, fragte sie wissend, dass er das Geheimnis nicht so schnell preisgeben würde.
„Ja sicher“, sagte er schmatzend. „Aber nur, weil du so ein bezauberndes Mädchen bist“, säuselte er gleich darauf und wischte sich durch den Bart, der nicht nur von dem gerade aus seinen Mundwinkeln herauslaufenden Brei verklebt war.
„Danke. Du bist viel freundlicher, als ich es erwartet habe.“ Sie glaubte nicht, dass es so einfach war, aber versuchte ihm trotzdem oder gerade deshalb ein gewinnendes Lächeln zu schenken. Oder auch, weil sie sich ein Monster sehr viel anders vorgestellt hatte und nicht glauben wollte, dass er ein solches sein könnte.
„Bist du denn völlig bescheuert?“, brüllte er unvermittelt. „Ich werde es dir natürlich nicht verraten.“ Das Wenige seines Kopfes, das zwischen all den Haaren zu sehen war, lief wutentbrannt rot an.
Mia lachte unwillkürlich auf.
„Was ist denn daran so lustig?“, fragte er grimmig und warf den Becher gegen die Höhlenwand, wo er zerbarst.
„Es ist nicht lustig“, versuchte sie ihn zu beschwichtigen. „Mir ist nur von einem Ungeheuer berichtet worden, das hier unten haust. Aber hier bist nur du und dieser komische Kerl da.“ Sie zeigte auf die dürre Gestalt. „Und ihr wirkt beide nicht sonderlich gefährlich.“ Dass es sein krebsroter Anblick war, der sie amüsierte, verschwieg sie geflissentlich.
„Den da kannste gleich mal vergessen“, sagte der Zwerg in abfälliger Beruhigung. „Mit dem hab ich nämlich gar nichts zu schaffen. Der ist vor Jahren hier gestrandet, weil er meinte, Drachen jagen zu müssen. Dann ist er ständig durch meine Gänge gerannt und hat dabei den Verstand verloren. Das letzte Verständliche, was er von sich gegeben hat, war, dass er der Gemahl der Königin sei und ich sie doch unterrichten solle, dass er hier ist. Also wenn das der Prinzgemahl ist, dann steht es wirklich schlecht ums Königreich.“

„Und wer bist du?“, fragte Mia mit ehrlichem Interesse. Angst, erkannte sie, musste sie nicht haben, auch wenn er mutmaßlich nicht ganz harmlos war.

„Das fragst du doch bloß, um abzulenken?“, brummte er, strich sich durch den Bart und griff nach einer auf der Erde liegenden Schaufel.

„Wovon abzulenken?“

„Von dem Preis, den es dich kostet, von hier fortzukommen.“ Er ließ die Schaufel fallen, nahm eine Hacke und betrachtete sie eingehend.

„Ach es gibt einen Preis?“, fragte Mia mit gespielter Überraschung.

„Als wenn du das nicht wüsstest“, antwortete er gelangweilt.

„Ja, du hast recht“, gab sie zu. „Ich habe davon gehört. Also, was ist dein Preis?“

Er ließ die Hacke sinken und grinste sie breit an. „Du musst mich heiraten!“ Er streckte seine Zunge heraus und griff sich mit der freien Hand in den Schritt.

„Ich muss dich heiraten?“, zeigte sie sich von seiner Geste unbeeindruckt. „Warum?“

„Wie, warum?“ Er kniff den Mund zusammen und begann sich am Oberschenkel zu kratzen. Die Frage hatte ihm noch keine gestellt. Sie waren immer sofort und entsetzt fortgelaufen.

„Warum willst du mich heiraten?“, fragte sie ihn. „Du kennst mich doch gar nicht.“

„Darum geht es doch gar nicht beim Heiraten.“ Mit einem kräftigen Hieb wuchtete er die Hacke in die Erde und wischte seine Hände an seiner speckigen Hose ab.

„Worum geht es denn beim Heiraten?“, fragte sie mit aufrichtiger Neugier. Sie wusste wohl, dass es für viele Menschen das Höchste war, verheiratet zu sein, den Sinn dahinter hatte sie jedoch bisher noch nicht entschlüsseln können.

„Darum verheiratet zu sein", erwiderte er mit Unverständnis. „Worum denn sonst?"

„Aber warum willst du denn unbedingt verheiratet sein?" Tatsächlich interessierte sie sich gerade mehr dafür, als dafür, einen Weg von der Insel zu finden.

„Weil…."

„Weil?"

„Weil…."

„Weil?"

„Das geht dich überhaupt nichts an", maulte er.

„Schade. Dann kann ich dich nicht heiraten. Ich muss schon wissen, warum." Der Gedanke, einen Weg von hier fortzufinden, hatte sich zurückgemeldet.

Er kniff die Augen argwöhnisch zusammen. „Du würdest mich doch sowieso nicht heiraten, da bist du doch genauso wie alle anderen."

„Mag sein", sagte sie, „aber vielleicht auch nicht. Du willst heiraten und ich will von dieser Insel fort. Aber du zeigst mir nicht den richtigen Weg, wenn ich dich nicht heirate. Aber wenn ich das tue, möchte ich wenigstens wissen warum."

„Du willst also wirklich wissen, warum?" Er kratzte seinen Bart.

„Ja", antwortete sie unverblümt.

„Also gut", sagte er und setzte sich auf die Erde. „Ich werde es dir erzählen."

Unaufgefordert setzte sie sich ihm gegenüber.

„Ich habe sechs Brüder. Wir lebten gemeinsam glücklich und zufrieden in einem kleinen abgelegenen Häuschen im Wald. Wir hatten ein kleines Bergwerk und einen kleinen Garten, in dem wir Obst und Gemüse zogen. Ab und zu gingen wir auf die Jagd. Es war alles gut so, wie es war. Bis wir eines Abends aus unserem Bergwerk kamen und vor unserem Haus eine junge, unbeschreiblich schöne Frau saß."

„Wonach habt ihr denn in eurem Bergwerk gegraben?", unterbrach sie ihn.
„Nach Schätzen, wonach sonst?", sagte er etwas ungehalten. „Aber darum geht es doch gar nicht", belehrte er. „Warum willst du das denn wissen?"
„Na ich muss doch wissen, mit wem ich es zu tun habe und warum er macht, was er macht, bevor ich ihn heirate." Sie schenkte ihm ein sanftes Lächeln.
„Wieso das denn?", fragte er voller Unverständnis. Darum ging es doch wirklich nicht bei einer Ehe.
„Weil…, ach, das sage ich dir vielleicht später. Erzähl einfach weiter."
„Du versuchst schon jetzt mich zu überrumpeln", sagte er argwöhnisch.
„Wie sollte das denn gehen? Du erzählst doch nur deine Geschichte", beruhigte sie ihn. „Und außerdem bin ich mir sicher, dass du viel zu klug bist, als dass ich dich überrumpeln könnte."
„Allerdings", stellte er selbstzufrieden fest. „Wie gesagt", fuhr er gleich darauf fort. „Da saß diese wunderschöne, junge Frau und wir sieben waren sehr erstaunt. Denn wir bekamen nicht oft Besuch und wenn dann meist von einer alten Marktfrau, die zum Handeln kam."
„Diese alten Marktfrauen können ganz schön lästig sein, nicht wahr?", stoppte sie wieder seinen Redefluss.
„Da sagst du was. Die wollen einem, immerzu unnützes Zeug andrehen", sagte er und zupfte an seinen Bartspitzen.
„Und die junge Frau wollte euch auch etwas verkaufen?"
„Nein. Viel schlimmer. Sie wollte bleiben. Sie behauptete, ihre Stiefmutter würde sie hassen und trachte ihr nach dem Leben und sie bat uns, sie bei uns aufzunehmen, da die Stiefmutter sich bestimmt nicht so tief in den Wald wagen würde." Er schnaubte verächtlich. Schon damals hatte er diese Geschichte nicht geglaubt.

„Und ihr habt sie bei euch wohnen lassen?“

„Ja leider“, sagte er zutiefst zerknirscht.

„Hättet ihr das mal lieber nicht getan, oder? Diese jungen hübschen Frauen bedeuten doch immer Ärger.“ Die Erfahrungen der letzten Tage hatten sie gelehrt, dass es anders nicht sein konnte. Meistens nur war der Ärger für die Frauen deutlich größer als für die Kerle, die meinten diesen zu haben. Eigentlich hätte sie ihm das ins Gesicht brüllen wollen, aber sie wusste, dass ihr nichts anderes blieb, als ihm zumindest ein wenig zu schmeicheln, wenn sie von dieser Insel herunterkommen wollte.

„Ganz genau! Aber woher sollten wir das wissen? Wir waren sieben junge Zwerge und die einzigen Frauen, die wir kennengelernt hatten, waren unsere Mutter, die schon lange unter der Erde lag, und die alte Marktfrau.“ Er stand auf, ging zum Kessel, schöpfte wieder etwas von der breiigen Flüssigkeit in eine schmutzige Schale, die neben dem Kessel im Dreck gelegen hatte und schlürfte sie geräuschvoll aus. „Verzeih, meine Kehle ist etwas staubig. Wenn du auch etwas magst, dann sag einfach Bescheid.“

„Was ist das?“, fragte sie, um nicht unhöflich zu sein.

„Pilzsuppe mit ausgekochten Höhlenwürmern. Schmeckt gut“, sagte er schmatzend.

„Danke, vielleicht später. Erzähl weiter.“

„Also, wir hatten Mitleid mit ihr. Ihre Mutter war bei ihrer Geburt gestorben und ihr Vater hatte eine neue Frau genommen. Die ersten Jahre waren auch noch ganz gut, doch dann starb auch noch ihr Vater. Danach wurde die Stiefmutter immer gemeiner zu ihr und jagte sie schließlich fort.“

„Wie war ihr Name?“, unterbrach sie ihn.

„Ihr Name? Hmmm. Irgendwas wie Schneeflöckchen oder Schneeglöckchen. Der ist aber überhaupt nicht wichtig“, murmelte er und versuchte sich vergeblich zu erinnern.

„Wie heißt du eigentlich?“, fragte sie, wohl wissend, dass das ständige Dazwischenreden ihn ärgern würde. Auch wenn sie sich eingestand, dass es durchaus garstig war, konnte sie eine gewisse Freude daran doch nicht verhehlen. Und er war kein freundlicher Mann, den man mit Nettigkeiten bezirzen konnte.

„Willst du mir jetzt immerzu unnütze Fragen stellen, oder soll ich dir die Geschichte erzählen?“, fragte er gereizt.

„Es tut mir leid. Erzähl bitte weiter. Ich werde versuchen, dich nicht mehr zu unterbrechen“, schmunzelte sie.

„Wie großzügig von dir“, sagte er höhnisch. „Wenn wir erst verheiratet sind, wirst du dir diese Fragerei abgewöhnen müssen“, bemerkte er gleich darauf entschlossen.

„Wenn“, sagte sie mit einem schwer zu deutenden Lächeln. „Vorher muss ich wissen, warum?“

„Das versuche ich dir ja die ganze Zeit zu erzählen, aber du lässt mich ja nicht ausreden.“ Er schnaubte und spuckte geräuschvoll aus.

„Wie gesagt, ich werde versuchen, es nicht mehr zu tun“, entschuldigte sie sich halbherzig.

„Also gut. Wo war ich stehengeblieben?“, fuhr er fort.

„Bei deinem Namen“, erinnerte sie ihn.

„Der spielt doch gar keine Rolle.“

„Wenn ich dich heiraten soll, schon.“

„Falls ich dich heiraten sollte, wirst du ihn auch noch erfahren.“

„Versprochen?“, fragte sie, so treuherzig lächelnd, wie es ihr möglich war.

„Ja, ja“, brummte er und winkte ab. Sie sollte sich ja nicht einbilden, dass sie ihn mit ihren strahlenden Augen und zuckersüßem Schmollmund einwickeln könnte.

„Vorher hast du überlegt, wie sie hieß“, brachte sie ihn zu seiner Erzählung zurück. Froh darüber, dass er eher genervt von ihrem albernen Getue war, als dass er daraus voreilige Schlüsse zog.

„Stimmt. Schneeröckchen oder Schneewölkchen, jedenfalls irgendwas mit Schnee. Sie tat uns leid, zumindest ein kleines bisschen, aber eigentlich nicht genug, um sie bei uns wohnen zu lassen, aber sie bot an, für uns zu kochen und zu putzen. Das Putzen war uns nicht so wichtig, aber jeden Abend, wenn wir aus dem Bergwerk kommen, eine warme Mahlzeit auf dem Tisch vorzufinden, war dann doch zu verlockend.

Also haben wir sie bei uns aufgenommen. Und die erste Zeit war auch wirklich sehr, sehr gut. Aber leider war sie ziemlich verrückt. Ständig sprach sie über ihre böse Stiefmutter und dass diese immer noch versucht sie zu ermorden. Das hat uns aber ziemlich lange ziemlich wenig gekümmert. Das Haus war sauber und das Essen war wirklich lecker. Hätte so bleiben können. Aber dann hat der kleine Willi angefangen Blumen zu pflücken. So etwas machen Zwerge eigentlich nicht.

Wir haben ihn gefragt, was das soll, und er sagte, die wären für Schneedingsbums. Wir haben ihn ganz schön ausgelacht dafür. Aber sie hat ihn danach anders angesehen und ihm immer wieder heimlich zugezwinkert. Und dann wollte auch der große Willi von ihr zugezwinkert werden und hat noch mehr Blumen gepflückt. Irgendwann haben wir alle Blumen für sie gepflückt und unsere Arbeit im Bergwerk sehr vernachlässigt.

Von da an wurde sie auch noch wunderlicher und entwickelte einen wahren Verfolgungswahn. So kaufte sie der alten Marktfrau einen Kamm ab. Dessen Zinken waren aber viel zu dünn und standen viel zu eng zusammen für ihr langes kräftiges Haar. Trotzdem versuchte sie sich damit zu kämmen, aber er verhakte sich und sie bekam ihn nicht mehr heraus. Davon bekam sie so irrsinnige Kopfschmerzen, dass sie sich ins Bett legte und in einen fiebernden Halbschlaf fiel. Als wir sie fanden, hat es uns wirklich viel Mühe gekostet, sie von dem Kamm zu befreien, ohne ihre Haare abzuschneiden. Aber wir haben es geschafft und danach machte sie jedem von uns schöne Augen.

Und Kuno fing an sein Bett selber zu machen, weil er meinte, Schneehäschen sollte nicht zu viel arbeiten. Irgendwann putzen alle meine Brüder und Schneeblümchen hatte kaum noch etwas zu tun. So konnte das nicht weitergehen. Wir kamen ja kaum noch dazu, im Bergwerk zu graben. Also haben wir beschlossen, dass einer von uns sie heiraten müsste."

„Wieso das?", fragte sie verblüfft. Zwerge schienen auf noch sonderbarere Einfälle zu verfallen als Menschen.

„Was ist das denn für eine dusselige Frage? Jeder von uns wollte sie für sich haben. Und wenn sie einen von uns geheiratet hätte, könnte sie sich wieder um den Haushalt kümmern und wir wieder beruhigt unserer Arbeit nachgehen, da niemand von den anderen mehr um sie werben würde."

„Ihr wolltet also eure Putzfrau und Köchin wieder haben."

„Du sagst das so, als wäre das was Schlechtes", fuhr er sie an. „Sie hätte immerhin auch mit einem von uns das Lager teilen dürfen."

„Ich nehme an, sie war sehr erpicht darauf", konnte sich Mia ihren Hohn nicht verkneifen.

„Komischerweise nicht", bemerkte er diesen nicht. „Als wir sie fragten, wen von uns sie heiraten will, kicherte sie bloß und meinte dann, dass sie sich bei der Auswahl schwerlich entscheiden kann. Also haben wir alle versucht uns immer mehr gegenseitig zu übertrumpfen.

Und sie wurde immer verrückter. Sie kaufte bei der Marktfrau einen Gürtel, den sie sich so eng um die Hüfte schnürte, dass ihr die Luft wegblieb und sie in Ohnmacht fiel. Als wir sie davon befreiten, behauptete sie, dass ihre Stiefmutter sie mit dem Gürtel ersticken wollte. Ich glaube, sie war so besessen von ihrer schmalen Hüfte, dass sie es nicht ertragen konnte, dass der Gürtel enger zu schnallen ging als es ihr Körper erlaubte."

„Aber ihr wolltet sie trotzdem alle heiraten?“ Das ergab für Mia nun gar keinen Sinn mehr.

„Ja natürlich“, antwortete er, als wäre diese Frage eine unverständliche Frechheit. „Für uns Zwerge ist es nicht so leicht, eine Frau zu finden. Wir können nicht sehr wählerisch sein.“

„Habt ihr schon einmal darüber nachgedacht, woran das liegen könnte?“

„Die Frauen wissen einfach die Vorzüge von uns Zwergen nicht zu schätzen.“

„Ah ja.“ Keineswegs wollte sie etwas über die zwergischen Vorzüge erfahren. „Gibt es denn keine Zwergenfrauen?“, fragte sie stattdessen.

„Woher soll ich das denn wissen?“ Er hatte außer seiner Mutter keine kennengelernt. Er kannte überhaupt keine Zwerge außer sich und seinen Brüdern. „Sonst noch was?“, meckerte er übellaunig, nicht nur wegen der erneuten Fragerei, sondern auch aus Verdrossenheit, die ihn bei der Erinnerung überkam.

„Nichts, Erzähl weiter.“

„Wir fingen an, uns immer mehr zu streiten, weil jeder jedem die Schuld daran gab, dass sie sich nicht entscheiden konnte. Irgendwann redeten wir kaum noch miteinander. Und dann kaufte sie endlich mal etwas Vernünftiges von der alten Marktfrau, einen Korb köstlicher Äpfel.

Wir saßen in feindseligem Schweigen vor unserem Haus und jeder kaute an einem der Äpfel, als wir Besuch bekamen. Im Grunde genommen keinen wirklichen Besuch, denn er war auf der Durchreise von irgendwo nach irgendwoanders.

So ein großer Schönling mit rasierten Wangen und vornehmen Kleidern. Als sie ihn sah, begann sie zu husten und verschluckte sich an ihrem Apfel. Sie röchelte und lief blau an im Gesicht. Irgendwie sah das lustig aus. Das schien der Schönling aber nicht zu finden, denn er trat hinter sie, legte seine Arme um ihren Brustkorb und drückte kräftig zu. Wir dachten, er würde sie erdrücken wollen, aber sie spuckte in hohen Bogen den Apfel aus, der den kleinen Willi im Gesicht traf. Auch das war eigentlich lustig. Aber nicht das, was danach geschah.

Sie klammerte sich richtig an ihn und sagte immer wieder: Du hast mich gerettet, du bist mein Retter.

Und er sagte so etwas wie: Das habe ich doch gerne getan. Wenn du mit mir kommst, werde ich dich immer wieder retten.

Sie hatte es dann sehr eilig mit ihm zu gehen und sich immer wieder von ihm retten zu lassen."

„Und dann? Habt ihr Brüder euch dann wieder vertragen?"

„Nein, überhaupt nicht. Es wurde noch viel schlimmer. Denn jetzt gab jeder jedem die Schuld dafür, dass sie mit dem Erstbesten fortgegangen war.

Wir haben sogar angefangen uns zu prügeln. Ich habe dabei zwei Zähne verloren, Kuno ein halbes Ohr, der kleine Willi hat sich die Hand gebrochen, Berti kann nur noch mit einem Auge sehen, Hubi hat ein steifes Bein, der große Willi hat nur noch einen halben Bart, weil der kleine Willi ihm die andere Hälfte ausgerissen hat und Benis Nase ist jetzt dreimal so breit wie sie ursprünglich war."

„Und dann?" Bei so viel Dummheit war es ihr fast unmöglich, kein Mitleid zu haben.

„Als wir zu schwach waren, uns weiter zu prügeln, haben wir beschlossen, dass es so nicht weitergehen kann. Wir konnten uns mit Mühe darauf einigen, dass alle unser Haus verlassen und erst dann wieder zurückkommen, wenn sie entweder eine Frau gefunden oder zu Reichtum gelangt sind, am besten beides. Ich bin eine Weile ziellos umhergelaufen und habe irgendwann angefangen zu graben. Ich bin ein Zwerg. In der Erde graben ist meine Bestimmung. Ich habe immer weiter gegraben und bin schließlich hier angekommen."

„Und seitdem sitzt du hier und wartest darauf, dass entweder eine Frau oder Reichtum zu dir kommen?" Das war wirklich das Bekloppteste, was sie jemals gehört hatte.

„Oh nein“, verteidigte er sich. „Ich wäre hier schon längst wieder weg, wenn nicht kurz nach mir noch jemand anderes auf dieser Insel gestrandet wäre. Ich war gerade mit dem Gang nach draußen fertig, der durch den du gekommen bist, hatte hier eine Feuerstelle angelegt und begonnen diesen Raum hier zu vergrößern, er war doch um einiges kleiner damals.

Ich habe mir dabei oft den Kopf gestoßen, musst du wissen, ich hab oft gejammert und gebrüllt vor Schmerzen. Es war mir furchtbar peinlich, bin ich doch ein Zwerg, dem solches beim Graben nicht passieren sollte“, gestand er. „Aber etwas ist hier anders als woanders“, sagte er zu seiner Verteidigung. „Und ich hatte nichts Wertvolles gefunden und wollte schon weiterziehen.

Aber dieser Kerl, der da kam, er war ein Lügner, Betrüger und Hochstapler, das habe ich gleich erkannt, hatte eine Idee, die nur allzu verlockend war. Ich sollte hier ab und an ein großes Feuer entzünden, sodass Rauch aus der Öffnung da oben aufstieg und so laut es eben ging brüllen.

Er würde nach Wiolan gehen und dort berichten, dass er auf dieser Insel hier Schiffbruch erlitten hätte, auf der sich ein Ungeheuer eingenistet hat, das reiche Opfergaben forderte, damit es die Handelsschiffe nicht versenkte. Wir wären beide reich geworden.

Aber leider ist dieser Plan so gar nicht aufgegangen. Zum einen brauchte er doch ziemlich lange, bis er in der Stadt Gehör fand und als er es endlich geschafft hatte, begriffen diese Deppen einfach nicht, dass wir Gold wollten, sondern sie schickten uns ihre Töchter. Wenn du mich fragst, lässt das auf einen ziemlich miesen Charakter der Leute dort schließen. Die eigenen Kinder einem Ungeheuer zu opfern, also wirklich!“, sagte er mit aufrichtiger Empörung.

„Genaugenommen waren es ja nicht ihre Kinder, sondern junge Frauen, die sie aus anderen Städten und Dörfern entführt hatten.“

„Und das macht es besser?“

„Nein, eigentlich nicht.“ Sie hatte sich nur bemüßigt gefühlt, die Tatsachen richtigzustellen, die es im Grunde sogar schlimmer machten. „Aber du bist doch auch nicht besser.“

„Das sehe ich aber anders.“ Er stand auf, streckte sein Kinn hervor und stemmte seine Hände in die Hüften.

„Du wolltest die Leute dort betrügen und hast den Frauen den Weg zurück nicht gezeigt“, sagte sie von seinem Verhalten unbeeindruckt.

„Also, wer nicht davor zurückschreckt, seine Kinder oder die von anderen zu opfern, hat es auch nicht besser verdient. Und jede hier hätte ja gehen können, sie hätte mich nur heiraten müssen oder einen der Gänge ausprobieren. Wäre ihnen vielleicht nicht so gut bekommen, wenn man sich den da anschaut“, er zeigte auf den verlotterten Prinzen. „Aber die scheinen sich hier ja ganz wohlzufühlen“, verteidigte er sich.

„Vielleicht ist es ja nicht sehr verlockend, deine Frau zu werden“, gab sie zu bedenken.

„Was erwarten die denn? Ich bin nicht schlechter als andere Männer. Vielleicht nicht so groß und ich bin auch kein Minnesänger oder Prinz auf einem weißen Ross, aber welcher Mann ist das schon, egal ob Zwerg, Mensch oder Riese?“, ereiferte er sich.

„Ist dir eigentlich schon aufgefallen, dass du deinem Ziel reich zu werden und eine Frau zu finden kein Stück näherkommst, solange du hierbleibst?“, lenkte sie ab.

„Da meine Brüder bestimmt auch nicht erfolgreicher sind, ist das nicht so schlimm. Und außerdem bekomme ich hier ja jedes Jahr eine neue Chance auf eine Frau.“ Er grinste sie selbstgefällig an. Zwerge konnten sehr alt werden und auch wenn man es ihm nicht ansah und es kaum glauben konnte, war er noch ein junger Zwerg. Er hatte Zeit. Viel Zeit.

„Das ist ganz schön erbärmlich.“ Auch wenn er ein wenig einnehmendes Wesen hatte, bedauerte sie ihn doch ein wenig.

„Du findest mich erbärmlich, ja?“, fragte er mit unterdrücktem Zorn und spuckte aus.

„Ich finde das, was du machst, erbärmlich“, versuchte sie ihn zu beruhigen. „Das ist ein Unterschied. Deshalb würde ich dich auch heiraten.“

„Du würdest mich heiraten?“, fragte er zweifelnd, nicht wissend, ob er seinem Zorn freien Lauf lassen oder sie lächerlich finden sollte. Sie hatte es zwar länger bei ihm ausgehalten, als alle anderen und sie schien auch klüger zu sein, aber genau das war es, was ihn skeptisch werden ließ. „Warum?“

„Weil ich nicht auf dieser Insel bleiben möchte“, sagte sie sachlich.

„Wieso nicht? Scheinbar ist das hier ja so eine Art Frauenparadies.“ Sein Unverständnis, dass es so etwas geben konnte, war nicht zu überhören.

„Ja, vielleicht. Für Frauen, die noch nicht wissen, wozu Männer gut sein können.“ Sie legte den Kopf schräg, fuhr sich mit der Hand durch die Haare und lächelte, was ihr alles andere als leicht fiel.

„Du meinst, du bist gar keine…“

„…Jungfrau? Nein, bin ich nicht.“

„Ich weiß nicht, ob mir das gefällt“, brummte er missbilligend. „Eine Frau sollte schon unberührt in eine Ehe gehen.“

„Ich fürchte, auf solch eine wirst du noch ziemlich lange warten müssen. Und wir müssen es ja niemandem sagen.“

„Aber ich wüsste es.“ Und der Gedanke störte ihn wirklich.

„Aber deine Brüder nicht. Und darum geht es dir doch, oder?“ Dass die Menschen mitunter komische Vorstellungen hatten, wie sich andere Menschen zu verhalten hatten, war ihr inzwischen nicht mehr fremd. Dass sich aber auch Zwerge diesen Normen unterwarfen, hatte sie nicht erwartet.

„Lass mich kurz nachdenken.“ Er begann in kleinen, dann immer größer werdenden Kreisen um das Feuer herumzulaufen und brabbelte dabei vor sich hin.

„Was ist jetzt?“, drängte sie ihn.

Er blieb stehen. „Ich weiß immer noch nicht, ob mir das gefällt.“ Was wusste er schon von ihr und ob sie nicht doch irgendwann herausposaunen würde, dass sie schon andere vor ihm hatte? Oder schlimmer noch, wieder andere haben wollte. Im schlimmsten Fall einen ihrer Brüder.

„Dann gehe ich halt wieder zu den anderen zurück. Du hast ja gesagt, das hier ist eine Art Frauenparadies.“ Sie stand auf und ging langsam auf den Gang zu, der aus der Höhle hinaus zurück auf die Insel führte.

„Halt warte!“, rief er, als sie ihn fast erreicht hatte. „Von mir aus ja. Aber du musst mir versprechen, dass niemand jemals erfährt, dass du bei unserer Hochzeit keine Jungfrau mehr warst.“ So nah wie jetzt war er noch nie an der Möglichkeit gewesen, eine Frau für sich zu gewinnen und er ahnte, dass eine solche so bald nicht wiederkommen würde. Und letztlich ging es ihm erst einmal darum, seine Brüder zu überflügeln. Alles andere sollte sich dann finden.

„Von mir erfährt niemand etwas.“ Sie blieb stehen und drehte sich zu ihm um.

„Gut, dann lass uns heiraten“, sagte er, wischte sich durch den Bart und hielt ihr seine Hand entgegen.

„Jetzt? Hier?“ Anders gelang es ihr nicht, seine Geste zu deuten.

„Natürlich“, sagte er mit inbrünstiger Überzeugung.

„So geht das aber nicht“, sagte sie mit ebensolcher. „Ich werde ohne meine Eltern nicht heiraten. Und außerdem gehört es sich, dass du sie erst darum bittest.“

Er lachte spöttisch auf. „Hältst du mich wirklich für so blöd? Sobald wir von hier fort sind, würdest du doch einen Grund nach dem anderen finden, unsere Hochzeit zu verschieben und am Ende würde es dein Vater verbieten. Nein! Wir heiraten hier und jetzt oder gar nicht.“ Wenn sie gedacht hat, mich so leicht auszutricksen, hat sie sich aber gewaltig geirrt, dachte er grimmig und hielt ihr weiterhin auffordernd seine Hand entgegen.

„Ja, du hast recht“, sagte sie zögerlich und trat auf ihn zu. „Du kannst nicht wissen, ob ich mein Wort halte. Aber ohne irgendeinen Zeugen kannst du auch nicht beweisen, dass wir verheiratet sind. Ich könnte immer das Gegenteil behaupten.“

„Wer würde schon einer Frau glauben?“, lachte er überheblich.

„Wer würde schon einem Zwerg glauben?“, erwiderte sie. „Ich stamme aus einer sehr angesehenen Familie. Niemand von ihnen würde glauben, dass ich dich geheiratet habe, wenn ich es nicht bestätige. Du brauchst jemanden, der uns vermählt und es bezeugt.“

„Ich weiß gar nicht, ob ich dich noch heiraten will“, sagte er nach einer längeren Pause und ließ seine Hand sinken. „Du bist eine ziemlich anstrengende Person.“ Und in der Tat war es ihm ein Graus, wenn er sich vorstellte, ein so rechthaberisches und neunmalkluges Weib bei sich zu wissen. Auch wenn seine Brüder vielleicht anfangs in Ehrfurcht vor ihm erstarren würden, würden sie sich wegen ihr doch bald über ihn lustig machen.

So kurz davor, bedauerte Mia. Fast hätte sie ihn so weit gehabt.

„Der Versuch war es wert“, sagte sie. „Aber du hast recht, ich hätte dich wirklich nicht geheiratet“, gestand sie. „Dann werden wir beide wohl noch eine Weile hierbleiben müssen.“

„Sieht ganz so aus“, antwortete er zufrieden, sie durchschaut zu haben.

„Aber weißt du, was uns dabei unterscheidet? Ich werde nicht allein sein und in einem Jahr gehen können, wenn es mir doch nicht gefällt. Aber du wirst allein sein. Und auch die Nächste, die kommt, wird dich nicht heiraten wollen.“

„Ich habe Zeit“, verkündete er, doch in seiner Stimme klang ein Hauch Bitterkeit mit.

„Es sei denn, einer deiner Brüder ist erfolgreicher als du.“ Was freilich schwer vorstellbar war, wenn sie ihm auch nur ein wenig ähnelten.

„Pfff, du kennst meine Brüder nicht“, bestätigte er ihre Gedanken.

„Aber ich weiß, wie du zumindest zu Reichtum kommen kannst.“ Ihr Blick streifte die jämmerliche Gestalt des vermeintlichen Gemahls der Königin.

„Du versuchst mich nur wieder reinzulegen.“

„Nein, diesmal nicht. Auch wenn ich dir nicht versprechen kann, dass es wirklich gelingt. Wenn du es wissen willst, dann weißt du ja, wo ich bin.“ Sie wandte sich um und ging dieses Mal schneller auf den Ausgang zu.

Seine Gedanken begannen zu rattern. „Wie?“ Die Aussicht auf Reichtum war dann doch zu verlockend für ihn.

„Und du würdest mir dann den richtigen Weg zeigen?“, fragte sie.

„Bestimmt“, sagte er. „Wenn es mir glaubhaft erscheint, was du mir sagst.“ Er konnte ein verschlagenes Grinsen nicht unterdrücken.

„Ich weiß, dass du das nicht machen würdest“, sagte sie wissend. „Aber um das zu bekommen, was ich weiß, bleibt dir nichts anderes übrig.“

„Dann lass hören und wir werden sehen“, forderte er sie nickend auf.

„Der da.“ Mia zeigte auf den Prinzen.

„Was ist mit dem?“, fragte er verständnislos.

„Wenn er wirklich der Gemahl der Königin ist, wird sie denjenigen, der ihn zurückbringt, gewiss reichlich belohnen“, versuchte sie überzeugend zu klingen, aber was wusste sie schon über die Königin und was die wollte? Immerhin zerstörte sie den Wald und den See, da war es gut möglich, dass ihr auch ihr Gatte herzlich egal war.

„Was? Das ist deine Idee? Glaubst du wirklich, sie will so jemanden wiederhaben?“ Er lachte herzlicher als er es jemals getan hatte. Die Vorstellung, dass sich die Königin über dieses verlotterte Wesen freuen könnte, war einfach nur köstlich. Niemand würde das.

„War nur so ein Gedanke. Könnte ja sein, dass es für eine Königin wichtig ist, einen Mann zu haben. Ich verstehe nicht viel davon, aber eine Frau ohne einen Mann scheint hier nicht so sehr viel zu gelten. Und vielleicht trifft das auch auf die Königin zu.“ Wobei sie ahnte, dass dies Unfug war.

„Eine Frau ohne Mann ist entweder Nonne oder Zofe oder Magd.“ Es dauerte etwas, bis sich die Belustigung legte und seine eigenen Gedanken in seinem Kopf ihre Wirkung entfalteten. „Du meinst also, die Königin braucht ihn, um ernst genommen zu werden?“, fragte er.

„Könnte zumindest sein“, blieb sie vage.

„Aber wie willst du mich zwingen, dir den Weg zu zeigen, wenn ich ihn zur Königin bringe?“, fragte er, seinen Entschluss schon gefasst zu haben. „Ha!“, stieß er herablassend hervor. Sie sollte sich ja nicht einbilden, ihn übervorteilen zu können.

„Ich warte einfach, bis du losgehst und lauf dir hinterher“, sagte sie ruhig.

„Ich bin froh, dass ich dich nicht geheiratet habe und der, der es einmal macht, tut mir jetzt schon leid“, sagte er mit aufrichtigem Bedauern für den armen Kerl, den dieses Schicksal treffen sollte. „Du benimmst dich überhaupt nicht, wie es eine Frau tun sollte.“

„Ich weiß, dass du das so nicht meinst, aber es ist ein Kompliment. Können wir dann mal los?“

Der Tunnel war dunkel, niedrig und es roch muffig. Der Zwerg lief voraus und beleuchtete den Weg mit einer Bergwerkslampe. Er war der Einzige, der aufrecht gehen konnte. Mia und der vermeintliche Gemahl, der nicht begriffen hatte, wohin sie gingen und warum, folgten in gebückter Haltung. An einigen Stellen waren Felsbrocken von der Tunneldecke herabgestürzt, an anderen Stellen tropfte Wasser in den Gang. „Es ist wirklich schon sehr lange her, dass ich hier gegraben habe“, stellte der Zwerg fest. „Viel später wären wir nicht mehr hier durchgekommen.“

Im Schloss

„Wie könnt Ihr diesen Wahnsinn nur zulassen?“, brachte Johannes wütend hervor. Sein Gesicht war ungesund rot und die Ader auf seiner Stirn war so stark angeschwollen, dass der Graf von Domus sich fragte, wann sie endlich platzen würde. „Königliche Audienzen?!“ Seine Stimme überschlug sich vor Erregung.

Graf von Domus lächelte. Johannes war ihm schon immer zuwider gewesen, aber er hatte es nie gewagt, ihm offen gegenüberzutreten, aus Angst die Gunst der Königin zu verlieren. Aber seit diese ein bisschen verrückt geworden zu sein schien und ihn zum Grafen ernannt hatte, welches er natürlich in keiner Weise mit ihrer Verrücktheit in Verbindung brachte, sondern einzig als Verdienst für seine langjährigen und gewissenhaften Dienste erachtete, hatte sich in ihm einiges verändert.

Er hatte wirklich das Gefühl noch einmal gewachsen zu sein. Er war sich mehr als jemals zuvor seiner Stellung bewusst. Er war der Haushofmeister der Königin und er war ein Graf. Und Johannes stand bis auf seinen Status als Berater weit unter ihm. Aber auch als Berater schien er allmählich ausgedient zu haben, denn schließlich hatte die Königin ihn, den Grafen um Rat gefragt und nicht Johannes.

„Sie ist die Königin“, sagte er gelassen. „Meine Aufgabe ist es, ihrem Willen zur Verwirklichung zu verhelfen.“

Johannes presste die Lippen aufeinander und die Ader auf seiner Stirn schwoll weiter an. „Ich hätte Euch etwas mehr politische Weitsicht zugetraut“, fauchte er.

Der Graf stand auf und läutete ein kleines Glöckchen, welches neben seinem Sessel auf einem kleinen Tischchen stand. Er hatte nicht nur zu einer neuen inneren Sicherheit gefunden, sondern es auch geschafft, sich sein Leben so angenehm wie möglich zu gestalten. Auch ohne, dass Therese, die Zofe der

Königin ihn bediente. Es gab andere, hübschere Mädchen, die sein Auge erfreuten. Eine von ihnen betrat kurz nach dem Läuten sein Gemach.

„Du kannst abräumen“, forderte er sie freundlich auf, ohne Johannes dabei vollends aus den Augen zu verlieren, dessen entsetzter Gesichtsausdruck, ob dieser Missachtung seiner Person, den Grafen zusätzlich befriedigte.

Das Mädchen lächelte und kam mit wogenden Hüften zu ihm herüber, um die Teekanne und die Tasse von dem Tischchen zu nehmen und beide auf einem silbernen Tablett fortzubringen. Der Graf beobachtete angetan ihren schwingenden Gang zurück zur Tür.

„Das wird nicht ohne Folgen bleiben“, schnaubte Johannes.

„Das hoffe ich doch sehr“, erwiderte der Graf, der sich über die gelungene Doppeldeutigkeit seiner Worte freute.

„Ihr seid Euch dessen, was diese Audienzen heraufbeschwören können, scheinbar in keiner Weise bewusst“, sagte Johannes. Vielleicht war dieser kleine Haushofmeister ja doch so einfältig, wie er immer glaubte. Schließlich hatte er in all den Jahren nicht mehr als eine Handvoll Sätze mit ihm gewechselt. Es hatte ihn nie gekümmert, was der dachte.

„Und was sollte das sein?“

„Ihr kennt die Königin so gut wie ich. Und im Vertrauen, von hundert Menschen, sind achtundneunzig klüger als sie. Und auch diese sind viel zu leicht zu beeinflussen. Was nicht weiter schlimm ist, denn deren Entscheidungen schaden meist nur ihnen selbst. Die Entscheidungen der Königin aber schaden allen. Und wenn zu diesen Audienzen nun jemand kommt, der ihr gefährliche Ideen einflüstert, werden Ihr und ich alle Hände voll zu tun haben, möglichen Schaden vom Land abzuwenden. Also überlegt Euch gut, ob ihr diesen Irrsinn nicht doch noch zu verhindern sucht.“

Der Graf ließ sich wieder in seinem Sessel nieder, schlug die Beine übereinander und verschränkte die Hände vor der Brust.

Johannes stand breitbeinig vor ihm und sah auf ihn herab. Das Gefühl der Herablassung kam in Johannes zu seinem Leidwesen aber nicht auf. Vielmehr fühlte er sich selbst herablassend behandelt.

„Die Vorstellung Audienzen abzuhalten, macht ihre Hoheit glücklich“, sagte der Graf langsam. „Und nichts anderes ist in meinem Sinn. Und ich denke, sie wird sich in heiklen Fragen zu beraten lassen wissen.“

„Ihr wollt also tatsächlich nichts dagegen unternehmen?“

„Nein, ich will und werde nicht.“ Der Graf griff nach dem Glöckchen. „Ich denke, wir sind dann hier auch fertig“, entließ er Johannes mit einem salbungsvollen Lächeln.

Tag 32
Irgendwo anders

„Au!“, schrie der Zwerg auf, als sie sich durch eine kleine Öffnung, die von dornigem Gestrüpp überwachsen war, ins Freie zwängten. Die vielen Jahre unter der Erde hatten seine Augen empfindlich werden lassen und das Tageslicht brannte schmerzhaft in ihnen. Und auch der verrückte Prinz kniff schnell die Augen zusammen und bedeckte sie mit seinen Händen.

Mia atmete erleichtert durch. Endlich raus. Vor ihnen lag eine sanfte, grünbewachsene Hügellandschaft und hinter ihnen türmte sich ein felsiger Berg auf. Wenige Schritte entfernt saß ein alter, schwarz gekleideter Mann mit langen grauen Haaren, die er zu einem strengen Zopf nach hinten gebunden hatte. Er lächelte erleichtert, als er die Ankömmlinge sah. Etwas abseits grasten zwei Pferde.

„Ich habe schon gefürchtet, ich muss doch noch durch diesen Tunnel krauchen“, rief er ihnen zu und stand auf.

„Wer bist du denn?“, grummelte der Zwerg und fasste den Prinzen am Handgelenk. „Das hier ist meiner“, stellte er entschieden klar.

„Der interessiert mich gar nicht“, sagte der Alte und zeigte auf Mia. „Ich bin wegen ihr hier.“

„Wegen mir?“ Mia hatte seit ihrem Aufbruch so viel Ungewöhnliches erlebt und dennoch versetzten sie neue Wendungen immer wieder in Erstaunen.

„Ja. Ich wollte dir etwas bringen.“ Er gab ihr einen Beutel, aus dem sie ihre alten Kleider herauszog. Also die, die sie von Hagens Tante bekommen hatte.

„Das verstehe ich nicht“, gab sie zu.

„Mit den besten Grüßen von Gerda“, sagte der Alte. „Ich denke, sie würde sich freuen, dich wiederzusehen.“

Mia betrachtete ihre Kleidung und versuchte ihren Gedankenknoten zu entwirren. „Woher? Wieso? Wer bist du?“

„Ihr könnt das hier ja ganz in Ruhe miteinander klären“, mischte sich der Zwerg ein. „Aber ich habe eine Belohnung abzuholen. Sag mir alter Mann, wo geht es zur Königsstadt?“

„Da hast du aber einen weiten Weg vor dir.“

„Danach habe ich dich nicht gefragt“, blaffte der Zwerg unfreundlich.

„Du musst nach Süden“, sagte Gernot gelassen. „Und hinter den Hügeln ein bisschen in östlicher Richtung. Am besten, du fragst dann noch einmal.“

„Wenn das nicht stimmt, komme ich zurück und schlage dir den Schädel ein.“ Der Zwerg ballte seine Faust und streckte sie Gernot übelgelaunt entgegen. Es dämmerte ihm, dass es eine aufwendigere Reise werden und dass es um einiges länger dauern würde, bis er wieder in der Erde graben könnte. „Und dir auch!“, unterließ er es nicht, Mia auch zu drohen.

„Falls du zurückkommen solltest, werden wir nicht mehr hier sein“, sagte Gernot gleichmütig.

„Ach, noch so ein Klugscheißer“, schnaufte der Zwerg und zerrte am Handgelenk des Prinzen.

„Ich weiß ja nicht, was du vorhast“, sagte der Gernot, „aber wenn ihr so unterwegs seid, werdet ihr nicht wenig Aufmerksamkeit erregen.

„Was willst du mir denn damit sagen?“, fauchte der Zwerg geladen.

„Verzeih meine Offenheit. Aber ihr seht beide reichlich verwahrlost aus. Und ein Zwerg, der einen…., was auch immer er ist, an der Hand führt, nun ja, die Menschen sind oft nicht sehr verständnisvoll.“

„Und was soll ich da deiner Meinung nach tun?“, schimpfte der Zwerg, der kurz davor war auszurasten. Erst dieses neunmalkluge Weib, dann das fast nicht ertragbare Tageslicht und jetzt auch noch ein belehrender Greis.

„Wascht euch, schneide deinen Bart, setze ihn auf ein Pferd und führe es an seinem Zügel. Dann werden die Leute vielleicht denken, dass er ein heruntergekommener Edelmann ist und du sein letzter verbliebener Diener“, versuchte Gernot wohlwollend eine Möglichkeit aufzuzeigen.

„Das gefällt mir nicht“, maulte der Zwerg. „Und außerdem habe ich kein Pferd.“

„Ich habe zwei. Eines würde ich dir geben“, bot Gernot an.

„Das tust du doch nicht umsonst!“, sagte der Zwerg argwöhnisch.

„Da hast du recht. Die Bedingung ist, dass du niemandem davon erzählst, dass du mich oder sie getroffen hast.“

„Und wenn ich mich nicht daran halte?“, fragte der Zwerg herausfordernd. Allzu schnell wollte er dann doch nicht auf das Angebot eingehen.

„Ich habe den Ausgang deines Tunnels gefunden. Ich werde dich überall finden.“ Gernot warf ihm einen Blick zu, der keinen Zweifel zuließ.

„Ich frag dich lieber nicht, was dann passieren würde. Nicht, dass ich Angst davor hätte. Aber ich habe ja auch nichts davon, euer Geheimnis zu verraten. Wahrscheinlich.“ Nicht dass er sich vor dem alten Mann fürchtete, aber er verspürte nicht die leiseste Lust, dieses Gespräch fortzuführen. Für seinen Geschmack hatte er sich in den letzten zwei Tagen schon viel zu viel unterhalten.

„Also sind wir uns einig?“

„Ja, es scheint so“, sagte er unwirsch. „Komm Prinzlein, es geht nach Hause“ Er half dem Prinzen tatsächlich auf das Pferd, nahm es am Zügel und führte es Richtung Süden. Waschen und Bartschneiden kamen für ihn keinesfalls in Betracht. Nach wenigen Schritten drehte er sich noch einmal um.

„Ich weiß nicht, ob ich froh darüber sein soll, dich getroffen zu haben“, rief er Mia zu. „Aber auch wenn alles so kommt, wie geplant, bitte lauf mir nie wieder über den Weg!“

„Wer bist du? Und was willst du von mir?“, fragte Mia, die halb amüsiert und halb verdattert dem Gespräch gefolgt war, das ihr keinen Aufschluss über den alten Mann gebracht hatte.
„Ich kenne dich sehr gut, auch wenn es lange her ist, dass ich von dir gehört habe“, antwortete er mit einem wohlwollenden Lächeln. „Ich bin ein alter Freund deines Vaters.“
„Du bist ein alter Freund meines Vaters?“ Sie durchkramte ihre Erinnerungen. Selbst war sie den Weggefährten ihres Vaters nie begegnet, aber in seinen Erzählungen tauchten einige von ihnen auf.
„Ja.“ Sein Lächeln wandelte sich von einem wohlwollenden zu einem liebevollen. Er erkannte in ihr eine Tochter, die er nie gehabt hatte. „Und scheinbar hast du sein Talent geerbt, in Schwierigkeiten zu geraten.“
Es brauchte noch einen Moment des Rätselns, dann lächelte auch sie. „Du musst Gernot sein.“
„Ja“, bestätigte er.
„Woher…?“, wollte sie fragen.
„Vielleicht willst du dich erstmal umziehen“, unterbrach er sie
Sie hielt noch immer ihre alten Kleider in den Armen. Diese waren, um einiges bequemer und angenehmer zu tragen als dieses scheußliche Kleid, in das Magnusson sie gesteckt hatte.
„Du hast recht.“ Mia streifte sich das Kleid ab, um sich wieder die anderen Sachen anzuziehen.
Gernot musste schmunzeln. Die Menschen von den Inseln schienen tatsächlich so unverklemmt zu sein, wie Karl es ihm berichtet hatte.
„Wie kommst du eigentlich hierher?“, fragte sie.
„Ich habe dich mit Magnusson in der Stadt gesehen, als er dich zu Gerda brachte und mir gedacht, dass sie dich auf die Insel bringen würden. Und wenn du genauso wie dein Vater in Schwierigkeiten gerätst, nahm ich an, dass du dann auch

genauso wie er, einen Weg aus ihnen herausfinden würdest. Und damit hatte ich ja auch nicht Unrecht."

„Aber woher wusstest du, dass ich genau hier auftauchen würde?"

„Der besagte Geschäftspartner dieses Zwerges hat mir den Ausgang des Tunnels gezeigt. Er war auch so etwas Ähnliches wie ein Freund deines Vaters."

„Aha" Mia konnte sich an keine Erzählung über einen Fürsten Boris erinnern. „Kannst du mir den Weg zum Blaubäumer Forst zeigen?" Sie war wieder vollständig bekleidet.

„Ich glaube kaum, dass es eine gute Idee ist, dorthin zu gehen", sagte Gernot.

„Mir bleibt leider keine andere Wahl. Ich muss etwas aus dem Wald holen. Nur dann kann er und auch der See gerettet werden."

Gernot massierte fassungslos seinen Nasenrücken. Dass die Königin den Blaubäumer Forst roden ließ, wusste er bereits, dass auch der Kleine See Frikka in Gefahr war, war ihm bis eben unbekannt. „Was meinst du?", fragte er.

„Alle Pflanzen des Waldes werden verbrannt und ihre Asche im See verstreut. Und der See wird sterben, wenn alles verbrannt und verstreut ist. Deshalb muss ich ein paar Samen aus dem Wald holen, um wenigstens einen kleinen Teil von ihm zu retten."

Gernot ging zu dem verbliebenen Pferd und zog ein Säckchen aus einer der Satteltaschen. „Vielleicht hilft dir das hier weiter", sagte er und reichte es ihr.

„Was soll das sein?" Sie öffnete das Säckchen und schaute hinein. Darin befanden sich seltsam aussehende Nüsse oder Kerne. Es waren die gleichen, die der gestorbene Soldat gekaut hatte. „Wo hast du die her?", fragte sie.

„Aus dem Wagen, mit dem du nach Wiolan gebracht wurdest."

„Ich hoffe, du hast davon nichts gegessen“, sagte sie mit großer Sorge bei der Erinnerung an das Leiden des Soldaten. Ihr war natürlich aufgefallen, dass er immerzu etwas gekaut hatte, dass die Kerne mutmaßlich aus dem Wald stammten und diese verheerende Durchschlagskraft auf ihn hatten, brach jedoch jetzt erst in sie hinein.

„Bestimmt nicht“, versicherte er. „Nur Kinder und Narren steckten sich Sachen in den Mund, dessen Wirkung sie nicht kennen.“

„Das ist gut“, stieß sie erleichtert hervor. „Dem Letzten, der das getan hat, ist es nämlich überhaupt nicht gut bekommen.“

Sie wusste es nicht, aber sie hoffte doch sehr. Darum entnahm sie einen der Kerne dem Beutel und vergrub ihn neben dem Tunneleingang. Damit war ein, wenn auch winziger Teil des Waldes, wenn ihre Vermutung denn zutraf, schon vor der Vernichtung gerettet. Und wenn ihr das Glück wie bisher hold war, war es sogar ein Samen des Mestimistrauches. Denn wer war besser geeignet, diesen zu finden, als ein unwissender Kerl.

Ein großes Glücksgefühl durchströmte sie, ergriff zuerst kribbelnd ihre Zehen und wanderte langsam in kreisenden Bahnen durch ihren gesamten Körper. Die in sie hineintröpfelnde Erleichterung ließ sie anfangen zu lachen, bevor die Erschöpfung über sie hineinbrach und sie sich im Innersten zufrieden in das spärliche Gras legte. Vielleicht hatte sie den See gerade gerettet.

„Es ist noch nicht vorbei“, holte Gernot sie zurück in die Ernüchterung.

Im Schloss

Erschrocken betrachtete Johannes das Werk seiner Raserei. Nie zuvor hatte er dermaßen die Kontrolle über sich verloren. Selbst in Momenten größten Zorns hatte er bisher kühl und berechnend gehandelt. Er war beschämt von sich selbst. Bett, Stuhl, Tisch und Kommode seiner kleinen Kammer waren in winzigste Einzelteile zerschlagen. Es war nicht mehr zuzuordnen, welches Stück Holz zu welchem Möbel gehört hatte. Seine Hände waren rot geschwollen und begannen zu schmerzen. Seine Blicke wanderten verwundert zwischen ihnen und dem Haufen Splitter hin und her. Es war erstaunlich, wie es ihm gelungen war, diese Zerstörung nur mit seinen Händen anzurichten.

So sehr er sich für seinen Ausbruch auch verachtete, fühlte er sich aber auch befreit. Dass die Dämme seiner unterdrückten Gefühle gebrochen waren, hatte ihm eine ungekannte Erleichterung verschafft. Sein Atem ging schnell, seine Gedanken begannen sich zu klären.

Diese Überheblichkeit des Haushofmeisters war das letzte bisschen, das es gebraucht hatte, seine unbändige Wut ausbrechen zu lassen. Die und die Erkenntnis, dass ihm das Geschehen mehr und mehr entglitt und somit sein Plan ins Wanken geriet. Die Königin begann verschrobene Ideen zu entwickeln und entzog sich seinem Einfluss. Die Erhebung des Haushofmeisters in den Rang eines Grafen zeugte nur allzu deutlich davon. Früher hätte sie solches nicht getan, ohne ihn um Rat zu fragen.

Sie hatte sogar angefangen eigene Gedanken zu entwickeln. Nicht auszudenken, wohin diese führen könnten, wenn sie sie erst einmal zu Ende gedacht hatte.

Und dann war da noch diese junge Frau, deren Erscheinen keinesfalls etwas Gutes bedeuten konnte, auch wenn von ihr allein vielleicht noch keine unmittelbare Gefahr ausging.

Er wusste, dass er schnell handeln musste, wenn er seinen Plan zu Ende führen wollte. Und er war entschlossen, alles Nötige zu tun, um sein Ziel zu erreichen. Die Zeit der Rücksichtnahme war endgültig vorbei. Auch wenn es ihn selbst mit in den Abgrund reißen sollte.

Tag 33
Im Schloss

„Majestät.“ Der Haushofmeister verbeugte sich förmlich. „Bitte entschuldigt die Störung.“

Die Königin schaute auf, sie war in die Lektüre einer alten Heldensaga vertieft gewesen, die von dem fortwährenden Kampf um den Thron, Liebe und Verrat, dem Töten von Drachen und der Verletzlichkeit der Menschen handelte. „Ich hoffe es ist wichtig“, sagte sie knapp und legte das Buch in ihrem Schoß ab.

„Ich würde es nicht wagen, Euch zu behelligen, wenn es das nicht wäre“, beeilte er sich zu versichern.

„Nun, worum handelt es sich?“

„Euer Neffe verlangt Euch zu sprechen.“

„Mein Neffe?“ Die Königin legte überrascht die Stirn in Falten.

„Ja Hoheit. Chlodwig von Steintaler, der Sohn des Bruders Eures Gemahls. Er sagt, er ist in einer wichtigen Angelegenheit gekommen.“

Die Königin begann ihre Erinnerungen zu durchforsten. Sie war der Familie ihres Ehemannes nur selten begegnet, eigentlich nur zweimal. Das erste Mal bei ihrer Hochzeit, doch damals war ihr Neffe noch nicht geboren und das zweite Mal kurz nachdem der ihr Angetraute verschwunden war. Sein Bruder hatte ihr gemeinsam mit seiner Frau und den Kindern die Aufwartung gemacht, um sie seiner bedingungslosen Unterstützung zu versichern. An ihren Schwager konnte sie sich noch gut erinnern. Er war ein höflicher, bescheidener Mann, seine Frau blieb damals unscheinbar und fand auch jetzt nicht Eingang in den ihr bekannten Personenkreis. Der Sohn jedoch hatte schon damals unangenehme Empfindungen bei ihr ausgelöst, auch wenn er noch nicht einmal das Alter eines Jünglings erreicht und sie mit ihm weniger als ein paar Worte gewechselt hatte. Er verströmte für sein Alter etwas zu sehr kühl Berechnendes.

„Welche Angelegenheit sollte das sein?“, fragte sie unwillig. Sie verspürte keine Bereitschaft, sich mit ihm zu unterhalten.

„Das hat er leider nicht mitgeteilt. Er besteht darauf, Euch diese persönlich vorzutragen. Und ich fürchte, Ihr werdet nicht umhinkommen, ihn anzuhören“, sagte der Graf, dem der Unwillen der Königin nicht verborgen blieb. „Er gehört nicht nur zu Eurer Familie, sondern ist unabhängig davon auch noch ein Vertreter eines großen und altehrwürdigen Adelsgeschlechts.“

„Schon gut“, erklärte sie sich unwirsch bereit. „Aber nicht mehr heute. Weist ihm angemessene Räumlichkeiten zu und erfüllt ihm seine Wünsche, sofern sie nicht allzu unverschämt sind. Morgen werde ich ihn dann anhören.“

„Wenn Ihr erlaubt, Majestät, so möchte ich doch anmerken, dass Ihr damit seine Unzufriedenheit nähren könntet. Es schien ihm doch sehr dringlich zu sein.“ Vor wenigen Tagen noch hätte er es nicht gewagt, ihr Ratschläge zu erteilen. Aber seit seinem unerwarteten Aufstieg fühlte er sich nicht mehr als Lakai. Nach seinem Verständnis stand es einem Grafen durchaus zu, hin und wieder auch ungefragt seine Ansichten kundzutun.

„Werter Herr Graf“, die Königin mühte sich ihre Fassung zu bewahren. Bisher hatte es mit Ausnahme von Johannes niemand gewagt, den Versuch zu unternehmen, sie in ihren Entscheidungen zu beeinflussen. „Sollten die Angelegenheiten meines Neffen tatsächlich von unaufschiebbarer Wichtigkeit sein, so soll er diese Euch mitteilen, damit Ihr mich davon in Kenntnis setzen könnt. Andernfalls ist es an ihm, sich in Geduld zu üben. Und weist ihn dann doch darauf hin, dass es um vieles einfacher gewesen wäre, hätte er sein Kommen angekündigt.“ Sie lächelte. Wenn der Herr Graf für sich beanspruchte über seine eigentlichen Aufgaben hinaus, als Berater zu fungieren, sollte er auch ein klein wenig dafür tun müssen. „Und falls mein Neffe dennoch einen Anflug von Ungeduld zeigen sollte, bitte ich Euch, ihn dahingehend zu unterrichten, wer die Königin und wer der Bittsteller ist.“

„Wie Ihr wünscht.“ Der Haushofmeister verbeugte sich. Auch wenn der Wandel der Königin ihm den Rang eines Grafen eingebracht hatte, so bedeutete ihre neue Zickigkeit doch einiges mehr an unerfreulichen Aufgaben. Es hat wohl doch alles seinen Preis, dachte

Tag 34
Bei einem Haus

Selbst der sorgfältigst ausgeklügelte Plan kann unerwartete Überraschungen bereithalten. Dass Mia wieder zu ihr kommen würde, hatte die Alte nicht nur vorhergesehen, sondern durchaus erwartet und erhofft. Der Zeitpunkt und leider nicht nur der, war hingegen äußerst ungünstig.

Sie hatte mit der jungen Frau sehr viel früher oder sehr viel später gerechnet. Aber nicht jetzt, da sie eigentlich den Besuch von Johannes erwartete. Wenn die beiden sich nicht im Blaubäumer Forst begegnet wären, gäbe es kein Problem. Aber da dies nun einmal geschehen war, musste ein erneutes Zusammentreffen dringend verhindert werden.

Und dies war nicht die einzige Schwierigkeit, die sie zu überwinden hatte. Denn da war noch dieser alte Mann, der Mia begleitete. In seinen Augen konnte sie lesen, dass er zu viel gesehen hatte, um sich mit einfachen Erklärungen zufriedenzugeben.

Mia, Gernot und das Pferd waren erschöpft. Sie waren fast ohne Pause geritten.

Sie hätte sich nur allzu gerne zum Kleinen See Frikka aufgemacht, in der Hoffnung, ihren Vater dort zu treffen. Aber es war ausgeschlossen, dass sie es bis zur nächsten Neumondnacht, in der es für Karl möglich war, die Insel zu verlassen, schaffen würden.

Und er würde, sollte er sie am Ufer nicht antreffen, gewiss nicht warten, sondern sich baldmöglichst auf die Suche nach ihr begeben. Darin waren sich Mia und Gernot einig.

Und da sie beide keinen anderen vernünftigen Gedanken fanden, beschlossen sie schließlich die Alte aufzusuchen, denn diese hatte Mia in den Wald geschickt und vermutlich wüsste sie dann auch, was sie als Nächstes tun sollten.

„Und ihr habt die Samen bei euch?“, fragte die Alte, nachdem Mia und Gernot ihren Bericht beendet hatten. Sie war sich sicher, nicht belogen worden zu sein, spürte aber, dass ihr nicht alles erzählt worden war.

„Ja, bis auf den einen, den ich vergraben habe“, antwortete Mia.

„Leider reicht das nicht. Die Samen müssen zurück in den Wald.“ Die Alte verbarg ihre Zufriedenheit über diese Idee hinter einem lauten Schmatzen auf ihrer Pfeife.

„Wieso das? Du hast nur gesagt, wir müssen etwas aus dem Wald holen“, wunderte sich Mia.

„Ja, damit der See gerettet wird“, antwortete die Alte gönnerhaft, „aber um den Wald zu retten, müssen die Samen wieder dort ausgesät werden, woher sie stammen. Und zwar alle. Das hätte ich dir vielleicht sagen sollen“, fügte sie entschuldigend an.

„Allerdings!“ Mia versuchte zu ergründen, was hinter der Stirn der Alten vorging. Hagens Warnung, dass sie einen ganz eigenen Plan verfolgte, kam ihr stärker als zuvor in den Sinn.

„Aber bevor ihr den Vergrabenen holt, solltet ihr die, die ihr habt, an einen sicheren Ort bringen“, drängte die Alte Mia und Gernot zum Aufbruch.

„Ich fürchte…“

„….einen solchen Ort gibt es nicht“, unterbrach Gernot Mia, bevor sie versehentlich vom Durchfall und Erbrechen des Soldaten berichten würde, bei dem er mit großer Wahrscheinlichkeit weitere Samen aus seinen Eingeweiden heraus in der Landschaft verteilt hatte. Vielleicht übertrieb er mit seiner Sorge, aber er glaubte, dass es nicht schaden würde, wenn die Alte nicht über alles im Bilde war.

„Zum Glück weiß ich einen solchen“, sagte diese aufheiternd und ließ ihren Blick zum höchsten Berg der Gegend wandern.

Seit einigen Tagen verhielt sich dieser sehr wechselhaft. Manchmal war er düsterer als üblich, an anderen Tagen strahlte er in fröhlichen Farben. Mia und Gernot folgten ihrem Blick.

„Der Aufstieg könnte beschwerlich werden, aber er ist es zweifelsohne wert“, sagte die Alte.

„Was ist dort oben?“, fragte Mia.

„Das wirst du erfahren, wenn du dort bist.“

Mia verzog unwillig das Gesicht. Es war ihr natürlich nicht gelungen, hinter die Stirn der Alten zu schauen und ihre Antwort trug eher dazu bei, ihr mehr zu misstrauen, statt zu vertrauen.

Die Alte lächelte zahnlos. „Ich kann mir schon denken, was Hagen dir über mich erzählt hat. Und ihr tut gut daran, euch ein gesundes Misstrauen zu bewahren. Gerade in Zeiten wie diesen. Letztlich ist es deine Entscheidung, was du tust. Ich kann dir nur versichern, dass ich gegen dich keinerlei Groll hege und auch keinen Grund habe, dir zu schaden“, versuchte sie ihre Aufrichtigkeit glaubhaft zu machen.

„Aber dann könntest du mir auch sagen, was uns dort erwartet“, ließ sich Mia ihre Zweifel nicht leicht ausreden.

„Leider nicht, denn das weiß ich auch nicht so genau. Ich war noch nie dort“, entschuldigte sich die Alte.

„Und du bist dennoch überzeugt, dass es ein sicherer Ort ist?“ Das Misstrauen war nicht nur nicht gewichen, es setzte sich mehr und mehr in Mia fest.

„Zumindest der sicherste, den es gibt, wenn ihr nicht außer Landes gehen wollt.“

Gernot legte die Hand auf Mias Schulter. „Wir sollten aufbrechen.“

„Sie ist eine alte, verzweifelte Frau“, sagte er, als sie außer Hörweite waren. „Und sie wird alles tun, um ihr Ziel zu erreichen, was immer das auch sein mag.“

„Du denkst also auch, dass sie gefährlich ist?“ Mia klangen die Warnungen Hagens wieder im Ohr.

„Das ist sie ganz bestimmt, aber ich glaube auch, dass sie an sich nichts Böses im Sinn hat. Und ich bin mir sehr sicher, dass sie uns mit dem Berg in keine Falle locken will.“ Er war nicht gänzlich überzeugt, näherten sie sich doch aus einer anderen Richtung, aber er glaubte zumindest, dass der Berg derselbe war, zu dem er bereits Tomas und Krakel begleitet hatte. „Dennoch kann es von Vorteil sein, wenn wir ihren Ratschlägen nur zu einem Teil folgen. Ich denke, es wäre ratsam für dich auf den Berg zu steigen. Ich werde dich bis zu seinem Fuße begleiten. Dort sollten wir uns trennen. Und eine Hälfte der Samen nimmst du mit dir, die andere werde ich an einem anderen Ort verstecken“, sagte er überlegt.

„Ich weiß nicht….“ Sie wusste zwar nichts gegen diesen Plan einzuwenden, aber sie fühlte sich auf eine unangenehme Weise ungefragt. Seitdem sie die Inseln verlassen hatte, war ihr immer wieder gesagt worden, was richtig war und was sie machen sollte. Natürlich war sie auch dankbar für die Hilfe, die sie immer wieder fand, aber in ihrem Inneren brach immer wieder einmal dieses Unbehagen auf, fremdbestimmt zu werden.

Gernot brachte das Pferd zum Stehen. Er spürte die widerstreitenden Gedanken seiner Begleiterin.

„Das hier ist deine Geschichte“, versuchte er sie zu beruhigen. „Es steht mir nicht zu, darüber zu bestimmen. Die Entscheidungen musst du treffen. Ich kann dir nur meine Meinung dazu sagen.“

Mia erschrak. Hatte sie ihn beleidigt oder verletzt? Das lag mitnichten in ihrer Absicht, denn gerade Gernot verfolgte keine eigenen Ziele, anders als die Alte oder auch Hagen und Mikkel. Er schien tatsächlich nur an ihrem Wohlergehen interessiert zu sein, und sei es auch nur deshalb, weil sie ihres

Vaters Tochter war und die beiden Männer durch eine gemeinsame Vergangenheit verbunden waren.

„Es ist hier vieles so ungewohnt und fremd für mich", sagte sie halb erklärend, halb entschuldigend.

„Das ist es für mich auch", sagte Gernot. „Ich bin ein alter, besserwisserischer Mann, der es erst wieder lernen muss, wirklich zuzuhören." Er klang traurig und schwermütig.

Mia legte ihre Hand auf seinen Arm. „Es ist schon gut", sagte sie. Der Verlust des Mannes war für sie fast körperlich zu spüren.

Ihre Berührung hatte etwas sehr Wohltuendes. Eine angenehme Wärme breitete sich von seinem Arm, bis in seine Brust aus. „Eigentlich sollte ich zu deinem Trost da sein", sagte er.

„Ich werde dich daran erinnern, wenn ich ihn brauche", erwiderte sie.

Im Schloss

Chlodwig hatte keinen Grund zu klagen. Die Unterkunft, welche ihm zugewiesen worden war, war großzügig und die Verpflegung ließ keine Wünsche offen. Und dennoch war er unzufrieden.

Er war es nicht gewohnt, dass man ihn warten ließ. Auch wenn er nur der Neffe eines Herzogs war und wohlgemerkt auch der Königin, beanspruchte er für sich, genährt durch seine Herkunft, seinen Anspruch und seinen Ehrgeiz, doch eine höhere Aufmerksamkeit.

Ja, sie war die Königin, aber sie war alt und er war die Zukunft.

Er hatte Mühe, seine Ungeduld zu verbergen, als er vom königlichen Haushofmeister, welcher nichts weiter war als ein popeliger hochnäsiger Graf, der sich erdreistete, zu ihm mit einer impertinenten Herablassung zu sprechen, durch die Gänge des Schlosses geführt wurde, zu seinem Ärger vorbei am Festsaal, vorbei am Thronsaal, eine unscheinbare Treppe hinauf.

Es steht mir mehr zu, als in einem abgeschiedenen Teil des Palastes empfangen zu werden, grollte er schweigend. Diesen kleinen Adligen wollte er keinesfalls an seinen Gedanken teilhaben lassen.

Graf von Domus klopfte gegen eine niedrige Tür, trat, ohne eine Antwort abzuwarten ein und ließ Chlodwig ohne Erklärung alleine auf dem Gang zurück. Ein nicht zu verzeihender Affront.

Dieser unerträgliche Knecht, denn nichts anderes sah Chlodwig in dem Haushofmeister, würde, sobald er sein Ziel erreicht hatte, aus dem Schloss entfernt werden.

Er musste nicht lange, für sein Gefühl jedoch viel zu lange warten, bis sich die Tür wieder öffnete und der Haushofmeister ihn hineinbat.

Die Königin saß mit dem Rücken zum Fenster in einem großen Sessel, ein Buch auf den Knien. Neben ihr auf einem kleineren, aber nicht minder bequemen Sessel saß Therese, jedoch nicht entspannt zurückgelehnt wie ihre Majestät, sondern leicht vorgebeugt, unruhig hin und her wackelnd, auf der vorderen Sitzkante.

Die Königin nahm das Buch von ihrem Schoß und reichte es Therese, die es dankbar, aus der ihr unangenehmen Position herauskommen zu können, entgegennahm und aufstand, um es zurück in das Regal zu stellen. Dabei konnte sie der Königin und ihrem Besucher den Rücken zukehren, wodurch sie sich nicht mehr deren Blicken und Aufmerksamkeit ausgesetzt fühlte. Um möglichst nicht wieder in diese Lage zu geraten, ließ sie sich übergebührlich viel Zeit, den richtigen Platz für das Buch zu finden.

Die Königin stand auf und streckte Chlodwig die mit dem königlichen Siegelring beringte Hand entgegen. Wie es die Etikette verlangte, verbeugte er sich und hauchte einen Kuss auf das königliche Siegel.

„Was beschert mir die Freude Eurer Aufwartung, mein lieber Neffe?“, fragte die Königin, ohne sich wieder zu setzen und ihrem Gast einen Platz anzubieten.

Sie hatte sich in der letzten Nacht viele Gedanken über dieses Treffen gemacht. Obwohl sie ihn eigentlich nicht kannte, war sie davon überzeugt, dass dies kein reiner Freundschaftsbesuch war. Chlodwig musste ein für ihn dringliches Anliegen haben, sonst hätte er wohl kaum darauf bestanden, den Grund seines Besuches nur ihr persönlich vorzutragen. Und da sie ihn in unangenehmer Erinnerung hatte, wollte sie ihm dieses Treffen möglichst beschwerlich gestalten, wusste jedoch darum, dass er als Hochadliger, wenn auch ohne Titel, einen gewissen Anspruch hatte.

Daher hatte sie darauf verzichtet, für ihn eine deutlich niedrigere Sitzgelegenheit als die eigene bereitstellen zu lassen.

Ihn stehenzulassen und sich selbst bei Bedarf setzen zu können, erschien ihr die geeignetere Wahl.

Die Bibliothek hatte sie gewählt, da sie ihm nicht die Ehre eines Empfangs in einem der großen Säle zukommen lassen wollte, und diesen persönlichen Raum mit seiner Familienzugehörigkeit begründen konnte. Sollte er sich deshalb mürrisch zeigen, könnte sie ihm dies als besonderes Privileg verkaufen, was es in ihren Augen zumindest in diesem Fall nicht war.

„Ich komme mit einer traurigen Nachricht“, sagte Chlodwig und versuchte seiner Stimme einen leidenden Klang zu geben. Sein Ärger über die Art und Weise seines Empfangs begann sich langsam aufzulösen. Er wusste von seiner Tante bisher nur, dass sie eine einfältige, alte Frau war und wie sie sich hier ihm gegenüber gab, war einer Königin keinesfalls würdig. Es dünkte ihm, leichtes Spiel mit ihr haben zu werden. „Mein geliebter Vater, der Bruder Eures Gemahls, ist vor wenigen Wochen verstorben.“

„Es schmerzt mich sehr, dies zu hören“, erwiderte die Königin aufrichtig. Denn auch wenn sie ihren Schwager kaum gekannt hatte, war dieser in seiner Bescheidenheit ein angenehmer Mensch gewesen.

„Ich danke Euch für Euer Mitgefühl.“ Chlodwig neigte artig den Kopf.

„Dafür gebührt mir kein Dank. Es ist doch das Mindeste, seinen Mitmenschen Trost zuzusprechen.“

„Leider ist dies keine Selbstverständlichkeit“, sagte er mit gespieltem Bedauern.

„Ja, leider“, pflichtete sie ihm bei. „Aber so sehr Euch der Verlust Eures Vaters auch schmerzt, werdet Ihr doch gewiss nicht nur zu mir gekommen sein, um Euch meines Mitgefühls zu versichern“, forderte sie ihn freundlich, aber nachdrücklich auf, sein eigentliches Anliegen hervorzubringen. Sie hatte keine Lust, sich in nicht enden wollenden Höflichkeitsfloskeln zu verlieren, bis er den wahren Grund seiner Aufwartung offenbarte.

Für die Dauer eines langen Atemzuges wirkte er entgeistert, ob ihrer unverblümten Direktheit.

„Wie Ihr mit Sicherheit wisst, gibt es unter den Fürsten Eures Landes einige Unruhe“, sagte er schließlich zögerlich. Hatte er doch nicht damit gerechnet, dass sie so schnell die Offenlegung seiner wahren Absichten einfordern würde.

„Was könnt Ihr mir darüber berichten?“, fragte sie, versuchend ihre Überraschung zu verbergen. Niemand hatte bisher die Unzufriedenheit des Adels an sie herangetragen. Nun ja, sie hatte sich bisher auch wenig darum geschert. Johannes hatte sich stets um die Angelegenheiten der großen Politik gekümmert. Und das hatte er offensichtlich getan, ohne sie zumindest in Kenntnis zu setzen. Vielleicht habe ich ihm aber auch einfach nicht richtig zugehört, dachte sie.

Chlodwig warf ihr einen lauernden Blick zu. War sie unwissend oder war sie ein verschlagenes Weib? Bevor er antwortete, rückte Therese in sein Gesichtsfeld, die immer noch nach einem geeigneten Platz für das Buch suchte.

„Ihr könnt bedenkenlos sprechen“, beruhigte ihn die Königin, „meine Zofe hört stets nur das, was für ihre Ohren bestimmt ist.“

„Solche Bediensteten hätte ich gerne“, sagte Chlodwig ungläubig.

„Ich kann sie auch rausschicken, wenn Euch das lieber ist, aber falls es mir gefällt, werde ich sie danach doch ins Vertrauen ziehen.“

Therese zuckte zusammen. Jetzt hier zu sein, war für sie schon unangenehm genug. Und nichts lag ihr ferner, als zum Spielball zwischen zwei Hochwohlgeborenen werden zu wollen.

Chlodwig war entsetzt. Das konnte sie doch unmöglich ernst meinen, sich mit einer niederen Magd zu beraten.

Die Königin verkniff sich ein zufriedenes Grinsen. Es war ihr gelungen, ihn mehr zu verunsichern als sie selbst es war. Auch wenn sie Therese damit in eine missliche Lage gebracht hatte. Aber das Mädchen war klug genug, um zu verstehen, warum dies nötig war. Sie würde später dafür eine geeignete Entschuldigung finden müssen.

„Therese", sagte sie betont milde, „du darfst uns jetzt verlassen. Ich werde nach dir rufen lassen, wenn ich deine Dienste wieder benötige."

Das Mädchen atmete hörbar erleichtert auf und verließ eilends die Bibliothek.

„Nun?", fragte die Königin, „was habt Ihr mir zu berichten über die Unzufriedenheiten meines Adels?"

„Ich nehme an, dass Ihr über vieles im Lande unterrichtet seid", versuchte Chlodwig Zeit zu gewinnen. Dass die Königin in Erwägung zog, eine einfache Zofe ins Vertrauen zu ziehen, erschütterte ihn mehr, als er verbergen konnte.

„Sprecht nur frei heraus", sagte die Königin mit einem hintergründigen Lächeln. „Und macht Euch nicht allzu viele Gedanken über Therese. Sie wird kein Wort unserer Unterredung erfahren. Bitte verzeiht mir diese kleine Albernheit."

„Ihr habt eine seltsame Art des Humors, wenn ich so ehrlich sein darf, dies zu äußern", sagte Chlodwig mit Erleichterung. Gleichzeitig begann er über die Königin nachzudenken. Sie entsprach so gar nicht dem Bild, welches er sich nach allem, was über sie zu erfahren war, gemacht hatte. Demnach war sie dümmlich, einfältig und leicht lenkbar, aber die Frau, der er gegenüberstand, besaß unverkennbare Intelligenz und Witz.

„Ihr habt Glück, dass Ihr sozusagen zur Familie gehört. Sonst würde ich Euch diese Bemerkung möglicherweise übelnehmen", sagte die Königin mit gespielter Strenge. „Und jetzt bin ich doch gespannt darauf, was Ihr mir zu berichten habt."

„Viele Fürsten sind unzufrieden“, sagte Chlodwig. Er hatte sich diesen Besuch anders, sehr viel einfacher vorgestellt und war jetzt am Überlegen, wie er seine Forderungen so geschickt wie möglich vortragen konnte. Mit seinem doch recht plumpen Plan musste er einsehen, würde er vermutlich nicht weit kommen.

„Und warum sind sie das?“

„Verzeiht meine Offenheit. Aber Ihr seid nicht mehr die Jüngste und Ihr habt keinen Erben. Viele fragen sich, wer nach Euch den Thron besteigen wird. Die großen Geschäfte des Landes werden von Eurem Berater geführt und Ihr sitzt hier weit entfernt von allem, was in Eurem Land vor sich geht. Es gibt nicht wenige, die bereits an einen gewaltsamen Umsturz denken“, beschwor er ein aufziehendes Unglücksszenario.

„Ist dies so?“, fragte die Königin innerlich aufgeschreckt, nach außen jedoch Haltung wahrend, wie sie es seit ihrer Kindheit gelernt hatte. Johannes hatte ihr über solche Vorkommnisse bisher nicht berichtet. Seitdem er sich der Abholzung des Waldes gewidmet hatte, hatte er kaum noch über anderes gesprochen.

„So leid es mir tut, ja.“ Chlodwig versuchte sich an einem sorgenvollen Gesichtsausdruck. Er hatte diesen vor seiner Abreise ausgiebig vor einem Spiegel geübt.

„Und Ihr seid gekommen, um mich zu warnen?“ Es war ein Leichtes für sie zu durchschauen, dass seine Beweggründe nicht ausschließlich uneigennützig waren.

„Nicht nur um Euch zu warnen. Ich kann Euch auch einen Ausweg zeigen“, sagte er verheißungsvoll.

„Wie es scheint, habt Ihr Euch gut vorbereitet“, merkte sie an. Ihre Skepsis ihrem Neffen gegenüber wuchs.

„Nur aus Sorge um das Land“, beeilte er sich zu versichern.

„Wenn dem so ist, dann lasst mich Eure Pläne wissen.“ Sie ließ sich gemächlich in ihrem Sessel nieder, legte die Hände in den Schoß und nickte ihm auffordernd zu. Jetzt musste sie zwar zu ihm hinaufschauen, aber ihre sitzende Position verlieh ihr dennoch etwas Erhöhendes, während er gezwungen war, stehenzubleiben.

Jetzt gilt es, dachte er und versuchte eine zugleich entschlossene als auch demütige Haltung einzunehmen.

„Wie Ihr wisst, hat mein seliger Vater den Titel des Herzogs von Steintaler nie für sich beansprucht und dennoch war er ein hochgeachteter, einflussreicher Mann.“ Er legte eine kurze Pause ein und versuchte zu ergründen, wie seine Eröffnung von der Königin aufgenommen wurde. Ihre Miene verriet jedoch nicht, welche Gedanken sich hinter ihrer Stirn zusammenfanden.

„Durch seinen Tod ist Euch nicht nur ein loyaler Gefolgsmann verloren gegangen, sondern es ist zu befürchten, dass das Herzogtum Steintaler an Bedeutung verliert“, fuhr er fort, während er unruhig auf und ab lief. „Um dessen Position zu stärken, bedarf es eines neuen Herzogs.“

„Solange es einen Herzog von Steintaler gibt, und diesen gibt es, besteht weder die Notwendigkeit noch die Möglichkeit, einen neuen Herzog zu ernennen“, sagte sie nüchtern, ahnend, worauf der Versuch Chlodwigs abzielte.

„Ihr habt natürlich recht“, räumte dieser ein. „Und ich verstehe, dass es Euch schwerfällt, einzugestehen, dass mein geliebter Onkel, Euer Gemahl, nicht wiederkehren wird. Aber er ist jetzt schon seit so vielen Jahren spurlos verschollen. Auch wenn ich gerne anderes glauben würde, habe ich mich doch damit abgefunden, dass er tot ist. Wenn Ihr Euch entschließen würdet, ihn als tot erklären zu lassen, wäre der Weg frei, einen neuen Herzog zu ernennen.“ Er versuchte sich an einem sanftmütigen und einnehmenden Lächeln, welches er ebenfalls ausgiebig einstudiert hatte.

„Und ich nehme an, dieser würdet Ihr dann sein wollen“, sagte sie ohne Umschweife.

Chlodwig senkte den Kopf. „Es wäre mir eine große Ehre", sagte er feierlich.
„Und da meine Ehe kinderlos geblieben ist, ist es auch Euer Geburtsrecht" bestätigte sie seine Auffassung. „Und dennoch ist es ein wirklich furchtbarer Vorschlag", fügte sie streng an, obwohl sie ihren Gemahl genauso wenig vermisste, wie sie ihn sich zurückwünschte. Irgendwann würde es unumgänglich sein, aber Chlodwig jetzt schon mit Titel und Macht auszustatten, widerstrebte ihr.
„Ich weiß", pflichtete er ihr bei, „aber seid vergewissert, dass dieser mir wahrlich nur sehr schwer über die Lippen gekommen ist. Und bedenkt, dass es in Eurem ureigensten Interesse ist, einen starken Verbündeten an der Seite zu haben."
„Und dieser wollt Ihr nicht sein ohne die Herzogswürde?", forderte sie ihn heraus. „Auch ohne wärt Ihr der Herr über das Herzogtum."
„Ich könnte es nicht sein", betonte er. „Jedenfalls nicht, wie ich es gerne wollen würde. Mein Vater konnte es, da es ruhige Zeiten waren. Diese zu bewahren bedarf aber jemandes, der nicht nur Autorität ausstrahlt, sondern diese auch legitimiert bekommen hat." Sie war wahrlich schwer einzuseifen.
„Es scheint mir viel Wohlüberlegtes an Eurem Vorschlag zu sein." Sie hatte genug von diesem Gespräch, ahnte sie doch, worauf es am Ende hinauslaufen würde. „Doch versteht Ihr gewiss, dass ich eine solche Entscheidung nicht treffen kann, ohne mich gründlich beraten zu lassen und darüber nachzudenken."
„Natürlich habe ich dafür vollstes Verständnis." Er verneigte sich einschmeichelnd, um seinen Unmut über die Kürze und den Ausgang des Gespräches zu verschleiern.
„Gut", sagte die Königin. „Ich werde Euch meinen Entschluss vor allen anderen mitteilen. Aber bitte drängt mich nicht. Es ist eine schwerwiegende Entscheidung, die Ihr von

mir erwartet. Seid Ihr mit den Euch zur Verfügung gestellten Gemächern zufrieden?“, wechselte sie das Thema.

„Es gibt nicht den geringsten Anlass zur Beschwerde“, versicherte er.

„Fein. Ich hoffe, Ihr habt einen verlässlichen Verwalter während Eurer Abwesenheit eingesetzt, denn ich bestehe darauf, dass Ihr vorerst bei mir bleibt.“ Sie sah ihn forschend an, konnte aber keine Gefühlsregung in seinem Gesicht erkennen. „Zukünftige Verbündete sollten sich besser kennen als wir dies bisher tun.“

„Wie Ihr wünscht.“ Chlodwig verbeugte sich zum wiederholten Male, unsicher, ob ihre Anweisung, denn um nichts anderes handelte es sich in seinen Augen, ihm und seinem Anliegen zugutekam oder ob sie ihm doch so weit misstraute, dass sie ihn lieber überwacht wusste, was in ihrem Schloss natürlich bei Weitem einfacher für sie war, als wenn er zurückgekehrt wäre. „Aber wenn Ihr gestattet, würde ich gerne einen Boten mit Anweisungen für meinen jüngeren Bruder senden.“

„Selbstverständlich, Ihr seid doch kein Gefangener“, betonte die Königin.

Sie läutete und der Haushofmeister betrat die Bibliothek. „Sorgt bitte weiterhin dafür, dass meinem Neffen seine Wünsche erfüllt werden, er wird seinen Aufenthalt noch ein wenig verlängern.“

Nicht ihr Gefangener?, dachte Chlodwig auf dem Weg durch das Schloss. Vielleicht nicht ganz, aber ich kann auch nicht mehr weg ohne ihre Erlaubnis, ärgerte er sich. Insgesamt wusste er nicht, ob er zufrieden oder unzufrieden sein sollte. Er hatte geglaubt, es würde einfacher werden. Es hätte aber auch schlechter laufen können. Zum Beispiel, wenn ihr Berater Johannes zugegen gewesen wäre oder wenn er, wie er es ursprünglich vorhatte, nicht nur seinen Anspruch auf den Herzogstitel, sondern auch auf die spätere Königswürde eingefordert hätte. Die Königin ist eine Frau, bei der man Vorsicht walten lassen muss, hatte er schnell erkannt und fragte sich, woher ihr Ruf, ein Ausbund der Dummheit zu sein, kam.

An einem Berg

Am Abend hatten sie ihr Ziel erreicht. Doch wegen der aufziehenden Dunkelheit entschieden sie bis zum Morgen zu warten und sich erst dann zu trennen. Die Nächte waren noch immer recht kühl, weshalb sie sich trotz aller gebotenen Vorsicht entschlossen hatten, ein kleines Feuer zu entzünden. Die Flamme flackerte im leichten Wind hin und her und beschien abwechselnd ihre Gesichter.

„Um wen trauerst du?“, fragte Mia, die Gernots Schmerz nicht vergessen hatte. Diese aufgebrochene Verletzlichkeit hatte sie im Innersten berührt.

Gernot antwortete nicht. Er war sich nicht sicher, ob er bereit war für dieses Gespräch. Bisher hatte er es stets vermieden darüber zu reden. Schließlich ging es niemanden etwas an. Selbst Karl wusste nur, was geschehen war, aber nicht, was es mit ihm gemacht hatte. Es war seine Geschichte, die er tief in sich vergraben und mit einer Mauer umschlossen hatte, zu seinem eigenen Schutz. Niemals hätte er sich vorstellen können, jemandem Zugang dahin zu gewähren. Jeglicher Versuchung, es herauszulassen, konnte er mit Leichtigkeit widerstehen. Bisher.

Mia fragte nicht nach, und so saßen sie lange schweigend sich gegenüber.

„Sie hieß Giselle“, sagte Gernot schließlich leise. Es fiel ihm schwer, doch etwas in ihm, gab ihm zu verstehen, dass er es bereuen würde, die Gelegenheit über seinen Kummer zu reden, verstrichen gelassen zu haben. „Wir hätten glücklich werden können miteinander, wenn ich ein Mittel gefunden hätte, sie zu heilen. Aber ich habe es nicht gewagt, die Hexen oder Feen um Hilfe zu bitten. Und so blieben nur die Quacksalber, die sich Ärzte nennen und von Medizin und Heilung so viel Ahnung haben wie ein Fisch vom Fliegen.“ Seine Stimme war brüchig und er wischte sich verstohlen eine Träne aus dem Augenwinkel. „Ich habe nicht alles getan, was ich hätte tun können“, sagte er vorwurfsvoll an sich selbst gerichtet. Vielleicht liegt mir deshalb so viel daran, dir zu helfen, dachte er.

„Möglicherweise hätten ihr aber weder Hexenkunst noch Feenzauber geholfen“, versuchte Mia ihn zu erleichtern. „Und soviel ich weiß, hat es immer einen Preis, ihre Dienste in Anspruch zu nehmen.“

„Das ist wohl nur allzu wahr. Aber auch die Ärzte verlangen viel. Und das für so dummes Geschwafel, wie dass der Körper sich selbst reinigen würde, wenn die Kranke ein wohlgefälliges Leben geführt hat, statt nach einer Medizin zu suchen.“ Eine schlummernde, nie vergessene Wut brandete in ihm auf. Er ballte die Fäuste. Nur allzu gerne hätte er damals einem dieser Scharlatane in das Gesicht geschlagen, nachdem dieser verkündet hatte, Giselle und auch er wären allein an ihrem Schicksal schuld, weil sie sich gegen die ihr zugedachte Rolle aufgelehnt und er sie darin auch noch unterstützt hatte.

Mias Hand, die sie wieder auf seinen Arm legte, schickte eine erneute Welle friedlicher Wärme durch seinen Körper und die unterdrückten Tränen, die er jetzt nicht mehr aufhalten konnte, verschafften ihm tatsächlich Erleichterung. Und es gelang ihm, sich ihrer nicht zu schämen. In der Gegenwart der Tochter seines Freundes erlaubte er sich schwach zu sein. Und das fühlte sich besser an als das meiste, was ihm in den letzten Jahren widerfahren war.

Sie saßen noch lange still beieinander, bis er begann Erde auf das Feuer zu schaufeln, um es zu löschen. „Wir sollten versuchen zu schlafen.“

Tag 35
Am Fuße eines Berges

Noch vor dem Sonnenaufgang verabschiedeten sie sich voneinander. Gernot hatte darauf bestanden, ihr nicht zu sagen, wohin er seinen Teil der Samen bringen würde. Er war der Ansicht, dass es sicherer sei, wenn sie es nicht wüsste, für den Fall, dass sie doch wieder in die Fänge ihrer Feinde geraten sollte.

Mia sah ihm nach, bis er sich in der sich langsam andeutenden Morgendämmerung verlor. Dann begann sie den Aufstieg. Für einen kurzen Moment noch blieben ihre Gedanken bei dem alten Mann und seinem Schicksal. Gerne hätte sie noch mehr erfahren, aber seine Schwermut hatte sie davon abgehalten, nachzufragen.

Und dann war da etwas, das sie kannte, jedoch nicht verstand. Ein Band, nicht mehr als ein dünner Faden, der sie mit dem Gipfel zu verbinden schien. Und mit jedem Schritt, den sie den Berg hinaufstieg, wurde dieser Faden ein klein wenig fester und dicker. Und dabei war es doch unmöglich, hier eine solche Verbindung zu finden. Sie dachte an die Alte, und ob dies vielleicht einer ihrer Tricks war, sie tiefer in ihr Netz zu ziehen. Und sie dachte an Umkehr, aber dieses Band zog sie unweigerlich weiter nach oben.

Es überkam sie das Gefühl beobachtet zu werden, doch wenn sie stehen blieb und sich umschaute, konnte sie nichts erkennen außer Bäumen und Sträuchern.

Wenn sie lief, meinte sie ein Wispern zu hören, welches man für leise Stimmen halten konnte, aber wenn sie sich nicht bewegte, war nur das Säuseln des Windes in den Blättern wahrzunehmen.

Und je höher sie stieg, umso kräftiger zog dieses Band sie nach oben.

Krakel und die anderen Kobolde beobachteten sie. Nachdem er sie entdeckt hatte, war er voller Freude. Da kam jemand, der vielleicht der neue Große Afigidis werden könnte. Aber dann hatte er erkannt, dass es sich um eine junge Frau handelte. Und damit war ausgeschlossen, dass ein Nachfolger auf dem Weg war. Er hatte sehr genaue Vorstellungen, wie der neue Große Afigidis sein sollte. Genauso oder zumindest beinahe genauso wie der alte. Er hoffte noch, sie hätte sich nur verlaufen, aber die Zielstrebigkeit, mit der sie den Berg erklomm, ließ jede diesbezügliche Vermutung ersterben. Sie wollte dorthin, wohin sie lief. Aber warum nur?

Vor dem Eingang zum Höhlensaal blieb Mia kurz stehen. Unter anderen Umständen hätte sie der Aufstieg wahrscheinlich erschöpft, aber dieses seltsam vertraute Band hatte sie nach oben gezogen.

Irgendjemand oder irgendetwas ließ sie nicht aus den Augen, dessen war sie sich sicher. Sie konnte nicht erfühlen, ob der oder das ihr wohlgesonnen war. Und sie zweifelte auch daran, dass es eine gute Idee sei, einfach so in diese Höhle zu gehen, ohne auch nur zu ahnen, was sie darin erwartete, aber das Band zog sie kraftvoll hinein.

Es führte zum anderen Ende des Raumes, hin zu einem großen steinernen Thron, auf dem ein großer Mann saß. Mia konnte sich all dies nicht erklären. Soviel sie erkennen konnte, war er sehr alt und ihr gänzlich unbekannt. Und dennoch spürte sie eine tiefe Verbindung zu ihm. Es erschien ihr, als würde er nicht wach sein, aber auch nicht schlafen.

Mia hatte die Schnelligkeit, mit der sie auf dem Teppich über den Himmel geflogen war, nicht für möglich gehalten, bevor sie es erlebte. Genauso wenig wie die Langsamkeit, mit der der alte Mann jetzt seinen Kopf hob und sich eine graue Strähne aus dem Gesicht strich.

„Karl?!“, fragte er erfreut. Dann erkannte er die schmale Gestalt, die am Eingang der Höhle stand und in seinen Augen spiegelte sich der Wechsel von Freude, zu Enttäuschung, zu Überraschung, zu Freude wider. „Schön, dass wir uns kennenlernen.“

In einem Haus

Das Haus war leer und der Herd war kalt. Die Töpfe, in denen sonst allerlei geheimnisvolle Tränke köchelten und ihren merkwürdigen Geruch im Raum verteilten, waren fort und die Regale, die üblicherweise mit Flaschen und Gläsern überladen waren, gähnten ihn leer an. Etwas Ratlosigkeit machte sich in Johannes breit. Nicht dass ihm sehr viel daran gelegen hätte, sie zu sehen, geschweige denn sich mit ihr unterhalten zu müssen, aber er wusste nur allzu gut, dass er noch immer von ihr und ihrem Elixier abhängig war, wollte er ausreichend Zeit haben, sein Werk zu vollenden.

„Du siehst schlecht aus", sagte die Alte. Sie war, ohne dass er es bemerkt hatte, hinter ihm erschienen.

Er verzog das Gesicht zu einem gequälten Grinsen. „Ich brauche noch mehr von deinem Trank", forderte er.

„Ich habe die letzte Flasche fortgegeben", antwortete sie ruhig. „Und mehr wird es nicht geben."

„Was soll das heißen?", fragte er aufgebracht mit einem Anflug von Panik in der Stimme.

„Dass meine Kräfte den Trank oder auch andere zu brauen, erschöpft sind."

„Aber…" Seine Gedanken begannen sich zu überschlagen. Seine Selbstsicherheit hatte durch die Königin schon erste, nicht mehr zu ignorierende Risse bekommen, solange er jedoch auf einen nicht versiegend wollenden Nachschub hoffen konnte, fühlte er sich dennoch beinahe unverletzlich. Dieser Schutzschild rieselte vor seinem inneren Auge zu Boden.

„Du hast zu schnell zu viel verbraucht", erklärte sie.

„Das heißt, du willst mir nicht mehr helfen?", fragte er leise und ballte die Fäuste.

„Auch wenn ich es wollte. Nein. Der Einzige, der dir helfen kann, bist du selbst. Das bist du immer gewesen. Ich habe dir nur Zeit dafür schenken können."

Dann bist du jetzt also nichts weiter als ein altes, nutzloses Weibsstück, dachte er und ging einen Schritt auf sie zu. All die über die vielen Jahre angestaute Verachtung, Wut und Hass richteten sich gegen sie. Er hatte noch nie einen Menschen getötet. Vielen hatte er körperliches und seelisches Leid zugefügt, er hatte Lebensträume und Hoffnungen zerstört, aber nur, weil es diesem einen größeren Ziel diente, nie um des Quälens willen. Aber jetzt würde er es tun.

Er hatte nach der Zerstörung seiner Kammer eine unfassbare Erleichterung gespürt. Um wie viel größer würde diese sein, wenn er die Alte, die ihn stets mit einer unerträglichen Herablassung behandelt hatte, erschlug. Er holte aus.

Sein Schlag prallte an einer unsichtbaren Wand ab, er floss zurück bis in seine Schulter, die gefährlich knackte. Kurz und laut schrie er vor Schmerz auf.

„Hast du wirklich geglaubt, dass es so einfach ist? Ich bin zwar alt, aber nicht so töricht, mich nicht auf unser letztes Treffen vorzubereiten. Auch wenn es dir nicht gefällt, ich kenne dich besser als es dir lieb ist“, sagte sie fast mitleidig.

„Was bist du nur für ein abgrundtief hinterhältiges Weib“, brachte er mit schmerzverzerrter Stimme hervor.

Sie schüttelte lächelnd den Kopf. „Über Hinterhältigkeit musst gerade du dich nicht beschweren.“

„Was?“, schrie er. „Ich habe meine Pläne immer offen herausgesagt. Und du hast nie etwas unternommen, mich davon abzuhalten, sondern mich immer in der Hoffnung bestärkt, diese auch vollenden zu können.“

„Du hattest Hoffnungen?“

„Ja, ich…“

„Du wolltest allen Menschen ihre Hoffnungen rauben“, ließ sie ihn nicht weitersprechen, „und hast dabei gehofft, bis zum Ende jede nötige Unterstützung zu erfahren.“

„Ja, ich…“

„Du kannst nicht etwas zerstören wollen und genau dieses dafür benutzen“, überging sie seinen Versuch eines Einwandes. „Genauso wenig wie du den Blaubäumer Forst und seine Magie und überhaupt jede Magie vernichten kannst, wenn du dich dafür meiner Magie bedienst.“

„Du hast mich von Anfang an belogen“, stellte er ernüchtert fest.

Wieder schüttelte sie den Kopf. Diesmal nicht mehr lächelnd. „Ich habe dich immer wieder gefragt, ob du wirklich tun willst, was du tust. Ich habe dir nie gesagt, dass du es auch tun sollst. Und im Übrigen, selbst wenn es dir in der dir noch verbleibenden Zeit gelingen sollte, den Wald und den See zu vernichten, wirst du dein Ziel doch nicht erreichen“, sagte sie mit großer Gewissheit.

„Weil ich dich nicht töten kann?“, schnaubte er verächtlich.

„Nein, meine Zeit neigt sich so oder so dem Ende entgegen.“

„Warum dann?“, fragte er entgegen seines besseren Wissens. Es gab noch so sehr viel mehr, das rätselhaft war und woraus die Menschen immer wieder Hoffnung schöpften.

„Komm“, sagte die Alte und trat heraus auf die Terrasse. Sie zeigte auf die Kaninchen auf der Wiese, auf die Bäche und auf die Hügel. Der die Hügel überragende Berg leuchtete fröhlich. „Weil du das nicht zerstören kannst.“

Trotz sammelte sich in Johannes. Dieser Berg war ihm schon mehrfach ins Auge gestochen. Es musste etwas Besonderes mit ihm auf sich haben.

„Du solltest nicht einmal daran denken“, sagte die Alte, die seine Gedanken aus seinen Gesichtszügen lesen konnte.

„Was dort oben ist, scheint dir wichtig zu sein“, stellte er kalt fest in der sicheren Überzeugung, dass sie ihm unabsichtlich etwas verraten hatte. Ihr kurzes Zucken deutete er als ungewollte Zustimmung. Vielleicht würde er sein eigentliches Ziel nicht mehr erreichen können, aber er hatte ein neues in den Blick genommen.

„Du weißt nicht, worauf du dich einlässt. Lass es lieber sein“, sagte sie fast flehentlich und stachelte ihn damit nur umso mehr an.

„Für alles, was ab jetzt geschieht, trägst du die Verantwortung, du altes, verlogenes, fettes Miststück“, stieß er hervor. Er ließ sie stehen, ging zügig zu seinem Pferd, mühte sich in den Sattel und warf ihr einen verächtlichen Blick zu. Vielleicht kann ich dich und auch den Wald und den See nicht vernichten, aber das dort auf dem Berg, was auch immer es ist, wird nicht verschont bleiben, dachte er grimmig.

Im Fortreiten wandte er sich noch einmal kurz zu ihr um. Sie stand still und kleiner werdend vor ihrem Haus. Etwas Ähnliches wie Freude durchströmte ihn bei diesem jämmerlichen Anblick.

Ihr zufriedenes Lächeln konnte er nicht mehr erkennen.

Tag 36
Im Schloss

Graf von Domus stand am Fenster und sah auf die Stadt herab. Es war viel zu ruhig, nahezu besorgniserregend. In weniger als einer Stunde sollte die erste Audienz der Königin beginnen und nichts deutete darauf hin, dass auch nur ein einziger Bittsteller den Weg zum Schloss suchen würde.

Mit einem großen Ansturm hatte er nicht gerechnet, aber wenigstens mit ein paar wenigen Neugierigen, die ein paar alberne Anliegen vorbringen würden. Immerhin war es für das einfache Volk ansonsten weder möglich, in das Schloss zu gelangen noch die Königin zu Gesicht zu bekommen.

Aber die Straße zum Schloss war leer. Fast wirkte es so, als würden die Menschen sie bewusst meiden. Und ihn beschlich der Gedanke, dass Johannes damit etwas zu tun haben könnte. Wie konnte er nur so naiv gewesen sein, zu glauben, dass er seine Niederlage einfach so über sich ergehen lassen würde? Johannes verfügte gewiss über Mittel und Wege, die Leute glauben zu lassen, dass sie in eine Falle laufen würden, sollten sie sich bei der Königin einfinden.

Und so drohte die Audienz, noch bevor sie begonnen hatte, zu einem riesigen Reinfall zu werden. Und damit, so fürchtete er, würde er die Gunst der Königin wieder verlieren. Da er immer noch nicht mehr hatte als seinen Titel, durfte dieses keineswegs geschehen. Aber was sollte er tun?

„Herr“, wurde er aus seinen Gedanken gerissen und drehte sich um. Hinter ihm stand ein großer Soldat mit narbigem Gesicht. Er hatte ihn nicht kommen hören.

„Was willst du?“, fragte der Graf.

„Es gibt etwas, das Ihr vielleicht wissen solltet“, begann der Soldat. „Für gewöhnlich hätte ich diese Meldung Herrn Johannes gemacht, aber dieser ist abgereist. Und es scheint mir, dass er so bald nicht wieder kommen wird.“

Zumindest das ist erfreulich, dachte von Domus. „Und?“, fragte er.

„Ich fürchte, dass mir einiges Ungemach vom königlichen Berater droht, wenn ich Euch in Kenntnis setze, daher bitte ich darum, Stillschweigen darüber zu bewahren, dass ihr dieses Wissen von mir habt.“ Anders als in seinen Worten war im Klang seiner Stimme keine Besorgnis. Wäre der Graf nicht allzu sehr mit seinen eigenen Überlegungen beschäftigt gewesen und hätte dem Soldaten ein wenig mehr Aufmerksamkeit zuteil werden lassen, wäre es ihm möglicherweise aufgefallen.

„Warum wendest du dich dann an mich, wenn du solche Angst hast?“, fragte er abfällig. Er war überrascht, dass selbst ein so großer und offensichtlich kampferprobter Kerl vor Johannes zuckte. Ihm war solcher Respekt nie entgegengebracht worden. Dabei war er immerhin von altem Adel und Johannes war genau betrachtet ein Nichts.

„Kann ich mich darauf verlassen, dass Ihr niemandem davon erzählt, dass ihr die Nachricht von mir habt?“, fragte der Soldat, versuchend seine Gleichmütigkeit zu verschleiern.

„Das kommt darauf an, was diese wert ist.“

„Leider kann ich das nicht beurteilen. Mir erscheint es jedoch wichtig, da möglicherweise die Sicherheit der Königin davon abhängt.“

„Bist du irre!“, brüllte der Graf, sein Kopf nahm eine ungesund rote Farbe an. „Du glaubst, deine Königin könnte in Gefahr sein und versuchst mit mir irgendeine alberne Übereinkunft zu erzielen? Dafür sollte ich dich in das finsterste Loch stecken lassen!“

Der Soldat presste die Lippen aufeinander. „Nun Herr“, brachte er hervor. „Es ist für uns einfache Leute oft nicht leicht zu erkennen, wer von den hohen Herrschaften welche Interessen verfolgt.“

„Was willst du damit sagen?“ Graf von Domus streckte sein Kinn hervor, kniff die Augen zusammen und sah dem Soldaten forschend ins Gesicht.

„Ohne jemandem zu nahe treten zu wollen“, sagte der Soldat, für einen neutralen Beobachter sichtlich unbeeindruckt. Der Haushofmeister übersah jedoch auch dieses. „Aber es ist kein Geheimnis, dass es in Eurem Stand nicht wenige gibt, die der Königin nicht sonderlich wohlgesonnen sind.“

Der Graf schnaubte verächtlich. Der Soldat hatte recht, denn ihm selbst wäre die Königin herzlich egal, wenn er nicht immer noch von ihr abhängig wäre. „Und du glaubst, ich sorge mich um die Sicherheit ihrer Majestät?“

„Zumindest habt Ihr Gründe, dieses zu tun“, sagte der Soldat.

Der Graf konnte sich ein herzliches Auflachen nicht verkneifen. „Du bist sehr klug für einen einfachen Soldaten“, sagte er. „Wie ist dein Name?“

„Rupert, Herr.“

„Vielleicht hätte ich Verwendung für dich.“ Nicht dass er meinte auf die Klugheit Ruperts angewiesen zu sein, seine eigene erachtete er doch noch um einiges höher und ausreichend, aber es war zweifelsohne von Vorteil zu wissen, was innerhalb der Schlosswache vor sich ging.

„Danke. Aber ich bin mit meiner Aufgabe vollends zufrieden.“

„Wenn das so ist, soll es mir recht sein“, sagte er, sich vornehmend ihn zukünftig sehr genau zu beobachten. „Und jetzt möchte ich doch wissen, weshalb du zu mir gekommen bist.“

„Ich habe Euer Wort? Herr Johannes wird nicht erfahren, dass Ihr es von mir wisst?“, hakte Rupert nach.

„Wenn dir so viel daran liegt. Ich werde es ihm nicht sagen“, versicherte von Domus großmütig. Und er würde sich daran halten, es sei denn, es würde ihm einen Vorteil verschaffen.

„Ich fürchte, das muss mir reichen. Wir haben in der letzten Nacht ein paar Leute festgesetzt, die unbedingt mit der Königin reden wollten."

„Ernsthaft? Das ist das ganze Geheimnis? Dafür vergeudest du meine Zeit? Ist dir nicht der Gedanke gekommen, dass sie von der Audienz gehört haben?" Was für ein Schwachkopf, dachte er.

„Das dachten wir zuerst auch. Aber sie kamen mitten in der Nacht und von der Audienz wussten sie nichts. Sie sind auch allesamt nicht aus der Stadt. Und sie scheinen alle etwas verrückt zu sein. In solchen Fällen besteht Herr Johannes darauf, die ersten Befragungen persönlich durchzuführen und ohne seine ausdrückliche Erlaubnis niemandem von den Gefangenen zu erzählen", erklärte Rupert entschuldigend.

„Das erscheint mir doch etwas übertrieben." Johannes war schon ein eigentümlicher, in seinen Beweggründen rätselhafter Mensch. Scheinbar ging sein Kontrollwahn über jedes verträgliche Maß hinaus. „Was passiert für gewöhnlich, wenn er nicht im Schloss ist?"

„Die Gefangenen müssten warten. Bislang gab es dafür aber noch nie einen Grund. Soweit ich mich zurückerinnere, kamen nur harmlose Besucher zum Schloss."

„Und die jetzigen sind alle etwas verrückt, sagst du. Von wie vielen sprichst du denn?"

„Vier. Wenn man dieses Tier mitrechnet, das zwei von ihnen bei sich haben, sind es fünf."

„Und wo sind sie jetzt?" Verrückt oder nicht, es gab Leute, die zur Königin wollten und ihn damit retten konnten. Er musste zuerst nur herausfinden, ob sie tatsächlich eine Gefahr darstellten.

„Zwei im Turmverlies, die anderen in einer Zelle im Keller?"

„Im Turmverlies?", der Graf war erstaunt. Wurde dieses doch seit Jahrzehnten nicht mehr genutzt. „Haben wir nicht ausreichend Platz im Kerker?"

„Doch das schon. Aber der eine behauptet ein Zwerg zu sein. Und die graben sich angeblich überall durch."

„Ein Zwerg, ja?" Der Haushofmeister war sich nicht sicher, ob er an Zwerge glauben sollte, selbst hatte er bisher keinen zu Gesicht bekommen. Aber wenn es Zwerge gab, was sollten sie von der Königin wollen?

„Er sieht zumindest so aus, wie ein Zwerg aussehen könnte."

Der Graf hatte keine Vorstellung davon, wie Zwerge aussehen könnten, außer dass sie klein sein mussten. „Hat er auch gesagt, was er will?"

„Nein, das will er nur der Königin sagen. In seiner Begleitung ist noch ein alter, verlotterter Mann, der hat aber gar nichts gesagt."

„Und die anderen?" Ein Zwerg und ein Greis waren noch nicht das, was er als respektabel genug erachtete, der Königin präsentieren zu können.

„Zwei junge Männer. Der eine sieht aus wie ein Jäger, der andere wie einer, der einmal ein verschrobener Gelehrter wird. Und bei ihnen ein mir unbekanntes Tier. Sieht ein bisschen aus wie ein kleiner Bär."

„Und was wollen die von der Königin?"

„Das weiß ich leider auch nicht. Sie haben sich die ganze Zeit gegenseitig unterbrochen, gleichzeitig geredet und dabei die meiste Zeit gestritten. Es war uns unmöglich, daraus klug zu werden."

„Gut, bring mich zu den beiden jungen."

„Wenn Ihr einen Einwand gestattet, der vermeintliche Zwerg scheint mir doch etwas gefährlicher zu sein."

„Der ist im Turm erst einmal gut aufgehoben. Aber ich werde mich auch mit ihm noch befassen." Die Zeit lief ihm davon und es dünkte ihm, dass es erfolgversprechender war und mutmaßlich auch harmloser, die beiden Streithähne als annehmbare Bittsteller vorzuführen.

Die beiden sind ja nicht zu gebrauchen, stellte der Haushofmeister ernüchtert fest, nachdem er versucht hatte, von Hagen und Mikkel den Grund für ihren Wunsch mit der Königin zu reden, zu erfahren.

Erst wollten sie gar nichts sagen, dann unterbrachen und beschimpften sie sich ständig gegenseitig und am Ende waren nur einzelne Schlagwörter bei ihm hängen geblieben, wie Wald, Riesen, Zauberer, See, Freundin, Königin und noch ein paar mehr. Es war ihm unmöglich auch nur den entferntesten Sinn daraus zu entschlüsseln. Und wenn ihm dies schon nicht gelang, wie sollte dann die Königin in der Lage sein, auch nur einen kleinen Funken davon zu verstehen. Sie hatte sich in letzter Zeit zwar sehr verändert, aber sie blieb für ihn doch eine einfältige Person.

Verunsichernd war nur dieses Tier. Fast schien es so, als würde es dem Gespräch, wenn man dies denn so bezeichnen konnte, aufmerksam folgen und sich insgeheim darüber amüsieren. Jedenfalls sah es so aus, als würde es immer wieder grinsend ein Lachen unterdrücken. Aber da solches für einen Bären oder um was auch immer sich handelte, unmöglich war, konnte dies auch nicht sein, beschloss er.

„Sperr die beiden in unterschiedliche Zellen“, wies er einen Wächter an. Vielleicht würde es Erhellendes zu Tage fördern, wenn er sie einzeln befragte. Da es daran jedoch einiges zu zweifeln gab, wollte er vorher dann doch den Zwerg und dessen Begleiter auf ihre Tauglichkeit untersuchen.

„Es ist ein Unding, wie wir hier behandelt werden!“, begrüßte ihn der Zwerg angriffslustig, gleich nachdem er die Tür öffnen ließ und noch bevor er selber etwas sagen konnte. Er hob verwundert die Augenbrauen, mit etwas mehr Demut angesichts der Lage, in der sie sich befanden, hatte er durchaus gerechnet.

„Nun, das werden wir herausfinden“, ließ von Domus sich mit einer Antwort Zeit. Die beiden waren auf eine ganz andere Weise ein ähnlich seltsames Gespann wie die im Keller. „Warum wollt ihr mit der Königin reden?“, versuchte er seine Überlegenheit spürbar werden zu lassen.

„Das geht Euch nichts an“, schnaufte der Zwerg verärgert.

„Ach, und du glaubst, dass jeder Landstreicher einfach so vorbeikommen und sich mal mit ihrer Majestät unterhalten kann?“ Der Graf wandte sich direkt an den Zwerg. Der kurze Moment hatte ausgereicht, um zu erkennen, dass der alte Mann dem Gespräch entweder nicht folgen wollte oder es nicht konnte. Er wirkte wie jemand, der zwar zugegen, aber gleichzeitig abwesend ist.

„Ich bin ein Zwerg, kein nichtsnutziger Landstreicher“, schimpfte der Zwerg.

„Wie dem auch sei, Herr Zwerg. Auch Zwerge können nicht einfach, wann es ihnen beliebt, die Königin besuchen“, verkündete der Haushofmeister hochmütig. „Aber wenn du mir den Grund für diesen Besuch nennst, kann ich darüber entscheiden, ob du zu ihr vorgelassen wirst.“

Der Zwerg kratzte sich am Kopf, dann kraulte er seinen Bart. Es behagte ihm überhaupt nicht, sein Anliegen vor jemand anderen als der Königin hervorzubringen. Auf dem Weg zum Schloss hatte er sich so einige Gedanken gemacht, unter anderem darüber, ob jedermann glücklich über die Rückkehr des Prinzgemahls sein würde. Und da war er sich bei der Königin schon nicht so sicher. Hatte sie jemals nach ihm suchen lassen? Nach diesem Einfaltspinsel, der er schon war, bevor er den Verstand verloren hatte. Und immerhin waren die beiden verheiratet.

Andere hingegen würden sich vielleicht nicht nur nicht freuen, wenn der Gatte ihrer Majestät zurückkehren würde, sondern solches mit aller Macht versuchen zu verhindern. Er hatte zwar nicht viel Zeit mit Menschen verbracht, die aber hatte ausgereicht, um zu erkennen, dass sie zu den schändlichsten Taten bereit waren, wenn es um Macht und Geld ging. Und die Rückkehr dieses alten Trottels könnte vielleicht die Stellung eines anderen bedrohen.

„Nun denn“, sagte von Domus. „Ohne einen triftigen Grund kann ich dich nicht zu ihr vorlassen. Aber ich kann dich auch nicht gehen lassen, da ich nicht weiß, ob von dir und deinem Begleiter eine Gefahr für die Königin ausgeht. Daher müsst ihr beide bleiben, bis wir wissen, was es mit euch auf sich hat.“

„Das könnt Ihr nicht tun!“, brauste der Zwerg wütend auf. „Ihr wisst nicht, wer der da ist!“ Er zeigte auf den alten Mann, der teilnahmslos aus einem der schmalen Fenster schaute.

Von Domus sah den Zwerg gönnerhaft an. „Ihr habt jetzt die Gelegenheit, mich darüber aufzuklären. Andernfalls….“

Der Zwerg begann auf und abzulaufen. Er hatte sich das alles leichter vorgestellt. Ob diese kleine Schlampe, die ihn zu dem hier gedrängt hatte, wusste, was hier geschehen würde? Jedenfalls sollte sie ihm besser nicht mehr über den Weg laufen. Er ärgerte sich über sich selbst. Die Zwietracht, die dieses verwöhnte Gör damals zwischen ihm und seinen Brüdern gesät hatte, hätte ihm eine Lehre sein sollen.

„Was ist nun?“, fragte der Graf ungeduldig.

„Ihr lasst mir ja keine Wahl“, knurrte der Zwerg mürrisch.

„Schön, dass du vernünftig wirst.“

„Vernünftig wäre es gewesen, mich nicht selbst in eine Lage zu bringen, die mich hierher geführt hat“, beklagte sich der Zwerg.

„Fang jetzt einfach an zu reden“, forderte von Domus.

„Dieser Mann dort“, sagte der Zwerg, ging zu dem Alten hinüber, umfasste dessen Handgelenk und zog ihn zum Grafen, „ist kein Geringerer als der Gemahl der Königin.“

Von Domus wusste nicht, ob er vor Wut wegen dieser Frechheit explodieren oder ob er wegen dieser lächerlichen Dreistigkeit in Lachen ausbrechen sollte. Aber noch bevor sich eines von beiden durchsetzen konnte, flüsterte ihm ein leises Stimmchen in seinem Kopf zu, dass ihm momentan kaum etwas Besseres geschehen konnte. Mit dieser Geschichte wäre die Königin bestimmt eine ganze Weile beschäftigt, sodass er sich über den Fortgang der Audienz kaum noch Gedanken machen müsste.

Trotz des großzügig einfallenden Tageslichtes wurde der Thronsaal von einer Vielzahl hell flammender Fackeln, welche in kurzen Abständen zueinander an den Wänden angebracht waren, beleuchtet. Es war der größte und zugleich für lange Zeit am wenigsten genutzte Raum im Schloss. Es hatte viele Tage gedauert, ihn von Staub und Spinnweben der Jahrzehnte zu befreien, aber jetzt erstrahlte er in einem Glanz, der für alle, die ihn betraten, fremd und ehreinflössend war.

Die Möblierung war spärlich, sie bestand ausschließlich aus einem großen, mit Gold überzogenen und reich mit Schnitzereien verzierten Thron, der an der der Tür, welche vielmehr ein Tor war, gegenüberliegenden Wand auf einem mannshohen Podest stand. Dieses war breit genug, sodass sich neben dem Thron noch Platz fand für einen kleineren, weniger verzierten und daneben auch noch für zwei Soldaten, die mit ernster Miene und in vornehmen Uniformen eine Hand an die Griffe ihrer Schwerter gelegt hatten. Hinauf führte eine Treppe, welche nach unten immer breiter wurde und an der niedrigsten Stufe von einer Seitenwand des Saales bis zur gegenüberliegenden reichte. Auch dort standen zwei Soldaten und noch zwei weitere standen rechts und links neben den schweren Flügeln der Tür.

Die Königin saß nervös auf dem Thron, trommelte mit den Fingern auf den Lehnen und wippte mit den Füßen. Die Aufregung hatte sie schon lange bevor ihre erste Audienz beginnen sollte, hierher getrieben. Auf dem kleineren Thron neben ihr saß Chlodwig, der nicht so recht wusste, ob der Wunsch der Königin nach seiner Anwesenheit eine Bürde, eine Ehre oder eine Prüfung für ihn sein sollte. Verwundert hatte er lediglich ihre Veränderung von einer souverän auftretenden Frau zu einem nervösen Nervenbündel beobachtet. Fast so, als würde es sich um zwei verschiedene Personen handeln.

Die Türflügel schwangen langsam auf. Die Königin erstarrte für einen Augenblick, dann hob sie den Kopf und versuchte die Ankömmlinge fest in den Blick und eine majestätische Haltung einzunehmen. Ihre Unsicherheit blieb Chlodwig jedoch nicht verborgen, und er dachte, dass sie vielleicht leichter zu beeinflussen sei, wenn es ihm gelänge, diese, wann immer es ging, hervorzurufen und zu verstärken.

Und auch dem Haushofmeister, der zwei sehr unterschiedliche Männer hereinführte, entging ihre Anspannung nicht.

Langsam und würdevoll schreitend, geleitete er die beiden bis kurz vor die Stufen und verneigte sich ehrerbietend. Doch anders als er es ihnen zu vermitteln versucht hatte, taten sie es ihm nicht gleich. Der Zwerg blieb einfach breitbeinig stehen und suchte den direkten Blickkontakt mit ihrer Majestät und der Greis machte ebenfalls keine Anstalten, ihr die Ehre zu erweisen, er schien weder zu wissen, wo er war, noch warum.

„Eure Hoheit“, sagte der Haushofmeister, nachdem er vergeblich darauf gewartet hatte, dass wenigstens der Zwerg ihm in der Verbeugung folgen würde. „Diese beiden Herren sind gekommen, um ein für Euch möglicherweise dringliches Anliegen hervorzubringen.“ Er trat zwei Schritte beiseite.

„Und?“, fragte die Königin, wobei sich weder der Haushofmeister noch der Zwerg sicher waren, an wen sie sich gerichtet hatte. Es entstand eine kurze Pause des Schweigens, die kurz bevor sie in eine Peinlichkeit münden würde, durch den Zwerg beendet wurde.

„Ich bin ein rechtschaffener Mann“, sagte er. „Das müsst Ihr mir glauben.“

„Das will ich gern“, erwiderte die Königin und forderte ihn mit einem leichten Winken zum Weiterreden auf. Erstaunt stellte Chlodwig fest, dass sie ihre Sicherheit zurückgewonnen zu haben schien.

„Ich bin ein Zwerg und habe, wie alle Zwerge es tun, einen großen Teil meiner Zeit in Bergwerken verbracht, um nach den Schätzen der Erde zu Graben. Ich weiß nicht viel von euch Menschen.“

Und scheinbar auch nicht, wie es sich geziemt einer Königin gegenüberzutreten, dachte sie, unterbrach ihn aber nicht, sondern wartete geduldig auf seine weiteren Ausführungen. Sie hatte sich sorgfältig auf das hier vorbereitet und wusste, dass es viel Nachsicht und Geduld brauchte, den einfachen Leuten die Scheu vor ihr zu reden, zu nehmen. Diese empfand der Zwerg jedoch keineswegs, vielmehr war es so, dass er es überhaupt nicht gewohnt war, viel zu reden und Schwierigkeiten hatte, die richtigen Worte zu finden.

„Ich habe mich mit meinen Brüdern gestritten", fuhr er fort. „Und deshalb war ich lange alleine. Bis irgendwann dieser Mann in meiner Ausgrabung stand." Er zeigte auf seinen Begleiter, der dem Gespräch nicht folgte, sich aber in gewisser Neugier umschaute. „Ich habe ihm nicht geglaubt, als er erzählte, wer er ist. Sonst wäre ich ja sofort zu Euch gekommen."

„Und?", fragte die Königin.

„Er sagte damals, er wäre Euer Gemahl."

„Mein Gemahl?", konnte die Königin ihre Überraschung verbergen.

Der Graf von Domus lächelte verstohlen.

Die Königin sah den alten Mann zum ersten Mal direkt an. Für die Dauer des Flügelschlages einer Fliege trafen sich ihre Blicke und seine trüben Augen begannen sich kurz zu klären. Gleich darauf sank er wieder in seinen Stumpfsinn hinab.

„Mein Gemahl ist vor vielen Jahren fortgegangen", sagte die Königin. „Und in dem da", sie zeigte auf den Alten, „kann ich keine Ähnlichkeit zu ihm erkennen."

„Aber er hat mir mehrfach versichert, dass er es ist", beharrte der Zwerg.

„Was meinst du, was er sagt, wenn ich ihn frage?" Die Königin war von sich selbst erstaunt, wie unaufgeregt sie diese eigentlich umwälzende Nachricht aufnahm. Schon lange war es her, dass sie die Rückkehr ihres Gemahls in Betracht gezogen hatte und daher wollte sie sich einer gewissen Gleichgültigkeit dem alten Mann gegenüber nicht erwehren. Und sie verbat sich jeglichen Gedanken an die Bedeutung, die es haben konnte, wenn er tatsächlich der Verschollene war.

„Er wird nichts sagen“, räumte der Zwerg ein. „Er redet ja schon lange nicht mehr. Aber ich bin kein Schwindler. Das verbietet mir meine Zwergenehre!“, schob er mit aufrichtigem Stolz hinterher.

„Ich weiß so wenig über euch Zwerge wie ihr über uns Menschen“, sagte die Königin. „Ich weiß also nicht, was deine Ehre dir wert ist.“

Dem Zwerg fiel es sichtlich schwer, angesichts der Infragestellung seiner Ehre seine selbst auferlegte Höflichkeit zu wahren. Wenn sein Bart nicht so dicht gewesen wäre, hätte man nicht übersehen können, wie angestrengt er die Lippen aufeinander presste.

„Was ich mich allerdings frage ist, was deine Meinung über ihn geändert hat und was du dir davon versprichst, ihn zu mir zu bringen“, fuhr die Königin, der die aufgebrachten Gesichtsentgleisungen des Zwerges, trotz des dichten Bartes, nicht verborgen geblieben waren, fort.

„Es hat mich jemand davon überzeugt, dass es ja stimmen könnte, was er sagt“, verteidigte sich der Zwerg, seiner Sache immer unsicherer werdend. „Und wenn es wirklich an dem ist, dass Ihr euch bestimmt freuen würdet, ihn wiederzuhaben.“

„Und du hast dabei bestimmt nicht an dich selbst gedacht?“ Das Grinsen der Königin war nicht zu sehen. Sie schaffte es, dieses in ihr Inneres zu lenken. Lesen und Wissen beherbergen eine unendliche Macht, dachte sie. Über die Habgier der Zwerge hatte sie in der Bibliothek einiges gefunden.

„Wo denkt ihr hin?“, gab der Zwerg sich empört.

„Es war nichts weiter als eine Frage“, sagte sie und wandte sich an Chlodwig, der sich bereits mehrfach geräuspert hatte.

„Was denkt Ihr lieber Neffe? Hat dieser Mann Ähnlichkeit mit Eurem Onkel?“

Ihr wollt doch diesen Unfug nicht glauben, hätte er am liebsten laut hinausgeschrien, ahnte jedoch, dass die Frage eine Falle sein könnte. Er war noch ein Kind, als er den Herzog das letzte Mal gesehen hatte und eine allzu entschieden hervorgebrachte Verneinung konnte leicht in Zweifel gezogen werden. Er traute der Königin durchaus zu, dass sie es genau darauf anlegte.

„Eine Ähnlichkeit kann ich nicht erkennen“, sagte er mit Bedacht. „Aber es ist auch viele Jahre her und mein geliebter Onkel war stets sehr viel besser gekleidet und gepflegter als dieser Mann.“ Fieberhaft suchte er nach einer Möglichkeit, glaubhaft in Zweifel zu ziehen, dass es sich um seinen Onkel handeln könnte.

„Dann geht es dir wie mir“, stimmte die Königin zu. Es lag ihr nicht viel daran, ihren Mann wieder an ihrer Seite zu haben. „Ich kann in diesem Mann meinen Gemahl nicht erkennen.“

„Ihr wollt ihn nicht hierbehalten?“, die Stimme des Zwerges überschlug sich vor Entsetzen. Das war alles viel zu schnell und alles viel zu schiefgegangen.

„Wir bräuchten ein bisschen mehr Beweise“, forderte sie.

„Aber….seht ihn doch noch einmal an….er hat es doch gesagt.“

„Hoheit“, mischte sich der Haushofmeister ein, der fürchtete, die Königin könnte die beiden einfach und schnell wieder fortschicken. Er musste dringend Zeit gewinnen, sonst bliebe ihm keine andere Wahl, als die beiden Deppen zu ihr vorzulassen. Und wenn sie die dann auch so schnell abfertigen würde, wäre da niemand mehr und die Audienz gescheitert und seine Chancen auf einen weiteren Aufstieg arg gesunken. „Niemals würde ich eine Eurer Entscheidungen in Frage stellen, aber es liegt doch lange zurück, dass Ihr Euren Herrn Gemahl gesehen habt.“

„Ihr glaubt also, dass er der Herzog sein könnte?“, fragte sie so nüchtern, wie es ihr bei der Dankbarkeit über den Einwurf des Grafen möglich war.

„Ich wage es nicht, mir darüber ein Urteil anzumaßen“, sagte er, „aber es gilt doch zu bedenken, dass Euer Gemahl einer einflussreichen Familie entstammt. Stellt Euch vor, es würden Gerüchte in die Welt gesetzt werden, Ihr hättet ihn einfach davongejagt. Der Sturm der Entrüstung, den solch eine Behauptung auslösen könnte, wäre dem Frieden in Eurem Land kaum zuträglich.“

„Wer soll denn eine solche Behauptung verbreiten?“, fragte Chlodwig aufgebracht. Er hatte noch keine Möglichkeit gefunden, den Greis und den Zwerg loszuwerden, da sorgte die Einmischung des Haushofmeisters schon dafür, dass dieses möglicherweise auch länger dauern könnte. „Die Familie des Prinzgemahls bin ich!“

Gleich darauf ahnte er, einen Fehler gemacht haben zu können. Es durfte in keinem Fall der Anschein erweckt werden, dass er froh darüber wäre, sollte es sich nicht um seinen Onkel handeln.

„Für den Fall, dass dieser Mann mein geliebter Onkel ist, werde ich alles in meiner Macht Stehende unternehmen, ihm sein Leben so angenehm wie möglich zu gestalten“, log er mit einem schiefen Grinsen. „Sollte es sich jedoch nicht um den Herzog handeln, werde ich persönlich dafür sorgen, dass keine anderslautenden Gerüchte in Umlauf kommen“, fügte er an und hoffte, die Situation für sich gerettet zu haben.

Die Königin blickte nachdenklich zwischen ihrem Haushofmeister, Chlodwig, dem Zwerg und ihrem vermeintlichen Gatten hin und her.

„Dann sind wir uns also einig“, sagte sie. „Wir werden ihn einer gründlichen Prüfung unterziehen. Steckt ihn in ein Bad, lasst ihn rasieren und frisieren und gebt ihm etwas Anständiges zum Anziehen. Er sieht auch ziemlich hungrig aus. Also gebt ihm auch noch etwas zu essen. Und dann werden wir weitersehen."

„Das ist eine weise Entscheidung", sagte von Domus sich liebedienernd verbeugend. „Was soll in der Zwischenzeit mit dem Herrn Zwerg geschehen?", fragte er in der Hoffnung, die Verabschiedung der beiden noch etwas in die Länge ziehen zu können. Die Königin war in ihren Entschlüssen viel zu schnell.

Doch noch bevor sie eine Antwort geben konnte, waren aus dem Gang tumultartige Geräusche und ein lautes Stimmengewirr zu vernehmen.

„Was ist denn da draußen los?", fragte von Domus nicht unglücklich über die weitere Verzögerung, die Wachen an der Tür.

Einer der Soldaten wollte sie öffnen, um nachzusehen. Dazu kam er nicht mehr. Schwungvoll wurde sie von außen aufgestoßen und traf ihn am Kopf. Langsam rückwärts taumelnd sank er zu Boden.

In der Türöffnung standen Mikkel und Hagen. Dahinter ein Dutzend Soldaten, denen man einen kürzlich stattgefundenen Kampf, in dem sie heillos unterlegen waren, ansehen konnte.

„Verzeiht bitte unser Eindringen", sagte Mikkel und betrat mit einer leichten Verbeugung den Saal. „Aber unser Anliegen duldet keinen weiteren Aufschub."

Hagen, dem nur allzu deutlich anzumerken war, dass es ihm keineswegs behagte, dass Mikkel das Wort führte, folgte ihm.

„Nehmt diese Bastarde fest und steckt sie wieder in den Kerker", schrie der Haushofmeister die Soldaten an.

„Da gibt es ein kleines Problem", lallte ein Soldat mit schmerzhaft angeschwollener Zunge.

„Davon will ich nichts wissen", beschied der Graf, dem dieser Tumult, auch wenn er die Audienz in die Länge zog, dann doch sehr ungelegen kam. Ein bisschen Aufregung, wenn er sie denn baldigst beruhigen könnte, wäre ihm recht gewesen.

Aber dieses dreiste Eindringen, fürchtete er, könnte die Königin glauben lassen, er wäre seinen Aufgaben nicht gewachsen. Und ihr Neffe würde es sich gewiss nicht nehmen lassen, sie darin auch noch zu bestärken. „Wie kommen die überhaupt hierher?", fragte er etwas ratlos.

„Das ist ja das Problem." Die Soldaten wichen ängstlich zurück und es erschien ein pelziges Untier, welches die gesamte Breite und Höhe der Tür einnahm. Es hatte blutunterlaufene Augen und ein weit aufgerissenes Maul voller spitzer, gelber Zähne. Die riesigen Pranken endeten in langen, scharfen Krallen. Es ließ ein furchterregendes Brüllen hören.

Der Haushofmeister, die Königin, Chlodwig, der Zwerg und die Soldaten erstarrten. Der Einzige, der vollkommen unbeeindruckt blieb, war der Verwirrte.

„Ich kann euch beruhigen", sagte Mikkel in die angsterfüllte Stimmung. „Pavarotti ist über alle Maßen friedlich und es liegt im Geringsten in unserem Interesse, den hier Anwesenden Schaden zuzufügen." Er schaute Pavarotti an, welcher zufrieden grinste und zu schrumpfen begann. Ein Vorgang, der selbst für Hagen, der diesem schon einige Male beigewohnt hatte, etwas unerklärlich Überraschendes hatte.

„Ich danke dir", sagte Pavarotti, als er seine normale Größe wiedererlangt hatte. „Und dir natürlich auch", an Hagen gewandt. „Ich weiß, wie schwer es dir gefallen ist, Mikkel reden zu lassen."

„Was?" Die Königin schüttelte ungläubig den Kopf, in welchem sich Fragen auftürmten, die nur schwerlich voneinander zu trennen waren und daher nicht gestellt werden konnten.

„Wir werden Euch alle Antworten geben", sagte Pavarotti und bewegte sich langsam in die Mitte des Raumes. „Aber zuvor bitten wir darum, dass Ihr uns zuhört."

„Welche andere Wahl haben wir denn?", rang sie immer noch um Fassung. Dieses pelzige Wesen mutete in seiner jetzigen Größe in keiner Weise bedrohlich an, aber sie hatte gerade noch, genau wie alle anderen, ein beängstigendes Monster in ihm gesehen.

„Für den Moment keine“, ließ Pavarotti keine Zweifel offen.

„Nun, dann sprecht.“

„Es ist sehr unhöflich von uns“, gab Pavarotti zu. „Wir wissen, wer Ihr seid“, seine Armbewegung schloss den Zwerg und seinen Begleiter mit ein, „aber wir haben uns noch gar nicht vorgestellt. Mein Name ist Pavarotti, ich glaube, der wurde schon genannt. Und ich bin ein Troll. Meine beiden Freunde heißen Mikkel und Hagen. Der eine ein wunderbarer Zauberlehrling, der andere ein verwegener Jäger und Wildhüter.“

„Und was ist euer Anliegen an mich?“, fragte die Königin, die sich bisher kaum hatte vorstellen können, ein Gespräch mit einem Troll oder einem Zauberlehrling zu führen. Mit einem Jäger schon noch am ehesten, aber dieser Jäger hatte offenkundig nicht viel zu sagen.

„Um es kurz zu machen, Ihr müsst umgehend damit aufhören, den Blaubäumer Forst zu roden“, sagte Pavarotti, mitnichten versuchend, eine höfliche Bitte hervorzubringen.

„Dabei gibt es gute Gründe, genau das zu tun“, erwiderte sie, langsam aus ihrer Starre auflebend und sich zunehmend an dem selbstverständlichen Auftreten dieser drei Kerle störend. „Der Wald stellt seit Jahrhunderten eine Gefahr für die Menschen meines Landes dar.“

„Die Menschen könnten den Wald meiden“, ließ Pavarotti den Einwand nicht gelten. „Zumal die Gefahr größer wird, wenn es ihn nicht mehr gibt.“

„Das kann ich nicht erkennen“, sagte sie. Auch wenn sie nie vollends überzeugt war, hatte Johannes doch stets gute Gründe für die Rodung hervorgebracht. Dieser Wald war ein Hort unerklärlicher Vorgänge und gefährlicher Lebensformen.

„Wenn das, was diesem Wald innewohnt, aus ihm hervorbricht, gerät mein Volk in große Gefahr.“

„Damit habt Ihr wohl recht“, stimmte Pavarotti zu, „und genau dies wird geschehen, wenn Ihr den Wald weiter zerstört.“

„Ist das so?“, fragte sie von der belehrenden Art des Trolls angewidert.

„Es ist doch ganz einfach“, mischte sich Hagen ein und erntete besorgte Blicke von Pavarotti und Mikkel.

Sie hatten sich nicht grundlos darauf geeinigt, dass hauptsächlich Pavarotti reden sollte, Mikkel vielleicht noch etwas ergänzend, aber er selbst am besten schwieg. Geeinigt war, zumindest nach Hagens Auffassung, das vollkommen falsche Wort. Pavarotti hatte es, keinen Widerspruch zulassend, einfach festgelegt. Er vertrat die Ansicht, dass Hagen zu sehr in verletzter Eitelkeit gefangen und zu wenig von der Richtigkeit ihrer Unternehmung überzeugt war, um mit dem nötigen Nachdruck reden zu können.

„Mein Freund Pavarotti kann wirklich furchterregend sein“, sagte Hagen, die stummen Warnungen missachtend. Das Aufbrechen seines bisher unterdrückten Ärgers ließ sich nicht mehr aufhalten. Er hatte die Herabsetzungen der letzten Tage wortlos ertragen, konnte sich jetzt aber nicht mehr zügeln. Er war nicht der unfähige Trottel, für den ihn die anderen zu halten schienen. „Das habt Ihr gesehen und das ist etwas, das wir beide reichlich ausgenutzt haben. Aber er ist harmlos, meistens jedenfalls. In diesem Wald leben aber Geschöpfe, die nicht harmlos sind. Und wenn Ihr Ihnen ihren Lebensort nehmt, werden sie sich einen anderen suchen müssen. Mir tun die Bewohner der am nächsten gelegenen Dörfer jetzt schon leid.“

„Nach allem, was ich weiß, werden diese gefährlichen Kreaturen mit dem Wald verschwinden“, sagte die Königin, die gleichzeitig überlegte, woher sie dieses wusste. Gelesen hatte sie es nicht. Vermutlich hatte es Johannes ihr eingeflüstert.

„Das mag sein irgendwann“, sagte Pavarotti erleichtert, dass Hagen keinen unüberlegten Mist von sich gegeben hatte. Er war ihm zwar sehr zugetan, vertraute seinem Urteilsvermögen aber nicht erst seit dem Aufbruch von ihrem Häuschen nur sehr begrenzt. „Aber erst einmal werden sie nach einer neuen Heimat suchen. Die ständige Jagd auf uns Trolle hat uns auch nicht ausgerottet.“

„Aber doch harmlos gemacht, dachte ich“, erwiderte die Königin unsicher.

Pavarotti grinste. „Harmlos bin ich nur, wenn ich es will.“ Er hielt ihr seine Pfoten entgegen und sofort schossen die Krallen aus ihnen hervor. Trotz der Entfernung und ihrer erhöhten Position zuckte sie zurück. Die Soldaten zogen ihre Schwerter zur Hälfte aus den Scheiden.

„Seid versichert“, sagte Pavarotti, „dass wir niemandem hier ein Leid zufügen wollen. Es ist unser einziges Anliegen, dass der Vernichtung des Blaubäumer Forstes Einhalt geboten wird.“

„Ich werde darüber nachdenken“, sagte die Königin und stand auf. Vielleicht hatten die Drei recht, möglicherweise aber auch nicht. Jedenfalls war es eine Angelegenheit, die sich nicht durch eine schnelle Entscheidung regeln ließ. Genauso wenig wie die wahre Identität des alten Zausels.

„Der Herr Troll und seine Begleiter sowie der Herr Zwerg finden in der Stadt gewiss eine ihnen angemessene Unterkunft, bis ich in ihren Anliegen zu einer Entscheidung gekommen bin. Der Herr, der möglicherweise mein Gemahl ist, bleibt im Schloss und wird, wie gesagt, in einen menschenwürdigen Zustand versetzt. Graf von Domus, ich bitte Euch alles Nötige für das Mittagsmahl, welches ich gemeinsam mit meinem Neffen einnehmen werde, zu veranlassen und lasst Therese ausrichten, sie möge in der Bibliothek auf mich warten. Alle anderen schickt für heute fort. Versichert ihnen mein Bedauern. Sie werden Verständnis dafür haben, dass drängendere

Aufgaben meine Aufmerksamkeit beanspruchen. Zu gegebener Zeit wird ihnen Gelegenheit gegeben, sich zu einer erneuten Audienz hier einzufinden.“

Tag 38
Am Ufer des Kleinen See Frikka

Wie jedes Mal, wenn er den See überquerte, gelang es ihm nicht wach zu bleiben. Es war eines dieser unlösbaren Rätsel, fast so, als hätte der See einen zusätzlichen Schutz für die Inseln geschaffen. Dieser war glücklicherweise trotz seines erbärmlichen Zustandes noch intakt.

Und wie die Male zuvor hatte ihn die Strömung an dieselbe Stelle getrieben. Karl erwachte unweit einer ihm nur zu gut bekannten, alten, verfallenen Fischerhütte. Bei seinem letzten Besuch war diese noch bewohnt, aber jetzt machte sie einen schon lange verlassenen Eindruck.

In einem Hohlraum hinter einem losen Wandbrett fand er ein Schwert und wärmere Kleidung, die er vor vielen Jahren hier zurückgelassen hatte. Dabei lag noch ein Brief:

Liebe Freunde, zu lange habe ich mit mir gehadert, ob ich euch doch noch folgen soll. Aber den rechten Zeitpunkt habe ich wohl verpasst oder er ist einfach nicht gekommen. Es fühlte sich nie ganz richtig an, diese Welt hier hinter mir zu lassen und einen neuen Anfang zu wagen. Inzwischen bin ich alt und es zieht mich zurück an den Ort, an dem wir uns kennengelernt haben. Wenn ihr nochmal dorthin kommt, dann besucht mich doch. Dann können wir noch einmal über die alten Zeiten schwadronieren, sollte ich noch nicht das Zeitliche gesegnet haben. G.

Karl faltete den Zettel zusammen und verstaute ihn in der Tasche seiner Jacke. Er hatte nicht damit gerechnet, Gernot noch hier anzutreffen. Sicher hätte dieser versucht, Mia dazu zu bewegen, in der letzten Vollmondnacht zur Insel zurückzukehren. Einer leichten Enttäuschung konnte er sich dennoch nicht erwehren. Es wäre um einiges einfacher, wenn er seinen alten Freund getroffen hätte. Gernot hätte vielleicht gewusst, warum der See krank war und wo er nach Mia suchen könnte.

Er stand am Ufer und sah auf den sterbenden See hinaus. Hier machte er einen noch vergifteteren Eindruck als auf den Inseln. Ich hätte früher kommen müssen, erkannte er voller Selbstvorwürfe.

„Ja, das hättest du“, vernahm er eine dünne Stimme.

„Kannst du jetzt Gedanken lesen?“, fragte Karl und drehte sich um. Hinter ihm stand ein kleines, mageres Männlein in einem erdbraunen Anzug mit einem viel zu großen Kopf, an dem ein paar haarige Ohren prangten.

„Natürlich nicht“, sagte das Männlein. „Aber es ist nicht allzu schwer zu erraten, was du denkst.“

„Wie auch?“, antwortete Karl, der wusste, dass ihm das Entsetzen über den Anblick und den bestialischen Gestank ins Gesicht geschrieben stand.

„Du siehst übrigens auch nicht mehr so ganz frisch aus“, sagte das Männlein, mit unverhohlenem Spott.

„Ja, es ist lange her.“ Er beäugte den Kleinen, der sich in den Jahren nicht verändert hatte. Es war heute wie damals nicht möglich, sein Alter zu schätzen. „Aber ich weiß immer noch, was dir überhaupt nicht gefällt.“

„Vergiss es“, sagte das Männlein mit einem breiten Grinsen, bevor Karl fortfahren konnte. „Die Sache mit meinem Namen habe ich hinter mir gelassen.“

„Ach, du hast kein Problem mehr damit, wenn man danach fragt?“, fragte Karl erstaunt. Zu gut noch konnte er sich an das aufgeregte Gejammer und hektische Aufdenkopfklopfen erinnern, als er ihm das erste Mal begegnet war.

„Nö! Ich habe jetzt nämlich einen neuen“, verkündete das Männlein zufrieden.
„Tatsächlich? Und wie heißt du jetzt?“
„Verrate ich dir nicht.“ Das Grinsen wurde noch ein wenig breiter und zufriedener.
„Dann lässt du das halt“, sagte Karl gleichgültig. Er wusste, wie dieses Gespräch verlaufen würde und spürte nicht das geringste Verlangen, sich darauf einzulassen. „Ich habe Wichtigeres zu tun.“
„Deshalb bin ich doch hier“, sagte das Männlein mit ungewohntem Ernst. „Ich kann dir sagen, wo du hinwillst. Ich kann dich sogar dorthin bringen.“
„Als ich das letzte Mal auf dich gehört habe, hat es mich in arge Schwierigkeiten gebracht“, gab Karl mehr sich selbst als dem Männlein zu bedenken.
„Das muss ich jetzt doch weit von mir weisen“, empörte sich der Kleine. „Ich habe nichts weiter getan als dir das Schloss der verwunschenen Prinzessin zu zeigen. Ich habe dir nicht gesagt, dass du da reingehen, die Prinzessin küssen, dich für jemanden ausgeben, der du nicht bist und sie heiraten und danach auf einen Feldzug für den König gehen sollst. Nein, das habe ich nicht getan. Und also bin ich auch nicht schuld daran, dass der König dich, nachdem er deine Hochstapelei enttarnt hatte, ins Verlies werfen ließ.“
„Wie auch immer“, sagte Karl, der sich nicht mit solchen Spitzfindigkeiten befassen wollte, auch wenn er, zumindest für sich selbst, zugeben musste, dass das Männlein so unrecht nicht hatte. Aber diese Genugtuung wollte er ihm nicht geben. Die beiden bisherigen Begegnungen mit ihm hatten Karl gelehrt vorsichtig im Umgang mit diesem Kerl zu sein.

Und dass er jetzt hier war und auf ihn gewartet hatte, konnte alles Mögliche bedeuten. Dass er ihm helfen wollte oder auch dass er ihm noch größere Schwierigkeiten bereiten würde. Auf jeden Fall aber, dass er einiges über die Verseuchung des

Sees wusste und dass dies wohl nicht alles war. Und auch, dass er dieses Wissen nicht so einfach preisgeben würde.

„Warum bist du hier?“, fragte er dennoch, ahnend, keine aufschlüssige Antwort zu erhalten.

„Hab ich doch gesagt“, sagte das Männlein verständnislos. „Um dir zu zeigen, wo Mia ist.“

„Und warum?“, fragte Karl vorsichtig. So wie er diese rätselhafte Gestalt kennengelernt hatte, konnte er sich kaum vorstellen, dass er etwas aus reiner Selbstlosigkeit tat.

„Warum glaubst du mir denn nicht?“, beschwerte sich das Männlein.

„Ich kann mir schon vorstellen, dass du weißt, wo sie ist und auch dass du mich dort hinbringen würdest. Aber du würdest dir kaum die Mühe machen, wenn es nur darum ginge“, meinte Karl ihn durchschaut zu haben.

„Was denkst du denn von mir?“, erwiderte das Männlein mit gespielter Entrüstung.

„Willst du darauf wirklich eine Antwort haben?“, fragte Karl ungläubig. Letztlich hatten sie sich damals dann doch recht gut verstanden, aber bei allem, was zwischen ihnen geschehen war, konnte er doch wirklich nicht annehmen, dass Karl ihm vertrauen würde.

„Also gut. Ich habe mein Bestes versucht. Wenn du meine Hilfe nicht willst, dann musst du halt alleine versuchen sie zu finden“, begann das Männlein zu schmollen.

„Du bist ja immer noch so schnell beleidigt wie früher“, amüsierte sich Karl.

„Pfffff.“

„Ich muss jedenfalls los“, sagte er und schickte sich an, zu gehen. Es war unübersehbar, in welche Richtung die Verschmutzung weiter zunahm. In diese würde wohl auch seine Tochter gegangen sein. Auch wenn es aussichtslos sein mochte, sie einzuholen, hoffte er doch Anzeichen zu finden, wohin es sie verschlagen hatte, wenn er ihr folgte.

„Wo willst du denn hin?“

Karl meinte einen leisen Anflug Verunsicherung aus der Stimme des Männleins herausgehört zu haben. „Das muss deine Sorge nicht sein“, sagte er, eine nicht vorhandene Selbstgewissheit vortäuschend.

„Iiiist eeees auuuuuch niiiiicht“, versuchte sich das Männlein in Belanglosigkeit.

„Glaub ich dir nicht“, sagte Karl missgelaunt, fürchtete er jetzt doch in ein nicht enden wollendes Gespräch hineinzuschlittern. „Sonst wärst du nicht hier. Aber ich habe nicht genug Zeit, mich mit dir zu befassen. War schön dich mal wieder gesehen zu haben.“

„Du willst also wirklich auf meine Hilfe verzichten? Dabei solltest du jede Unterstützung annehmen, die du kriegen kannst“, sagte das Männlein mit tatsächlich aufrichtiger Besorgnis.

„Und warum liegt dir so viel daran, mir zu helfen? Uneigennützigkeit wäre etwas vollkommen Neues von dir.“

„Du denkst viel zu schlecht von mir“, beschwerte sich das Männlein.

„Tu ich das?“

„Natürlich! Nichts liegt mir ferner als dir zu schaden. Immerhin sind wir so etwas wie alte Freunde.“ Das Männlein streckte sich und sah Karl unumwunden an. Es gab für ihn keinen Zweifel. Er meinte, was er sagte.

„Dann sag mir einfach, warum du wirklich hier bist“, forderte Karl.

„Das ist doch langweilig“, konnte das Männlein nicht verhindern, in alte Gewohnheiten zurückzufallen.

„Für mich nicht.“

„Na gut, ich könnte dir sagen, was hier los ist, also warum der See kaputtgeht. Oder ich könnte dich an einen Ort bringen, an dem du das und noch einiges mehr erfährst.“ Er streckte Karl seine Hand entgegen.

„Du könntest auch beides tun“, antwortete Karl unüberhörbar unzufrieden.

„Ja, könnte ich. Will ich aber nicht.“ Selbst wenn er es anders gewollt hätte, wäre es ihm doch nicht gelungen, Karl nicht weiter im Unklaren zu lassen. Sehr viel früher, als er noch sehr jung war, wäre ihm nie der Gedanke gekommen, sein Wissen nicht zu teilen. Die Erfahrungen der Zeit hatten ihn jedoch zu dem werden lassen, der er war, ein mitunter aufrichtiger, manchmal hinterhältiger Schalk.

Karl dachte nach. Aus ihm etwas mehr herauszubekommen, war gewiss nicht unmöglich, würde jedoch einiges an Zeit brauchen. Zeit, die er eigentlich nicht hatte. Andererseits schien ihm einiges daran zu liegen, Karl in eine bestimmte Richtung beziehungsweise an einen bestimmten Ort zu bringen und es war nie verkehrt zu wissen, warum jemand tat, was er tat. Das bei diesem Kerl herauszufinden, war aber alles andere als einfach. Warum hatte er ihn damals in dieses Erdloch verschleppt und dort festgehalten? Weil er hoffte, einen Freund zu finden, hatte er gesagt. Auch wenn Karl ihm das anfänglich glauben wollte, kamen ihm später doch einige Zweifel daran. Und warum hatte er ihm das Schloss der Prinzessin gezeigt? Weil Karl ihm die Ohren zurückgebracht hatte. Aber dafür hätte er sich auch auf andere, weit weniger gefährliche Art dankbar zeigen können.

Alles in allem war und blieb dieses Männlein ein Rätsel, auch wenn Karl mehr über ihn wusste als die meisten anderen Menschen.

„Also, was ist jetzt?“, fragte das Männlein ungeduldig. „Soll ich dich an den Ort bringen, an dem deine Fragen beantwortet werden, oder willst du alleine durch die Gegend irren?“

„Unter einer Bedingung“, unternahm Karl einen letzten Versuch, etwas mehr zu erfahren.

Der Kleine schüttelte den Kopf. „Keine Bedingungen. Ich bringe dich an einen Platz, von dem du alleine weitergehen musst. Du kannst ja dort entscheiden, ob du das machst oder nicht." Wieder hielt er Karl seine Hand entgegen.

Auf einer Insel im Kleinen See Frikka

Wenn der See wäre, wie er immer war, wäre der Anblick von Mai, wie sie knöcheltief im Wasser stand und hinüber zum nicht zu sehenden Ufer sah, einer, wie ihn die Menschen auf der Insel nur zu gut kannten. Jedes Mal, wenn Karl losgezogen war, hatte sie die Nacht und den nächsten Tag und noch eine Nacht am Strand verbracht und immer wieder ihre Blicke auf den See gerichtet.

Aber die Menschen sahen etwas anderes. Sie sahen den Kummer und die Angst ihrer Königin, die sie nicht versuchte zu verbergen und sie fühlten mit ihr und wussten doch, dass es beinahe unmöglich war, sie von der Last zu befreien.

Ihr Gefährte und eines ihrer Kinder hatten sich in diese fremde Welt aufgemacht und es war alles andere als gewiss, dass sie zurückkehren würden.

Die junge Frau war viel zu unerfahren und der Mann viel zu alt für die Herausforderungen, die dort drüben auf sie warten mochten. Um sich selbst machten sie sich keine Sorgen. Noch immer hielten sie die heraufziehende Gefahr für eine kurzzeitige Erscheinung.

„Ich wäre gerne an seiner statt gegangen“, sagte Edelbert, der leise an sie herangetreten war.

„Warum?“, fragte sie, ohne ihren Blick von den sanften Wellen des verschmutzten Wassers zu wenden.

„Wahrscheinlich, weil es der letzte Anlass für uns ist, uns dort drüben umzusehen.“

„Und euren Vater zu finden?“

„Ach nein, jedenfalls nicht für mich. Ich habe mich damit abgefunden, ihn verloren zu haben. Er war zwar oft bei uns, zwischendurch aber auch lange fort. Ich habe mich immer gefreut, wenn er kam, ihn aber kaum vermisst, wenn er ging. Ich hatte ein Zuhause. Das hatte Karl nur in der kurzen Zeit, in der er mit ihm im Wald gelebt hat. Deshalb hat er die Hoffnung nie aufgegeben, ihn doch noch wiederzufinden."

Die Worte schmerzten Mai mehr, als sie sich eingestehen wollte. „Er hat hier ein Zuhause", sagte sie betrübt.

„Und das weiß er und deshalb ist er auch immer wieder gekommen. Aber anders als du und anders als ich, weiß er nicht, woher er kommt. Wir hatten unsere Mütter, Karl nur einen rätselhaften, wenn auch beeindruckenden Mann als Vater und das auch nicht von langer Dauer."

Mai drehte sich langsam um und umarmte Edelbert. „Und deshalb ist es gut, dass er gegangen ist und nicht du", sagte sie. „Auch wenn ich fürchte, dass er dieses Mal nicht wiederkommt."

„Es fehlt mir an Phantasie, mir das vorzustellen. Bei allem, was ihm widerfahren ist, ist er stets ein vom Glück geküsster Mensch geblieben und Mia ist mehr ihres Vaters Tochter als eure anderen Kinder."

„Du hast recht", sagte sie und löste sich langsam aus der Umarmung.

Am Fuße eines Berges

Es war, als wäre es erst vor Kurzem gewesen, so gut konnte sich Karl noch an das letzte Mal erinnern. Kaum hatte er die Hand des Männleins berührt, flitzten sie mit einer unglaublichen Geschwindigkeit durch die Landschaft. Er hatte den Boden unter den Füßen verloren und sie rasten an Bäumen, Sträuchern, Felsen und Bächen vorbei. Manchmal fürchtete er mit ihnen zusammenzustoßen, um dann doch um Haaresbreite daran vorbeizufliegen. Sie überwanden Felsspalten und Abgründe, schossen durch Wasserfälle und über Gebirgskämme hinweg.

„Über eine so lange Strecke habe ich das noch nie gemacht“, sagte das Männlein erschöpft, als sie abrupt an einem kleinen Weiher zum Stehen kamen. Dieser war dicht umwachsen mit unterschiedlichen Akazienhölzern, aus denen ein vielstimmiges Brummen und Summen von Wildbienen zu vernehmen war. Ein Berg tauchte ihn in einen kühlen Schatten. Das Männlein setzte sich ins Gras und schnaufte lautstark durch.

„Wie machst du das?“, fragte Karl.

„Das würde doch ziemlich lange dauern, dir zu erklären“, sagte das Männlein immer noch außer Atem. „Und dafür hast du keine Zeit.“

„Dass ich es etwas eilig haben könnte, ist nicht schwer zu erraten. Aber was weißt du?“, unternahm Karl doch noch einen weiteren Versuch, etwas mehr zu erfahren.

„Du hast schon immer zu viele Fragen gestellt“, verweigerte das Männlein eine Antwort. „Du solltest dich lieber beeilen, auf den Gipfel zu kommen, bevor es dunkel wird.“

Karl setzte sich ins Gras, er sog den würzigen Duft tief in seine Lungen. Das Männlein wollte ihn also auf den Berg schicken. Die Sonne hatte gerade ihren Scheitelpunkt überschritten, der Aufstieg erschien zwar lang und teilweise steil,

aber nicht voller unüberwindbarer Hürden. Bis zum Abend sollte er es schaffen, auch wenn er noch nicht gleich aufbrach.
„Was soll das denn jetzt werden?“, fragte das Männlein und kratzte sich am Kopf.
„Eine Pause“, sagte Karl und legte sich in das Gras. Über sich sah er den blauen Himmel, über den einzelne blasse Wolken wanderten.
„Du solltest dich wirklich auf den Weg machen“, drängte das Männlein ihn zum Aufbruch.
„Es scheint dir wirklich viel daran zu liegen. Warum?“ Noch hatte er es nicht aufgegeben, vielleicht doch noch etwas mehr darüber zu erfahren, was ihn erwartete.
„Hört denn diese Fragerei nie auf?“, fragte das Männlein gereizt.
„Doch, nach den Antworten.“ Karl grinste breit. Jetzt, da er sich entschieden hatte, sich hierher bringen zu lassen und angesichts des bereits sichtbaren Zieles begann er ein klein wenig Freude zu empfinden, seinen alten Bekannten herauszufordern.
„Die du doch selbst herausfinden kannst, wenn du nur endlich auf den Berg steigst“, wurde das Männlein unwirsch und stand auf.
„Auch warum du tust, was du tust?“
„Was ist denn daran so wichtig?“
Karl setzte sich wieder auf, langsam, um seinen Rücken nicht zu stark zu fordern. „Das weiß ich erst dann, wenn ich es weiß.“
„Dann sag mir Bescheid, wenn es so weit ist“, lachte das Männlein in der Absicht fest in seinem Entschluss zu bleiben, nichts mehr preiszugeben. „Ich muss jedenfalls weiter“, wollte er sich verabschieden.
Aber Karl hatte ihn mit einer Geschwindigkeit, die dem alten Mann kaum zuzutrauen war, am Arm gepackt und hielt ihn fest.

„Warum hast du mich hierher gebracht? Warum hast du mich damals in dein Erdloch verschleppt und warum hast du mir das Schloss gezeigt?“ Karl hatte lange an Zufälligkeiten geglaubt, aber dass er immer wieder aufgetaucht war, vor allem gerade jetzt, ließ ihn daran zweifeln. Er fühlte sich wie eine Figur in einem Spiel, die von einer unbekannten Macht nach deren Belieben hin- und hergeschoben wurde. Keine besonders erfreuliche Vorstellung.

„Du kannst mich so lange festhalten, wie du willst“, sagte der Kleine. „Ich werde dir nicht mehr sagen, als ich es bisher getan habe.“

„Auch nicht, wenn ich dir verspreche, deinen Arm zu brechen, wenn du es nicht tust?“

„Auch nicht, wenn du mir androhst ihn abzuschneiden“, wusste er um die Leere von Karls Drohung. Er kannte ihn zu gut und wusste, dass der alte Mann seine Skrupel nicht überwinden würde.

Karl löste seinen Griff. Es würde ihm keinen Vorteil verschaffen, wenn er seine körperliche Überlegenheit ausspielte. „Wovor hast du Angst?“

„Vor dir jedenfalls nicht“, sagte das Männlein und massierte seinen schmerzenden Arm. „Ich kann dir nur so viel sagen, dass du das, was du wissen willst, dort oben erfahren wirst.“ Er zeigte in Richtung des Berges. „Es liegt an dir, es herauszufinden. Früher hättest du nicht darüber nachgedacht, sondern es einfach getan.“

„Früher hatte ich auch nie das Gefühl, dass eine ganze, kleine Welt von dem abhängt, wie ich mich entscheide“, wurde Karl sich der Last bewusst, die er zu schultern hatte.

„Weißt du woran das liegt?“, fragte das Männlein.

„Fängst du jetzt an Fragen zu stellen? Ich dachte, dafür wäre ich zuständig“, erwiderte Karl und lachte, aber kein herzliches Lachen, sondern ein nachdenkliches.

„Du bist alt und du weißt, dass du vielleicht nicht mehr ausreichend Zeit hast, Fehler, die du machst, zu korrigieren. Außerdem hast du dich an andere Menschen gebunden. Du fühlst dich verantwortlich. Du bist nicht mehr der Junge, der mit Träumereien und Neugier durch das Leben gestolpert ist. Und du hast Angst. Und nicht einmal davor, dass dir etwas zustoßen könnte, sondern davor Dinge zu erfahren, die du nicht wissen willst."

Und mit allem hatte er recht. Karl stand langsam auf. „Du hast dich hingegen gar nicht verändert", sagte er mit nur halber Überzeugung. „Du bist immer noch ein hinterhältiger, durchtriebener, kleiner Mistkerl."

„Zu deinem Glück weiß ich, dass du das nicht so meinst", sagte das Männlein grinsend. „Sollten wir uns noch einmal wiedersehen, werde ich dir erzählen, warum ich das hier getan habe, wenn du es bis dahin nicht schon selber herausgefunden hast." Er nickte Karl auffordernd zu, sich doch endlich an den Aufstieg zu wagen und war gleich darauf verschwunden.

Mit dem ersten Schritt, der ihn in die Richtung des Berges führte, spürte er es, das Band, welches ihn mit seiner Tochter verband.

Das Männlein hatte also recht gehabt. Er hatte ihn zu ihr gebracht, zumindest fast. Kopfschüttelnd über sich selbst begann er bergauf zu laufen. Warum hatte er gezögert, sich herbringen zu lassen, wenn doch die Wahrscheinlichkeit riesengroß war, sie hier zu finden?

Das Männlein mochte vieles sein, auch Undurchsichtiges, Gefährliches, Durchtriebenes, ein Lügner war er nicht. So gut hatte Karl ihn kennengelernt. Und was auch immer seine Hintergedanken sind, ich wäre doch ein Narr, wenn ich die Chance Mia zu finden einfach verstreichen lassen würde, dachte er. Ich bin tatsächlich zögerlich geworden, stellte er ernüchtert fest.

Nur wenige Schritte weiter veränderte sich das Band. Es spaltete sich auf in zwei Bänder, die sich zwar berührten, aber dennoch jedes für sich einzeln blieb. Karl blieb kurz stehen, eine ungreifbare Ahnung kroch heran, der er nicht wagte zu trauen. Die Länge der vergangenen Zeit hätte das Auffinden des zweiten Bandes unmöglich machen sollen.

Vielleicht war es doch eine Falle?

Aber warum sollte das Männlein das tun?

Vielleicht hätte er ihn einfach mit auf den Berg schleifen sollen?

Er umfasste den Griff seines Schwertes. Fang jetzt nicht an zu hadern, rief er sich selber zu und ging entschlossen weiter.

Das muss er sein, dachte Krakel, als er Karl den Berg hinaufsteigen sah. Der war zwar auch nicht mehr ganz jung, aber bei Weitem noch nicht so alt wie der Große Afigidis. Er war auch nicht ganz so groß, aber vielleicht würde er ja noch wachsen. Vor allem aber erinnerte er ihn an den Großen Afigidis. In gewisser Weise waren sich die beiden sehr ähnlich. Jedenfalls bildete Krakel sich ein, dieses zu erkennen.

„Zeig dich“, forderte Karl zu Krakels Überraschung.

Krakel hatte zwar keine Mühe darauf verwendet, sich verborgen zu halten, dennoch war sein Erschrecken groß, wusste er doch, dass die Menschen seiner nicht gewahr wurden, sah man einmal von wenigen Ausnahmen ab. Er konnte ja nicht wissen, dass Karl zu jenen Ausnahmen zählte. Er hätte es sich aber vielleicht denken können sollen, wenn er in ihm schon meinte, den neuen Großen Afigidis zu erkennen. Aber der Schreck war kurz und Angst war Krakel fremd. Zumal in Angesicht des neuen Großen Afigidis. Und so trat er zwischen zwei Gebüschen hervor. „Wir haben lange auf dich gewartet“, verkündete er.

„Ach, ist das so?“, antwortete Karl verwundert und erwiderte den neugierigen Blick des Kobolds.

„Ja“, sagte der mit stolzgeschwellter Brust, denn er würde es sein, der den Neuen entdeckt hatte und an seinen Platz brachte.
„Wenn das so ist“, sagte Karl belustigt und seine Befürchtungen verflogen. Wenn hier solch friedlich anmutende, kleine Wesen lebten, konnte es sich kaum um einen tückischen Hinterhalt handeln. „Dann lass uns gemeinsam nach oben steigen.“

Je höher sie stiegen, desto mehr Geschichtenkobolde schlossen sich ihnen an.
Und obwohl der Aufstieg beschwerlicher wurde, als es von unten den Anschein gemacht hatte, verliehen die beiden Bänder, die parallel zueinander liefen, Karl eine Kraft, wie er sie lange nicht mehr gespürt hatte.
Und dann war es so weit. Vor dem Eingang zum Höhlensaal standen sie. Ein alter großer Mann und eine junge Frau.
Keiner von ihnen wusste, wie sie letztlich zueinandergekommen waren, nur dass es geschehen war und sie sich alle in den Armen lagen.
Als sie sich wieder voneinander lösten, sah Mia ihren Vater an. Aber sie sah nicht den Mann, als den sie ihn kannte, sondern den Jungen, der er war, als sich die beiden Männer das letzte Mal gesehen hatten. Und auch ihr Großvater war nicht mehr der Greis, sondern ein kräftiger Mann in der Blüte seiner Jahre.
Karl trat einen Schritt zurück und sofort standen sich wieder zwei alte Männer gegenüber.
„Warum bist du nicht zurückgekommen?“, fragte er mit brüchiger Stimme.
„Weil ich auf dich gewartet habe“, antwortete der Große Afigidis.

„Ich wollte dich holen“, begann Hans. Er hatte sich auf einen Felsstein gesetzt, Mia und Karl saßen ihm auf einem umgelegten Baumstamm gegenüber. Sie wurden umstanden von den Geschichtenkobolden, die neugierig nähergekommen waren, andächtig lauschten und versuchten jedes Wort in sich aufzusaugen.

Etwas abseits drückte sich Tomas herum. Er fühlte sich unwohl und fehl am Platze, bis Mia ihn bemerkte, ihre Hand ausstreckte und ihn damit einlud, sich zu ihnen zu gesellen.

„Ich wusste, dass es Zeit für dich ist, den Wald zu verlassen. Deshalb habe ich mich aufgemacht in das Dorf deines Bruders, um mit dem kleinen, dicken Freiherren auszuhandeln, dass du dort bleiben kannst. Auf dem halben Weg sah ich die Soldaten, die sich aufmachten, in den Blaubäumer Forst einzudringen und ich wollte umkehren. Aber genau in diesem Moment traf ich die alte Frau.

Wir waren uns schon mehrfach begegnet. Sie war es auch, die mir empfohlen hatte, nach dir im Heim der Liebenden Brüder zu suchen. Sie war ein bisschen unheimlich, aber jedes Mal, wenn wir uns trafen, auch ungemein hilfreich. Also habe ich nicht lange gezögert, als sie mir von diesem Ort hier erzählte und versprach, dafür zu sorgen, dass du herkommen würdest. Ich dachte nur, dass es schneller gehen würde.“

Mia erschrak bei der Erwähnung der Alten. „Ich fürchte, sie war es auch, die mich hierher geschickt hat,“, sagte sie erschaudernd angesichts der Tragweite dieser Erkenntnis. Wenn es dieselbe Frau war, dann bestätigte sich die Vermutung, dass sie einen Plan verfolgte, zu dem sie alle, ohne es zu ahnen, ihren Teil beitrugen. Und als ob dies nicht schon beängstigend genug war, schien sie auf dessen Vollendung schon eine unheimlich lange Zeit und mit verbissener Beharrlichkeit hinzuarbeiten.

„Es ist so lange her.“ Hans strich sich nachdenklich eine Haarsträhne aus dem Gesicht. „Eigentlich sollte sie schon lange nicht mehr leben. Andererseits passen deine und Tomas` Beschreibung des königlichen Beraters Johannes haargenau auf den Bruder Johannes aus dem Heim der Liebenden Brüder zu. Und auch der sollte nach menschlichem Ermessen längst tot sein."

Karl durchlief ein eisiger Schauer und seine Nackenhaare stellten sich auf. Die Erwähnung eines seiner Peiniger ließ die Erinnerungen an die Begegnungen mit ihm so klar erscheinen, als hätten sie erst vor wenigen Tagen stattgefunden.

„Dann ist es kein Zufall und auch kein glücklicher Umstand, dass wir uns hier getroffen haben", sprach er die Vermutung aus, die er schon hatte, als er auf das Männlein gestoßen war.

„Und auch nicht, dass du erst jetzt hergekommen bist", bestätigte Hans.

„Du hättest früher nach mir suchen können", konnte sich Karl einen Vorwurf nicht verkneifen.

„Das habe ich getan. Irgendwie. Als hier noch ein anderer saß, mein Vorgänger, war ich hin- und hergerissen zwischen dem Wunsch aufzubrechen und dich zu suchen und der Angst, dich zu verpassen, wenn du kommst. Also habe ich die Geschichtenkobolde, wann immer sie sich auf den Weg machten, Geschichten zu den Menschen zu bringen oder welche von ihnen zu holen, gebeten, nach dir Ausschau zu halten. Aber kaum hatte dich einer von ihnen entdeckt, warst du schon wieder an einem anderen Ort. Und irgendwann verlor sich deine Spur vollends. Die Zeit meines Vorgängers war abgelaufen und ich habe seinen Platz eingenommen in der Hoffnung, dass die Alte am Ende doch recht behalten würde." Er schwankte zwischen Freude des Wiedersehens und Bedauern über die vergangene Zeit.

„Ich bin mir nur nicht sicher, ob das ein gutes Zeichen ist", sagte Karl.

„Das werden wir herausfinden."

Tag 39
Im Schloss

„Und, was sagt Ihr?“ Graf von Domus hatte den vermeintlichen Herzog und den Zwerg in den Festsaal führen lassen, in dem sich die Königin und Chlodwig, der Mühe hatte seinen Ärger darüber, dass sie schon wieder ihre Zofe mitgebracht hatte, zu unterdrücken, an einer langen Tafel gegenüber saßen. Sie hatten ihr Abendmahl gerade beendet und es war köstlich gewesen, gefüllter Schwan mit Gartenkräutersalat. Es hatte seine Laune nicht gebessert. Eine so niedere Bedienstete hatte bei den gewichtigen Geschäftlichkeiten der Herrschaft nicht zugegen zu sein, es sei denn, sie hatte währenddessen unabdingbare Aufgaben zu erledigen. Das war in dieser Angelegenheit keineswegs der Fall. Sie war hier vollkommen überflüssig. Noch aber wagte er es nicht, die Königin darauf hinzuweisen, denn noch war er seinem Ziel nicht einen bedeutenden Schritt nähergekommen.

„Tatsächlich sieht er aus wie ein Mensch“, stellte die Königin fest, welche den Unwillen ihres Neffen durchaus bemerkte, über diesen aber geflissentlich hinwegsah.

Der alte Mann war gebadet, frisiert, rasiert und manikürt worden. Man hatte ihn mit auserlesenen Speisen und Getränken verköstigt und ihm ein elegantes Wams und Beinkleider des Gemahls der Königin angezogen. Und diese passten ihm ausnehmend gut.

Sein verändertes Äußeres hatte aber keine Auswirkungen auf seinen verwirrten Geist. Mit inhaltsleeren Augen stand er in der Mitte des Raumes und alle Anwesenden konnten sich des Eindrucks nicht erwehren, dass er weder wusste, wer noch wo er war.

„Ich kann immer noch keine Ähnlichkeiten erkennen“, sagte Chlodwig, mahlte mit den Kiefern und versuchte seine Fassung zu bewahren. Das hier war eine erbärmliche Vorstellung, die gar nichts nutzte. Denn selbst wenn dieses alte Gerippe sein Onkel sein sollte, so wäre er doch weder für ihn noch für die Königin von Vorteil.

„Ich auch nicht“, stimmte die Königin zu. „Aber wenn man ihn dort so stehen sieht“, sprach sie weiter, bevor Chlodwig dazu ansetzen konnte, seine Zweifel vertiefend in Worte zu fassen, „dann könnte man schon glauben, dass er von edler Geburt ist.“

„Selbst wenn“, räumte Chlodwig widerwillig ein, „beweist das noch lange nicht, dass er mein geliebter Onkel und euer Gemahl ist.“

„Da habt Ihr wohl recht.“

„Versteht mich bitte nicht falsch“, sagte Chlodwig, der unablässig darüber nachgedacht hatte, wie er die Erlangung seines Zieles vorantreiben könnte. „Und seid versichert, dass mir nichts näher liegt als Euer und das Wohlergehen Eurer Herrschaft und Eures Landes.“

Die Königin wandte sich kurz ab, sodass Chlodwig ihr nicht ins Gesicht sehen konnte und verdrehte die Augen. Wenn sie sich bis jetzt noch nicht gänzlich sicher war, jetzt war sie es, ihr Neffe war nicht gekommen, um ihr zur Seite zu stehen.

Bevor er weitersprach, warf er dem Grafen einen abschätzenden Blick zu. Es behagte ihm nicht, sich in dessen Gegenwart zu offenbaren. Doch die Königin hatte es so einzurichten gewusst, dass dieser stets zugegen war, wenn er mit ihr zusammentraf. Schlimmer noch war nur die ständige Anwesenheit ihrer Zofe. Meist saß sie zwar nur, genau wie jetzt, unbeteiligt und mit gesenktem Kopf auf der Vorderkante eines Stuhles, aber Chlodwig wusste, wie durchtrieben Bedienstete sein konnten und wie schwatzhaft, wenn sie unter ihresgleichen waren. Doch seine Geduld neigte sich dem Ende entgegen. Und nichts ließ ihn hoffen, dass dieser Abend anders als in Kuriositäten verlaufen würde.

„Dieser Mann dort", sagte er und stand auf, er musste es jetzt einfach darauf ankommen lassen, „mag vielleicht mein Onkel sein. Und auch wenn er es nicht ist, so bedauere ich doch sein Schicksal. Dieser furchtbare Zustand der Verwirrtheit, in dem er sich befindet, ist etwas, was niemandem zu wünschen ist. Und ich respektiere auch Eure Verunsicherung und Euer Hoffen. Aber Ihr müsst den Blick nach vorne richten. Es ist an Euch, Entscheidungen für die Zukunft zu treffen."

„Ihr werdet schon noch Herzog werden", unterbrach sie ihn. Der Gedanke, einen Menschen wie Chlodwig in einer solch mächtigen Position zu sehen, behagte ihr keineswegs, aber es gab keinen plausiblen Grund, ihm diese Ehre zu verweigern. Das Einzige, das sie tun konnte, war es so lange es ging zu verzögern.

„Ich danke Euch", sagte er salbungsvoll, „und ich verstehe, dass Ihr in Anbetracht der Lage nicht voreilig handeln wollt. Dennoch fürchte ich, dass Euch dies nicht erspart bleibt. Die Menschen gieren nicht danach zu erfahren, wer der nächste Herzog von Steintaler wird, sondern danach, wer Euch auf den Thron folgt."

„Ich nehme an, dass Ihr Euch am geeignetsten dafür erachtet", sagte sie nüchtern, um das lästige Drumherumgerede zu beenden.

Der Mann, der vielleicht der Herzog war, hatte angefangen durch den Raum zu laufen. Er blieb kurz an einem der Fenster stehen, schaute hinaus, umrundete die Königin und Chlodwig, rempelte den Grafen kurz an und blieb neben dem Zwerg stehen, der die Unterhaltung gespannt verfolgt hatte. Die Menschen sind bekloppt, dachte der und wünschte sich an einen Ort, an dem er mit seinen Brüdern ungestört nach Schätzen graben könnte.

Chlodwig fühlte sich ertappt. Er hatte gehofft es zu schaffen, sein Anliegen bescheidener und einfühlsamer hervorzubringen. „Wenn Euch etwas am Frieden für Euer Volk liegt", unternahm er einen erneuten einschmeichelnden Versuch, „dann werdet Ihr nicht umhinkommen, beizeiten Eure Nachfolge zu regeln. Und ja, was läge näher als einen zukünftigen Herzog, der gleichermaßen verwandtschaftlich mit Euch verbunden ist, als Thronerben auszurufen."

Ich war und ich bin wahrlich keine gute Königin, dachte sie, aber jemanden, der derart machtbesessen ist, mit beinahe uneingeschränkter Macht auszustatten, missfiel ihr sehr. Sie musste einen Weg finden, das zu verhindern. Vielleicht wüsste die Alte Rat, aber die war ihr lange nicht mehr erschienen. Und auch Johannes war nicht da, aber wahrscheinlich hätte sie nicht mehr auf ihn gehört. Zu viele unbeantwortete Fragen an ihn hatten sich aufgetürmt. Und der Haushofmeister unterschied sich nicht so sehr von Chlodwig, nur dass er etwas bescheidenere Wünsche hatte als dieser. Blieb noch Therese. Aber sie konnte sich doch unmöglich von einer Zofe beraten lassen.

„Ich fühle mich bei Weitem noch nicht so schwach, dass ich mein baldiges Abtreten fürchte", sagte sie, „aber ich werde natürlich darüber nachdenken. Zuerst jedoch gilt es herauszufinden, wer dieser Mann ist." Sie zeigte auf den Vielleichtherzog. „Lasst ein opulentes Festmahl zubereiten", sagte sie zum Grafen. „Ich möchte sehen, ob er in der Lage ist, kultiviert zu speisen."

Tag 42
Im Schloss

Die Sonne beschien die noch geschlossenen Bettvorhänge. Die Königin saß unschlüssig zwischen ihren Kissen und Decken. Natürlich könnte sie die Vorhänge selber aufziehen, doch sie wartete auf Therese, die dies üblicherweise tat, wenn sie ihr das Frühstück brachte. Es war ein der Königin liebgewordenes Ritual, auf das sie nicht verzichten wollte, aber das Mädchen verspätete sich zum ersten Mal. Sie kämpfte dagegen an, sich Sorgen zu machen. Wahrscheinlich hatte es eine Verzögerung in der Küche gegeben.

Vom Gang vor ihrem Schlafgemach war ein aufgeregtes Stimmgewirr zu hören, die Tür wurde aufgestoßen und eilige Schritte bewegten sich auf das Bett zu. Schritte, die nicht nach Therese klangen. Ein Tablett wurde abgestellt. Andere Schritte kamen näher, stoppten aber auf der halben Strecke zwischen Tür und Bett. Die Vorhänge öffneten sich und die Königin blickte in das runde Gesicht einer Zofe, die ihr nicht unbekannt, aber die nicht Therese war.

„Verzeiht die Verspätung“, sagte sie zaghaft.

„Wo ist Therese?“, fragte die Königin verwundert und jetzt doch etwas besorgt.

„Das weiß ich leider nicht“, sagte das Mädchen und wollte nach einem Kissen greifen, um es aufzuschütteln, doch die Königin entzog es ihrer ausgestreckten Hand.

„Und gibt es jemanden, der weiß, wo sie ist?“, fragte sie streng.

„Leider nein“, vernahm sie die Stimme des Haushofmeisters. Er war es also, der nach der Zofe den Raum betreten hatte. Diese hatte die Vorhänge nur an einer Seite geöffnet, sodass er vor dem Blick der Königin verborgen blieb und sie vor seinem. Dass er sich im Schlafgemach der Königin befand, war an sich schon mehr als ihm gestattet war, sie in ihrem Schlafgewand zu sehen, wäre eine unverzeihliche Verletzung der Etikette gewesen.

„Dass Ihr diese Nachricht persönlich überbringt, lässt mich das Schlimmste befürchten“, sagte die Königin angsterfüllt.

„Es ist bedauerlicherweise sehr rätselhaft“, sagte er. „Nachdem der Koch vergeblich auf sie gewartet hatte, ließ er nach ihr schicken. Ihre Kammer war jedoch verwaist und in großer Unordnung.“

„Lässt man schon nach ihr suchen?“ Bei aller Besorgnis, die sich ihrer ermächtigte, gelang es ihr, zur eigenen Überraschung doch das Erforderliche zu erkennen.

„Selbstverständlich Eure Hoheit. Die königliche Garde ist dabei, jeden Raum des Schlosses zu kontrollieren“, antwortete der Graf eilig.

„Wir treffen uns unverzüglich, also sobald ich angemessen bekleidet bin, in Thereses Kammer. Ich will es selbst in Augenschein nehmen“, bestimmte sie, das Gespräch beendend.

Es war sehr viel kleiner, als sie es erwartet hatte. Chlodwig, Graf von Domus und sie selbst waren gezwungen, eng beieinander zu stehen, wenn sie sich gleichzeitig in Thereses Verschlag aufhalten wollten. Dieser bot nicht mehr Platz als für ein schmales Bett, dessen Decke achtlos halb auf dem Boden hing, einen kleinen, wackligen Hocker, der umgestürzt in der Ecke lag und einen alten, flachen Koffer.

„Sehen alle Unterkünfte meiner Dienerschaft so aus?“, fragte die Königin ihren Haushofmeister.

„Nein, für gewöhnlich teilen sich wenigstens zwei von ihnen einen solchen Raum“, antwortete er, ohne das Unbehagen der Königin zur Kenntnis zu nehmen. „Und sie sind stets aufgeräumter als dieser hier“, fügte er an.

„Das erscheint sehr klein zu sein“, wunderte sie sich.

„Knechte und Mägde brauchen nicht viel Platz“, verkündete Chlodwig. „Ihre Bestimmung ist es zu dienen, nicht wohlgefällig zu faulenzen. Es ist mir auch unerklärlich, warum Ihr so viel Aufhebens um eine unbedeutende Zofe macht. Wahrscheinlich wird sie dem Werben eines Verehrers erlegen sein. Entweder sie kommt wieder und bittet um Vergebung, wenn er ihrer überdrüssig ist, oder er schwängert sie und sie landet mit ihrem Bastard im Puff, oder im unwahrscheinlichsten Fall meint er es wirklich ernst mit ihr und nimmt sie zu seiner Frau. So oder so oder so lohnt sich der Aufwand, nach ihr zu suchen, nicht.“ Er drängte sich an dem Haushofmeister und der Königin vorbei, um die Kammer zu verlassen.

Sie war eine wahrlich lächerliche Figur, befand er. Erst kümmerte sie sich um einen verlausten, alten Greis, weil der vielleicht ihr Gemahl sein könnte, ließ ihn pflegen, einkleiden und verköstigen, als wäre er eine bedeutsame Persönlichkeit und jetzt fing sie auch noch an, scheinbar mütterliche Gefühle, für eine kleine Schlampe zu entwickeln. Denn nichts anderes waren all die jungen Dinger, die in die Dienste der hochwohlgeborenen Herrschaften traten. Er hatte mehr als mit einer von ihnen seine Erfahrungen gesammelt beziehungsweise sie sehr leidvolle mit ihm.

Die Königin hob missbilligend ihre Brauen, was er nicht mitbekam oder nicht mitbekommen wollte. Soll er gehen, dachte sie bei sich. Sie würde sich bei späterer Gelegenheit mit ihrem Neffen befassen. Thereses Verbleib hatte Vorrang. „Gab es sonst noch etwas Außergewöhnliches in letzter Zeit?“, fragte sie den Grafen.

„Mir ist nichts bekannt“, antwortete er.

„Verzeiht, dass ich nicht umhinkam, Teile Eures Gespräches zu hören“, sagte Rupert, der vor der Kammer Wachdienst getan hatte. „In der letzten Nacht ist ein Fuhrwerk mit zwei Pferden in der Stadt gestohlen worden und ein Herbergswirt beklagt die Verwüstung eines seiner Zimmer durch Gäste, die verschwunden sind.“

„Geschieht so etwas nicht ständig?“, brauste Chlodwig auf, der den Flur vor Thereses Zimmer noch nicht verlassen hatte. Ihm war sehr schnell bewusst geworden, dass er sich mit seiner abfälligen Rede über die Zofe keinen Gefallen getan hatte. Denn noch hatte er die Königin nicht dort, wo er sie haben wollte. Deshalb hatte er gezögert zu gehen. Er musste dringend den Versuch unternehmen, den letzten Eindruck zu widerlegen. „Der Pöbel weiß sich einfach nicht zu benehmen“, versuchte er von seinen vorigen Bemerkungen über Therese abzulenken.

„Ihr habt gewiss recht“, gab Rupert zu. „Aber es gab einige Merkwürdigkeiten dabei.“

„Welche Merkwürdigkeiten und woher weißt du davon“, beeilte sich der Graf, auf den Gang heraustretend, zu fragen. Auf keinen Fall wollte er hinter Chlodwig zurückstehen.

„Mein Bruder ist bei der Stadtwache“, sagte Rupert. „Und heute in den frühen Morgenstunden zeigte erst der Wirt den Vandalismus in seiner Herberge an und nur wenige Minuten später ein Händler den Diebstahl eines Wagens und zweier Pferde.“

„Das erscheint mir immer noch nicht ungewöhnlich“, brummte Chlodwig.

„Das ist es auch nicht. Aber das verwüstete Zimmer ist das der Fremden, die kürzlich bei der königlichen Audienz waren und der Händler schwor, dass er am Vorabend des Diebstahls ein bärähnliches Tier in der Nähe seines Stalles gesehen hat.“

„Na und? Sie waren des Wartens einfach überdrüssig, weil sie merkten, dass sie mit ihrem Unfug kein Gehör finden und wollten so schnell wie möglich aus der Stadt. Deshalb haben diese kriminellen Elemente Wagen und Pferde gestohlen“, schlussfolgerte Chlodwig.

„Und warum hätten sie das tun sollen?“, fragte die Königin, die ebenfalls auf den Flur herausgetreten war.

„Woher soll unsereins wissen, was sich in den Köpfen solcher Leute abspielt?“, maulte Chlodwig abfällig.

„Eine Königin sollte zumindest versuchen, es zu verstehen“, sagte sie ärgerlich über sich selbst. Auch wenn sie nicht daran glauben wollte, dass die drei mit Thereses Verschwinden etwas zu tun hatten, hätte sie sich früher mit deren Anliegen beschäftigen sollen, zumal sie sich ja selbst auch schon gefragt hatte, ob es eine gute Entscheidung war, auf Johannes zu hören und den Wald roden zu lassen. Aber sie war zu sehr mit dem Mann, der möglicherweise ihr Ehemann war, beschäftigt oder vielmehr damit, herauszufinden, ob er es nun sei oder nicht und darüber nachzudenken, was ihr lieber wäre. Und natürlich, wie sie die Forderungen ihres unverschämten Neffen auf eine unverfängliche Weise zurückweisen könnte. Ihr schwirrte der Kopf. Es wurde zu viel. HAST DU JEMALS DAS RICHTIGE GETAN?, hämmerte es durch ihre Gedanken.

Wenn mein Leben am Ende mehr sein soll als vergeudete Zeit, muss ich die Entscheidungen treffen, erkannte sie. Und ich muss jetzt damit anfangen.

„Ihr werdet noch einmal jeden im Schloss befragen, ob ihm oder ihr etwas aufgefallen ist!“, forderte sie den Haushofmeister auf. „Und Ihr“, wandte sie sich an Chlodwig, „werdet unverzüglich die Verfolgung der drei Fremden vorbereiten, falls diese sich als notwendig herausstellt. Und du“, sie drehte sich zu Rupert um, „wirst mich zu deinem Bruder begleiten.“

In der Stadt

Für die Bewohner der Stadt war es ein epochales Ereignis. Die Königin hatte ihr Schloss verlassen und war zu ihnen herabgestiegen, genau genommen herabgefahren, um eine schäbige Herberge zu inspizieren.

Die Gasse, in der sich jene Herberge befand, war zu schmal, als dass die Kutsche in sie hereinfahren konnte. So mussten diese und die zwei Dutzend Leibgardisten auf dem etwas breiteren Fahrweg stehenbleiben, während die Königin mit nur kleinem Gefolge, bestehend aus zwei Soldaten der Schlosswache und einem Mitglied der Stadtwache, die letzten Schritte zu Fuß ging.

Die Nachricht verbreitete sich in Windeseile und wäre die Gasse nicht von den Soldaten abgesperrt worden, hätte sich gewiss ein dichtes Gedränge vor der Wirtschaft gebildet.

Der Wirt, ein junger, grobschlächtiger Mann, der die Geschäfte erst kürzlich von seinem Vater übernommen hatte, war von dem überraschenden, hohen Besuch heillos überfordert. Er hatte es nicht gelernt, sich gewählt auszudrücken, hatte er es doch fast ausnahmslos mit zwielichtigen Gestalten zu tun. Sein Wirtshaus lag in einem ärmlichen, etwas heruntergekommenen Teil der Stadt und seine Gäste, sowohl die nur zum Trinken kamen als auch jene, die bei ihm übernachteten, fügten sich in der Regel in die raue Umgebung ein.

Deshalb hatte er dem verwüsteten Zimmer, obwohl er es der Wache gemeldet hatte, aber eher, weil dessen Mieter ohne Begleichung ihrer Schuld gegangen waren, als wegen des Durcheinanders, keine sonderliche Bedeutung beigemessen. Hier ging öfter etwas zu Bruch und normalerweise gelang es ihm ohne viel Aufhebens, den Schaden von den Raufbolden erstattet zu bekommen.

„Ich habe doch schon alles erzählt“, murrte er, als die Soldaten den Schankraum betraten.

„Aber mir noch nicht", sagte die Königin und trat hinter ihren Begleitern hervor.

Der Wirt kniff die Augen zusammen. „Was soll das werden?", fragte er aufgebracht, da er sie nicht sofort erkannte und an einen schlechten Scherz oder eine Heimtücke eines Konkurrenten dachte.

„Dass ich alles, was du über deine Gäste, die das Zimmer verwüstet haben, weißt, erfahren möchte", antwortete die Königin ruhig, sich über sich selbst wundernd. Sie war noch nie den einfachen Leuten begegnet und der Mann vor ihr war weder höflich noch untertänig, dennoch verspürte sie nicht den leisesten Hauch eigener Unsicherheit. Mag sein, dass es an den drei großen, bewaffneten Soldaten lag, die sie umstanden.

„Fragt die Stadtwächter, die wissen alles, was ich weiß", antwortete er unhöflich. „Ich habe keine Zeit."

Rupert trat hervor. „Du wirst Ihrer Majestät antworten", sagte er mit Nachdruck.

„Majestät?", brachte er seinen Spott nicht verbergend hervor. Bevor er sich dazu hinreißen ließ, noch eine respektlose Bemerkung von sich zu geben, erkannte er den entschlossenen Gesichtsausdruck seines Gegenübers. Er sah zwischen den drei Männern hin und her und blieb schließlich bei der Königin hängen. „Ihr meint, sie ist wirklich…?"

„Ja Kerl. Sie ist deine Königin."

„Also…ich…verzeiht….ähm….", stammelte er befürchtend, sich in arge Schwierigkeiten gebracht zu haben. „Wie…also…äh….kann ich Euch dienen?"

„Erzähl mir, was du über die drei weißt?", forderte die Königin, ohne seine Unhöflichkeiten zu rügen.

„Drei? Es waren nur zwei. Seltsame Leute. Sehr ruhig. Haben nicht viel erzählt." Er begann zu schwitzen und knetete unruhig seine Hände. „Auch nicht viel getrunken. Schienen sich nicht sonderlich zu mögen. Der eine war schwarzhaarig und kräftig und der andere hatte rote Haare und eine große

Zahnlücke. Mehr weiß ich nicht.“ Er wischte sich fahrig durchs Gesicht.

„Und du bist dir sicher, dass sie nur zu zweit waren? Sie hatten kein Tier dabei?“

„Wenn dann haben sie es heimlich aufs Zimmer gebracht. Ich hab nur die zwei gesehen.“ Seine Unterarme begannen zu jucken und er konnte dem Drang nicht widerstehen, sich zu kratzen.

„Ich will das Zimmer sehen“, sagte die Königin.

„Wir haben es aber noch gar nicht wieder aufgeräumt.“ Allmählich begann er sich für den heruntergekommenen Zustand seines Hauses zu schämen.

„Umso besser.“

„Darf ich erfahren, wonach Ihr sucht, Hoheit?“, fragte Ruperts Bruder. Sie standen bereits mehrere Minuten in dem Zimmer und betrachteten die Unordnung. Er hatte gezögert zu fragen, nicht wissend, ob es ihm gestattet sei, konnte sich dann aber nicht überwinden, es nicht zu tun.

„Das weiß ich nicht“, sagte sie. Es kam ihr ein Buch in den Sinn, welches sie erst wenige Tage zuvor gemeinsam mit Therese gelesen hatte. Sie hatten sich beim Zuhören und Lesen abgewechselt. Und Thereses Augen hatten vor Aufregung geleuchtet.

Ein einfacher Mönch hatte in diesem Buch einen Mörder überführt, indem er viele Kleinigkeiten, die auf den ersten Blick nichts miteinander zu tun hatten, zu einem Mosaik zusammenfügte.

„Es ist nichts kaputt“, stellte sie fest. „Nur die Betten, Stühle und der Tisch sind umgeworfen.“

Rupert begann die Möbel wieder aufzurichten. Unter einer Matratze zog er ein Stück Stoff hervor. „Sieht aus wie von einem Kleid“, sagte er und hielt es der Königin entgegen.

„Allerdings ist es das.“ Sie erkannte es sofort. „Es ist von Thereses Kleid.“

„Dann meine ich zu wissen, was geschehen ist“, erläuterte Ruperts Bruder. „Sie haben sie hierher gelockt und sich an dem armen Mädchen vergangen. Und als sie aus ihrem Rausch erwacht sind und ihnen bewusst wurde, was sie da gerade getan haben, haben sie diese Unordnung angerichtet, um von ihrer eigentlichen Tat abzulenken. So etwas sehen wir beinahe täglich.“

„Und wo ist dann Therese?“, fragte die Königin, die sich einen solchen Hergang nicht vorstellen mochte.

„Im besten Fall haben sie sie mitgenommen und lassen sie irgendwann frei, wenn sie sich weit genug und in Sicherheit wähnen, oder sie haben sie bereits getötet, damit sie nicht mehr von ihren schändlichen Taten berichten kann. Es tut mir sehr leid.“ Es waren Geschichten wie diese, mit denen er immer wieder in Berührung kam. Und leider waren sie weit weniger selten, als er es sich gewünscht hätte.

Die Königin schüttelte den Kopf. Warum war dann auch Thereses Kammer verwüstet worden? Sie wollte und sie konnte daran nicht glauben. Sie war sich sicher, dass etwas anderes dahintersteckte.

„Ich möchte jetzt den Stall sehen, aus dem der Wagen und die Pferde gestohlen wurden.“

Die Überraschung für den Händler war mitnichten so groß wie die des Wirtes, auch wenn er die Königin nicht erwartet hatte. Aber immerhin hatte er bereits von ihrem Besuch in der Stadt erfahren.

„Wie darf ich Eurer Hoheit die Ehre erweisen“, versuchte er sich tief verbeugend einzuschmeicheln.

„Ich wünsche den Stall zu sehen, aus dem deine Pferde gestohlen wurden“, sagte sie, ohne seiner Anbiederei Beachtung zu schenken.

Der Händler verzog sein Gesicht zu einer schmollenden Miene.

„Nun mach schon“, drängte Rupert. „Ihre Majestät hat es eilig.“

„Gewiss, gewiss“, beeilte sich der Händler zu sagen. „Wenn Ihr bitte folgen wollt.“ Er verbeugte sich noch tiefer als zur Begrüßung.

Der Stall bot Platz für drei überspannte Pferdewagen und sechs Boxen für die Pferde. Ein Wagen und zwei Gäule fehlten.

„Hast du eine Ahnung, wie die Diebe hineingekommen sind?“, fragte die Königin, nachdem sie sich flüchtig umgeschaut hatte.

„Leider nein“, antwortete der Händler. „Die Stalltüre war verschlossen, nur mein Hab und Gut war verschwunden.“

„Und du bist dir sicher, dass sie gestohlen wurden?“ Im Stall war nichts zu erkennen, was auf einen Diebstahl hinwies.

„Wo sollen sie denn sonst sein?“, empörte er sich.

„Es ist nur erstaunlich, dass das Tor nicht aufgebrochen wurde“, sagte sie und betrat eine der leeren Pferdeboxen. Im Stroh lag ein Stück Stoff. Eines wie in der Herberge, ein Stück von Thereses Kleid.

„Lass den Stall und alles drumherum genau absuchen“, befahl sie dem Stadtwächter. „Und befrage alle Angehörigen und Bediensteten dieses Haushaltes und verfahre genauso mit der Herberge. Ich möchte jede Kleinigkeit erfahren.“

Der Händler wurde bleich. Niemals hätte er gedacht, dass seine kleinen Betrügereien die Aufmerksamkeit der Königin erregen würden. Und das ausgerechnet jetzt, wo er mit dem Verschwinden seines Eigentums nichts zu tun hatte.

Im Schloss

„Es ist in höchstem Maße rätselhaft.“ Der Haushofmeister war der Kutsche der Königin, als sie in den Schlosshof einfuhr, entgegengeeilt, hatte nicht darauf gewartet, dass es einer der Diener tun würde, sondern selbst den Verschlag geöffnet. „Niemandem ist auch nur das Geringste aufgefallen und es sind auch nirgends Spuren eines gewaltsamen Eindringens gefunden worden. Es gibt also nur zwei mögliche Schlüsse. Entweder ist Therese aus freien Stücken gegangen oder ihre Entführer hatten einen Helfer innerhalb des Schlosses.“

„Mit dieser Frage werde ich mich später befassen“, sagte sie. „Wie weit ist mein Neffe mit den Vorbereitungen zur Abreise?“

„Es ist unverantwortlich, dass Ihr Euch selbst auf die Verfolgung begeben wollt“, protestierte Chlodwig. „Es ist auch kolossal übertrieben, dass ihr so viel Aufhebens um eine einfache Magd macht“, fügte er an. „Vor Eurem Reich stehen größere und wichtigere Aufgaben als das Schicksal eines einzelnen Mädchens. Und Ihr dürft Euch für sie nicht in eine solche Gefahr bringen.“ Seinethalben durfte sie gerne in einer solchen umkommen, aber natürlich nicht bevor sie ihn zu ihrem rechtmäßigen Nachfolger ernannt hatte.

„Es ist rührend, dass Ihr Euch um mich sorgt“, sagte die Königin. „Aber da Ihr mich begleiten werdet, denke ich, mir keine Sorgen um meinen Schutz machen zu müssen.“

Er erstarrte. Hatten sie darüber gesprochen? Nicht dass es ihm erinnerlich wäre. War es ein Wunsch? Oder war es ein Befehl? Er fühlte sich übergangen wie ein kleiner Junge.

Sie lief eilends durch die Gänge des Schlosses zu ihren Gemächern. Sie brauchte für die anstehende Reise dringend bequemere Kleider.

„Erlaubt mir darauf hinzuweisen, welch merkwürdigen Eindruck diese Unternehmung auf Euch werfen wird“, rief er ihr nach, nachdem er den ersten Schreck verwunden hatte. Auch wenn sie nur eine Frau war und es gewiss nicht verdient hatte, so war sie doch noch die Königin. Wenn er erst einmal ihre Position eingenommen haben würde, würde er seinen Untergebenen gegenüber genauso handeln wie sie jetzt gerade ihm gegenüber, war er sich sicher. Und dennoch missfiel ihm ihre Behandlung. Als der Thronerbe, den er in sich selber sah, stand ihm doch Anderes zu.

Die Königin blieb stehen und drehte sich zu ihm um. „Und welcher sollte das sein?“

„Es ist unangebracht, dass Ihr Euch derart um eine Zofe schert. Um Euren Ruf ist es, so leid es mir tut, dies zu sagen, schon lange nicht zum Besten bestellt. Man hält Euch für eine schwache und einfältige Königin, die gelenkt wird von einem dahergelaufenen Wasauchimmer Euer Berater ist. Und jetzt diese Unternehmung. Niemand wird Euch mehr ernst nehmen. Wenn Euch so viel an ihr liegt, dann sendet ein paar Eurer Soldaten aus, nach ihr zu suchen“, brach es aus ihm hervor. Und ich habe keine Lust in diesen Blödsinn hineingezogen zu werden, dachte er grimmig.

„Wovor habt Ihr Angst?“, fragte sie ihn. „Davor mich zu verlieren? Oder davor selbst nicht heil aus dieser Geschichte hervorzugehen? Oder davor als Neffe einer verrückten Königin, selbst nicht mehr König werden zu können? Ich weiß sehr genau, worauf Ihr es abgesehen habt. Und ich werde Euch den Herzogstitel nicht vorenthalten, selbst wenn dieser seltsame Mensch Euer Onkel sein sollte. Aber um eines Tages König zu werden, müsst Ihr entweder meine Gunst erwerben oder Euch mit Euresgleichen schlagen, wenn ich das Zeitliche gesegnet habe. Es ist Eure Wahl. Ich jedenfalls weiß, dass ich der Spur meiner Zofe folgen muss.“ Sie wandte sich von ihm ab und ließ ihn stehen.

Diese Frau ist an Lächerlichkeit kaum zu überbieten, fluchte er stumm, ihr hinterherschauend. Es ist nahezu grotesk, dass sie so lange schon Königin ist.

Der Berater Johannes hatte daran sicherlich maßgeblichen Anteil. Er war ein gewiefter Mann, der wusste, wie man einmal erlangte Macht bewahrte. Aber dessen Stern schien zu sinken. Andernfalls hätte er versuchen können mit ihm eine Übereinkunft zu treffen, die sowohl dessen Pläne unterstützte und gleichzeitig den Einfluss des zukünftigen Herzogs von Steintaler stärkte. Vielleicht hätte er doch versuchen sollen, andere Allianzen zu schmieden. Dafür war es vielleicht noch nicht zu spät, aber es war auch noch zu früh, sich zu offensichtlich von der Königin abzuwenden.

Unterwegs

Warum mussten sie denn jetzt noch diese Mühle verheeren? Die armen Leute hatten ihnen doch nichts getan. Ja, er hatte lange von der Leichtgläubigkeit der Menschen gelebt und es hatte nie auf seinem Gewissen gelastet. Aber das, was sie jetzt taten, fand vor diesem keine Rechtfertigung. Kleine Betrügereien waren das eine. Eine Entführung und der Überfall auf Unschuldige war eine ganz andere Angelegenheit.

Hagen saß auf der Ladefläche des Wagens, der aufreizend langsam dahinzuckelte. Ihm gegenüber saß Therese, die ihn still und vorwurfsvoll ansah. Ihr Blick schmerzte ihn, vielleicht weil sie ihn an seine Schwester erinnerte. Sie müsste ungefähr das gleiche Alter haben. Es war ihm damals leicht gefallen, fortzugehen und er hatte lange nicht mehr an sie gedacht, doch die Erinnerung legte sich schwer auf ihn.

Und dann musste er an Mia denken. Bisher war es nicht in ihn hineingedrungen, aber beim Anblick der königlichen Zofe bekam er zwar nur eine leise, aber doch eine Ahnung davon, wie Mia sich gefühlt haben musste, als sie entführt worden war. Es musste scheußlich für sie gewesen sein! Er hätte sie besser behandeln müssen, sie war doch schließlich…nein, das konnte er sich dann doch nicht eingestehen. Wo mochte sie gerade sein?, dachte er mit dem Versuch, seine Sehnsucht zu unterdrücken.

Und jetzt war er selbst zum Entführer geworden. Dass sie dem Mädchen nichts Böses wollten, machte es für ihn nicht besser.

Mikkel, der auf dem Kutschbock saß, stoppte den Wagen und Pavarotti warf ein Stück Stoff von Thereses Kleid neben den Weg.

„Das ist nicht richtig“, sagte Hagen.

„Du meinst, es liegt an der falschen Stelle und könnte übersehen werden?“, fragte Pavarotti.

„Nein. Und du weißt, was ich meine."

„Aber es ist unvermeidlich." Pavarotti legte seine Pfote auf Mikkels Schulter. „Es geht weiter."

„Nein!", rief Hagen. Den Wald und den See zu retten war fraglos richtig und wichtig. Aber doch nicht so. Dass die Königin sich nicht um ihr Anliegen kümmerte, war überaus ärgerlich, aber sie hätten doch noch einmal zu ihr gehen können und versuchen mit ihr zu reden. „Wir sind doch keine Verbrecher!"

Der Wagen setzte sich langsam wieder in Bewegung. Pavarotti sprang vom Kutschbock auf die Ladefläche. „Wir haben einfach nicht mehr ausreichend Zeit, um auf eine Antwort der Königin zu warten. Wir haben das auch schon besprochen. Und ihr", er zeigte auf Therese, „wird nichts geschehen."

Hagen schüttelte den Kopf. „Nein, wir haben das nicht besprochen. Du hast festgelegt, was wir machen. Ich war dagegen. Und der da", er drehte sich kurz in Mikkels Richtung, „schwafelt die ganze Zeit davon, dass eine Prüfung auf ihn wartet und er deshalb keine fremden Entscheidungen in Frage stellt, bis er weiß, was genau seine Prüfung ist."

Nachdem Pavarotti wieder aufgewacht war und seine Schwäche überwunden hatte, hatten sich die Verhältnisse zwischen ihnen sehr zu Hagens Ärger verschoben. Mit einer keinen Widerspruch duldenden Selbstverständlichkeit hatte Pavarotti die Führung übernommen. Mikkel hatte keine Schwierigkeiten, sich dem Troll unterzuordnen. Für Hagen ein eindeutiges Zeichen, dass der Zauberlehrling keinen eigenen Rückhalt besaß.

Er selbst war tief enttäuscht, dass er von seinem langjährigen Freund ohne ein Wort der Erklärung von einem gleichberechtigten Partner zu einem untergeordneten Befehlsempfänger degradiert worden war. Auf seine Forderung, sich in ihren Plänen doch gefälligst abzusprechen, hatte er dieselbe Antwort erhalten wie jetzt auch wieder: „Dafür haben wir nicht genug Zeit."

Und wenn es bei diesem einen Satz geblieben wäre, hätte er sich vielleicht für den Moment damit abfinden können. Aber Pavarotti konnte, oder wollte es nicht unterlassen, ihn auf die Reihe seiner Misserfolge hinzuweisen. „Du hast Mias Entführung nicht verhindern können, du hast wenig Erfolg in Burg Purk gehabt und du hast dich im Blaubäumer Forst einfach so gefangen nehmen lassen. Also solltest du mir die wichtigen Entscheidungen überlassen." Und er hatte dies auch noch in Mikkels Anwesenheit getan, der daneben gestanden und gegrinst hatte.

„Du hast recht", räumte Pavarotti lächelnd ein.

„Und das war´s?", fragte Hagen, nachdem der Troll keine Anzeichen machte, mehr zu sagen.

„Ja, das war´s. Du hast recht, aber es war und ist notwendig, dass wir genau das tun, was ich sage. Und noch einmal: Wir haben keine Zeit für lange Diskussionen. Die haben wir vielleicht hinterher."

Auf einem Berg

Die Tage der Ruhe begannen allmählich anstrengend zu werden. Seit Mia von den Inseln aufgebrochen war, hatte es kaum einen solchen Moment gegeben und so hatte sie diese langsame Beschaulichkeit auf dem Berg des Großen Afigidis anfänglich sehr genossen. Dass dieser sich auch noch als ihr Großvater herausstellt und ihr Vater auf der Suche nach ihr hierher gefunden hatte, empfand sie als ein riesiges Glück. Dem Wiedersehen der beiden Männer, die sich so viele Jahre nicht gesehen hatten, beiwohnen zu können, war ein nie zu vergessenes Erlebnis.

Sie hatte sich oft mit Tomas unterhalten, er war wie ein kleiner Bruder, den sie nicht hatte.

Krakels Fragen und natürlich auch die der anderen Geschichtenkobolde hatte sie immer wieder beantwortet. Es schien, als bereiteten sie sich vor, eine Geschichte hinauszutragen in die Welt, ihre Geschichte. Nur hatte diese noch keinen Abschluss gefunden.

„Können wir nicht irgendetwas tun?“, fragte sie, nachdem sie von einem kurzen Ausflug, einmal um den Gipfel herum, zurückkam.

„Warten“, antwortete ihr Großvater. Er saß auf dem Felsen vor dem Eingang zur Höhle und ließ sein Gesicht von der Sonne bescheinen.

„Aber worauf?“

„Das werden wir wissen, wenn es geschieht.“

Eigentlich hatte sie nur vorgehabt, den See zu retten. Das war ihr gelungen. Der Wald konnte nicht mehr zur Gänze verbrannt und im Wasser verstreut werden. Damit könnte sie zufrieden sein und auf die Inseln zurückkehren. Weder ihr Großvater noch ihr Vater würden sie aufhalten oder dafür verurteilen. Aber je länger sie in diesem Teil der Welt unterwegs war, umso mehr wurde sie in dessen Geschichten hineingezogen und umso mehr wurde sie zu einem Teil dieser Geschichten. Das war nichts, woran sie sich störte, die Untätigkeit war es, welche sie kaum auszuhalten vermochte.

„Er wird hierherkommen“, sagte Karl. Er war unbemerkt von den beiden hinzugetreten. „Johannes ist auf dem Weg“, war er sich sicher. „Und es wird kein Höflichkeitsbesuch werden.“

Und die alte Frau, der er nie begegnet war, hatte dafür gesorgt. Die letzten Tage hatte er viel Zeit mit Grübeln verbracht und alles, was er erfahren hatte, ließ ein erschreckendes Bild vor ihm entstehen. Das Einzige, worin er sich noch unsicher war, war, ob sie der Ursprung all dessen war oder sie hierher gelockt hatte, um etwas Furchtbares zu verhindern. Er nahm sein Schwert und gab es seiner Tochter. „Ich hoffe, es wird dir helfen, dich zu verteidigen.“

Tag 43
Im Schloss

Jemanden zu verfolgen, der verfolgt werden will, ist leicht. Sehr viel schwerer ist es, diese Verfolgung vor denen zu verbergen, die von ihr keine Kenntnis erhalten sollen. Deshalb hatte die Königin den Zeitpunkt ihres Aufbruchs auf die frühen Morgenstunden, kurz vor Sonnenaufgang, wenn die Geschäftigkeit im Schloss und in der Stadt noch ruhte, festgelegt und beschlossen nur mit einer kleinen Eskorte zu reisen.

Außer denen, die sie begleiten sollten, waren nur der Haushofmeister und eine Magd eingeweiht, die nach dessen Aussage verschwiegen und zuverlässig war. Die beiden sollten dafür Sorge tragen, dass der Tagesablauf unverändert blieb und ihre Nichtanwesenheit nicht bemerkt würde.

Nicht dass sie fürchtete einen schlechten Eindruck bei ihrem Volk zu hinterlassen, vielmehr wollte sie vermeiden, dass überhaupt ein Eindruck entstand. Sie dachte auch nicht an eine mögliche Verunsicherung der Menschen wegen ihres Auszuges aus dem Schloss, sie wollte nur jegliche Aufmerksamkeit vermeiden, um dem, was sie erwartete, ungestört begegnen zu können.

Wie eine Diebesbande schlichen sich die Königin, ihr Neffe und eine Handvoll ausgesuchter Soldaten aus dem Schloss und durch die Stadt. Vor deren Toren wartete Rupert. Dank seines Bruders war es ihm ein Leichtes, ausreichend Pferde und eine angemessen komfortable Kutsche für ihre Majestät in kurzer Zeit zu besorgen, ohne dass sich Fragen oder Schlussfolgerungen aufgetan hätten.

„Ich halte es immer noch für eine schlechte Idee“, sagte Chlodwig, als sie die Kutsche bestiegen. „Warum lasst ihr sie nicht verfolgen und dann zur Rede stellen?“

„Wir haben doch nichts anderes vor“, antwortete sie und ließ sich auf einer der beiden Sitzbänke nieder. Sie klopfte gegen die Wand und die Kutsche setzte sich langsam in Bewegung.

Chlodwig fand stolpernd ihr gegenüber seinen Platz. „Aber warum wollt ihr dies unbedingt selber tun? Es ist für eine Königin im höchsten Maße unangebracht.“

„Ich habe meine Gründe“, sagte sie knapp, öffnete den Vorhang vor einem der Fenster einen kleinen Spalt und sah in den aufgehenden Morgen hinaus. Weil dies wegen mir geschieht, dachte sie.

Auf einem Weg

„Warum tust du das?“, fragte Hagen. Die Ereignisse der letzten Wochen waren durch seine Erinnerung gewabert und er war zu der bitteren Erkenntnis gelangt, dass er sich mehr als er es gewollt hatte, in dem von seiner Tante gesponnenen Netz wiederfand.

Mia hatte Unrecht gehabt. Es war nicht möglich gewesen, ihren Plänen zu folgen und dabei die eigenen nicht aus dem Blick zu verlieren. Wenn er zu dem Zeitpunkt schon in der Lage gewesen wäre, ehrlicher zu sich selbst zu sein, hätte er sich eingestanden, dass solch Unterfangen ohne eigenen Plan einfach nicht gelingen konnte. Aber dafür und auch das wusste er noch nicht, brauchte er noch Zeit. Aber er erkannte, dass nicht nur er selbst, sondern auch Pavarotti und mit großer Wahrscheinlichkeit auch Mikkel Spielfiguren der Alten waren.

Mikkel, und warum der tat, was er tat, war ihm herzlich egal. Bei Pavarotti lag das anders. Sie kannten sich seit vielen Jahren und sie waren Freunde. Jedenfalls dachte er das bis vor Kurzem.

„Warum tue ich was?“, fragte Pavarotti zurück. Er saß auf dem Kutschbock und drehte sich zu Hagen um. Der Wagen ruckelte über einen holprigen Weg.

„Du weißt, was ich meine.“

„Ja, du hast recht.“

„Und warum?“

„Warum hast du sie nie gefragt, warum sie tut, was sie tut?“, fragte Pavarotti, statt zu antworten.

„Weil ich es nicht wissen wollte“, musste sich Hagen eingestehen.

„Und genau das ist dein Problem. Du willst zu viele Dinge nicht wissen. Und immer, wenn es schwierig wird, läufst du fort.“

„Ich bin immer noch da“, erregte sich Hagen nicht nur wegen des Vorwurfes, sondern auch, weil er keine Antwort erhalten hatte und sich stattdessen in die Enge getrieben fühlte.
„Hast du dich mal gefragt, warum?“
„Weil…“ Hagen sprach nicht weiter. Er wollte nicht darüber nachdenken.
„…es für dich nur um dich geht“, vollendete Pavarotti den Satz. „Du willst Eindruck hinterlassen und der Held sein. Vielleicht wird dir das auch gelingen. Dass du bekommst, was du willst, bezweifle ich doch aber sehr.“
„Was weißt du denn?“, brummte Hagen verärgert. Pavarotti hatte ihn schon öfter in Gespräche hineingezogen, in denen seine Unzulänglichkeiten nur allzu offenbar wurden, aber noch nie hatte er ihn so geradeheraus damit konfrontiert.
„Zumindest, dass niemand jemand anderen und schon gar nicht jemanden wie Mia besitzen kann“, traf Pavarotti einen weiteren wunden Punkt.
„Ach lass mich doch in Ruhe“, schnaufte Hagen. Das Gespräch hatte eine andere, unangenehmere Wendung genommen, als er gewünscht hatte und er wusste immer noch nichts über Pavarottis Beweggründe, sich der Alten anzudienen, dafür fühlte er umso mehr seine eigene Unzufriedenheit.
An einer Weggabelung brachte Mikkel den Wagen zum Stehen. Pavarotti sprang ab, riss einen Baum aus und legte ihn quer über den Weg, dem sie nicht weiter folgen würden. Auf den anderen, auf dem sie ihre Fahrt fortsetzen wollten, legte er das letzte Stück Stoff von Thereses Kleid.
„Du musst eine Entscheidung treffen“, sagte er zu Hagen, als er wieder auf den Wagen kletterte. „Bleibst du bei uns oder willst du deiner Wege gehen?“
Egal wie ich entscheide, nichts wird so sein oder wieder so werden, wie es war, wusste Hagen. „Ich wüsste gerne, was hinter alldem steckt“, sagte er.

Pavarotti schüttelte den Kopf und schwieg. Es war für Hagen nicht erkenntlich, ob er es nicht sagen wollte oder es nicht konnte, weil er es selbst auch nicht wusste. Und ihr kurzes Gespräch erstarb.

Auf einer Insel im Kleinen See Frikka

Es musste etwas geschehen sein. Seit einigen Tagen zeigte der See deutliche Zeichen der Erholung. Er war immer noch allzu sichtbar verschmutzt und noch immer wurden tote Tiere an den Stränden angeschwemmt, aber sein Wasser klärte sich zusehends.

Und für Mai begann jetzt die Zeit des bangen Wartens. Denn so sehr sie es auch wollte, konnte sie Karl und Mia doch nicht entgegengehen. Der See war eine Barriere, die sie schützte, aber auch von Vielem fernhielt. „Es sollte eine Brücke geben", sagte sie zu sich selbst.

„Vielleicht irgendwann", antwortete Edelbert ungefragt. Sie hatte nicht bemerkt, dass er neben sie getreten war. Er hatte noch immer diese Gabe, unbemerkt zu bleiben, wenn er es wollte. In seiner Kindheit und Jugend war sie ihm eine Last, später, als er es gelernt hatte, sie zu kontrollieren, ein Segen und für alle anderen immer wieder eine Überraschung.

„Denkst du, sie kommen wieder?", fragte sie.

Er atmete tief durch. Als er ein kleiner Junge war, hatte er oft das Gefühl, nicht ganz zu sein. Das hatte sich erst geändert, als er Karl begegnet war. Seitdem war er immer er selbst, auch wenn sie mitunter getrennt waren. Und das war er auch jetzt noch. Irgendwo dort drüben war er noch und er musste auch noch wohlauf sein. Edelbert war sich sicher, dass er es spüren würde, wenn dem nicht so wäre. Aber in ihm war auch Ungewissheit. „Ich würde es mir wünschen", sagte er.

Tag 45
Bei einem Berg

Über dem Berg schwebte eine dunkle Wolke, die sich langsam absenkte und ein böiger Wind kam auf.

„Wir haben uns zu viel Zeit gelassen", rief Pavarotti, entriss Mikkel die Zügel und trieb die Pferde zum Galopp an. Therese und Hagen wurden auf der Ladefläche hin und her geworfen.

Am Fuße des Berges umklammerte Pavarotti Mikkels Handgelenk und zerrte ihn vom Wagen.

„Wir müssen das letzte Stück laufen", schrie er gegen den Wind an.

Hagen blieb ratlos zurück. Sie hatten nicht mehr miteinander gesprochen und das Schweigen zwischen ihnen war ein schweres gewesen. Er stand auf. Vor ihm türmte sich der wetterumtoste Berg auf und hinter ihm lag eine liebliche hügelige Landschaft in saftigem Grün, die er nur allzu gut kannte. In der Ferne war die Kutsche der Königin zu erkennen.

„Es tut mir leid, was wir dir angetan haben", sagte er zu Therese und löste ihre Fesseln.

„Solltest du nicht bei deinen Freunden sein?", fragte sie und massierte ihre Handgelenke.

„Ich weiß nicht mehr, wer meine Freunde sind." Hagen setzte sich ihr gegenüber und verbarg sein Gesicht in seinen Händen. Es war das erste Mal, dass das Mädchen etwas gesagt hatte, seitdem sie sie aus ihrer Kammer entführt hatten. Und es war verwirrend, wie unaufgeregt sie das über sich hatte ergehen lassen.

„Es wird nicht mehr lange dauern, bis sie hier sind", sagte sie. „Könnte sein, dass es besser für dich ist, wenn du dann fort bist."

Hagen schüttelte den Kopf. Er hatte vollends den Überblick verloren, wenn er ihn denn jemals hatte. Eigentlich sollte sie spätestens jetzt hysterisch sein, angesichts der Ungerechtigkeit, die ihr angetan worden war. Sie sollte ihn beschimpfen oder bedrohen, ihm furchtbare Bestrafung durch die Königin ankündigen. Aber nichts von alldem tat sie. Sie war beängstigend ruhig und empfahl ihm die Flucht, fast so, als wolle sie, dass ihre Verfolger seiner nicht habhaft werden.

Er machte sich daran, eines der Pferde auszuspannen. Obwohl er erst einmal, als er noch ein Junge war, auf einem Pferd gesessen hatte, hoffte er mit dem Gaul schneller zu sein als ohne, scheiterte aber bereits bei dem Versuch auf den Rücken des Tieres zu gelangen. Damals hatte ihn sein Vater hochgehoben und das Pferd am Zügel geführt, während er sich in der Mähne festgekrallt hatte.

„Verdammte Kackscheiße!“, brüllte er seine Wut heraus und trat mit aller Wucht gegen ein Wagenrad. Weniger darüber, dass das Pferd aufgrund seiner Unfähigkeit nutzlos für ihn war, als vielmehr über die beschissenen Wendungen, die sein Leben in den letzten Wochen genommen hatte.

Die Kutsche der Königin und die Reiter, die sie begleiteten, kamen sichtbar näher.

„Es tut mir leid“, murmelte er eine aufrichtig gemeinte Entschuldigung zu Therese und rannte los, weg von dem Wagen und weg von diesem unseligen Berg.

„Ich glaube, du bist kein Feigling“, rief Therese ihm nach.

Rupert hatte als Erster den Wagen erreicht. Nachdem er Hagen hatte davonlaufen sehen, hatte er sein Pferd zur Eile angetrieben, ohne auf ein Signal von der Königin oder Chlodwig zu warten.

Er hob das Mädchen, das ihm ihre Arme entgegengestreckt hatte, herunter, strich ihr behutsam über die Haare und flüsterte ihr ein paar Worte ins Ohr. Er legte seinen Arm um ihre Schulter und führte sie zur Kutsche, die kurz darauf eingetroffen war.

„Sie sind auf dem Berg, Majestät", sagte er und verbeugte sich knapp.

„Wie geht es dir?", fragte die Königin ihre Zofe noch während sie aus der Kutsche stieg.

„Gut", antwortete Therese leise.

„Und sie haben dir nichts angetan?" Die Königin schaute besorgt.

„Nein."

„Man hat dich entführt", mischte sich Chlodwig ungefragt ein. „Da kannst du wohl kaum behaupten, man hätte dir nichts angetan. Haben sie dir gesagt, warum?"

„Nein." Therese senkte den Blick und rückte noch ein Stück näher an Rupert heran.

„Sie werden doch irgendetwas gesagt haben", beharrte Chlodwig. „Erinnere dich!", forderte er ruppig.

Die Königin trat vor ihren Neffen und musterte ihn streng.

„Sie wollen, dass wir ihnen auf den Berg folgen", sagte sie. „Sie wollten die ganze Zeit nichts anderes. Habt Ihr es immer noch nicht begriffen?"

„Und diesen Gefallen wollt Ihr ihnen tun?", fragte er mühevoll, nicht verächtlich zu klingen. „Ein Herrscher sollte nicht ein paar seiner verrückten Untergebenen folgen, sondern diese ihm!", konnte er es nicht unterdrücken, kundzutun.

„Vielleicht würde ich Euch zustimmen, wenn ich ein Herrscher wäre", sagte die Königin ruhig. Aber weder habe ich bisher geherrscht noch bin ich ein Er, dachte sie. „Du bleibst bei Therese“, wandte sie sich an Rupert. „Alle anderen werden mich begleiten.“

„Ihr wollt diesen Landstreichern tatsächlich den Gefallen tun, das zu machen, was sie von Euch erwarten?“, fragte Chlodwig bestürzt. „Ihr habt Eure Zofe wieder. Reicht Euch das nicht?“ Er hatte ihre Anspielung nicht verstanden und deshalb gleich wieder vergessen.

„Nein“, sagte sie. „Ich werde ihnen den Gefallen nicht tun. Ich werde mir den Gefallen tun herauszufinden, worum es eigentlich geht. Und es steht Euch frei, mich dabei zu unterstützen oder nicht.“

Was habe ich denn für eine andere Wahl, grummelte es in ihm. Wenn er sich ihr verweigerte, entriss sie ihm möglicherweise den Titel und die Ländereien, die er begehrte und verbaute ihm so den Weg auf den höchsten Thron. „Selbstverständlich werde ich an Eurer Seite bleiben“, verkündete er.

„Majestät, ich würde Euch auch gerne begleiten“, sagte Rupert. „Einer meiner Kameraden kann bei Therese bleiben.“

„Nein“, antwortete sie entschieden. „Ich möchte, dass jemand bei ihr bleibt, der wirklich Willens ist, sie zu verteidigen, wenn es nötig werden sollte. Und außerdem hast du schon genug getan.“

Bei einem Haus

Es war wie beim ersten Mal. Das Haus war einfach da. Hagen hätte schwören können, dass er nicht in dessen Richtung gelaufen war. Er wollte fort, fort von diesem Berg, fort aus dieser Gegend und überhaupt fort von allem. Niemals hätte er freiwillig wieder die Nähe der Alten und allem und jedem, der oder die in irgendeiner Weise mit ihr zu tun hatte, gesucht.

Und dennoch stand er wieder vor ihrem furchtbar lieblichen Häuschen. Doch sie war nicht da. Jedenfalls war sie nirgends zu sehen. Statt ihrer saß dieses kleine, seltsame Männlein in seinem erdbraunen Anzug im Schaukelstuhl und winkte ihm einladend zu.

Hagen seufzte erschöpft. Er brachte nicht die Kraft auf einfach weiterzulaufen. Vielleicht wusste er auch, dass es ihm nicht gelingen würde und er doch nur im Kreis gehen und genau an derselben Stelle wieder ankommen würde.

„Du siehst erstaunt aus“, begrüßte ihn das Männlein, als Hagen langsam schlurfend die Terrasse erreicht hatte.

„Ich...“

„Manchmal wissen die Füße einfach besser, wohin wir wollen als der Kopf“, sagte das Männlein und stand auf. „Du siehst aus, als könntest du etwas zu trinken gebrauchen. Setz dich“, forderte er Hagen auf und verschwand im Haus.

Nur einen Augenaufschlag später war er wieder da, mit zwei Bechern in der Hand und einer Flasche unter dem Arm. Er reichte Hagen einen Becher, entkorkte die Flasche und goss sich selber ein.

„Du hast jetzt drei Möglichkeiten“, sagte er und sofort war Hagen wieder hellwach. „Entweder du setzt dich hin, oder du hältst deinen Becher nicht vor der Brust, sondern etwas tiefer, oder du nimmst die Flasche und gießt dir selber ein. Denn da oben reiche ich nicht ran.“

„Pfffff", entwich es Hagen ermattet, aber er setzte sich in den Schaukelstuhl.

Das Männlein goss auch ihm ein. „Zum Wohl", sagte er und hob seinen Becher.

Hagen runzelte nachdenklich die Stirn. Die Flüssigkeit war klar und sah unbedenklich aus, aber wissen konnte man das nie so genau. Er roch vorsichtig daran.

Das Männlein kicherte. „Keine Sorge, ist nur Wasser", und nahm einen kräftigen Schluck.

Hagen zögerte dennoch. „Wo ist sie?", fragte er, bevor er zaghaft seine Lippen benetzte.

„Ich weiß es nicht", sagte das Männlein, schnippte mit den Fingern, woraufhin ein Sessel erschien, in den er sich neben Hagen setzte. „Ich wollte sie besuchen, aber sie war nicht da, also habe ich gewartet."

„Aha", erwiderte Hagen zweifelnd.

„Du glaubst mir nicht", stellte das Männlein ohne jeden Vorwurf fest.

„Ich weiß nicht, wem oder was ich glauben soll."

„Das kann ich nur allzu gut verstehen."

Danach schwiegen sie. Ihre Blicke waren auf den Berg gerichtet, über dem sich die Wolken weiter verdichtet hatten.

„Muss ganz schön was los sein da drüben", sagte das Männlein nach einer langen Weile.

„Hm", brummte Hagen. Er versuchte nicht wissen zu wollen, was dort vor sich ging. „Ich denke, es ist Zeit wieder aufzubrechen", sagte er.

„Ich werde dich nicht aufhalten."

Hagen lachte auf. „Als wenn du das könntest."

„Wenn ich wollte, könnte ich vielleicht. Aber da ich es nicht will, wirst du es nicht herausfinden."

„Also doch", schlussfolgerte Hagen.

„Was meinst du?", fragte das Männlein.

„Es ist kein Zufall, dass du hier bist, genauso wenig wie es ein Zufall ist, dass dieses Haus hier ist, obwohl ich nicht zu ihm wollte."

„Ich glaube, das redest du dir ein."

„Ich glaube nicht."

„Ich denke schon."

Sie schwiegen und beobachteten wieder die sich auftürmenden und sich in Blitzen entladenden Wolken.

Hagen stand auf, aber anstatt fortzugehen, blieb er unschlüssig stehen.

„Du siehst aus, als wenn du nach Antworten suchst", sagte das Männlein und goss sich etwas Wasser nach.

„Was ist ihr Ziel?", fragte Hagen und nahm den Kleinen fest in den Blick.

„Das weiß ich nicht", antwortete der. „Niemand weiß es außer sie selbst."

„Und dennoch hilfst du ihr."

„Wie kommst du denn darauf?", entgegnete das Männlein mit übertriebener Empörung.

„Du musst nicht versuchen, mir irgendetwas vorzumachen." Hagen setzte sich wieder hin. „Sie hat dieses Netz gesponnen, in dem ich mich und viele andere sich verfangen haben. Warum solltest ausgerechnet du nicht mit dazugehören?"

„Vielleicht würdest du das wissen, wenn du wüsstest, wer sie ist und wer ich bin."

„Und wer ist sie?"

„Eine alte, enttäuschte Frau."

Hagen lachte bitter auf. „Deine Antwort ist absolut nutzlos."

„Ich habe nicht gesagt, dass ich es dir verraten werde", verteidigte sich das Männlein.

Diesem Kerl war nicht beizukommen. Jedenfalls nicht mit Höflichkeit. Vielleicht, wenn ich ihn herausfordere, dachte Hagen.

„Wie heißt du eigentlich?“, fragte er. Ihm war wieder eingefallen, dass die Alte ihn mehrfach und eindringlich davor gewarnt hatte, dieses Männlein nach seinem Namen zu fragen.

„Schmidt“, antwortete der mit großer Gelassenheit. „Mein Name ist Schmidt.“

Jetzt musste Hagen lauthals lachen. „Und darum hast du so ein großes Geheimnis gemacht?“

„Was meinst du?“, fragte Herr Schmidt verständnislos.

„Die Alte hat mir immerzu verboten, dich nach deinem Namen zu fragen. Ich dachte, da geschieht jetzt irgendwas. Dass du rot anläufst und dein Kopf zu platzen droht oder so.“

„Ach das“, winkte Herr Schmidt ab. „Das ist eine uralte Geschichte. Ich habe in meiner Jugend einen ziemlich großen Unsinn mit einem König und seiner Frau gemacht. Dabei finde ich, war dieser Idiot selber schuld. Aber danach war mein Name für die Leute der Inbegriff des Bösen. Ist nicht lustig, wenn man wegen einer Jugendsünde von allen gemieden und verachtet wird. Seitdem ich mir einen neuen Namen zugelegt habe, ist mein Dasein um ein Vielfaches besser und einfacher geworden.“

„Vielleicht sollte ich das auch machen“, sinnierte Hagen. Nicht mehr er zu sein, sondern jemand anderes hatte etwas Verlockendes.

„Dann such dir auch gleich einen anderen Beruf aus“, kicherte Herr Schmidt. „Trolljäger klingt vielleicht abenteuerlich, aber macht nicht so sehr viel her, wenn du keine Trolle jagst.“

„Hast du das denn auch gemacht?“

„Hätte ich bestimmt, wenn ich einen Beruf gehabt hätte. Aber wenn die Leute glauben, dass man Zauberer ist, ist das gar nicht so schlecht.“

„Du bist Zauberer?“, fragte Hagen überrascht. In seinen Gehirnwindungen begann es zu arbeiten.

„Nicht wirklich", räumte Herr Schmidt ein. „Eher so etwas wie ein Wissenschaftler. Aber wenn man die Gesetze der Physik und Mathematik und der Natur ein wenig kennt und anzuwenden weiß, glauben die Leute, dass nichts anderes als Zauberei dahinterstecken kann. Das ist ganz amüsant, aber auch nicht ganz ungefährlich. Wenn die Menschen etwas nicht verstehen, versuchen sie es meistens nicht zu ergründen, sondern zu vernichten."

„Du bist Zauberer", wiederholte Hagen jetzt nicht mehr als Frage.

„Nein, hast du mir nicht zugehört?"

„Du bist Herr Schmidt, der Zauberer aus Burg Purk", sagte Hagen, ohne der Frage Beachtung zu schenken.

„Also bis auf Zauberer stimmt das schon", räumte Herr Schmidt ein.

„Dann ist Mikkel dein Zauberlehrling."

„Hörst du mir überhaupt zu?", fragte Herr Schmidt leicht gereizt. „Ich bin kein Zauberer, also ist Mikkel auch nicht mein Zauberlehrling. Lehrling ja, aber ohne Zauber, auch wenn er das gerne glaubt."

„Weißt du, dass du ein widerlicher, kleiner Scheißkerl bist!", schnaufte Hagen und stand entschlossen auf. Er konnte Mikkel immer noch nicht leiden, aber dass der glaubte, eine bedeutsame Zauberei zu beherrschen, die ihn in höchster Not retten könnte, was nicht der Fall sein konnte, bedeutete, dass er in noch größerer Gefahr schwebte, als er glaubte. Und mit ihm dann auch Pavarotti und die Königin, falls sie den beiden folgte und auch das, was da sonst noch oben auf dem Berg war. „Du lässt Mikkel einfach in sein Verderben rennen!"

„Also jetzt tust du mir aber Unrecht", verteidigte sich Herr Schmidt und stand ebenfalls auf. „Ich habe Mikkel schon etwas Wichtiges beigebracht. Nur halt keine Zauberei."

Fassungslos kratzte sich Hagen am Kopf. „Ich muss los", sagte er. Auch wenn er nicht wusste, was ihn erwartete und auch nicht daran glaubte, etwas ausrichten zu können, musste er doch wenigstens versuchen sie zu warnen.

„Du schaffst es nie rechtzeitig dorthin." Herr Schmidt zeigte auf den in kaltes Grau getauchten Gipfel des Berges. „Aber ich kann dich bringen", sagte er und streckte Hagen seine Hand entgegen.

„Denkst du wirklich, ich bin so dumm dir zu vertrauen?"

„Natürlich nicht", antwortete Herr Schmidt, „aber ich werde dir etwas verraten. Vielleicht weiß und kann ich Dinge, die sich deinem Verstand entziehen, was ich nicht kann, ist mich selbst zu befreien. Solange du mich festhältst, kann ich nicht von dir fort. Wenn ich dich also nicht dorthin bringe, wohin du willst, bin ich dir wehrlos ausgeliefert."

„Und das soll ich dir glauben?"

„Du hast gar keine andere Wahl."

Hagen zögerte noch einen Augenblick, dann ergriff er die ihm dargebotene Hand.

Auf einem Berg

Das Gute war, dass sie nicht in so schwindelerregenden Höhen und auch nicht annähernd so lange wie bei dem Flug auf dem Teppich unterwegs waren. Sie hatten die Erde unter ihren Füßen verloren, aber schwebten doch kurz über dieser dahin.

Das Schlechte war, dass die Geschwindigkeit um ein Vielfaches größer war. Hagen hatte mehr als einmal das Gefühl, bei den auf ihn heranstürmenden Bäumen und Felsen, dem Tod in dessen Antlitz geschaut zu haben. Er zitterte und seine Beine knickten ein, als sie zum Halten kamen. Der einzige, ihm verbliebene Wille war es, die Hand Herrn Schmidts fest umschlossen zu halten, damit dieser sich nicht aus dem Staub machen konnte.

„Das fängt langsam an wehzutun“, sagte dieser. Hagen hatte noch Mühe dagegen anzukämpfen, seinen Mageninhalt nach draußen zu befördern, erkannte aber langsam, was sich vor ihm ereignete.

Sie standen kurz unterhalb des Gipfels. Über ihnen kreiste eine dunkle Wolke, die noch zu überlegen schien, ob sie sich herabsenken oder sich auflösen sollte.

Vor ihnen tobten gut ein Dutzend Riesen, die Bäume ausrissen, Felsbrocken herumwarfen und furchterregende Schreie ausbrüllten.

Johannes stand auf einem Felsstein und lachte das Lachen eines Irrsinnigen. Es hatte ihn einiges an Mühe und Opfern gekostet, die Riesen davon abzubringen, den Wald weiter zu vernichten und stattdessen mit ihm hierherzukommen. Sie hatten ja kaum verstanden, warum sie den Blaubäumer Forst niedermachen sollten, noch viel weniger verstanden sie natürlich, warum er sie aufforderte, damit aufzuhören, um etwas anderes zu zerstören.

Es war ein grausames, blutrünstiges Gemetzel, das er sie hatte unter den Soldaten anrichten lassen. Aber da er ihnen versichert hatte, dass dies nur ein kleiner Vorgeschmack auf das war, was er sie noch machen lassen würde, waren sie ihm gerne gefolgt. Und es hatte sich gelohnt, auch wenn er immer noch nicht wusste, was für ein Ort dies hier war. Doch spätestens als er sah, wem er hier den Untergang bringen würde, hatte er alle Skrupel fallengelassen.

Nein, das hatte er schon zuvor.

Aber Karl und dessen Vater und diese junge Frau, die ihn kurzzeitig in eine so tiefe Verunsicherung gestürzt hatte, wie auch immer sie hierhergekommen sein mochte, hier zu sehen und deren endgültiges Ende einzuläuten, hatte ihm seine letzte Unternehmung noch einmal ungemein versüßt. Ähnlich wie Hagen noch die Hand von Herrn Schmidt umklammerte, lag seine Hand um das Handgelenk von Mikkel, der bleich und fast leblos wirkte.

Pavarotti, zu ungeahnter Größe angewachsen, saß auf der Schulter eines Riesen und malträtierte ihn mit wütenden Schlägen, bis er in sich zusammensank.

Vor dem Eingang zum Saal des Großen Afigidis saß Mia auf der Schulter von Karl, der auf der Schulter von Hans saß. Sie schwenkte ein flammendes Schwert, mit dem sie sich gegen einen Riesen zu verteidigen versuchte. Man sollte meinen, dass die drei Schwierigkeiten hätten, das Gleichgewicht zu halten, aber fast schien es so, als wären ihre drei Körper zu einem einzigen verschmolzen. Und den beiden Alten war auch nicht der Anflug von Schwäche oder Erschöpfung anzumerken. Man konnte glauben, dass alle Kraft, die Hans in seinem Leben gehabt hatte und alle Gewandtheit von Karl, durch Mias Jugend neugeboren worden waren. Aber so eindrücklich die drei auch waren, würden sie sich doch nicht lange zur Wehr setzen können. Allein die zahlenmäßige Überlegenheit würde sie irgendwann einfach erdrücken.

„Was ist das hier?“, fragte Hagen entsetzt, nachdem er die schlimmste Übelkeit überwunden hatte.

„Der Berg des Großen Afigidis“, sagte Herr Schmidt. „Und wie es scheint, versucht der königliche Berater ihn gerade zu vernichten. Du könntest mich dann auch mal loslassen.“

„Der Berg von wem?“, stutzte Hagen. Ohne der Forderung nachzukommen.

„Vom Gro…“

„Es ist doch scheißegal, wessen Berg das ist“, brüllte Hagen und riss Herrn Schmidt an dessen Arm nach oben, sodass sie fast auf Augenhöhe waren. „Meine Freunde sind in Gefahr und du hast das gewusst und nichts dagegen getan.“

„Jetzt hör aber auf“, brüllte Herr Schmidt zurück. „Du hast es genauso gewusst und auch nichts unternommen.“

Der Satz traf Hagen mitten in die Magengrube. Er ließ gleichzeitig Herrn Schmidts Hand los, sackte zusammen und übergab sich.

Ja, er war es, der der Mistkerl war. Er hätte gleich mit Pavarotti und Mikkel gehen sollen, auch wenn seine Anwesenheit an dem, was jetzt geschah, nicht das Geringste geändert hätte.

„Kannst du nicht irgendetwas tun?“, flehte er Herrn Schmidt an.

„Gegen Riesen? So weit ist die Wissenschaft noch nicht“, musste Herr Schmidt zugeben und es war mitnichten gewiss, ob er dies bedauerte.

„Aber du hast doch Mikkel etwas beigebracht, kann das nicht helfen?“, klammerte sich Hagen an einen kleinen Fetzen Hoffnung.

„Ja, das vielleicht, aber nur sehr kurz“, sagte Herr Schmidt rätselhaft und rieb sich sein schmerzendes Handgelenk

„Und worauf wartest du dann?“, regte sich Hagen auf.

„Ich kann das nicht.“

„Was?????“ Im Angesicht dessen, was sich vor ihnen abspielte, konnte es die Ausrede, etwas nicht zu können, doch nicht geben. Versuchen musste man es doch wenigstens.

„So leid es mir tut", sagte Herr Schmidt und an seiner Aufrichtigkeit konnte Hagen keinen Makel erkennen. „Ich bin dazu nicht in der Lage. Deshalb habe ich es doch Mikkel beigebracht. Er muss es tun."
„Und nun?", fragte Hagen verzweifelt.
„Wir können nur abwarten. Wir haben Glück, dass uns die Riesen noch nicht entdeckt haben."
„Ist das alles, was dir einfällt", schrie Hagen ihn an. „Abwarten?"
„Brüll hier nicht so rum", zischte Herr Schmidt. „Sie werden uns sonst hören."
Hagen wurde heiß und kalt. Er konnte doch nicht einfach nichts tun. Wenn er nur eine Ahnung hätte, wie den Riesen oder wenigstens Johannes beizukommen war.
Johannes drehte sich auf dem Felsen wie ein Irrwisch im Kreis, schleuderte dabei den bemitleidenswerten Mikkel herum und brüllte den Riesen anfeuernde Unflätigkeiten zu. Spucketropfen schossen aus seinem Mund und verbreiteten seinen verfaulenden Gestank. Er begann wieder zu lachen, aber nur kurz. Zwischen zwei noch nicht entwurzelten Bäumen hatte er die Königin, die inmitten einer kleinen Schar Soldaten stand, ausgemacht.
„Was macht die den hier?", konnte er seiner Verwunderung nicht Einhalt gebieten, was zur Folge hatte, dass sich sein Griff um Mikkels Handgelenk löste. Der plumpste kraftlos zu Boden und blieb liegen.
Vielleicht dachte Hagen kurz nach, vielleicht auch nicht. Er war sich später selbst nicht sicher. Jedenfalls sprang er auf, rannte zwischen den Beinen der Riesen hindurch zu Mikkel, riss ihn nach oben und schleppte ihn ein kleines Stück aus der größten Gefahrenzone.
Johannes hatte seinen kurzen Schock überwunden und begann wieder zu brüllen. Dass Mikkel nicht mehr da war, registrierte er nicht.

Zu dem Riesen, gegen den Hans, Karl und Mia kämpften, hatten sich zwei weitere gesellt, es gab nicht mehr ausreichend Bäume oder Sträucher, an denen sie sich abarbeiten konnten.

Ein anderer Riese war auf die Königin aufmerksam geworden und bewegte sich stampfend auf sie zu.

Pavarotti flog durch die Luft. Er hatte sich auf einen weiteren Riesen gestürzt, aber diesem war es gelungen, ihn abzuschütteln.

Hagen klatschte Mikkel ein paar Mal mit der flachen Hand ins Gesicht.

„Das ist das Ende!“, verkündete ein alter Geschichtenkobold den anderen Geschichtenkobolden. Ihr Glück war es, dass sie nicht nur für die meisten Menschen, sondern ausnahmslos für alle Riesen unsichtbar blieben. So konnten sie unbemerkt neben der Königin stehen. Ihr Pech war, dass sie genau dazu verdammt waren: Danebenzustehen und zuzusehen.
„Nein, nein, nein“, schimpfte Krakel. Er hatte doch noch nie eine Geschichte weitererzählt und er wollte einfach nicht einsehen, dass es dazu auch nicht mehr kommen sollte. Er rannte los, ohne zu wissen, wohin.

„Ist es vorbei?“, fragte Mikkel matt, er fühlte sich elend.
„Nein“, sagte Hagen. „Es wird langsam Zeit für deinen Zauber. Weil wenn das nicht wirkliche Gefahr ist, weiß ich nicht, was noch kommen soll.“ Dass es nichts mit Zauberei zu tun hatte, verschwieg er. Zweifel zu säen konnte er sich gerade nicht leisten.
„Wo ist mein Tornister?“, fragte Mikkel und schaute sich um.

Der Riese holte nur einmal aus und fegte die Soldaten, die sich ihm zum Schutz für die Königin in den Weg gestellt hatten, beiseite. Eine Frau zu fressen, auch wenn es eine alte war, war etwas ganz Besonderes. Er leckte sich die Lippen voller Vorfreude.

„Ich brauche meinen Tornister“, wiederholte Mikkel und stand auf. „Ohne geht es nicht.“

Ich weiß immer noch nicht, ob ich jemals etwas richtig gemacht habe, aber zumindest weiß ich jetzt, dass ich viel falsch gemacht habe, auch wenn ich nichts gemacht habe, dachte die Königin angesichts des Riesen, der sich auf sie zubewegte.

„Sucht ihr das hier?“ Krakel zog einen Rucksack hinter sich her, über den er gestolpert war. Gleich darauf hatte er Hagen und Mikkel entdeckt, die sich hektisch umschauten.
„Mein Tornister“, rief Mikkel erleichtert auf, ohne sich über den kleinen Kobold zu wundern. Er riss ihm die Tasche aus der Hand, wodurch Krakel in die Luft geworfen wurde und nur durch einen gewagten Sprung gelang es Hagen, den kleinen Kerl aufzufangen. Er landete hart auf dem Boden.

Hans` Beine knickten ein. Seine Kräfte waren dann doch aufgebraucht. Das Schwert, welches nur durch die gemeinsame Energie der Drei flammte, begann zu erlöschen.

Die Königin schloss die Augen. Sie wollte nicht sehen, was auf sie zukam. Es war alles zu spät.

Mikkel zerrte die Holztafel aus seinem Tornister. „Es tut mir leid Meister Schmidt“, sagte er, „aber es muss sein.“

Ein Riese hatte Tomas entdeckt, dem es bisher gelungen war, unbemerkt zu bleiben. Er griff nach dem Jungen und bekam ihn am Bein zu fassen.

Pavarotti sprang einen Riesen an und riss ihn um. Gleich darauf stürzten sich zwei andere Riesen auf den Troll und begruben ihn unter sich.

Als die Königin die Augen wieder öffnete, war der Riese vor ihr in die Knie gegangen. Gleich darauf weiteten sich seine Augen unnatürlich und er kippte nach vorne.
Es war nicht ihrer Reaktionsschnelle zu verdanken, dass er sie durch seine Masse nicht erschlug, sondern Herrn Schmidt, der sie durch praktische Anwendung von Physik ein kleines Stück nach links verschob.

Johannes hatte angefangen einen wahnsinnigen Tanz eines Irren aufzuführen, er breitete seine Arme aus und schrie seine Wut dem Himmel entgegen.

Mikkel strich vorsichtig über die Holztafel und murmelte ein paar unverständliche Worte.

Auf dem Rücken des vor der Königin dahin gestreckten Riesen lag ein alter Mann mit einem streng nach hinten gebundenem Zopf. Seine Hände hatte er fest um den Griff eines Schwertes gelegt, das er dem Riesen von hinten in die Brust gestoßen hatte. Zuvor hatte er ihm die Sehnen der Fersen durchschnitten.
Ursprünglich hatte er vorgehabt, die Samen nach Wiolan zu bringen und in den Kellern des Palastes zu verstecken. Auf dem halben Wege dorthin hatte sich Gernot jedoch umentschieden. Ein flaues Gefühl ließ ihn glauben, dass es besser sei, so bald wie möglich zum Berg zurückzukehren. Also hatte

er die Samen vergraben in der Hoffnung sie später wiederzufinden.

Als er sich aufrichtete, trafen sich seine und die Blicke der Königin. Es war einer der seltenen, kostbaren Momente, in denen zwei Menschen ohne Worte erkannten, dass sie sich gefunden hatten.

Mikkel zerbrach die Tafel. Die Holzglühwürmchen entfalteten ihre Flügel und flatterten auf Johannes zu. Sie setzen sich auf ihn und begannen zu summen und zu strahlen. Ein weißes Licht ging von ihnen aus und blendete Menschen, Riesen, Kobolde und den Troll. Nur Herr Schmidt hatte rechtzeitig die Augen geschlossen.

Stille trat ein. Und es wurde wieder dunkel. Die Würmchen lösten sich von Johannes und flogen davon.

„Ich habe ein Stück Käse", rief Tomas in die Ruhe hinein, der noch immer kopfüber an der Hand des Riesen baumelte. Er zog ein schmutziges, gelbes Etwas aus seiner Hosentasche und hielt es ihm entgegen. Es erinnerte weder in Form und Farbe noch am Geruch an Käse, es war inzwischen nur noch ein unbestimmbarer Klumpen.

„Käse?" Es dauerte etwas, bis dem Riesen die Bedeutung des Wortes in sein Gehirn gedrungen war.

„Käse?", wiederholten andere Riesen.

„Ja, Käse", rief Herr Schmidt und begann zu lachen. „Der Junge hat Käse."

„Käse! Käse! Käse!", brüllte Hagen, der überhaupt nicht wusste, was an Käse so Besonderes war.

„Käse! Käse! Käse!", stimmten Mikkel, Mia, Karl, Pavarotti, Tomas, Herr Schmidt, die Königin, Gernot, die Soldaten und alle Geschichtenkobolde ein.

Der Riese ließ Tomas los. Gegen alles konnte er kämpfen, aber niemals gegen Käse.

„Käse“, schnaufte er angewidert und lief davon.
„Käse“, wiederholten die anderen Riesen und rannten ihrem Kumpanen hinterher.
„Bleibt hier und bringt zu Ende, was ihr begonnen habt“, wollte Johannes schreien. Aber aus seinem Mund kam nur liebliches Vogelgezwitscher und sein Atem verbreitete süßlichen Veilchenduft.

Die Riesen waren fort und hatten ein Feld der Verwüstung hinterlassen. Der einst dicht bewachsene Berg glich einer Landschaft, über die ein ungezügelter Sturm hinweggefegt war. Kaum noch einen Baum gab es, der nicht entwurzelt worden war, die Sträucher und Büsche waren entweder ausgerissen oder niedergetreten. Die Geschichtenkobolde liefen fassungslos umher.

Chlodwig humpelte die letzten Schritte zum Gipfel hinauf. Auf halbem Wege war er in ein Erdloch getreten und hatte sich seinen Knöchel gestaucht. „Ihr könnt Euch nicht vorstellen, wie froh ich bin, Euch wohlauf zu sehen“, sagte er, als er zu seiner Tante trat.
Sie saß auf einem umgestürzten Baum neben Gernot. Sie hatten bisher weder miteinander gesprochen noch hatten sie sich auch nur aufs Flüchtigste berührt. Aber sie wussten, sie würden beides noch ausgiebig tun.
„Wenn ich nur nicht so unglückselig gefallen wäre, hätte ich Euch gerne zur Seite gestanden“, sagte er mit verkniffener Miene.
Sie winkte ab und ließ ihren Blick über den Gipfel schweifen. Auf dem Felsstein, auf dem zuvor Johannes gestanden hatte, saß einer von Thereses Entführern, er hatte seinen Kopf in die Hände gelegt und starrte auf den Boden.
Etwas weiter davon saß der Junge, der als erster Käse gebrüllt hatte, auf der Erde und zitterte.

Neben ihm stand der Troll, jetzt wieder auf sein kleines Maß geschrumpft, hatte ihm die Pfote auf die Schulter gelegt und redete auf den Jungen ein.

Der andere Entführer kniete bei einem dürren Zwerg in einem braunen Anzug und mit viel zu großem Kopf.

Sie sah Karl und Mia und auch wenn viele Jahre vergangen waren, erkannte sie ihn sofort.

Er, der einst das Königreich für ihren Vater gerettet hatte und doch nur ein Spielball gewesen zu sein schien, hatte sein Glück gefunden. Anders war die innige Verbindung zwischen den beiden nicht zu verstehen. Er bemerkte sie und nickte ihr wohlwollend zu. Etwas Beruhigendes berührte ihre Seele.

„Wusstet Ihr, dass ich schon einmal verheiratet war?", fragte sie ihren Neffen. „Bevor ich mit Eurem Onkel vermählt wurde?"

„Ich habe das immer für ein Märchen gehalten", gestand er.

„Was meint Ihr?", fragte sie und stand auf. „Wer hat mehr Anspruch auf meine Nachfolge? Die Tochter meines ersten Mannes oder der Neffe meines zweiten?"

Chlodwig wurde bleich.

„Er ist weg", sagte Mia. „Es tut mir so leid."

Karl lachte. „Er hat das getan, was er immer getan hat. Wenn ich ihn brauchte, war er da." Er umarmte seine Tochter. „Ich hoffe, dass ich das, was er für mich war und ist, auch für dich sein kann."

„Du bist mehr als das", sagte sie und sie fingen an zu glühen.

„Ich hoffe, ihr könnt den Verlust… ", versuchte Mikkel sich zu entschuldigen.

„Ich muss dich um Verzeihung bitten", unterbrach ihn Herr Schmidt. „Denn ich bin kein Zauberer."

„Aber es ist gelungen", begehrte Mikkel auf, ohne gleich die Tragweite zu erkennen.

„Weil es Wissenschaft war“, erklärte Herr Schmidt. „Jeder, der sich ein wenig mit der Biologie auskennt, weiß, dass Holzglühwürmchen schlechten Geruch absorbieren. Ich konnte es nur selber nicht tun, weil mir einfach die Kraft fehlt, ein solches Brett zu zerbrechen. Dafür hätte ich eine aufwendige Apparatur herstellen müssen.“

„Das heißt, ich kann gar kein Zauberer werden?“, fragte Mikkel entsetzt.

„Das kannst du ganz bestimmt. Aber ich kann es dir nicht beibringen. Und es tut mir leid, dass ich dich in dem Glauben gelassen habe, ich könnte es. Was ich allerdings kann, ist dich in das Wissen der Dinge einzuweihen, wenn du dies denn willst.“

„Darüber muss ich nachdenken“, sagte Mikkel, der Mühe hatte zu verdauen, dass seine Zukunft wohl nicht die eines großen Zauberers sein würde.

Der Abend hatte sich über den Gipfel gelegt. In der Dunkelheit einen Berg hinabzusteigen ist ein gefährliches Unterfangen. Nicht so gefährlich wie sich Riesen entgegenzustellen, aber doch so, dass man es lieber bleiben lässt, wenn man es kann.

Ein hohes Feuer flackerte, um das sie alle herumsaßen. Außer Krakel, der aufgeregt zwischen ihnen herumlief, um nicht ein einziges Wort zu verpassen. Hier wurden gerade Geschichten erzählt, die er endlich in die Welt hinausbringen konnte.

„Und glaubst du immer noch, dass deine Tante das alles geplant hat?“, fragte Mia. Sie hatte sich neben Hagen gesetzt, der versucht hatte, ihre Nähe zu meiden, obwohl er sich nichts mehr wünschte, als sie bei sich zu wissen.

„Ich weiß es nicht“, musste er eingestehen und sog ihren Geruch ein. „Bis auf Tomas und den Kobolden, haben alle mit ihr zu tun bekommen. Und sie hat dich hierher geschickt und auch irgendwie Mikkel, Pavarotti und mich. Dass Herr Schmidt bei ihrem Haus auf mich gewartet hat, war sicher auch kein Zufall. Ich habe die Königin um Verzeihung gebeten, für die Entführung ihrer Zofe, und auch ihr ist die Alte in den letzten Wochen immer wieder erschienen. Aber es sind so viele Dinge zusammengekommen, dass ich mir kaum vorstellen kann, dass sie das alles planen konnte. Aber ich bin mir sicher, dass sie ihre Hände mit im Spiel hatte, was auch immer sie bezweckte."

„Vielleicht hast du recht", sagte Mia und drückte seine Hand. „Vielleicht werden wir irgendwann erfahren, was sie wollte. Aber eigentlich ist es nicht wichtig." Sie ließ ihn wieder los und ein Bedauern floss von seiner Hand durch ihn hindurch.

„Was wirst du jetzt tun?", fragte sie ihn.

Er zuckte mit den Schultern. Ein Zurück in den Trollwald würde es nicht geben, selbst wenn Pavarotti wieder mit ihm gehen sollte. Diesen Abschnitt hatte er hinter sich gelassen. Er spürte, dass er, um vorwärtszukommen, sehr viel weiter zurückgehen musste. „Ich werde wahrscheinlich meine Eltern besuchen", sagte er schließlich. „Ich denke, das bin ich ihnen schuldig. Und meiner Schwester."

„Das ist gut", sagte sie und stand auf.

„Du kannst mich begleiten", bot er ihr an. Es wäre ihm lieb gewesen, diesen Weg nicht alleine gehen zu müssen.

Sie schüttelte den Kopf. „Ich habe noch etwas anderes zu erledigen."

Hagen fing den Blick von Mikkel auf, der ihnen gegenüber auf der anderen Seite des Feuers saß und ein dumpfer Ärger breitete sich in ihm aus.

„Nicht mit ihm", sagte Mia und strich Hagen über den Kopf.

Tag 46
Auf einem Berg

Nein! Nein! Nein! So war das nicht richtig! Die konnten doch nicht alle einfach gehen! Wenigstens einer oder auch eine musste bleiben und neuer Großer Afigidis werden. Stattdessen machten sie sich alle auf, den Berg wieder zu verlassen. Krakel stellte sich Tomas in den Weg.

„Ich nicht", sagte der entschuldigend.

„Natürlich nicht", bestätigte Krakel mit einer wegwerfenden Handbewegung. Wie konnte der Junge nur auf so eine absonderliche Idee kommen? „Aber du musst ihnen sagen, wie wichtig es ist, dass es einen Großen Afigidis gibt!"

„Auf mich hört hier doch bestimmt niemand."

„Warum nicht?" Karl beugte sich zu Tomas hinunter und legte ihm die Hand auf die Schulter. „Wenn du nicht gewesen wärst, hätte es ein schlimmes Ende für uns genommen. Also, warum sollten wir dir nicht zuhören?"

„Ja Tomas, sag uns, was es noch zu sagen gibt", forderte die Königin ihn freundlich auf. Dem schoss die Röte ins Gesicht und er begann zu schwitzen. Die würden ihn doch alle für verrückt halten, wenn er anfangen würde von den Kobolden zu erzählen. Er schüttelte mit fest zusammengepressten Lippen den Kopf.

„Bitte!", flehte Krakel ihn an.

„Du solltest auf ihn hören", ermutigte Karl den Jungen. Jetzt waren auch die anderen hinzugekommen, ihnen war nicht verborgen geblieben, dass sich hier doch noch etwas ereignen sollte.

Hagen, Chlodwig, Mikkel, Mia, die Soldaten, Gernot, die Königin und Karl umstanden Tomas, dem sein Unbehagen, derart in den Mittelpunkt gerückt worden zu sein, aus allen Poren strömte, und sahen ihn erwartungsvoll an.

„Bitte!", wiederholte Krakel.

„Die Kobolde wollen, dass jemand bleibt und zum Großen Afigidis wird“, sagte Tomas leise mit gesenktem Blick.

„Der Junge hat bestimmt was auf den Kopf bekommen“, witzelte Chlodwig. Er war derjenige von ihnen, der am wenigsten begriffen hatte, was geschehen war, den es auch am wenigsten interessierte und der von allen am unzufriedensten war. Die Gelegenheit, seinen Unmut an einem wehrlosen Opfer etwas kühlen zu können, konnte er sich nicht entgehen lassen.

„Gewiss nicht“, wies die Königin ihn mit Strenge zurecht. „Aber ich wüsste nicht, wer von uns dies sein sollte“, sagte sie zu Tomas.

„Die Kobolde selbst“, verkündigte Pavarotti aus dem Höhlensaal kommend. „Ihr wollt Geschichten hören und weitererzählen, dann macht das. Dafür braucht ihr doch niemanden.“ Er drückte Krakel einen Beutel in die Hand. „Verstreut die hier und schafft euch einen Vorrat Käse an.“

„Sind das….“, setzte Mia an.

„…die Samen aus dem Blaubäumer Forst, ja. Sie werden diesen Ort und die Kobolde schützen.“

„Aber die müssen zurück in den Wald“, protestierte sie.

Pavarotti winkte ab. „Die Alte hat euch angelogen. Sie wollte, dass du hierherkommst.“

Krakel stand unschlüssig mit dem Beutel in der Hand. Sie waren doch nur kleine Geschichtenkobolde, sie konnten doch nicht…

„Doch!“, sagte Pavarotti.

Einige Tage später
Im Schloss

Therese stellte ein Tablett mit frisch bestrichenen Butterbroten und Tee auf das Tischchen und zog die Bettvorhänge auf. „Guten Morgen, Hoheit“, sagte sie knicksend.

„Danke, Therese“, antwortete die Königin und sah erfreut in das lächelnde Gesicht ihrer Zofe. Der kleine Zipfel Glück war zu ihr zurückgekehrt.

Ich hoffe dieses Glück weiß darum, welch großes Glück es hat, dachte sie und lauschte auf die gleichmäßigen Atemzüge ihres noch schlafenden Glückes.

„Ich wünsche Rupert zu sprechen“, sagte sie. „Führe ihn nach meinem Frühstück bitte in die Bibliothek.“

„Wie ihr wünscht“, antwortete Therese stockend. Die Farbe war aus ihrem Gesicht gewichen.

„Und ich werde mich heute selber ankleiden.“ Die Königin griff nach einem der Butterbrote, biss hinein und der Geschmack explodierte in ihrem Mund.

Therese verließ unsicher das Schlafgemach.

Die Königin stieß den neben ihr liegenden Mann an. „Es ist Zeit aufzustehen.“

„Wie Ihr wünscht, meine Königin“, sagte Gernot und setzte sich auf. Er griff über sie hinüber, um sich auch eines der Brote zu nehmen. „Willst du Mia wirklich zu deiner Thronerbin machen?“, fragte er in Erinnerung ihres vorabendlichen Gesprächs. Chlodwig war ihm nicht aus dem Sinn gegangen. Sie hatte ihn zwar mit einigem Widerwillen, doch angesichts der Tatsache, dass es irgendwann unausweichlich geschehen würde, in der Hoffnung ihn zu besänftigen, zum neuen Herzog von Steintaler ernannt, obwohl sie die Möglichkeit, dass der Greis ihr verschollener Gemahl sei, nicht ausgeschlossen hatte. Und dennoch war er schmollend abgereist.

Gernot konnte sich nicht der Vermutung erwehren, dass Chlodwig noch für reichlich Ungemach sorgen könnte. Vor allem dann, wenn seine Aussichten auf den Thron vollends verschwunden waren. Ungern wollte Gernot Mia in einer Auseinandersetzung mit ihm wissen. Er selbst würde dann wohl kaum noch da sein, um ihr aus ausweglosen Situationen zu helfen.

„Vielleicht", sagte die Königin. Es war bisher nur ein Gedanke, der jedoch war, alles andere als abwegig. Sie war beeindruckt von der jungen Frau und niemandem, den sie kannte, traute sie die Bürde, die der Thron mit sich brachte, besser zu zu tragen. „Wenn sie sich darauf einlassen sollte, weiß sie genau, was zu tun ist", beruhigte sie Gernot. „Aber bis das nötig wird, ist noch eine ganze Menge Zeit. Zeit, in der du erkennen kannst, nicht immer der Beschützer sein zu müssen."

Sie legte das angebissene Brot auf den Teller, zog unter ihrem Kissen eine kleine Flasche hervor, entkorkte sie und benetzte ihre Lippen mit der enthaltenden Flüssigkeit. Diese teilte sie durch einen langen, innigen Kuss mit ihm. Die beiden fühlten sich überhaupt nicht alt.

In Burg Purk

Graf von Domus und Purk stieß die Fensterläden des großen Saales seiner neuen Residenz auf. Diese Burg war ein scheußlicher Kasten, aber sie gehörte ihm und er würde es sich schon angenehm einrichten.

Er hatte endlich bekommen, was ihm zustand. Auch wenn er sich nicht sicher war, ob dies wegen seiner Verdienste oder weil die Königin ihn loswerden wollte, geschehen war. Er wischte den Gedanken beiseite. Letztlich war es ihm egal. Er war der Herr über Burg Purk. Vielleicht war dies in den letzten Jahren nicht die angesehenste Adresse, aber es war von nun an seine.

Er sah auf die Stadt hinunter. Seine Stadt! Und er begann vor Freude zu tanzen. Staub wirbelte auf, legte sich auf seine Zunge und kitzelte in seiner Nase. Er musste niesen. Einmal, zweimal, fünfmal, zwölfmal. Tränen schossen ihm in die Augen, er begann zu husten und das Atmen fiel ihm schwer.

Hier muss dringend sauber gemacht werden, beschloss er, als er sich wieder beruhigt hatte und die Staubkörner langsam hinunterrieselten.

In einem Wäldchen

Es war ein Leichtes, den hohlen Baum zu finden. Mia hatte ihm die Stelle sehr genau beschrieben. Beherzt griff Mikkel in die Öffnung und zog den zusammengerollten Teppich heraus. Er war traurig und fröhlich zugleich.

Traurig, weil er nun doch kein Zauberer werden würde, jedenfalls dann nicht, wenn er nicht einen anderen Meister als Herrn Schmidt finden würde und fröhlich, weil ein Leben vor ihm lag, in dem er durch die Welt reisen und die Liebe finden konnte und dann wieder traurig, weil diese Liebe nicht Mia sein würde.

Er rollte den Teppich aus und setzte sich auf ihn. Als er die Teppichkante griff, Udana sagte und sich langsam in die Höhe bewegte, begann er zu lachen. Hagen war beim Flug übel geworden. Das würde ihm nicht passieren. Er beugte sich nach vorne und flog über die Landschaft dahin.

Vielleicht gehe ich irgendwann doch wieder in die Lehre bei Herrn Schmidt und werde ein Wissenschaftler, dachte er. Aber vorher will ich die Welt erkunden.

„Entschuldigt die Störung Herr." Sein Gehilfe stand nervös von einem Bein auf das andere tretend in der Tür zum Kontor. Dabei hatte er doch ausdrücklich jegliche Störung untersagt.

„Ich hoffe für dich, dass es wirklich wichtig ist", sagte Magnusson und hob seinen Blick von den vor ihm ausgebreiteten Papieren. Er schickte sich an Bürgermeister zu werden und hoffte in denen auf zweifelhafte Weise erworbenen Geschäftsunterlagen des bisherigen Bürgermeisters einiges zu finden, was diesen in Misskredit bringen konnte.

„Eine Gesandte der Königin verlangt Euch zu sprechen." Der Gehilfe verzog gequält sein Gesicht.

„Mich?", fragte Magnusson erstaunt. Dabei bin ich doch noch gar nicht Bürgermeister, dachte er. „Bist du dir sicher?"

„Ja. Sie hat ausdrücklich nach Euch verlangt."

„Dann richte ihr aus, dass ich es heute leider nicht einrichten kann." Magnusson kratzte sich nachdenklich am Kopf. Es schien also zu stimmen, dass der Berater der Königin ihre Gunst verloren hatte und auch, dass sie vollkommen verrückt geworden sein musste. Warum sonst würde sie eine Frau zu ihm schicken? In der Politik und im Geschäft hatten die doch nun wahrlich nichts verloren. Und was wollte sie ausgerechnet von ihm? Das musste er dringend in Erfahrung bringen, bevor er sich mit ihr traf.

„Ich fürchte, damit wird sie sich nicht zufriedengeben", druckste sein Gehilfe herum.

Magnusson schlug mit der Faust auf sein Pult. „Was bist du denn für eine erbärmliche Memme, dass du ein Weibsstück nicht in die Schranken weisen kannst!", brüllte er.

„Er weiß, dass es ihm nicht wohl bekommen würde", sagte Mia, schob den Gehilfen beiseite und trat gefolgt von zwei Soldaten in Uniformen der königlichen Leibwache und dem Hauptmann der Stadtwache ein.

„Du?“, Magnusson kniff die Augen zusammen.

„Ihr habt vor einiger Zeit eine Gefangene des Beraters Johannes in Eure Obhut genommen“, sagte Mia, ohne auf sein Erstaunen einzugehen. „Die Königin fordert ihre unverzügliche Herausgabe.“ Sie überreichte ihm ein versiegeltes Schreiben.

Magnusson lachte spöttisch und ließ es achtlos auf sein Pult fallen. Ihr war es also gelungen, der Insel und dem Ungeheuer zu entfliehen, eine Leistung, die er gerne bereit war anzuerkennen. Aber dieses Schmierentheater war seiner nicht würdig. Niemals würde die Königin eine dahergelaufene Schlampe zu ihrer Gesandten machen. So verrückt konnte sie gar nicht geworden sein. „Schmeißt sie raus“, forderte er den Hauptmann auf.

„Auch er weiß, dass ihm das nicht gut bekommen würde“, sagte Mia, bevor der Hauptmann reagieren konnte.

„Das ist lächerlich“, stieß Magnusson hervor. „Ich weiß zwar nicht, was du bezweckst, aber das kannst du getrost vergessen, oder glaubst du wirklich, dass du mich beeindrucken kannst?“ Er verzog das Gesicht zu einem abfälligen Grinsen.

„Das ist äußerst bedauerlich“, sagte sie gelassen. „Für Euch.“

„Ja, ja, bestimmt“, sagte er sarkastisch. „Verschwinde einfach und wir vergessen deinen kleinen, jämmerlichen Versuch mich zu übertölpeln.“

„Ihr seid also nicht bereit, die Gefangene herauszugeben?“ Mias Lippen wurden von einem spöttischen Lächeln umspielt.

„Wie denn, du dumme Kuh“, entfuhr es Magnusson lachend. „Du bist doch schon frei.“

Der Hauptmann zuckte bei der Beleidigung zusammen. „Warum werft Ihr nicht erst einmal einen Blick auf das Schreiben, bevor Ihr weitere Dinge sagt, die Euch nicht zum Vorteil gereichen werden“, sagte er.

Magnusson legte den Kopf schief und musterte ihn eindringlich. Der Hauptmann galt als korrekter und loyaler Mann, der sich nicht scheute, auch die Verfehlungen der angesehensten und einflussreichsten Männer der Stadt zur Anzeige zu bringen, was ihm in gewissen Kreisen nicht nur Anerkennung einbrachte. Aber er war auch jemand, der bereit war alles zu tun, um Schaden von der Stadt abzuwenden, weshalb die Stadtoberen nie versucht hatten, ihn aus seinem Amt zu entfernen. Ihn hinters Licht zu führen war keinesfalls einfach.

Er griff nach dem Brief und drehte ihn nachdenklich mehrfach hin und her. Das Siegel sah echt aus. Wenn es eine Fälschung war, dann eine sehr gute. Er erbrach es und überflog die Zeilen.

„Was du verlangst, ist unmöglich“, sagte er, immer noch überzeugt, dass die Königin mit all dem nichts zu tun hatte.

„Nicht das, was ich verlange“, verbesserte sie ihn. „Es ist das, was die Königin fordert. Und darüber, ob es unmöglich ist oder nicht, habt Ihr nicht zu befinden.“

„Das ist doch Irrsinn“, brachte er hervor, allmählich ahnend, dass es sich um keinen Streich von ihr handelte.

„Auch darüber steht Euch kein Urteil zu.“

„Ich soll Entschädigungen an die Familien aller entführten Frauen leisten?“, fragte er ungläubig. „Das lasse ich nicht mit mir machen. Ich bin schließlich nicht der Einzige, der daran beteiligt war. Die ganze Stadt hat so entschieden.“

„Von Euch ist aber bekannt, dass Ihr unmittelbar an mindestens zwei Entführungen beteiligt wart. Von den anderen nicht. Und es steht Euch natürlich frei, bei den Bürgern um Unterstützung zu bitten“, sagte sie belustigt.

„Niemals! Niemals wirst du oder die Königin mich dazu bringen, meine Schuld einzugestehen und mein Vermögen herzugeben“, brüllte er entschlossen.

„Das wird auch nicht nötig sein“, sagte sie ruhig. „Eure Taten sind bezeugt und Euer Vermögen wurde bereits beschlagnahmt.“ Sie nickte den beiden Leibwachen zu. „Bis auf die Dinge, die sich in diesem Raum befinden.“

Die Soldaten traten hervor und begannen das Pult auszuräumen.

„Das könnt ihr nicht tun“, schrie Magnusson voller Panik und mit einem hilfesuchenden Blick zum Hauptmann, dessen versteinertes Gesicht keine Gefühlsregung erkennen ließ.

„Ich werde Namen nennen“, rief er hektisch. „Der Bürgermeister selbst war beteiligt und der gesamte Stadtrat und….“

„Das würdet Ihr tun?“, fragte Mia und forderte die Soldaten, indem sie eine Hand hob, auf, ihre Arbeit zu unterbrechen.

„Ich werde mich nicht als Einzigen für etwas, an dem viele andere beteiligt waren, büßen lassen.“

„Gut, schreibt es auf“, forderte sie.

Magnusson griff nach einer Feder und einem Blatt Papier und begann eilends zu kritzeln. Es wurde eine lange Liste. Als er sie beendet hatte, wischte er sich erschöpft den Schweiß von der Stirn und übergab sie Mia. Sie lächelte zufrieden. „Ich muss Euch leider verhaften“, sagte sie mitleidlos.

„Was?“, sprang ihm das Entsetzen aus dem Gesicht. „Aber ich habe doch….“

„….ein umfangreiches Geständnis abgelegt. Glaubt Ihr wirklich ungeschoren davonzukommen?“ Sie reichte die Liste an den Hauptmann weiter, der mit Erleichterung feststellte, dass sich sein Name nicht darauf befand.

„Alle Personen, die der Händler Magnusson belastet hat, sind unverzüglich festzunehmen, ihre Vermögen einzuziehen und den Soldaten der Königin vor der Stadt zu übergeben“, sagte sie förmlich.

Magnusson war bleich auf einem Stuhl zusammengesunken.

Sie zog einen weiteren Brief aus ihrer Rocktasche. „Die Königin hat das Urteil auch schon gefällt. Es ist nur gerecht, wenn Ihr es gleich erfahrt."

Magnusson starrte leer und dumpf vor sich hin.

„Die Jahre, die seit den Entführungen der Frauen zurückliegen, werden addiert und zu gleichen Teilen auf alle Beteiligten umgelegt. Diese werden die entsprechend ausgerechnete Zeit in königlicher Haft verbringen. Ich finde es ja etwas umständlich ausgedrückt, aber es erfüllt seinen Zweck", sagte sie und verließ grußlos das Kontor.

Die beiden Leibwachen legten Magnusson Ketten an und führen ihn hinaus.

An einem Eingang

Königlicher Tunnelbaumeister. Das war besser als einmalig mit Reichtümern überhäuft zu werden und noch viel besser als eine Frau zu finden. Dieser Titel bedeutete Anerkennung und Ehre und natürlich auch einen nicht zu verachtenden Verdienst. Wenn seine Brüder erst davon erfahren würden, würden sie platzen vor Neid. Vielleicht würde er sie für sich arbeiten lassen können.

Der Gedanke, uneingeschränkt das Sagen über sie zu haben und keinen Widerspruch zu dulden, beflügelte ihn. Das Dumme war nur, dass er nicht wusste, in welche Löcher sich die Kerle vergraben hatten. Wie sollten sie von seinem Aufstieg erfahren?

Mit einem Biss in ein frisch gebackenes Brot vertrieb er den Anflug von schlechter Laune. Irgendwie würde er das schon bewerkstelligen. Wahrscheinlich sollte er zuerst, also nachdem er den ersten königlichen Auftrag ausgeführt hatte, bei ihrem alten Bergwerk vorbeischauen.

Und wenn er dort keinen seiner Brüder antraf, machte seine neue Stellung es ihm vielleicht möglich, jemanden mit der Suche zu beauftragen.

Er schaute in den Tunneleingang. Es wird gewiss nicht sehr erfreulich, auf die Insel zurückzukehren, dachte er. Die Weiber dort würden sich mit Spötteleien über ihn bestimmt nicht zurückhalten.

Er zuckte mit den Schultern. Was soll‘s? Es blieb ihm nichts anderes übrig, wenn er sein Amt nicht gleich wieder verlieren wollte. Und er würde ja dort nicht bleiben. Er würde nur den Tunnel ein bisschen verbreitern und abstützen, ihnen den Weg zeigen, wieder verschwinden und danach nie wieder über diesen Ort reden oder nachdenken.

Und dann konnten die Frauen selbst entscheiden, ob sie die Insel verlassen oder dort bleiben wollen. So wollte es die Königin.

Er griff nach der Spitzhacke. Ein bisschen Zeit kann ich mir ja lassen, dachte er zu seiner eigenen Überraschung beinahe vergnügt, während er sie in den Fels hineinschlug.

Bei einem Dorf

Aus der Entfernung sah das Dorf aus, wie er es kannte. Solange man sich nicht hineinbegab, konnte man glauben, dass hier die Zeit stehen geblieben war.

Hagen spürte einen kaum beherrschbaren Drang, sich zu erleichtern. Den ganzen Tag schon hatte er ein dumpfes Gefühl in seinen Gedärmen. Er schaffte es gerade noch rechtzeitig, sich etwas abseits des Weges hinter einen Busch zu setzen und die Hose herunterzuziehen.

Er hatte Angst. Angst davor, nicht die richtigen Worte zu finden, Angst vor dem vorwurfsvollen Schweigen seiner Eltern und Angst, mit ihnen nicht seinen Frieden machen zu können. Am liebsten wäre er einfach am Dorf vorbeigelaufen.

Aber er wusste, dass sein Leben dann weiterhin nur aus Weglaufen und niemals Ankommen bestehen würde. Und inzwischen würde er so gerne irgendwann irgendwo ankommen. Das würde ihm aber nur dann gelingen, wenn er zurückkehrte. Erst wenn er wirklich herausgefunden hatte, warum er weggelaufen war, konnte er aufbrechen, um das Leben neu zu entdecken.

Er stand auf, machte sich sauber und zog die Hose wieder hoch. Seinem Bauch ging es besser, aber ein dumpfes Gefühl blieb.

Ich glaube, du bist nicht feige, hatte Therese ihm am Berg nachgerufen. Sie hatte bestimmt etwas anderes gemeint, aber es gab ihm den Mut, nicht im letzten Moment umzukehren.

Beim Blaubäumer Forst

Es war ein Stück Heimat, vor dem Karl stand, aber es nicht mehr zu betreten wagte. Er verstreute die Samen, die Gernot ihm gegeben hatte, auf dem Ödland, welches die Riesen geschaffen hatten, setzte sich auf die Erde und schloss die Augen.

Wenige Schritte vor ihm erhoben sich mächtige Bäume. Auch wenn der Wald noch groß erschien, waren sie für ihn doch nicht mehr als ein paar Überbleibsel. Er flehte darum, nicht zu spät gekommen zu sein und dass der Wald noch ausreichend groß und stark genug war, sich zu erholen. Der Anblick der Zerstörungen hatte ihn selber kraftlos werden lassen.

Die Blätter rauschten leise, fast klang es wie ein Lied. Bilder tauchten vor ihm auf und begannen zu tanzen. Er war wieder ein kleiner Junge, der an der Seite seines Vaters, Baruchs und des Wolfes in der Wildnis umherstreifte. Ehrfurchtsvoll sog er die Erinnerungen in sich auf.

Die Eindrücke wechselten zu den Inseln, Mai und seinen Kindern, wieder fort nach Wiolan und zur Königin und Gernot.

Sie hatten nicht mehr viel miteinander gesprochen. Gernot hatte ihn umarmt und trotz der Freude ihres Wiedersehens seine Augen nicht von ihr lassen können. Die Königin war anders, als er sie kennengelernt hatte. Und es war nicht ihr Alter. Sie war zu einer Frau geworden, die sich selbst gefunden hatte. Er freute sich für sie.

Mia lächelte ihn an. Sie war noch die Gleiche, nur noch stärker geworden. Er wusste, sich keine Sorgen, um sie machen zu müssen und hoffte, sie wiederzusehen. Sie hatte es versprochen.

Um seinen Kopf herum flatterte ein großes Insekt. Er öffnete nicht die Augen, konnte das leichte Wehen, welches der Flügelschlag verursachte, aber im Gesicht spüren.

Als seine Gedanken wieder zu seinem Vater wanderten, musste er lachen. Schade, dass Edelbert ihn nicht auch noch einmal gesehen hatte. Aber dem Alten war zuzutrauen, dass er irgendwo wieder auftauchte. Er schien ja unverwüstlich zu sein.

Das Bild seines Vaters verschwamm und an dessen Stelle trat Johannes. Karls Haut begann kurz zu jucken. Niemand mehr hatte auf ihn geachtet, nachdem die Riesen geflüchtet waren. Aber es wollte sich kein ungutes Gefühl mehr einstellen. Johannes hatte keine Macht mehr über ihn.

Karl war müde. Er wollte sich hinlegen und schlafen.

Ein feines Pulver rieselte auf ihn herab und verloren geglaubte Kraft floss in ihn zurück. Jetzt öffnete er doch die Augen. Er konnte so gut wie lange nicht mehr sehen. Eine kleine Elfe schwebte vor ihm.

„Ich soll dir Dank sagen“, sagte sie. In ihren stecknadelkleinen Augen konnte er, trotz seiner nachlassenden Sehkraft, das breit grinsende Gesicht seines alten Freundes Baruch, der Seele des Waldes erkennen.

Er stand auf. Die Müdigkeit war aus seinen Gliedern gewichen. Für ihn war es nur eine kurze Reise gewesen, aber es war Zeit zurückzukehren.

Im Schlosshof

Der ehemals verwahrloste Greis saß mit geschlossenen Augen auf einer Bank im Schlosshof und ließ sich das Gesicht von der Sonne bescheinen. Zu seinen Füßen pickten Spatzen Brotkrumen auf, die er ihnen hingeworfen hatte.

Er konnte sich nicht an vieles erinnern, aber doch daran, niemals zuvor so zufrieden gewesen zu sein. Die Menschen, die sich um ihn sorgten, waren freundlich. Er bewohnte ein eigenes Zimmer im Schloss, bekam unaufgefordert Speisen, Getränke und Kleidung und ab und an gesellte sich eine alte Frau zu ihm, um ihm vorzulesen. In seltenen Momenten blitzten Bilder seiner Vergangenheit auf, die ihn traurig werden ließen, aber er konnte sie nicht festhalten und hatte sie meist gleich wieder vergessen.

Der Kopf sagte, dass es noch immer nicht richtig war, aber zuerst ihre Lippen, als diese auf Mias trafen und danach ihr ganzer Körper, dass es zu schön ist, es nicht zu tun. Und dann stimmte auch der Kopf dem Körper zu.

Gerda und Mia standen lange, sich an den Händen haltend und in die Augen schauend gegenüber, bevor sie sich in die Schlafkammer zurückzogen und sich am helllichten Tag ins Bett legten.

Pavarotti kletterte auf den Küchentisch und ließ sich das zurückgelassene Brot und Käse schmecken.

Mia wollte die Welt erkunden und er hatte beschlossen, sie zu begleiten. Jedenfalls so lange, bis er auf andere seiner Art getroffen war.

In einem Wald

Johannes war tagelang umhergeirrt, ohne zu begreifen, was geschehen war. Die Holzglühwürmchen, die sich auf ihn gesetzt hatten, hatten nicht nur seine Stimme und seinen Geruch verändert, sondern waren auch in seinen Kopf eingedrungen und hatten dort für ein unfassbares Durcheinander gesorgt. Wenn er auch anfänglich noch bei klarem Verstand war, hatte er doch bald vergessen, warum er war, wo er war und weshalb er tat, was er tat.

Er war einfach fortgegangen und niemand hatte versucht ihn aufzuhalten. Nur langsam kehrten einzelne Erinnerungsfetzen zurück, die er mühsam zu einem Gesamtbild zusammenfügte.

Sein Geist war wieder klar. Nur alle anderen Veränderungen blieben.

Er befand sich in einem furchtbaren Zustand. Er hatte nicht nur versagt, sondern war zu einer zwitschernden, wohlriechenden Witzfigur geworden. Er wollte seinen Ärger herausschreien, aber seine Lippen verließ ein liebliches Lied. Wenn er ein Schwert gehabt hätte, hätte er nicht gezögert, sich in dessen Klinge zu stürzen. Er brauchte Hilfe.

Bei der Alten war er einer Hexe begegnet. Sie war ihm an sich zuwider, aber er ertrug die Vorstellung nicht, zu bleiben, was und wie er war. Und vielleicht könnte sie helfen.

Wo sie zu finden war, wusste er nicht genau, ahnte aber, dass es an einem ungemütlichen, dunklen Ort sein müsste. Also begann er jeden dieser Orte, der ihm bekannt war, aufzusuchen.

Es dauerte nicht lange, bis er, ohne es zu wissen, in ihre Nähe kam.

Er bemerkte das Dutzend grüner, gieriger Augenpaare nicht, welches ihn verfolgte. Er wusste nichts über die Hexenkatzen, die ihn wegen seines Gesanges für einen großen, flugunfähigen Vogel hielten.

Im Schloss

„Du bleibst!“, sagte die Königin entschieden zu Therese, nachdem diese Rupert zur Bibliothek geleitet hatte, wobei er durchaus in der Lage gewesen wäre, alleine dorthin zu finden, kannte er sich im Schloss doch ausnehmend gut aus. Aber die Königin hatte darauf bestanden, dass Therese ihn persönlich zu ihr brachte. Die Zofe wurde blass.

Die Königin stand auf, legte ein Buch, in welchem sie bis eben geschrieben hatte, auf den kleinen Tisch und musterte abwechselnd Rupert und Therese.

Er stand still, den Blick geradeaus gerichtet, wie er es als Soldat gewohnt war. Das Mädchen neben ihm tippelte unruhig herum. Nur zu gerne hätte sie sich hinter seinem breiten Rücken versteckt.

„Wisst ihr, was ich mich gefragt habe?“, fragte die Königin ohne die beiden aus dem Blick zu lassen. „Wie konnten die Entführer in das Schloss gelangen, ohne dass Spuren des Einbruchs gefunden werden konnten? Das ist doch seltsam, oder?“

Da sie nicht sofort eine Antwort erhielt, mit der sie auch gar nicht gerechnet hatte, sprach sie einfach weiter. „Es muss jemand im Schloss gewesen sein, der sie hineingelassen hat. Oder war es eine Sie?“

„Es ist allein meine Verantwortung“, sagte Rupert mit fester Stimme. Jegliches Leugnen wäre sinnlos und die Möglichkeit, auch nachträglich noch entdeckt zu werden, hatte er nie ausgeschlossen. „Therese hat nur getan, wozu ich sie genötigt habe.“

Die Königin legte den Kopf leicht schräg. „Ist das so?“, fragte sie streng.

Rupert trat etwas näher an Therese heran, sodass sich ihre Arme leicht berührten, was dem Mädchen augenblicklich ein klein wenig mehr Sicherheit verlieh. Dennoch konnte sie ein ängstliches Zittern nicht unterdrücken. „Ja."

„Und warum?", fragte die Königin, die meinte die Antwort schon zu kennen.

„Es erschien mir die einzige Möglichkeit. Es war wichtig, dass Ihr die Entscheidung über den Blaubäumer Forst nicht zu lange hinausschiebt. Und ich wusste, dass Ihr Therese nicht im Stich lassen würdet."

Er ist bemerkenswert ruhig, dachte die Königin, die sich an Momente erinnerte, in denen ihre Eltern sie wegen Verfehlungen geschimpft hatten. Sie war dabei jedes Mal zu einem Häufchen Elend zusammengesunken. Und dabei war sie eine Prinzessin, die vor ihren Eltern stand und er nur ein einfacher Soldat vor der Königin.

„Das war sehr mutig von dir", sagte sie, „aber auch sehr töricht. Mich zu hintergehen ist der wohl größte Frevel, den du begehen konntest."

„Ich weiß", räumte er ein, ohne Anzeichen von Reue erkennen zu lassen. „Und ich bin bereit, die Folgen zu tragen."

„Das solltest du auch." Die Königin wandte sich um und sah aus dem Fenster hinab auf die Stadt.

Rupert, sich von ihr unbeobachtet fühlend, legte seinen Arm um Thereses Schulter. Er hatte nicht bemerkt, dass sie sich blass in der Scheibe spiegelten. Die Königin lächelte.

„Was ist für dich das Wichtige an diesem Wald?", fragte sie, ohne sich wieder umzudrehen.

„Mein Vater hatte dort damals gemeinsam mit Eurem ersten Gemahl Schutz gefunden. Er hat ihn mir dadurch bewahrt und Euch Euer Königreich."

„Und dafür riskierst du Alles?" Jetzt drehte sie sich um. Therese rutschte eilends einen Schritt von Rupert weg.

„Bleib ruhig bei ihm stehen", sagte die Königin. „Wenn dir der Wald so wichtig ist, warum hast du nicht mit mir gesprochen?"

„Verzeiht“, sagte Rupert und verneigte sich knapp, aber aufrichtig. „Ihr seid die Königin und ich nicht mehr als einer Eurer einfachen Soldaten. Ich glaubte nicht, dass Ihr mich anhören würdet.“

„Das ist bedauerlich. Eine Königin sollte ein offenes Ohr haben für jene, die ihr dienen“, erwiderte sie und sah ihn auffordernd an.

Rupert antwortete nicht. Er ahnte, dass alles, was er sagen könnte, falsch sein würde.

„Auch wenn es zu einem guten Ende geführt hat und ich dabei noch so einiges erfahren habe“, fuhr sie nach der ausbleibenden Antwort fort, „wirst du sicherlich verstehen, dass ich über deine Tat nicht schweigend hinweggehen kann.“

„Ich weiß“, sagte er bemerkenswert gelassen. „Aber ich bitte Euch noch einmal inständig, Therese zu verschonen.“

„Ich werde deiner Tochter nichts tun“, sagte sie mit einem Lächeln.

Jetzt zuckte er doch zusammen, wie auch Therese. „Ihr wisst?“

„Dass Therese freiwillig mit ihren Entführern gegangen ist, war sehr schnell zu erkennen. Ihre Kammer war zwar in Unordnung, aber so, wie jemand Unordnung macht, der hinterher nicht allzu viel Mühe beim Aufräumen haben will. Ich habe aber nicht geglaubt, dass sie es alleine getan hat. Zuerst dachte ich, mein Neffe steckt dahinter und dass es den Fremden überhaupt nicht um den Wald ging, aber den Gedanken habe ich bald fallengelassen. Die Vorstellung, dass Therese sich Chlodwig andient, war einfach zu lächerlich. Die gesamte Zeit der Verfolgung habe ich gegrübelt. Bis ich gesehen habe, wie du Therese vom Wagen gehoben und angesehen hast. Und ein Liebespaar konntet ihr nicht sein, denn Therese ist in den Küchenjungen Tomas verliebt. Also blieb bei der Innigkeit eures Begegnens nur die Möglichkeit, dass ihr Vater und Tochter seid.“

Rupert sah erst die Königin und dann Therese verwundert an. Diese hatte einen hochroten Kopf bekommen und schaute verschämt zu Boden. „Naja", brummte er. „Er ist immerhin nicht der Schlimmste."

„Es ist der, den sich deine Tochter ausgesucht hat, also wird er wohl der Beste sein", belehrte die Königin ihn.

Rupert nickte. Im Grunde war Tomas ein anständiger Kerl, der bewiesen hatte, dass er mehr war als ein Broteschmierer. Und wenn er ganz ehrlich zu sich selbst war, dann mochte er ihn sogar ein wenig.

„Du wirst sicher verstehen", sagte die Königin ernst, „dass ich dich nach alledem nicht einfach in meiner Leibgarde belassen kann."

Rupert nickte wieder, diesmal leicht verwirrt. Musste er doch erst noch die Erkenntnis verdauen, dass seine Tochter allmählich erwachsen wurde.

Die Königin grinste belustigt. Jetzt habe ich dich doch noch aus der Ruhe gebracht, dachte sie. „Also werde ich dich der Stadtwache überstellen", fuhr sie fort.

Therese stieß einen erschrockenen Schrei aus und Rupert kam vom verwirrten Nicken in ein ungläubiges Kopfschütteln. Das ergab doch gar keinen Sinn. Wieso wollte sie ihn denn in der Stadt einsperren statt in den Arrestzellen der Leibgarde?

„Ich habe mich bisher viel zu wenig um die Stadt und auch das ganze Land gekümmert", sagte sie, ohne auf die Reaktionen der beiden einzugehen. Ich glaube es ist eine gute Idee, jemanden in der Stadt zu haben, dem das Wohl des Landes wichtig ist und ich denke, du kannst sie sein, diese Verbindung."

„Ähm." Zu mehr war er gerade nicht fähig.

„Und natürlich erwarte ich, dass nichts von dem, was hier gesprochen wurde, weitererzählt wird."

„Bestimmt nicht“, versicherte Rupert, wieder fähig Worte zu artikulieren, aber noch zweifelnd über die Bedeutung der letzten Sätze der Königin.

„Dann ist ja alles gut und wir sind hier fertig“, beschloss sie. „Wir sehen uns morgen früh, Therese. Den Rest des Tages habe ich noch einiges mit dem neuen Haushofmeister zu besprechen und ich denke, es wird spät werden. Gib bitte noch in der Küche Bescheid, dass eine ausreichende Mahlzeit in meine Gemächer gebracht wird.“

Bevor sich die Tür hinter den beiden schloss, trat der Haushofmeister durch diese.

„Ich glaube, ich habe das Richtige getan“, sagte die Königin mit einem zufriedenen, strahlenden Lächeln.

„Darin bin ich mir sicher, meine Königin“, antwortete Gernot mit ebensolchem.

„Hör auf mich so zu nennen“, sagte sie mit gespielter Empörung. „Ich habe schließlich einen Namen.“

„Ich weiß, Rosa.“

Auf der Terrasse

Die Alte saß im Schaukelstuhl auf der Terrasse ihres Hauses und wartete. Sie hatte getan, was sie hatte tun können, und es war eingetreten, worauf sie gehofft hatte. Es hatte sie Mühe gekostet und sehr viel Zeit. Die Dinge sind jetzt in Ordnung, dachte sie zufrieden.

Vor ihr erschienen zwei kleine leuchtende Punkte, die schnell größer wurden und dabei Formen und Farben annahmen. Sie stand auf und nur wenig später standen zwei ihrer Schwestern, die grüne und die rote Fee, vor ihr.

„Endlich", sagte die Alte.

„Was meinst du?", fragten beide Feen gleichzeitig.

„Ich habe es endlich geschafft, die Auswirkungen meines Fluches zu korrigieren", antwortete die Alte verwundert. Die beiden mussten doch wissen, was geschehen war. Sie hatten sie doch auch aufgefordert es zu tun, wenn sie wieder in die Familie der Feen aufgenommen werden wollte.

„Ach das meinst du", sagte die rote Fee und wechselte einen einvernehmlichen Blick mit der Grünen.

„Was habt ihr denn gedacht?", fragte die Alte leicht ärgerlich.

„Immer noch so schnell beleidigt", stellte die grüne Fee fest. „Hast du dich denn kein bisschen verändert?"

„Natürlich hat sie das", sagte die Rote belustigt. „Sieh sie dir doch nur mal an."

Die Alte verzog unwillig das Gesicht. Sie hasste, was der Fluch aus ihrem Äußeren gemacht hatte. Und noch mehr hasste sie es, wenn ihr dieses allzu deutlich vorgehalten wurde.

„Aber das ist doch schon lange so", sagte die Grüne nicht weniger fröhlich.

„Können wir das bitte abkürzen?", fragte die Alte, ihre aufkeimende Wut so gut es ihr möglich war, unterdrückend.

„Was meinst du?", wiederholten beide Feen ihre anfängliche Frage.

„Ihr könnt es nicht unterlassen, das hier auszukosten, nicht wahr?“, sagte die Alte ernüchtert. „Aber ich verstehe das. Also wie ihr wollt.“ Sie mühte sich mit großer Anstrengung auf die Knie und schaute zu den beiden hinauf. „Bitte nehmt mich wieder auf“, flehte sie.

„Das ist aber neu“, sagte die Rote.

„Allein dafür hat es sich gelohnt, herzukommen“, stimmte die Grüne zu.

„Und dabei hat es überhaupt keinen Nutzen, genauso wie alles andere, was sie getan hat“, fuhr die Rote fort.

„Nicht den geringsten“, bekräftigte die Grüne.

„Was wollt ihr damit sagen?“ Wenn sie es gekonnt hätte, wäre sie nur zu gerne aufgesprungen, aber die Schwere und das Alter des Körpers, in dem sie steckte, ließen nur ein langsames, von angestrengtem Keuchen begleitetes Aufstehen zu.

„Sie hat es nicht verstanden“, sagte die Rote zur Grünen.

„Was habe ich nicht verstanden?“, fragte die Alte schwer atmend, nachdem sie endlich wieder auf die Füße gekommen war. Ihre gute Laune und freudige Erwartung waren rasend schnell dahingegangen.

„Dass man ihr aber auch alles erklären muss“, sagte die Grüne kopfschüttelnd.

„Früher war das aber nicht so“, fügte die Rote an.

„Was die Zeit mit einem so anrichten kann. Es ist erschreckend“, spottete die Grüne.

Die Alte schaute sprachlos von einer zur anderen. So langsam reichte es.

„Ach komm, lass es uns ihr sagen“, sagte sie Rote.

„Darf ich?“, fragte die Grüne aufgeregt.

„Ich würde eigentlich auch ganz gerne“, sagte die Rote.

„Ach bitte! Lass mich, ja?“ Die Grüne verzog ihr Gesicht zu einer treuherzigen Miene.

„Hm, da will ich kurz drüber nachdenken“, erwiderte die Rote mit einem schelmischen Grinsen.

„Es reicht!“, begehrte die Alte auf.

„Du hast recht“, sagten beide Feen gleichzeitig. „Du hast wirklich nichts unversucht gelassen, aber nicht das getan, was wir uns erhofft haben. Und deshalb wirst du auch nicht zu uns zurückkehren.“

Auch wenn sie sofort verstanden hatte, was die beiden gesagt hatten, dauerte es einen Moment, bis ihr die Bedeutung wirklich bewusst wurde. „Was soll das heißen?“, fragte sie mit tonlosem Entsetzen.

„Du hättest dich einfach nur entschuldigen müssen. Stattdessen hast du in das Leben so vieler Leute hineingepfuscht und sie manipuliert. Eine Fee sollte so etwas einfach nicht machen.“

„Aber wieso? Warum?....Das kann doch nicht..“

„…wahr sein“, vollendete die Rote.

„Aber ich bin doch eure Schwester!“, rief die Alte.

„Und die Schlimmste, die wir hatten“, sagte die Grüne.

„Immer musstest du alles besser wissen und können“, sagte die Rote.

„Deshalb haben wir auch den dreizehnten Teller verschwinden lassen“, erklärte die Grüne.

Die beiden Feen wurden blasser.

„Ihr habt mich von Anfang an hereinlegen wollen“, erkannte die Alte mit schwarzer Bitterkeit.

„Und es ist uns besser gelungen, als wir dachten“, sagten beide lachend, immer leiser werdend. „Leb wohl, alte Hexe, Hexe, Hexe, Hexe, Hexe, Hexe“, hallte es nach.

Wenn es etwas gibt, das man unbedingt wissen sollte, dann dass Riesen Angst vor Käse haben und Feen einen äußerst schwierigen Charakter!

Großen Dank an

Alex, Claas, Edeltraut, Enrique, Florian, Frauke,
Hans-Joachim, Lieselotte, Petra, Susanne, Steffen, Torsten
und Yannis
für Motivation und Inspiration,
wertvolle Hinweise und Korrekturen
und die Bereitstellung von Technik bei der Vollendung
dieses Buches und seines Vorgängers!

ISBN 978-3-7575-3242-0
www.epubli.de